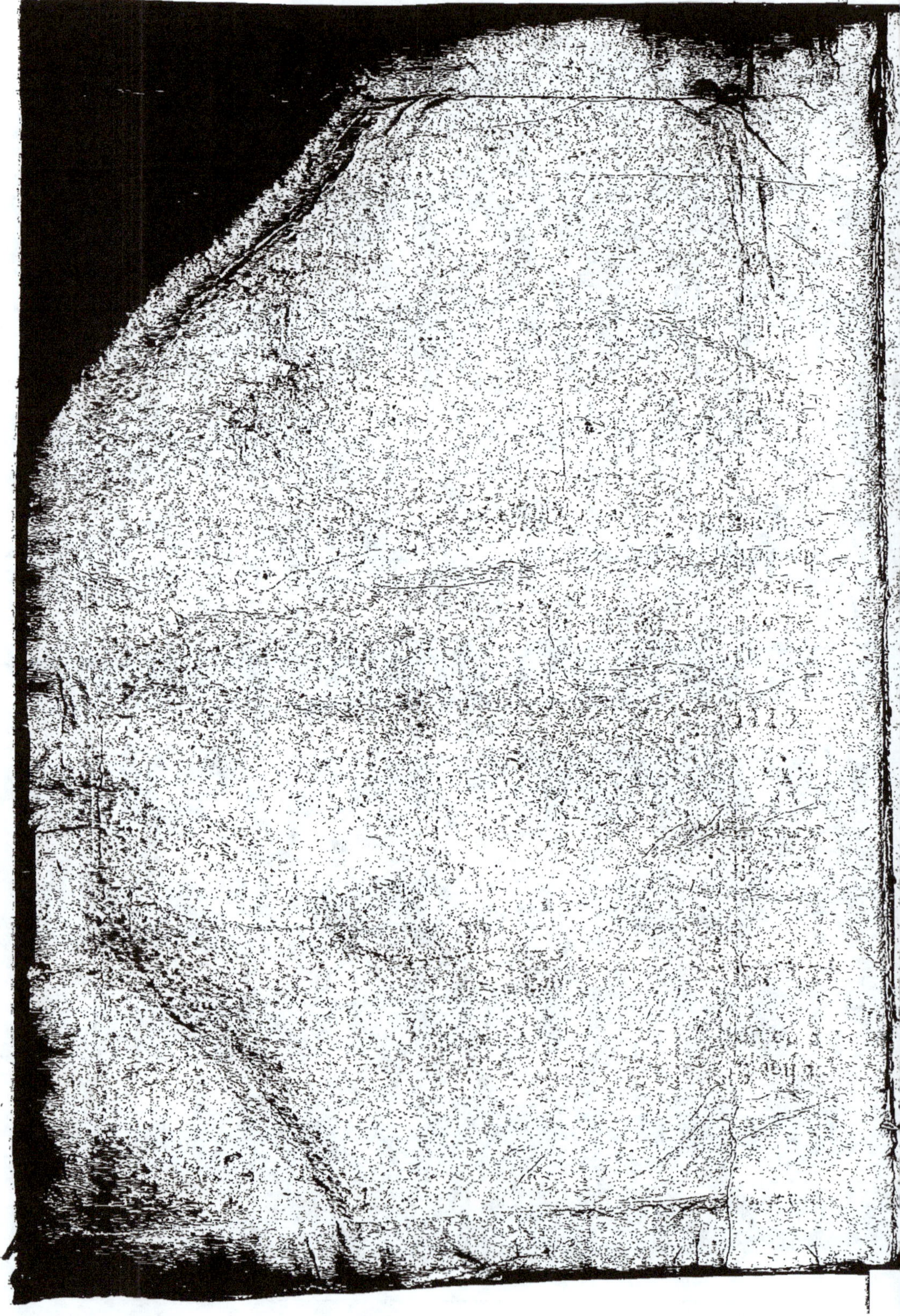

L'ELOQVENCE

ESSAY
DES MERVEILLES
DE NATVRE
ET DES PLVS NOBLES
ARTIFICES
PIECE TRES NECESSAIRE
A TOVS CEVX QVI FONT
PROFESSION
D'ELOQVENCE
par RENE Francois Predicateur
du ROY

LA NATVRE

L'ART

A ROVEN
Chez Romain de
Beauuais
et Iean Osmont
MDCXXII

Cn° 37

ESSAY
DES MERVEILLES
DE NATVRE, ET DES
PLVS NOBLES ARTIFICES.

PIECE TRES-NECESSAIRE,
à tous ceux qui font profeſſion d'Eloquence.

Par RENE' FRANÇOIS, Predicateur du ROY.

SECONDE EDITION.

Reueuë, corrigée, & augmentée par l'Autheur.

A ROVEN,

Chez ROMAIN DE BEAVVAIS, pres le
grand Portail noſtre Dame.

1622.

AVEC PRIVILEGE DV ROY.

ESSAY

DES MERVEILLES
DE NATVRE, ET DES
PLVS NOBLES ARTIFICES

Piece tres-necessaire
à tous ceux qui font profession d'Eloquence.

Par René FRANÇOIS, Predicateur du Roy.

Reueuë, corrigée, & augmentée par l'Autheur.

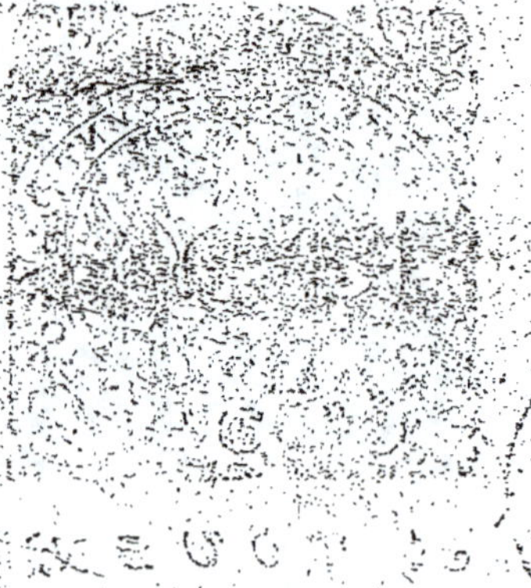

A ROVEN,
Chez ... DV VAL ...,
Grand Portail nostre Dame.

M.DC...

AVEC PRIVILEGE DV ROY.

A MONSEIGNEVR,

MONSEIGNEVR DE VERDVN,
CHEVALIER, CONSEILLER DV
Roy en ses Conseils d'Estat & Priué, & premier
President au Parlement de Paris.

E petit ouurage vous est deu, & vous doit estre consacré pour plusieurs raisons. Vous estes la bouche d'or, & l'Oracle du Parlement, qui est Prince des Parlemens, & le Parlement des Princes ; cette qualité vous oblige à parler de tout, & en parler en Oracle. L'enuie mourra plustost d'enuie & de rage, que iamais elle vous puisse desrober cet honneur que vous auez acquis en vous acquittant si dignement de cette haute charge, és deux premiers Parlemens du Royaume. Nos Roys en ont esté grandement satisfaits, & la France estonnée, & rauie d'aise extréme. Ce petit liuret vous ramenteura ce que vous sçauez (car qui s'oseroit vanter de vous rien apprendre de nouueau), & vous en raffreschira la memoire. Ceux qui parlent en Oracles, ne doiuent iamais broncher en leurs paroles, & on presuppose qu'ils doiuent tout sçauoir : Nul peché en eux n'est censé veniel, tous leurs mots sont recueillis comme vne pluye de Manne, & de

perles Orientales. Ce petit Essay sera bien-heureux s'il peut seruir de memoire, à vostre heureuse memoire, & ce sera vn grand
bon-heur à son Auteur, s'il vous peut en cecy faire quelque aggreable seruice.

L'autre raison est, que l'Auteur du liure est vostre ancien
seruiteur, & tout chargé de mille tesmoignages de vostre amour
enuers luy. Cet honneur l'oblige à rechercher tous les moyens pos-
sibles de vous rendre seruice, mais de toute l'estenduë de son
ame. Quelque chose qu'il face il sera toūsiours ingrat, non point
par faute de bonne volonté, mais par les excez de vostre singu-
liere bonté. Il vous offre icy toutes les Pierreries de nature, toute la beauté des fleurs, tous les metaux du monde, le Ciel, &
la terre, la nature & l'artifice, tout ce qui se peut de beau
& de bon, mais tout cela n'est rien au prix du cœur qu'il vous
offre, car c'est la maistresse piece de tout ce qu'il vous presente,
& qui vaut plus que tout le reste de son liure. Ce sera vne
piece pour mettre en cette noble Librairie de vostre petit Paradis
de Conflans.

Ceux qui ne pouuoient assez loüer les Empereurs de Rome
quand ils entroient en triomphe, apres auoir domté les ennemis
de leur patrie, ils iettoient à pleines poignées sur leurs testes des
roses, & des lys, & des deluges de fleurs pour vn tesmoignage
amoureux de leur resiouïssance & bien-veillance. Pendant que
vous comme vn Hercule Gaulois, allez domtant les monstres
de la France, & que par la main virginale de la Iustice, & de
son espée foudroyante vous trenchez les crimes, les iniustices, les
forfaits, & escrasez tous les monstres d'vn pied victorieux, moy
qui ne sçaurois dire chose aucune qui approche de vos grandes
vertus, ie vous iette icy à pleines mains, Fleurs, Perles, Diamans,
& Estoilles, & toutes les raretez de nature & de l'art, pour tes-

moigner la ioye de mon cœur vous voyant ainſi rayonnant &
d'honneur & de gloire.

Voſtre nom tres-illuſtre mis à la teſte de ce liure, & enchaſſé au frontiſpice, ſera comme vne ſauuegarde Royalle, pour ietter
de la terreur dans le cœur de ceux qui voudroient luy mesfaire.
Pſaphon amaſſant mille petits oyſeaux, leur apprint ces paroles,
Pſaphon eſt Dieu, puis leur donnant l'air & la liberté, ces petits
voleurs volant par tout l'Vniuers, rediſant leur leçon, eſpandi-
rent par tout la gloire de leur maiſtre, le faiſant tenir comme vn
Dieu. Tous ces petits Eſſays que i'ay façonnez de ma main, ont
tous apprins voſtre nom, & le porteront par toute la France, &
conuieront tous les beaux eſprits d'admirer vos merites. Ils diront que vous eſtes l'oracle de la Iuſtice, le Pere de l'Eloquence,
& que tous ces foudres d'Eloquence du barreau ne tonnent qu'à
vos pieds, le Protecteur des beaux eſprits, vn exemple de pieté, la
terreur des meſchans, & mille choſes ſemblables. Puiſſent-ils dire tout ce que vous meritez, & tout le bien que ie vous deſire,
& puiſſiez-vous fleurir à iamais du beau verd d'vn honneur eternel, & puiſſe le Ciel verſer de toutes parts ſur vous & ſur les vo-
ſtres, les roſées de mille benedictions celeſtes, & vous combler de
tout vray bon-heur & de graces. Pour moy ce me ſera trop d'honneur & de gloire, ſi vous daignez me continuer la faueur de me
tenir, pour ce que veritablement ie vous ſuis, c'eſt à dire,

MONSEIGNEVR,

Voſtre tres-obligé, & tres-humble
ſeruiteur,

RENE' FRANÇOIS.

EPISTRE NECESSAIRE
AV LECTEVR IVDICIEVX.

TANT & tant mes amis me pressent de donner au public, ce que j'auois cueilly pour
moy seul, que ie ne puis plus m'en dédire
sans meurtrir leur amitié. Ie vous donne vn
premier Essay, & fais comme les ioyalliers qui mon-
trent vne petite boëtte de Pierreries, pour esueiller
l'appetit, & affriander les personnes a en rechercher encor de plus belles, & adonc ils descouurent toutes les
raretez les plus rares. Si vous agréez ce petit trauail, &
le prenez de la bonne main, ie vous promets de vous
y adiouster tout le reste : c'est pourquoy ie m'adresse à
vous qui estes iudicieux, & auez la teste bien faite, car
ie ne veux auoir rien à démesler auec vn tas de petits
esprits fretillans, qui ne sçauent ce qu'ils veulent, ils
treuuent à redire à tout, ne font rien qui vaille, & ne
lisent les liures, que comme les cantarides qui ne se posent sur les Roses que pour les empoisonner. C'est faueur de ne leur agréer, & c'est quasi vn peché mortel
de leur plaire. Esprits Antipodes & renuersez, voire
esprits Antropophages, qui ne viuent que de chair hu-

maine , & qui font comme ces poiſſons de mer qui
vont touſiours contre le fil d'eau douce, & touſiours à
rebours des autres. Ils diront que ie ne dis pas tout;
auſſi n'eſt-ce pas mon deſſein, & ce ſeroit choſe inutile. Pour inſtruire vn homme qui doit bien parler, c'eſt
aſſez qu'il ſçache les choſes principales, & les plus nobles ; les choſes plus menuës & roturieres demeurent
en la boutique. Ils diront que les termes ſont changez
comme au fait de la Venerie, & du vol des Oyſeaux,
cela ie vous l'aduouë tout rondement. Mais qu'y fe-
riez-vous ? toutes les fois qu'on change de grand Veneur, on change quaſi de façon de parler, & tous les
ans c'eſt touſiours à refaire. C'eſt affaire à remarquer ce
qui ſera de bon, & l'adiouſter aux autres Editions. Mais
qu'ils diſent ce qu'ils voudront, & par deſpit qu'ils facent mieux, ie leur en ſçauray le meilleur gré du monde, & à vous dire tout franchement, c'eſt vne partie de
mon deſſein, de donner vn coup d'eſperon à quelque
bel eſprit, & qui ait plus de loiſir que moy, afin qu'il
donne à la France cét ouurage accomply. C'eſt vne
piece du tout neceſſaire à l'Eloquence Françoiſe, autrement les plus habiles font des fautes inſupportables.
Peu de gens parlent des artifices, & des choſes qui ne
ſont de leur meſtier, ſans faire de vilains barbariſmes.
Quand Alexandre parle des couleurs, les petits apprentis broyant les couleurs s'eſclattent de rire, & ne s'en
font que gauſſer. Quand cét Orateur parle de la guerre
deuant ce grand Capitaine la terreur des Romains, il
le fait ietter du haut à bas de ſa chaire, diſant que c'eſt
vn grand ſot qui oſe parler d'vne choſe qu'il ne ſçait

pas luy mesme. Combien penfez-vous qu'il y ait d'affineurs qui rient au fermon, quand ils oyent dire aux
ieunes Predicateurs, que le fang de bouc mollit le Diamant, & que le marteau & l'enclume fe cafferont pluftoft que iamais efbrecher la dureté opiniaftre du mefme Diamant. Il y a mille chofes ou penfant faire merueille de bien dire, certes on ne dit chofe qui vaille, &
les gens du meftier s'en moquent tout leur faoul. C'eft
bien pis, quand faute de fçauoir le propre mot de quelque chofe, ils vont tournoyant tout autour du pot, &
par vne perifrafe languiffante, ou vne grande trainée
de paroles, ils font pitié à l'auditeur qui reconnoit affez qu'ils font au bout du monde, & au bout de leur
François. Mais pis encores quand effrontément ils fe
veulent mefler de faire les habiles hommes, & les efprits
vniuerfels qui parlent de tout, & fouuent prenant l'vn
pour l'autre, appreftent à rire à toute l'affiftance. Pour
éuiter ces defauts, ie vous porte icy vn bon nombre
des plus nobles Artifices, & le moyen d'en parler fans
broncher; de plus, i'ouure le chemin aux ieunes efprits,
comme à des ieunes auettes qui fe iettent fur mille &
mille fleurs pour en humer l'efprit, & en tirer la manne. Ie ne defire pas pourtant qu'ils foient fi indifcrets,
qu'à deffein de monftrer leur fçauoir ils facent parade
de leur habileté, faifant a propos fans propos de petites defcriptions, pour faire voir qu'ils en ont ouy parler, defgainant tout d'vn coup tout ce qu'ils fçauent
d'vn meftier. C'eft chofe fort puerile, & d'vn efprit
follet, qui n'eft pas encor meur. Vne Rofe qui eft fur
l'efpine & en fon lieu naturel, c'eft à la verité la prin-

cefse

cesse des fleurs , & qui attire par ses douceurs les a-
mours de tout le monde , hors de là, c'est fort peu de
chose , & ce peu flestrit , & put tout aussi tost. De
beaux mots bien propres & bien assis sans affectation,
croyez-moy qu'ils ont la meilleure grace du monde,
ce sont des Roses , des Perles , des Estoilles ; mais si
cela est affecté , si tiré par force, si hors de saison, mon
Dieu que cela a mauuaise grace , il ne se peut dire
comme cela blesse les aureilles bien faites. Tous les
grands Orateurs ont prins vne peine incroyable pour
sçauoir cette science qui les a rendus aimables aux gens
du mestier , & admirables à tout le monde. On les a
veus dans les simples boutiques , les tablettes au poing,
prendre leurs leçons , & disputer auec les compagnons à
dessein de leur ouurir la bouche , & les faire parler, là ils
remarquoient les mots, les maximes , les ouurages, les
prouerbes , mille & mille secrets, de là ils tiroient des
comparaisons si naïfues , si bien prises , si riches , que
l'auditeur d'aise ne pouuoit se tenir de rire, & par ce sous-
ris tesmoigner son contentement. De là venoit qu'on
disoit d'vn qui auoit miraculeusement parlé du chant du
Rossignol, qu'il sembloit qu'il eut esté Rossignol luy-
mesme ; de l'autre qu'il sembloit vn homme qui iamais
n'auoit humé autre air que celuy des armées , tant par-
loit-il dignement des combats ; ainsi du reste. Or mon
grand amy, i'ay prins ceste peine là pour vous deliurer
de la peine ; i'ay vogué sur mer pour apprendre le pilotage, i'ay tourné la roüe pour espier les secrets de l'af-
finage des Pierreries, i'ay visité les boutiques , & disputé auec de fort bons maistres pour apprendre quelque

ë

chofe que vous puiſſiez apprendre apres moy.

Ie vous prie d'vne grace, c'eſt que vous pardonniez les faures ſuruenuës à l'impreſſion, ie n'eſtois pas ſur le lieu pour examiner les eſpreuues, & chaſtier le compagnon; le compoſiteur a quelquefois laſché vn mot pour vn autre, l'ordre n'y eſt pas tel que vous deſireriez bien, & moy auſſi. L'indice ſuppléera à l'vn, & voſtre bonté à l'autre. Au reſte il n'y a pas tant de faures ny ſi groſſes, qu'elles ſoient plus que pechez veniels. Quand ils ſeroient mortels, voſtre bien-veillance les rendra veniels & pardonnables. Ie vous en prie, & me faire l'honneur de me tenir pour voſtre ſeruiteur.

TABLE DES CHAPITRES.

TABLE DES CHAPITRES.

ADVER-

ADVERTISSEMENT
AV LECTEVR DE LA
VENERIE.

E vous donne icy pour premier Essay celuy de la Venerie, ie ne vous dis pas tout, cela n'appartient qu'au Valet des Chiens, aux Louuetiers, & aux Chasseurs qui sont du mestier de sçauoir tout, mais pour bien parler ie vous en donne assez. Si ie vois que cecy vous agrée, ie vous donneray encor ce que vous sçauriez souhaitter ; si vous ne vous amusez qu'à piquoter, & regratigner sur les defauts, ie ne vous en diray pas d'auantage. Au reste vous verrez par experience que vous auez fait mille fautes parlant de la Chasse, faute de ce peu d'adresse, & que par ce peu d'aide vous vous releuerez de defaut, & vous parlerez comme il faut, quand il faudra parler voire des bestes puantes. La Noblesse hardie inuente tous les iours des mots nouueaux, s'ils hantent la Cour prenez-lés, & seruez-vous-en, autrement ne le faites pas sans beaucoup de choix, & de iugement, car chasque Prouince a ses façons de dire, qui ne sont bonnes qu'en leur terroir ; mais

A

à la Cour on s'en moque, & sont censez mots barbares, gros-
siers, & de la vieille Chasse des Paladins de Gaule. Ceux que
ie vous donne sont tous de mise, & de bonne guerre ; la table
vous mettra tous les termes par ordre d'Alphabet, afin que
vous les puissiez treuuer tout à vostre aise. Adieu mon cher
amy.

LA VENERIE, ET
LA CHASSE DES BESTES
PVANTES.

CHAPITRE I.

'EST vn plaisir innocent que le plaisir de la Chasse, & pleut à Dieu que ce fut le plus grand peché des Princes & des grands Seigneurs, comme bien souuent c'est leur plus agreable plaisir. Pendant qu'ils courent vn Liéure de grande roideur, & que montez sur vn cheual qui vole, ils volent apres vn Cerf qui s'enuole tant que iambes le peuuent porter, il semble que tous les maux du monde leur demeurent derriere leurs espaules. Nul mal ne court assez viste pour les attrapper, tout leur peché consiste à tuër vn Liéure, & desesperer vn pauure Cerf, qui haletant est acculé & rend les abbois sur le bord d'vne belle fontaine. Les voila montez à l'aduantage, habillez d'vne Hongreline d'escarlatte & bien fourrée, la plume flottant sur le petit chappeau retroussé & boutonné d'or pour estre à-deliure, la trompe qui leur descend sous le bras, en bon appetit de donner de l'exercice au premier Cerf que le bon-heur leur pre-

A 2

sentera, dispost au reste & contens tout ce qui se peut.
A la verité c'est vne volupté de Roys, & de Princes,
mais volupté autant agreable qu'innocente. Ce sont des
contes de dire que Persé fut le premier qui fit la conqueste des Cheureux, Castor celuy qui monta à cheual
le premier pour courir le Cerf, Pollux celuy qui par les
Limiers cogneut la trace des bestes courantes, & par
les dents des Chiens maillez & iaquez, & armez de colliers pleins de grandes pointes estrangla les Loups, &
les bestes puantes; Meleagre, les Espieux pour affronter le Sanglier; Ippolite, les toiles, & les pans, & les
retz; Orion, les meutes, & les lesses, & le moyen de
brosser par les forests espaisses, & par les taillis; Ce sont
dy-ie des contes, car la Chasse naquit quand le monde
fut monde, & Caïn fut à vray dire le premier Chasseur qui massacra & les hommes, & les bestes, Esaü fut
excellent en ce mestier, & ne doutez nullement que
ces premiers hommes ne fussent beaux Chasseurs de
toutes sortes de bestes, quoy qu'ils n'eussent pas encor
tant d'inuentions, & de bastons à feu pour massacrer le
gibbier, & en faire carnage. Mais auiourd'huy que ce
peut-il voir de plus charmant que le deduit de la Chasse,
soit enueloppant de retz vne pauure beste bien estonnée, soit sanglantant sa queste à dent de Léuriers, qui
enfoncent toute leur machoüere dans leur proye qui
leur a cousté tant de pas; Cettuy-cy n'aime que aculer
le Sanglier auec le vautret, celuy-là prend plaisir d'e-
strangler les Ours auec des Dogues & des Mastins furieux, l'autre enfume le Tesson dans sa cauerne & le fait
mourir de fumée; cettuy-cy fait trainée, & meurt de

rire voyant les Loups, & les Renards enleuez & pendus
à vn clou, lors que les galands se pensoient acharner sur
la voirie, & n'y a rien de pareil que de voir vn Renard
honteux, & prins tout vif, luy qui n'est fourré que de
finesse & de pure malice. Que vous dirons-nous de celuy qui court monts & vaux suiuant vn ieune Cerf, qui
bondissant par les collines à bonds legers, se desrobe
aux yeux des Chasseurs, qui à longs cris trenchans de
leur trompe le vont poursuiuant à toute bride? Diriez
vous pas que le Chien couchant a de la raison & du iugement, tant il est admirable à tromper les pauures
Perdrix & bien seruir son maistre? En quatre coups de
nez il vous éuante vne plaine, & accort à fleurer guidé
de la fidelité de son flair tire droit à son gibbier, &
luy presentant le front l'arreste, les pauures Perdreaux
tous esperdus se serrent, se mottent, & se croyent perdus, le Chien se plante là ferme, roidissant la quëuë
donne le signe à son maistre, s'allongeant vers eux, &
quasi les monstrant au Chasseur, il les amuse là iusques
à ce que luy & eux soient couuerts de la tirace, &
adonc le galand fretille d'aise voyant comme il a finement trompé ces pauures bestelettes qui se sont laissées
innocemment enuelopper dans le filet meurtrier. Allez
chercher des plaisirs plus purs en la nature que voir des
ieunes Gentilshommes apres auoir couru le Cerf, enfin
l'ont prins & despouillé, puis font la curée à leurs
Chiens, se treuuant fort las, tous se vont ietter sur l'herbe mollette, à l'ombre d'vn arbre touffu, sur le bord
d'vne fontaine bien claire, là estendus de leur long sur
la platte, & contant chacun sa peine, & sa valeur sur le

tapis d'vne mouſſe bien verte & bien fraiſche, ils vous
mangent de la chreſme toute couuerte de fraizes ſauuages, ſecoüent vn prunier pour faire tomber les prunes les plus meures, eſtouffent leur ſoif & leur chaleur
dans la glace d'vne fontaine criſtalline, là plus contens
que le Roy reprennent leurs eſprits, & ſur le ſoir s'en
retournent au petit pas, ſoupent d'vn appetit incroyable, & n'ont autre ambition que de treuuer le lende-
main vn autre Cerf qui ne ſoit de refus.

Pour en parler donc en façon que vous puiſſiez acquerir de l'honneur, ie vous diray en premier lieu, que
les Chiens blancs, dits Baux, ſurnommez Greffiers, ſont
de race de Barbarie. Le premier en France s'appella
Soüillard.

Ces Chiens ſont dediez pour les Roys, car ils ſont
beaux Chaſſeurs, requerans, forcenans & de haut nez:
qui ne laiſſent pour chaleurs qui ſoient à chaſſer, ſans
ſe rompre à la foule des Piqueurs, ny au bruit & cry,
des hommes, & gardent mieux le change que tous autres, & ſont de meilleure creance.

D'vne laictée ou lictée de la lyce couuerte & em-
plie d'vn de ces Baux, la moitié n'eſt pas bonne. Les
naiſſans tout d'vne piece ſont les meilleurs, c'eſt à dire,
tout blancs, & les marquetez de rouge. Les marquetez de
noir, ou de gris ſale ne valent rien, les tout noirs ſont bons.

Les Chiens fauues ou rouges ſont de grand cœur,
d'entreprinſe, de haut nez, gardans bien le change, ils
n'endurent pas la chaleur, & la foule, comme les blancs,
mais ſont plus ardens; s'il aduient qu'vne beſte forpaiſe
aux champs, ils ne la cuident abandonner; Les bons ont

le poil vif, tirant au rouge, vne tache blanche au front,
& au col : ils ne font cas que du Cerf, ils dédaignent
les Liéures, &c.

Les Chiens gris fçauent faire tout meftier, & courent toutes beftes, & font bons pour fimples Gentils-
hommes. Les meilleurs font gris fur l'efchine quatroüil-
lez de rouge, les iambes de mefme poil, comme la iambe du Liéure. Les excellens ont à l'efchine vn gris noiraftre, les iambes cannelées & ondées de rouge, & de
noir. (Les trop gris argentez ne valent gueres.) Ils craignent le chaut, & la foule, & pour eftre de grand cœur
ils fe mettent hors d'haleine au cry des hommes, ils n'aiment la befte qui rufé & tournoye, mais fi elle tire païs,
ils courent trefbien : font opiniaftres & de mauuaife
creance : ils font fuiets à prendre le change, car ils font
de trop grands cernes, ils aiment d'oüir la trompe de leur
maiftre, & ne fe fient aux Chiens leurs compagnons s'ils
les treuuent menteurs, ce qu'ils cognoiffent à leur voix.
Au partir du defcouple il les faut piquer froidement, car
ils font ardans & outrepaffent la voye de la befte, laquelle fi elle eft mal-menée, iamais ils ne l'abandonnent.

Les Chiens noirs, qu'on dit de S. Hubert (car en memoire de ce fainct qui fut Veneur, les Abbez en tiennent race) font puiffans de corfage, de haut nez, chaf-
fans de forlonge, defirent les beftes puantes, c'eft à dire,
Renards, Sangliers, &c. les autres vont trop vifte pour
eux, & n'ont le cœur de les fuiure.

Les fignes d'vn bon Chien. 1. la tefte longue & non
camufe. 2. les nafeaux gros & ouuerts, pour eftre de
haut nez. 3. les oreilles larges. 4. les reins courbez, le iarret

droit, & bien herpé pour la viſteſſe. 5. le rable gros &
les hanches, la cuiſſe trouſſée, la queuë groſſe auprés
des reins, pour la force. 6. le poil du ventre rude, car il
ne craint l'eau. 7. la iambe groſſe, le pied ſec en forme
d'vn Renard, car le pied gros ne vaut rien.

8. Chaſtrer ou ſener vne lyce, c'eſt à dire, luy oſter les
racines, Ἐκτέμνειν, c'eſt à dire, chaſtrer.

9. Ie ne vis iamais faire bonne fin à Chiens nourris à
la boucherie, c'eſt à dire, ils ne chaſſent rien qui vaille.

10. Carnage. m. c'eſt vn terme de Venerie, qui veut
dire la chair qu'on donne au Chien apres auoir bien
couru & chaſſé la beſte. Faire donc Carnage, & donner
le deuoir, & donner à manger au Chien de ſa venaiſon,
c'eſt la meſme choſe en Venerie, quand on donne de
la chair aux Chiens. De là vient Carnage, c'eſt tuërie,
meurtre, & beaucoup de gens maſſacrez ainſi qu'à la
Chaſſe on fait carnage de beſtes. Iamais ne faut donner carnage au Chien, qu'il ne ſoit eſcorché, afin qu'il
ne cognoiſſe la beſte auec ſon poil. Chien Eſchif, qui
eſt ardent à manger, *Canis vorax.*

11. Le chenin doit eſtre large, la cour large & orien-
tée, car les Chiens prennent plaiſir à s'eſbatre & vuider;
il y faut vne fontaine, & vn grand tymbre de pierre,
où ſe reçoiue l'eau, où boiront les Chiens.

12. Le Valet des Chiens le matin auec la trompe doit
ſonner quatre ou cinq mots, le greſle pour reſioüir les
Chiens, puis les mener dehors pour leur enſeigner à
croire; que s'il y a vn Chien mal complexionné qui
coure ſus les brebis, &c. il le faut coupler auec vn be-
lier, & le feſſer en le menaçant; tout de meſmes ſi paſſant

fant par les Garennes, ils branlent aux Connils.

13. Pour les façonner il les faut laisser couplez & hardez en garde au compagnon, puis se retirant les forhuer auec la trompe ou bouche ; s'ils sont desia accoustumez, il les faut descoupler, sinon coupler les ieunes auec les vieux, qui oyant le forhu courent au Valet & y trainent leur compagnon, qui luy donne quelque friandise, puis l'autre en fait autant à l'autre bout, deuant qu'il aye acheué de manger. En les dressant il faut garder de les faire effiler, car ils ne sont asseurez sur leurs membres qu'ils n'ayent deux ans.

14. Il ne faut donner curée de Biche aux Chiens, car ils s'en souuiennent & quittent le Cerf, ou c'est qu'autrement ils le démeslent d'auec la Biche. Si on les accoustume à la toile, où le Cerf ne fait que tournoyer, estant apres dehors, si le Cerf ayant tournoyé, dresse, c'est à dire, il tire païs, & va droit par apres, & se forloigne vn peu, les Chiens prennent le contrepied pour le droit, se rompans & mettans hors-d'haleine. Il ne les faut accoustumer à l'esgail, (c'est à dire rosée) car ils ne peuuent chasser à la chaleur.

15. Le temps de chasser est quand les Cerfs sont en leur grande venaison (*sagina*) car lors ils ne rusent, ny ne courent gueres estant chargez, & estant pris il leur faut despoüiller le col, & sur le champ en faire curée.

16. Le droit commencement des Chiens courans est de les dresser au Liéure, car ils apprennent les ruses, & hour-variz, à croire, & venir aux forhuz & s'affinent le nez.

La harpe, ou griffe de Chien,

Du Cerf.

17. LE Cerf en my-Septembre commence d'aller au Rut, quelquefois passe la mer à cest effet. Tant plus il est vieux, tant plus y est adonné. Le Rut dure deux mois.

18. Rêre, ou Réer : c'est le cris du Cerf braimant, le Viandis est sa viande, & se dit le Cerf viander aux ieunes tailles des bois, ou, &c.

19. Les Cerfs muent en Feurier & Mars, les vieux iettent & poussent les premiers leurs testes. Vn chastré iamais ne portera teste, s'il l'a quand on le chastre, iamais ne tombera, l'ayant ietté ils prennent le buisson, se cachant prés des gaignages (c'est à dire, champs & iardins, où sont blez & potage) & de l'eau afin d'aller au viandis. En Mars ils commencent à pousser les bosses (c'est à dire, les pointes & cors) & selon que le Soleil hausse, & le viandis durcira, leurs testes & venaison croistront. En My-Iuin leurs testes sont semées de ce qu'elles doiuent auoir toute l'année : Les Cerfs & les Sangliers ne prennent le buisson, ny laissent les compagnies qu'au tiers an, car ils se sentent foibles.

20. Ils se cachent. 1. parce qu'ils sont desarmez. 2. pour faire leur chair à leur aise. 3. pour la honte. 4. au

22. Iuillet ou enuiron les testes sechent, & les frayent aux arbres faisant tomber leur lambeaux ; puis les brunissent, (c'est à dire, polissent) aux charbonnieres, ou en l'argille (c'est à dire lieu sablonneux) les testes bien nées viennent des bons gaignages, & viandis.

21. Ils sont de pelage brun, ou fauue, ou rouge, ceux

ey font vifs, ont leurs teftes bien perlées; font longs,
& efclames, de grand' haleine.

La tefte de Cerf, & fon bois.

22. IL commence à porter tefte à deux ans, & s'appellent les dagues. Au troifiéme an il porte 4. 6.
ou 8. cornettes. Au quatriéme an, 8. & 10. Au cinquiéme an, 10. ou 12. Au fixiéme, 12. 14. 16. Au
feptiéme an les teftes font femées de tout ce qu'elles
auront iamais; apres ils marqueront leurs teftes tantoft
plus, tantoft moins; bien nées, ou contrefaites.

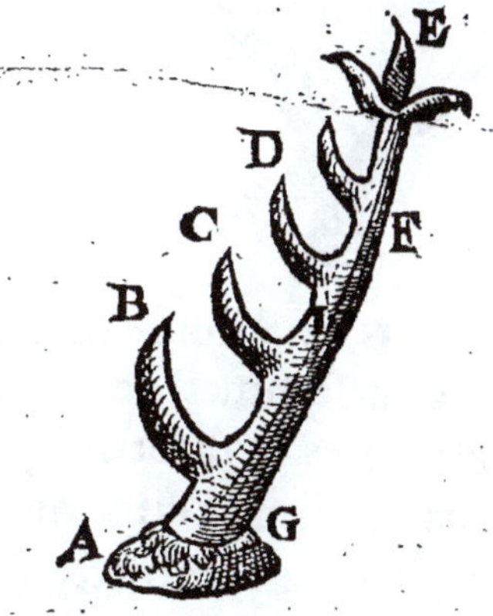

A. Meule; Rocher; Caillou, Bafe. *Mola Bud.*

B. Andoillier, ou Antoilier.

C. Sur-andoillier.

D. Les autres, cors, cheuilleures.

E. La Trocheure, (c'eft à dire, comme vn bouquet) pau-
    mure, coronneure; & les petits cors de la trocheure, fe
    dient efpois.

F. La perche, le marrein: *materia cornuum.*

G. Les petites pierres qui font fur la meule, fe dient, la
pierrure.

I. Les fentes qui font le long de la perche , fe dient,
gouttieres.

La croûfte raboteufe de la perche fe nomme, la perlure,
celle de la meule fe dit la perrure.

La tefte qui a cinq efpois fe dit paumure, de la paume
de la main. Celle qui en a trois, ou quatre efpois, fe
dit trocheure, comme vne trochée de poires : fi elle
n'en a que deux, ainfi,

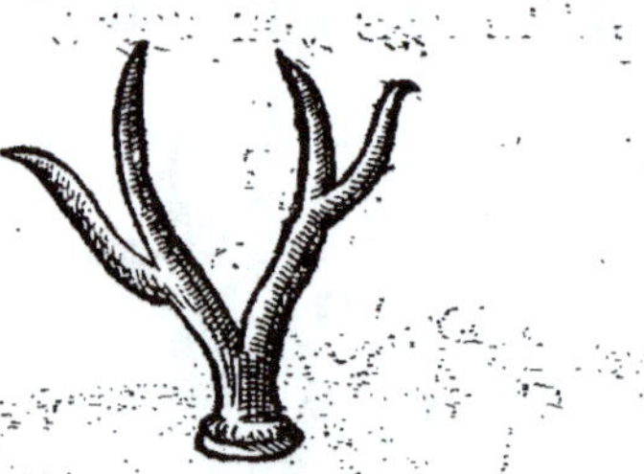

elle s'appelle tefte enfourchie , qui au lieu de Couronne porte au fommet de la perche vne forche. Les
teftes contrefaites fe dient fimplement Teftes.

23. La pince du pied (c'eft à dire la pointe) le talon,
les coftez du pied, la comblette (c'eft à dire la fente
du pied) les os tranchans ; les vieux en leur alleure iamais ne faux-marchent.

24. Les fumées (c'eft à dire *fimus*) du Cerf font ou
formées, ou en troches, ou en plateaux, c'eft à dire, premierement rondes, 2. ayant des piquons, 3. plates. Elles
font mieux moulues & digerées le foir, car ils ont à repos fait leur runge, & digeré leur viandis.

25. On iuge le Cerf par les portées (c'eft à dire,

voyant les branches aux tailles qu'en paſſant il a plié ou rompu auec ſa teſte) quand il ſe rembuſche en ſon fort. Et ainſi ſe cognoiſt la hauteur de ſa perche. Aller à la veuë, c'eſt à dire, deſcouurir s'il y a beſte courable au païs.

26. Les alleures du Cerf, les abbatures (c'eſt à dire, ſelon qu'il abbat du ventre l'herbe , ou les fougeres & menus bois où il paſſe) & les fouleures ou foulées monſtrent la hauteur, & grandeur, & les erres auſſi.

27. Le frayoüer c'eſt l'arbre où le Cerf fraye ſa teſte, pour l'embellir & deſpoüiller dés lambeaux.

28. En Nouembre ils viandent les pointes & fleurs des bruyeres & branches : quand il neige , ils ſe mettent en hardes (c'eſt à dire en trouppe) & viandent és foreſts la pointe de la mouſſe , & pelent le bois, ſe mettant à l'abry des vents.

29. Le Cerf qui va de bon temps (c'eſt à dire viſte) & de hautes erres, c'eſt à dire, quaſi ne touchant terre, le Cerf balance çà & là : *Nutat.*

30. Il ne faut laſcher le Chien , de peur qu'il ne caquette trop toſt , & faut prendre les cognoiſſances du Cerf (c'eſt à dire, les coniectures de ſa grandeur) puis le rembuſcher ſi on peut, & prendre garde à toutes ſes ruſes, entrées, & ſorties du fort ; & puis les enfermer toutes dans ſes cernes & enceintes , excepté vne entrée par laquelle il faut mettre le Chien , & le faire fauſſer le fort s'il eſt poſſible & le lancer. Il ne ſe faut fier aux Chiens qui en veulent au vent, & ne mettent le nez en terre.

31. Le reſſuy des Cerfs ſe fait ſouuent au bord du

fort, c'est à dire, il se ressuye au Soleil, ou à l'air. Fort (c'est à dire, où les arbres & herbes sont espaisses, & touffuës aux bois.)

L'ayant failly vn iour, il faut ietter vne brisée (c'est à dire, semer des branches d'arbres brisées, pour retrouuer le chemin.)

Lancer,
Lancina-
re cer-
uum.
Bud.

32. Si celuy qui fait la suite du Cerf cognoist que ce soit son droit (c'est à dire qu'il soit au chemin que le Cerf tient) & que son Chien lance le Cerf, il doit sonner deux mots pour appeller les Piqueurs : mais il se faut garder du change (c'est à dire que le Cerf ne trompe, laissant quelqu'autre Cerf ou beste en sa place, qui trompe le Chien) & ne s'estonner des reposées, car le Cerf mal mené fait plusieurs reposées, & ne se pouuant tenir debout, viande de couché, c'est à dire, se couche pour brouter, & se repaire.

33. Les Cerfs a ses demeures, & ses forts, où en hautes fustayes, ou és forests de houssieres (c'est à dire, *Virgulteta*) ou és forests qui ont des Couronnes de brandes, c'est à dire, rameaux, ou qui sont enuironnées de taille, ou en quelques brosses au bord de la Forest. Si on lance le Cerf dans les fustayes, il sera mal-aisé de l'approcher.

34. Le rapport qui se fait du Cerf, est donner les cognoissances qu'on a au Seigneur qui veut chasser, afin qu'il choisisse le Cerf qui sera en la plus belle meute (c'est à dire compagnie, ou muete, c'est à dire, giste.)

35. Fumée, est la fiente de toute beste qui vit de broust. Lesse, est celle des bestes mordantes, Sangliers, &c. Crotte, celle des Liéures. Esprainte, celle de la

Loutre. Fiante , celle des beftes puantes , Renards,
&c. Le manger des beftes mordantes fe dit , mangeures , le Sanglier fait icy fes mangeures. Le viandis eft
du Cerf , & fes femblables.

36. Les pieds des beftes mordantes , fe dient , les traces;
du Cerf , &c. Les pieds, ou foyes, c'eft à dire, les piftes.

37. Faire fa nuict aux gaignages , ou és tailles , c'eft
y viander.

38. Les voyes font le grand chemin , Les routes, font
les fentiers qui trauerfent les forts. Le Cerf va la voye,
c'eft à dire le grand chemin; Va la route, &c. Les erres,
font par où vne befte va de bon, ou de vieux temps
(c'eft à dire , comme vne vieille befte, & recruë.)
Brifées , ou balles, font chemins marquez auec branches brifées, & femées pour retreuuer le chemin.

39. Le Reffuy eft le lieu où le Cerf fe feiche, mouil-
lé de l'efgail ; & fe dit là le Cerf fait fon reffuy. Les
lits , repofées , ou chambres font où il repofe le iour.
Pour les beftes mordantes s'appellent Bauges , comme
Sangliers , &c.

40. Tefte faux-marquée qui n'a les cors & cheuilles
pareilles aux deux perches; Tefte bien née , groffe de
marrein , bien cheuillée , bien marquée, couronnée,
eft la belle tefte. Les ergots qui font derriere le pied du
Cerf , Dain , &c. fe nomment les os ; aux Sangliers,
&c. les Gardes.

41. Harde de beftes , & Harpail, c'eft à dire trouppe de beftes fauues. Compagnie, c'eft à dire , trouppe
de beftes noires. Grand vieux Cerf, ou Sanglier, n'ayant
point de refus, c'eft à dire, chaffable & en fa faifon.

Relicti
canes.

42. Le relays, c'est à dire, Le lieu, où les Chiens qui
sont au passage de la beste, pour les lascher, & soulager les Chiens recreus.

43. La Meute (c'est à dire, *Grex*) chaque Meute de
Chien, a son Chien, qui est le Capitaine des autres.

Croiser & rompre les Chiens , & leur passer à trauers pendant qu'ils courent, & leur rompre leurs cour-
ses : qui est vne faute des piqueurs.

Briser par où lon passe , c'est à dire, marquer auec
branches.

44. Limier, c'est à dire, Chien qui ne parle point, &
queste le Cerf, & le relance hors de son fort.

45. Chiens de Meute , c'est à dire, de compagnie de
Chiens ou Esmeute. Car les Chiens à force de clabau-
der & glapir esmeuuent & estonnent le Cerf.

Demesler & redresser le Cerf, c'est à dire, l'oster
du change, & le poursuiure, quittant les autres.

46. Le Cerf a quelquefois quelque Brocquard auec
soy, c'est à dire, vn ieune qui a de petites cornes pointuës, comme haleines.

47. Le Cerf dresse par les fuites (c'est à dire, *recta via
fugit*) les Chiens bien ameutez dressent & courent bien
le droict (c'est à dire, *recta via insequuntur Ceruum.*)

Il faut rompre les Chiens, & les menacer & recoupler, & frapper à route, afin qu'ils relancent le Cerf qui
leur a donné le change, & les a fait tomber en defaut.
Frapper à route , c'est à dire, remettre les Chiens à la
trace, les ostant du defaut.

48. A la chasse du Cerf il faut parler & resioüir les
Chiens : au Sanglier il faut parler aux Chiens à son de
trompe,

trompe, de cris rudes & furieux.

Il ne se faut fier aux ieunes, mais aux Chiens sages & vieux de la Meute.

Ruse, & hour-variz du Cerf, *idem*.

49. Le Chien sonne, c'est à dire, appelle au bon chemin, & iappe ayant treuué la trace.

50. Le Cerf fuit tousiours à val du vent, & ne met iamais la gueule dedans le vent, ny le nez: mais il tourne le derriere, specialement au vent de Nort, & d'Autan, qui sont vehemens, & afin que les Chiens n'ayent le vent.

51. Cerne & enceinte (c'est à dire, circuir le lieu où est le Cerf.)

Auoir sentiment du Cerf (c'est à dire, sentir la trace, & l'odeur) prendre le contre-pied du Cerf, c'est à dire, aller au rebours.

52. Le Cerf qui se veut rendre va feignant son corps & ses iambes en chancelant, fait de grands bonds, mais ne dure gueres, fait de grandes glissées, donne des os en terre.

53. Le bon Piqueur doit sçauoir bien parler en cris, & langages plaisans aux Chiens, crier, hucher, & houpper ses compagnons, forhuer en mots longs, & sonner de la trompe.

54. Au Cerf la biere, au Sanglier le Barbier, Prouerbe, (c'est à dire, le Cerf aux abois de terre donne coups mortels de la teste: le Sanglier, meurtrist, & descoust les membres auec ses deffenses.)

55. Le Cerf pris, il faut hucher & sonner la mort pour assembler les Veneurs; puis faire fouler le Cerf aux

Chiens, & apres les recoupler, puis couper le pied droit
l'offrant au Roy, ou au Seigneur de la Venerie, puis faut
fendre le cuir, & le defpoüiller, oftant auec la peau le pa-
rement (c'eſt à dire, vne chair rouge, qui eſt fur la venaiſon & chair du Cerf.)

56. Le Veneur, qui a détourné le Cerf, prend le maſſa-
-cre ou teſte du Cerf, & le cœur, & en fait le premier
droit à ſon Limier ; le reſte il le donne aux Limiers de
ſes compaignons. On fait tout chaudement la curée
aux Chiens de la ceruelle, & du col, & s'appelle curée
chaude, qui met treſbien les Chiens à la chair. Les cu-
rées froides, qui ſe font en la maiſon, ne ſont ſi bonnes.

57. L'eſcuyer du Cerf, c'eſt le ieune, qui va en compagnie du vieux.

La hampe du Cerf (c'eſt à dire, *Pectus*.)

Cheuaucher la menée, c'eſt à dire, *obequitare canes ceruum inſequentes cominus* ; corner la menée, &c.

Cerf eſchauffé des Chiens, *item*, forlonge les Chiens
c'eſt à dire, fuir loin.

Corner Requeſte, c'eſt à dire, *iterum require*.

Battre le Ruiſſeau, c'eſt à dire, nager.

Prendre la beſte au Tour, c'eſt à dire, la cheualer ſans
l'effrayer, cependant les Archiers cachez tirent.

58. Le Dain eſt de pelage plus blanc que le Cerf, la
teſte paumée, & auec plus de cors que le Cerf, ſa venaiſon plus friande, il va pluſtoſt de prin-ſault (c'eſt à dire,
primo ſaltu, & initio.) que luy, & ne ſont amis.

59. Quand les Chiens trouuent où il a viandé la nuict,
ou de releuée (c'eſt à dire, depuis le midy) ou le matin,
faut garder qu'ils ne prennent le contre-ongle (c'eſt à di-

re, au rebours, & prenant le talon pour la pointe.)

60. Le Cheureuil & la Cheurelle font meilleur fuite que le Cerf, ils mettent, comme les Cerfs, leurs boſſes (c'eſt à dire comme vn'enfleure: *Subula*) au premier an: auſſi portent leurs faiſſeaux & broches (c'eſt à dire leurs cornes faites en haleine) ont leurs viandiers comme les Cerfs, &c.

61. Les Chiens Eſpagnols (qui ſont Chiens d'oyſeaux) ſont bons pour chaſſer au Connil, il faut emmuſeler le Furon (afin qu'il ne les tuë) qu'on fait entrer dans leur Terrier, & a chaſque pertuis vne bourſe.

Du Loup.

62. ENtre tous les Loups, vn ſeul lignera la Louue; (c'eſt à dire la fera conceuoir) & eſtant tous endormis, elle en eſueille vn qui plus l'agrée, & s'en va auec luy, ſe faiſant de nouueau alligner. De là on dit à vne femme impudique, que c'eſt vne Louue. Les Loups eſueillez, vont à la trace; & s'ils treuuent le Loup ils le tuent, pource on dit, que iamais Loup ne vit ſon pere.

63. Le Loup ne porte rien à ſes Cheaux, qu'il ne ſoit ſaoul, ſi fait bien la Louue: & ſi le Loup n'eſt bien ſaoul, il oſte la prebende aux Cheaux, & à la Louue: Si le Loup voit, qu'elle porte en cachette aux Louueteaux, il la bat; ainſi il eſt fort gras en ce temps, car il mange ſa proye; celle des Cheaux & de la Louue.

64. Il a malle morſure & venimeuſe, à cauſe des Serpens, & vermine qu'il mange. Court ſi bien, que ſou

uent les meilleurs Chiens ne le peuuent afficher. Il fuit
volontiers le couuert (c'est à dire à couuert par bois,
&c.)

65. Loups-garous (c'est à dire gare, & gardez-vous)
car ils sont acharnez à chair humaine.

66. C'est vne sçauante beste, & fausse à garder ses
aduantages, il mesnage sa fuitte, & se tient en haleine,
& en a besoin, car tout le monde luy en veut. Se prend
auec des hausse-pieds, ou chasse-pieds (c'est à dire,
chausse-trapes, & creux couuerts) en leur faisant train
de chair, c'est à dire, semant çà & là, ou trainant la chair
iusques à vn lieu propre pour les attrapper. Le Loup iamais
ne s'appriuoise, regarde tousiours çà, & là, & s'il a loisir
il fait mal, & sçait bien en sa cognoissance qu'il fait mal,
& regarde effroyement.

67. Le Loup ne demeure pas volontiers où il a mangé, mais s'en va de haute prime (c'est à dire tout aussi
tost *Itali, quanto prima.*) Si ce n'est qu'ils ayent mangé
trois fois, car lors ils s'arrestent, quand il y a de l'en-
charnement.

68. Pour le prendre au bois, faut mettre les Léuriers
en laisses de rang, au plus beau tiltre (c'est à dire en vn
lieu aduantageux, de là on dit attiltrer vn, c'est à dire,
subornare ad insidias faciendas alicui,) & laisser trois ou
quatre doubles, mais gardant bien que les Loups ne
puissent auoir le vent.

69. Quand on aura fait les defences, c'est à dire, ar-
rangé les gens l'vn aupres de l'autre, il faut que le
Veneur auec son Limier, brise les Loups hors de la
charongne iusques au fort, puis faut abbatre (c'est à

dire lafcher) le tiers de fes meilleurs Chiens , & fonner pour enchauffer & rebaudir fes Chiens ; les cheuau-chant de prés.

70. Le Loup mort on fait le droit , la curée , la part, aux Chiens , le fendant , vuidant , & rempliffant de friandifes , formage , &c. puis apres auoir fait bien fou-ler & bien tirer & mordre aux Chiens , on leur laiffe man-ger illec.

71. Si vn Loup efchappe , la nuict il repenfe l'ennuy du iour , & retourne au buiffon pour voir qui ç'a efté, & pour chercher fes compagnons : s'il les treuue per-dus , il s'en va bien loing.

72. Il apporte aux petits quelque Agneau vif , & leur fait tuer , pour leur apprendre leur meftier. Et la Louue reuomit fa proye , pour leur en donner à goufter.

Chaffe du Renard, & Teffon.

73. LEs Chiens de terre qui fe dient Baffets & vien-nent de Flandre , entrent aux tafnieres des Re-nards, & Teffons. S'ils y prennent quelque Teffonneau, il le faut faire tuer en la tranchée ou pertuis , à la maifon leur faire curée du foye , &c. leur mouftrant la tefte de leur gibbier.

74. Pour façonner les ieunes Chiens , on coupe la machoüere d'embas à vn vieux Renard vif , où il a fes crochets & maiftreffes dents , laiffant celles d'en-haut qui femblent terribles , & ne peuuent mordre , & lors les Chiens font rage.

75. Les Renards font leurs terriers en lieu , où l'on

ne puiſſe beſcher, & ſentant les abbois bouclent, &
ſortent auſſi toſt. Puis tournoyent long temps en leur
pays deuant qu'en ſortir. La curée s'en fait comme du
Loup, ou ſur ſa peau y mettant les friandiſes.

76. Tiltre de Chiens, c'eſt le lieu où on les a poſez,
afin que quand la beſte paſſera ils la courent bien à
propos, de là vient mettre en bon tiltre : Item attiltrer, & le Cerf fortiltre, c'eſt à dire, il va hors des tiltres des Chiens qu'on auoit attiltrez.

Chiens Alans gentils : Item, Alans de Boucher, pour
mener les bœufs.

Chiens Bauts, Chiens Cerfs, ou muets, *id eſt, ceruum*
tacitè ſeqüentes.

Chiens parlans, & riotans en leur langage, c'eſt à dire, Chiens courans, qui iamais ne quittent le Cerf.

Chien courtaut, c'eſt à dire ſans queuë, de ſeruice,
ordinaire.

Chien de garde, c'eſt à dire, pour abbayer aux larrons.

Chien allant, c'eſt à dire, qui par chemin détourne
les beſtes.

Chiens à gros poil, ſont pour l'eau comme Barbets,
qui portent de traict, & chaſſent au gibbier d'eau.

Chiens Eſpagnols, c'eſt à dire, Chiens couchans
pour leuer Perdrix, Cailles, &c.

Chiens de combat, pour les Sangliers, &c.

Dogues ſont pour aſſaillir les groſſes beſtes, *Moloſſi.*

Léuriers, qui ſont viſtes à prendre tout.

Léurier à Liéure ; Léurier à Loup ; Léurier à tout.

Baudir, ou rebaudir les Chiens, & les encharner.

c'eſt à dire, *excitare ad prædam*, leur parler, les reſioüir.

Traicts de Chiens, c'eſt à dire, les laiſſes & colliers pour les coupler, qui ſe font de poil de cheuaux.

Vautrer, c'eſt à dire, chaſſer auec Vautrez, & Maſtins, car le Vautrey ſe dit vne troupe de Maſtins, qui curent ardemment vn Sanglier, & finalement l'outrent d'halene, & le prennent à force.

Chaſſe du Sanglier.

1. LA Chaſſe du Sanglier n'eſt que pour les Maſtins, car il ne court pas, & ne ſe fie qu'à ſes deffenſes. S'il bleſſe de la dent vn Chien, au coffre du corps, iamais il n'en eſchappe. D'vne venuë tournant ſa Hure, tuëra ſix & ſept Chiens courans.

2. Ils ont entre autres quatre dents ou deffences, deux en haut, qui ne ſeruent que d'aguiſer les deux limes & dagues, ou armes de la barre de deſſous qui tuent. Les deux d'enhaut, ſe dient, les Grez.

Les Layes ſont les femelles.

3. Il ſe laiſſe abboyer des Chiens en ſa bauge. Deuant que d'en ſortir il met hors la Hure, & prend le vent de tout coſté, s'il oit du bruit, il retourne ſur ſoy, c'eſt à dire, en ſon giſte. Et ne ſortira plus quelque bruit qu'on face.

Le Sanglier de quatre ans eſt courable & ſans refus. Le vieux Sanglier eſt celuy, qui a laiſſé les compagnies.

4. S'il va au gaignage, on dit qu'il a eſté viure & faire ſes mangeures aux gaignages, s'il va aux prez ou freſcheurs, on dit qu'il a vermeillé au pré, & fait ſes

boutis. Vermeiller, c'est à dire, chercher les vers en terre. Fouger, c'est auec le nez, & boutoüer, arracher les
racines ; & ce qu'il leue auec le nez se dit, Fouge : Mu-
loter, c'est chercher aux greniers des Mulots (c'est à dire, *Muris rustici*) où ils cachent le bled, glands, &c.
Herbeiller, c'est quand le Sanglier brouste l'herbe.

5. Le Sanglier se dit tenir les abbois, quand il se def-
fend, & contre-mord. Si les Chiens sont chargez de
sonnettes, il fuit & ne tient les abbois. Il faut que le
Piqueur luy donne de l'espée en plongeant, & non du
costé du cheual, car il tourne la Hure du costé du
coup, & tueroit le cheual.

6. Deuant sa bauge (c'est à dire son lict, & son fort)
il fait tousiours quelque ruse. Il faut que les Piqueurs
accompagnent les Chiens, & crient pour faire perdre
cœur au Sanglier, autrement il les défaira. S'il s'estonne, il tirera païs, & prendra les campagnes.

7. Du soüil on cognoist sa grandeur, car il se soüille
souuent & ventroüille, & nazille volontiers en la boüe.

8. On dit que l'homme de guerre doit auoir assaut
de Leurier, fuite de Loup (car il se retire tousiours
combattant, & monstrant les dents) & deffense de
Sanglier.

9. Bourbelier (c'est à dire, *Pectus Apri*) comme la
hampe du Cerf.

Sanglier Affouchie, c'est à dire, qui fait grandes fos-
ses, pour treuuer la racine des Fouchieres, & de l'Espar-
ge, &c.

10. La fouaille du Sanglier, c'est à dire, la curée ou
cuirie, car elle se fait auec du feu.

Huée,

Hüée, *Ouatio poſt prædam captam.*

Corner la prinſe : *Canere capturam.*

Dentée & atteinte du Sanglier, qui déſcoud les Chiens & les cheuaux, & les eſuentre.

On fait iugement du Sanglier par le pied, les bontis (ou boutis) & le ſoüil, on cognoiſt s'il eſt entier & ſans refus.

11. Il faut preſenter l'Eſpieu droit à l'Eſcu, entre col & eſpaule ; Si les billettes de l'Eſpieu ne l'en gardoient il ſe couleroit le long de la hampe de l'Eſpieu, iuſques à celuy qui l'enferre.

De l'Ours.

11. **L**Es Ourſes faonnent leurs petits quaſi tous morts, mais la mere les haleine ſi fort, leche, & eſchauffe qu'elle les fait reuenir : tout le monde le tient ainſi, ſi eſt-ce que tout le monde ne le croit pas.

2. L'Ours en hyuer quarante iours ne boit, ne mange, ſinon ſucçant ſes mains. Deux hommes ſe tenant bonne compagnie, l'Eſpieu en main, le tueront ; car ayant vn coup il ſe lance de ce coſté là, l'autre cependant le bleſſe, & luy tourne laiſſant l'autre, & ainſi on le tuë aiſément.

3. Il a malle chair, ſon ſain eſt medicinal. Es beſtes mordantes, on dit le ſain, & les mangeures. Aux beſtes rouſſes qui ne mordent comme Cerfs, &c. on appelle le ſuif, & leur manger viander.

Pouppes, c'eſt à dire, *Mamma Vrſa.*

D

La Chasse du Liéure.

1. SI le Liéure sort du giste leuant les oreilles, ne fuyant de puissance, retroussant la queuë, c'est signe qu'il est fort.

Le masle est court, fait ses ruses plus sottes, defait sa nuict par les grands chemins, il a la teste plus courbe, & plus iossuë, prend facilement congé de sa Meute (ou muete) (c'est à dire giste) à la poursuite des Chiens & se forpayse, quelquefois trois lieuës sans s'arrester.

2. Les Liéures de passage, qui sont hors de leur païs, font des rompus, & se font relancer deux ou trois fois dans leur fort.

3. Ils ont vne infinité de ruses, & sur eux se doiuent affiner les nez des Chiens courans, & y faire leur apprentissage. Luy & la femelle ne permettent qu'autre Liéure qu'eux demeure en leur païs: ainsi on dit, tant plus on chasse en vn païs, tant plus y a il de Liéures; car ceux d'autre païs y viennent.

4. Il faut tousiours auoir des friandises de Chiens pour les resioüir au defaut, & les radresser, & faire requester le Cerf, & la chasse.

5. Il ne faut sonner en queste le gresle de la trompe, mais le gros; si ce n'est qu'il vueille parler aux Chiens, alors il sonne vn mot du gresle de sa trompe, car c'est le propre du forhu; pour la queste, c'est auec le gros.

6. Les ieunes Liéures en Septembre, Octobre, Nouembre, n'ont point de corps, ny ruses, & se font re-

lancer souuent , à quoy prennent plaisir les ieunes
Chiens. Lesquels se souuiennent toushours de la premiere curée qu'on leur fait , & du lieu où lon les façonne.

7. Les Liéures en temps de glace courent fort bien,
car ils ont les pieds fourrez ; les Chiens se dessolent les
pieds sur la glace.

8. Les Chiens de deux ans ne valent que mieux, quand
on les fait souuent champayer, requerir , & lancer le
Cerf.

9. Le Chien defait aisément la nuict du Liéure au
viandy (c'est à dire au repaire) car il y laisse ses crottes,
& repaire, & se couche viandant, ainsi laisse l'odeur.

10. Le Chien boute & lance le Cerf , & redresse les
erres, quand son maistre l'aide, & bat & foule les brosses, c'est à dire, buissons & brossailles.

11. Pour bien chasser, il n'est que Chiens qui suiuent
le droit. Pour en prendre beaucoup, il faut faire grands
cernes, & abbreger les ruses.

Haller les Chiens, c'est à dire, tirer à mont.

12. Le Liéure pris , faut sonner la mort du Liéure,
& le mettre sur l'herbe ; mais le Valet des Chiens de-
fendra la curée , puis on mettra la peau, le pas, & le
poulmon, qui est contraire au Liéure ; & prenant pain,
formage , & friandises , on les brunira du sang de
Liéure, & ayant attaché le Liéure auec cordes en plusieurs lieux , afin qu'vn seul Chien ne l'arrache , le ca-
chera, lors le Piqueur fera la curée du pain , &c. Et
estant sur la fin le Valet forhura, monstrant lé Liéure,
les Chiens courront aussi tost , & leur sera donné leur

droit ; aux chiens niais & ieunes on donne la teste &
les espaules.

13. Prendre le Liéure à la croupie, c'est à dire, quand
le matin il est à croupeton, & croupit en terre. Liéure
en forme, c'est à dire, *in cubili.*

14. Faire enclotir vn Connil, c'est à dire, faire entrer
dans terre.

Cordelettes, Rets, Filets, Bourses, Boursettes,
Pochettes.

Leureter, c'est à dire, *parere lepores*, Leureteaux.

L'entrée de la Tesniere se dit Mere, la Renardiere
n'a iamais qu'vne mere.

Faire le rapport à l'assemblée, (c'est à dire, *Concilio
venatorum, vel saltuensi, Bud.*) Des cognoissances qu'on
a de la beste.

Les toiles, c'est à dire, *Carbaseum septum, Bud.* 2. *Phi-
lologia.*

CHASSE GRACIEUSE D'UN
Liéure charmé.

CHAPITRE II.

ES Gentils-hommes qui aiment la Chasse asseu-rent qu'en toute la Venerie il n'y a plaisir sem-blable à celuy qui se prend à la chasse d'vn Liéure charmé par quelque charmes-Liéures. Pour moy ie ne l'ay veu que par les oreilles, car ma chasse est plus des Liures, que des Liéures ; si voudrois-ie l'auoir veu pour vous en dire des nouuelles. Faites (dient-ils) que le plus braue chasseur de toute la Noblesse de Languedoc monté comme vn S. George, & bien assisté aille courir le Liéure, le valet des chiens auec sa trompe n'a pas si tost forhué les chiens, & en leur parlant du gresle de sa trompe les a resioüis, que vous voyez demy-douzaine de braues Leuriers couples, & hardez bien dispos pour courir la beste. Ie suppose que les chiens soient les premiers de la race, c'est à dire, beaux chasseurs, requerans, de haut-nez, de grand cœur, & de toute entreprinse, gardans bien le change, de bonne creance, qui ayent la teste longue & non camuse, les naseaux bien ouuerts, les oreilles larges, les reins courbes, le iarret droit & bien herpé, la cuisse trous-sée, le pied sec, & bien fourré, en fin faites qu'ils soient les mieux façonnez, & qui ayent le nez le plus affiné de

l'Europe, car tant meilleurs font-ils, tant moins prendront ils, & le paſſe-temps en ſera plus beau. En premier lieu ayant auſſi toſt trouué le Liéure à la croupie,
il ſe fait relancer deux ou trois fois par les Leuriers,
puis ſe voyant trop preſſé il quitte ſa teſniere, & du
premier ſaut outre paſſe les chiens : il ne faut pas demander ſi les chiens deſcouplez font le deuoir, & s'ils
treuuent leurs iambes ; le Liéure comme de raiſon gaigne le deuant, fait teſte du talon, & comme il porte
tout ſon courage, non au cœur, mais au pied, vous diriez
que la peur luy a donné à chaque talon des aiſles; il ne
touche la terre, il vole, il ſe deſtrobe aux chiens, il ſé
laiſſe derriere ſoy-meſmes, & leuant les oreilles comme
deux voiles, la-queuë pour s'en ſeruir de timon, battant
des pieds comme auec auirons, ayant la crainte pour
ſon pilote, deuient comme vn Nauire d'air precipité
par le vent, paſſe le vent, arriue d'vn bout à l'autre ſans
quaſi toucher le mitan : Les pauures chiens s'effilent en
courant, cent fois ils le tiennent, ils le bourrent, cent
fois il eſchappe, ils enragent, ils ſe dardent, la foudre
ne va ſi viſte, ils ont le nez à la queuë, les dents plantées dans la peau; le pauure Liéure qui ne ſçait pas qu'il
eſt charmé, il ne ſçait auſſi s'il eſt pris ou non ; il ſe
ſent accroché au rable, & neantmoins ſe deſcroche, &
touſiours court, & touſiours s'eſtonne, & touſiours eſt
aux abbois, & touſiours reſuſcite. Le compagnon ne
ſçait où il en eſt voyant qu'vn Liéure luy emporte ſes
ſix Leuriers, donne dans ſa trompe, encourage ſes
chiens, court à perte d'haleine, les piqueurs y vont à
toute poſte. Le pauure Liéure voyant le doux charme

qui luy fauue la vie, s'imaginant d'eftre ce qu'il n'eft pas,
ayant bien couru, tourne la tefte, & les chiens le talon,
& effrayez s'enfuyent, & le Liéure à les courir, & diriez
que le Liéure eft deuenu chien courant, & les Leuriers
des Liéures. Quel plaifir de voir fix Leuriers fuir de
peur d'vn Liéure. Les piqueurs arriuent, le garçon s'ef-
crie hare Leurier, hare Leuriers, adonc les chiens fe fou-
uenant d'eftre chiens tournent bride, & mon Liéure de-
rechef à grands coups de talons. Tout cela n'eft rien au
pris de ce que ie vous vois dire. Laffé qu'il eft de courir la pofte à pied, il fait du rompu, il s'arrefte, mes
chiens vous l'enuironnent, mais bon Dieu quelles ruzes
fait le pauure Liéure, il tournoye, il faute, il forpaife, les
pauures chiens iappent, mordent, tiennent, tuent, &
neantmoins, en voyant ils ne le voyent, en mordant ils
ne mordent, en tenant ils ne tiennent, en tuant ils ne
tuent, car de fait le Liéure faute encor, le voicy à la
tefte de tous fix, le voila à la queuë, le voila au milieu,
il fe gliffe parmy les iambes, il vole par deffus leurs teftes, fes chiens fautant & enrageant fe choquent tefte
contre tefte, la gueule beante au lieu de mordre le Liéure, ils s'entre-lardent & s'entre-tuent les vns les autres.
Le Valet des chiens fe tuë de crier, le Gentilhomme
meurt de rire, le Liéure meurt de peur, les chiens meurent de rage, tous y meurent de quelque chofe, & fi le
Liéure pourfuit toufiours fon exercice, & voudroit
bien eftre à cent lieuës loing de ce plaifir qui ne luy
eft guere agreable. Quand la befte leur a bien donné
du paffetemps les faifant faire la ronde, & danfer vn
branfle de Poitou deux pas auant & vn en arriere, il

vous les remet tous fix à la courande ; car quand ces
Leuriers penfent eftre fur le point d'en faire curée , &
d'oüir leur valet fonner de fa trompe la mort du Liéure,
& leur faire droit leur donnant leur deuoir, & quelque
friandife ; mon dit Liéure tire païs laiffant les fix Leuriers auffi eftonnez que beftes de leur pays : pour leur
honneur ils fe mettent à courir, & tous fe voyent au
defefpoir, le Liéure d'efchapper, les chiens de prendre,
le valet de chaffer, les piqueurs de difner, & y a du
plaifir de voir que tous meurent de faim & de foif, &
ne laiffent de galopper. Le Liéure n'a ny enuie, ny demie de fe laiffer efcorcher, c'eft pourquoy il gaigne vn
buiffon, les chiens fe mettent tout autour, & s'affeu-
rent de l'auoir : le fin Liéure voit bien qu'ils n'oferoient
entrer dans fa baftille armée d'efpines & de dagues, fait
femblant d'auoir peur, & fe tapit, refpond tantoft à ce
Leurier, tantoft à l'autre, il fe mocque d'eux, & fe repofe à fon aife. Ces pauures chiens y perdent tout leur
fçauoir, & s'ils pouuoient ils diroient volontiers que
c'eft quelque diable de Liéure, ou quelque Liéure d'enfer qui les enforcelle, car comme eft il poffible que fix
braues Leuriers tiennent par la queüe vne mefchante
befte, & ne la puiffent prendre, eux qui ont chacun à
part foy attrappé cent cinquante Liéures en leur vie.
Ils ont beau à faire qu'auec tout leur difcours ils ne luy
dourront atteinte, fi ce n'eft pour arracher vn peu de
bourre. Auffi en vn clin d'œil apres auoir bien ruzé, le
gentil Liéure, fort de fon fort auffi gaillard que iamais,
& en dix coups de pieds il s'emporte fi loing que vous
diriez que le diable l'emporte, auffi fait-il ; car natu-

rel-

rellement cela ne se pourroit faire. Adonc les pauures
chiens demeurent bien camus , & c'est la premiere fois
qu'ils font curée & bonne chere de rien , le Valet ne
sçait aucune chanson sur sa trompe en semblable accident, & ne sçait quel langage il doit tenir à ses chiens,
qui ont tresbien chassé sans rien prendre, excepté qu'ils
sont si recruz , & si tres-fort rompus qu'ils ne sçauent
sur quel pied dançer. Le Gentilhomme s'en retourne à
petit pas, & s'en va faire grand chere , moyennant qu'il
treuue dequoy, car pour sa Chasse, il n'y a pas grande
conqueste.

E

ADVIS AV LECTEVR.

'E S T *vn plaisir de Roy, que la Volerie, & c'est vn parler Royal que de sçauoir parler du Vol des Oyseaux. Tout le monde en parle, & peu de gens en parlent bien, ou font pitié à ceux qui les escoutent. Tantost cettuy-ci dit, la main de l'Oyseau, au lieu de dire la serre, tantost la serre, au lieu de la griffe, tantost la griffe au lieu de l'ongle & du crochet, bref ils pensent que tous les mots seruent à tous les Oyseaux, ce qui est vne vraye ignorance. Ce petit Essay que ie vous donne, vous fera parler auec honneur, & sans rougir en bonne compagnie. Vous aurez le reste quand vous aurez bien apprins ce que ie vous donne, & quand ie sçauray que ce petit trauail vous est agreable, & de seruice. Ie mettray à part ce qui est propre du Vol des Oyseaux en general, & vous donneray comme vne Anatomie de toutes les parties de l'Oyseau, afin que le vol de vostre plume & de vostre langue s'accorde bien auec le vol de la beste de laquelle vous parlerez; de peur qu'on ne die, que la beste vole mieux, que la beste ne parle. Vous sçaurez que c'est que voler à tire d'aisle, à reprises, au fil du vent, nageant entre* deux airs, en battant la nuë, par glissadés, en bricoles, en rodant, à droit fil, à plomb, à vol perdu, vol de guerre & de combat, vol de plaisir, fendre le Ciel, fondre à bas, à l'essor, balancer son vol, & cent autres façons de dire. Servez vous de celles-cy cependant, & tenez moy en vos bonnes graces.

E 2

LA FAVCONNERIE
FRANCOISE.

CHAPITRE III.

L n'y a pareil plaisir que de voir le Faucon partant du poing paſſer les nuës, fendre le Ciel; ſe perdre de veuë, donner pointe, ſe fondre en bas ſur le Gibbier, & faire les autres deuoirs d'vn bon oyſeau.

Faucon eſt toute ſorte d'oyſeau de leurre, & de proye. Et en y a de ſept ſortes. Faucon Gentil, Pelerin, Tartaret, Gerfaut, Sacre, Lanier, Thuniſian.

Le Gentil ſoit prins niais, c'eſt à dire au nid, & le faut oyſeler ſur la Gruë, car il ſera bon Gruyer, & hardy, puis bon Heronnier (c'eſt à dire, volera bien le Heron) le Hagard eſt celuy qui a mué, eſtant à ſoy.

Le Pelerin eſt de paſſage, & en pelerinage, eſt de bon affaire, hardy. Eſtant pris au paſſage (car on n'a iamais treuué ſon nid) il le faut affaiter, aduïre, leurrer, & aſſeurer, & ſeruira à tout, & au menu Gibbier.

Le Tartaret, c'est à dire de Tartarie, est espece de Pelerin.

Le Gerfaut (*Gyrofalcus in gyrum volans*) fait son aire (c'est à dire nid) en Dannemarc, est fort à faire, & veut auoir la main douce, & maistre debonnaire. Il a les doigts (c'est à dire les orteils) longs, & les serres fortes. Sert à tout.

Le Sacre n'est pas si franc pour faire effort sur la Gruë, & n'a le vol si fort que le Pelerin, est court empieté, il est bon pour la volerie des champs. Il est grossier d'entendement, mais se façonne.

Le Lanier, *a Laniandis auibus, vel a pilis lanæ simillimis,* est le plus petit de corsage, de beau pennage, court empieté, il bat bien le Liéure, & vole perdris & menu Gibbier, & supporte mieux son past gras, qu'aucun Faucon de gente penne, faut qu'il soit pris niais.

Le Thunisian, ou Punicien (c'est à dire qui vient de Thunis en Barbarie) est semblable au Lanier.

L'Espreuier & l'Autour ont les vols beaux, & font de hautes entreprises pour quelque sentiment de gloire, & d'honneur de la victoire, & non pour la proye: là où les Milans & Courbeaux ne suiuent Gibbier que pour la cuisine; pource on n'affaite ces oyseaux vilains, poltrons, & trippiers de nature. Aussi ne combattent-ils sinon Poulets, &c. qui n'ont ny vol, ny defenses.

Le Heronnier ne se doit mettre plus bas à autre volerie, car il s'appoltronira, voyant qu'il ne faut pour les autres, telle montée, si grand effort, si haut courage comme pour le Heron. Il faut qu'il cognoisse bien le vif (c'est à dire, la proye viue) & doit estre lasché contre le vent, & au deſſus du Gibbier.

Pour faire vn bon Faucon pour la Volerie des champs, il faut qu'il prenne cognoiſſance des Chiens, & qu'ils s'entr'aiment, ce qui ſe fait par la hantiſe. Il faut qu'il ſoit bien curé, luy donnant bonne gorgée (c'eſt à dire portion) des trois premiers Oyſeaux qu'il prendra. Auſſi luy faire becqueter la ceruelle de l'Oyſeau qu'il prend.

Vol pour le gros, c'eſt aux Oyſeaux de fort, & de cuiſine, comme Oyes, Gruës, &c. Et faut conduire ſagement, iuſques à ce qu'il ſoit bien enoyſellé, & faut ſau-poudrer ſa gorgée de cannelle & ſucre candy, le mettant ſur la chair de l'Oyſeau qu'il a pris, car cela luy fera aimer ſon Gibbier.

Il le faut chaperonner trois iours entiers luy donnant à manger, puis le deſchaperonner ſouuent, ainſi il ſe fera bon chaperonnier. Puis le faut faire venir ſur le poing, & en belle compagnie pour l'aſſeurer, faire qu'il cognoiſſe la chair, & le vif, apres laſcher la filiere (qu'on dit Tien le bien) en le leurrant de loing, puis luy enſeignant à monter & roder en l'air. Ne faut iamais que le leurre, (c'eſt à dire, deux ailes liées, penduës à vne laiſſe & vn eſteuf, & ſemble vne poule, partant le Faucon vole deſſus, & ſe met ſur luy quelque part qu'il le voye) ny la barre (c'eſt à dire la perche) ſoit ſans vn peu de chair.

La cornette c'eſt la houppe ou tiroüere, deſſus le chapperon, ou chappelet.

Voler haut & gras, ou voler bas, & maigres.

Deuant qu'il vole, il faut qu'il ait eu cure de plume

auec vne iointe (c'est à dire, purger l'Oyseau auec plume qu'il aualle) la cure se fait aussi de coton, de peau
de Liéure, estoupes taillées : les cures baignées, sont la-
xatiues, les essuyées, sont les meilleures, & le faut laisser roder, quand il est en humeur de voler, & en bonne volonté.

Le bon Faucon a la teste ronde, le bec court &
gros, le col long, les espaules larges, les pennes des
ailes subtiles, les cuisses longues, les iambes courtes,
les pieds longs, larges, grands.

Faucon niais (c'est à dire pris au nid) sor (c'est à dire _Sor, à la couleur sorette._
d'vn an, qui a volé mais non mué) mué, ou qui est en
mué (c'est à dire qui a changé ses pennes.)

Hagard (c'est à dire bizarre, fier) qui a esté à soy &
en liberté deuant qu'estre pris.

Royal (c'est à dire qui n'a iamais esté à soy.)

Le Pelerin se tient mieux, & plus longuement son
aile, & en son vol bat plus à loisir que le Gentil, lequel aussi est plustost sur l'aile que le Pelerin.

Le Faucon meurt si on luy donne grosses gorges
de grosse chair, car il ne peut enduire (c'est à dire digerer) sa gorge, & la passer.

Quelquefois faut recompenser son Oyseau auec gorgée raisonnable d'vn bon past vif (c'est à dire de Poulet vif ou autre) luy donnant tous les mois vne pillule
d'Aloës, ou, &c. Lors il vient à émeutir, & à ietter
flegmes & coles. Cela se dit cure d'oyseau, il tient sa
cure (c'est à dire sa pillule fait le deuoir) il a sa cure,
&c.

Appetit de boire, & faire boyau.

Item, Oy-
seaux
pantois,
c'est à dire,
qui ont ce
mal là.

Le mal de pantois ou pantais, c'eſt à dire aſmé, qui ne peut auoir ſon haleine, quand le poulmon s'enfle, & ne peut reſpirer.

La perche, & le bloc (c'eſt à dire, *Stipes, lignum*) Apres auoir feru le Gibbier, il a quelquefois les pieds froiſſez, & s'engendre des cloux aux pieds (c'eſt à dire podagre) par pareſſe du Fauconnier, qui ſus le bloc doit mettre du drap.

Faire tirer les Oyſeaux (c'eſt à dire becqueter) ſi le tirer eſt de plume, gardez qu'il n'en prenne le matin, iuſques au veſpre, la cure les deſcharge d'aiguilles, & filandres qu'il engendre, s'il eſt peu de groſſes chairs, & en peut mourir.

Eſſorer le Faucon, c'eſt à dire, ſecher au feu ou au Soleil : Item s'eſgarer, prendre le vent, & changer de maiſtre.

Le mal d'ongle eſt vne taye qui vient en l'œil, autres le nomment verole, il vient du ruthme, ou du chapperon qui ſerre trop.

Vne maladie vient à la couronne du bec, qui decharne le bec d'auec la teſte (la couronne eſt le duuet qui couronne le bec, & le conioint à la teſte.)

On donne le feu aux narilles, pour les embellir, & ouurir dauantage.

Pour de achancre leur faut donner des pillules de lard, ſucre, mouelle de bœuf. Ce mal & les autres viennent, quand ils ſont peuz de groſſe chair.

Autre mal s'appelle des machoüeres, qui s'enflent, vn autre du bec quand il eſclatte ; vn de pierre ou croye, les filandres (c'eſt à dire de petits vers) s'engendrent

drent de grosse chair, ou quand en abbatant la proye, ils se rompent vne veine, ou entre cuir & chair de sang meurtry ; les aiguilles sont vers courts pires que filandres, ou lumbriques.

Mal subtil & Ectique est qui fait emmaigrir l'oyseau, qui passe & émeutit incontinent sa gorge, & plus mange, plus deuient maigre. Pour le remettre en graisse lors qu'il est decharné, il luy faut donner demie gorge de mouton ou, &c. Et peu à peu il reprendra la chair.

Faucon qui ne vole de bon hait (c'est à dire bon gré) & est deshaitté de voler.

La taigne se met aux grosses pennes, ou au tuyau, & fait tomber les ailes ; quelquefois il ne soustient bien ses ailes, ains les pend, & traine.

Donnant trop viuement à la proye il se demet, ou disloque l'aile ou rompt l'aileron (c'est à dire, le bout de l'aile.)

Vn coup orbe, qui est auec contusion, sans ouuerture.

Il faut curer le Faucon deuant que le mettre en muë (c'est à dire, qu'il se despoüille de ses pennes) & faut qu'il soit haut, gras, & en bon point. Apres la muë, il luy faut donner petite gorge, & le couronner de son chaperon, afin que l'air ne luy nuise, aussi pour luy rabbatre sa fierté, & orgueil qu'il a, estant mué.

Le Faucon niais ne soit si ieune qu'il ne se puisse tenir sur ses iambes, autrement le faut encor laisser en l'aire : mais estant bon, le faut aussi tost mettre sur la perche ou billot, afin qu'il puisse tenir & mener son pennage sans le froisser contre terre.

Quand l'Aigle espanoüit sa queuë & tournoye, elle se dispose à fuïr, si on ne luy iette son past; mesmes si c'est le temps de s'apparier.

Faucon montaignier est brun & hardy, se doit entretenir entre gras & maigre.

L'Esmerillon est plus petit que l'Espreuier, & prend toute volaille.

Tiercelet d'Autour est petit, il se dit ainsi, car ils naissent trois en vne nyée, luy & deux femelles : & il est plus petit d'vn tiers que les femelles.

Le leurre ou rappel (c'est à dire, deux ailes liées auec vn peu de chair dessus.)

Signe de bon Autour est, astuce de courage, becquer souuent, prinse soudaine de son past sur le poing, force d'assaillir. Teste petite, face longue, gosier large, yeux profonds, & en eux vne rondeur noire, &c.

L'Espreuier niais reuient volontiers à son maistre; le sor est difficile à faire, car il a esté branchier, & ramage, & à soy (c'est à dire en liberté, suiuant sa mere de branche en branche.)

Le bon a la teste rondette, le bec gros, les yeux cauez; le cerne d'entour la prunelle de l'œil, entre vert & blanc; le col longuet, espaules bossuës, affilé deuers la queuë, les ailes assises allant le long du corps, le bout des ailes sous la queuë, la queuë non trop longue, & de bonnes pennes affilées comme le bout d'vne espée; qu'il ne soit trop haut assis (c'est à dire ayant grandes iambes) les pieds deliez, les ongles noirs & petits, les plumes trauersaines (c'est à dire qui sont de trauers) grosses & vermeilles, qu'il aye le bruel meslé de trauersaines, les sourcils blancs, & soit familleux.

Chiller l'Espreuier, est luy coudre les paupieres vers le bec, afin qu'il ne voye que par derriere; l'Autour doit garder au contraire, c'est à dire par deuant. Le bon, endure le chapperon, & ne se debat, ne se débrise tant, vole plus roidement, & fait mieux ses vols à son auan-tage.

Celuy qui tantost qu'il est pris, mord la chair & mange, c'est signe qu'il est familleux (c'est à dire *famelicus*, & de bon appetit) s'il endure le chapperon, luy faut peu à peu diminuer sa vie, & l'abecher quand il aura enduit, & n'aura rien en la fossette de sa gorge; Le faut accoustumer au chapperon, & le veiller tant qu'il soit mat (c'est à dire, appriuoisé, & matté.)

Il le faut accoustumer d'aimer les gens, Chiens, Cheuaux, & l'asseurer; Le reclamer sur le poing, luy donnant vn oyseau vif; puis le décharner le mettant loing, & le siffler & appeller au poing, & le relancer.

Donner la plume (c'est à dire cure de plume.)

Si on vole le matin, le Soleil eschauffe l'oyseau, le rend gay, & perdant sa faim, ne pense qu'à se resoudre & ioüer contremont, & ayant le cœur esleué est en danger de se perdre.

Redresser la penne froissée, ou l'enter en son tuyau si elle est rompuë, la reserrer si elle est disiointe.

Purger & mettre bas l'oyseau (c'est à dire, l'emmaigrir & l'écurer) cela se fait lauant la grosse chair qu'on luy donne. Il faut qu'il mange par pauses. Il y a certaines chairs qui le font orgueilleux, comme de Chéures & de Cheureaux. Le bon oyseau doit estre attrempé, c'est à dire, ne gras, ne maigre.

Pour l'entretenir en santé il le faut faire tirer (c'est à dire, becqueter la chair, tirant) si le tiroüer est de plume au matin, garde qu'il n'en aualle : 2. Il le faut essuyer au feu, ou au Soleil. 3. Purger par cure. 4. Le baigner.

La cure de cotton est dangereuse. S'il rend sa cure, & l'esmiont (c'est à dire *Stercus* , *bona cum venia*) sans malle odeur, c'est bon signe. S'il garde trop sa cure, c'est mauuais signe.

Il ne faut donner occasion à l'oyseau qu'il se debatte, & volatille , mais l'accoustumer à aimer les Chiens, & ce qui est de la Chasse.

Sur tout qu'il aime le leurre (c'est à dire , la chair mise sur le drap rouge , & ailes liées, où lon le paist) & les gens , & le poing du Fauconnier. Pour le faire bien voller au Gibbier, il y faut trois choses : bon Maistre , bonnes compagnies d'oyseaux, bon pays de Gibbier.

Quand l'oyseau est esgaré, en lieu plein met le fron à terre fermant vne oreille, & puis l'autre : & en lieu haut mets vne oreille à terre , & clos l'autre, alors tu oirras le bruit de ton oyseau.

Pour le faire reuenir, luy faut monstrer vn Coulomb blanc.

S'il prend Coulomb, Corneille, & autre proye qu'il ne doit, mets sur la poitrine de telle proye du fiel de géline , car l'amertume le fera hayr cette proye bastarde.

La muë, s'appelle la chambrette où il muë ses pennes : on dit le mettre en muë, donner iour apres la muë, &c.

L'oyseau prend coup (c'est à dire,) il heurte trop rudement à la proye, ou, &c.

Le mal subtil est, quand tant plus il mange tant plus a-il faim, car la chaleur est foible, & esmeutir, & crolle tout. (esmeuts, c'est à dire, *excrementa*, inde esmeutir, &c.)

L'espreuier qui a la couuerte noire, pennage de trauers, roux, & la maille (c'est à dire *maculas*, tasché) noire & blanche entremeslée, & brayer net, est tresbon ; s'il a le col court à l'aduenant du corps, il est bon volleur.

Essimer le Faucon (c'est à dire, donner la cure) il le faut curer tous les soirs afin qu'il vole haut. ; Quasi essuymer, c'est à dire, luy oster le suif, & la graisse, auec la cure.

Si l'oyseau ne veut lier, mettez luy en la maistresse serre (c'est à dire l'ongle, crochet du doigt) vne plume d'Oye.

Il faut encharner les oyseaux à ieune proye, & l'en faire iouïr à son plaisir, mais ne luy donner que le masle, & le cœur, ou la ceruelle de la femelle apres qu'il l'aura plumée.

Le train de l'oyseau, c'est à dire le derriere, ou son vol, aussi train est le chemin de la beste. Item la croupe. En volant le Lieure, il faut que ce soit auec les entraues, c'est à dire, afin qu'ils ne s'entr'ouurent trop.

Onction feable (c'est à dire, de graisse qu'il prend

du bec en sa croupe, pour s'en oindre) est bon signe.

Gripper la chair (c'est à dire, agrapher, graphigner.)

Le Hagard se doit muër sur le poing, & non dans la muë, car il s'éstrangeroit des hommes.

Tout oyseau de proye n'est bon pour Fauconnerie, mais ceux qui sont hardis, & de franc courage. Tout oyseau de proye s'appelle Faucon, car celuy-cy est le meilleur, ainsi les Grecs le nomment *Hierax*, les Latins *Accipiter*, donnant vne espece, le nom aux autres.

Les vns volent de poing, & prennent à randon (c'est à dire de force, *cum impetu*): les autres volent haut.

Le Gerfaut est hagard & bizarre, & est bon ouurier de prendre les oyseaux de riuieres, car il les lasse tant, qu'ils ne peuuent plus faire le plongeon.

Sacret est le masle, le Sacre est la femelle, communément és oyseaux de rapine le masle est plus petit, & les nomme lon pour cela Tiercelets.

On porte vn Duc auec vne queuë de Renard attachée, pour faire descendre le Milan, qui vole en la moyenne region de l'air; aussi tost qu'il le voit il vient à terre, pour le voir, & s'estonner de sa forme; lors vn lasche le Sacre qui le poursuit à perte de veuë, & le ramene à coup de bec, tousiours battant iusqu'en terre.

Le Mouchet est le masle de l'Espreuier, est lasche, de bas courage, & n'est employé à la Fauconnerie.

Le Faucon de nature gibboye, sans estre leurré, & accompagne les Chiens, espouuante la beste chassée, ou volée, pour auoir part au butin.

Faucon Riuiereux, c'est à dire, qui volent aux riuieres. Champestres, c'est à dire pour les champs.

Faucon bien montant sur aile.

Laneret, est le masle du Lanier.

Oyseau de leurre, & non de poing (c'est à dire, qui se paist sur le leurre) oyseau de poing qui vole sur le poing, encor qu'il n'y aye leurre, tel est l'Autour & l'Espreuier: le Faucon est de leurre.

Le Faucon vole en roüant, & regardant en bas, puis descend sur la proye comme vne sagette; les ailes closes droit à l'oyseau, pour le desrompre à l'ongle derriere; s'il ne la peut attrapper, de despit il quitte son maistre.

Oyseau qui tient bien sa perche.

Hobereau est comme le Sacre.

Le Heron craignant d'estre assommé de coups, met son bec entre ses pennes, & le Faucon souuent y fiche sa poitrine; aussi on crie, Garde le bec.

Tout oyseau hardy & fier est rebelle, & farouche au leurre.

Leurrer à cheual, & à pied vn Faucon, c'est à dire, estant le Fauconnier à cheual pour l'accoustumer.

Faucon hautain, c'est à dire, qui vole haut.

Faucon qui va au change, c'est à dire, qui prend Coulomb, &c. qu'il ne doit.

Tenir attirail d'oyseaux, & dresser attirail (c'est à dire) auoir train d'oyseau, & suitte, & en faire profession.

Oyseau de bonne, ou de peu de creance, c'est à dire, qui n'est de bonne foy & loyal. Oyseau esclame, c'est à dire, longueur bien seante, & non espaulu. Pillart, &

suiet à d'essor (c'est à dire, *rapax*, *& fugax*) bien montant sur queuë.

Si vn gauchier couure vn oyseau niais , il n'aura iamais la reste bien faite, ny sera bon chaperonnier.

Quand l'oyseau mord , & est vn criard , mettez luy
vn chaperon à bec couuert, en estuy , c'est à dire, le
bec en vne guaine.

L'oyseau est souuent alteré pour la colere qu'il a,
& apprend sa leçon auec douceur.

Du commencement l'oyseau tasche de se desarmer
de ses gets, & longes, & porte-sonnettes.

Il luy faut faire perdre le vice de charrier (c'est à
dire desuoyer, quitter la proye, se iettant au leurre) luy
donnant tousiours quelque bechée.

Mettre l'oyseau hors de filiere (c'est à dire des longes & attaches, & comme hors de page) mais le matin
il ne le faut mettre sur sa foy , car il est dangereux de
s'escarter.

L'oyseau se bloquera (c'est à dire, iettera à terre) le
contraire est se soustenir, c'est à dire, pendre en l'air ne
battant d'aile.

Oyseau quinteux & escartable.

Les droicts de l'oyseau , sont la ceruelle , le col, &
le dedans. En chasque belle descente , il faut faire
plaisir & bonne chere au Faucon , qui est hautain & beau
voleur.

L'oyseau croit toute l'année du sorage (c'est à dire,
deuant la premiere muë)

Les Cagiers , c'est à dire , ceux qui en cages portent
vendre des oyseaux de proye.

Fau-

Faucon dangereux à vous desrober les sonnettes
(c'est à dire à s'escarter.)

Quoy que le Lanier face de l'affeté, si ne s'en faut
il fier, mais de poyurer, purger, & faire rendre le double de sa mulette, c'est à dire l'estomac, ou gorge.

Le Tunicien ou Alphanet (*ab ἀλφα* c'est à dire, *primus
falconum dicitur à Græcis*) a bon œil & fait bon guet, il
vole hors de veuë, est de bon affaire.

Tenir en estat vn Faucon, c'est à dire, ne l'abbaisser, mais paistre doucement, afin qu'il ne s'engraisse.

Les Alethes, c'est à dire veritables, car rien ne leur
eschappe, sont à ceste heure en grand reputation : la
Royne en porta vn tresbon au Roy Henry IIII. ils
viennent du Peru.

Mal de barbillons, c'est à dire, des glandes qui
naissent en la langue, d'vn rhume chaut.

Oyseau enpelotré est, qui a dans sa mulette ou gorge, quelques pelottons de poils, ce que luy aduient
quand il aualle des poils, & n'est assez fort pour les
rendre.

Les mains de l'oyseau s'enflent, si les gets & porte-
sonnettes sont trop estroits.

Apres la muë il les faut abbaisser & descharner, leur
donnant vn tiers de gorge, afin qu'ils ne meurent du
gras fondu, & ne soient trop mutins ; & les faut essimer à l'ayse.

Il faut arrester l'estomac des niais quand il est trop
haut, & ce auec de grosses chairs : le contraire se
fait quand-ils sont flouets & delicats.

Aucuns ne tiennent des oyseaux que pour entretenir Nobleſſe, comme on dit.

Leurre garny de tiroir, c'eſt à dire, de chair qu'il faut que l'oyſeau tire du bec peu à peu ; autrefois on luy donne par morceau, quand il eſt malade.

L'oyſeau fuit, & ſe laiſſe emporter au vent en Eſté, quand il eſt frais, ſe ſeruant de la queuë comme de timon ; en Hyuer la faim le fait reuenir au poing. Pour fuïr ce danger il le faut leurrer au fil du vent, (c'eſt à dire) où le vent donne le plus.

Charrier vn Perdreau, c'eſt à dire, le ſuiure droit, & le pourchaſſer.

Les vns vont à vau-de-vent, les autres contre vent, les autres aiſle au vent, (c'eſt à dire) trauerſant le vent, & ayant le vent à l'aiſle.

Il y a des oyſeaux qui volent bien plains ; les autres, lors qu'ils ſont affamez ; les autres, faut qu'ils ayent de groſſes ſonnettes, afin que le poix les face bloquer, & ſe ietter ſur les Perdreaux.

Le bon oyſeau a ſon vol roide & pointu (c'eſt à dire, donnant pointe, *acri impetu.*)

L'oyſeau ſe rebute (c'eſt à dire, n'a enuie de rien faire) quand il eſt trop gras, ainſi le faut tenir par le bec (c'eſt à dire, luy donner petite gorge.)

Pendant que deux Faucons plument vne Perdrix, ſi l'Aigle ſuruient, il emporte & Perdrix & Faucons tout enſemble.

Deux Sacrez entreprindrent ſur vn Aigle, & l'ayant buffeté, & auilloné, ils le font deſcendre à force de coups en terre. Les Fauconniers glorieux le dirent au Turc Ottoman qui prit Conſtantinople, il les fit tuer, diſant, qu'il ne falloit entreprendre ſur ſon Roy.

Vn tendeur.

On dit ietter le Faucon, & laſcher l'Autour qui de ſa volonté part, & n'a chaperon, & ſe faut garder de ſe ſeruir des termes d'Autourſier, au lieu de ceux de Fauconnier. Auſſi dit-on le Faucon bloque la Perdrix, quand il eſt & ſe repoſe au guet, & prend l'auantage, & ne faut dire qu'il l'arreſte.

Reclamer, c'eſt reprendre au poing auec le tiroir & la voix, comme on fait aux Autours. Leurrer, c'eſt quand on reprend l'oyſeau au branſle du leurre & du gant : On dit, main de Faucon, & pied d'Autour; Item lier le Faucon; empieter l'Autour.

Le duuet eſt la chemiſe de l'oyſeau; la plume, eſt ſur le duuet couurant le corps, les vanneaux ſont les grandes plumes des aiſles, commençant au corps iuſques à la premiere ioincte des aiſles. Les pennes ſont dés la premiere ioincte iuſques au bout (qu'on dit le cerceau) de l'aiſle, & couſteau.

Oyſeau qui monte, & eſt ſuiect d'aller à l'eſſor (c'eſt à dire, monter trop haut à la freſcheur.)

Les oyſeaux de compagnie quelquefois ſe pillent (c'eſt à dire s'entrebattent) oyſeau pillard.

Le vent clair eſt propre pour la Chaſſe (c'eſt à dire, quand il vente, & le iour eſt ſerain & clair) moyennant que vos oyſeaux ſoient bons ventoliers, alors faut prendre le fil du vent.

Quand l'oyſeau eſt tombé, & à fait ſa pointe ſur la Perdrix, lors faut mener doucement les Chiens à la remiſe, (c'eſt à dire, là où l'oyſeau a remis la Perdrix) le

nez au vent. Mais il les faut chaftier fans remiffion,
s'ils deftrouffent, & mangent la Perdrix.

Mettre à mont les oyfeaux, & les faire fuiure d'arbre en arbre, iufques à ce que les Chiens facent leuer
la Perdrix, ou le Garron (c'eft à dire le mafle.)

Pour faire voller aux Faucons vn Milan, il le faut
ciller, & luy attacher vne poule ; car auffi toft que les
Faucons le verront charrier, ne faudront de le lier:
Pour la premiere fois on leur donne la poule ; à la
deuxiefme on leur fait plaifir du Milan, mais l'ayant
tué, il faut courir, & dextrement leur mettre à chacun
vne poule, les trompant, car la chair de Milan eft
puante. Apres leur faut monftter vn Milan de iufte
guerre. Le mefme faut-il faire aux autres oyfeaux de
monftre, leur armant le col de Maroquin, afin qu'ils
feruent plufieurs fois, & donner des poules aux Faucons, qui penfent que c'eft le Gibbier qu'ils ont pris.

L'Autour fe nomme cuifinier, car il prend force
Perdrix, eft bien toft affaité, & rufé.

On les peut faire chaperonniers, & dreffer au leurre
comme Faucons.

Il aime le tiroir, & le faut faire le matin iardiner,
c'eft à dire, mettre fur vne motte au iardin, mais auec
vne longe au Soleil, fur vne perche à l'abry du vent.

Nourrir l'oyfeau au Taquet, c'eft à dire, en vn tonneau au Parc, & au Soleil, fur vne planche.

Il n'y a volerie que d'Hagars, mais ils font impa-
tiens de la faim, & font bien toft à bas, fi vous ne
prenez garde de les remettre en bon corps.

Les Eclamez font plus beaux voleurs que les Goufsauts, c'est à dire, courts & bas assis.

Ietter au pied la Perdrix (c'est à dire voler droit dessus, & la lier, & conurir.)

Faire prendre la branche à l'oyseau (c'est à dire, l'accoustumer de suiure de branche en branche, iusques à ce qu'il descouure la Perdrix leuée par les Chiens, & qu'il luy vole sus) car ceux qui se iettent à terre pour la chercher, la perdent.

Poyurer l'oyseau, c'est à dire, auec de l'eau & du poyure le lauer pour la galle, & les poux.

Affaiter. *Cicurare; dulcare, mansuefacere.*

Atroy, c'est à dire, equipage de Fauconnier; comme gands à longes, &c.

Esclisser de l'eau au visage de l'oyseau.

Faucon de repaire, c'est à dire vieil, & qui a esté long temps à soy, & a esté pris par vn appast. Item Hagar.

Faucon hautan, c'est à dire, volant haut.

La filiere ou creance, c'est vne attache mise auec la longe pour retirer l'oyseau.

Les Gets, c'est à dire le lien des iambes, faits de cuir de Chien, sur lequel on en met vn autre auec les sonnettes.

Oyseau halbrené, c'est à dire, qui a quelque penne rompuë.

Prendre à la passée, c'est en lieu où il y a bonne passe, sur des arbres auec des cordes tenduës, où est attaché vn Gay, qu'on fait crier, alors les Faucons s'y perchans, s'engluent. Aussi à la pipée, faisant crier vn oyseau, luy serrant les aisles ou les pieds, ou pipant

auec vne pipe, ou vne fueille, les Oyſeaux penſant que
le Hibou là perché le deuore , courent au ſecours &
s'engluent , ne voyant l'homme caché en vne cahuette
d'herbes.

Veruelle eſt comme vn anneau où ſont les armoiries du Seigneur de l'oyſeau , attaché au touret ou trou
des gets.

Prendre Perdrix à la Tonnelle ou Tomberel, c'eſt
à dire , pouſſant vne vache ou cheual de bois , & chaſ-
ſant les Perdrix ſous les filets.

Lier l'oyſeau , c'eſt quand deux ou trois Eſpreuiers
ſe font bonne compagnie , & pourſuiuent le Heron,
ou autre , ils vous le ſerrent de ſi prés , qu'ils ſemblent
quaſi le lier , & le tenir en ſerre.

Il n'eſt pas bon de faire voler l'oyſeau ſur la gorge,
c'eſt à dire , incontinent apres diſner.

Faire tirer l'oyſeau , c'eſt à dire , luy bailler vn paſt
nerueux , afin de gaigner de l'appetit.

Le Houbereau & l'Eſmerillon ſont les plus petits
oyſeaux de proye, ils ſont de poing , & non de leurre.

Oyſeau dépiteux, qui ne veut reuenir s'il a perdu ſa
proye.

LES OYSEAVX.
AV LECTEVR.

NOVS parlons tousiours des Oyseaux & si n'en sçauons pas parler. C'est un plaisir quand le vol de l'Oyseau s'accorde auec le vol de nos plumes, ou de nos langues, mais quand parlant d'un vol royal de l'Aigle, nostre style traisne l'aisle & ne fait rien qui vaille, cela tuë l'Auditeur & le Lecteur qui a un peu d'esprit. Je vous offre ce petit Essay afin d'aider le vol de vostre esprit, & façonner vostre plume. Je veux esperer de vostre bonté que vous m'en sçaurez gré, & à tant ie me recommande.

POVR PARLER DV
VOL DES OYSEAVX
EN GENERAL.

CHAPITRE IIII.

1. PRENDRE l'air, fendre le vent, nager entre les nuées, se balancer dans le Ciel, noüer entre deux airs, ramer en l'air, fendre le Ciel d'vn vol hardy, à tire d'aisle s'essorer, prendre le haut du vent, monter sur l'aisle, & autres telles façons de parler pour dire le vol de l'Oyseau.

2. Le Phenix (s'il y en a au monde) a la teste tymbrée d'vn pennache exquis & d'vne touffe de plumes fort belles, la queuë blanche entremesliée de plumes incarnates, le corps purpurin, & au bout doré, il est suresmaillé d'vn bel esclat d'or, & a vn duuet fort delié & precieux, deux yeux estincelans comme deux estoilles.

3. Oyseau qui n'a point de corsage ou corpulence, qui est Isnel, fort à deliure, & a des plumes volantes & animées quasi sans chair, comme le Heron.

4. Oyseau chargé de cuisine, trippier, nay pour la
voirie,

voirie, carnaffier, qui ne vit que de brigandage, vray voleur & tyran des airs.

5. Poil follet, duuet, plumes, pennes, le tuyau des pennes, l'aigrette fur la tefte, le pennage, la rouë de Paon & fes yeux.

6. Les bons Oyfeaux s'acharnent fur la proye viue, & en l'air. La Bufe eft toufiours affamée, crie toufiours, & ne fe iette que fur la proye morte.

7. Oyfeau de bonn'aire, & de bon nid, c'eft toufiours le meilleur, car il fe refent du lieu où il eft nay; celuy qui eft mal nay, & en mauuaife aire eft volontiers poltron, & de mauuais affaire.

8. L'Aigle a l'œil bon, vif, perçant, rodant fur la mer il choifit le poiffon, & tout d'vn coup comme vn foudre il fe fond, fe plonge dans l'eau la my-partiffant auec l'eftomac, & griffe le poiffon, mais d'vne telle roideur que fouuent il fe noye auec fa proye, ne la pouuant foupefer, & tirer hors de la marine.

9. Il bat fi dru & menu des aifles qu'il débufque les petits Oyfeaux qui repairent és forefts, les contraint de prendre l'air, il les laffe, & en fin les attrappe de la main.

10. Deuant que les petits chargent les plumes, les grands leur portent de la venaifon dans l'aire, puis les battent & les chaffent, afin qu'ils volent leur vie, & commencent à fe ietter au vif & à la proye, ne viuant plus que de combat, & de butin.

11. Voler à tire d'aifle comme vn traict, voler à reprifes entre-couppant fon vol, voler à faillies, & à efforts, voler droit, à bricoles, toufiours à mont comme l'Ai-

H

loüette ; roder & voler & grands cernes, à ondées
comme les Moyneaux qui vont haut & bas ; d'vn vol
bruyant & aspre comme la Colombe, d'vn vol paisi-
ble fendant l'air sans remüer l'aile, & quasi nageant dans
les vuides de l'air ; voltiger ; trencher brusquement &
à vol roide, donner de bec & de pennes & fendre fortement les vents, & les pluyes.

12. Ils escloent leurs petits dans les rochers, ou dans
les trous des arbres ; ils les pondent és aires bien asseu-
rées ; ils les nourrissent de carnage, les petits Aiglas ne
prennent pas si tost la queuë blanche, les Arondelas
naissent quasi aueugles. Les poulsins ne font que criailler de faim pour faire pitié à leurs peres.

13. Prendre la proye à force d'ailes, l'Escoufle fait son
vol sans bruit & entre-couppe l'air quasi sans battre
l'aisle ; il ne se branche quasi iamais, n'ayant nulle peine à ramer entre deux airs, & voguer & vaguer auec
plaisir, ayant sentiment de la bonté de son aisle, & se
sentant fort pour voler à plaisir, & glisser dans les
vuides de l'air.

14. Oyseau de bon corsage, aspre à la proye, bien
armé de bec & d'ongles ; le contour de la queuë sert
de timon & de gouuernail pour faire les tours & retours, & voler à toutes mains. Ceux qui ont la liaison
crochuë se paissent de chair ; les autres ont les doigts
des pieds ronds ; ceux de riuiere ont les pieds plats &
larges pour nager.

15. Le Corbeau sentant ses petits Corbillas assez forts,
il les chasse du nid pour les desfinager & parier ailleurs.
Du commencement ils volent de biais, & de trauers,

comme si le vent les emportoit. Sortir de la coque, ou
de la coquille la queuë la premiere, & mettre le bec au
vent.

16. L'oyseau craintif se voyant assailly, se serre tant
qu'il peut, ne monstre que le bec & la liaison crochuë,
ou la griffe, & ainsi soustient la charge prenant tous
ses aduantages. Ceux qui ont la liaison crochuë ne se
posent guiere sur les rochers, parce que le croc de leur
liaison n'y sçauroit prendre, ny anchrer. Il y a des oyseaux qui ne valent rien que pour mettre à l'engrais.

17. Le Coq est fort glorieux quand il a toutes ses
pieces, il est accresté comme vn soldat, il se gendarme
contre ses ennemis, & de son aisle faisant vne rondache
couure les poulsins contre les assauts du Vautour, &
se querele pour eux contre qui que ce soit. Quand on les
chapponne ils perdent le chant, & estant ainsi senez ils
ne vallent plus rien qu'à engraisser.

18. Oyseaux de iour, de nuict, de marets, de marine,
qui estant saouls de voler flortent au son de la mer
assiz sur les ondes, oyseaux sauuages qui n'aiment la
ville, ny les gens, mais hantent les forests espaisses, les
deserts, & les rochers inaccessibles, oyseaux qui razent
les estangs & sont bons poissonniers, oyseaux de babil
& cageolleurs, de combat & de volerie, de voirie &
de gibets, nuictiers & de mauuais augure, de parade
& de caquet.

19. Aller à flots, à bonds legers, & bondir, le contraire aller à glissades, à trainées, à tire d'aisles, à traict
fendant l'air tout d'vn effort, à boutades & à plusieurs
saillies, d'vn beau vol, haut, & hardy.

20. Si l'Oyseau a le corps plus pesant que sa plume
ne porte, il demande d'estre soulagé du vent pour parfaire ses voyages, autrement il ahanne des aisles, & a
peine à gaigner pays ; mais il a bien l'esprit de choisir
son vent, & le prend pour guide de son vol.

21. Les passagers ne font leur aire parmy nous, les autres nous hantent volontiers, & se nichent chez nous,
voltigeans parmy nos airs. Les vns volent en trouppe,
& en rond ; les autres en long & en pointe ; Ceux-cy
à droit fil coupent le vent d'vn vol ferme, ceux-là
volent de biais & à fantaisie ; ceux-là aiment de voler
tous seuls, & n'aiment compagnie ; ceux-cy ne vont
que deux à deux, ou à petites bandes. Les vns muënt
& changent leurs pennes ; les autres ne se deschargent
iamais. Les Oyseaux de chant changent souuent leur
ramage, aucuns ne sçauent qu'vne mesme chanson. Les
autres sont muëts & larrons qui ne viuent que de brigandage, espiant tousiours de faire leur coup & leur
prinse. Vous en voyez qui ne volent qu'à vols rompus.

22. Les Parons donnent à leurs petits quelque grain
salé, & le leur engorgent pour leur ouurir l'appetit, &
les assaisonner à manger quand il sera temps. Les Arondelles arrengent leurs Arondelaz sur l'aisle d'vn toit, puis
vont à la Chasse, & à tour de roolle leur donnent dans
le bec quelque moucheron qu'ils ont attrappé, puis les
contraignent de les venir prendre en l'air pour leur apprendre leur leçon.

23. Plusieurs ont quelque sentiment de gloire ; ils se
pauonnent quand on les regarde, s'entrebattans les aisles

pour les faire bruire, sont des esplanades par l'air, ils se mirent en la varieté de leur pennage, ils desplient & aisles & aisserons pour en faire parade, & sçauent bien qu'on les regarde, & pour estre veus ils se soustiennent en l'air suspendus & en monstre pour se faire voir & admirer.

24. Il n'y a nul arrest en leurs vols, les vns cheminent, les autres desmarchent, qui sautelle, qui aduance le pas, comme la Cicogne & le petit Cicognat, qui tient l'aisle baissée en volant, qui la tient despliée sans la remuër, qui ne frappe que des grosses pennes, qui nage, qui ne donne qu'vn coup pour se ietter dans l'air, où sans peine il nouë, qui se darde contre-mont, qui se fond comme vn foudre à bas, qui se ietre du poing & de la main, qui prend sa course pour se ietter en l'air, qui se gouuerne par la queuë sans plus, qui vole sur le bec, qui vole debout, qui vole sans repos comme les Martinets qui ne se perchent iamais que dans leurs nids, mais ils se pendent, ils se couchent, & ont mille industries pour suppléer au defaut de leurs pieds.

25. Il y a des Oyseaux tout d'vn plumage, les autres sont peints & bigarrez; les Papegays sont tous verds, horsmis vn colier de plumes rouges vermeillonnées qui leur embrasse le col, il y en a de rouges, gris, bleüastres, pesle-meslez.

26. L'Arondelle est vne vraye beste, car de tous les Oyseaux ceux-cy ne valent rien à apprendre, ny ne s'appriuoisent iamais, ny ne sçauent rien faire qui vaille. Les Oyseaux boiuent les vns en suçant & haussant le bec pour s'en seruir comme d'vn entonnoir, tantost

tout d'vn traict & fans reprinfes , les autres fretillans
des aifles d'aife qu'ils ont à boire , & crainte de moüiller l'aifle , les autres s'y fourrent le bec bien auant. Les
autres ont vn gefier où ils iettent à la hafte leur paftu-
re , puis à loifir ils ruminent & digerent , enfin aualent
tout.

27. Les oyfeaux lourds & péfans viuent de grain &
d'herbe , ceux qui prennent l'air fe paiffent de chair,
ceux qui font haut montez fur de grandes iambes attrappent quelque mouche , les Plongeons viuent de
poiffonneaux , les autres de fruits, en hyuer de mouffe
& des pointes plus tendres des arbres , & faut bien
quelquefois qu'ils arriuent à manger de la neige, comme les liéures des Alpes. Les autres repairent dans les
bleds.

28. Chaque oyfeau a fon ramage à part , & fes cris
propres, la Colombe roucoule , le Pigeon caracoule , la
Perdrix cacabe, le Corbeau croaille & croaffe. On dit
du Coq coqueliquer , du Coq d'Inde glouglotter, des
Poules clocloquer , cracqueter , clouffer , du Poullet
pepier ou pioller , des Cailles carcailler , du Geay ca-
geoler , du Roffignol gringotter , du Grillon grefillon-
ner , de l'Harondelle gazoüiller , du Milan huyr , du
Iars iargonner , des Grües cracquer ou trompetter, du
Pinçon frigotter , babiller , du Hibou hüer , de la
Cigale claqueter , des Huppes pupuler, des Merles fiffler , des Perroquets , & des Pies caufer, des Tourterel-
les gemir , du Paon on dit qu'il a la tefte de ferpent, la
queüe d'vn Ange , la voix de diable ; de l'Alloüette
tirelirer , Adieu Dieu , Dieu Adieu. De façon que les

vns crient, les autres chantent, ou gemiſſent, pleurent, caquetent, effrayent, & en cent mille façons de ramages; le Moineau dit pillery.

29. Apres que les oyſeaux ont parié & les œufs ſont ponduz, Ariſtote dit que les maſles ſortent des coques rondes, & les femelles des longuettes; dans le moyeu de l'œuf il y a vne gouttelette de ſang dont ſe forme le cœur de l'oyſeau, lequel oyſeau ſe forme du blanc de la glaire, ou de l'aubin de l'œuf, puis il vit du iaune & du moyeu; on ſent le poulſin pioler dans la coquille enuiron le vingtieſme iour, puis il commence à prendre plumes, & en fin ſort de la coque les pieds les premiers, & ſelon que la couuaiſon a eſté bonne auſſi ſont bien nourriz les pauures petits poulſins.

30. Il y a des oyſeaux qui font pluſieurs liétées en vn an; les œufs couuys ne valent rien pour faire eſclorre des poulſins. Les vns commencent à ouuer de bonne heure, les autres fort tard.

31. Strabo ſoldat fut le premier qui treuua le moyen de faire des Heronnieres, & des Volieres pour y tenir toutes ſortes d'oyſeaux. On en fait de deux ſortes, les vnes pour le chant des oyſeaux, les autres pour reſeruer ce qu'il faut pour la table, & auoir comme Lucullus en tout temps toute ſorte d'oyſeaux & de friandiſes. Sont Volieres de cuiſine.

32. Oyſeau de proye qui ne vit que de grif, de rapt, & de rapine, & touſiours vole pour voler: Oyſeau qui ſe deſgoiſe & s'eſcoute chanter; Huppé c'eſt celuy qui porte vne creſte, & comme vn petit pennache. Ailette, ailerette, ou aileron, c'eſt vne petite aiſle, ou le

bout de l'aisle de l'Oyseau. Aisle ferme qui se soustient d'elle-mesme n'ayant nulle soustenance de l'air, ny du vent, mais d'vn volement ferme sert de contre-poids à soy-mesme.

33. Griffer, c'est prendre de la griffe; de là vient griffée, & griffade, c'est la serrure, ou bien blessure de beste onglée à serres. Griffe proprement, c'est d'vne beste qui a l'onglon long & les doigts separez, comme le Griffon. En Fauconnerie on appelle serres. Onglée, c'est de ceux qui ont les ongles plattes & rondes.

34. Oyseau branchier, c'est celuy qui vole de branche en branche, & qui a vescu tousiours à soy & parmy les ramées; d'où vient le ramage, c'est à dire, le chant de l'Oyseau naturel, & tel qu'il degoise par nature sur les rameaux & branches des arbres. De là dit-on vn Espreuier ramage, qui a volé par les forests, & qui n'a eu autre conduite que de soy-mesme volant par les ramées des forests. Espreuier Royal, c'est celuy qui a esté prins au nid, & nourry & façonné royallement pour le plaisir de la Volerie, & pour gibboyer à plaisir. On dit aussi Ramier qui volete de rameau en rameau.

35. Fondre, c'est desuoler, descendre, & quasi se foudroyer à bas d'vn vol droit, rude, & vigoureux se iettant d'ardeur sur la proye pour la desrompre, & s'en gorger. Oyseler, c'est apprendre vn Oyseau à bien faire la guerre aux autres; de là on dit d'vn Oyseau qu'il est bon Heronnier, Gruyer, &c. c'est à dire, qu'il vole bien, le Heron, la Gruë, &c. Bon Heronnier

nier

nier aussi signifie vn oyseau sec, isnel, bien dispos &
allegre, & qui n'est nullement chargé de cuisine & de
venaison, comme le Heron qui a la cuisse essuyée, l'aisle
seche & ferme, le corps bien cousu dans sa peau.

36. Becher, becquer, becqueter, c'est prendre sa
bechée, c'est à dire, tant qu'il peut attrapper d'vn
coup de bec, ou bien le coup & la playe que fait vn
oyseau de son bec, deschirant ce qu'il treuue. Oyseau
becu, ou bechu, à bec droit, crochu, appointé, affilé,
rond, plat, aquilin, fendu ; bec iaune c'est vn oyseau
niais & tout ieune qui ne sçait encor rien faire, bec-
quillon, c'est le petit bec des menuz oyseaux ; bec es-
pointé & esmousfé, bec endenté & à mode de scie;
aux vns il sert d'armes comme au Heron ; aux autres
pour pescher les poissons ; aux autres de flageollet comme aux Rossignols, &c. aux autres de pieds comme
aux Martinets qui se pendent par le bec ; aux autres
pour articuler les paroles comme aux Perroquets ; à
tous pour tirer leur vie & se nourrir.

37. Halbrené c'est celuy qui a vne, ou plusieurs pennes rompuës, soit au tuyau, soit au milieu, mais on
les ressoude bien si on y prend garde de bonne heure.
Oyseau d'engrais qui ne vaut rien que pour estre mis en
muë, & se charger de graisse, Oyseau gentil qui plus
mange, plus s'emmaigrit.

38. Oyseau de pipée, c'est celuy dont on se sert pour
prendre les autres, ou celuy qui se laisse prendre à la
pipée, c'est à dire, par le pipetis ou siffletis de celuy
qui caché sous vne ramée contrefait le pipetis des oy-
sillons auec vne pipée de bois, ou bien vne fueille

d'arbre ; perchant vn Chat-huant ſur la croſſe, & preſ-
ſant les aiſles à de petits oyſeaux attachez, qui ſemblent s'enuoler pour fuïr le Hibou, or les autres aduo-
lent au pipis, ou pipetis, & croyant deſgager leurs
compagnons, s'engluent dans les gluaux dont ſont par-
ſemez les hailliers, ou bien ſont enueloppez dans les ſi-
lets tendus par l'Oyſeleur & le pipeur, qui ne vit que
de cette piperie.

39. Harde, c'eſt vne trouppe ou de beſtes ſauuages,
ou bien d'oyſeaux. Ainſi dit vn bon Autheur : il vit venir vn grand Aigle qui menoit vne groſſe harde de
ieunes Aiglons, & Alleluyons à ſa volée. Les vns donc
ſont ſolitaires & volent à part, les autres aiment compagnie, & ne volent qu'en harde.

40. Percher, à vray dire, c'eſt apres auoir volé bien
long temps ſe ietter ſur vne branche d'arbre, & ſur la
perche pour ſe repoſer & prendre vn peu ſon vent à
loiſir. Quoy qu'en Fauconnerie ſoit le mettre vrayment
ſur vne perche, afin de paſſer ſa gorge à ſon aiſe eſtant
chapperonné, & ſe repoſer. On dit auſſi brancher
l'oyſeau.

41. Deſroquer & deſrocher, c'eſt quand vn Aigle, ou
vn des grands oyſeaux qui font la guerre aux beſtes à
quatre pieds, pourſuit ſi viuement vne beſte qu'elle la
contraint de ſe ietter à bas de la pointe des Rochers, &
ſe precipiter pluſtoſt, que tomber és ſerres de l'oyſeau.
De là on dit deſroquer vn homme & le faire tomber
par terre : & deſrocher vne maiſon c'eſt l'abbatre.

42. Deſrompre, comme i'ay dit en la Fauconnerie,
c'eſt quand l'oyſeau pourſuiuant, ſe fond ſur le pour-

fuiuy, & de ſes cuiſſes & ſerres luy donne vn coup ſi
furieux qu'il rompt ſon vol, l'eſtourdit, voire luy meurtrit les aiſles & le fait tomber à terre tout rompu, &
briſé, mais garde le contre coup, car ſi l'oyſeau chaſſé
a bon bec & qu'il ſe mette en deffenſe, il perce à iour
l'oyſeau qui ſe vient enfiler dans ſon bec, & le creue
tout net.

43. Eſmeutir, c'eſt ietter l'eſmeut, & les excremens
tant des Corbeaux que des autres Oyſeaux ; les beſtes
à quatre ont leur propre nom comme eſpraintes des
vns, fumées des autres. Voyez au Chap. de la Fauconnerie.

44. Tiercelet, à vray dire, c'eſt le maſle des Autours
& des autres oyſeaux de proye. Car le maſle eſt vn
tiers plus mince que la femelle. Es autres Oyſeaux le
maſle eſt auſſi gros, ou plus gros que les autres, ainſi
on ne l'appelle pas Tiercelet.

45. Faire le deuoir à l'oyſeau, c'eſt luy donner ſa part
de la proye qu'il a prinſe ; ſouuent on leur donne la ceruelle de l'oyſeau qu'ils ont prins, & de là s'entend la
reſolution de la queſtion, pourquoy eſt-ce que les Perdrix qu'on mange chez les Gentilshommes n'ont point
de teſte ; la raiſon eſt parce que les prenant à la Chaſſe
ils font le deuoir à l'oyſeau, & donnent la teſte de la
Perdrix à l'Eſpreuier qui les a prinſes. Il eſt bien vray
que ſouuent le Fauconnier les trompe & leur donne
quelqu'autre chair.

46. Corbiner, c'eſt faire le meſtier du Corbin ou
Corbeau, qui ne ſçait faire autre choſe que deſchirer &
touſiours chercher quelque carcaſſe pour en tirer tout

ce qu'il pourra ; de là on nomme les corbineurs de
Palais qui ne viuent qu'en corbinant, & tirant tousiours la piece. Au reste le Corbeau est fort suiect à sa
gorge, de façon que mesme il ronge les passées & les
pistes du bouuier qui laboure la terre ; quand il sent
qu'il est empoisonné, il masche du Laurier qui luy
sert de contre-poison. Quand ils sont mal-contents ils
s'engorgent leur voix & l'estranglent dans leur gosier,
de fait les oyant vous diriez qu'on les tient à la gorge
pour les estouffer, les niais le tiennent alors de mauuais
augure, mais cela sent son Payen.

47. Les Parons, c'est à dire le masle & la femelle des
Corbeaux, chassent leurs petits du nid, aussi ne voit-on
quasi iamais plus de deux Parons (*coniugia coruorum*) de
Corbeaux en vne bourgade, autrement il se faut battre sans cesse. La Corneille nourrit ses petits Cornillas
assez long temps. La Paonnesse est forcée de pondre
en cachette & cacher ses œufs, de peur que le Paon ne
les casse, car il ne veut point qu'elle s'amuse à les couuer long temps.

48. Les oyseaux ont plusieurs sortes de timbres, le
Phœnix est timbré d'vn pennache, d'où sort encor vne
petite aigrette flottante à la cadence de son vol ; les
Paons ont comme vn petit arbre cheuelu ; les autres
ont vn certain floc, les Faisans ont de petites cornes de
plume ; les Nonnettes ont vne certaine coëffe ; les
Allouëttes ont vne creste, & vne huppe bien troussée ;
la Huppe a vne creste qui se replie depuis le bec ; les
Pics verds sont ioliment huppez ; le Coq a vne creste
dentelée & charnuë qui emporte le bruit, le Coq d'In-

de en a vne pendillante sur les yeux dont il fait rage
quand il est en sa chaude cole, car il l'enfle, il la rougit,
il la secoüe & la pousse çà & là à mesure qu'il se fas-
che.

49. Oyseaux haut montez sont ceux qui sont assis
sur de grandes iambes comme la Gruë & semblables; il
y en a d'autres qui sont sans pieds & qui sont tous Oyseaux viuant en volant sans iamais se ietter sur la branche, comme les Martinets, & selon l'erreur populaire
l'oyseau de Paradis qu'on dit n'auoir point de pieds, &
se pendre par vn filet crochu qu'il a en sa queuë, mais
ce sont contes, car il a des pieds comme les autres. Les
Indois les luy couppent pour le rendre plus precieux,
& amusent nostre niaiserie par leur piperie, de fait sous
le ventre on void les marques par où les cuisses passoient qu'on a couppé rez peau, pour nous abuser.

50. Grimpereau, c'est vn Oyseau qui ne vole guiere,
mais il ne fait que grimper & monter de branche en
branche suiuant les hayes comme fait le Roitelet: le
Picuerd grimpe droit par le tronc de l'arbre, & monte
iusqu'à la cime.

51. Reclamer vn Oyseau, c'est le hüer & le rappeller,
comme on fait les Oyseaux domestiques qui se vont
quelquefois pourmener par la rüe, puis on les rappel-
le pour les mettre en cage, comme les Gays, les Cor-
neilles, &c. & le reclaim c'est ce cris là; on s'en sert
souuent en Fauconnerie r'appellant les Oyseaux sur le
poing, au leurre, à la perche.

52. Les Pyrales ou Pyralides ne viuent & ne volent
que dans le feu, si tost qu'elles prennent l'air, elles meu-

rent. Les Cigales n'ont point de langue, mais en l'estomac ont vne pointe faite à mode de langue pour suçer
la rosée ; les petits Cigalas rompent vne pellicule de la
mere-Cigale & s'enuolent ; elles ont l'estomac plein de
tuyaux dont viennent les fredons de celles qui chantent auec vn battement d'aisles, comme si on touchoit
des Regales. Les femelles ne chantent que le tacet, &
sont tousiours muettes.

53. Airer ou nicher, c'est deposer la niée des poulsins,
& pondre les œufs pour les couuer à loisir & les esclorre, dans le nid bien tapissé de mousse, de plumes,
de paille, &c.

54. Friquet, c'est vn Moineau de noyer qui ne fait
que fretiller sur l'arbre becquetant les noix, de là on
nomme les femmes friquettes qui sont fort volages, &
qui ne font que babiller & courir. Moineau à la soulsie
ou au colier iaune, c'est celuy qui a au col comme vn
petit carquan de duuet iaunissant.

55. Affaicter vn oyseau, c'est le rendre faictis, souple, appriuoisé, l'introduire au vol, curer, traicter, paistre, r'habiller ses pennes, tenir en santé, guerir, & le
faire vn oyseau de bon affaire.

56. Mouscheter, à vray dire, c'est le vol de plusieurs
mousches, ou plustost le papillotage noir que fait vn
tas de mousches assises sur quelque estoffe d'autre couleur, où vous voyez vn monde d'atomes noirs, de là
mouscheter, c'est sursemer quelque estoffe d'vne couleur, d'autres mouchetures & couleurs suresparpillées.

57. L'Abeille est aussi des bestes volatiles, elle a vn
piquon fort aigre, & de la piqueure de son aiguillon la

chair se soufleue & s'enfle tout autour ; ietton d'auettes,
c'est la saillie des ieunes qui sous vn ieune Roy vont
chercher nouueau pays. Elles font la cire des fleurs, &
en suçent l'esprit, qui est le miel, & le sucre du rayon
& gasteau où elles le posent: à vray dire le miel tombe du Ciel & les Abeilles ne font que le recueillir, &
le buriner pour en faire transport dedans leurs ruches.

58. Les oyseaux presagissent le bon & mauuais temps;
quand les Grües tiendront le haut de l'air, c'est signe
de beau temps, quand les Canards s'espluchent auec le
bec, c'est signe de vent. De mesme quand les Corbeaux se croquent mutuellement auec vn certain croail-
lement; quand l'Arondelle voletant raze l'eau de l'aisle,
garde la pluye ; de mesme quand le Heron est morne
sur le grauier, & l'Oye rompt la teste à force de criailler.

59. Aristote met dix sortes d'oyseaux de proye; Pline
en met seize ; il y en a qui font naturellement sans estre
façonnez, ny leurrez, & font le deuoir parfaitement
bien.

LE PHOENIX.

CHAPITRE V.

E Cesar des Oyseaux, est le miracle de la nature qui a voulu monstrer en iceluy ce qu'elle sçait faire, se monstrant vn Phœnix en formant le Phœnix : Car elle l'a enrichy à merueille luy faisant vne teste cymbrée d'vn pennache Royal & d'aigrettes imperiales, d'vne touffe de plumes, & d'vne creste si esclattante qu'il semble qu'il porte ou le croissant d'argent, ou vn' Estoille dorée sur sa teste. La chemise & le duuet est d'vn changeant surdoré qui monstre toutes les couleurs du monde ; les grosses plumes sont d'incarnat, & d'azur, d'or, d'argent, & de flamme : le col est vn carquan de toutes pierreries, & non vn arc en Ciel, mais vn arc en Phœnix : La queuë est de couleur celeste auec vn esclat d'or qui represente les Estoilles. Ses pennes, & tout son manteau est comme vne prime-vere riche de toutes couleurs ; il a deux yeux en teste brillants, & flamboyants qui semblent deux Estoilles, les iambes d'or, & les ongles d'escarlatte, tout son corsage, & son port monstre qu'il a quelque sentiment de gloire, & qu'il sçait tenir son rang, & faire valoir sa maiesté imperiale. Sa viande mesme a ie ne sçay quoy de Royal, car il ne fait son past que de larmes d'encents, & de chresme de

Baume.

Baume. Estant au berceau, le Ciel (dit Lactance) luy distille du Nectar & de l'Ambrosie. Luy seul est tesmoin
de tous les aages du monde, & a veu metamorphoser
les ames dorées du siecle d'or en argent, d'argent en
airain, d'airain en fer; luy seul n'a iamais faussé compagnie au Ciel, & au monde; luy seul se ioüe de la mort
& la fait sa nourrice & sa mere, luy faisant enfanter la
vie. Luy a priuilege du temps, qui ny met, ny sa faux,
ny sa pinçe, & en fin il semble Roy & souuerain Seigneur, du temps, de la vie, & de la mort ensemble.
Car quand il se sent chargé d'ans, appesanty d'vne longue vieillesse, & abbatu par si longue suitte d'années
qu'il a veu se glisser les vnes apres les autres, il se laisse
emporter à vn desir & iuste enuie de se renouueller par
vn trespas miraculeux. Lors il fait vn amas qui seul au
monde n'a point de nom; car ce n'est pas vn nid, ou
vn berceau, ou lieu de sa naissance, puisque il y laisse la
vie: aussi n'est-ce pas vn tombeau, vn cercueil, ou vne vrne
funeste, car de là il reprend sa vie: de façon que ce ie ne
sçay quoy est vn autre Phœnix inanime estant nid &
tombeau, matrice & sepulcre, & l'hostel de la vie & de
la mort tout ensemble, qui en faueur du Phœnix s'accordent pour ce coup. Or quoy que c'en soit, là sur les
bras tremblants d'vne Palme, il fait vn amas de brins
de Cannelle & d'Encens, sus l'Encens de la Casse, sur
la Casse du Nard, puis auec vne piteuse œillade se re-
commandant au Soleil son meurtrier, & son pere, se perche, ou se couche sur ce bucher de Baume pour se despoüiller de ses fascheuses années. Le Soleil fauorisant
les iustes desirs de cést oyseau, allume le bucher & re-

duifant tout en cendre, auec vn fouffle mufqué luy fait
rendre la vie. Lors la pauure nature fe void en tranfe,
& auec des horribles eflancemens craignant de perdre
l'honneur de ce grand monde : Aufli commande-elle
que tout demeure coy au monde, les nuées n'oferoient
verfer fur la cendre ny fur la terre vne goutte d'eau;
les vents pour enragez qu'ils foient, n'oferoient courir
la campagne, le feul Zephire eft maiftre, & le Printemps tient le deffus, tandis que la cendre eft inanimée;
& la nature tient la main que tout fauorife le retour de
fon Phœnix. O grand miracle de la diuine prouidence,
quafi en mefme temps cette cendre froide ne voulant
laiffer long temps la pauure nature en dueil, & luy
donner l'efpouuante, ie ne fçay comment efchauffée
par la fecondité des raiz dorez du Soleil, fe change en
vn petit ver, puis en vn œuf, en fin en vn oyfeau dix
fois plus beau que l'autre. Vous diriez que toute la nature eft refufcitée, car de fait felon qu'efcrit Pline, le
Ciel de nouueau recommence fes reuolutions & fa douce mufique, & diriez proprement que les quatre Elemens fans dire mot chantent vn motet à quatre, auec
leur gayeté fleuriffante en loüange de la nature, & pour
bien-vaigner le retour du miracle des oyfeaux, & du
monde. Miracle dy-ie, car il eft fon fils & fon Pere; Il
eft fa Nourrice & fon Nourriffon; il eft fon meurtrier
& fa Mere; luy feul eft toute fa parentelle, feul heritier
de fa Royauté; luy eft fon Adam & fon Eue, & fa vie,
& fa mort, en fin il doit tout à foy-mefme. Les Poëtes
nous font à croire que par ie ne fçay quel inftinct de
nature, il fe charge de fon tombeau, & le porte fur l'au-

tel du Soleil, en signe de gratitude, recognoiſſant la vie
de luy, & luy faiſant hommage.   *Lact. de Phœnice.*

Ipſa ſibi proles, ſuus eſt Pater, & ſuus hæres:
 Nutrix ipſa ſui, ſemper alumna ſibi.

Ipſa quidem, ſed non eadem: quia & ipſa, nec ipſa eſt
 Æternam vitam mortis adepta bono.

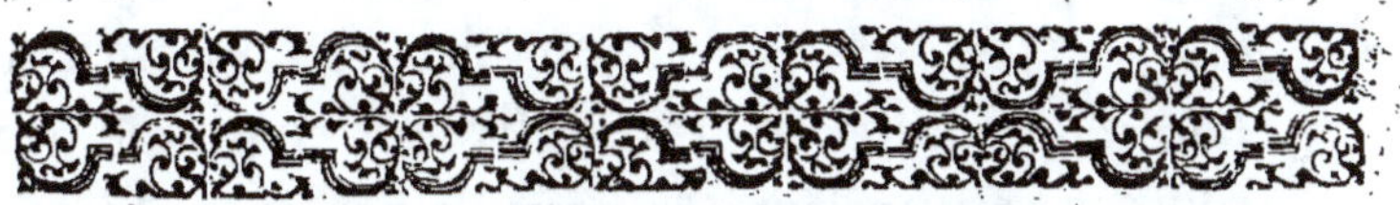

LE PAN.

CHAPITRE VI.

Cᴇᴛ Oyſeau pretend bien de tenir le premier
rang parmy les oyſeaux, tant il eſt fier de ſa
beauté , & piaffe à la monſtre de ſa rouë
eſtoilée. Il eſt glorieux au poſſible, & s'ap-
perçoit bien lors que l'on prend plaiſir à le contempler,
car auſſi toſt il branſle ſa teſte hautaine, & ſecouë par
brauade le pennache d'aigrettes qu'il porte ſur ſa teſte,
puis d'vn œil aſſeuré regardant l'aſſiſtance il ſe met à
ſon iour, & prend le Soleil & l'ombrage qu'il faut
pour faire mieux paroiſtre ſa riche tapiſſerie , & donner l'eſclat à ſes viues couleurs; en ſe contournant grauement il fait briller ſa teſte ſerpentine, & ſon col habillé d'vn precieux duuet qui ſemble de ſaphirs, de
meſme eſt la poitrine diaprée de pierreries eſclattantes
qui y ſemblent enchaſſées pour luy faire vn carquan,
du dos cendré ſortent deux grandes aiſles rougeaſtres &

d'aſſez bonne grace. Ce qui le fait glorieux eſt ſa queuë, & ſon threſor qu'il porte touſiours en croupe. Il n'a pas ſi toſt ſuperbement deſployé ſes pennes dorées, faiſant ſa roüe, qu'il ſemble vouloir diſputer le pris de la beauté auec toutes les creatures ; Car le Ciel ne luy ſemble plus beau auec tous ſes yeux & Aſtres dorez, que ſa queuë parſemée d'Eſtoilles d'or, de ſaphirs, & de ſines eſmeraudes. Pour vn arc en Ciel, ſe contournant à deſſein il ſe monſtre en ſa roüe dix arcs en plume, dix Iris de plumage eſtincelant, & de mille couleurs. Si la terre au Printemps ſe pare de ſes fleurs, le Pan porte touſiours quant & ſoy ſon Printemps qui luy ſert de lacquay qui eſt touſiours à ſa queuë, & vous fait voir vne primevere de ſoye & de ſatin, vn parterre portatif, vn iardin mouuant, & vn Royal & animé Bel-vedere, & des Tuileries enchaſſées. Sa roüe luy ſert de tapiſſerie de haute lice, de ciel & de day, où il eſt appuyé en Roy. C'eſt le poiſle ſous lequel il marche grauement, c'eſt ſon paraſol qui le defend des rigueurs du Soleil ; Autant de pennes autant de mirouers où il mignarde & flatte ſa beauté : Il ſent bien le galand qu'il eſt magnifique, c'eſt pourquoy il ſe hazarde de vouloir faire peur trainaſſant par terre le bout de ſes pennes, & les faiſant claqueter contre terre, auec vne démarche arrogante. Le plaiſir eſt quand on ſe moque de luy, car auſſi toſt il plie ſon panier, enferme ſa coquille, & enueloppant ſon threſor ſe deſpite ſi tres-fort que s'il oſoit il vous creueroit les yeux de ſes ongles, & vous arracheroit la langue. Vous le voyez tranſir à veuë d'œil, mais bien dauantage quand en Octobre il a perdu ſa queuë, car il ſe cache comme

s'il portoit le dueil, & qu'il eut fait banque-route à la
nature. Mesmes de nuict s'il s'esueille en tenebres, il
pense d'auoir perdu sa beauté, & se met à soupirer
comme si les voleurs luy auoient desrobé ses richesses,
& que de Pan il fut deuenu vn Corbeau, & vn oyseau
tout noir.

LE MOVSCHERON.

CHAPITRE VII.

LEs Philosophes ont toutes les raisons du monde de donner la preseance aux plus petits animaux plustost qu'à la voûte du Ciel qui est
vn corps sans ame, & sans vie. Aussi la puissance de Dieu y fait mieux reluire les rayons de sa
diuine liberalité : Par exemple qui pouuoit autre que
Dieu assembler ces petites pieces & en faire vn corps
organizé pour y loger vn'ame d'vn Mouscheron, qui
tout entier n'est qu'vn point, qu'vn atome, qu'vn
petit rien qui vole, mais vn rien dans lequel comme dans vn grand Amphiteatre la diuine sagesse prend
plaisir de monstrer sa toute-puissance. Où est ce que
sa main a posé le corps-de-garde des sens, où a elle attaché ces deux yeux qui se perdent de veuë, & neantmoins descouurent toute la grandeur du Soleil, & du
monde ? où est le ressort qui ioue pour mouuoir les

nerfs, & tourner çà & là ces petites blüettes des yeux
entez dans si petite teste ? où sont assises les oreilles capables de toute l'harmonie du monde ? & par où passe
le iugement qu'il a des odeurs ? En quelle part est logé
le goust si friand du sang humain que ce petit brigand
nous suce, & l'entonne en la caue de son estomac, tousiours alteré : Où est ie vous prie ceste fournaise qui eschauffe ce bout d'animal, & ce petit nain des oyseaux,
le tenant tousiours en appetit de boire à nos despens?
Peut-on, ie ne diray pas voir, mais seulement s'imaginer,
comme on aye peu partager vn petit rien en tant d'e-
stages & d'offices, icy est l'estomac, là le cœur, les
poulmons par dessus ; les yeux au mitan de la teste, les
oreilles à costé, le goust dessous les yeux, l'odorat se-
parant & my-partissant la teste : Ie n'oserois vous parler de son imagination, de sa memoire, de ses appetits,
de son amour, de sa crainte, de ses menus plaisirs, &
de semblables choses ; car quoy qu'il nous faille ad-
voüer qu'il a tout cela, si semble il que ce soit vn excez d'eloquence. Il y a du plaisir à le voir par l'air, car
il vole sans voler, il nage par l'air, ou plustost l'air vole pour luy, & luy sert de littiere, aussi n'a-il point d'aisles, car ce qu'il a attaché sur le dos en forme d'aislerons
qu'on luy a affublés & colés sur la peau, semble de
l'air tissu, ou du vent colé ensemble, & vn crespe qui
n'a autre estoffe qu'vn rien damassé & couppé en forme d'aisles : il piaffe neantmoins, & se balançant sur ces
aisles voltige par l'air, & de nuict fait la guerre aux plus
braues guerriers du monde, leur donnant droit en la
visiere, & leur humant le meilleur sang qui leur coule

dans leurs veines, au visage. Ce qui plus m'estonne est l'aiguillon qu'il porte qui se sent par ceux qui dorment, & ne se voit par ceux qui veillent. Quand il veut il le roidit & en fait comme vne lance que mettant en arrest, la nuict il nous en donne vne atteinte si viue qu'il y laisse les marques de sa caualerie ; la mesme luy sert de trompette & de clairon, & comme remarque Pline pour la proportion de son corps a vne voix la plus effroyable de tous les animaux ; le mesme filet qui estoit lance, & trompette, luy deuient vn haut-bois, & vne flutte quand il veut s'esgayer, & se donner du plaisir en chantant à part soy quelque air qu'il desgoise par nature ; O grandeur de Dieu en si petite creature, qu'vn petit filet luy serue pour combattre de lance, pour annoncer la güerre de trompette, quand il veut rire de flutte & de fifre, s'il veut du vin ce luy est vne tariere pour percer vne veine où est son hipocras nostre sang, & pour boire ce luy est comme vn tuyau, & vn chalumeau pour sucer sa boisson, & vn rien luy sert de tout selon sa fantasie. Il y a du plaisir de le voir assis sur deux iarrets longs, & si subtils que la veuë ne les peut choisir, ie pense que ce sont des atomes qui font comme deux pilotis pour soustenir ce petit monde où la sagesse de Dieu se ioüant monstre partie de sa toute-puissance. Le monde est le magazin de l'homme, & l'homme est le magazin de ce petit voleur qui n'a autre prouision que le sang qui coule dans nos veines. Qui luy a enseigné d'estre si bon Chirurgien qu'à minuit il puisse treuuer la veine, & de la lancette de son aiguillon la percer, & en sucer la chresme ? où tient il ſes ſentinelles, & où poſe-il ſes corps-de-garde en embuſcade pour ſurprendre ſes ennemis en dormant, & leur ſuçer la vie.

LE ROSSIGNOL.

CHAPITRE VIII.

C'Eſt vn des plus gays plaiſirs de nature quand elle fait ſilence pour entendre cauſer vn petit Roſſignolet, qui conte ſes menus plaiſirs au Zephire, & aux foreſts, deſgoiſant mille chanſonnettes, & fendant doucement l'air par la repriſe de cent mille fredons, qu'il laſche ſans faire pauſe. Pour ſe donner du plaiſir il ſe balance ſur vne branche qui branſle, afin de danſer à la cadence de ſes chanſons mignardes, & pour marier ſa voix aux flots argentins d'vn criſtal coulant (qui ſe briſant contre les petits cailloux argentez, iaze doucement, & gazoüille) il ſe perche droit à plomb ſur le riuage eſmaillé de fleurettes, & ce petit Muſicien faiſant luy ſeul les quatre parties, & tout le plein chœur de Muſique, vous diriez qu'il enſerre dans ſes poumons mille Chantres, mille fredons, & que le petit cornet à bouquin de ſon bec luy ſoit au lieu de tous les inſtruments de bouche. S'il ſe plaint, il chante le tremblant, & entre couppe de ſoupirs, s'accommodant à l'air de

ſes

ſes complaintes, & ſes elegies. S'il eſt gay, il darde ſa
voix, & couppe court, & tranche tout du ſon aigu, &
perçant de ſes fredons qui dru & menu montent iuſqu'au Ciel, ondoyant & flottant par l'air, & quaſi nageant à ſon aiſe. Tout à coup il s'aduiſe, & comme
vne fuſée ſe plombe iuſqu'à terre, groſſiſſant le goſier,
enflant ſa voix, & contrefaiſant vn bas qui enfonce ſa
voix iuſqu'au centre des notes. Il remonte, & voltige
entre la taille, & la haute-contre, continuant ſa muſique d'vne roideur infatigable. Ah! quel tranſport s'il
eſcher que l'echo le contre-roſſignolle, luy renuoyant
ces couplets, & rediſant toute ſa melodie. Cette petite voix emplumée, ceſte harmonie faiſant de l'oyſeau,
ce petit bout de rien animé de muſique ſe tuë de chanter. Il s'enuole au Ciel, il ſe raualle, il fuit, il ſuit, il
ſoupire, il ſe deult, il ſe faſche, il ſe rappaiſe, il peſle-
meſle l'aigre, le doux, b. mol & b. quarre, l'aſpre & le
doux coulant; il contrefait le haut-bois, la fluſte, il fredonne en ſa petite gorge, il ſe met en piece, & la quinte le prend oyant qu'il ne ſçait rien inuenter que l'echo
ne l'imite, & ne le face auſſi mignardement que luy.
Adonc il flatte ſon doux ennemy, & ramollit ſa voix,
mignardant ſes paſſages & les pouſſant tendrement, &
languidement comme pour fleſchir ſa rigueur par les
pitoyables accents de ſes couplets: puis la cholere l'eſchauffe, & ſe met en fougue coup ſur coup deſchargeant ſon feu, par ſifflades entre-couppées il ſemble
menacer qui que ce ſoit; il iette ſa veuë partout, & ſa
voix en ſuitte porte le cartel de deffi à ce faſcheux con-
tre-chantre; il enrage que ne voyant rien, il oyt pourtant

L

toute sa science rechantée aussi delicatement qu'il la
sçauroit chanter. Il essaye le tacet pour voir si l'autre
luy donnera nouueau subjet de forger quelque motet,
l'Echo n'a garde de sonner mot. Et pourtant ce pauure
petit Choriste de nature perd patience, il entame l'air
d'vne voix pesante, & ne chante que Maximes enfilées, & semibreues, mais patience luy eschappe se
voyant traby par les reprises, & surprises de l'echo, il
desueloppe mille crochets tous d'vne haleine, & semble ietter hors son bec toute sa vie & son ame formée
en mignardises de fredons & passages, & puis va d'vne
voix sautellante, puis à longues tirades, il entremesle
mille bricoles & feintes, il ramasse sa voix & reserre
ses fredons, & chante le plein chant, il allonge sa voix
se faschant contre soy-mesme, il y met & nature, &
art, & y perd tout. Car tout honteux il se iette dans le
bois, où il creue de rage.

L'ABEILLE.

CHAPITRE IX.

'Abeille est le plus grand politique de tous les animaux , le reglement de leur petite republique est du tout merüeilleux. Le Roy est celuy qui est de plus riche taille , & de corsage royal , tous ses vassaux luy obeïssent auec souplesse , & reuerence , ne faisant iamais rien contre le serment de fidelité. Le Roy n'est armé que de Maiesté , & beauté , s'il a vn aiguillon iamais il ne s'en sert au maniement de tout son estat , il n'apporte que du miel à ses commandemens , aussi sa douceur & presence royalle sert de Code, & de Digeste, & du grand Coustumier de toute sa Monarchie ; il n'y a ietton d'Auettes qui n'ait son Capitaine, & pour euiter le desordre il y a vne grande police en leur estat , entr'elles on ne croiroit pas la grande ciuilité , & courtoisie qui s'y exerce , & parmy ce petit peuple bien apprins il y a vne amitié plus que sociale, & tous les droits reciproques de bourgeoisie , viuant en communauté auec tresbonne intelligence, tout y marchant par regle & par compas , sans que rien se demente. L'hyuer elles se tiennent cachées, ne pouuant se roidir & se guarantir contre l'effort & les violences de l'hyuer, & des ou-

trages des vents ; & pour l'heure elles tiennent leur petite assemblée, en vn lieu deputé à cét effect, s'entre-
recognoissant les vnes les autres, & se gardant fidelité
& bonne compagnie ; les faitneants sont bannys sans
remission, & exilez hors de la frontiere. Elles ne se iec-
tent à la discretion du temps, sinon à l'heure que les
febues fleurissent, & dés lors elles ne perdent vn iour
sans trauail. La belle premiere chose est de faire, ou refaire & raccommoder leur goffre, & leur rayon, chacune ayant son quartier à pouruoir, & r'habiller de cire
fraische, ou edifier de nouueau. Le logis estant parfour-
ny, & l'hostel du Roy paré à leur façon, elles s'amusent à multiplier leur petit peuple quand elles sont lo-
gées, & faire cire, finalement à distiller le miel. Or
comme elles sont prou informées que les petites bestes,
& menuës bestioles sont fort friandes de leur miel, elles
vernissent leur ruche de cire, & r'embouschent tous les
trous, les fentes, & les aduenuës, & finement vous y
meslent du ius aigre des herbes du monde les plus ameres pour desgouster & seurer les voleurs qui y voudroient attenter, & gourmander leur ouurage. Elles
font la cire du ius qu'elles suçent des fleurs, herbes, arbres : quand au miel elles le hument aussi des arbres ou
roseaux portans gommes, glu, & des humeurs grasses
& coulantes en filant. Le rayon a trois peaux, & comme trois cortines pour le fortifier. Le premier se dit
Commosis, qui est le premier r'embouschement & est
tres-amer. Le 2. est Pissoceros, qui est comme vernis-
sure, & gomme ou cire fondue pour poisser, vitrer, &
vernisser le dedans. Le 3. est Propolis, qui est comme

la tapisserie, faite de fleurs & d'vne certaine matiere qui
tient chaudement les rayons, & les iettons. Apres s'en-
suit la prouision des Abeilles, & leur petit garde-man-
ger où elles prennent leur refection apres le trauail, cette munition est amere, & cachée és concauitez des
rayons. Ces bestelettes font la cire de toute herbe, &
fleur, sauf que iamais elles ne se posent sur la fleur morte. Pour aller butiner les fleurs, & aller à la despoüille
des herbes, iamais, dit-on, les iettons ne s'escartent
plus de soixante pas de leur Ruche. S'il n'y a assez de
fourrage, elles depeschent leurs espies, & fourriers
leur mandant de descouurir le pays, courir à la piquo-
rée, & faire leur rapport, afin de continuer leur petit
mesnage. Ces piquoreurs voltigent tout autour du
pays, & si la nuict les surprend au retour de leurs charges, elles se logent à la campagne, à l'abry de quelque
branchage, ou si elles ne peuuent, elles coucheront à
la renuerse, de peur que les aisles se chargeant par trop
de rosée, elles ne soient empeschées de parfournir leur
ambassade. La sentinelle, au champ, fait le guet en mesme equipage, & posture craignant fort l'aisle. Car de
iour le guet est rousiours assis aux portes comme en
vn camp, & arment tousiours sur la frontiere de leur
estat. De nuict elles ont vn dortoir où toutes reposent
& pas vne ne bouge, iusques à ce que la diane n'ait sonné, & le resueille-matin auec la trompette ne les esueille auec deux ou trois fredons; à l'heure ce petit bestail,
& ceste gaillarde trouppe, ayant ouy le cry, se met en
equippage pour aller en queste, & nouuelle conqueste.
Les vieilles gardent la maison, & font le mesnage, les

L 3

ieunes vont au trauail ; les vnes (quand l'armée eſt en
campagne) entortillent la chreſme des fleurettes dans
leurs petits iarrets que la nature leur a fait rabboteux,
velluz, & aſpres à ce deſſein, elles s'aident du muſle &
des pieds de deuant pour charger les cuiſſes de derriere;
les autres empliſſent leurs gorgettes d'eau, & ſe ramaſ-
ſant bien ſerrément s'enuolent à la Ruche ; trois ou quatre ſont deputées pour deſcharger celles qui ſont chargées. Si le vent les bat elles empoignent vne pierre, ou
bien s'en chargent le dos, & razant la terre, & ſuiuant les
buiſſons qui rabbattent le vent, finalement elles gaignent leur fort, & ſe iettent dans le chaſteau, laiſſant
eſcouler tout le reſte de l'orage. Dedans toutes ne font
pas meſme meſtier, les vnes ſont les maiſtreſſes qui
maçonnent, plaſtrent, & affermiſſent les baſtimens, les
autres ſeruent de manœuures, & portent les materiaux,
les autres font la cuiſine. Les maçonnieres font les arcades, le lambris, les paſſages libres, & ouuerts. On ne
met point de Miel és trois premiers rangs du rayon, afin
de n'attirer les larrons pour les voler ; auſſi quand on
veut chaſtrer la Ruche on la renuerſe ſans deſſus deſſous, car le meilleur eſt au bout du gaſteau, & au haut
des voûtes du rayon. Elles ſont fort propres & nettes,
iettant toutes les ordures en vn lieu qu'elles curent le
premier iour de pluye qu'elles ne ſortent pas. Apres
ſoupper on entend vn grand bruit, qui ſe modere peu
à peu, & s'appaiſe auſſi toſt que leur trompette a ſon-
né la retraite. Quand le Roy marche tout le ietton luy
fait la cour, & luy fait garde auec tant de ialouſie qu'il
ne permet pas ſeulement qu'on le regarde, ſes Archers

ne l'abandonnent iamais soit qu'il sorte, soit qu'il visite
dans la Ruche si les officiers s'acquittent de leur deuoir,
& font le deu & le fait de leur charge. S'il perd vne
aisle en bataille, ou s'il est recreu, elles le portent sur
leurs aisles; s'il est esgaré, tout le ietton bat l'estrade, &
le cherche au nez l'esuentant à la seule odeur. S'il s'arreste, elles s'entr'attachent tout autour, & font vne sorte de grappe de raisin luy faisant bouleuard de tout
l'ost, & de toute l'armée. Qui attrappe le Roy est asseuré d'auoir pour rançon tout l'esseim, qui aime mieux
perdre la vie que la fidelité enuers son Prince. On dit
que si le Roy est porté mort par terre au choc de l'armée, le camp se rompt, & chacune va busquer fortune, & chercher aduenture és autres iettons. Il est plus
croyable, qu'elles aussi tost en créent vn autre, & en
foy, & hommage le leuent sur leurs aisles, comme iadis les Hongres leuoient sur leurs boucliers leur nouueau Roy. Et au trespassé elles font le conuoy à la Royale, on recognoit assez leur dueil à leur triste façon, &
au bordonnement melancholique qu'on oyt iusques à
ce qu'il soit sous terre. Quand la prouision leur faut en
leur Ruche, elles courent l'air & vont voler leur voisi-
ne, mais cela ne se fait pas sans cruelle guerre, se coupant la gorge les vnes aux autres, s'entrebattant armée
contre armée. Aussi souuent elles s'escarmouchent pour
le butin des fleurs, & n'estant les plus fortes elles im-
plorent l'aide de leurs compagnes, qui s'en vont de roideur à la charge, & combattent mutinement, on ne
les sçauroit desmesler qu'en faisant tomber vne gresle
de terre, ou contrefaisant le tonnerre auec les bassins

entre-choquez, car à l'heure chacune se retire en sa chacune, & en son quartier. Si le Iardinier est fauorable à
vn party iamais elles ne luy courront sus en recompense,
ce dit on. Leur aiguillon est enté dans le ventre, aussi
quand elles l'enfoncent si auant, & le fichent si profond qu'elles ne le peuuent retirer sans que le boyau y
demeure, elles en meurent. Si l'aiguillon y demeure à
demy elles viuent, mais chastrées qu'elles sont, sont
comme Frelons sans sçauoir cueillir Miel, ny faire la
cire. Les sauuages sont farouches, & bien fort mau-
uaises, mais fortes au trauail ; les priuées courtes &
bien ramassées en rond sont les meilleures & coulo-
rées en bigarrure ; les longues sont lasches. Elles ont
de puissans ennemis de leur estat, mesmes sont suiettes
à de fascheuses maladies, elles ne viuent que sept ans
ou enuiron, on dit que le Soleil les resuscite, à la charge que l'hyuer elles ayent esté ensepuelies sous la cendre de figuier.

Le ieune Roy des Abeilles.

POur eriger de nouueaux Royaumes, & descharger
les vieux d'vne si grande populace, le ieune Roy
depesche ses fourriers qui vont battre l'estrade, fleure-
ter çà & là, & descouurir le pays, faire les fourriers &
auant coureurs. Tout estant prest le Roy donne vn signe, les Auant-gardes à petites iournées vont deuant,
le Roy suit tout enuironné de sa Cour, toute armée
d'aiguillons, quand l'allarme est donnée tous ces petits
piquiers font bon deuoir, & pendant que les clairons
& trom-

& trompettes animent les trouppes , vous voyez des
Cheualiers volans en l'air d'vne furieuse rencontre s'en-
tre-tuer, auec vne si mutine opiniastreté , (car ces petites gens ne sont que feu & cholere qui vole, & vn
auertin aigu qui les eslance les vnes contre les autres)
que tout mourroit si le Iardinier ne les faisoit entrer en
composition par le bruit des bassins, donnant logis au
nouueau Roy conquerant & à ses ieunes bandes de
petits Argolets. Le tout se démesle, le Roy se branche en quelque arbre , toute sa gendarmerie se pend
tout autour , on les rafraischit auec vn peu de vin, on
les loge en vne nouuelle Prouince, aussi tost elles s'appriuoisent , & font le Palais Royal , & le Louure de
leur Souuerain , mais fort magnifiquement, mettant au
dessus vne petite motte qui sert comme de donjon, là
dedans sont ceux de son sang, de-fait si on espraint ce
donjon, on n'aura point de race de Roys. On tient
qu'elles font leurs petits de fleurs, & les couuent comme la Poule, & escloent de petits vermisseaux , qui
chargent les aisles , & en mesme temps s'esclot le Roy
qui est d'ordinaire rouge , fait de plus belles fleurs, il
naist auec les aisles , portant vne Estoille blanche au
front comme son diadéme , il a la démarche plus Ma-
iestatiue, & plus braue que les autres; il est plus luisant,
gaillard, & poly , & de plus beau corsage que les autres; les ieunes courtisent incontinent leur ieune Prince
qui ressent bien sa Maiesté , & a sentiment de gloire
sçachant tenir son rang.

M.

LE MIEL.

CHAPITRE X.

LE Miel s'engendre en l'air sous la faueur & influence de certains Astres, comme és iours Caniculaires, à la fine aube du iour on treuue les fueilles chargées & sucrées de Miel; Ceux qui se rencontrent aux champs auant la diane, se sentent tous enduits de Miel qui chet. Pline ne sçait si c'est la sueur du Ciel, ou la saliue des Astres, ou le ius & colature de l'air qui se purifie. Les Auettes le sucçent, le hument, & le raclent sur les fleurettes, & herbettes, l'entonnant en leurs petits estomachs pour le reuomir en leur goffre, mais elles le sophistiquent auec les autres liqueurs tirées des autres fleurs qu'elles leschent, & échresment, le fralattant & broüillant, si on en pouuoit finer du pur & net comme la nature le forme, il n'y auroit rien de plus souuerain au monde. Selon la delicatesse des fleurs dont elles le puisent, aussi est-il meilleur; car les fleurs s'en emboyuent & sucçent la fleur du Miel, les autres le laissent plus pur, & n'en hument que bien peu comme le Thym, Romarin, &c. Et pourtant le Miel cueilly là dessus est excellent. En vn iour ou deux, elles remplissent leur maison de Miel, si courageusement besongnent-ils ces pe-

tits corps, & ces pauures menuës beſtelettes, qui font
honte à tout le genre humain.

L'ARONDELLE.

CHAPITRE XI.

Vand l'Arondelle veut pondre, & ſe void ſur
le poinct d'ouuer, elle prepare ſa couche, & le
berceau de ſes petits; le nid eſt baſty, gaſchant
de la boüe, r'embouché de paille, tapiſſé de flocs de
laine, fourré du plus delié duuet qui ſe treuue, afin que le
lict ſoit mollet, & les petits giſent tendrement à leur aiſe. Quand les Arondelas ſont eſclos, & mettent le nez
hors la coque, n'ayant plus de prouiſion dans leurs petits
tinels, le pere & la mere ſe chargent de les nourrir, & les
ſoignent comme l'amour leur enſeigne. Le plus grand
plaiſir eſt lors qu'ils ſont deſia grandelets, reueſtus du
poil follet, les aiſles garnies de plumes, les iarrets aſſez
forts: car pour les deſniaiſer, & leur apprendre à gaigner
leur vie, le pere & la mere vous les pouſſe dehors, & Dieu
ſçait s'ils ſont eſtonnez, quand ils ſe voyent balancez en
l'air, & que pour la premiere fois ils deſployent leurs aiſles, & font leur apprentiſſage de voler, nageant entre Ciel
& terre. Mais comme ils ſont encor à leurs rudimens, ils
ſont incontinent las de voler, & s'en vont percher ſur
la premiere branche qui ſe preſente. Les vieux qui

voyent ces pauures niais affamez ſur vn arbre, ſans ſçauoir faire autre meſtier qu'ouurir le bec, & attendre gorgée, ils ſe mettent à leur donner du paſſe-temps, allant à
la chaſſe, & à la volerie pour leur donner à deſieuner.
Vous les voyez voler de biais d'vn aiſle forte, & courir
ſur les petits mouſcherons qu'ils attrappent du bout du
bec, puis ſe dardant contre leurs petits perchez ſur l'arbre, ils ſe monſtrent de loin le gibbier à la bouche, les
petits crient tous enſemble, attendant la faueur & la bechée. On ne ſçauroit dire l'equité de ſes petites beſtio-
les, car elles diſpenſent eſgalement la venaiſon, donnant
à tour de roolle à chacun ſa petite prebende. Auſſi les
petits ſont fort fidelles, & ne changent point de place
pour tromper leur frere, & auoir deux fois la curée. Cependant ils gazoüillent en leur goſier, & apprennent
leur game, ſe faiſant ſçauans aux deſpens, & à l'exemple
de leur pere & mere, ſe duiſant au meſtier de la volerie.
Quand ils ſont ſaouls, les parens vous les pouſſent de
l'aiſle, & les iettent en l'air, où ils commencent à prendre plaiſir, ſe voyant appuyez ſur les aiſles, & brauer ce
qui rampe ſur terre : ayant bien voleté, tous ſe raſſem-
blent, & les vieux ſe mettent à dégoiſer, & chanter
leur ramage ; ces petits Arondelas y prennent leur paſſe-
temps, & ſe hazardent de tenir leurs parties, tous arrengez ſur l'aiſle d'vn toict, comme de petits Choriſtes de
la nature, chantant en plein chant leur *Benedicite omnes
volucres cæli Domino.* Au reſte ſi nature ou malencontre
a porté que quelqu'vn d'eux ſoit aueugle nay, ou fait
par diſgrace, l'amour de la mere fait vn beau miracle,
elle ne crache pas ſur la pouſſiere pour en faire du li-

mon, & du limon vn œil, comme fit jadis le Meſſie;
mais arrachant de ſon bec l'Eſclere (*herbe qui de ce miracle a pris le nom d'Arondelerie, Chelidonia,*) elle refait
l'œil creué, & vous y reforme la prunelle, donnant paſſage au iour, & le portant iuſques dans l'ame. Parmy
ces chanſons & grand chere, les compagnons ſe chargent de bonne eſtoffe, & ſe font grands ; & en bon
poinct. Lors les pere & mere ne leur donnent plus la
bechée, ſi ce n'eſt emmy l'air, de façon que celuy a le
bon morceau qui s'eſlance plus viuement, & qui va au
deuant de ſa mere qui porte la prouiſion en bouche,
trenchant l'air de biais. Quelquefois elle laiſſe eſchap-
per le gibbier, feignant auoir failly, & ne l'auoir ren-
fourné droit au bec de l'Arondelas, qui prend la hardieſſe de pourſuiure le mouſcheron qui eſt à demy
mort, & de belle priſe. L'ayant pris, & appris la façon
de voler le gibbier, il n'attend plus ſon diſner de la diſcretion de ſa mere, mais ſe pouruoit de ſoy-meſmes,
& deſlors commence à voleter, & faire la guerre aux
petits mouſcherons, ſe mettant hors de cage.

ADVIS AV LECTEVR.

I L faut que vous sçachiez que les Mariniers qui hantent diuerses contrées de l'Ocean, ont aussi diuers patois, & des termes fort dissemblables. Ceux de Prouence qui vont sur la Mediterranée ont beaucoup de mots escorchez d'Italie, de Barbarie, de l'Orient, & cela meslé auec vn peu de fin Prouençal, fait vn estrange langage. Les autres qui font vie sur l'Ocean, comme ceux de Dieppe, du Haure de Grace, de Calais en Picardie, de S. Malo en Bretagne, & autres, tiennent vn autre iargon; car ils ont tiré beaucoup de mots d'Espagne, de Portugal, des Indes, des Anglois, & de ces diables de Mer qui sont auiourd'huy si puissans sur les deux Oceans. Ne vous estonnez donc pas si vous treuuez du changement, & contentez-vous qu'ayant veu l'vn & l'autre Mer, ie vous donne à peu pres ce qu'il vous faut pour parler de la Mer, sans y faire naufrage de vostre reputation. Il y a mille particularitez qui sont necessaires aux gens de Marine, & aux Matelots; pour vous qui ne voguez que sur vne Mer de paroles, vous en sçaurez assez de ce que ie vous presente, le reste ne seruiroit que de faire parade d'vne

vaine curioſité qui rendroit à l'aduenture voſtre diſcours inutile.
Les plus riches pieces d'Eloquence, & de Poëſie ſont emprun-
tées de la Mer, ſoit à la deſcription de quelque notable naufrage; ſoit à faire choquer les vents ſur la face de la Marine, &
ſouſleuant des orages, qui portent les flots quaſi dedans le Ciel,
& ſemblent plonger les Eſtoilles dedans les boüillons de la Mer
enragée : Soit faiſant gliſſer vn Nauire ſur l'azur, & ſur la
ſurface de la Mer, enfilant les voiles d'vn vent fauorable,
ſoit en fin ſe ioüant ſur les flots & ſur le criſtal applany d'vne
bonace agreable, & en mille façons parlant de l'Ocean & de
ſes rares merueilles. Ie vous aduouë bien tout nuëment que
pour en parler dignement, il eſt neceſſaire d'auoir vn peu humé
l'air ſalé de la Marine, & l'auoir veu de prés, voire vn peu
flotté deſſus, pour ſçauoir au vray que c'eſt que d'aller à la
diſcretion de cét element indiſcret & impitoyable; mais ſi vous
ne le pouuez, ny ne l'oſez entreprendre, vous vous deuez contenter de ce petit Eſſay que ie vous donne, & qui vous fera
ſçauoir que c'eſt, ſans payer le tribut à la Marine, & ſouffrir le mal de la Mer.

LE FAIT DE LA
MARINE, ET LES TERMES
DV PILOTAGE.

CHAPITRE XII.

LA Hune, c'eſt le panier ou cage au haut du Maſt, qui ſert à porter vn page de Nauire, ou autre Matelot pour deſcouurir terre, ou Courſaires, & faire ſentinelle.

2. Le Mas, Mats, ou Matereau de Nauire : la Quille, c'eſt à dire, vn grand ſommier double qui eſt au fonds & le long du Nauire, qui eſt la comme l'eſpine du dos en l'homme, & là on enchaſſe le bout du grand Maſt.

3. Les chables ſont des amarres, & le gros cordage de Nauire, pour amarrer & arreſter la Nau. On dit auſſi l'ammarrage.

4. La Nauire, en feminin, eſt vne armée de mer, on dit auſſi vne Flotte, c'eſt à dire, pluſieurs Nauires. Le Nauire, c'eſt vn vaiſſeau de Mer qui eſt rond, il ſe dit auſſi vaiſſeau rond, à la difference des Galeres, Fuſtes Brigantins qui ſont longs.

Rauber-

Rauberges, font Nauires qui vont à rames, & à voiles. Nauires à trois rames pour banc, *Triremis*, fi à quatre, &c.

5. La prouë armée de picquant de fer pour trancher les vagues, *Roftrata nauis*, le gouuernail & le timon eft à la poupe.

6. Le bois trauerfant le Maft, où on lie les voiles, *Antenna : cornua Antennarum*, les bouts.

7. La cheuille où on attache l'auiron pour ramer, *Scalmus*. Les courbes du Nauire, *cofta nauis*.

Le Befle ou Tillac, *Fori*, Ital. *la corfia*, courfiere; tillaquer ou plancher, c'eft faire l'entablement de planches & d'aix, qui fe dit Tillac.

8. Naulage, & Naulager, c'eft payer les frais qu'on peut faire dans le Nauire.

9. Le fait de la Marine, le Pilotage.

10. Le Trinquet ou Attimon, c'eft vne petite voile qui s'attache au derriere, & eft en pointé, là où la grande, & les autres font quarrées, on l'appelle auffi Catepleure & aureille de Liéure, à caufe de fa pointe.

11. La prouë, la tefte, & le mufeau du vaiffeau, eft toufiours armé. La Sentine de la Nau. La Carine ou Carene, *Carina*.

12. Les Courfaires vont toufiours à voiles & bourfets des Hunes (c'eft à dire, les petites voiles de la cage.) defployées, & comme ils finglent de grand vent, & roideur, fendant l'eau fort rudement, il femble qu'ils ne voguent que fur l'efcume, de là aller à cours, & efcumer, c'eft le mefme. Efcumer auffi, c'eft enleuer tout ce qu'ils peuuent fur Mer.

N

13. Les Brifans, c'eft à dire les Efcueils, ou bancs de fable, où le flot de la Mer choque & fe brife : ou pluftoft font les chocs & froiffeures des vagues qui efcument en hurtant. C'eft figne d'vn mauuais pas en Mer.

14. Les Aubans, font les groffes chordes qui tiennent le Maft ferme en Nef, & paffent par la tefte de More du Maft, & tombent fur les barreaux d'iceluy, & de là fe viennent rider (c'eft à dire roidir) aux chaines d'Aubans, auec deux caps de mouton, l'vn attaché à la chaine, & l'autre au bout de l'Auban.

15. Le Chafteau, eft d'œuure haute, ce qui prend depuis l'Eftraue iufques au plat bord, & enferme le Maft de Mifaine, fur lequel on tend le pont de chorde au combat, & met-on de l'Artillerie.

16. Les Trauerfins font poutres qui trauerfent le lict & cage du Nauire fur le Tillac, l'vne auprès du Maft, l'autre du Chafteau.

17. La Mifaine eft la voile qui eft entre Beaupré & la grand voile du Maft. Maft de Mifaine, eft le fecond.

18. Les Barreaux du pont de chordes, font les petits baftons qui trauerfent chafque bord du Chafteau de deuant, appuyez fur la ferre ; & le trauerfin qui croife accollant le Maft de Mifaine ; qui couurent le Chafteau & portent le pont de chorde.

19. Barre de timon eft vne piece de bois qui perce le Gaillard, & eft par deffus, & fert pour regir le timon qui eft deffous.

20. Beaupré (voile fortant de la prouë en efclat de mer) & Mifaine feruent pour remonter le nez au Nauire, & luy hauffer le bec.

21. Cap de mouton, est vne piece de bois percée en douze ou quinze lieux, & sert pour rider l'estay du grand Mast, & l'estayant le tenir ferme.

22. Estay, c'est la chorde qui tient le Mast qu'il ne tombe sur la poupe, quand on ysse (c'est à dire guinde) la grand voile.

23. Turpot, c'est vn soliueau, il y en a quatre au Chasteau affustez & acclampez à la varengue de ce costé là. Varengues sont trauersiez entez aux flancs de la quille du Nauire, arrengez comme les costes à l'espine du dos de l'homme, & sont serrez auec des serres qui sont des tables espesses.

24. Cap de Mer signifie vn heurt haut esleué sur la Mer, ou sur la coste, ou qui quelquefois se lance bien auant en la Mer, & affrontans ainsi la Mer, sont comme espaules, sommets, ou eschinons de la coste ; & seruent de marques aux Mariniers.

25. Les alleures sont des soliueaux qui vont le long du pont sur les trauersins, & font vn quarré auec eux, qui est le trou & la fenestre par où on accueille le bateau dans le Nauire.

26. Estraue est vne piece de bois vers la prouë, qui va de la quille à mont en courbant comme la prouë: vn pareil est à la poupe qui se dit Estambor.

27. Le Bourset, c'est la petite voile de la Hune, attachée au Mastelet d'icelle ; & se dit Bourset de Hune, estant comme vne espece de bourse enflée de vent.

28. Galere est vn vaisseau long qui va à rames, à trois ou quatre rameurs & Galiots par chasque banc. Galion est vn vaisseau de guerre plus renforcé qu'vn

N 2

Nauire & porte voile quarrée, c'eſt la principale piece de l'armée. Galiote eſt de bas bord, entre la Galere, & la Fuſte, elle eſt propre à faire courſes pour ceux qui hantent la Mer.

29. On dit ſingler en pleine ou haute Mer; le flot de la Mer, les marées, c'eſt-à-dire, le flus & reflus. Le grand flot de Mars, c'eſt aux deux Equinoxes que le flus eſt en ſa plus grande force, & plus grand regorgement. Aller quand les eaux ſont viues, c'eſt à dire, depuis le croiſſant iuſques en pleine Lune, car les eaux, & les flots montent en leur vigueur.

30. Aller l'amont de l'eau, c'eſt aller tirant vers la ſource, & le courant; aller aual l'eau, c'eſt aller vers l'emboucheure en Mer, où la riuiere ſe va deſcharger, & charrier ſes eaux, & porter ſes decimes. On dit auſſi aller à flot rebourſé, & amont l'eau.

31. Les ſortes de Nauires pour cheuaucher la Mer, ſont les longs vaiſſeaux; Fuſtes à deux ou trois par banc: les autres à quatre, cinq, dix, & plus, par banc; les Hurques, ſiliaderes, les Fregates ſont moindres que les Brigantins; elles ont huict ou neuf bancs de chaſque coſté, & ſuiuent les Galeres, Barques & Barquerolles, &c. Radeaux, Brigantins, vaiſſeaux de brigands, viſtes de grande armaiſon. Eſquif, Le Laquay du Nauire fait de bois, de cuir couſu, de ioncs.

Carraques, vaiſſeaux de Mer ronds. La grand Nef de Rhodes ſe dit la Carraque.

Les eſperons des Nauires. *Roſtrum.*

Ancres à deux, trois, ou quatre dents.

Harpis, ſont griffes de fer. Harpe eſt la griffe du Chien.

Crocs, mains, & agraffes de fer pour retenir & accrocher vn Nauire.

Falouque, c'est le plus petit de tous les vaiſſeaux à
rames. Voicy l'ordre; Falouque, Fregate, Brigantin, (on
dit auſſi vne Carauenne,) Fuſte, Galiote, Galere, Galeace.

32. Bancs ſont des ſablonnieres amoncelées dans la
Mer qui briſent les flots, ce ſont des longs doſſiers eſleuez ſur l'autre ſable caché, comme des heurts, & des
bancs eſleuez ſur le plain.

33. Eſcueil, c'eſt vne pointe naiſſante de la Mer, ou
vn Rocher aſſis ſur la Mer, où facilement on fait debris.

34. Heurt, c'eſt la teſte d'vn Rocher, ou couſtau, de
là heurter & froiſſer, le hurtis, & le choc contre.

35. La Polaine ſert à ſerrer le Beaupré à la prouë, &
ce n'eſt autre choſe que l'equipage de la Fléche, qui eſt
vn bois fait en S. ſouſtenu par des ſoliueaux, & cette
fléche ſe iette hors de la prouë, eſtant pourtant bien
arreſtée, & eſtant cloüée aux Equibiens, & cette fléche,
& Polaine ne ſeruent qu'à ſerrer le Beaupré.

36. Equibiens, ſont les deux trous par où paſſent les
amarres qui tiennent le Nauire à l'Ancre.

37. Gouuernail, c'eſt ce qui s'enclaue auec des cheuilles de fer (qu'on nomme maſles) dans les anneaux
de fer fichez en la reſte de la poupe (qu'on nomme femelles) & ſort dehors, & eſt l'intendence du Pilote, qui
par luy conduit à route le vaiſſeau, le regit, & meſua-
ge ſon cours & ſon flottage; on dit auſſi tenir le timon.

38. Chartres parties, où charte partie, eſt le roole, &

declaration de la cargaison du Nauire, & de ce qui se
porte.

39 Escoré, comme la Mer est escore à Gennes, & c.
c'est à dire, la coste du bord est taillée à plomb, &
partant l'abbord de l'eau y est creux & profond, comme sont les Haures.

Escores aussi sont le marrain & le bois, sur lequel
on calfeutre en terre le vaisseau deuant que le mettre à
flot.

40 Routier, est l'adressement des chemins par Mer
(& aussi par terre) de là le Liure des adresses de Mer
porte ce tiltre, Routier & Pilotage de Mer. De là vieux
routier, qui a beaucoup veu, & sçait toutes les adresses. Arrouter, c'est se remettre en route & bon chemin, desrouter c'est se destraquer.

41 Saburre (ou Sauorne) c'est le grauier dont on
charge le fonds du Nauire, afin de l'affermir, tenir droit,
& mieux balancer. voyez num. 68.

42 Palenc, c'est la chorde qui est attachée à l'estague,
& passe par vne poulie, & sert pour guinder le petit
bateau ou la marchandise qu'on veut mettre dans la
fenestre & trou du Nauire. Paneau est le couuercle
de ce trou.

Encornal, c'est le lieu où sont deux grands rouets
de cuiure, tenans à vne teste de More au sommet du
grand Mast, par où passent les Estagues qui guindent la
Vergue de la grand voile, haut. Verge ou Vergue, est
la perche à trauers du Mast, où on lie la voile.

1. LE Patron, ou Pilote, c'est à dire, maistre du Nauire.

2. Les Matelots.

3. Les seruiteurs de Nauire, Tabourineurs.

4. Fifre, Trompette.

5. Calfat & Calfateur, est celuy qui a la charge de calfeutrer le Nauire.

Calfatin, est le seruiteur dudit Sieur.

6. La Ciourme, c'est la trouppe des forçats, on dit aussi Chiorme; là les Forsaires tirent de concert à la rame.

7. Les Rameurs, Forçats, Galeriens, gens d'auiron, & de biscuit, gens de cadene.

8. Admiral, c'est à dire, Lieutenant du Roy en la Mer, & és greues, qui iuge à la Table de Marbre, à Paris, où est son parquet.

9. Auituailleur.

Capitaine de Nauire, les Lamaneurs.

Tiercement, c'est à dire, Canoniers, Pirates & aduenturiers de Mer.

8. Tanqueur, est celuy qui va querir à bord ou les hardes, ou les personnes pour les mener dans le vaisseau par la planche.

9. Espaue, c'est à dire personne, ou biens qui n'ont point de maistre, comme ce qu'on treuue sur la rade apres vn débris. On les nomme en Normandie Vuagues, chóses espaues.

10. Comite, le maistre Pilote, qui au commandement

de son sifflet donne mouuement à la Galere ; arreste, tourne , haste , & le nerf de bœuf à la main gouuerne les forçats.

11. Quand les escumeurs arment leurs fustes , si on demande la part où ils vont , ils dient , qu'ils vont au cap de grip , ou cap de grup, c'est à dire , qu'ils vont gripper , & se ietter sur le premier qu'ils rencontreront.

1. Equipper, & armer. Armage, armement, armaison de Nef.

2. Eschoüer. *Ad litus maris nauim allidere & frangere.*

3. Fretter, c'est loüer vn Nauire aux marchands.

4. Mettre le Nauire en eau. *Deducere.*

5. Voguer, Ramer, donner aux auirons.

6. Caler & abbaisser les voiles, à voiles desployées; bourser les voiles, c'est à dire plier à demy : ameiner, c'est à dire plier.

7. Prendre tout le vent, ou ne prendre que la moitié du vent. Auoir le vent en poupe, suiure le fil du vent.

8. Amarrer le Nauire & le tenir à l'Anere.

9. On dit faire bris, debris, debriser vn Nauire, debrisement.

10. Singler, c'est aller à toute voile, tant que les Aubans (c'est à dire , les cordes qui tiennent ferme le Mast,) singlent , & sifflent en tranchant l'air auec vne extréme vitesse, singler vne voile.

11. Bouter ou faire cap à la Mer, c'est à dire , rengouffrer le Nauire craignant d'eschoüer, & auec Beaupré & Misaine , tournant la proüe vers le haut de la mer.

12. Cappéer, c'est singler à la cape, quand la tourmente est excessiue ; ronder en mer, quand les Mariniers

sans

sans faire aucun marrage laissent aller le Nauire au son de la mer, & à la seule conduite & discretion du vent; il va bien la droite route, mais auance fort peu : or on ne capée qu'auec la grande voile ou auec l'Artemon, qu'on fresle ou bourse, c'est à dire, en le pliant en bas, & tenant vne corne en haut attachée, l'autre rabbaissée, on fait comme vne bourse où le vent s'entonne, en forme de voile Latine, cependant on lie le gouuernail, à l'vn des turpots des bords du Nauire.

13. Fresler & filer, c'est derider & plier, comme le pont de chordes, &c.

14. Bourser, c'est plier la voile à moitié, & du reste en faire comme vne bourse prenant peu de vent.

15. Auoir le vent derriere, c'est à dire, en poupe, c'est la plus haute maniere de singler; car la prouë trenche mieux, quoy que ce vent enfle les voiles à trauers d'vn bord à l'autre : Au repairer és ports la prouë a le nez à la mer.

16. Vent à la Boline, donne par flancs aux voiles, lesquelles lors sont enfilées de droit fil de poupe à prouë, & au singler reüssit par excellence.

17. Vent à quartier, est celuy qui est entre le vent derriere, & le vent de Boline.

20. Auoir le vent à gré, c'est à dire, quand il enfile droit. Vent aspre & de mauuais mesnage.

21. Se ietter dans la cale, la cale est vn lieu entre deux pointes de terre, ou Rochers issans d'icelle en cornieres qui rabbattent le vent, & font calme, là on se iette quand la tourmente surprend, & on se met à l'abry, & à garand des flots, & du vent; c'est aussi là que

O

se cachent les Corsaires, pour sursaillir ceux qui naui-
guent raiz à raiz des costes, & costoyent la rade de la
Mer. Rade est le bord de la Mer, mais qui n'est pas
Port, car Port n'est pas Rade, ny Rade Port. Resconce
de bord, c'est à dire, lieu propre à se cacher pour les
Pirates.

22. On dit ancrer au port, surgir au port, moüiller
l'Ancre, ietter les Ancres. Desancrer, & leuer les Ancres. Nauire estant sur les Ancres, & surondant sur les
flots sans bouger. Se ietter dans vn Hable, ou Haure,
ou plage, qui est vn bord de mer, sans fond.

23. Monter à voile contr'eau, contre le fil de l'eau,
fendre le courant, forcer le vent, & aller malgré les
bouffées violentes.

24. Gascher, c'est tirer à l'auiron, Ramer, Voguer, &
gasche vne Rame. Gascher proprement, c'est troubler,
pesle-mesler.

25. Calme, & calmer ou recalmer la Mer, c'est l'ac-
coiser, faire cesser la tourmente, la derider, applanir, ap-
paiser, mettre en bonace, faire aller calmement & son
petit train ; abbattre les vents.

26. Calfeutrer vn Nauire, c'est estouper les trous,
auec des estoupes, de la poix, & de petits aiz. On dit
aussi calfater, radouber, le radoub.

27. Marer, où maréer, c'est aborder, & à Ancré adentée, ou chable lié au Port, ou Hable. Le contraire est
desmarrer, desancrer, & faire vie, (sur Mer s'entend)
mais on ne dit que cela, aller faire vie, c'est à dire, se
ietter en Mer.

28. On dit le flot & reflot, flus & reflus, flotter & re-

flotter, ondoyer fur vn eſtrange flottement de Mer. Le grand flot de Mars, à cauſe qu'il vient au mois de Mars, l'autre en l'Equinoxe de Septembre.

29. Vaguer à la diſcretion des ondes, vague c'eſt vn flot eſleué par l'orage, en la Mer Mediterranée, car en la grand Mer on dit oule (*Hiſp. ola.*) qui eſt comme vne colline d'eau qui roule, enflée de vent quand l'orage tire, & outrage la Mer.

30. Eſtre ſurpris, & emporté d'vn coup de mer tempeſtueuſe, d'vne birraſque, ou borraſque qui ſe fait de la mutinerie de deux vents s'entrechoquans, & par vn turbillon de vent.

31. La Mer eſt bonaſſe, & calme. La bonaſſe de Mer, quand rien ne branſle, & tous les vents ſont morts.

32. Sabors ſont les trous du bout du Gaillard par où paſſent les pieces des groſſes Artilleries, ayant chacune deux pieces de fer, vne de chaſque coſté à trauers du membre, c'eſt à dire, à trauers des turpots, pour ſeruir de bride, afin qu'elles ne reculent.

33. Guindereſſe, c'eſt la poulie qui ſert à guinder la voile du Maſt où elle eſt amarrée.

34. Gaillard, c'eſt le Chaſteau de la poupe fait comme celuy de la prouë.

35. Aborder, & d'abordée faire, &c. c'eſt en ſurgiſſant au Port, au quay du Haure, au bord. Arriuer, & d'arriuée, c'eſt le terme d'eau douce & de riuiere; l'autre eſt pour l'eau ſalée, & la mer.

36. Agraffer, & dégraffer les vaiſſeaux, c'eſt à dire, accrocher, décrocher, les inueſtir au combat, &c.

37. Auoir les vergues hautes, c'eſt eſtre preſt à faire

vie sur mer, les voiles toutes guindées qui n'attendent
que le vent. Yffer les voiles & guinder, c'est le mefme, c'est monter, estendre : & carquois & le haut bout
du mast, où il y a certains polions propres à tirer la
chorde attachée à la verge.

38. Carrauelle, vaisseau rond portant voiles Latines,
c'est à dire, a oreilles de Liéures, & boursées & pliées
en bourse pointuë.

39. Courbes sont des pieces de bois és deux bords
de la poupe, entez en l'encoigneure ou iointure, le ren-
forçans par derriere ; & à la prouë il y a vne autre pié-
ce de bois qui s'appelle Four, & renforce le vaisseau
par le deuant. Courbaston est vne courbe.

40. Les ailes du Nauire, c'est à dire, *Latera.*

Mettre en furain, c'est à dire, tirer à la rade la Nef.

Agréer & fournir vn Nauire.

Renger la coste, c'est à dire, *Radere.*

La Nef va à droit fil, c'est à dire, *Recta ad aliquem,*
va de front, *Idem.*

41. La Nef s'aggraue en vn platis, ou en quelque vase où la Mer est basse.

42. Plate forme est ce plancher qui va toufiours
montant vers la prouë, & l'encoigneure d'icelle appuyé sur des mortaises, & soliueaux.

43. Parlant de la capacité d'vn Nauire, on dit qu'il a
tant de pieds de quille (c'est à dire de long) tant de
pieds de bau, c'est à dire, de large & d'ouuerture ; tant
de pieds de chete (c'est à dire, de cheute, & de haut à
bas, descendant depuis la Quille iusques aux ponts) &
tant de pieds de loo, c'est à dire depuis le Mast iuf-

ques aux bords du Nauire.

44. Escoutes, sont les doubles chordes qui seruent à amarrer la grand Voile par derriere, comme les Coyts par deuant, sont simples chordes.

45. Escoutilles, sont les ouuertures, ou aualloires faites au Tillac en maniere de trappes, par où on deualle les denrées, & vitailles, pour loger sous le Tillac.

46. La Coursiere, ou pont de coursiere est vn pont-leuis, depuis le Gaillard iusques au grand Mast, & depuis le Mast vers le Chasteau de deuant, cecy est couuert, armé de barreaux és aisles, tout cecy se dit la Coursiere, c'est le mesme que Tillac.

47. Le Cabestan est dans la Coursiere l'instrument du Touaige ou remuage du Nauire, qui estant en mauuaise Rade ou anchraige, on porte l'Ancre auec le basteau si loin qu'on veut, puis estant bien adentée & fichée, à force du tour du Cabestan, on fait approcher le Nauire du lieu où est l'Ancre. L'instrument se dit Cabestan, le remuement, Touaige.

48. Les Baux sont les soliueaux qui portent le Tillac, & seruent pour conseruer la rondeur & largeur du vaisseau, afin que les bords ne viennent dedans, & le basteau ne s'escache.

49. Boutez de loo, ou lof : c'est à dire, prenez le vent de Boline qui donne par flanc, attachez y les escoutes, afin que le Nauire boline mieux, & coule plus doucement.

50. Carlingue est vne grosse piece de bois, de largeur pareil à la Quille, clouée & encheuillée sur le mitan de la Quille, ayant au mitan vn trou quarré pour

y enchaſſer le pied du grand Maſt. Et Eſtambres ſont
deux groſſes pieces de bois qui accollent le trou du
Tillac par où paſſe le Maſt, pour tenir ferme le Maſt,
qui autrement s'éuaſeroit de la Carlingue. voyez nu. 66.

51. Courſie, eſt l'allée entre les bancs des Forſaires,
qui va de la poupe à la prouë, là entr'autres ſe pour-
mene le Comite quand on vogue, pour foüetter à
coups de nerfs de bœuf, ceux qui ne manient l'auiron
comme de raiſon ; & la nuict les viſite afin qu'ils ne ſe
monopolent, & deſchainent, & braſſent quelque re-
uolte. Celuy qui les viſite ſe nomme Aguſſin, ou Ar-
gouſin, c'eſt vn mot Italien.

52. Balancines, ſont les chordes qui tiennent droite
la vergue du Beaupré, & le balancent droit, afin que
le vent l'enfile droit, & le face mieux eſclatter en mer.

53. Aclamper, c'eſt attacher les bois enſemble, &
les enclouër auec des clous, ou cheuilles de bois.

54. La Marinette, c'eſt la Buſſole qui dreſſe les chemins à la faueur de l'aimant & l'aiguille mariniere, &
la charte.

55. Chicambaut, c'eſt vne piece du bois qui ſort du
Nauire, yſſant entre la fléche & la lice, & va à fleur
d'eau, ou bien courbeyant preſque à vn pied & demy
de fleur d'eau, il ſert d'armurer la Miſaine & Beaupré
quand le Nauire va à orſe, c'eſt à dire, à Bouline. Au
bout il a vn crochet de fer qui affleure l'eau, & vne
petite corde appellée Bourſin, pour amurer ledit Beaupré & les coüets (c'eſt à dire, deux autres cordes) tiennent à la corniere dudit Beaupré, ou Miſaine, afin d'a-
murer les voiles comme il faut pour le boulinage.

56. Border les Auirons, c'eſt à dire, les leuer en ſorte qu'on ne nage plus, & qu'on n'aille plus auant.

57. Bords, ſont tables eſpaiſſes appliquées par dehors ſur les varangues de fonds pour les ſerrer, celle de dedans a meſme effet s'appellent ſerres. Bord plat, c'eſt où on met l'Artillerie groſſe, & eſt large, afin de mieux aſſeoir les canons.

58. Erre, c'eſt le flot, & l'alleure de la mer, ainſi on dit : le reuers du gouuernail bien eſpais eſpart le liement de l'eau, & erre de la mer.

59. Se ſauuer à calfourchons ſur les aiz de la Nauire briſée, allant à diſcretion de l'orage.

60. Coquet, vn petit vaiſſeau de mer. *Scapha.*

61. Il y a la chambre du Capitaine. La gardiennerie où ſont les prouiſions de bouche. Le ſoubs-Tillac où la marchandiſe ſe met. Le Rum, c'eſt encor plus bas, où on iette les plus groſſes beſongnes.

62. Perroquet, c'eſt la voile au deſſus de la cage & du grand Hunnier. Voſtre Nauire n'a autre voile que le Perroquet, c'eſt à dire que vous eſtes vn ſot.

63. Eſperon, c'eſt vne grande pointe à la prouë, qui n'eſt armée deçà & delà de bois, car quand elle eſt ainſi armée des coſtez, on la nomme vne fléche.

64. La Barre au bout du timon, pour le manier. Le timon eſt attaché au bout du Gouuernail, & gouuerne tout. Le garçon qui eſt debout maniant la Barre.

65. La Bonnette, vne petite voile attachée au haut d'vne autre.

66. La Carlingue, c'eſt le fond où eſt la Quille, qui eſt aſſeurée par des bois de trauers, qu'on nomme des

ferres, afin de tenir ferme la Quille & le Maſt.

67. Le Ploc, c'eſt ce dont on enduit le Nauire contre les vers qui ſe font, ou ſe gliſſent dans le bois du Nauire és païs chauds, afin qu'ils ne perçent, on met du Goudran & de la poix ſur les planches, & ſur le Goudran, du Ploc, c'eſt à dire, du poil de Vache, & d'autres où les vers s'entrappent, & ne ſçauroient ronger, autrement ils perceroient le Nauire à droit fil en fort peu de temps. Ce ver a le bec fort gros, & fort au poſſible, le reſte du corps eſt tendre comme moüelle, en ſon entrée ou naiſſance le trou eſt fort petit, mais il s'engraiſſe en peu de temps, & gaſteroit le Nauire en fort peu de iours ſans ce ſecours, en Hollande on arme l'entre-deux des planches de bon plomb, ou fer blanc.

68. Laiſter, ou laiſſer le Nauire, c'eſt y mettre la laiſſe ou Sauórne, c'eſt à dire du grauier, ou des pierres, ou autre choſe peſante qui tienne le Nauire en bonne aſſiette ſur les flots. *Saburra nauis.*

69. Les ceintures du Nauire, *Zona.* Sont ces bois qui ceignent le Nauire par dehors, & iuſques où l'eau de la mer donne.

70. Vireuaut, c'eſt vn gros bois rond, qui ſert comme le Cabeſtan à tirer les Ancres, & approcher les Nauires, mais il faut moins de perſonnes, & plus de temps pour le Vireuaut que pour le Cabeſtan.

71. Le mal de la mer, c'eſt vn bondiſſement de cœur qui vous fait ietter dans la mer, tout ce que vous auez prins ſur terre. On croit que cela vient du flot de la mer, qui vous berçant fait flotter voſtre eſtomach, &

ondoyer

ondoyer les humeurs de voſtre corps, tant qu'il faut rendre gorge : mais il vient pluſtoſt de l'air de la mer, de fait pluſieurs ont ce mal eſtant ſeulement proches de la mer, & ceux qui ſont ſur l'Ocean tourmentez de ce mal, ſi toſt qu'ils touchent terre, & hument l'air de terre, l'appetit & la vie leur reuient.

72. Fortunal, c'eſt vn ſubit & furieux orage. Coup de mer, c'eſt le choc enragé des vagues qui ſont extraordinairement pouſſées du vent.

73. Rum, c'eſt le trait en droite ligne d'vn vent à l'autre, ſoit du vent entier, ou demy-vent.

74. Papefif, eſt vne grande pente d'vne voile à laquelle les boëttes ſont attachées. Tref & voile, c'eſt le meſme.

75. La Pompe, inſtrument à vuider les eaux qui ſont dans le Nauire.

76. Le Talon du gouuernail, c'eſt la partie qui donne dans l'eau ; ſaffran, eſt vne piece attachée au dos du gouuernail auec des fiches de fer, il ſert à gouuerner le Nauire quand le gouuernail ne fait pas bien.

77. Bien meſnager le vent, & n'en prendre que ce qu'il faut ; prendre le demy-vent ; ſe ſeruir du contre-vent pour fendre le vent meſme ; biaiſer ; aller à toute faueur de vent ; aller ſagement, & la ſonde à la main pour ſçauoir en quelle eau on ſe treuue. Fendre l'orage & trauerſer la tempeſte ; caler voile cedant à la tourmente pluſtoſt que caler à fond & couler ſous l'eau, &c. Maiſtriſer la mer.

P.

78. Nauire qui fait eau de tout cofté, & qui entre-
baaille. Nauire de guerre & de combat , couuert d'vn
grand treillis de bois percé à claire voye. Nauire de
trafic.

79. Viſiere ou meurtriere, c'eſt le trou par où les ſoldats tirent.

80. Maſquaret, c'eſt le premier flot furieux quand la
mer commence à monter , on le nomme ainſi à Bor-
deaux , à Rouen la barre.

81. Deſbarder, c'eſt deſcharger le Nauiré. Brayer vn
Nauire, c'eſt le poiſſer de bray.

82. Scurbut, c'eſt le nom d'vne maladie qu'on prend
aiſément ſur la mer , les Hollandois la nomment ainſi,
les Portugais la nomment mal de genciues; elle ſe prend
ſur la mer , & ſe guerit ſur terre , elle eſt fort conta-
gieuſe , & rend l'haleine ſi forte qu'on ne la peut ſouffrir ; ceux qui en ſont atteints deuiennent fort enflez
d'vne enfleure dure comme du bois; pluſieurs meurent
de ce vilain mal, & ſouffrent beaucoup ; tous les re-
medes ſont quaſi inutiles ſi on ne prend l'air de terre,
l'eau douce, & des fruits & raffreſchiſſemens.

83. Les ſoutes, ce ſont des cloſtures bien fermées ou
l'on met les marchandiſes, & les viures.

84. Quand on perd de veuë l'Eſtoille du Nord , on
commence à deſcouurir le pole Antartique qui ſe nomme la Croiſade, à cauſe qu'elle eſt compoſée de quatre
Eſtoilles en forme de Croix.

85. L'obſeruation, c'eſt quand à midy on prend la
hau-

hauteur du Soleil, on le fait auec l'Aftrolabe ; on la prend aufli auec le bafton de Iacob ou Arbalefte qui fert pour les Eftoilles : Au cap des aiguilles les aiguilles & compas demeurent fixes, & regardent droitement le Nord, mais l'ayant doublé, les aiguilles commencent à Norouefter.

Pour bien garder la police, & l'œconomie de la Nauigation, voicy les officiers qui font neceffaires, foit dans l'Admirale, ou la vice-admirale, ou les autres Nauires qui vont en flotte ; le General, le Lieutenant General, le particulier ; le Capitaine, le premier Pilote, le fecond Pilote, vn maiftre, vn contre-maiftre, vn Marchand, vn fecond marchand, vn Efcriuain, les Chirurgiens, les Defpenfiers, les Cuifiniers, les maiftres-valets ; le maiftre Canonnier, les foubs-canonniers, voila les perfonnes de commandement d'vn Nauire François.

Le Capitaine commande abfolument en toutes chofes ; le premier Marchand a pouuoir fur la marchandife & commerce feulement ; on redouble les principaux Officiers, afin qu'au defaut de l'vn, l'autre puiffe fuppléer. L'Efcriuain efcrit la marchandife qui entre & fort du vaiffeau : le Pilote n'a autre commandement qu'en ce qui concerne la Nauigation. Le maiftre a commandement fur tous les gens de mer, & a la charge du Nauire, & de tous les vtenfilles, & viures ; luy met des defpenfiers à fa deuotion. Les maiftres-valets font les plus habiles de tous les Mariniers, qui ont foin des cordages, voiles, maneuures, & autres telles chofes, & commandent aux ieunes Mariniers, & feuls donnent le foüet aux garçons, & aux pages de Nauire.

Faire le Matelotage, c'eft mettre les gens deux à deux, comme en terre on fait les Camerades, afin de s'entr'aider & foulager comme freres les vns les autres; on partage auffi tout le Nauire, afin que pendant qu'vne partie dort, l'autre face la fentinelle, & trauaille comme il faut.

Quand les Nauires fe rencontrent & fe treuuent pleines d'amis, l'honneur des Capitaines eft de faire des feftins les vns aux autres, cela fe fait à volées de Canon, à fon de Trompettes & de plufieurs inftrumens, & au refte grand chere fans y rien efpargner. Le Nauire qui fait le feftin donne auffi les volées de Canon. S'il eft lors bonace, les vaiffeaux vont à leur volonté & les voiles baffes pour eftre plus long temps enfemble, & faire chere lie; fi le vent ne permet pas cét abord, & que les Nauires voguent de bon vent, ne pouuant s'entre-parler ils fuppléent à fon de Trompettes, & fe font auffi bien entendre auec leurs fredons des Trompettes, qu'auec la parole, & fe font mille careffes en fuyant.

Les Maloüins ont de bons hommes de mer d'ordinaire, & les Dieppois; s'ils aiment la fatigue, & qu'ils fçachent commander à leurs bouches, & garder la police; ils ont bonne cognoiffance du Globe, & de la Carte. Mais fi le Capitaine n'a pouuoir du Roy, ou du Parlement d'exercer Iuftice, & qu'on ne face eftat de

fes

les commandemens, tout eſt perdu. Vn mutin dans vn vaiſſeau eſt capable de tout perdre.

On treuue fort peu de bons Mariniers , & on ne treuue que trop de haſle-boulines, c'eſt à dire, de ceux qui tirent ſur les cordages ; les bons Mariniers ſont ceux qui grayent & font le maneuure du Nauire , montent au haut des Hunes , & ſont preſts à tout faire, & adroits.

Le Scurbut, à vray dire, n'eſt pas le mal ordinaire de la Mer, mais c'eſt vn mot Hollandois, pour ſignifier le mal que les Portugais appellent mal des genciues , & nos François nomment mal de terre, c'eſt vn mal contagieux, qui rend l'haleine forte & puante, l'air marin, les ordures des habits , l'eau de mer , la longueur du voyage, les eaux douces gaſtées, les viures my-pourris, ſe lauer dans la Mer, dormir au ſerein, ce ſont les cauſes de ce vilain mal, qui enfle les gens comme hydropiques, & l'enfleure eſt dure comme du bois , la couleur eſt liuide & comme de ſang meurtry, les genciues vlcerées & noiraſtres , les dents diſloquées ; on eſt ſi alouuy & auidement affamé, qu'il ſemble qu'on mangeroit tous les viures en vn repas , cependant on ne ſçauroit manger, ny guerir, ſi ce n'eſt qu'on prenne terre & qu'on vſe d'eau douce , & de fruits , c'eſt pourquoy nos François l'appellent mal de terre, c'eſt à dire, qui ne guerit iamais ſinon en terre.

Dragons de mer, sont tourbillons fort gros, qui feroient couler à fond les Nauires s'ils passoient par dessus, les Mariniers les voyant venir de loin tirent leurs espées, les battent les vnes contre les autres en Croix, & tiennent que cela fait passer l'orage à costé ; cela semble superstitieux.

Trauades, ce sont des bourrasques de mer, & des loüemes quand tantost la bonace suruient, tout à coup l'orage, puis le calme, & on ne sçait que faire.

Louoyer, c'est quand on desire garder vne veuë de terre, ou vn certain endroit de mer ou parage, on va tantost d'vn costé, tantost de l'autre, biaisant & serpentant.

Vne Patache, c'est le batteau attaché au Nauire, dont on se sert pour enuoyer à recognoistre les endroits, pour prendre terre en necessité, entrer dans les riuieres où les gros vaisseaux n'entreroient pas, & faire mille bons offices.

Les courans de la mer suruenans emportent les Nauires, & n'y a moyen de se sauuer & faire son voyage. Quand le port est assablé il le faut curer, nettoyer, rendre Nauigable, & faire bon anchrage.

Pour bien faire il faut trois boussoles au grand Nauire, autrement ils ne se pourroient entendre. Les Trinquerés sont les principaux Mariniers qui ont soin du cordage, & des voiles.

Les garçons qu'on nomme pages, ne seruent qu'à

ap-

appeller le monde à son deuoir, & crier à pleine teste
au pied du grand Maft ; ils prennent auffi garde aux
lampes, font les meffages du maiftre ; mefme on les fait
garder les deux cuifines qu'on nomme fougons, où il
faut toufiours tenir des gardes & foldats, afin que perfonne n'allume du feu, & en porte par le Nauire.

Caraques, font les plus grands vaiffeaux du monde,
& font du port de quinze cens ou deux mille tonneaux;
font vaiffeaux de Portugal, qu'ils nomment Nauires de
voyage. Les Galions de Bifcaye portent fept cens ou
huit cens tonneaux ; Carauelle, eft vn Nauire moyen;
Nauires François de guerre, vont mieux que ces groffes Caraques qui femblent des Chafteaux où il y a quatre eftages ou ponts, & fous chacun le plus grand homme du monde fe peut promener fans toucher le Tillac.

Cart, c'eft la fentinelle & le guet, & faire cart, c'eft
veiller en fentinelle les vns apres les autres.

Piloter, c'eft quand ceux du pays auec de petits bat-
teaux conduifent les vaiffeaux eftrangers par les bonnes
routes & hors des brifans, des baffes, & des fables, ou
des rochers.

L'EAV.

CHAPITRE XIII.

L'Eau se change en mille & mille formes, car se coulant parmy le grauier elle se dore, se froissant entre les cailloux elle escume; fendant les prez , & trenchant la verdure semble vn saphir glissant, & courant apres soy-mesme, serpentant vn Iardin & le passementant, parmy les fleurs de lys ce n'est que du laict courant, parmy les Roses , de l'Escarlatte flottante, parmy les Violettes , du cristal azuré gazoüillant , parmy les fleurs vn arc en Ciel liquide , peint de mille couleurs ondoyantes ; és campagnes vous diriez que c'est de la glace fonduë , és marests vn'eau morne & qui moisit , és fontaines de l'argent glissant , &

du

du verre, en la mer elle eſt ſombre & noiraſtre, és foreſts elle eſt noire & portant le dueil, finalement c'eſt
vn Cameleon qui s'habille de toutes les couleurs qu'elle
arrouſe en paſſant, & le mirouer de toutes les beautez.
Es lieux chauds, elle fume & bouillonne, à l'ombre,
elle ſe morfond, battuë du Soleil, elle s'attiedit, ſur-
ſemée de glaçons, & de neiges elle blanchit & friſſon-
ne. Que diray-ie de ſa ſaueur? elle eſt aſpre icy, là
amere, aigre, piquante, douce, auſtere, violente, tout
ce qu'on veut ſelon qu'on en fait infuſion en diuerſes
choſes. Es ius trop meurs & trop cuits du Soleil elle
s'aigrit, l'abſynthe la confit en amertume, le vin luy
donne pointe, l'ail luy donne du feu & vn gouſt poi-
gnant, le venin l'appeſantit & la rend de trop forte
cuyſon, le miel la ſucre, l'ame de la noix la conuertit en huyle. Et comme elle eſt la nourrice des biens
de la terre, & les nuées les mammelles dont Nature allaitte les creatures, l'eau engraiſſe la racine, enfle les
germes, pouſſe le branchage, teint le fueillage &
le deſplie, ſerre les boutons, deſboutonne les
fleurs, nourrit les fruicts, leur donne l'enbonpoint,
forme la graine & l'arme de peaux fortes contre les
outrages de l'air. N'eſt-ce pas choſe miraculeuſe qu'e-
ſtant la mere de tout ce qui croit elle ſe metamorphoſe en tant de façons? elle ſe rend d'vn ſuc triſte & mal
plaiſant és arbres melancholiques, douce és plus eſueillez & reſioüis, tardiue icy, là de haſtiueau. Et meſmes ſes douceurs ſont infinies, piquante au vin, dou-
ceatre en l'huyle, aigrette és Ceriſes, ſucrine és Figues,
aigre-douce és Pommes, és Dates emmiellée. Meſmes

à la main: icy elle est doux-coulante, là vn peu aspre,
grasse, gluante, fuyarde, flattante, mordicante, pesante, legere. Les arbres mesme pleurant ne degouttent
point de mesmes larmes, le Cerisier pleure la gomme,
le Baume iette son Baume, & suë son musc excellent,
le Peuplier file l'Ambre & distille de l'or coulant, ou
du verre d'or qui porte iour. Ie n'ose dire que l'eau se
change en autant de natures qu'il y a d'herbes, fleurs,
arbres, fruicts, creatures qui sont au monde. Elle se
teint en graine dans la rose, en escarlatte violette, dans
les violettes, elle se dore au Soucy, s'argente au Lys,
s'ensanglante és œillets, pallit és giroflées, reuerdit és
herbes, esclatte és Tulipes, & s'emperle & s'esmaille en
mille façons. Es Pierreries elle se glace en feu, en sang,
en or, en lait, en esclat, en Ciel dans l'Escarboucle, le
Rubis, le Lapis, le Diamant, le Saphir, chaque goutte
vaut vn thresor. Dites en outre que c'est la mesme qui
se roidit en l'escorce ridée d'vn pommier, qui s'endurcit au bois, se coronne aux moüelles, se distille és veines où elle se coule en seue, qui s'eslargit és fueilles, se
change en cuir dans la peau des pommes, en chair dans
leur charnure, en sucre dans leur ius, en Amidon dans
leur graine, en parchemin dans le cœur de la pomme
où sont encloses les semences. Qui pourroit dire les
vertus qu'elle donne aux herbes? icy c'est du fiel, là du
miel, elle est corrosiue, lénitiue, laxatiue, venimeuse,
antidote, pierreuse, brise pierres, &c.

LES POISSONS.

CHAPITRE XIV.

1. IL semble que Dieu ait plongé vn autre vniuers dans la Mer, car tout ce qui est par tous
les Elemens s'y trouue. Estoilles, Oyseaux,
bestes, instrumens, tout ; il y a des Baleines
qui couurent de leurs corps quatre arpens de terre & les
Viuelles (*Pistrix*) de 200. coudées, elles ont le musle fait
à mode de scie.

2. Les Senedectes (*Physeres*, c'est à dire, souffleur)
siringuent par vn tuyau vn fleuue d'eau, & taschent
d'enfoncer & assabler les brigantins, &c.

3. Il y a l'Arbre de Mer Poisson tout branchu, &
l'Estoille qui a des rayons au lieu de bras, le moyeu de
ses bras & rayons est couuert d'yeux.

4. Pline tient que tous les Poissons halenent, & souf-
flent ; mais sans poumons & d'autre façon que nous.

5. Le Dauphin a le dos cambré, & recourbé dehors:
ils sont camus, ils sont amoureux des hommes, & ne
s'en estrangent point, ains vont au deuant faisant gam-
bades.

6. L'escaille d'vne Tortuë de Mer peut couurir vne
maison logeable, elles n'ont point de dents, mais le
bord du bec est fort trenchant, & la machoüere de

deſſous s'emboitte fort iuſtement en celle de deſſus, dont elles briſent meſme les pierres, & viuent de poiſſons à eſcaille, froiſſant aiſément la dureté des eſcailles pierreuſes ; elles nagent auec des cornes larges & mobiles que nature leur a donné.

7. Les Poiſſons ont grande varieté de robbes, il y en a qui ſont velus portans le poil ſur le cuir, comme veaux marins ; de cuir ſans poil, comme Dauphins ; d'eſcorce, comme les Tortuës ; d'eſcailles dures comme pierre, comme Huytres ; de crouſte, comme Langouſte ; de crouſtes piquantes, comme l'Eriſſon ; les mols ; le cuir raboteux, & à mode de lime aſpre, & mordant dont on brunit & polit l'yuoire, comme le Creac ; à peau douce, Lamproye, ſans peau, & à chair nuë, comme les poupes. Encoquillez, eſcaillez à petites eſcailles, armez, deſarmez, crouſtuz à la legere.

8. Le Veau Marin hurle comme vn veau, & comme beaucoup d'autres Poiſſons fait en terre ſon petit veau, & poſe quant & quant l'arriere-faix, allaitte à la mammelle ; ſes aiſles dont il nage, luy ſeruent de pieds pour marcher ; le Silure eſt vn couppe-gorge, & vn droit voleur qui ne vit que de brigandage dans l'eau. Le Ver Aſylus ſe fiche ſous l'aiſle du Thon, de l'Empereur, & autres grands Poiſſons, luy qui eſt fort petit, & les pique ſi fort, qu'ils ſont forcez de ſauter dans les Nauires qui ſinglent pour ſe deliurer en mourant.

9. Les Poiſſons nourriz en eſcailles ont leur repaire (& viuent en trouppe) à part ; les Poiſſons ouuez & femelles, ſont plus gros, gras, & rebondiz, que les maſles ; & que les laitez ; ſi on peſche deux fois en vne

mefme foffe , on rencontre mieux la deuxiéme fois,
qu'au premier traict. Le gros hyuer en aueugle beaucoup , pourtant fe retirent és cauernes , nommément
ceux qui portent des pierres en refte ; la pluye trop
grande les aueugle auffi.

10. Le Muge eft fort lourdaut , car fe fentant preffé,
il cache fon mufle & fa refte , & penfe eftre bien
affeuré. C'eft vn grand vilain , de fait fi on en prend vn
és Viuiers , l'attachant à vne longue ligne , & le laiffant
pourmener en la Mer, vn monde de Muges femelles le
fuiuent iufques à bord à mefure qu'on le retire auec
la ligne , ainfi prend on en Languedoc grand' trouppe de Muges ouuez , ou de laittez quand les femelles
pofent leurs œufs.

11. Le feul Eftourgeon a les efcailles tournées vers la
refte , auffi monte-il toufiours contre l'eau , ce qui eft
merueilleux , car à deffein la Nature efcaille les autres , en façon que le defaut des efcailles eft deuers la
queuë , afin que les Poiffons fendant le fil de l'eau , le
courant n'entr'ouurit leurs efcailles , & entama leurs
chairs.

12. On nomme les Poiffons cotonnez ceux qui ont la
chair fort blanche , & comme de coton , ou laict , ou
neige entre-lardée d'areftes , & d'efpines , comme les
Lupins.

13. Les Poiffons viuent de limon , ou d'alge , ou
d'huyftres , ou des menus poiffons , ou d'herbes , les
meilleurs font ceux qui ont le gouft des poiffons à efcailles. Les vns frayent , c'eft à dire , s'apparient
trois fois l'an , car on void des petits trois fois l'an.

Beaucoup d'eux ont deux barbillons à la machoüere
d'embas.

14. Le Mulet en mourant change de mille couleurs,
auſſi à Rome Apicius Roy des friands, inuenta de les
faiſander & faire mourir en la ſaumure, & meſmes à
table dans des vaſes de criſtal, pour auoir le plaiſir de
les voir treſpaſſer, & teindre la peau de toutes couleurs.

15. Les Poiſſons rendent par les ouyes l'eau qu'ils
prennent par la bouche, quelques-vns en ont pluſieurs
afin de rendre aiſément ce qu'ils boiuent, & hument.
Le vieil Poiſſon ſe cognoit à l'eſcaille dure ; or les eſcailles ſont ou pointuës, ou dures & eſpeſſes, ou faites
à mode de clous, & de boutons, comme ceux des iambieres d'homme d'arme, ou arrondies parfaitement, &
bien entaſſées l'vne ſur l'autre, riole-piolées de diuerſes
couleurs, bien colées à la peau, qui tiennent fort peu,
de grandes, menuës, &c. La grande peſche eſt quand
le Soleil eſt logé au Poiſſon.

16. Pour la Corpulence, il y en a premierement de plats,
le Turbot: 2. longs, Lamproye, &c. 3. auec des aiſles 2.
ou 4. 3. 8. 14. les gliſſans & longs n'ont point d'aiſles,
mais ſe recourbent, replient, & deſnoüent pour gliſſer
par l'eau comme les ſerpens rampent à terre ; les autres
nagent de plat & de ventre ſans ſe courber, les autres
trenchent l'eau des aiſlerons ; d'autres couppent le fil
auec le muſle pointu, à cer effect & affilé & appointé
afin d'eſcarter les eaux, & ſe pouſſer auant ; les autres ſe
guindent amont, s'aidant de la queuë comme d'auiron,
à la mode de ceux qui s'appuyant à terre de la rame

pouſſent

pouſſent le baſteau dans l'eau ; les autres ſe dardent &
vont à boutades, s'entre-repoſant, & s'entre couppant
leurs cours ; les autres font leurs gliſſades tout d'vne
trainée ſans interrompre leur nauigation. Les autres
vont à fleur d'eau, & ſuiuent le train des vagues, prenant leur paſſe-temps à ſe berçer & aller au branſle de
la mer ; qui va touſiours entre deux eaux ; qui ſur le
grauier ; qui fait ſa vie aux rochers, & s'y attache ; les
autres nagent d'vn coſté n'ayant qu'vn bon œil, &
l'autre eſtant trouble ; les autres ſe gliſſent ſeulement
és eaux tournées, & troublées ; les autres aiment le
iour & les cailloux s'y frayant volontiers, &c.

17. Les Murenes laittées qui ſont les maſles ſont d'v-
ne couleur ; les ouuées & femelles entr'autre ont 7.
marques & 7. eſtoilles d'or ſur la teſte, diſpoſées comme les eſtoilles du chariot, eſtant mortes ces marques
s'éclipſent.

18. Les vns ont l'eſpine qui trauerſe tout le corps, les
autres ont au lieu d'eſpine vn certain cartilage, comme la Raye, le diable de Mer (*Rana piſcatrix*) & ceux
qui viuent de chair, tous leſquels mangent le ventre
contre mont, & font leurs petits en vie, excepté le
diable de Mer qui iette ſes petits œufs, & les poſe, &
couue.

19. Il y a auſſi les Poiſſons à coques & coquilles qui
font leur bande à part, les Nacrez & couuers, armez
touſiours ; d'autres qui volent & ſe iettent en l'air
faiſant les Arondelles, comme le Poiſſon volant, la
Raté penade, Rondole, &c. La Lanterne eſt touſiours
ſur l'eau, & de nuict ſa langue luiſante luy ſert de fallot,

& lanterne. Le Dragon Marin a le bec si pointu que-
stant en danger il fait vn trou du bec en terre & se
sauue.

20. Les Mols ont la teste entre les pieds, & le
ventre; ils se seruent de deux grands pieds pour s'ag-
graffer à mode d'ancres afin que les flots ne les emportent en temps de tourmente; des autres pieds ils vont à
la chasse. Les Poupes s'aident de leurs bras comme nous
de mains, & ont vn monde de boites faites comme
ventouses, arrengées & comme enfilées sur leurs bras,
dont ils brisent les escailles pour manger les huytres
dont ils sont fort friands, leurs nids sont couuerts de
coquilles escachées où ils se mettent en embuscade.

21. Le petit Pompile escoule l'eau de son tuyau se
mettant à l'enuers, comme s'il auoit espuisé l'osset &
la sentine de son Nauire; sur l'eau il recourbe en amont
deux pieds qui estendent & rident vne pellicule fort
menuë qui sert de voile, il rame de ses bras à mode
d'auirons, sa queuë sert de rimon, & piaffe ainsi contre faisant les fustes, se gendarmant contre ses ennemis; mais s'il a peur, il remplit sa coquille d'eau, & fait
le plongeon. En calme il va à rame en brigantin, quand
le vent donne, il va à voile, & se donne du plaisir.

22. Ceux qui sont croustuz, changent leurs coques,
comme le serpent de peau, flottent à fleur d'eau, &
nagent de flanc & en biaisant, ils ont la chair molle,
& flaque; & sans retenuë si on ne les fait mourir tous
vifs en eau ou vin boüillant.

23. Les Cancres sont meublez de pieds, fourchuz,
dentelez en tenailles. Quand le Soleil est en Cancer, les

Cancres morts à la rade se changent en Scorpions. Bernard l'Hermite, c'est à dire, le petit Pinnotere se cache & se sauue dans les huytres vuides, & fait vie retirée, & asseurée. Les Erissons se seruent de leurs piquons pour prendre, la bouche est au milieu du corps; pour marcher ils se tourneboulent & vont en rond comme vne boule herissée ; or preuoyant la borasque ils se chargent de pierres pour s'appesantir, de peur qu'estant tourne-boulez la tempeste ne les emporte, & qu'ils n'vsent trop leurs poinçons.

24. Si on ne prend les Pourpres viües, l'escarlatte meurt auec elles, si on les prend viues, on les escache auec meules à huylé pour en tirer la richésse des roses purpurines pour parer les Roys. Les vnes sont à mode de cornet auec vn bec rond, & vn peu incisé à costé; on le nomme Cor de Mer. Les autres iettent leur bec à mode de tuyau, & sont faites en poyres, & ont sept pointes, & autant de reuolutions à sa coque, que chacune a d'années. La langue est si dure qu'elle perce les coquilles des poissonneaux dont la pourpre vit. Aussi pour les prendre on se sert de poissons demy-morts en escaille, car s'ouurant les Pourpres y coulent leur langue, les autres serrent leurs rasoirs, & tel pensoit prendre, qui est pris au tresbuchet.

25. Les Poissons outre la façon ordinaire, s'engendrent de limon, de l'escume attachée aux Nauires, de raclures comme les Anguilles qui se frayant contre vn rocher font tomber de petites peaux qui s'animent, & prennent vie, d'autres comme les coquilles S. Iacques s'engendrent de la douceur du temps, des œufs esclos &

couuez, d'œufs eschauffez du Soleil à la rade; la Seche
soufle sus les œufs pour les rendre bons; la Torpille &
les Cartilagineux font les œufs mollets d'vn costé, &
puis les mettent de l'autre costé de leur ventre pour les
esclorre, & a-on veu vne Torpille portant vingt petits
Torpillons au ventre. Tous les Poissons naissent aueugles.

    26. Il y a aussi des Poissons de terre, apres les ragas
& inondations d'eau, qui se font des trous en terre, les
aisles seruent de pieds, ils remüent tousiours & gui-
gnent la queuë en allant, si on les poursuit trop ils se
gendarment debout & se mettent en deffence, ils ont
les oüyes (c'est à dire, oreilles, *branchias*, dit Pline)
comme le Pescheteau, c'est à dire, le diable de Mer.

REMORA.

CHAPITRE XV.

L'Empereur Caligula, cuida vn iour enrager s'en
retournant à Rome auec vne puissante armée
nauale. Tous les superbes Nauires, tant bien
armez, & si bien esperonnez singloient à souhait, le vent
en pouppe, enfloit toutes les voiles, les vagues & le
Ciel sembloient estre partisans de Caligula, secondant
ses desseins, quand au plus beau, voila la Galere Capita-
nesse & Imperiale, qui est arrestée tout court. Les autres

vóloient, l'Empereur ſe courrouce, le Pilote redouble ſon ſifflet, quatre cens eſpalliers & Galiots qui eſtoient à larame, cinq à chaque banc, ſuënt à force de pouſſer, le vent ſe renforce, la mer ſe faſche de ceſt affront, tout le monde s'eſtonne de ce miracle, quand l'Empereur ſe va imaginer que quelque monſtre marin, l'arreſtoit ſur ce lieu. Adonc à force plongeons ſe precipitent en mer, & nageant entre-deux mers, firent la ronde à l'entour de ce chaſteau flottant, ils vont trouuer vn meſchant petit poiſſonneau, d'vn demy pied de long, qui s'eſtant attaché au timon, prenoit ſon paſſe-temps d'arreſter la Galere, qui domptoit l'vniuers. Il ſembloit qu'il ſe voulut moquer de l'Empereur du genre humain, qui piaffe tant auec ſes mondes de gendarmes, & ſes tonnerres de fer, qui le font ſeigneur de la terre. Voicy, dit-il, en ſon langage de poiſſon, vn nouueau Annibal aux portes de Rome, qui tient en vne priſon flottante Rome, & ſon Empereur: Rome la Princeſſe menera ſur terre les Roys captifs en ſon triomphe, & ie conduiray en triomphe marin par les contrées de l'Ocean le Prince de l'Vniuers; Ceſar ſera Roy des hommes, & moy ie ſeray le Ceſar des Ceſars; toute la puiſſance de Rome eſt maintenant mon eſclaue, & peut faire tout ſon dernier effort, car tant que ie voudray, ie la tiendray en ceſte conciergerie Royale. En me ioüant, & me ioignant à ce Galion, ie feray plus en vn inſtant, qu'ils n'ont fait en huit cens ans, maſſacrant le genre humain, & deſpeuplant le monde. Pauure Empereur que tu es loing de ton conte, auec tous tes cent cinquante millions de reuenu, & trois cens millions d'hommes qui ſont à ta ſolde, vn malo-

tru poiſſonneau t'a rendu ſon eſclaue. Que la mer ſe
deſpite, que le vent enrage,que tout le monde deuienne
forçat, & tous les arbres auirons ; ſi ne feront-ils vn pas
ſans mon paſſe-port, & ſans mon congé. Pendant que
ce petit tyran de mer prend ſon paſſe-temps, les plongeons vous l'attrapent, & le preſentent à Caligula, en
faiſant ſacrifice à ſon iuſte courroux. L'Empereur ne
ſçauoit quelle mine tenir, s'il deuoit rire ou pleurer,
voyant ce brigand, le vif Arſenal de nature, où elle tenoit les plus fortes pieces de ſes armées. En fin le pauure Caligula eut honte de voir que ce petit diable de
mer peut brider toute la puiſſance de Rome. Les vns
diſoient,& où tient ce voleur ceſte force indomptable,
qui malgré toutes les violences de l'Ocean, & la furie des
vents, arreſte vn gros Nauire, que tous les cables & ancres tres-peſans ne peuuent affermir ſur le dos incon-
ſtant des marées? Les autres, & quoy vn malotru limaçon, liera ſur mer vn empire ſans cables, ancrera vn nauire ſans accroche, tiendra ſans mains vne armée flottante? L'Empereur s'eſtonnant comme ce diablotin d'eau
deſſous la Galere eſtoit tout-puiſſant, dedans il n'auoit
aucun pouuoir, & tremblottoit de peur à la veuë d'vn
chacun. Voicy le vray Archimedes des poiſſons, car luy
ſeul arreſte tout le monde : voicy l'aymant animé, qui
captiue tout le fer, & les armes de la premiere Monarchie du monde ; ie ne ſçay qui appelle Rome l'ancre dorée du genre humain, mais ce poiſſon eſt l'ancre de l'ancre. On appelloit à Rome Iupiter le ſtator qui arreſtoit
& affermiſſoit l'Empire Romain , à voſtre aduis ce galand de poiſſon n'eſt-il pas à bon eſcient le Iupiter ſta-

tor de Rome, arreftant le Prince, là où rien ne s'arrefte?
O merueille de Dieu, ce bout de poiffon fait honte, non
feulément à la grandeur Romaine, mais à Ariftote, qui
perd icy fon credit, & à la Philofophie qui y fait banqueroute; car ils ne treuuent aucune raifon de ceft effort;
qu'vne bouche fans dent, arrefte vn Nauire pouffé par les
quatre élemens, & luy face prendre port au beau mitan
des plus cruelles tempeftes? Pline dit que toute la nature
eft cachée comme en fentinelle, & logée en garnifon
dans les plus petites creatures, ie le crois, & quant à moy
ie penfe que ce petit poiffon eft le pauillon mouuant de
la nature & de toute fa gendarmerie, c'eft elle qui ag-
graffe, & arrefte ces galeres; elle qui bride fans autre bride que le mufeau d'vn poiffonneau, ce qui ne fe peut brider. Ou pluftoft que c'eft vn charme de nature, qui en-
chante les armées nauales, pour faire voir à l'œil que tous
les hommes pour grands qu'ils foient, ne font que les valets d'vn petit animal, qui ne vaut pas le manger, ny le
pendre, ny le prendre veux-ie dire, car il ne vaut rien en
cuifine, ny dans l'eftomach, qu'il empoifonne de fa fubftance. Las! que ne rabbatons-nous les cornes de noftre
vaine arrogance, auec vne fi fainéte confideration, car fi
Dieu fe iouant par vn petit efcumeur de mer, & le py-
rate de la nature, il arrefte & accroche tous nos deffeins
qui s'en volent à plein voile d'vn pole à l'autre, s'il y em-
ploye fa toute-puiffance, à quel poinét reduira il nos
affaires? fi de rien il fait tout, & d'vn poiffon, ou pluftoft
d'vn petit rien, nageant & faifant du poiffon, il accable
toutes nos efperances, helas quand il y employera tout
fon pouuoir, & toutes les armées de fa Iuftice, hé! où
en ferons-nous?

TEMPESTE ADVENVE
A NAPLES, L'ANNEE 1343.

CHAPITRE XVI.

AV temps de la Royne Ieanne la premiere, Naples cuida estre abysmée, & enueloppée dans vne effroyable tempeste. Le iour de saincte Catherine, la mer s'enfla de telle façon que tout le bas de la ville fut couuert de montagnes d'eau. Ceux qui estoient sur la montagne, se leuant sur la minuit furent horriblement effrayez. Car le Ciel estoit tout en feu, & tonnerre sur tonnerre, foudre sur foudre, coup sur coup, s'entresuiuoient si viste, que vous eussiez pensé que tout le Ciel tomboit en piece. Adonc tous les Religieux d'enhaut fondans en larmes, pieds nuds, portant la Croix & les Reliques par le cloistre, crioient misericorde, & se iettant sur le paué de l'Eglise attendoient à chaque moment que le toict leur tombant sur la teste, les escrasa tous ensemble. D'vn costé la nuict & les tenebres tres horribles les espouuantoient, d'autre costé vn vent impetueux qui secoüoit les murailles, le muglement de l'Ocean courroucé & enragé, les cris de ceux qui s'abismoient, & les larmes pitoyables de ceux qui se voyoient logez entre les dents de la mort : de façon que la pluspart au prix de leurs vies eussent tres-

volontiers

volontiers racheté ces frayeurs, & le danger de la mort,
pire que la mort mesmes; parmy cest effroy, & ces es-
lancemens la nuict se passe; l'aurore qui a de coustume
de soulager les mal-heurs de la nuict, redoubla le martyre de ces pauures perdus. Car cessant de crier misericorde ceux d'enhaut, on commença à oüir les misera-
bles plaintes, & des cris aiguz & effroyables d'vne infinité de personnes vers la marine; les maris voyoient
leurs femmes à bras ouuerts, & criant au Ciel & à la
terre vn peu de secours; les meres voyoient leurs entrailles & leurs petits enfans emportez par la mer, qui
estoit desia estouffé, qui escartelé, qui nageant d'vn
bras la teste fenduë, poussoit à terre pour se sauuer, &
la pluspart à la veuë de leures peres & meres, rendoient
l'esprit dans l'eau, sans pouuoir auoir aucune aide; se
n'estoit desormais plus que sang, & que quartiers
d'hommes poussez à terre, mais helas! c'estoit trop tard,
& après la mort, que s'il eut pleu à la mer de leur estre
tant fauorable que de les charrier en vie iusques à la riue, il y eut eu du secours. Las, helas! quel estat, toute la
ville sembloit vn charnier plein de morts, les vns morts
d'eau, les autres de peur, & pensoit-on que la fin de tout
le monde fut venuë. Tous les Nauires & les Galeres firent naufrage dans le port, & ceux qui auoient domp-
té toutes les frayeurs de l'Ocean, sans changer de couleur & de visage, perdirent cœur & sens au beau mitan
du port & de l'asseurance. La pauure Royne accompagnée d'vn monde de femmes esplorées sans mary, de
meres desesperées sans enfans, de filles orphelines sans
mere, de fantosmes animez, à vray dire, & de personnes

qui n'estoient ny bien viues, ny bien mortes, tous pieds
nuds, auec cris & sanglots qui eussent fait fendre les
marbres, alloient par toutes les Eglises de la Vierge
Marie, criant misericorde, & implorant son aide. Quand
voicy tout à coup vn nouueau & inoüy naufrage &
mal-heur comble de tous les mal-heurs ; la terre leur
failloit dessous les pieds, & commençoient peu à peu à
s'abysmer en terre : Ah! quelle frayeur se voir ensepuelir
tout vif, & ayant eschappé l'orage de mer, estre tombé dans vn orage de terre. Ciel & terre disoient-ils, où
en sommes-nous ? le Ciel tombe sur nous en feu &
flammes, l'air nous estrangle, l'eau nous abysme, la terre
nous faut, tout le monde s'enfuit de nous, helas ! Dieu
s'en est-il enfuy pour nous, & n'y a-il point de Ciel pour
nous oüir, de terre aumoins pour nous ensepuelir. O quel
comble de mal-heurs ! Ah peché peché, où nous as-tu
conduits, & quelle plus grande rigueur peut-on craindre au iour du iugement, & quand est-ce que la Iustice
de Dieu a monstré plus grande seuerité enuers les mortels. Pendant qu'ils disoient, ils voyoient tomber les
maisons, bransler les tours, desmanteler le chasteau de
Molo, & n'y a que face de mort, qu'image de frayeur, &
qu'vne espece d'enfer sur terre. Si cela eut duré dauantage, A Dieu Naples, A Dieu Napolitains, A Dieu tout.
Dieu le bon Dieu eut compassion de ses pauures dese-
sperez, & lors qu'il sembloit que tout deust fondre &
s'abysmer, il commanda à la mer qu'elle s'appaisast, &
fit retirer le vent, & addoucissant l'air & le Ciel, il les fit
respirer le doux air de la diuine clemence, mais helas!
qu'ils furent long temps deuant que pouuoir calmer

leurs pauures esprits, autant ou plus agitez que la marine mesme.

R 2

AV LECTEVR
DEBONNAIRE DE LA
GVERRE.

MON Dieu les hommes meurent-ils pas bien d'eux-mesmes, mon cher Lecteur, sans qu'il faille corner la guerre, & qu'ils s'entre-massacrent les vns les autres ainsi barbarement? Quel spectacle de voir vne campagne couuerte d'hommes tous armez iusqu'aux dents, en peu d'heures s'entre-coupper la gorge, faire bouillonner des torrens de sang humain, & dans la campagne rase esleuer des montagnes de corps morts, & ietter tout cela à la voirie & dans le ventre des loups & des bestes sauuages? Cependant c'est tous les iours qu'on void les gens acharnez à cette tuërie.

tuërie, & sans cela le monde ne seroit pas monde : Il fallut
pour monter au throsne de l'Empire, que Cesar marcha sur le
ventre d'un million & cent mille personnes de pauures-gens escrasez à la guerre, dont le sang estoit capable d'abysmer la ville
de Rome. Cruelle boucherie ! Or quand i'auray bien crié certes
il n'en sera autre chose, & tant que le monde sera monde ie
le vois bien, il y faut de la guerre, & cela est un faire le
faut. A tout le moins ie vous veux donner les termes, afin
de la maudire de meilleure grace, & la detester comme il
faut. Ce peu que ie vous donne est de bonne guerre, & que
i'ay apprins des gens du mestier, & qui en ont mangé en toutes nos dernieres guerres. Chaque Prouince a ses termes, chaque année en germe de nouueaux, ceux-cy sont desia vieux
pendant que ie les escrits, & n'y a petit Carabin qui n'en forge
quelqu'un, & veut bon gré, malgré que cela soit bien dit,
puis qu'il l'a dit, & se faut battre ou bien le croire ainsi.
De vous dire tout, ce n'est pas mon dessein ; seruez-vous de
ceux-cy, adioustez-y-en des autres & vous me ferez plaisir,
car c'est ce que ie pretends que la France soit enrichie de ses
thresors, soit par mes mains, soit par les vostres. Vous estes si
bon, Lecteur mon amy, que i'ose me promettre que vous m'ai-
merez de vous auoir rendu ce petit seruice, & moy ie vous

R 3

asseure que ie seray tousiours vostre bon seruiteur. Puissiez-
vous vous & moy faire si bonne guerre que nous puissions vn
iour conquerir le Royaume du Ciel.

LA GVERRE.

CHAPITRE. XVII.

1. LE simple soldat est le premier eschelon du merite, dont doiuent esclorre tous les grades militaires, pour paruenir au point d'honneur.

2. Le soldat s'enroollant en vne compagnie doit donner vn respondant de sa personne, puis fait le serment & signe; garde qu'il ne soit picoreur, escornisleur, quereleur, rapporteur.

3. Sans licence iamais il ne doit sortir du quartier; ne du corps de garde; s'il est posé en sentinelle il n'en bougera non pas y alla-il de la vie, mais mettra la mesche sur le serpentin, ou la pique basse, la pointe vers celuy qui passe, iusques à ce qu'il ait baillé le mot au Sergent.

4. L'Arquebusier, & le Mousquetaire ait tousiours l'espée aux pendans, & non en escharpe, ny bandoliere, car cela sent son Lipan, ou Gautier; il doit auoir son fusil pour allumer sa mesche : aux allarmes il la faut allumer aux deux bouts, rafreschir le Pouluerin du bassinet, mettre quatre balles en bouche. L'arque-

buſe ne doit porter qu'vne once, le Mouſquet deux.
La charge du fourniment doit tenir demy once, celle de la bandoliere du Mouſquetaire, vne once de poudre.

5 L'Apointé eſt celuy qui pour quelque acte ſi-
gnalé a du Roy paye & demie, ou double paye ; Re-
formé eſt celuy qui a eu charge, & ſe tient au ſeruice du Roy vne pique ſur le col, faiſant office de ſimple ſoldat, attendant que le Roy ait égard à luy.
Lanſpeſſade eſt vn cheuau-leger, qui apres auoir
perdu cheual & armes, en quelque honorable occa-
ſion, ſe iette dans l'Infanterie, prend vne pique, attendant mieux. Ce mot vient de Piedmont ; depuis
on le fait Lieutenant ou aide du Caporal ; ceux-cy
doiuent eſtre par honneur les chefs de file d'vn bataillon.

6. Caporal ou chef d'eſquadre d'Arquebuſiers ou de
Piquiers (vne commune compagnie n'en veut que
deux) eſt le pere de famille des ſoldats, qui en a ſoin,
ſon office principal eſt la garde, changer, viſiter les
ſentinelles, receuoir les rondes à la porte du corps de
garde : il chaſtie les larrecins de meſche, de poudre,
ou balles qui ſe font au corps-de garde, & logis, en
enuoyant le criminel en ſentinelle. La ſentinelle endormie, ou qui quitte ſa poſte eſt grieuement chaſtiable.
Ses armes ſont vne halebarde, ou pique.

7. Toute ronde doit le mot, au corps de garde ; ſi
deux rondes ſe rencontrent, la moindre doit le mot ;
les eſgales paſſent, ſi le ſoldat rencontre vne contre-
ronde il la doit ſuiure.

8. Sergent est le plus fatigant office de tous, car il est tout ; & tous se reposent sur luy, il est soldat, Caporal, Enseigne, Lieutenant, Capitaine : on luy commet le soin du Drapeau. Il doit estre bien obey, si quelque soldat gronde, il luy faut faire sentir combien pese la hampe de sa Halebarde, s'il fuit il prend la fuitte pour obeïssance ; Il reçoit tous les soirs le mot & l'ordre du Sergent Major, & le porte au Capitaine, il partit le butin, & la prouision. Ses armes sont vne cuirasse à preuue, des manches de maille, vn morion simple, la halebarde, sans espée.

9. L'Enseigne, ou Port'enseigne iamais ne doit perdre son Drapeau qu'auec sa vie ; ce doit estre son suaire si le combat est mal fortuné : il doit auoir vne sentinelle pour le Drapeau, (quand il est à la fenestre) car c'est l'honneur, & la marque de la Compagnie, & la banniere du Roy.

10. Lieutenant est le premier apres le Capitaine, il doit recognoistre si la bréche est montable, & faire autres deuoirs, assisté tousiours de deux Apointez, ou reformez, il doit estre armé de cuirasse bien à l'espreuue, & de casque, de moignons, de brassats à l'espreuue, & les tassettes aussi, puis auec deux poignards, sans espée, ny autres, fors vn pistolet à la ceinture. En assaut general il doit estre aupres du Porte-enseigne, afin de releuer le Drapeau en vn besoin. Autrement à l'assaut ordinaire il se mettra à la teste des piques vne rondache à l'espreuue au col, vn casque en teste, l'espée au poing. S'il mene des manches d'Arquebusiers, ou Mousquetaires vn iour de bataille,

il prendra les mesmes armes. S'il est à la teste des Piquiers, il porte vne pique, qui est la royne des armes.

11. Le Capitaine en Chef, des Arquebusiers a vne compagnie de 300. hommes, à sçauoir 50. portans plastrons, morions à preuüe, les manches de maille, vne hallebarde : 50. Mousquetaires, 200. Arquebusiers, vn Lieutenant, vn Enseigne, deux Sergents, trois Caporaux.

Compagnie de piques est de 100. Piquiers, 50. Mousquetaires, 50. Arquebusiers, vn Sergent, deux Caporaux.

Les Apointez font l'esquadre du Capitaine, comme les Halebardiés en la compagnie des Arquebusiers.

Il doit stiler ses soldats à tirer droit, de bonne grace; Item à manier dextrement la pique, il ne les doit mastiner, mais manier honorablement & sans outrages.

Sa monture soit vne haquenée, où bidet, car les cheuaux vistes, & de seruice font soupçonner qu'il aime la retraitte plus que la victoire.

12. La batterie Françoise est la meilleure, & sonne mieux la marche, & le tambour donne mieux la cadence, que de nulle autre nation, car elle marque distinctement le pas graue du soldat. Aux allarmes le tambour Colonnel doit sonner luy-mesme vne batterie plus serrée, d'vne main legere, & d'vn ieu bien serré. Quand on doit desloger secrettement, il faut couurir le tambour d'vne seruiette pour rendre le son sourd. Ayant sonné l'alarme le tambour doit leuer main, car c'est erreur, de dire que le bruit anime, ains il empes-

che de commander ; il doit partant ceſſer prompte-
ment & couper court ſans refrain , & leur accouſtu-
mée ballade qui traine vn long eſpace.

13. Le Preuoſt & ſon Lieutenant ; dreſſent le procez
aux criminels ; quand le procez eſt en eſtat, le Colonnel, les Capitaines , &c. donnent la ſentence : Si le cas
merite la mort, on fait paſſer par les armes : ſi la faute
eſt petite , on donne l'eſtrapade : ſi le fait eſt plein de
vergongne , le Colonnel fait par ſon Sergent Major,
degrader des armes, puis le donne au Preuoſt pour le
faire pendre, ou foüetter ; iamais plus il ne peut porter
les armes ſous peine de la hart. Le Preuoſt a charge
des Viuandiers, & donne le prix aux viandes , ſon droit
eſt la premiere pinte de chaque ponçon percé , &c.

14. La Legion en paix doit auoir 12. Enſeignes ; en
guerre 18. Le Chef ſe dit Colonnel , qui repreſente la
perſonne du Roy ; il peut ferrer, empriſonner , ains iuger à mort ſes Capitaines, ayant ſon Preuoſt : les Lieutenans & Enſeignes peuuent appeller de luy aux Ma-
reſchaux de France, & au Colonnel General de l'Infanterie Françoiſe. Ses armes ſont, s'il combat vne Infanterie, vne Rondelle à preuue de Mouſquet , vn ac-
couſtrement, ou habillement de teſte à preuue de meſme , le viſage découuert, vn grand pennache, l'eſpée à
la main : de meſme à l'aſſaut general. S'il bat vne Caualerie il s'armera d'armes complettes toutes à preuue de
piſtolets, cuiraſſe, trois lames de braſſals, trois des taſſettes, vne pique de Biſcaye en main.

15. Sergent Major doit eſtre vn vieil Capitaine , & a
le ſecond lieu en authorité apres le Colonnel , c'eſt luy

qui met l'ordre parmy les soldats, qui campe, qui donne rang : il porte vn baston marqué à trois clous de
trois pieds de Roy, pour mesurer le terrain quand il
met les troupes en bataille. Il doit auoir deux aydes
qui soient des Lieutenans ou, &c. quand il commande vne chose qui presse, il adiouste passe-parole, comme balle en bouche ; allume méche, & passe-parole:
si la parole ne passe il doit chastier tout le rang où elle
aura esté arrestée. Il forme les manches, & plotons, &
files, & quadrilles d'Arquebusiers, & Mousquetaires;
il fait faire alte. Luy ou ses aydes quand les bataillons
ennemis sont à trente pas, fait aller deux à deux en es-
chelette donner la salue, & faisant le limaçon vont à la
queuë recharger, & faire place à ceux qui suiuent.

16. Bataillon quarré ; bataillon en croisade quand la
Caualerie serre de tous costez : à l'Allemande : à la Romaine ; le vulgaire : escartelé ; à la Macedonienne.

17. Les piquiers mettent le genoüil à terre, presentant le fer au poitral du cheual, le gros bout & le
coute en terre, tenant par le milieu ; le Mousquetaire
entre-deux & par dessus, donne à la teste des cheuaux:
tantost ils entre-croisent leurs piques, & lardent les
cheuaux qui s'aduancent trop. S'ils s'entr'ouurent ils
sont perdus. Quand ils sçauent ondoyer la pique, &
luy donner le branste de la main droite, le coup en est
fort rude ; mais garde qu'il ne mette le pied en faux,
car à la moindre atteinte il sera porté à terre, & à Dieu
mon piquier.

18. Pour adextrir les soldats il les faut stiler à bien
entendre les termes, & les pratiquer. Voicy les termes.

Dressez

Dreſſez vos rangs & vos files.

Prenez vos diſtances.

A droit, à gauche.

Demy-tour.

Doublez vos rangs.

Rangs remettez-vous.

Demies files, la pique haute.

Serrez les files à droit.

Doublez vos files.

Détriplez-vous.

Files remettez-vous.

Faites la contre-marche.

Ouurez-vous à gauche.

19. Le Parrain de la pique commande ainſi. Portez ou mettez vos piques en terre, de biais, plates, hautes, trainantes, preſentez vos piques en auant, ou en arriere, de biais.

20. Les commandemens des Mouſquetaires ſe diſent en ces termes.

Appreſtez-vous.

La meſche ſur le ſerpentin.

Mettez en iouë.

Compaſſez la meſche.

Tirez.

Soufflez la meſche.

Ouurez le baſſinet.

Amorcez.

Secoüez le baſſinet.

Ouurez voſtre charge.

Chargez.

Trainez la fourchette.

Tirez la baguette.

Bourrez ou preſſez la poudre.

Mouſquet ſur la fourchette, en contrepoids de la main
　gauche.

Mouſquet ſur l'eſpaule.

Le Canon haut.

21. Il faut que tous ou marchant par pays, ou en
bataillon, ſçachent bien démarcher à la cadence du
tambour ; commençant par le pied gauche, & finiſſant par le droit tous enſemble. Quand vn des tambours fait des fredons, que l'autre batte bien l'ordonnance, & iouë la ſimple marche.

22. Il doit auoir les charges de ſa bandoliere pleines,
vn puluerin auec bonne amorce pour amorcer le baſſinet, que la clef & le reſſort du Mouſquet iouë bien,
le ſerpentin auſſi, le baſſinet bien net, le verin ſus le
ſerpentin ne le doit trop ſerrer, mais doit eſtre propor-
tioné à la méche, entr'ouuert au beſoin, la méche
bien compaſſée entre ſes doigts, qu'il ſçache mettre
en iouë de bonne grace la ioignant bien au fuſt.

23. Pour ſouſtenir vn ſiege il y faut mille choſes.
La contrebatterie eſt bonne : mais non pas de mire
en mire, & en face, mais en roüage, autrement l'ennemy, vous embouſchera, car il eſt plus aiſé de pointer le canon de bas en haut, que de le plonger du
haut en bas. Les premieres volées de canon empoſtent
les gabions, & platte-formes, & puis Dieu ſçait s'il
fait bon donner dans les flaſques. Derriere la contr'eſ-
carpe il faut faire force trancherons, auec vn corri-

dor vn peu large, il faut auoir du plomb fondu, huyle
boüillante, des pots à feu, des grenades, & des cercles,
des platines de fer percées de deux canonieres, & vne
mire deſſus, des barillets de cuiure bien bandez, des
petites pieces à grand calibre chargées de cloux, chaines, dez de cuiure, carreaux d'acier; Item deux chaudieres abouchées & bien ſoudées pleines de poudre
font vn terrible eschec, crochets à quatre crampons,
vn petart la culaſſe en haut il applattira les logements,
& les gens comme punaiſes, du feu grec où on met
force camphre, & eau ardant. L'embraſure des canons
c'eſt l'ouuerture que l'on fait au canon caché dans les
bouleuars pour tromper l'ennemy, qui n'attendoit pas
qu'on luy parla par ce coſté là. Des caſemattes, gabions.

24. Les hommes d'armes eſtoient armez ces années
paſſées d'halecret auec plaſtron, cuiraſſes auec les taſſettes, le gorgerin, des ſollerets, des greues entieres,
cuiſſots, gantelets, armet auec ſes bannieres, auant-bras,
Goſſets & grandes pieces, ou hautes pieces, le tout
garny de mailles aux defauts. Leurs cheuaux eſtoient
bardez & caparaſſonnez, auec la criniere & cham frein.
Pour armes offenſiues au coſté l'eſpée d'armes, l'eſtoc
d'vn coſté de l'arçon, la maſſe de l'autre; vne groſſe
lance au poing; vne caſaque nommée robbe d'armes
de meſme couleur que l'Enſeigne de la Compagnie.

25. Les cheuaux legers, armez de hauſſe-col, hallecret auec taſſettes iuſqu'au genoüil, gantelets, auant-
bras, eſpaulettes, vne ſalade à veuë coupée, la caſaque
à la couleur du guidon. L'eſpée large au coſté, la maſſe

à l'arçon, la lance au poing.

26. Les Eſtradiots comme ces derniers, mais au lieu d'auant-bras & gantelets ils ont des manches & gants de maille, & la Zagaye & Arcizagaye au poing lon-gue de 12. pieds, ferrée aux deux bouts ; leur cotte, ou ſobreueſte d'armes courte & ſans manche.

27. les Argolets de meſme, ils ont vn cabaſſet en teſte qui n'empeſche de coucher en iouë, outre la maſſe ils portent l'Arquebuſe à l'arçon dans vn four-reau de cuir boüilly. Tous ces gens combattoient en haye, les rangs de 40. en 40. pas l'vn de l'autre.

28. Maintenant les choſes vont d'autre pied. Les Princes, Officiers de la Couronne, Gouuerneurs des Prouinces ont des Compagnies complettes de 200. Maiſtres. Les autres Seigneurs de 100. Leurs armes ſont des greues & genoüillieres dedans ou deſſus la botte, la cuiraſſe à preuue d'Arquebuſe deuant & derriere, vne eſcopette au lieu de lance, vn piſtolet chargé d'vn carreau d'acier, d'vne fléche acerée, l'eſtoc au coſté ; il n'eſt neceſſaire qu'il trenche beaucoup, car les eſtramaſſons ne valent rien à cheual. Le Maiſtre eſt monté de deux beaux cheuaux de ſeruice, & vn fort mallier ; il aura la ſelle armée, champfrein, le poitrail garny de cloux à large teſte, vne cheſnette à la bride pour s'en ſeruir au cas que les reſnes faillent.

29. Les Compagnies de genſdarmes feront quatre brigades, pour chaque Chef la ſienne, au reſte il faut faire conte de ne mourir iamais que le cheual ne ſoit mort : Autrefois il y auoit peine de la vie ſi on fuyoit ou ſe rendoit ayant le bras droit entier & le cheual en

vie. Quand la trompette sonne la charge, les enfans
perdus feront la salue, & eux tenans à demy-brides
tireront l'escopette l'appuyant sur le point de la bride ; pour le pistolet ayant le chien couché, ils ne le
tireront qu'appuyé, dans le ventre de l'ennemy, dans la
premiere ou deuxiéme lame de la tassette : que s'il pense ne pouuoir faire faussée, qu'il donne à l'espaule du
cheual.

30. Les trouppes des cheuaux legers sont de 100.
Maistres faisant trois quadrilles : ils sont armez d'armes
complettes, la cuirasse à preuue, le reste leger, vn pistolet à l'arçon sous la main de la bride, à l'autre vne
salade ou habillement de teste, & aux grandes traictes
le sachet d'auoine en crouppe.

31. La lance de la Cornette est plus courte, & le drapeau plus petit, que l'Enseigne des gensdarmes : la Cornette s'attache en escharpe derriere l'aisselle du bras
gauche. L'Enseigne se porte croisée deuant l'estomac,
& s'attache auec des chesnes de fer.

32. Les Carabins sont armez d'vne cuirasse eschancrée
à l'espaule droite, afin de mieux coucher en ioüe, vn
gantelet à coude pour la main de la bride, vn cabasset
en teste, vne longue escopette, vn pistolet ; ils portent des Cartouches à la Reistre pour charger habile-
ment, chacun vn bon cheual viste. Quand la trompette des cheuaux legers sonne vn mot seulement, ta-
rare ; celuy des cheuaux legers sonne la charge tout au
long, & au galop s'en vont donner la salue, puis faisant
le caragol & passant à gauche vont recharger ; puis les
cheuaux legers donneront à toute bride. Le premier

coup de trompette c'est bouteselle ; Le deuxiéme c'est
à cheual. Le troisiéme à l'estendard, & puis plus.

33. Les hommes d'armes portent des casaques de
couleur de l'Enseigne : Les cheuaux legers s'arment à
crud, (c'est à dire, ils ne couurent leurs armes de rien)
les Carabins ont des mandilles de couleur de leur Cornette.

34. Les volontaires bien montez enflent beaucoup nostre Caüalerie, notamment la Cornette blanche, où ils
se iettent pour acquerir de l'honneur.

Sentinelle, ou escoute qui fait le guet.

Hallecret sans brassals ne faudieres, ou corselet ; vn
  homme hallecreté.

Salade, habillement de teste d'vn homme de pied, Armet c'est d'vn homme d'armes, le Tymbre en est
  l'ornement, & la plumache ; Item se dit Heaume.
  Bassinet, & la visiere du bassinet, Morion, Cabasset,
  (*Hyspanicè cabeça, &c.*)

Haubert c'est vne cotte de mailles à manches & gorgerin, diminutif haubergeon, & là dessus vne cotte d'armes de fer à lambeaux en la faudiere.

Cuirasse auec ses tassettes pendillantes, l'arrest où l'on
  appuye la lance.

Asseoir les corps de garde.

Se ietter hors des rangs pour donner sur l'ennemy, &
  le charger.

Ranger ses gens en bataille.

Le canon fait vne faussée presque incroyable dans la
  muraille, & du beau premier coup fait iour, bien
  souuent.

La poudre du canon grosse-grainée.

Le renforcement des culasses des pieces pour souftenir la violence du canon defchargé.

Vn Cauallier ou platte-forme, faite de gazons, fassines & Parapet accompagné de ses creneaux & barbacannes.

Des platte-formes on iette des ponts volans sur la muraille, pour aller à l'assaut.

Quintaine ou Iaquemart de bois pour exercer les ieunes soldats à faire leur apprentissage militaire.

Contre-escarpe, ou bord du fossé, ou le banc.

Pallissades, douues, rempart, vallum, c'est à dire, la clofture, afin que la ville assiegée ne soit secouruë; ou que le camp soit asseuré en campagne; l'enceinte du camp.

Le Cordon est celuy qui conioint la cortine de la muraille auec le Parapet, & creneaux où se mettoient iadis les chardons de fer & fourches branchuës: Parapet ou auant-mur (*Lorica*) a en soy les creneaux (*Pinnæ*) auec ses gabions, son glassis & canonnieres.

Noftre vieille gendarmerie auoit des cheuaux qui ne sçauoient autre maniement, ny tour de bride, sinon qu'aller toufiours en auant en ordonnance serrée, pour enfoncer l'ennemy de front, sans voltiger à gauche ou à droite, prendre la charge, galopper en rond, se manier à passades de pied-coy, à courbettes, & autres telles fingeries, qui ne font qu'accouftumer les ieunes gens à auoir peur, defloger de bonne heure, & fuir de bonne grace.

Vne targue.

La trouſſe pleine de fléches.

Iacque de mailles, ou toile faire à œillets.

Manople ou gantelet auec le canon.

Vne ſalade à viſage ouuert ſans bauiere.

Eſcu ou Zagaye.

Cabaſſet en teſte.

Le tuyau du caſquet d'où ſort le pennache qui s'aualle
　ſur l'eſpaule.

Gros morion.

Cotte d'armes.

Corcelet garny de taſſettes iuſques au genoüil.

Braſſals ou eſpaulettes iuſques au coude.

Les Greues aux iambes ou Cuyſſards.

Donner l'eſcalade, ou faire vne ſappe.

Recognoiſtre & taſter par quelque eſcarmouche, l'en-
　nemy.

Compagnie de gens de pied.

Capitaine.	Lanſpeſſades Arquebuſiers
Lieutenant.	morionez.
L'Enſeigne.	Piquiers.
Le Sergent.	Caporal d'Arquebuſiers.
Fourrier.	Arquebuſiers morionez.
Tabourin.	Pour vne compagnie de
Phiffre.	200. hommes de pied
Caporal.	faut 733. eſcus chaque
Lanſpeſſades armez de cor-	mois.
celets.	

L'armée

L'armée fait alte.

Dreſſer la pointe du bataillon , là où l'ennemy preſſe
le plus.

Dreſſer vne eſcarmouche.

Donner de cul & de teſte dans l'ennemy.

Fauſſer vn rempart, c'eſt à dire, rompre, enfoncer.

Es camps volants , il faut que le bagage ſoit leger.

Ce ſeroit vne choſe infinie de vous dire icy les ſtra-
tagemes de guerre, les eſcarmouches, les ſaillies, les ca-
miſades données de grand matin, les ſurprinſes , les em-
buſcades aſſiſes bien à propos , les feintes pour attirer
les niais en quelque mauuais pas , les aduantages qu'on
prend ſur ſon ennemy, les ruſes des aſſaillans, les mines,
les fauſſes eſcalades pour en donner de bonnes & bien
à propos, les grenades, les feux d'artifices, les aſſauts, les
machines de guerre & les inuentions des ingenieux, les
trenchées, mille ſortes de belles inuentions & toutes
mortelles. Tout de meſme les defenſes des ſouſtenans &
aſſiegez comme ils eſuentent les mines, comme ils font
les ſorties ineſperées, ils renuerſent & eſchelles & ſoldats dans le foſſé, reparent les breſches, font des con-
tremines, lancent mille feux, & mille morts, comme ils
prennent leurs aduantages , ſe tenant à couuert des
mouſquetades, & des foudres du canon. En fin la crainte de la mort , le deſir de la victoire, le courage, les hazards, & les longues experiences inuentent tous les iours
quelque choſe , & les derniers venus diſent hardiment
que la vieille guerre & les vieux genſdarmes ce n'eſt que
vraye niaiſerie. Bref celuy qui ſçait mieux frapper, & ſe
mieux garder, c'eſt diſent-ils le plus habile homme du
monde.   T.

AV LECTEVR,

SALVT.

VN de nos vieux Gaulois voyant nos ieunes gens si aspres au manege des Cheuaux, & à frequenter la Salle des Armes, disoit qu'ils apprenoient le premier pour s'enfuir de bonne grace, l'autre pour estre poltrons fort honorablement. Nos Paladins ne sçauoient qu'vn seul passage estant à cheual, c'est à sçauoir de donner droit dans l'armée des ennemis, & se plonger au plus fort de la meslée: & toute leur escrime consistoit en vn poinct, de plonger tousiours leur espée iusqu'aux gardes dans le dos de leurs ennemis: mais de sçauoir faire tant de caprioles à cheual, reculer, voltiger, fuïr les coups & les hazards, & au bout de cela faire le braue, Ce sont, disoit-il galanteries de Damoiseaux, non pas proüesses de gensdarmes François. Ce Tirage des Armes, est vn vray tuage des hommes (s'il m'est permis de le nommer ainsi) car ces ieunes morueux si tost qu'ils ont appris de tirer deux coups d'espées la brette à la main, ils croyent estre inuincibles, les mains leur demangent, & fols qu'ils sont & esceruelez, ils se figurent qu'ils tuëront Annibal s'ils le rencontrent. A la moindre occasion les voila sur le pré aux fols, l'espée blanche à la main, là où ayant fendu & percé l'air en vain, & donné d'estoc & de taille, fendant le vent en quatre doubles, l'autre vous leur porte vn coup d'estoc droit dans le cœur, & les tuë comme des veaux, & voila mon escrimeur renuersé tout roide mort, &

ſon ame à tous les diables. Falloit-il encor treuuer vn artifice pour tuër les hommes de bonne grace, comme ſi les hommes ne pouuoient pas mourir aiſément d'eux-meſmes en cent mille fa-çons, ſans qu'on leur apprint de ſe tuër l'vn l'autre. Helas! a-on ſi grand enuie de mourir, & y faut-il tant de façons de faire, & ſe ioüer en maſſacrant les hommes! car on eſt bien allé iuſques à cette extrémité d'appeller le ieu d'eſcrime, & le plaiſir des armes. O Ieu ſanglant, ô plaiſir homicide! les Tigres meſmes, & la plus fiere-barbarie iamais ne bat ceux de ſon eſpece, l'homme ſeul apprend la façon de maſſacrer de bonne grace, & en ioüant, les hommes innocens, & ne s'en fait que rire. Tant fait-on bon marché de la vie des hommes. Toute ma colere, Lecteur mon grand amy, ne deſtournera pas ſes follaſtres, ſi enuie vous prend d'en parler, & leur dire des in-iures ie vous y veux aider, & vous repreſenter quelques termes de ce mauuais meſtier: Pour peu que ie vous en die, vous n'en ſçaurez que trop. Adieu mon cher amy.

T 2

LE TIRAGE DES ARMES.

CHAPITRE XVIII.

1. ON appelle fleuret, ou brette, vne espée rabbatuë & sans pointe. Le bouton c'est le bout de l'espée rabbatu & ramassé en bouton. Le bout du fleuret c'est l'esteuf, ou cuir rembourré qu'on met au bout, afin que en donnant on ne meurtrisse. Aussi dit-on au garçon, mettez vn bout au fleuret.

2. La garde, c'est ce qui est sur la poignée pour couurir la main : Le fort, c'est enuiron vn pied de longueur depuis la garde ; le reste iusqu'au bout se dit le foible de l'espée.

3. Quand on se presente en la salle, on demande, Monsieur voulez-vous faire? ou voulez-vous faire assaut, c'est à dire, voulez-vous tirer des armes. Puis ramassant & decroisant les armes, voire par honneur les baisant, on dit Messieurs gardez les yeux, c'est à dire, on se defend mutuellement de donner au visage. Si malheur porte, que le coup eschappe & qu'on le porte au visage, aussi tost on met bas les armes, & va-on accoler celuy qui a receu, & comme le prier d'excuser le hazard.

4. Le Maiſtre d'eſcrime ne ſe bat quaſi iamais, mais il y a vn Preuoſt (c'eſt à dire, comme Lieutenant & ſoubmaiſtre) qui ſe bat, & qui ſouſtient tout aſſaillant. Le Maiſtre void, inſtruit, donne le hola quand le ſang s'eſchauffe, marque les fautes, & iuge des coups.

5. Les bons coups s'appellent botte franche, quánd le fleuret marque le coup tout entier, & donne tout droit, & en plein; ſi ce n'eſt qu'à demy, ou en paſſant, ils appellent cela marquer.

6. Il faut eſtre en meſure pour donner, ou receuoir le coup, c'eſt à dire, il faut planter le pied droit deuant bien ferme, & en poſture aſſeurée, mais iſnelle. Eſtre hors de meſure c'eſt quand on eſt ou trop aduancé en danger de tomber, ou pancher, & donner priſe à l'ennemy, ou trop reculé, ou le pied en l'air, & le corps en balance & peu affermy.

7. On dit eſtre en eſchole, c'eſt à dire, bien adiuſter ſon corps, & le porter droit où il faut, comme ſi on dit garde le bouton; pour adiuſter & eſtre en eſchole, il faut donner droit dans le bouton. Si on ne le fait, on dit qu'on n'eſt pas en eſchole, c'eſt à dire, qu'on a oublié, ou bien qu'on n'a pas encor bien appris les termes & les coups de l'eſchole. On dit auſſi adiuſter le coup, ou non adiuſter.

8. Il faut auoir touſiours l'œil au guet, & ſur l'ennemy, ſur tout à ſes yeux; car ſouuent il darde là ſon coup d'œil, où il veut porter la pointe de ſon eſpée, ainſi on ſe met en deffence. Quand on leue le pied droit pour s'aduancer on appelle cela le temps; de là

prendre le temps, c'eſt bien à propos s'aduancer; gaigner le temps, c'eſt preuenir voſtre homme, & pendant qu'il ſe diſpoſe à prendre ſon temps vous le pre-
uenez. Ainſi perdre ſon temps, c'eſt quand on ne ſçait
pas bien meſnager ceſt aduancement de pieds.

9. On dit porter vne eſtocade, la receuoir : parer,
donner ; enfoncer ſon homme ; retirer le pied en arriere ; faire vne gliſſade en arriere ; laſcher le pied, donner vn ſaut. Apres le coup il ſe faut auſſi toſt remettre en meſure, c'eſt à dire, le pied droit deuant planté
bien ferme, & le corps bien aſſis, autrement on chan-
cele aiſément.

10. Il y a pluſieurs feintes, la droite, la haute, la baſſe,
à l'entour du poignard, aux yeux : Les niais s'amuſent
à faire parade, & des feintes en l'air, & faire la beſte,
mais il faut touſiours prendre la feinte pour le coup,
car ſouuent on tire ſans feinte, & pour bien faire il faut
que le coup ſuiue immediatement la feinte. Il faut auſſi
que le pied & la main aillent tout d'vn temps. Iamais
il ne faut retirer le bras & le pied pour mieux donner
& de plus grande roideur, c'eſt vn erreur populaire:
iamais il ne faut reculer, mais touſiours aduancer &
pouſſer. Car en retirant pour donner, l'ennemy void
venir le coup, & pendant que vous retirez il vous pre-
uient & vous donne.

11. S'ouurir ou ſe donner en perſonne, c'eſt quand ou
pour attirer voſtre ennemy & le tromper, ou par meſgarde vous deſioignez les armes, & monſtrez tout voſtre eſtomac & toute voſtre perſonne, faiſant beau ieu
à voſtre ennemy pour vous percer tout outre. Se ſerrer

au contraire, c'est ioindre ſes armes, & quaſi couurir ſa
perſonne du fleuret ou de l'eſpée blanche, & du poignard.

12. Riſpoſte s'appelle quand on donne & qu'on reçoit
quaſi en meſme temps. Ainſi dit-on, ceſtuy-là a la
riſpoſte prompte ; car il vous reſpond, & vous reſti-
tuë tout auſſi toſt le coup que vous luy auez preſté.
Ceux qui ont bien les armes en main ne craignent pas
la riſpoſte, d'autant que le fort de leur eſpée les pare.

13. Qui ſçait bien manier l'eſpée n'a guere affaire de
poignard pour parer aux coups. Car du fort il prend
le foible, c'eſt à dire, il reçoit la pointe de l'eſpée de
ſon ennemy ſur le fort de la ſienne, & la fait voler en
l'air & la rompt, ou au moins eſchiue le coup. Vn des
grands ſecrets c'eſt de ſçauoir bien meſnager le fort de
ſon eſpée, c'eſt vne inuention d'vn braue Maiſtre du
ieu des armes.

14. On dit paſſer, lors que l'vn s'ouurant trop, ou n'e-
ſtant bien ſur ſes gardes, l'autre luy donne vn coup en
plein, droit, & comme s'il luy vouloit paſſer ſur le
ventre, & apres luy auoir donné le coup à trauers il le
vouloit renuerſer ſur le paué. Or ſi celuy à qui on porte
te ce coup, ſe tourne de coſté, retirant le pied droit en
arriere, le coup paſſe en l'air, & luy cependant porte
droit au cœur le coup d'eſtoc qu'on luy vouloit donner, & cela ſe dit Quarter, c'eſt à dire, en eſchiuant le
coup de celuy qui veut paſſer ſur nous, ou nous paſſer
l'eſpée à trauers le corps, nous deſtourner vn peu, deſ-
marcher, & puis l'enfiler luy-meſme.

15. On n'vſe point à ceſte heure de taille, d'eſtramaſ-

son, ou semblables coups ; tout passe maintenant en
estocades, & donner de pointe plustost que du trenchant de l'espée ; car ce sont horions, & vrays coups
de Suisses, & d'Allemands que ces reuers, & coups
ramenez à force de bras pour aualer vne espaule, ou
coupper vn iarret tout net.

---

1. **A** Tout cecy ie veux encor adiouster que En-
toiser l'arc (c'est à dire, bander tout ce qui
se peut) encocher la fléche sur la corde, faire siffler le volet ou le trait, & l'assener où on vise au defaut
des armes, faire grande faussée (c'est à dire, percer &
fausser les armes, & plonger bien auant dans la chair
viue) donner entre fer & fer : & entre escaille & escaille, &c.

2. Tirer vne feinte, puis donner ailleurs, presenter
dru & menu l'espée droit à la visiere ; desmarcher pour
faire perdre les coups en vain ; & se desrober des atteintes, tantost en parant, tantost en rabatant de son
espée. Faire tomber la tempeste des coups à faux ; Se
couurir brauement sans estre entamé des coups.

3. L'homme se voyant faussé en diuers endroits, pour
faire à quitte ou double, empoigne son espée à deux
mains, espée vierge encor & à ieun du sang de son ennemy, & de toutes ses forces ramene vn grand coup ;
pour esbloüir son ennemy, s'escrimer en l'air & le fendre à quatre doubles.

4. S'entrechoquer de droites atteintes les espées trai-
tes & se mesurant l'vn l'autre ; il faut auoir bon pied,
bon œil au guet, en posture asseurée, s'accueillir sur la
defen-

defensiue, & se tenir à couuert.

5. Espandre à pleines poignées toute sa force redou-
blans & ses fendans, & ses estocades, descharger vn
horrible coup de taille & escailler les armes de son ennemy ; darder de roideur le pommeau & la garde de
son espée rompuë, & du coup vireuolter & estourdir
son homme.

6. Se blanchir de son espée, marteller & faire estin-
celer de coups son ennemy armé : plonger iusques aux
gardes ; percer à iour son ennemy ; larder de coups;
estonner & estourdir de la pesanteur du coup ; faire
descendre vn fendant ineuitable, porter le coup au
cœur : & mille semblables cruautez bonnes à tuer les
hommes, necessaires pourtant à plusieurs pour vne iuste defence.

PREFACE AV LECTEVR
DE L'ARTILLERIE

E fut sans doute vn Démon (mon cher Lecteur) & vn des plus mal-faisans, celuy qui inspira ce malheureux homme qui le premier inuenta l'Artillerie, & le moyen de tuer tout vn peuple d'vn seul coup de ce tonnerre. Helas ! la mort venoit-elle pas assez viste nous couper la gorge à trestous, sans luy donner des aisles, empennant les sagettes homicides, afin qu'elle vola pour nous outrepercer les cœurs ? Que diroit icy Pline, qui fit iadis si grand vacarme, & ietta tant & tant de si hauts cris, maudissant celuy qui auoit attaché des plumes aux dards & iauelots, pour redoubler la course de ces pointes meurtrieres ? Ah Dieu, en combien de façons la félonnie barbare des hommes tres-cruels, a-elle façonné le fer pour massacrer les hommes ? Espieux, halebardes, lances, piques, espées, espadons, espées à deux mains, cimeterres, espées de combat, espées de seruice, Malchus, & coutelas, d'estoc, & de fendant, d'estramassons horribles, de trempe de Damas coupant l'acier, & les charrettes ferrées, dagues, poignards, stillets, demy-espées, & dix mille façons de cousteaux homicides, haches, & couperets, braquemarts tous sanglants. Las ! tout cela n'est rien qu'vn leger apprentissage de la niaiſe antiquité, car maintenant on va bien plus viſte aux meurtres, & au carnage: le feu du Ciel tant effroyable, & les quarreaux des nuées & de Dieu ne ſont plus rien, ſi vous contez les baſtons à feu qui rauagent le monde: piſtolets ſimples & doubles, Piſtoles, Carabines, Arquebuſes, Mouſquets gros & petits, petards, pots, & grenades, fauconneaux, pieces de campagnes, Coulcurines, Dragons, Berches, Petriers, Canons gros & petits, renforcez, redoublez, endiablez à vray dire, Artillerie de fonte, de bois, de terre, de mer, bouches d'enfer qui vomiſſent du ſouphre, des cailloux, des boules de fer, des chaines, des foudres, des morts, des enfers, bouleuerſant les villes, ſaccageant les peuples, renuerſant les armées entieres, & d'vn ſeul coup donnant pluſieurs morts, & d'vne verte campagne faiſant vne mer rouge, & vn cimetiere couuert d'os & de corps vifs & morts tout enſemble, repreſentant ſur terre les bourreleries d'enfer. Falloit-il ainſi abuſer du fer ce metal innocent creé à bien meilleur vſage, & falloit-il tant d'engins pour tuer les hommes qui peuuent helas eſtre eſtouffez d'vn ſeul grain de vent, d'vne goutte d'eau tombante du cerueau, d'vn lopin de pierre, d'vn pepin de raiſin, d'vn cheueux aualé en beuuant, d'vn filet d'air empeſté humé par meſgarde, d'vn atome de ſable, d'vn rien? pouuoit-on point mourir ſans les balles ramées, ſans les balles de vif-argent, qui d'vne balle font cent balles, ſans dragées d'enfer, ſans quarreaux acerez, ſans plomb, ſans fer, ſans acier façonné en boules malheureuſes meurtrieres de tout l'Vniuers? depuis que le monde a oüy ronfler ces canons, chanter les orgues arrengées, ſiffler ces fluſtes diaboliques, ioüer ces eſteufs homicides, vomir ces gorges infernales, voler ces morts enſouphrées, à la verité le monde n'eſt plus monde, mais vn grand charnier,

ou bien un eschaffaut où les hommes se coupent la gorge à mil-
liers, & où Cesar ne peut monter au throsne imperial que passant sur le ventre d'un million & cent mille personnes escrasées
sous ses pieds. Mon Dieu, quel marché d'hommes, & de la vie
des hommes ! Amy Lecteur, i'aimerois mieux t'aider à en-
cloüer toute l'Artillerie du monde, & en esteindre la memoire
que de t'apprendre à en parler. Mais puisque cela ne se peut, au
moins ie te veux aider quand il les faudra maudire, & les detester, afin que tu sçaches par quel bout il t'y faut prendre, &
en quels termes il en faudra parler.

DE L'ARTILLERIE.

CHAPITRE XIX.

1. IE te diray donc que l'inuention de l'Artillerie vient de l'Alchymie, qui par les subtiles dissolutions recognoit les natures, les qualitez, le fixe, le volatil, le combustible, le cendreux, l'esprit des metaux, & les allie, dissoud, fond, ressoude, & tourne en mille façons & vsages.

2. Il y a de l'apparence que l'Allemand qui l'inuenta l'an 1378. l'apporta de la Chine, où elle est dés fort long temps.

3. On en a inuenté qui ne se charge que de vent auec vne siringue, comme aussi des Harquebuses de bois, qui neantmoins ont vne faussée incroyable n'estant chargées que de vent.

4. Si la balle est trop lasche, elle ne reçoit bien la furie de la poudre enflambée & le coup est lent; mais si elle est trop serrée & enfoncée, ne pouuant estre chassée, elle se donne iour en haut & creue le canon.

5. Plus le canon est long, plus roide est le coup, à cause que les vifs rayons sont retenuz plus longuement, & impriment vne vertu plus violente à la balle, & pource les Couleurines portent plus loing que les gros Canons.

6. La balle ronde va plus viste que la quarrée, ou

triangulaire , & trenche l'air plus aiſément.

7. L'ame du Canon c'eſt le canal dans lequel ſe coule la charge : le iour c'eſt ce qu'il y a de diſtance entre la balle & le metal, c'eſt à dire, la difference du diametre de la balle, & celuy de la bouche.

8. La lumiere, c'eſt le trou par où on donne le feu. Pointer ou mirer le Canon, c'eſt tourner l'ame du canon droit à vn point qu'on a choiſi pour y donner. L'angle de la mire oblique eſt celuy qui eſt compoſé de la ligne orizontale, & de la viſée de l'ame.

9. Portée du canon de point en blanc, c'eſt la droite ligne que deſcrit la balle iuſques à ce que la peſanteur d'icelle commence à vaincre la force mouuante, & de decliner en l'arc de ſa cheute. Portée moyenne c'eſt la portée de point en blanc conduite droit iuſques à ce qu'elle rencontre la perpendiculaire qui ſeroit eſleuée ſur l'horizon du point où tombe la balle. Portée morte, c'eſt la diſtance du canon & du lieu où tombe la balle en terre.

10. Il faut que l'ame du canon ſoit droit au mitan du metal : & que la bouche du canon ſoit ſciée à droit angle ſur l'axe de l'ame , & que le canon ſoit ſuſpendu en ſon fuſt, ſur deux piuots, & balancé de ſorte qu'il puiſſe eſtre mis en quelque angle que ce ſoit auec l'horizon. Pour le balancer iuſtement les fondeurs diuiſent l'ame ou le canal en 7. parties, ils en prennent 4. depuis la bouche, & en laiſſent vers le fond de l'ame trois, auſſi la culaſſe peſe touſiours vn peu plus. On applique donc les piuots ou tourriens à la 4. partie de l'ame, & les attachent és maniuelles du fuſt pour eſtre bien balancé.

11. La lumiere doit estre esloignée du fond de l'ame, & du bouton du canon qui est au bout.

12. Si le canon porte balle de cent liures, & charge de 66. liures de poudre, s'il est pointé à niueau elle ne va qu'à huit ou 900. pas, & puis meurt; car la portée alors de point en blanc n'est qu'enuiron de 300. pas, de droite volée.

13. Le canon tire plus droit de bas en haut, que de haut en bas, à cause que la force se lie & serre plus estroitement à la balle qui va de mouuement violent en haut; là où penchant en bas de sa pesanteur naturelle elle amortit le coup, & la course.

14. La reculée du canon fait que s'il tire de bas en haut la balle est portée plus haut que s'il demeuroit immobile. Au reste le canon pointé au niueau de l'horizon, la balle donne au lieu où porte la visée : mais s'il est pointé de haut en bas la balle frappera plus bas que ne portoit la visée.

15. L'égalité du plancher, ou le talud importe beaucoup pour faire qu'il n'y ait nul erreur de la portée à la visée. Si l'ame du canon est de trauers, le coup sera costier de la part qu'est le metal plus tendre à la bouche.

16. Le rayon de la mire c'est la ligne qui va de l'œil par la mire du canon (c'est à dire, ce qui regle l'œil pour dresser le coup droit au point) droit au blanc où on vise, & qu'on menace.

17. Les pieces d'Artilleries sont. 1. L'esmerillon long de 5. palmes portant balle de fer de 9. à 24. onces. 2. Le Mousquet de 6. à 7. palmes portant balle d'enuiron deux liures. 3. Fauconneau long de 28. à 37. dia-

metres de sa bouche portant balle de fer de 6. liures &
plus. 4. Le Sacre portant de 9. à 12. liures de balle. 5.
La moyenne Couleurine porte balle d'énuiron 20. liures, la longüe de 26. 6. Le Canon long de 17. à 22.
bouches portant balle de 20. iusques à 100. liures. Le
double Canon porte balle de 120. liures. 7. Le Petrier
long de 5. palmes porte balle de pierre de 20. à 80.
liures. 8. La Couleurine bastarde a de calibre 5. poul-
ces, de longueur 28. bouches & demie, porte balle de
7. liures & demie. Berche. F. vn canon de nauire mis
sur le chasteau, pour saluër, & tire de balle de plomb.

18. On vse de trois sortes de balles, de pierre, de fer,
& de plomb. Celles de pierre sont pour les Petriers
chambrez, & non chambrez, Mortiers, & autres pieces
antiques. Celles de plomb sont bonnes pour esprouuer
les pieces, auec autant de poudre que pese la balle, mais
en batterie on ne charge que pesant les deux tiers de la
balle, & est de volume 3. diametres de la bouche.

19. La Lanterne c'est ce qui sert à charger l'Artillerie,
& y couler la poudre; l'Escouuillon c'est cét amas de
haillons qui sert pour nettoyer la piece aprés qu'on a tiré.

20. Esquarrer vne piece de Canon c'est trouuer le iuste milieu de l'ame, ou du vif metal où se doit appliquer le point de la mire. De là vient ce qu'on dit pointer vn Canon, c'est tourner le point de la mire droit
où on veut donner.

21. Calibre c'est le diametre de la bouche du Canon,
pour sçauoir la grosseur de la balle qui y peut entrer. Ainsi
dit-on, il porte tant de calibre, il est de gros calibre, &c.

22. Pour

22. Pour faire la poudre à Canon il n'y auroit rien
meilleur que l'or bien appresté, car il est prompt en
son ignition, violent, & comme Naphte s'allume à la
veuë du feu ; mais le ieu cousteroit trop, & la violence
du coup seroit excessiue. La vraye matiere est seiche
& terrestre qui ne se liquefie pas au feu ains s'enflamme,
tel est le Nitre, & Salpetre , & l'Ammoniac qui sont
volatils, & de nature sulphurée, mercuriale.

23. L'vrine des bestes estant chaude & salée versée
sur terre la sale , la desseiche , mais celle qui est couuerte est meilleure, l'autre qui est exposée au Soleil &
à la pluye se dessale & se rend trop humide, & le Salpetre en est de plus tardiue & lente operation.

24. La bonne poudre à Canon est composée de trois
choses, l'esprit, l'ame, & le corps. L'esprit c'est le Nitre ; l'ame c'est le Souphre de qualité moyenne entre le
fixe & le volatil , & qui peut bien lier l'esprit auec le
corps, le corps c'est le Charbon. Pendant qu'on meslange tout cela on l'arrouse d'eau de vie rectifiée , puis
on la fait seicher pour éuaporer l'eau , afin que l'esprit
de vin y demeure tout seul , qui suruenant le feu
precipite l'inflammation. Les esprits du canfre y estant
adioustez, diligentent bien l'inflammation.

25. Il faut que le Canonnier ait vn bon Quadran, &
vne esquierre ayant les bras bien droits & l'angle parfait. Auec le Quadran, & l'Alhidade, le filet & le
plomb on mesure vne bresche de trauers vne profon-
deur, vn lieu inaccessible, tout ce qu'on void.

26. Il n'y a que la portée de point en blanc qui face
grande execution és batteries , si le coup se desroute il

X

s'amollit & frappe legerement ; mais à la campagne
tant que la balle roule elle rauage tout.

27. Artillerie qui est sur le ventre, c'est à dire, à terre,
& desmontée ; Artillerie montée sur les roües, & ba-
lancée sur les piuots pour estre braquée aisément. Artillerie qui tire sans bruit, quand on oste le Salpetre
de la poudre, mais à mesure qu'on oste le Salpetre (qui
est l'esprit) & le bruit, aussi diminuë t'on la force de la
balle, & de la volée du Canon, qui ne fait son deuoir
qu'à demy quand on luy desrobe son esprit.

DVEL A CHEVAL.

CHAPITRE XX.

Ve peut-on voir de plus horrible qu'vn estour
sanglant, & vn duel à outrance (car pour le
tournoy de courtoisie, ce n'est que menu plaisir des Princes :) quand deux Caualiers mas-
chants des grosses menaces, & remaschant le fiel de quelque aigre affront, ils se mettent en deuoir de choquer &
s'esgorger ensemble ? ils vestent la cuirasse, endossent le
harnois, s'accoustrent l'habillement de teste, & font flotter vn pennache sur l'armet, les voila tous couuerts de
fer, & escumans de rage. Ils ne sont si tost cousus en
selle, voila la lance en arrest, teste baissée, les cheuaux
pressez de l'esperon destrappent, s'enuolent, se laissent

derriere foy : tout le monde treſſaut de frayeur, & pallit, attendant l'yſſuë de ce combat : qui choiſit la viſiere, qui donne où il peut, les lances ſi elles fauſſent
tout; elles vous renuerſent tout net, & portent ſon
homme mort par terre, en cas que non, chacun rompt
ſon coup, & le bois eſclatte iuſques à la poignée de la
roideur & violence des coureurs, & les cheuaux donnent de la crouppe en terre; ils iettent les tronçons des
lances à l'air, & piquant le courſier iuſqu'au ſang, les
voila à cheual, auſſi toſt le coutelas au vent, & commencent à ſe charpenter. Vous oirriez ces pauures harnois martellez, & eſtincelants d'eſclairs, faiſant feu de
tout coſté; chacun taſte ſon compagnon, & deſire
l'entamer au defaut, ou fendre la ſalade, & fauſſer le
corps de cuiraçe. Si les armes ſont de fine trempe, vous
voyez rebondir les coups contremont. Si l'vn ſe ſent
bleçé à l'heure faiſant feu, vous le voyez comme vn
tourbillon courir ſus ſon aggreſſeur, & ramenant l'eſpée
à toute force tout par tout faire comme vn tonnerre,
tantoſt de fendant, tantoſt d'eſtoc, vn reuers, vn deſ-
cendant deſchargé de toutes ſes forces, & de toute la
rage qui deſcharge toute ſa violence ſur l'armet. L'autre
pare aux coups, recharge coup ſur coup, tranche, perçé, fend, foule, eſtonne, fait perdre les eſtrieux, donne à trauers la viſiere. Voicy vn coup ramené qui fait
donner ſur l'arçon du menton, la veuë ſe trouble, le
voila hors de ſelle rué par terre; l'autre ne deſcend pas,
mais ſe precipite apres, luy court ſus, à la gorge, &
martelle ſans ceſſe, & chamaille de tout coſté ſur ce
pauure eſtourdy, il prend ſon temps, il le ſerre, il l'e-

ſtreint, il l'eſtrangle, le iette de ſon long par terre, ſi
l'autre ne reprend ſes eſprits, c'eſt fait; mais ſi la necceſ-
ſité le remet vn peu en eſſence, & qu'il reuient à ſoy,
ſe voyant à l'extremité (ah Dieu que la Nature eſt
puiſſante au deſeſpoir!) il r'appelle tous ſes eſprits, r'allie tous les reſtes de ſa vie, fait ioüer tous les reſſors de
ſes nerfs, ſe roidit contre le malheur, plus que iamais il
a leur cœur gros, & encor tout chancellant ſe r'aſſeure,
& piqué iuſqu'au cœur des pointes de l'honneur, il ſe
roidit & s'eſlançant ou ſe foudroyant ſur ſon ennemy
le remartelle cruellement, coup ſur coup hachant dru
& menu ſans le laiſſer reſpirer, le ſang découle de tout
coſté, & s'outragent en mille façons. Las! quelle pitié
de voir que pour vn ventelet d'honneur, des Seigneurs
ſe maſſacrent à credit, à grands coups de trenchant, de
taille, de ſurpriſes, à coups d'eſpadon, cruels eſtramaſſons, & quoy que la vie s'enfuye par tant de pottes &
de playes, ils r'amaſſent leur cœurs, r'aſſemblent toutes leurs forces, ſont comme vn arriereban de tous leurs
eſprits, ils frappent de roideur, il rompent & détran-
chent en lambeaux, eſcus, gantelets, bandelettes, ils
enfonçent armets, braſſars, cuiſſars, greuieres, ils ſe
couurent de fer, de ſang, de coups, de foudres, de
morts, tout tremble ſous la peſanteur des coups, les
aſſiſtans ſont plus morts que vifs, le plus aſſeuré tremble, & ſe voudroit voir à cent lieuës loing de là. Finalement les eſpées ſe briſent, il faut quitter les armes,
& ſe ietter aux priſes, ils s'accolent (comme feroient
vn Lyon enragé, & vne Tigre deſeſperée) ils s'eſtrei-
gnent, ils s'eſtranglent, ils choquent, ils ſe coulent

deſſous par artifice, ils taſchent ſe ſuppediter, les voila tous deux acharnez & ruez par terre l'vn ſur l'autre, ils ſe renuerſent ſans deſſus deſſous, ils eſpient leur aduantage pour donner le coup de la mort & de l'honneur. Vous voyez diſtiller leur pauure vie par les playes, le ſang découle de toutes parts, ſi eſt-ce qu'ils ſe donnent mille ſecouſſes, & oit-on craquer & retentir ſans ceſſe les harnois de coups, & du chamaillis aſpre au poſſible, & qui ſemble redoubler, & renforcer vers la fin. Voyez comme l'vn porte ſon poignard à la face, & le va plonger dedans ſi on ne pare au coup, l'autre qui eſtouffe, & qui ſe ſent creuer le cœur & eſcrazer les poumons, & ſa vie ſur ſes léures ; il allume ſes yeux de rage, il deſgage ſa main & ſon poignard, choiſit le defaut des armes, hauſſe la main pour deſcharger vn coup mortel ſur le flanc de ſon ennemy, les voila au bout il faut que l'vn ou l'autre meure, on ne demande point de vie, on ne veut point accourcir ſa gloire pour allonger ſa vie, à ce dernier effort toute la nature ſe beſbande, toutes les forces ſe deſerrent, toute la rage fait ſon dernier effort, & par vn iuſte chaſtiment ſouuent il aduient que donnant en meſme temps tous deux s'enferrent les corps, & enlaçent leurs ames, pour ardre eternellement en enfer, & à tout iamais ſe manger, & ſe ronger enſemble, d'vne barbare felonnie & rage viperine. Voila le poinct d'honneur ; Helas quelle manie!

X 3

AV LECTEVR.

E qui rend le stile precieux ce sont les Pierreries, mais quand elles sont bien enchassées dans le discours, & qu'elles sont bien à leur iour, il semble que toute la maiesté de la nature soit racourcie, & comme resserrée en petit volume dans vn bouton de pierrerie. Ces petites Estoilles de terre font reluire à merueilles l'eloquence, comme les Diamans qui sont enchassez dans le firmament. Ie ne vous les donne pas icy toutes, ce seroit estre trop riche, & de celles que ie vous donne certes de bon cœur, ie ne vous dis pas tout; les affineurs vous en diront vne partie, ainsi que i'ay apprins d'eux sur le mestier, & en la boutique les iouailliers vous diront le reste, mais ny les vns, ny les autres ne vous diront iamais tout. Je ne vous conseille pas de leur demander si le sang de Bouc attendrit le Diamant, car ils se gausseront de vous, comme ils ont fait de moy, quoy que ie sçeusse desia que le bon S. Isidore, & Pline eussent esté trompez; ne leur demandez non plus si le Diamant se peut casser, car en vostre presence, ils vous en escraseront autant que vous en voudrez payer; ny le polissoir, ny l'enclume, ny le marteau ne se ressentiront point des coups, le seul Diamant se concassera en mille pieces. Ils ne vous diront non plus la façon de façonner le Cristal en

Diamant, ny les doublets en pierreries y entr'enchaſſant la fueille colorée, ny donner le miroir, ou la fueille pour allumer l'eſclat, ny autres ſemblables choſes, car ce ſont les ſecrets de l'eſchole, & ils ne vous le diront pas. Cependant un monde de
façons de parler ſont prinſes de là, & pour bien parler il faudroit ſçauoir ces ſecrets admirables. L'eſſay que ie vous donne vous mettra en appetit d'en ſçauoir dauantage, & poſſible
ſerez-vous content du peu que ie vous dis ; il y en a bien
aſſez pour voſtre prouiſion, ſi ce n'eſt que voſtre curioſité vous
porte à en ſçauoir plus que vous n'en direz. Il faut laiſſer mille
petites choſettes au compagnon de boutique, qui les doit ſçauoir,
parce que c'eſt ſa vie, pour vous qui n'eſtes du meſtier contentez
vous de ce qui vous eſt neceſſaire. Les eſtrangers qui nous viennent affronter tous les iours & nous portent des mots nouueaux
& barbares, auec des fauſſes pierreries, ont changé, & changent
tous les iours de termes ; ie vous donne la pierrerie Françoiſe, &
les termes qui courent parmy nous, permis à vous de prendre ſobrement de ces mots naiz depuis peu, à la charge d'uſer de diſcretion, de peur que vos pierreries, ne deuiennent une vraye pietre-
rie, & vos diſcours une pure affaiterie. Dieu vous conſerue mon
amy, & vous couronne un iour des pierreries du Ciel.

POVR PARLER DES

IOYAVX ET DES PIERRERIES.

CHAPITRE XXI.

La Perle.

LA vraye Perle a vn'eau qui esclatte, vn lustre argenté, qui ne ternit, ny iaunit, ny s'enfume, & sa peau ne craint, ny la pince, ny les dents du temps.

2. Elle desdaigne les appas de son hostesse la mer, & de la Conciergerie des Conques où elle est prisonniere, elle a toute son alliance auec le Ciel. Receuant donc la rosee à escaille beante elle forme de petits grains qui se figent, puis durcissent & se glaçent, peu à peu à peu la nature leur donne le poly à la faueur des rayons du Soleil, en fin se font des perles Orientales. On en contrefait en mille sortes, auec du verre, & sur tout en concassant le Nacre, en faisant de la paste, puis la faisant aualler à des pigeons, qui de leur chaleur naturelle les cuisent, & polissent & les iettent.

3. La Nacre est enceinte des Cieux, & ne vit que du Nectar celeste, pour enfanter sa perle argentine, ou

paste,

paſſe , ou iaunaſtre ſelon que le Soleil y donne , & la
roſée eſt plus pure ; Si la roſée eſt grande elles ſont plus
groſſes.

4. S'il tonne, la coquille fait le plongeon ; & ſelon le
tonnerre auſſi ſe font les auortons des perles boſſuës,
plattes , contrefaites ; ou vuides comme veſſies.

5. La Perle en poudre eſt bonne quaſi pour toutes
maladies. Elle ne croiſt pas ſeulement dans la chair,
mais dans le Nacre, meſme, hors du poiſſon.

6. Les perles rouſſiſſent au Soleil, & deuiennent comme haſlées , blaffardes ; eſtant vieilles elles deuiennent
ridées, ont le iauniſſe , s'endurciſſent, & s'encloüent au
Nacre ; & les faut prendre en ieuneſſe pour les auoir
belles.

7. La perle eſt tendrelette dans le Nacre , mais elle
s'endurcit auſſi toſt qu'elle eſt hors de l'eau. Les plattes d'vn coſté, & rondes au reſte , s'appellent tabourins.

8. Le Nacre , & la Mere-perle ſe met en vn pot de ſel,
qui mange la chair & fait tomber les noyaux , c'eſt à
dire, les perles au fonds. L'eſtime eſt en la blancheur,
groſſeur , rondeur, poliſſure, peſanteur. La Mere-perle
couppe auec le raſoüer de ſes eſcailles trenchantes la
main du peſcheur.

9. La Piaffe des femmes eſt d'en faire grilloter à leurs
aureilles, à demy-douzaines , dont on les appelle Cym-
bales, ou Cliquettes. Elles dient que la perle à l'aureille
eſt comme l'Huiſſier au Preſident , qui luy fait faire
place parmy la preſſe.

10. L'Ollia Paulina d'ordinaire en portoit pour la valeur d'vn million, c'eſt à dire , quarante mil ſeſterces,

& les deux de Cleopatre valoient soixante mil sesterces, c'est à dire, vn million & demy ; dont en mangea l'vne resoluë par le vinaigre.

Le Rubis & Escarboucle.

1. L'Escarboucle a vn feu plus viuement brillant, & qui rayonne, & estincelle plus que le Rubis, mesmes il bluëtte parmy la nuit, & esclaire les tenebres, de son embrazement.

2. Le masle a plus de lustre, & vn vermeil plus vigoureux que la femelle qui est noirastre, morne, passe, & d'vn vermeil affoibly & languissant. Le Rubis se ternit & blesmit dans le feu, & se raffine dans l'eau.

3. Le Rubis Ballays (à Paris on ne le tient pas pour le plus fin) parfait se cognoit quand vne flamme violette s'eslance hors comme vn esclat de foudre en pointe, & vn esclair cramoisi, auec vne pourpre brillante & claire, n'ayant en soy ny paille, ny poudre.

4. Le Rubis dans sa carriere est blanchastre, & si on le tire trop ieune hors de son berceau auant qu'estre confit, & assaisonné par le Soleil, il demeure toute sa vie passe, ne meurissant iamais.

5. Le Grenat est vn petit bastardeau, salement ombreux, brunissant d'vne nuë espesse, sans grace, & sans aucun traict vigoureux. Quoy qu'il contreface le Rubis. L'Espinelle est vne espece de Rubis moins embrasé, & a toute sa splendeur à la surface.

6. Il ne s'engendre és flancs de la terre (ce disent-ils) mais ce sont les larmes sanguines du Ciel qui sur le sa-

ble des Indes deuiennent Rubis, &c. c'est à dire, vne rosée priuilegée du Ciel.

7. Les bons iettent vn feu, le bout duquel tire sur le violant : les autres ont vn feu hauy, c'est à dire, blesme, les autres ne iettent aucune flame, ains ont vn certain feu caché comme en vn floc.

8. Le Rubis posé, iette vn feu, cerclé de nüages, suspendu en l'air il flamboye ; de là s'appelle Rubis ballays. (*Plin. Carbunculum candidum vocant*) Baleno en Italie veut dire esclair.

9. Les Lapidaires Ethiopiens baillent, ou allument le feu mort des Rubis trop mornes les trempant au vinaigre, autant d'ans sont-ils beaux, qu'ils ont esté de iours au vinaigre. On cognoît les faux à la meule, & à la dureté de la limaille.

10. Les Rubis Anthracites, iettez au feu deuiennent comme morts ; s'enflamment, arrousez d'eau. La richesse du Rubis sandastre Indois est quand il est clair, & on luy voit à trauers du corps, & non à fleur de peau, aucunes gouttes d'or comme estoilles en vn petit firmament estoillé.

11. La Chrysolampis de iour est blaffarde, de nuit elle luit comme feu vif, & fort estincelant.

L'Amathyste.

1. L'Amathyste charge vne couleur de violette de Mars, & sa pourpre & couleur, ou lustre purpurin, ne tient entierement du feu, mais a en fin vne couleur de vin, dont s'appellent Amathystes. Elles ont vn iour violet. & purpurin.

2. On la graue aiſément, l'Indoiſe a la plus riche couleur qui ſoit, & les teincturiers de pourpre taſchent d'imiter la naïfueté de l'Amathyſte. Elle communique gayement ſon luſtre, ſans darder ſon feu contre les yeux comme le Rubis.

3. L'Amathyſte de recepte tenuë en l'air (comme on eſprouue le Rubis) doit rendre vn luſtre purpurin, tirant lentement ſur couleur incarnate, ou roſette. Elle garde (dient les Magiciens) de s'enyurer.

La Sardoine.

1. ON la prendroit pour vne Cornaline ayant le fond blanc, comme ſi on mettoit de la chair ſous l'ongle, & que tous deux portaſſent iour (*hinc ſardonix à grœcis dicitur*) Si elles ne portent iour, on les nomme aueugles.

2. On leur peut donner le fond blanc, noir, d'azur, de pourpre, d'Amathyſte. Les ragats des eaux les deſcouurent aux Indes. Il n'y a pierrerie qui cachete plus nettement la cire. Les Arabeſques ont leur iour en la boſſe & au cabachon, & non à fleur de peau, ny au fond. Celles des Indes ont quelquefois vn meſlange de couleurs comme l'arc en Ciel.

3. Ce fut vne Sardoine que Policrate pour brauer la fortune, & faire vn affront à ſon bon heur, ietta en la mer, mais fut retrouuée au ply du boyau, & dans la cuiſine d'vn poiſſon qui luy fut preſenté, l'aiſle bigarrée de l'arc en Ciel emprunte ſes couleurs de la Sardoine.

4. Les Tares ſont auoir leur iour eſpars, auoir autres

veines que leurs naturelles, car la vraye ne peut per-
mettre aucune couleur baſtarde.

Le Diamant.

1. L E bon, a l'eſclat net, & vn feu brillant ſortant de
la glace, comme le fer qui deſſous le feu drille &
flamboye, il eſt plus obſcur que le Chriſtal, & faut que le
Soleil y peigne comme vne Iris; ſon teint eſt vn brun argentin, ſa carriere eſt vne roche de Criſtal, ou vne mine d'or; les blafards, paſles, & demy-baſtards naiſſent
dans les mines de fer, & d'airain.

2. Le Diamant d'ordinaire a ſa mine à part comme le
Criſtal, & y en a de ſix ſortes, ils ſont quelquefois à ſix
angles & viſages, autrefois ils croiſſent en poire & en
pointe, ou en lozenge.

3. Ceux qui naiſſent aux mines d'or, ſont blaffars, c'eſt
à dire, iaunaſtres, les Diamants de Cypre ont couleur
d'airain, les autres d'acier, c'eſt à dire, brun, & s'appellent Sideritis, mais ceux-cy tous trois ſont ba-
ſtards, car le marteau, & l'vn l'autre ſe briſent, au
lieu que les autres font trembler le marteau, & l'enclume, quoy qu'en fin ils ſe briſent à coups de marteaux.

4. Ce Diamant qui reſiſte aux plus grandes forces de
l'Vniuers, le fer & le feu, plie, ce dit Pline, le gantelet, & cede au ſang de bouc, pourueu qu'il ſoit
frais tiré de la beſte, & tout chaud. On s'en moque à
Paris, auſſi eſt-ce vn conte, & ne le faut plus dire en
bonne compagnie.

5. Quand l'eſpreuue prend bien, & que le Diamant

se rompt, il se met en si petites pieces qu'à grand
peine les peut-on choisir à l'œil. Auec iceux les Orféures grauent toute sorte de pierre. S'il s'approche de
l'Aimant il luy volera le fer qu'il auoit desia accroché; c'est vn contre-poison, & vn contre-peur, &
contre les soudains transports qui viennent de nuit;
pour les folles craintes. Sont tous côtes du vieux
temps.

6. Sont des contes que le Diamant brut & venant
de sa carriere, se polisse auec sang de bouc, car il faut
qu'il se façonne de soy; en premier lieu pour le des-
roüiller, on en prend deux enchassez dans du sable, &
les lime & gratte-on l'vn auec l'autre, où ils deuiennent gris; puis on les soude dans de l'esteing & du
plomb, ne laissant qu'vne petite ouuerture qui s'appuye sur vne roüe, où on iette de la poudre de Diamant & de l'huyle, afin de les polir, & leur donner lustre sur le moulinet.

7. Il faut mettre le teint dessous pour luy donner lustre, c'est à dire, la fueille d'orpeau blanc : on les taille
en table, en pointe, en ouale, mais garde les faux & le
Cristal diamanté.

La Chrysolite, & la Turquoyse.

1. LA Chrysolite a vn verd qui la fait riche, autrefois c'estoit la plus prisée des pierreries. Les
Abyssins (*Troglodita*) l'esuenterent, & la treuuerent
par hazard en l'Isle Topazes. Quelques-vnes tirent au
beril verd doré (*Chrysoprasium dicitur.*) Son vray lustre
tire au verd de porreau.

2. C'est la pierrerie qui se treuue plus grosse de toutes, & la seule qui se taille à la lime, les autres aux meules, ou polissoirs faits de queux de Naxos. Aussi elle se decalle à la manier.

3. La Chrysolite fine tire sur le verd gay de la mer, ou au ius pressuré des füeilles de porreau. Le Topaze (qui est vne autre espece) a la peau d'or fin, & iette vn lustre d'or, qu'il darde si viuement qu'il efface l'or mesme.

4. La Turquoyse est de couleur perse, & bleu celeste, mais espais & sans prendre iour, la nuit est fort verdoyante, mais elle blesmit, & ayant perdu son teint & son lustre mignard, elle reuient comme de pasmoison, auprès du feu, & les autres aussi sentent l'iniure du temps & roussissent, se rident, fletrissent, s'alterent, s'éclipsent, s'esuanoüissent, & perdent leur lustre s'enuieillissant.

5. Elle resent les affections de celuy qui la porte, elle transit, morne, malade, se iaunit, se creuasse, perd son fard & son lustre, puis retourne en nature si celuy qui la porte prend chair, & se remet en nature.

6. La Turquoise des Indes n'est pas si riche que la Chrysolite, elle est aussi troüee, fistuleuse, pleine de crasse, a vn verd blaffard, elle croit par delà le bout des Indes. Elle est faite en bosse & cabochon, à mode d'vn œil, elle naist en lieux inaccessibles, & s'abbat auec des fondes, la beauté aux Indes est de la porter auec sa mousse & sa crouste. Enchassée en or elle prend vn beau lustre.

L'Opale, & pierre de Girasole.

1. L'Opale est vn corps bigarré, qui porte la liurée d'Iris, & se vest de ses couleurs (aussi les Poëtes l'appellent les larmes d'Iris.)

2. En l'Opale on voit le feu des Rubis, la pourpre des Amathystes, la mer verde des Esmeraudes ; & quelques-vnes ont vn lustre auec vn meslange incroyable, qui se peuuent parangoner aux plus naïfues couleurs des Peintres.

3. L'Opale qui n'est pas fin rend vne flamme violette, & changeante comme de souphre allumé, ou d'vn feu d'huile. Les Indois le contrefont auec du verre ; mais la piperie se cognoist au Soleil, car là il n'a qu'vne couleur ; ou le naturel change de lustre, & darde çà & là ses couleurs gayes & brillantes.

4. Au vray Opale on diroit qu'il y a vn Ciel verdoyant en pur Cristal, accompagné d'vne couleur de pourpre, & d'vn lustre doré tirant à couleur de vin, qui est sa derniere couleur qui se monstre ; ceste pierre semble auoir la teste couronnée d'vn chappeau purpurin, & qu'elle est trempée en toutes les belles couleurs.

5. Les Opales d'Egypte, appellez Senites, & ceux d'Arabie & de Natolie, sont aspres, ont vn lustre mort, mol, & flacque.

6. La tare de l'Opale est n'auoir le lustre vif & esclattant ; & d'auoir couleurs bastardes auec ses connaturelles. Il ne cede sinon à l'Esmeraude entre toutes les pierreries. Elle recrée la teste & la veuë.

7. La plus riche pierre blanche apres l'Opale est la Girasole, elle a vn feu enclos qui semble se pourmener dedans, qu'elle iette dehors selon qu'on la contourne, elle contre-darde le Soleil, luy renuoyant ses raiz, mais vn peu blesmes à mode d'vn autre Soleil; son feu est comme la prunelle de l'œil. La Astrios a son feu comme vne pleine Lune.

8. Elle s'appelle Astrios, car opposée au Soleil, Lune, Estoilles, elle charge leur feu, & le renuoye fort viuement.

Le Saphir.

LE fin Saphir a vne petite nuée comme d'vn rouge pourprin qui se void au fonds, sous vn teint azurin, & son air est comme vne flamme perse, rachée de petits grains d'or qui sont comme des estincelles brillantes; & son lustre resemble le souphre quand peu à peu il prend feu.

2. La vraye couleur est vn brun azurin, comme celle du Ciel en grande serenité, pource s'appelle proprement celeste. Ses vertus sont rendre heureux, garder le cœur de l'air empesté & empoisonné, rompre les charmes, aider la chasteté, purifier le sang.

3. Les Saphirs quelquefois sont semez d'vn certain sable doré, & marquetez de poincts d'or; aucuns sont bleux, autres purpurins, mais peu souuent. Ne sont quasi iamais clairs; ils ne valent rien à grauer, pour raison de certains grains & durillons Crysta-

lins qu'on y rencontre ; les plus bleux sont les plus
masles. Les verds se nomment auiourd'huy Saphirs du
Puys.

4. La piperie de toutes les fausses pierres se cognoist:
Premierement. Que les bonnes sont tousiours plus pesantes , & celles qui portent iour se doiuent esprouuer
le matin , ou vers le soir. 2. Les fausses ont de petites
bouteilles ; sont aspres aux doigts ; & leurs filamens ne
continuent leur lustre iusques à l'œil , ains esuanoüit entre-deux. L'essay de la lime est excellent , ou le bris
d'vne parcelle sous vne lame de fer. 3. La limaille de
Iajet n'encre point sur les fines. 4. Les fausses blanchis-
sent à la graueure. Le Diamant graue toute pierrerie,
mais il n'y a rien meilleur que de chauffer les tarieres
pour les espier.

5. Aux Indes on treuue des Saphirs rouges , & les
appellent Saphiranthcaca , Saphirrubis ; qui pesle-mes-
lent leur azur auec leur escarlatte , & font vn iour in-
carnet violet , & dardent vn feu gayement meslé , & de
tresbonne grace.

La Hyacinthe.

1. LE violet de la Hyacinthe est fort clairet. La Hyacinthe de Diamant de prime-face a vn lustre fort
plaisant , mais il s'esuanoüit bien tost. Son esclat tant
s'en faut qu'il esbloüisse l'œil qu'à peine y arriue-il , &
flestrit aussi tost que la fleur de son nom.

2. Il y en a des changeantes ; des citrines qui
tirent sur l'or. Celles d'Arabie sont entre-rompuës de
taches grasses , diuerses couleurs , chargées comme de

leur limaille propre, & ne font eſtimées. Les bonnes aupres de l'or ſe rendent blaſſardes, & de couleur d'argent.

3. Les claires s'enchaſſent dans des chattons percez à iour : ſous les autres on met vne fueille d'or clinquant pour donner luſtre, & faire eſclatter leur feu qui eſt vn peu morne & quaſi endormy. La chaſſe d'or où elles ſont emboitées les fait eſtinceler plus viuement. Le chatton s'appelle auſſi la teſte de l'anneau.

L'Eſmeraude.

1. ELle tient le tiers rang entre les pierreries, ſa mer & ſon verd gay ſurpaſſe toute verdure, car il remplit pleinement l'œil, & remet en nature la veuë trauaillée ; tant plus on les regarde, tant plus elles s'aggrandiſſent, car elles font verdoyer l'air tout autour, & ſe laiſſent enfoncer à l'œil, pour eſpeſſes qu'elles ſoient ; meſmes rayonnent à l'ombre.

2. Aucunes ſont ſi dures, comme celles de Tartarie, & d'Egypte, qu'on ne les peut grauer, ny ancrer dedans. Les creuſes recueillent la veuë comme en blot (comme la couppe d'Eſmeraude de Gennes.) Eſtant l'Eſmeraude faite en table elle monſtre tout comme vn Miroir ; auſſi en vne, Neron voyoit les combats des eſcrimeurs & gladiateurs.

3. Celles de Tartarie ſont hautes en couleur, & ſans tare : autant pardeſſus les autres Eſmeraudes, comme les Eſmeraudes pardeſſus les autres pierreries. Elles ſe treuuent parmy les fentes des Rochers, les autres, és mines de bronze.

4. Les tares sont quand le verd n'est pas d'vne teneur,
& suitte ; ou sont trop clairettes ; ou vn ombre empesche la gayeté de leur eau ; ou sont aueugles, ou
massiues sans prendre iour ; ou ont des nuées & veines
à trauers, des poils, des brouillas, vn air brun entre-
courant, & entreluisant ; vn esclat engourdy, foible,
plein de crasse.

5. Son verd gay r'assemble, & r'allie, & repaist de
flammes douces les rayons mornes, las, ou mousses, de
nostre œil affoibly par longs regards.

6. Les autres Esmeraudes, iettent les raiz de leur lueur
à l'ombre ; mais leur lustre s'alanguit peu à peu au Soleil ; elles sont grasses, faites en bosse, & en cabochon,
ont la couleur du Ciel, non asseurée, & viue, mais d'vn
changeant comme le col de pigeon, sont suiettes à vne
carnosité ; ont dedans des figures de chiens, d'oyseaux ;
leur glace est plombine.

L'Ambre.

1. L'Ambre est le suc & l'humeur d'arbres retirans
aux pins, qui sont gras & pleins d'humeur, qui
se congele au froid, & quand la marée se hausse, elle
l'enleue des Isles, & le rend à bord és costes de Ger-
manie. Voila l'opinion commune & suiuie de la pluspart du monde.

2. Les Venitiens la mirent en vogue, d'où vient la
fable que des peupliers du Pò pleurent l'Ambre ; les
Carcans s'en portent, car l'Ambre sert au goitre, & autres maux du gosier.

3. L'Ambre iaune est le meilleur pouruea que son lu-

ſtre ne ſoit trop ardent, & qu'il ſoit tranſparent, meublé des fourmis, mouſches, feſtus, & que ſon feu ne ſoit trop ardent; mais qu'il tire à l'œil de perdrix (dont l'Ambre s'appelle Falerne) & au vin, prenant gayement ſon iour auec vn faux feu qu'il darde.

4. L'Ambre ſe teint en pourpre, & prend toute couleur; pource il eſt fort propre à falſifier pluſieurs pierreries qui prennent iour. L'Ambre doré eſt le meilleur, le blanc ſent bon, mais on n'en tient conte, ny de celuy qui eſt de couleur de cire.

5. Eſtant frotté il tire la paille, pulueriſé ſert à beaucoup de choſes.

6. L'Ambre noir c'eſt le Iaiet appellé Gagates, auſſi eſt il porté par le flot de la mer comme l'Ambre. On ſe moque de ceux qui appellent l'Ambre-gris, la fleur du ſel, ie vous diray en autre lieu que c'eſt qu'Ambre gris.

La Caſſidoine & le Criſtal.

1. LA Caſſidoine a vn iour fort trouble, & ſemble polie & liſſée, pluſtoſt que luiſante. On fait cas de celles qui ſont enrichies de veines, & ondes de diuerſes couleurs, qui ſe rehauſſent les vnes les autres; comme purpurines, tirant ſur le blanc, meſlées, tirant ſur couleur de feu.

2. On eſtime celles qui ont vne nuée approchant de l'arc en Ciel, ayant des veines graſſes. On ne fait point d'eſtat des blaffardes, & quand elles ont quelque glace, ou des poireaux & grains de mailles plattes, & ſi elles n'ont du parfum.

3. Le Criſtal n'eſt point glace comme penſe Pline, mais vn humeur mineral confit au froid. Ceux du meſtier le preuuent diſant que le Criſtal va à fonds d'eau, & ne nage comme la glace qui va à fleur d'eau.

4. En Chipre & Natolie on en treuue à fleur de terre; les torrents en charrient des montagnes, on en treuue force en certaines Baumes des Alpes: d'ordinaire il eſt à ſix angles, faces, & pointes. Il y a à fleur de terre vne manne qui remarque quand il y a du Criſtal.

5. Les Tares du Criſtal ſont quand il eſt aſpre, ou a quelque roüillure, nuée, fiſtule cachée, durillons, vn certain ſel dedans, ou glace, ou du poil qui le faiſemler caſſé; le burin couure ces vices en le grauant; mais les Criſtals nets ſont plus beaux ſans grauure.

6. Pour cauterizer fort bien, il faut mettre vne boule de Criſtal, ſur la partie qui doit receuoir le cautere, l'oppoſant aux raiz du Soleil.

7. Le Criſtal eſt propre pour contrefaire les pierreries; car on en fait des Diamants faux, mais qui reſemblent treſbien le vray Diamant, & pluſieurs ſont chargez de boutons & de tables de Criſtal, qui ſe croyent tous greſlez de Diamans.

L'Aimant.

LE fer (matiere ſi rebelle, & hardie) plie le gantelet, & ſe laiſſe emporter, à vn ie ne ſçay quoy eſpars par le vuide de l'air, & s'en va eſpouſer l'Aimant. L'Aimant tirant ſur le bleu eſt le meilleur, ſa puiſſance luy donne rang parmy les Pierreries.

2. L'Aimant eſt armé de mains, d'accroches , d'hameçons, ſecrets, d'approches larronneſſes , & fait courir le pauure fer çà & là tout eſtonné, qui ne ſçait qui
l'encheſne, & faut que de ſoy il ſe rende eſclaue, & ſe
lançe à la mercy de ſon ennemy.

3. Vne ſecrette chaleur ſe deſrobe de l'Aimant pour
aller au brigandage, & voler le fer, & de fait luy met
comme la corde au col, & l'attire à ſoy comme eſclaue.

4. Il s'engraiſſe de limaille de fer, là il treuue ſa vie,
autrement il eſt foible, & tranſi ; l'airain proche remplit les veines du fer d'vn flot, d'vn boüillon & des
raiz, & pource l'Aimant ne treuue point d'entrée, ny
de priſe, & n'y peut mordre. On dit que le Diamant
meſmes luy vole le fer, qu'il auoit deſia embraſſé, &
y met diuorce, mais i'ay eſprouué le contraire.

5. Frottant la pointe de l'aiguille, il luy fait auoir vn
nouueau couſinage auec le Pole, & les Cieux : ains marie les anneaux l'vn auec l'autre , leur communiquant
ſecrettement ſes forces.

6. L'Aimant pers eſt bon pour eſtancher l'eau qui
flotte entre la peau & la chair ; & la lame frottée auec
l'Aimant blanc ne bleçe iamais, ny fait ſortir aucune
goutte de ſang, ce dit-on.

7. Ce caillou charme le fer, & par ſecrettes influences addoucit ſa rigueur, luy faiſant couler par les veines des nouuelles flammes d'amitié, au lieu de la cruauté qui y tyranniſoit : & le fait vaſſal du Pole, & ſon
Vicaire en terre, & la guide des Pilotes par les routes
de l'Ocean.

8. Il y en a de noir, de bleu noiraftre, de roux brun, le meilleur eft le mafle qui communique au fer fa vertu attrayante. Tout vray Aimant d'vn cofté tire le fer, de l'autre le repoufle ; voire brifé en mille pieces, chacune a quatre coftez, de vertus toutes differentes comme i'ay efprouué moy-mefme. La pierre Theamedes chafle le fer. Et S. Ifidore en met vne qui tire l'or, plufieurs en voudroient bien auoir.

Le Beril.

1. IL a vn verd gay comme la marine en bonace ; les autres ont vn luftre doré, mais il eft foiblet s'il n'eft aidé par la taille, & le cizeau ; car le rebat de l'angle hauffe fon luftre languiffant, morne, & qui a les paſles-couleurs, redoublant fes rayons, & fon verd doré.

2. Le Beril eft du naturel de l'Efmeraude, mais il eft fombre, fi les angles ne donnent vigueur & gayeté à leur eau. Le Chryfoberil eft de luftre doré, mais blaffard, & encor plus blefme le Chryfoprafus. Les autres tirent fur la Hyacinthe, autres fur le Ciel.

3. Eftant percé on luy ofte le blanc qu'il a dedans, & ainfi on luy donne vn luftre d'or par le rebat duquel la trop grande perfpicuité du Beril prend plus de corps, & eft corrigée.

4. Les Tares font auoir du poil, de la craffe, auoir couleur flacque & vaine, eftre fuiets à l'onglée.

Les

Les Coquilles & Nacres.

1. **L**A nature s'eft ioüée, & a pris plaifir de monftrer ce qu'elle fçait faire en faifant tant de fortes de Coquilles. Il y en a de plattes, creufes, longues,
en croiffant, en rond, demy-rond; à dos releué, liffées,
refroncées & ridées, dentelées, crenelées, entortillées,
qui vont en appointant : qui iettent leur bord dehors à
mode d'vn coufteau, qui replient, & enrollent leur bord
en dedans.

2. Les vnes font rayées, ont des filets & petits cheueux : de madrées, à demy-tuyaux, cannelées comme
les Coquilles S. Iacques, rempliffées, ondoyantes, comme thuiles entaffées, découpées à claires voyes, ou de
biais.

3. On en voit d'eftenduës en long, damaffées, longuettes, recoquillées, qui ne tiennent qu'à vn nœud,
qui ont les coftez tout d'vne piece, qui font ouuertes
au replat, & recoquillées au bec. Les Coquilles de S.
Iacques fe lancent en forme de batteau pour flotter fur
l'eau.

4. Qui fe tourne vire en tourbillon; qui porte nombril, & eft couuerte de grains de Corail, faite en porc
efpic, la Coralline incarnate, le Nacre des perles. La
Pourpre, qui va en appointant. Coquille de Peintre
& de plus de mille & mille façons.

5. I'en ay veu de mille couleurs fur le bord de la
mer, blanches comme laict, brunes, oliuaftres, fan-
guines, verdaftres, noirettes, moufchetées, eftoil-
lées, heriffées, furdorées, emperlées, argentines, bleüa-

tres, tannées, faffranées, rayées d'incarnat à fonds d'argent , criftallines , de couleur d'acier piquotées , de-
liffées , graueleufes , rabboteufes , dentelées ; de plat-
tes , de rondes , de pointuës , efcartelées, de fenduës,
de percées, entrebaillantes, & de cent mille fortes.

Appendice fur le faict des Pierreries.

1. LEs Doublets font deux pieces de Criftal collez
ensemble auec vne fueille d'argent colorée, ou
colle peinte, & maftic, qui contrefait le Rubis, &
l'Efmeraude. Du feul Criftal on contrefait des Diamants, & de verre on fait tout d'vne piece de faux
Saphirs, Efmeraudes, & autres.

2. On y eft trompé aifément quand elles font enchaffées , toutesfois on les defcouure au maniement
(car elles font plus molles & douces) à l'efclat morne & mort qui ne brille point viuement, à la lourdife
de l'enchaffeure groffiere. Les Doublets fe cognoiffent
à la ioin>ure qui paroift tout autour, & au contour-
nement de la pierre qui tantoft eft blanche, tantoft fe
colore, & n'eft pas égale.

3. Les plus fins Ioyalliers font pris quand fous des
Rubis ou autres pierres defteintes on met au fond du
Criftal auec des couleurs comme aux Doublets, &
qu'on enchaffe tout cela au Chatton, car la fueille
colore fi viuement ces Rubis, & y allume vn fi beau
feu, qu'on les achete pour des fins.

4. C'eft mefchanceté de vendre des pierres fauffes
pour Diamants , quand les recuifant dans la limaille
d'or on les remet en couleur viue en deux cuittes, car

effaçant ce peu de couleur qu'auoient les Saphirs &
Topafes, on les rend clairs & brillans comme Diamants. On ne les peut difcerner des vrays Diamants,
fi ce n'eft les pofant fur le teint des Diamants, car
la ils éclipfent leurs rayons & deuiennent fombres, là
où le vray Diamant y efclatte & rayonne fortement.
Auffi ne permet on pas aux Lapidaires de mettre la
teinture, & y coller la fueille finon fous le Diamant ; aux autres on permet fans plus d'y mettre la
fueille ou autre couleur qui aide à les mettre en leur
perfection, chacune felon fon efpece, fans les ab-
baftardir, & faire changer de nature.

5. Il n'eft pas poffible de mettre vne taxe aux pierreries, cela change tous les iours, & chacun ne prife finon ce qu'il aime, qui le Diamant, qui le Rubis. Or ce qui fe peut faire c'eft de fçauoir que la
valeur fe donne aux Pierreries par le poix & le quarat (car ainfi le nomme-t'on)

6. Vn grain c'eft la quatriefme partie d'vn quarat ; 2.
grains font vn demy quarat.

Quatre grains font vn quarat.

Vn Tomin, trois quarats.

Vne Octaue, 18. quarats.

Vne Once, 144. quarats.

Vn Marc, 1152. quarats.

Ainfi pefe-t'on, & prife-t'on les Perles & Pierreries, & du Diamant on fe reigle pour fçauoir à peu
pres la valeur des autres.

7. Les Diamants font clairs, ou bien pafles, blaffars
& iaunaftres, ou bien verds, ou azurez, ou de la cou-

leur des miroirs d'acier, & ceux cy sont les meilleurs.

8. Le Diamant pour estre en toute sa perfection il faut que outre la beauté de nature, la taille y soit aussi parfaite, ayant sa table quarrée de quatre costez esgaux, & les angles droits, & que les angles ne soient point esbreschez, ny esmoussez, mais bien aiguz, la couleur de fin acier comme vn miroir, & bien transparent, à l'heure on le taxe selon son poids.

9. Outre la couleur parfaite, il y faut la taille, & l'ouurage qui est bien plus aisé à se couurir & dissimuler que les defauts de nature. Ils valent beaucoup moins quand il y a quelque angle inegal, ou brisé, ou bien du sable, ou des taches blaffardes & iaunastres, ou bleüatres, ou autres.

10. On met sous le Diamant de la teinture, ou bien de petits miroirs (quoy que cecy soit deffendu) ou bien vn peu de velours noir. Sous les Rubis, & Saphirs on met des fueilles. Ceste teinture de Diamant se fait auec de la fumée de chandelle amassée au fond d'vn bassin, & empastée auec huyle de Mastic blanc, ce teint donne esclat au Diamant : on en fait encor en autre façon.

11. Le Rubis qui n'est encor sinon tel que la nature l'a fait se nomme Cabochon. Les crampons, c'est l'or qui tient la pierre enchassée ; les griffes, c'est pour tenir les Opales. La pierre escornée se dit esgrifée ; Diamant foible c'est celuy qui n'est pas espais ; celuy qui n'est pas net se nomme Gendarmeux ; L'Esmeraude non nette, iardineuse ; la Turquoyse qui n'a belle couleur, laiteuse. Les vices des Diamants se nomment

points & gendarmes ; les points font petits grains blancs & noirs ; les gendarmes font plus grands en façon de glace : on les taille à facettes ou à lozange pour couurir leur imperfection.

12. Le Diamant taille les autres pierres, & fe taille foy-mefme, le Rubis eft plus mol, auffi ne s'affine-il fur l'acier comme le Diamant , mais fur le bois ou cuiure. La pierre à tout fond, c'eft quand elle eft hors & dedans le Chaton.

13. Efmeraude fourde, celle qui n'eft affez viue, ny diaphane : Les perles Peroutines font plus aimées , car elles font plus blanches ; les Orientales font plus brunettes , & gardent mieux leur couleur ; les rondes fe doiuent percer efgalement par le milieu : Si la perle appliquée dans le Caratteur fait vn petit croiffant, c'eft figne qu'elle n'eft pas ronde.

14. Le Rubis Balais eft fort clair, & a la couleur d'vne rofe pourprine fort luifante. Vn grand Lapidaire croit que la mine eft faillie qui eftoit en Razia & Seilan, & que les vrays Balais font le refte du Temple de Salomon porté en Europe par Tite Empereur : ie m'en remets à fa confcience ; l'autre croit qu'ils viennent d'vne Ifle nommée Balais.

15. La Calcedoine a vn azur fort clair, on en treuue de noiraftre, mais l'azurée eft meilleure, & eft Orientale, les autres ne font tant prifées. L'Eliotrope eft vne pierre tachetée, & a entre fes taches des veines rougiffantes, & a de grandes vertus. La Cornaline eft de couleur vermeille , & comme laque tranfparente. Praffio eft vne pierre verte. Le Coral eft blanc, incar-

nat, & rouge, & naiſt ſur la mer.

16. Fellure, ce ſont proprement ces petits filets, & comme des cheueux qui paroiſſent dedans les Pierre-ries : & pourtant il faut poſſible dire filure, comme ſi c'eſtoit vn fil qui ſe fut rencontré dans ceſte glace, comme dans l'Ambre on treuue des mouſches & des formis, & des pailles.

17. La fueille qui ſe met au fonds de la Pierrerie pour luy donner eſclat, ſe fait par peu de perſonnes. On bat de l'alloy vieux, comme quelques vieux ſols, ou doubles & autres, eſtans reduits en fueilles fort menuës, on bruſle des plumes de diuers oyſeaux, & ſur la fumée on met ces fueilles, qui ſe teignent de diuerſes couleurs ſelon que la fumée eſt, mais il ne faut pas manier auec les doigts ces fueilles, autrement on les ternit, & on les tache. On met quelquefois de l'or clinquant tout pur, & croyez que les Lapidaires nous en font bien accroire de belles quelquefois, auſſi ſont-ils fort ialoux de leurs ſecrets : tel porte vn lo-pin de verre qui croit auoir vn beau Diamant.

18. On dit qu'auec argent vif precipité, & auec Orpiment ou Arſenic, on fait des Rubis qui ne ce-dent en rien aux naturels, ſi ce n'eſt en dureté ; mais il ſe faut garder de toute odeur de metal, c'eſt à dire, faut broyer l'Orpiment ſur le marbre auec la meulette de meſme, & en laiſſer éuaporer les mauuaiſes va-peurs, tant qu'il ſe reduiſe en crouſtons ſemblables au Coral, & le ſublimer à tres-forte expreſſion de feu.

19. Le Diamant brut, & tout cru comme il eſt ve-nant de la carriere eſt comme vn gros grain de ſel, &

ſa belle glace eſt cachée ſous vne vilaine crouſte, &
eſcaille griſaſtre, tout comme le gros ſel qui eſt craſ-
ſeux & terreſtre; mais en les frayant l'vn contre l'autre on les deſcharge de ceſte craſſe, & la poudre qui
en ſort eſt celle dont on ſe ſert pour le polir ſur le poliſſoir, & ſur la rouë de fin acier.

AV LECTEVR
BENEVOLE.

MOn Dieu que ces bonnes gens du siecle d'or estoient heureux, Lecteur mon amy, quand les hommes vrayement tous d'or beuuoient dans le creux de la main puisant dans le cristal d'vne fontaine, & assis sous vn arbre, mettoient leurs mets sauoureux ou sur la fresche verdure, ou dans de la vaisselle de terre. Festins innocents & à la verité bien-heureux, où il ne falloit craindre ny poison, ny excez, ny volupté peu honneste, ny indigestions fascheuses, ny maladie quelconque. Les hommes estoient tout d'or, & les banquets de terre, & le bon-heur tousiours au beau mitan ; maintenant que nos buffets sont surchargez de vaisselles d'or, & que nos appetits ne nagent que dans l'or dont reluisent nos tables, certes pour la pluspart les hommes ne sont faits que de crachats, de phlegmes, & de bouë, delicats, maladifs, mignards, sans appetit, les estomachs tout cruds, mille fumées en teste, pourris de voluptez, iamais n'ont appetit, & s'ils sont en vn lit, ils ne sçauroient cracher si ce n'est dans l'argent, & possible encor pire. Celuy de vray fut malheureux tout outre, & ennemy des hommes qui le premier arracha les entrailles innocentes de nostre bonne mere, pour en faire de l'or ; en mesme

temps

temps il couurit la face de la terre de meurtres, & malheurs, & bannit l'innocence de ce grand Vniuers. L'or & l'ord naiſſent, viuent, & treſpaſſent enſemble dans le cœur des humains. Falloit-il deteſtable fouïr dans le cœur de la terre, & deſcendre iuſqu'aux enfers pour nous empoiſonner de ce maudit metal qui n'eſt à vray dire que ſouffre, & les boüillons, & l'eſcume des ſouffrances d'enfer, & des eternels incendies? Toutesfois on pouuoit encor excuſer les premiers qui ſe ſeruoient de vaiſſelles dorées faites à la vieille mode, & fort niaiſement, & pour le plus és ſacrifices, mais depuis que l'orféurerie nous a charmez de mille enchantemens, cizelant, burinant, eſmaillant, glaçant, emperlant la beſongne, helas tout eſt perdu. L'or qui eſtoit le principal n'eſt plus maintenant que l'acceſſoire; La manifacture eſt plus precieuſe que l'eſtoffe; il faut que la beſongne ſoit vermeille dorée, ou toute d'or, puis maſſiue, puis muſquée, cela n'eſt rien, il la faut releuer de mille ſortes d'ouurages, en taille d'eſpargne, en demy boſſe, en plein relief; qui pis eſt on proſtituë cela à mille vilenies, figurant toutes ſortes d'ordures dans les taſſes, les baſſins, les vaſes de parade, afin qu'en meſme temps que la bouche ſe remplit de voirie, les yeux hument à longs traicts les inceſtes, & toutes les ſaletez qu'on ſe peut imaginer. La rage eſt paſſée ſi auant qu'on ne ſçait plus comme on en doit abuſer, on s'en ſert en clinquans, paſſemens, canetilles, broderies, tapiſſeries, garnitures de lits, és planchers, és murailles, voire à le fouler ſous les pieds; Cent mille façons de Carquans, braſſelets, bagues, pendants d'oreilles, chaiſnes groſſes & petites, miroirs, drageoirs, aiguilles & poinçons eſtoillez d'eſcarboucles, voire iuſques ſur les patins? Et que ne fait-on pas de cét or miſerable? on le fond, on le bat, on le tire au moulinet, on le file, on le paſſe par l'eau de depart,

par l'antimoine, par la coupelle, on le tenaille, on le cizelle, on
le martelle, on le pile, on le rend potable, aigre, doux, traict, en
fueilles, en coquilles, en cent mille façons; en poudre, en paste,
en lingots, en papillotes, en infusion, en poison, en Antidote,
on en dore iusques aux becs, & griffes des bestes mises en paste, les girouettes & les cochets des clochers, & que n'en
fait-on pas ? Mais par crier on ne gaignera guere puisque
l'artifice est tourné en nature, & l'abus en vz & en coustume si fort inueterée, qu'à peine le monde estoit esclos, que desia
les Orféures auoient façonné des pendants à Rebecca, à Rachel,
& aux premieres femmes du monde.

Puis donc qu'il faut que cela soit, à tout le moins il faut
sçauoir le moyen de parler de ce mestier, & cognoistre la façon
& les termes. Voicy à peu pres ce qui s'en doit sçauoir.

DV FAIT
DE L'ORFEVRERIE.
CHAPITRE XXII.

1. LE Burin : ouurage à burin : buriner, niaiserie de burin ; hardieſſe de burin.

2. Choppes : eſchoppeler la beſongne, c'eſt à dire, buriner, grauer, & creuſer.

3. Onglette : eſpece de burin large.

4. Breſſelles pour ſouder, ou pincer la ſoudure, & l'appliquer.

5. Rochoüer, c'eſt vne boëtte à long bec dentelé, en grattant de l'ongle on fait couler du bourat, c'eſt à dire, de la poudre de Veniſe, qui fait que la ſoudure fait bonne priſe, & mord ſerré la beſongne. De là vient rocher l'ouurage.

6. Gratte-boſſe pour gratte-boiſſer l'ouurage, c'eſt vn baſton qui a au bout vne houppe de fil d'archal, rude, mordant, & raclant la peau des œuures, & donne couleur d'or, & d'argent ; deſroüillant auſſi & enleuant les ordures qui ſeroient ou tombées, ou incarnées dans les eſchancrures, & ouurages d'Orféurerie.

7. Cizoir pour coupper, trancher, & mettre en pieces l'or ou l'argent battu.

8. Auuluoir, c'est pour estendre l'or : Item l'essaye sert au mesme effect, & pour le destendre.

9. Tenaille pointuë : elle sert pour faire les plis, & replis de l'or ; pour arrondir, enchaîner, enfiler, vouter, tortiller, anneler, frizer, & donner le rond à l'ouurage.

10. Le poinçon, c'est comme vn coin (*Cuneus*) qui a au bout des fueillages, ou fruittages, qui d'vn coup de marteau graue, & imprime, trois ou quatre roses, &c.

11. On espreuue l'or auec le parangon : mieux à la couppelle auec du plomb, qui mange tout ce qui n'est or, & le fait esuanoüir en fumée.

12. Placer l'esmail, & l'asseoir sur la besongne. Voyez au ch. de l'Esmail.

13. Cizeler, c'est à dire, auec le cizeau former les figures, & historier l'œuure ; mais il la faut au préalable pourtraire, & charbonner, puis la pointiller auec le poinçon ; puis la releuer, c'est à dire, frappant le dessus, ou le derriere de l'ouurage, faire rehausser le dehors, faisant sortir les personnages qui se monstrent à demy-relief ; & afin de les faire plus mignardement, il faut ietter tout cela au ciment, puis en fin subtilement faire les plus menus traits, & les delicates mignardises, & donner la perfection.

14. Affiner l'argent dans la casse, c'est à dire, mesler du plomb auec, & ietter tout dans vne casse, c'est à dire, vn vase fait de cendres de lisciue, & d'os pilez,

lors le plomb eschauffé esuaporant emporte quand & soy, & reduit en fumée tout ce qui est bastard, & d'autre metal, laissant l'argent clair, & pur, non mixtioné.

15. L'argent le plus fin se dit de douze deniers ; l'or de 24. carats. L'vn & l'autre se fond & s'affine dans le creuset, mais on a bien de la peine d'en treuuer à ce tiltre là.

16. Il faut du fil de fer pour lier les pieces, pendant que l'on ouure, en attendant que l'assemblage s'en face par la soudeure & la liaison ordinaire.

17. La monstre, ou la verriere, c'est ce petit coffre, ou buffet que l'on met en veuë des passants, garny de pieces d'Orféurerie des plus attrayantes pour allecher & flatter l'œil des allans & venans, pour les mettre en haut goust, & leur faire venir l'appetit d'acheter quelque piece du mestier.

18. Vn Estaud, c'est le petit pressoir auec lequel on affermit la piece qui se doit polir, limer, pointiller, &c. vn petit fer courant, & donnant le tour à vne vis approche deux agraphes & dents de fer, qui mordent si tres-fort la piece, qu'elle ne branse nullement sous les outils, mais se rend immobile pour receuoir ce que l'on y veut figurer ; c'est là où le compagnon est d'ordinaire, receuant sur sa peau & deuantier la limaille riche qui tombe.

19. Le moule de sable où l'on iette le metal fondu, pour faire l'ouurage à moule, plus aisé que d'ouurage cizelé, mais il est plus grossier, de vil prix, & c'est le mestier d'apprentiz.

20. Le Chaton, Chaton à iour, percé de tous coſtez, l'autre eſt aueugle, où la teſte de l'anneau, c'eſt où eſt aſſiſe la pierrerie de la bague : le bizeau, c'eſt ce qui lie la pierre, afin qu'elle ne ſe iette hors de l'œuure : le bizeau ſont ces petits rayons d'or ou d'argent, qui ſortans du bord & de l'orle du Chaton, ſe plient doucement ſur le ioyau, & l'arreſtent.

21. Banc à tirer l'argent, & la filiere pour tirer eſgalement l'argent.

22. L'enchaſſure, ou l'emboitement d'vne piece auec l'autre ſe fait ou par ſoudure, ou faiſant couler vne vis dans l'eſcrou, qui s'entre-entortillans, & s'entre-laçans, collent les pieces enſemble : puis ſe démontent, & ſe dégagent, en contre-tournant la vis, & l'arrachant peu à peu de ce petit labyrinthe de l'eſcrou, qui eſt l'arreſt, & l'ancre des ouurages.

23. Beſongne vnie, c'eſt à dire, ſimple, ſans façon, ſans ouurage; beſongne à ouurage, ou il y a des figures, & des perſonnages, ou auec armes de la Paſſion, c'eſt à dire, des trophées de la Croix, peſle-meſlant tous les inſtrumens de la Paſſion: Item à fueillages, à fruitages, à hiſtoire, à fantaſie.

24. L'eſcuſſon, c'eſt où l'on met les armoiries de celuy qui commande la beſongne. Car pour la marque du marchand qui vend, qui eſt d'ordinaire au reuers, & au dos de la beſongne, on la nomme, le poinçon du maiſtre; qui dans vn petit eſcuſſoneau graue deux ou trois lettres entrelacées, ou quelqu'autre fantaſie, ou armoiries, vn pied de mouton, la teſte d'vn oiſon, le muſle d'vn lion, &c.

25. Ouurage, & besongne vermeille dorée, c'est à dire, dorée par tout : mais dorée verée, c'est quand elle est dorée au bord, ou bien par cy par là, tantost laissant le fonds tout net, & dorant le parensus, & là bosse ; tantost ne touchant le relief & le rehaussement, mais dorant seulement le fonds, les ouuertures, & le plat pays.

26. Brunir les pieces. C'est apres que l'on a doré, estant l'or (par le meslange du mercure & du vif-argent sans lequel on ne fait rien) blaffard, passe, & de couleur morne, il le faut gratte-boiser, puis frotter auec la pierre sanguine, qui esueille l'or, luy donne l'esclat, le iour, & le bril ; Ceste pierre semble sucçer, & humer comme vne nuée qui ternissoit & meurtrissoit les rayons, & la viuacité de l'or, & luy donne vne gayeté, vn lustre, &c. Le brunissoir.

27. Sartir l'ouurage, c'est faire de petits Chatons, boëttes, chasses pour enchasser des pierreries, & les asseoir en lieux propres. Or c'est la derniere main, & le dernier coup de boutique que de sartir, car les pierreries estant posées tout est dit, & ne faut plus que de l'argent au Maistre, & le vin du compagnon, & le droit de la boutique.

28. Recuire l'argent au feu, pour l'amollir, afin qu'il ne se casse ; l'argent aigre c'est celuy qui tient de la ligueure de quelque metal, car la ligue, & le metal meslé auec l'argent, fait qu'il se casse comme verre, partant il le faut refondre, purifier au feu, deliurer du meslange, & le remettre en nature.

29. L'or aigre, & enaigry par l'entremise, & mixtion d'autre metal, se doit aussi purifier auec le feu, & dé-

meſler, faiſant eſuanoüir, & aller en fumée tout ce qui s'eſtoit incorporé mal à propos, abbatardiſſant l'or, & r'abbaiſſant la richeſſe de la ligue. Le Leton eſt ſon ennemy, car ſi on verſe de l'or coulant & fondu ſur du Leton, auſſi toſt l'or ſe caſſe, & ſe fend en pieces.

30. Limer à la cheuille, c'eſt le meſtier iournalier des garçons qui poliſſent, & dégroſſiſſent la lourdiſe, & niaiſerie des premiers ouurages qui ſe font groſſierement & à la haſte.

31. La limaille de l'argent meſlée auec du ſalpeſtre, ou du ſein de verre ſe r'aſſemble, s'incorpore & ſe fond. La limaille de l'or en fait autant, mais auec le bourat de Veniſe qui eſt vne poudre blanche. *vid. n. 5.*

32. L'ouurage ſe fait en ouale, en compartimens, en rond, en lozange, en quarreaux.

33. Or mat, c'eſt à dire, *Impolitum* : or brun, c'eſt à dire, *Politum* : or trait, *Ductile* : or ras, c'eſt à dire, *Abraſum*. Affineure d'or, & d'argent : l'or & l'argent déchet autant de fois que l'on le fond. L'argent s'appelle par les Alchmiſtes, Lune ; l'or Soleil ; Mercure vif-argent, le plomb c'eſt Saturne.

34. Billon, c'eſt à dire, monnoye qui ne court plus, pour eſcharſeté, ou autre defaut : ietter ou mettre au billon, & cizailler.

35. On dit moudre l'or, c'eſt auec vne once d'or mettre huit onces de vif-argent (& ainſi à proportion) tout cela dans vn creuſet ſe met ſur le feu, en moulant il faut qu'vne once de vif-argent éuapore, ſi ce déchet n'y eſt, la mouture n'eſt pas bonne ; puis de cette paſte, ou mouture qui eſt plus tendre & ſouple

que

que la cire on dore les ouurages. La besongne n'est pa-
racheuée que tout le reste du vif-argent qui estoit incorporé auec l'or s'éclipse, & s'en va en fumée, de sorte que toutes ces neuf onces ne pesent que l'once d'or
moulu, dont on auoit fait le meslange auec le Mercure.
La paste mouluë, se iette dans l'eau forte pour voir si
elle est à raison.

36. On enteint la besongne de terre à potier la part où
l'on ne veut dorer, afin que le vif-argent meslé auec
l'or, comme il est actif, entreprenant, & fretillant, ne
s'émancipe, & ronge les confins & limitrophes de
la dorure, gastant la besongne: la dorure acheuée, on
oste la terre, & descouure on l'argent.

37. Besongne de ronde bosse, c'est à dire, entier &
plein relief, quand les personnages ne releuent de personne, mais sont tout à soy, ayant toute leur rondeur
à deliure, sans tenir au fonds, fors que par le pied.
Besongne platte, c'est à dire, qui n'a rien, & est toute
simple, & nullement entamée par burin, ou cizeau. Besongne de taille, c'est à dire, grauée & historiée auec le
burin. Besongne ou taille d'espargne, quand le fonds est
d'argent, le relief doré. Taille basse, c'est à dire, auec
vn filet de burin. Item taille à simple traict c'est le
mesme, quand aux despends du fonds le burin imprime, & graue des figurettes, qui se cachent dans le
metal.

38. Mettre l'or en couleur, qui autrement est sombre,
triste, & endormy: Il faut prendre de la sanguine meslée
auec du salpestre, blanc d'Espagne, sel Ammoniaque,
vert-de-gris, couperose verde, tout cela bien meslé, &

paſſant par l'eſtamine du feu ſe perd , & ne demeure que
la maiſtreſſe couleur ; tout ainſi que le maiſtre metal demeure ferme , & les autres y incorporez s'en vont en
fumée.

39. Pendant que l'or ou l'argent mould , ſi le creuſet
ſe caſſe, afin que le metal ne gliſſe par la fente , il faut
auec la pincette, ietter vne piece de verre dedans la
caſſeure, car le verre ſe fond auſſi toſt qu'il ſent la vertu du feu, & s'agençant dans la caſſeure, la ſoude, r'aſſemble les pieces , & aſſeure le metal qui s'acheue de
moudre.

40. Rendre le marc d'or , ou d'argent en cendrée, ou
grenaille ; c'eſt le ietter dans l'eau froide, quand il eſt
tout fin chaud, car lors il ſe greſle, & ſe diſſipe en petits boulets d'or, ou amendes, ou larmes, ou poires, ſelon que le metal s'aſſemble, que les parties caſuelle-
ment ſe rencontrent, & ſe forment en fuyant la rigueur
du froid qui les mine.

41. Pour blanchir l'argent, quand il eſt encor lourd,
chargé comme d'vn nuage ſans eſclat, & ſans le bril
qu'il doit auoir , on le fait boüillir auec de l'eau, du ſel
& de la graue de vin (c'eſt ceſte peau rouge qui eſt
comme la chreſme, & la fine fleur du vin) qui éuapo-
rant s'attache au tonneau, & fait comme vne crouſte
de vin.

42. Selon que l'on meſle de Leton pour faire tenir la
ſoudure, auſſi dit on ſoudure à trois , ſoudure à ſix,
&c. à trois quand pour ſix onces d'argent, on y meſle
trois de Leton, afin qu'elle ſoit ferme.

43. Gironner vn ſuage, c'eſt à dire, donner la rondeur

à vne piece d'ouurage, la plier en rond, la vouter, ou plier en arcade, luy donner le plis.

44. Frapper dans le ta la moulure, & puis donner auec la lime, qui iouë ſi bien, que ce qu'elle fait ſemble graueure.

45. C'eſt amuſer le monde que d'appeller l'or fin à vingtquatre carats, car on n'en treuue point à ſi haut point, les meilleurs Orféures m'ont aſſeuré que iamais il n'y arriue, mais à vingtdeux, à tout rompre vingtrois carats, mais cela eſt fort rare.

46. Les fins doriers pour rendre leurs dorures de riche couleur, mettent vn blanc d'œuf, ou de vif-argent artificiel ; ſi la fueille d'or eſt trop mince, la dorure ſera blaffarde, & paſſe. Pour affiner l'or on le meſle auec le vif-argent, à la charge de le fralatter d'vn pot de terre en l'autre, pour le deſcharger de craſſe & d'ordure, & puis iettant tout dans vne peau bien r'amollie, le vif-argent ſort en guiſe de ſueur, & laiſſe l'or tout pur dedans.

DE LA COVPELLE.

CHAPITRE XXIII.

1. LE plus haut point de fineſſe en l'argent ſont douze grains ou deniers, mais il n'y arriue quaſi iamais, comme l'or à vingt quatre carats, quelquefois l'vn & l'autre y donnent bien pres.

2. L'Eſtain, eſt l'ennemy capital de ces metaux, car il les aigrit, les fait caſſer, & iamais l'or ny l'argent ne ſont bons, iuſques à ce qu'ils ſoient entierement deſchargez de la ligue, c'eſt à dire, du meſlange d'Eſtain, ou Cuiure, ou autre.

3. Les Affineurs & Coupeliers appellent le plomb le Roy des metaux, pource que ſans luy les autres ne ſe peuuent r'affiner, & en les deſchargeant il ſe conſume ſoy-meſme, & eſuapore en fumée. Quand on met l'or & l'argent enſemble pour les ſeparer, il y faut mettre de l'eau forte.

L'or ſe retire à part, mais c'eſt le pur eſprit de l'or, & l'argent ſemble s'eſuanoüir auec le plomb; mais prenant vn baſton de cuiure, & remuant l'eau tout l'argent s'y attache, & ſe retire ainſi hors de l'eau.

4. La Coupelle eſt vne petite couppe faite de cendre de ſarment de vigne, & d'os de pied de mouton.

On la iette dans vn double fourneau de terre cuitte ardent au poſſible, on en arrenge là tant qu'il y a de marchands qui enuoyent leurs beſongnes à l'eſpreuue: Quand
les Coupelles ſont toutes enflammées on iette en chacune vne balle de fin plomb, qui auſſi toſt eſt fonduë,
elle iette les groſſes fumées les premieres, puis s'eſclarcit comme verre, à l'heure on iette les petits pa-
piers où eſt le poix d'argent qu'il faut, à la faueur du
plomb ces petits brins d'argent ſe fondent bien toſt,
on redouble le feu deſſous, & à la bouche, tout y bout,
on void long temps (enuiron trois quarts d'heures) de
grandes batailles, car l'argent & le plomb ſe meſlent
par force de feu, & cependant ne ſe peuuent allier; on
void vn beau meſlauge, & cependant tout ſe fait aux
deſpends du plomb qui va tout en fumée, & auec luy
toute la mauuaiſe ligue qui eſtoit alliée à l'argent; ſur
la fin on void ce peu qui reſte s'appaiſer, comme ſi
c'eſtoit vne demie boule de Criſtal eſclattant, ou Diamant bluettant, mais cela qui bouïllonnoit ſi fort, tout
à coup ayant conſumé le plomb demeure tout coy,
ſans qu'il bouge tant ſoit peu, comme s'il eſtoit figé,
& gelé.

5. Pendant qu'il y a encor du plomb on void ces petits bouïllons ſe peſle meſlant, mais auec difference,
car ceux d'argent ſemblent de petites perles qui ſautel-
lent, luiſant comme eſtoilles, ceux de plomb ſont plus
mornes, & ſombres. Sur le point que l'argent chaſſe
les dernieres reliques du plomb, on void tout ce bouton d'argent peint de mille couleurs, on l'appelle l'O-
pale, ce ſont les dernieres fumées du plomb ou de la

ligue, qui s'enfuyant & quittant la place au pur argent,
le colore de petits nuages, d'escarlatte, d'or, d'azur, de
pourpre, & fait iustement vne excellente Opale, cela
dure enuiron vn *Aue Maria*, puis l'argent est couppe-
lé, affiné, appaisé, qui ne bouge nullement. On le tire,
on le fige, on le pese au mesme tresbuchet, & au mesme poids que deuant, s'il est de mesme poids que deuant,
l'espreuue de la Coupelle, il est parfait, & approche de
douze grains; S'il déchet beaucoup, il faut l'enrichir, &
le r'affiner y remettant de meilleur argent.

6. Quand le metal s'est trouué loyal, les deputez
marquent la besongne du poinçon de la Maistrise, qui se
change tous les ans suiuant les lettres de l'Alphabet, &
dans la mesme table de cuiure sont tous les poinçons
& les noms des Maistres de la Ville, afin de recognoistre aussi tost de qui est l'ouurage des bonnes & mau-
uaises besongnes. Au reste on n'oseroit rien vendre qui
ne soit marqué à ces deux poinçons, l'vn general de la
Maistrise, l'autre de l'Orféure.

7. La Coupelle boit sa part du plomb, & est toute
plombée & pesante apres l'espreuue; mesmes il y a quelque peu d'argent qui s'y mesle auec le plomb, & par
grand artifice on peut retirer l'vn & l'autre de la Coupelle, pour sçauoir au vray le déchet de l'argent, &
combien il perd en l'espreuue. Au reste plus on met
l'argent à l'espreuue, & plus diminuë-il, soit que la fumée en emporte, ou que le plomb en mange, ou que
la Coupelle en succe.

8. L'Alchymie ne craint rien tant que la Coupelle,
car le plomb, & le feu decale tellement cest argent, &

le rabbais est si tres-grand, qu'on y perd de son argent,
son temps, & son honneur ; & en danger que tout ce
qui est venu en soufflant, ne s'en retourne en fumée.

LE DEPART DE L'OR.

CHAPITRE XXIIII.

POur le depart de l'Or d'auec l'Argent il se
fait ainsi. Apres auoir par le moyen de la
Coupelle affiné, & espuré l'argent, & qu'il
n'y a plus rien que le pur or & l'argent incorporez ensemble, l'Essayeur bat vne petite piece, & puis
l'entortille comme vne oublie pour la faire passer par le
col estroit du Matelas (c'est à dire, vne fiole de verre à
bec long qui se remplit d'eau forte pour la mettre sur
le feu, mais à petit feu.)

2. On met en premier lieu de l'eau forte meslée auec
la douce, afin qu'elle commence doucement par les
boüillons, & sa force corrosiue à manger l'argent, &
le desguerpir & destacher de l'or. Apres on met de
l'eau forte toute nette, qui par sa force fait le depart,
& enleue tout ce qui restoit d'argent. La marque que le
depart est fait , c'est quand du fond du Matelas on
void des boüillons sortir du fond & darder de grands
flots entre-couppez de fumée.

3. On vuide apres toute l'eau , & remplit on le Ma-

telas d'eau froide & douce, pour tirer l'or qui estant refroidy est pur or, mais a la couleur de cuiure noirastre
à cause des eaux. On le met dans vn petit creuset sur
le feu, & lors il prend couleur de fin or. Il est donc
blanc au commencement ; apres le depart , comme
cuiure ; apres le creuset , iaune comme le fin or.

4. Pour voir à quel tiltre il est, on le va peser au petit tresbuchet ; quand on a mis vingtquatre Carats deuant l'affinement , si apres le depart il pesoit encor
vingtquatre Carats, ce seroit le plus haut point, & le
plus riche tiltre où l'or puisse arriuer, mais iamais cela
n'aduient , & par le décher qui y est, à tout rompre,
il ne monte qu'à vingttrois Carats , & possible trois
quarts d'vn Carat. Toutefois afin qu'aux contes qu'il
faut faire, on ait plustost fait , on l'appelle or de vingtquatre Carats , car ce seroit trop grande peine de r'assembler tous ces demy-quarts & vn vingt-deuxiéme qui
y manquent. Autant en aduient il à l'argent qui iamais
n'arriue à douze deniers , car quoy qu'on mette douze
deniers en la Coupelle, iamais on ne retreuue le poids
de douze deniers, mais d'onze & demy ou enuiron.
Tousiours le plomb, l'espreuue, & le feu en hument
quelque chose.

5. Ceste eau de depart est pure eau forte faite de Vitriol, de Salpetre, & choses extrémement violentes, &
corrosiues. Apres qu'elles ont seruy on les appelle eau
forte, vieille, repassée. Apres qu'on s'en est seruy long-
temps on la r'affine, la mettant en des grandes fioles
qu'on eschauffe comme dans des couches de fumier,
par la chaleur on fait euaporer vne grande partie, &
espraint-on

efpraint-on comme le pur efprit de cefte eau, qui agit
apres puiffamment, & s'appelle repaffée.

6. Quand l'eau de depart a extrait tout l'argent de
l'or, fi on iette l'eau dans vne terrine, & qu'on mette
dedans vne lame de cuiure, tout l'argent qui eft demeuré dans l'eau (comme de l'huyle meflée dans vne
autre liqueur) tout auffi toft s'allie, accourt, & s'attache au cuiure, & ne s'en perd pas la moindre chofe
du monde; mais fi on tarde trop, il s'en perd, & fi on
verfe l'eau en terre, tout l'argent eft perdu tout net, &
efuanoüit.

7. Les ouurages des Allemands font de fort bas or,&
argent, & ne montent quafi qu'à quinze ou feize Carats
d'or ; L'Italie monte vn peu plus haut, mais la France
eft à plus haut tiltre, car à la monnoye on trauaille au
tiltre de vingtrois Carats & vn peu plus. Auffi la vaif-
felle d'argent d'Allemagne eft à vis, afin qu'on ne re-
mette fi fouuent les mefmes pieces au feu, car les premieres foudures ne tiendroient pas bon. En France les
pieces font foudées, & remet-on fouuent tout enfemble
l'ouurage au feu, eftant de fin argent & de riche alloy.

8. Quand l'or eft trop bas, on le r'affine, en y iettant
dedans d'autre or fin ; ainfi de l'argent, auec l'argent.
Le cuiure rend l'or aigre, & le fait caffer és ouurages,
partant il le faut rappurer, & l'en defcharger; auffi le
plomb eft ennemy de l'argent. Pour r'abbaiffer la ligue on y iette du cuiure dedans l'argent, & l'or ; & les
monnoyes s'en font, mais elles font bien legeres. La
pierre de touche fait le premier effay de l'or.

9. Mais pour affiner l'or tout à fait, l'eau de depart

Dd.

ne vaut rien à cause qu'elle ne sçauroit manger l'argent,
il faut donc faire fondre dans le creuset de l'Antimoine auec l'or. Car en peu de boüillons cét Antimoine
mange tous les metaux , & rappure l'or tellement qu'il
n'y a nul meslange, mais il est tout pur. On verse ce
meslange d'or fondu & d'Antimoine dans la cloche,
où on iette du suif, afin que l'or ne prenne au fond,
tout cela se fixe bien tost , & l'or demeure tout au
bout de ceste cloche fonduë ; on donne trois ou quatre petits coups à la pointe, & on abbat tout l'or affiné ; il est vray qu'il y faut retourner deux ou trois fois,
parce que l'Antimoine retient toûsiours vn peu d'or
pour les premieres fois , à la quatriesme il rend tout ce
qu'il auoit desrobé.

L'OR BATTV, FILE',
ET MIS EN CLINQVANT.

CHAPITRE XXV.

1. ON achete l'argent des Affineurs qui l'ont eu
d'Espagne, & l'ont haussé, & affiné iusques
à douze grains, y mettant de l'argent pour
hausser, enrichir, & affiner la ligue iusques
à ce qu'il soit bien fin, & qu'il n'y ait plus de meslange.

2. On iette dans vn creuset tout ardent cest argent
(qui est tout amoncelé de petits grains liez ensemble
dans l'eau où on a ietté l'argent affiné) qui boüillon-

nant efcume, & iette vne couleur comme d'Opale fur
le pur argent qui efclatte comme Diamants fonduz;
puis on le iette dans vn moule de fer qu'il faut au prealable arroufer de fuif fondu & tout chaud, autrement
l'argent ietté dans ce fer, feroit tout efclatter & iroit en
mille pieces. Au refte, on met fur l'argent fondu deuant que le verfer dans le moule vne piece de toile,
afin que le charbon n'entre dedans. Et apres l'auoir ver-
fé, au fonds du creufet s'allume l'air, ce linge, & quelque excrement qui font vne flamme violette, & de
fouffre, auec vn incarnat merueilleux, & qui fait vne
tres-riche veuë. Le creufet ne fert iamais qu'vne fois.

3. Le Lingot fait, il le faut racler du cofté où on
pretend coucher l'or, mais en façon qu'il y ait comme
de petites canelures, & comme fi on auoit limé, &
laiffé de petits filets creux, afin que l'or s'y attache plus
aifément.

4. Deuant qu'on y couche l'or battu en fueilles longues, il faut auec du charbon pilé frotter viuement l'or
du cofté qu'on le veut incorporer auec l'argent, car s'il
auoit tant feulement la moiteur d'auoir efté touché du
doigt de l'ouurier, iamais il ne feroit bonne alliance
auec l'argent; il faut donc que le vif or, & l'argent
s'vniffent fans que chofe aucune s'y entremette, fi ce
n'eft pour tout gafter. Puis on lime pour enleuer les
oreilles ou pointes de la fueille d'or qui paffent la largeur du Lingot d'argent.

5. Eftant donc bien frotté & nettoyé rudement auec
le charbon, on pofe fort dextrement l'or fur le Lingot
d'argent, puis menant par deffus vn petit fac plein de

pieces de toile, on va frappant d'vn bout à l'autre, afin
de coler l'or, & luy donner les premieres liaisons auec
l'argent. Puis on le iette dans vn grand brasier pour
faire la soudure par le moyen du feu ; mais deuant que
l'oster du feu on presse dessus auec deux grands tisons
ardents, pour le coler esgalement sur le Lingot, & luy
donner la derniere serre.

6. Tout chaud qu'il est on le porte sur vne enclume,
& ayant marqué le lieu du mitan on couppe le Lingot
doré en deux parties esgales : puis le réchauffant à
grands coups de marteaux on commence à l'estendre,
mettant vn Carton entre l'enclume & la partie dorée,
& faut noter qu'en martelant iamais on ne descharge
les coups du costé, où est assis l'or.

7. Ayant desia estendu ce Lingot doré on le donne
au garçon de la premiere enclume, qui a son marteau & son enclume faits de façon que tout cela ne
vaut que pour allonger la besongne, & afin que le fray
ne gaste l'or, on couure le canal de bois où s'estend le
Lingot battu, d'vn drap mol, car on ne frappe que sur
l'argent. Apres cela passe par cinq autres enclumes, qui
seruent les vnes pour allonger, les autres pour eslargir
la besongne ; Si l'or semble blaffard apres les premieres
enclumes, il se remet en couleur à force d'estre mar-
telé & battu sans remission.

8. On le bat tantost tout simple, tantost replié en
plusieurs doubles, comme vn paquet de ruben ou de
passement ; & le faut cuire & recuire plusieurs fois, afin
de le ramollir, & rendre plus souple & obeissant au
marteau, & à l'enclume. Quand il est extrémement

delié, on le met entre des fueilles de Cuiure, ou Leton
bien deliées (qui ne seruent qu'vne fois) & on l'estend
à grands coups de marteau sans que quasi iamais il se
rompe.

9. L'or qui dore toute ceste besougne, comparé à
l'argent n'est que la centiesme partie de l'argent, & si on
prend l'argent, la soye, & l'or tous ensemble, l'or n'est
que la deux centiesme partie de tout, car il y aura de
cent de soye pour filer, & de cent d'argent, la deux
centiesme partie, & cependant tout le fil semble de
pur or, ne se voyant vn seul brin ny de soye cachée,
ny d'argent qui est la couche de l'or.

10. Quand tout le paué est parsemé de brins d'or ou
d'argent qui s'enuolent quand on lime, ou retaille, ou
bat l'or & l'argent, en versant du Mercure, & du vif-
argent on r'assemble tout, & ne s'en perd pas vn seul
atome; le partage apres s'en fait aisément, par la fonte,
& par l'eau de depart.

11. L'or battu qui est blaffard ou par la meschanceté
& larcin des compagnons, ou par autre accident, iamais ne peut estre rehaussé en couleur, ny affiné dauantage, & n'en est pas comme de l'or traict qui se
dore auec des fueilles d'or de coquille, & si vne ne
suffit, on en adiouste vne autre pour faire la dorure plus
viue, & de plus bel esclat.

12. Quand l'or a esté tant battu qu'il n'en peut plus,
on le porte aux coupeuses & aux filandieres. Celles là
prennent les fueilles battuës, & les coupent par le long,
d'vne extréme vistesse, asseurance, & vniformité, &
le tout en se iouant, & quasi n'y songeant pas; ce qui

se fait par le moyen de certaines forces faites à cét vsage, & tenant entre les doigts de la main gauche vn certain engin de toile noire, & des filets attachez en façon
que les forces coupent esgalement, & ne peuuent ny
entamer trop auant, ny auec espargne trop grande
restreciffant ces filets d'argent doré. Vne fille en coupe
plus que deux n'en sçauroient filer pour diligentes qu'elles puissent estre.

13. Tout ce grand artifice va finalement aboutir à
ceste gentille tromperie, de faire du fil d'or, qui cache
deux cens fois plus d'argent & de soye qu'il ne pese,
& cependant semble tout d'or. Au reste on tend par
la chambre de la soye iaune à plusieurs doubles, le
bout desquels filets sont entre les mains des filandieres,
qui ont au doigt indice de la gauche vn espece de
dez à plusieurs petits canaux faits en rond ; là prenant
le fil d'or, couchent le bout du costé de l'argent sur la
soye, & dé la droite donnant le branfle, & piroüet-
tant le fuseau, en moins de rien couurent toute ceste
soye d'or sans qu'il y paroisse vn seul brin d'argent, ou
de soye cachée, & cela est si vny, si serré, si delié
qu'on iureroit qu'il n'y a que de l'or filé, & fort subtilement, & cependant la soye toute seule estoit plus
grosse, que n'est apres la soye couuerte de ce fil d'or
qui l'estreint & la serre par le moyen du fuseau, &
du dez.

14. Il y a au reste six façons de fil d'or, differentes les
vnes des autres ; plus ou moins deliées, ou serrées, ou
plus enflées selon qu'il faut pour ouurer le clinquant &
faire le passement d'or, & la broderie, car il y a des

ouurages qui ne veulent estre faits que d'or battu; ou
bien vn peu plat, d'autres qui sont d'or trait au moli-
net, & subtilizé au roüet qui est l'or de la ruë S. Denis,
où sans cesse on va passant & repassant cest argent doré par des pertuis grands & petis iusques au dernier
qui rend le fil d'or, ou d'argent comme vne soye de
cheual, & vn cheueux de femme. Au reste le fil d'argent couste quasi autant que le fil d'or, n'estant quasi
rien ce peu d'or dont on dore l'argent. Le miracle est
comme il est possible d'estendre si démesurément vn
peu d'or sans que iamais il esclatte, & qu'on puisse
voir vn seul filet d'argent descouuert, & que la dorure
soit esgale par tout.

L'A F A C O N D E
L'ESMAILLERIE.

C H A P I T R E XXVI.

1. Out le fait de l'Esmaillerie dépend des metaux & du verre, choses qui symbolisent
beaucoup. Le meilleur de tous les verres
pour faire l'Esmail, c'est celuy de pierre, car
le verre de Fougere, ou de Fousteau, ou de Salicor est
trop volatil, & trop mol.

2. Pour le purifier, esclarcir, & rendre en Cristallin
(dont on fait l'Esmail clair pour coucher sur les metaux, & l'espois pour appliquer aux ouürages de ter-

re) il faut dissoudre la soude (c'est à dire, cendre d'herbes pour faire les verres) dans l'eau chaude, & la filtrer net: Car ainsi on en espure la crasse.

3 Apres on éuapore l'eau, on congele le reste en vne substance claire nette, qui s'appelle le sel Alcali, puis on le mesle auec le sable ou cailloux preparez, & iettant le tout dans le four des verriers, on y iette du Minium ou Mineral, ou artificiel fait de plomb calciné rouge, comme Cinnabre. Cela demeure six iours au four, les deux premiers iours cela est iaune, les deux autres, verdastre, puis se deschargeant peu à peu ce verre deuient clair & transparent comme l'air.

4. De ce Cristallin ainsi affiné on fait les fausses pierreries, & les esmaux ; mais on l'assemble auecques vne chaux metallique faite de plomb, & vn tiers d'estain de cornoüaille bien calcinez en four de reuerberation. L'estain donne corps à l'Esmail, c'est à dire, le fait opaque & sans transparence.

5. Le plomb est mediateur de ces deux substances, car sans luy nul metal ne se peut vitrifier. Prenant donc ce Cristallin & cette chaux, en poudre fort deliée les emplastrant ensemble en forme de petit pain tout plat (laissant vn trou au milieu pour éuaporer l'humidité) on laisse secher, on met apres cela au four d'vn verrier, tant qu'il semble qu'il vueille fondre. Tirez le lors, laissez-le refroidir, mettez-le en vn creuset, & le creuset dans vn pot de terre, faites le fondre, ostez la graisse qui surnage & escume, puis laissez-le affiner vingt quatre heures.

6. Voila l'Esmail blanc, propre à faire tous Esmaux,

car il

car il est susceptible de toutes teintures. Si vous prenez cét Esmail, auec du Cristallin le tout bien broyé,
& mis au four d'vn verrier pour fondre ; c'est à dire,
pour le faire noir, iettez dedans du Saphre & du Pieri-
got. 2. L'azuré Turquin se fait auec l'argent bruslé &
du souphre. 3. Le verd auec du Cuiure bruslé par cinq
iours en lamelettes tenues, autrement il ne sera qu'vn
verd d'oye, tirant sur le iaune. 4. Le Cuiure bruslé par
trois fois donne le verd d'Esmeraude transparent. 5. Le
bleu, le violet, le gris se font auec Saphre meslé di-
uersement. 6. La couleur de perle se fait en y iettant
du Salpestre.

7. Le chef & parangon de tous les Esmaux, c'est le
Rouge-clair : le iaune paillé se fait auec l'argent. Puis
le iaune-doré, orangé, citrin se fait auec rouille de fer,
raclée des Anchres rongez de l'Acrimonie de la marine,
ou bien auec le Saffran de fer distillé auec vinaigre. Et
notez que plus l'Esmail aura enduré le feu plus il sera
naïf & constant.

8. Le Pourpre, incarnat, rouge, cramoisi, partent
tous d'vne mesme racine. Le rouge se fait iettant sur le
verre, & l'Esmail blanc du Cuiure calciné, limaille de
feu, & orpiment ; & plus il y aura de verre, plus il sera incarnat: plus y aura de plomb (il n'y faut point d'e-
stain) & de couleur, plus il sera obscur & chargé.

9. Le Rouge-clair se fait iettant dedans de l'or, argent
vif, plomb, & esprit de cuiure, & souphre de cuiure
incombustible. La teinture de ce cuiure cy est si haute
qu'elle graduë l'or plus haut que nature ne l'a mené,
mais sa teinture ne tient pas bon en vn feu aspre. Or

Ee.

cela ne se fait qu'auec l'esprit & substance volatile du
cuiure qu'on incorpore auec l'or les decuisant peu à
peu ensemble il y faut vn peu de Mercure qui defend
les teintures de toute adustion, & supporte & amuse
l'effort du feu pendant que la teinture s'incorpore auec
l'or.

10. Cét or ainsi teint est le vray fondement des belles fueilles de Rubis, car celuy qui se fait auec le corps
du cuiure a tousiours des noirceurs, liuiditez, & meur-
trisseures; à cause que la substance du cuiure est ainsi
noirastre, & ne se peut amender ny le recuisant, ny re-
parant auec le rasoüer, ny auec lauemens de gomme,
ny le brunissant. Or celuy qui est fait auec l'esprit du
cuiure c'est l'Electre des Anciens, dont on fait des cou-
pes qui monstrent la poison qu'on ietteroit dans le
vin.

11. Le seul plomb a pouuoir d'y vitrifier l'or susdit
(dont on fait l'Esmail Rouge-clair) ains le rend volatil, & en huyle, & lors fait or vitré, ou verre d'or, chose si precieuse qu'on en a paué le Paradis, disant l'Apoc.
que le paué est d'vn or semblable au verre fort net. Et
le mot *Hamal* Hebreux (dont vient nostre Esmail, &
le *Smalto* des Italiens) est cêt Electre d'Ezechiel selon
S. Hierosme, c'est à dire, vn or vitreux.

12. La Nellure a esté autrefois en grand vsage, elle se
fait auec de l'argent fin, du cuiure & du plomb, bien
incorporez.

13. Les Esmaux s'appliquent sur l'or, l'argent, le cuiure (sur les autres metaux non) sur le verre, & sur la
terre; on a encor treuué moyen d'esmailler le marbre,

& les pierres dures, sans que le feu les gaste.

14. Pour coucher les metaux (les ordinaires sont noir, verd, violet, tanné, gris, Aigue-marine, & Rouge-clair, iaune doré, &c. lesquels sont tous transparens, horsmis le Blanc & Turquin qui ont corps) il faut battre l'Esmail en poudre impalpable (la Nellure est en grenaille) dans vn mortier d'acier, le pilon de mesme adioustant vn peu d'eau. Il est meilleur ainsi que de le broyer sur le marbre.

15. Vuidez l'eau & mettez ceste poudre deliée en vne tasse de verre, & tant d'eau forte dessus qu'elle le couure; & le lauez si souuent iusques à ce que l'eau en sorte bien claire. L'eau fort le purge de la graisse & onctuosité du metal, & l'eau commune, de la terre entremeslée.

16. Il faut tousiours tenir les Esmaux broyez dans l'eau nette, car estant à sec ils chargent aisément quelque ordure.

17. On les prend auec la palette de cuiure pour les coucher sur l'ouurage de basse taille, mais auec grande diligence, de peur qu'ils ne se confondent, se meslant l'vn parmy l'autre.

18. Estant couchez, il faut auec du papier moüillé & bien espreind seruant d'esponge, desseicher les Esmaux, & humer toute l'humidité, car l'Esmail se porte mieux sec que moüillé. Ceste couche se nomme la premiere peau. On le met sur vne lame de fer peu à peu le poussant dans le fourneau iusques à ce qu'il face semblant de fondre, & bransler (il ne faut pas qu'il fonde tout à fait) on le tire, & le laisse on refroidir, puis on donne la

seconde couche, puis la troisiesme, cuisant & recuisant
tousiours, & donnant le feu plus aspre iusques à ce que
la besongne soit faite.

19. Estant fait & refroidy, il le faut polir auec vne
pierre propre à cela, & lacheuer auec le Tripoly : ce
polissement s'appelle polir à la main. Les autres façons
de le polir ne sont pas si delicates, ny bonnes.

20. Pour esmailler d'ouurage en bosse, ou demy bosse,
ou plein relief (car l'Esmail n'y peut prendre, comme au
creux de la basse taille) on prend des pepins de poires
trempez en eau claire dont on asperge l'Esmail qui en
deuient gluant & s'attache à l'ouurage.

21. Le Rouge-clair ne se couche, & ne prend que sur
l'or : vn autre rouge plus grossier prend aussi sur l'argent
& le cuiure. Tous les autres Esmaux se peuuent coucher sur l'or, l'argent, & le cuiure.

22. Le Rouge-clair qui ne mord que sur l'or s'applique ainsi. Il le faut tirer du feu tout à coup, & l'esuen-
ter auec vn soufflet, car quand il se fond pour la derniere fois il deuient si iaune que vous ne le sçauriez discer-
ner d'auecques l'or (cela s'appelle ouurir) & s'en fait vn
Esmail iaune-doré, ou citrin transparent. Pour le remettre en sa couleur il le faut mettre en vn feu lent,
où il reprend peu à peu sa couleur, & lors il le faut tirer & refroidir auec le soufflet : le trop grand feu rendroit sa couleur trop chargée, & seroit noir & obscur.

23. Ce qu'on nomme Esmail, & esmailler, en autres
termes on dit glace, & glacer la besongne : car l'Esmail
est vne espece de glace ou blanche, ou colorée. De
façon que surglacer les ouurages c'est les suresmailler,

& y mettre la derniere main ; car apres l'Efmail il n'y a
plus rien à mettre.

24. On fait du faux Efmail en meflant de la cendre
de plomb, & poudre de Criftal ; ou bien du verre, le
mettant fur le feu dans vn vaifleau, & le remuant fans
ceffe : de là fe fait l'Efmail clair, ou bien clair d'vn cofté
& blanc de l'autre : on les teint auffi y iettant ou de la
poudre de thuyle, ou terre azurée, ou autres. Que fi ces
pierres & Efmaux font langoureux en couleur & blaffards, ou font fombres, & ont quelque nuée, il les faut
brifer en plufieurs coins, qu'on frappera & efchantil-
lonnera, afin que la couleur obfcure par la repercuffion
des anglets, foit efueillée, & fe regaillardiffe donnant vn
luftre plus eftincelant & naïf.

25. Outre les ingrediens fufdits on mefle encor en diuerfes fortes d'Efmaux, du Vitriol, mignon ou mine de
plomb, fel Alcaly, efcaille ou faffran de fer, falpeftre,
verd de gris, fel Ambriot, Maganefe, du Saphre.

Voila à peu pres ce qui fe peut dire bonnement de
la glace precieufe de l'Efmail, pour la diuerfité des ouurages cela n'eft qu'vn meflange felon la fantafie de l'ouurier, qui pour gaigner de l'argent va diuerfifiant & def-
guifant la befongne.

DE L'OR BATTV
EN FVEILLES.
CHAPITRE XXVII.

Vray dire ce secret ne se sçait bien que de ceux du mestier ; qui ne le descouurent pas volontiers. Or l'Or, qui s'estend si démesuré- ment à coups de marteaux larges, & bien vnis, & deschargez à mesure, sans donner de l'areste de peur de tout casser, ne sert quasi qu'aux Armuriers, & aux Peintres. Ils en font les dorures des armes & des corniches & entablemens ; Ceux-cy figurant auec vne certaine mixtion ce qu'ils veulent sur le bois, ils y appliquent l'Or auec vn peu de coton qui se colle si fort que la dorure ne se destache quasi iamais.

Voicy donc à peu pres tout ce qui concerne ce battement d'or & d'argent.

L'Or battu en fueille fait par les Maistres dudit mestier est fin & pur, du tiltre de vingtquatre Carats, vn quart moins pour le remede.

L'Or acheté en poudre de l'Affineur, puis fondu dans le creuset & reduit en Lingot.

Le Lingot forgé sur l'enclume, & recuit dans le feu pour le rendre souple & facile à forger.

Couper le Lingot par petits quarrez égaux, vingt à
l'once.

Les vingt quarrez mis dans le moule, & battus croiſſent de l'eſtenduë du moule, puis chacune fueille coupée en quatre, & chacun quart remis dans le moule,
par cinq fois, reuiennent à douze cens fueilles qui ne ſe
peuuent plus eſtendre.

L'Or ainſi battu, faut le rongner & mettre dans le
papier.

Ledit Or battu eſt diuiſé en quatre ſortes. La premiere eſt le petit Or pour les Apoticaires. La ſeconde
l'Or moyen pour les Peintres & Marchands forains. La
troiſiéme l'Or appellé *Supergrand*, pour les Libraires, &
encores pour les Peintres. La quatriéme eſt le grand Or
pour les Fourbiſſeurs & doreurs ſur fer.

Le cent d'Or pour les Peintres & Libraires, peſé au
plus deux deniers, vallans quarante huit grains.

Or bel eſt iaune d'vn coſté, & blanc de l'autre, eſtans
vne fueille d'or & vne d'argent battus & ioints enſemble employé par les Bouquetieres & Patiſſiers, & auſſi
par les Peintres pour tromper le Bourgeois.

L'argent battu eſt pur & fin du tiltre de douze deniers, quatre grains moins, appellé le Remede acheté de
l'Affineur en grenaille, puis fondu dans le creuſet, & reduit en Lingot.

Le Lingot coupé par quarrez, & battu en la meſme
forme qu'il eſt dit de l'Or.

Deux ſortes d'argent battu, l'vn foible pour les Peintres, & l'autre fort pour des Fourbiſſeurs.

Cuiure rouge & iaune, fin battu en la forme que l'or
& argent.

Les outils seruans à battre l'or, l'argent, & le cuiure
sont, premierement pour forger.

L'enclume pour forger l'or & l'argent.

La pierre de marbre pour battre l'or & l'argent.

Le tablier du maistre est de cuir de mouton ou bœuf.

Les moules à battre l'or & l'argent, sont de boyau
de bœuf pris à la trippiere ou à l'eschaudoir, deux mis
l'vn sur l'autre estendus sur les eschelles, & sechez ainsi.

Puis couppez par quarrez au nombre de quatre cens
pour chacun moule, huit cens pour la paire, entre lesquels quarrez sont mises planes de papier pour desgraisser le boyau à force de battre auec le marteau pour les
eschauffer, & oster la graisse.

Cela fait sont moüillez auec colle de poisson, puis
battus par chaude pour les secher.

Pour la seconde façon sont encores lesdits moules
battus auec planes de papier, puis moüillez auec drogues, comme vin blanc, canelle, poyure, Rose de Pro-
uins, dragée commune, & autres, puis resechez de nouueau à coup de marteau, & apres brunis auec plastre fin
pour y mettre l'or.

Il y a quatre sortes de moules. La premiere est de
parchemin simplement, appellé moule à cocher, c'est à
dire, pour desgrosser les premiers quarrez du Lingot
d'or coupé. Le second est de boyau appellé le chaudret.
Le troisiéme appellé le moule à Cartier aussi de boyau.
Le quatriéme moule pareillement de boyau seruant pour
la derniere façon.

Les tenailles en croix pour tenir par vn coin les fueillets des moules.

Les

Les pinces de bois de Brezil, d'Esbaine, ou d'Iuoire, pour manier l'or.

Le Rozeau pour couper l'or.

Le coussinet de cuir sur lequel est coupé l'or.

Cinq sortes de marteaux à battre l'or & l'argent, Le premier marteau à forger. Le second le marteau à cocher ou desgrosser, & les trois autres selon les moules.

Le Liuret appellé Quarteron, contient vingtcinq fueillets rouges pour l'or, & aussi l'argent foible & or Bel, blanc pour l'argent fort à Fourbisseur.

Le quarteron de grand or à Fourbisseur trentesix sols, le moyen vingthuit sols, l'or pour les Peintres dixhuit & vingt sols, le petit or traize sols, l'or bel cinq sols, l'argent à Fourbisseur cinq sols, & l'autre moyen deux sols six deniers.

Coquilles d'or moulu broyé auec salpestre & gomme sur vne pierre de Porphire pour les enlumineurs.

DE L'OR EN GENERAL.

CHAPITRE XXVIII.

L'Or estoit caché aupres de l'enfer par vn iuste dessein de nature pour espouuanter la conuoitise de l'homme, mais on ne laisse pas pourtant d'enfoncer les entrailles de la pauure terre, & fouiller iusques aux fauxbourgs d'enfer, & courir & butiner le domaine des diables,

d'où l'or porte vne infection qui est la contagion des cœurs qui infecte & empeste les ames du
monde les plus innocentes, les mettant en appetit de
faire parade de superfluité & sentir bien sa bonne maison, Las que le monde seroit heureux si l'vsage de l'or
se pouuoit détraquer, & mettre en interdiction, n'e-
stant qu'vne chose dressée pour la ruine des hommes,
& pourtant qui est au delà de tous les outrages qu'on
luy sçauroit dire. O la grande playe qu'à receu le genre humain par celuy qui inuenta la monnoye d'or, au
lieu des lopins de cuir de bœuf, de l'or on en doroit
tant seulement les cornes des grosses bestes voüées au
sacrifice. Maintenant vous voyez nos Dames chargées
d'or és doigts, au col, de bracelets, carquans, colla-
nes en escharpe, chaines, pendans d'oreille, attours &
affiquets de teste, robbes toutes brochées d'or, les bri-
des des patins toutes de fin or, on a mesme fait de l'or
potable, & si on pouuoit ie croy qu'on feroit volontiers vn air d'or respirable, les montagnes d'or, & tout
le monde, car on void és maisons des esclats riants
d'or, des chiffres, des entablatures qui monstrent assez
que l'homme a plus d'enuie, que de puissance. De fait
Salauces Roy feit son Louure d'or, au moins les voûtes
estoient d'or, les poutres des chambres d'argent, comme aussi les colonnes, & les iambes des huys. Et Neron sa grande maison dorée qui tenoit la moitié de
Rome. Il a cela de bon que ny roüillure, ny maniement
iamais ne le decalle, ny rabbaisse son carat, il est souple & se laisse traire, filer, tistre, moudre, calciner, c'est
à dire, reduire en cendre, battre & mettre en fueilles, il

ſe flambe aiſément au feu de paille & en prend la couleur, aux autres feux, il eſt plus accariaſtre. On en treuue és riuieres, à fleur de terre ſous vne manne, & terre
brillante qui le couure, & puis dans terre où il ſe iette
en filons, pailles, & veines, on caue la mine, on la pile,
on l'eſbroüe, on la laue, on l'affine au feu, on la pulue-
riſe, on la iette dans vne conche ou foſſe quand la mine eſt fonduë, afin de l'eſpurer de la craſſe. Vray Dieu
que ie ſuis aiſe de voir paſſer ceſt or par tant de martires, puis qu'il eſt cauſe de tant de malheurs, & enchan-
te ſi puiſſamment les hommes. C'eſt bien icy l'aage
d'or puis que tout y eſt d'or, l'eſperance ſe deſcharge
toute ſur l'or, nos ſouhaits ne reſpirent que l'or, heur
& or ce n'eſt qu'vn; homme ſans or ce n'eſt qu'vn fan-
toſme qui fait peur à tout le monde, ſageſſe ſans or ce
n'eſt que mere-follie, ſcience n'eſt que vent qui bat
les oreilles & paſſe, le vray entendement eſt en bourſe,
les eſcus ſont les riches conceptions, l'eloquence dorée, & le vray Chryſoſtome c'eſt l'or qui eſt l'orateur
parfait, & entraine tous ſes auditeurs où il luy plaiſt,
c'eſt le vray Hercule Gaulois qui tire tout auec ces
chaines d'or, c'eſt Orphée qui rauit les beſtes de ce
monde les plus farouches, & les deſſauuage. Oſtez
l'or du monde, tout le reſte n'eſt que ſonge de malade,
reſuerie & bagatelles, amuſe-fols, niaiſeries d'enfans:
& on fait plus d'eſtat d'vne liure d'or que tous les Liures d'Ariſtote, & de toute la Philoſophie, & Theo-
logie tout enſemble. L'Or porte vn iour qui fend les
nuits & trenche les tenebres qui obſcurciſſent noſtre
vie; tous les ennuis comme Chauue-ſouris fuyent à la

veuë & au rayon de ce beau Soleil quand il eſt enchaſſé dans le firmament de nos coffres, ou dans le
Zodiaque de nos doigts où il coule toutes les ſortes de
benignes influences. Cette terre enſouffrée & enſaffra-
née eſt la vraye terre ſeellée qui guerit de tous maux,
c'eſt le vray Galenus qui reſioüit le cœur, eſpure le
ſang, tarit la rate, eſuente le foye, allume nos eſprits,
donne pointe à nos entendemens, eſclarcit l'œil, deſlie
la langue, auſſi dit-on que l'or potable eſt vn vray
chaſſe-mort, & la mort de la mort meſme. S. Iean a
bien fait de parer Dieu d'or, & de pauer tout le Paradis de meſme, car ie croy qu'autrement ces gens n'euſſent point eu d'enuie d'y mettre la preſſe ; & euſſent
mieux aimé les cornes d'or de Lucifer, que celles de
glace de la Lune, ou le Criſtal ardent du Soleil. Qui le
croiroit qu'vne terre oppilée, & ayant le mal de la iauniſſe, de la boüe luiſante, vn caillou eſclatant, l'eſcume ſortant des boüillons de l'enfer d'où on le puiſe, eut
tant de puiſſance ſur l'homme raiſonnable.

LES
MERVEILLES DES
METAVX, ET DES MINES
CACHEES DANS LE VENTRE
de la terre.

CHAPITRE XXIX.

IE y auoit à deſſein abyſmé les threſors de nature au plus profond du centre, & quaſi aux portes d'Enfer, afin d'eſtonner les hommes & deſeſperer l'auarice, voyant qu'il falloit tant de morts pour arracher vn lopiñ d'or des entrailles & du cœur de noſtre bonne mere, mais la rage des hommes n'a pas laiſſé de foüir iuſqu'au centre, pour en tirer de d'or & de l'argent pour faire piaffe, de l'or blanc pour en faire la monnoye & les ouurages legers, de l'acier, du bronze, & du fer pour s'en ſeruir au fait de tuerie, & au maſſacre des guerres; voire on a enfoncé iuſqu'au manoir de la mort pour en tirer des poiſons, du vif argent, des couleurs minerales, du borras mineral & verd de terre (les Grecs le nomment *Chryſocolla*) du vermillon, du ſouphre, du plomb, de l'acier, du cuiure, du Leton, de l'Antimoine, les pierres

Ff 3

sulphurées & à demy conuerties en metail ; voire mesmes on treuue és carrieres d'or des pierreries qui sont parfaitement belles.

Il y a des mines de vermillon, de fer, d'argent & d'or, de bronze, d'estain, de plomb, de cuiure, voire de souphre, de vitriole, d'huyle, de cristal, & tous les plus grands thresors du monde sont cachez dans les entrailles de la terre ; & n'est pas croyable la vertu des choses minerales, tant pour la santé du corps humain, que pour enrichir la vie humaine. Or ce n'est que fantasie, les Barbares, dit Tertullian, se seruent de l'or pour faire des menottes pour les meschans criminels : Au Iapon ils tiennent dans leurs cabinets des chauderons, & se moquent de nous, qui y tenons de la vaisselle d'argent & d'or ; ils nous estiment fols, & nous eux ; & possible le sommes nous & eux & nous tout ensemble.

Mais puis qu'il en faut parler, encor faut-il sçauoir en quel terme il le faut faire ; ie vous en diray quelques vns, les fondeurs vous diront le reste.

Il n'y a chose qui puisse faire decaller l'or ny rabaisser son caras, à ce que l'on dit, tant il est indomptable.

Les arpailleurs trouuent l'or parmy le sable de plusieurs riuieres, & mesmes dans les mottes de terre.

Les arpailleurs leuent la manne qui est la terre ou le sable, qui leur marque qu'il y a de l'or : & esbroüent tout le sable & grauier, qu'ils apportent des riuieres, prenans bien garde à la fondrée qui va à fonds, car de là ils iugent incontinent si la veine d'or est profond en terre.

Quand à la mine d'or qui n'est encor affiné, & qu'on

tire des puits appropriez à cela, les Latins l'appellent
Canalitium ou Canalienfe, & qui fe trouue attaché à la
croufte des rochers. Ces veines & mines fuiuent auffi
les veines des pierres, & fe my-partent en filons çà &
là, qui font auffi appellez veines, pour raifon de ce
qu'ils fe iettent ainfi aux coftez des puits; de forte qu'il
faut eftamper la terre de peur qu'elle n'affable les pauures
pionniers, & les enterre tous vifs.

La terre qui eft immediatement apres la veine d'or.

La mine eftant tiree, on la pile, on l'efbrouë, on la
laue, on l'affine au feu, & quelquefois on la reduit en
poudre. Ce qu'on pile au mortier eft dit des Latins,
Apilafcudes, & appelle-on argent ce qui tombe en la
foffe, ou conche, quand la mine eft fonduë, mais la
craffe qui nage en la foffe ou conche, fur quelque mine
que ce foit, eft appellée *Scoria*. Auffi la fouffle-on hors
de la conche: mais fi cefte craffe ou lytarge eft de mine
d'or, on la pile & la met-on refondre: Quand aux conches ou culots, on les fait d'vne terre blanche & graffe
comme argille, qui eft dite des Latins, *Tafconium* (au
Lyonnois on l'appelle terre de l'arnage du Dauphiné, ou
terre de S. Porcin en Bourbonnois.)

Les foffes, conches, ou culots. *Catini*.

Ayans conduit leur eau és cimes des montagnes où
font leurs mines, il faut creufer de grandes mares &
foffes droit à la cheute de leur eau; efquelles faut laiffer cinq clefs & ouuertures: Encor n'eft-ce tout, il y a
auffi grande peine en bas à la plaine, pource qu'il y
faut faire d'autres trenchées ou foffez, & canaux pour
receuoir l'eau qui tombe de l'eftang qui eft en la mon-

ragne, lefquelles conuient pauer de degré en degré : &
à chaque cheute de degré on met vne certaine herbe,
dite *Vlex*, qui eſt fort aſpre pour retenir l'or qui eſchap-
peroit de l'eſbroüement. Il y a auſſi des canaux fermez
d'aiz d'vn coſté & d'autre, qui ſont ſouſtenus auec des
cheualets, pour faire eſcouler l'eau de l'eſbroüeure iuſques en la mer.

Il y a de l'or de pluſieurs carats, car ou il tient le
dixiéme d'argent, ou le neuſiéme, ou le huitiéme. De
vingtquatre carats, on n'en treuue iamais quoy qu'on
die, on vous trompe, on le met en pluſieurs creuſets.
Il n'y a point de manne ny de pailles, qui remarquent la
miñe d'argent.

Ces mines eſtans fonduës, l'vne ſe conuertit en plomb
& l'autre en argent : mais on verra nager l'argent par deſſus le plomb en la conche, qui eſt à la bouche de la
cheſne du fourneau.

La veine d'argent qui n'eſt gueres profonde en terre,
eſt appellée veine cruë.

L'antimoine (*Stibium*) maſle eſt plus rude, plus aſpre,
& plus chargé de ſablon : la femelle toutesfois eſt plus
peſante, plus eſtincelante : eſtant d'ailleurs fraiſle & aiſée
à fendre par lames, & non par maſſes & morceaux.

Lytarge blanche. *Argenti Spuma.*

Loppe ou craſſe d'argent. *Argenti ſcoria.*

Es mines d'argent on trouue de trois ſortes de lytarge :
la lytarge dorée qui ſe fait de la mine d'argent : la lytarge
blanche qui ſe fait d'argent la plombine, du plomb meſme fondu parmy l'argent, & quelquefois toutes ces dif-
ferences ſe trouueront en vn meſme pain de lytarge.

Et

Et neantmoins toutes lytarges se font seulement apres
que la mine est fonduë & qu'elle est desia coulée en
la fosse ou conche, qui est à la bouche du fourneau,
auquel lieu on l'escume auec broches de fer (maintenant on l'escume à force de soufflets, pource qu'elle
nage sur la matiere :) En somme la lytarge c'est l'escume
de la matiere qui se fait és fourneaux , & qui cuit encor, & n'est encor purgée ny affinée, mais la loppe est
comme la crasse de l'argent estant affiné, en pareille difference qu'il y a entre l'escume & la lie de quelque
chose.

Les vns rendent leur vermillon parfait à la premiere
laueure : qui neantmoins se trouue moins chargé de
couleur en d'aucuns lieux : de sorte qu'on y prend pour
le meilleur celuy de la seconde laueure.

On tire aussi au feu le vif-argent artificiel, mettant
le gros vermillon en vne conche de terre bien couuerte, & bien remboufchée d'argille, & qui soit cimentée
en vne conche de fer, sous laquelle il faut faire bon feu,
afin de luy faire ietter ses vapeurs, qui s'attachent au
chapeau de la conche de terre.

L'airain se fait de la pierre chalamine, on a trouué
depuis quelque temps en çà, des mines de cuyure, ou
de chalamine, ou marcassin de cuyure en Allemagne.

En l'Isle de Chipre, on fait aussi l'airain de la pierre
Chalcitis : mais ce cuyure fut incontinent à vil prix, à
raison des mines de franc airain, & mesme pour raison
de l'arcou ou letton.

Il y a difference entre le Chalcitis & chalamine, car
le Chalcitis c'est le marcassin qu'on trouue sur terre, &

és veines qui sont à fleur de terre, ou és cours des ruisseaux qui viennent des mines de cuyure, & est tendre
de son naturel, on diroit que c'est vn plotton de fil
amassé (car ce marcassin est comme entortillé de plusieurs filaments verds, cendrez, & noirs dont se fait le
vitriol) elle tient aussi ordinairement de l'airain, de la
coperose ou marcassin iaune : de la coperose noire &
de la cendrée : & ce qu'elle tient de la bronze se void
en certains filets qu'elle a, qui la prennent de long : la
bonne est de couleur de miel, ses veines sont fort minces & gresles : & est aisée à esmier sans trop tenir de la
pierre.

Il y a cuiure rouge & letton au fait de l'airain, &
tous deux sont propres à battre : on fait du letton l'or
clinquant. L'arcou & la rosette noire seruent seulement
és besongnes de fonte sans pouuoir endurer le marteau:
mais le cuyure rouge endure bien le battre : aussi l'appelle-on airain battable : (autrement cuyure de platte ou
de barre.)

Pour auoir de telle matiere à faire Images & Tableaux, il la faut allier en ceste façon. Apres auoir fondu
la mine d'airain, il la faut ietter dedans la tierce partie
de potein iaune ou rouge, qui ait desia seruy : & qui
soit poly & quasi conroyé à force de manier, &c.

On met sur vn quintal de ceste matiere fonduë, douze liures & demie de plomb argentin, &c. (qui sert à
garder le dechet & pour le faire couler, car sans cela le
franc cuyure ne couleroit pas.)

Pour auoir du cuyure bien doux, luy faut bailler la
liaison formelle.

Pour auoir du cuyure à faire rouge la drapperie des statuës , faut allier le plomb auec le cuyure rouge, (les fondeurs nyent cecy , bien disent-ils , que pour bronzer la drapperie des Images , faut de la limaille de franc cuyure , broyée sur vn broyeur, & appliquée auec de la colle à huyle.

La veine & mine dont se fait la bronze : *Cadmia metallica.*

L'autre calamine se fait és fourneaux, du plus subtil de la bronze qui s'en va amont auec la flambe , & demeure attaché aux voûtes des fourneaux : on trouue la plus subtile à la bouche des fourneaux, que les fondeurs appellent fleur de calamine , pource qu'elle est bruslée, & si legere, qu'elle est comme fleur de cendre : l'autre qui demeure attachée aux voûtes des fourneaux est faite en grappe, les fondeurs l'appellent loppe simple, ou loppe sans crasse : la loppe de la tierce espece & la plus pesante de toutes , demeure attachée aux costez des fourneaux : & retire plustost à vne crouste qu'à pierre ponce.

Pour calciner le cuyure & en faire la potée , il faut que ce soit en vn pot de terre cruë, y adioustant mesme poids de souphre : & qu'ayant bien lutré le pot, & signamment son ouuerture , on le mette cuire en vn fourneau, iusques à ce que le pot soit cuit.

La loppe de bronze se laue comme la potée.

Le pousser ou grenaille de bronze se fait des plaques & culots de bronze fonduë, les eschauffans en vn autre fourneau, que celuy où on fond la mine , où à force de soufflets on fait tomber la grenaille & les escail-

les qui font deſſus, leſquelles ſont dites fleur de bronze.

La paille & batture ou eſcaille de bronze, dite *Lepis*,
des Grecs, ſe fait és forges & martinets où on bat les
placques & culots de bronze; dela forge des cloux &
cheuilles de bronze, dont on ſoude les pains de bronze,
ou dont on ferre & clauelle les placques de bronze.

Il y a difference que le pouſſet ou grenaille tombe
de ſoy-meſme, mais la paille ſe fait en forgeant à coups
de marteaux.

Il y a vne autre eſpece de paille ou batture fort ſubtile, qui eſt dite *Stomoma*, pource qu'elle eſt faite à petits coups de marteau, & quaſi des barbes de la bronze.

On prend pour diphryges la loppe de Marcaſſin,
qu'on reduit en craye rouge és fourneaux. Item on fait
du diphryges en l'Iſle de Chypre, d'vne terre limonneu-
ſe, qu'on tire de certaines baumes, &c. Le tiers diphryges ſe fait és fourneaux de cuyure, de la loppe qui demeure parmy la cendre ſur la grille, où on peut conſi-
derer pluſieurs choſes: car en premier lieu la matiere du
cuyure eſtant fonduë, tombe en la caſſe ou conche: la
craſſe ſe trouue hors des fourneaux; la grenaille ou
pouſſet nage ſur la matiere: mais la loppe demeure au
fond du fourneau.

Il y a des mines qui rendent tout leur fer mol & tendre quaſi comme plomb: les autres rendent vn fer aigre, fraiſle, tenant fort du cuyure, & qui ne vaut rien à
ferrer les roües, ny à faire des cloux, où au contraire le
fer doux eſt fort bon. Item y a du fer qui ne vaut rien
qu'en beſongne courte, comme à faire des cloux & des

boutons és iambieres des harnois,&c. Toutes ces fortes
de fer s'appellent *Strictura*, de *stringere aciem*, ce qui n'est
dit d'autre metail. Item y a difference és forges & fourneaux de fer, & mesmes à le cuire, car l'acier dont se font
les trenchans, se fait en vne forte, & celuy dont on fait
les enclumes, en vne autre : mesmes on accoustre autrement les precedens que l'acier dont on acere les pointes
des marteaux. Toutefois la principale difference gist en
la trempé, & à luy bailler l'eau à propos, quand il est
rouge.

La matiere que rend la mine de fer est claire comme eau, & se rompt par apres en petits ballons & carreaux.

Entre toutes mines, il n'y en a point qui aye les veines
ny les filons plus larges que le fer.

Le fer se corrompt & se gaste, si on ne le bat pour
le conroyer pendant qu'il est chaud : si ne le faut il battre quand il commence seulement à rougir, ains faut
attendre qu'il soit comme blaffard au feu.

Plomb noir, ou plomb commun : plomb blanc, ou
estain de glace : plomb de lauaille.

On trouue le plomb blanc à fleur de terre, parmy
les sablonnieres, & parmy les torrens sechez & taris on
en trouue des pieces comme du grauier, que les Arpailleurs lauent, & apres auoir bien esbroüé ce grauier, ils
fondent ce qui va à fonds, & en font le plomb blanc :
On en trouue aussi és mines d'or, & l'appelle on plomb
de lauaille, pource qu'on le laue és mares où se fait
l'esbrouëment de l'or.

Gg 3

On ne sçauroit souder deux pieces de plomb commun sans plomb blanc ; c'est pourquoy plusieurs le prennent pour estain de glace.

Vn vaisseau de cuyure estant estammé, ne pese non plus, qu'auant qu'on l'estammast.

L'estain fin se contrefait, mettant le tiers de cuyure blanc sur le plomb blanc : on le contrefait aussi, meslant égallement de plomb blanc, & de plomb commun par ensemble, & appelle-on ceste matiere estain argentin : quand à l'estain fait à tiers, il y a les deux parts de plomb commun, & vne part de plomb blanc.

Le plomb brussé, qu'on appelle potée de plomb, se fait en pots de terre, faisant vn lict de souphre, & vn lict de lames de plomb & de fer parmy, alternatiuement : Aucuns font ceste potée de limaille de plomb & de souphre : d'autres se trouuent mieux de calciner plustost le plomb auec la ceruse qu'auec le souphre.

Aucuns pilent & preparent ainsi la limaille de plomb, les autres y adioustent de la mine de plomb.

On fait quelquefois le vitriol comme le sel des salines, laissant congeler l'eau douce qu'on a attiré és allumieres au Soleil.

Or blanc, or de bassin, or d'Allemagne, bas or, où y a la cinquiéme partie d'argent. *Electrum.*

On ne trouue point tant d'autre metail tout affiné comme de l'or, mais on trouue argent, cuyure, naturellement affiné, & autres aussi. Il y a mille autres choses

qu'il faut r'enuoyer aux fondeurs, pour sçauoir pleinement tout cét art metallique, car il y a mille beaux
secrets dans le meslange des metaux, dans les alliances
& les liaisons qui s'en font, mais il y a bien du hazard,
& ne fait pas bon en sçauoir tant, car plusieurs apres
auoir bien cherché les affinements des metaux, & en
abusant, n'ont treuué au fond du creuset qu'vne corde
& vn gibbet, ou bien de l'huyle boüillie, qui est le
resultat d'vne dangereuse Alquimie.

PREFACE AV LECTEVR
DES FLEVRS.

Vand la nature est en ses ioyeuses pensées, c'est à l'heure qu'elle tapisse tout son Vniuers d'vn monde de fleurs agreables. Et à vray dire, ces fleurs sont le ris, & les resioüissances de la terre quand elle se void deliurée des cruautez de l'hyuer, & d'vne longue captiuité. On void bien qu'elle prend plaisir à s'esbanoyer, bigarrant de cent mille façons la surface de la terre suresmaillée de mille raretez. Les molles halenées du Zephire, auec les douces influences du Ciel meslangeant les moiteurs des rosees auec les chaleurs du Soleil de Mars, font toute ceste riche diuersité dans le sein de la terre, ensemencée de cent mille graines mortifiées sous les aspretez de l'hyuer. Les SS. Peres ont fait auec la nature, comme ce Peintre auec la Bouquetiere, dont il admiroit les beautez. Elle enfiloit des Chapelets de fleurs en cent mille façons, & luy auec son pinceau en couchoit tout autant sur ses Tableaux, & ne sçauoit-on qui auoit gaigné, elle en faisant, ou bien luy en peignant ces ouurages l'vn & l'autre du tout mignardement. La nature esmaillant les campagnes, les Peres fleurdelisant leurs escrits, contretirant toutes ses mignardises, ont fait vn si noble paralelle de beauté, que de vray ce sont des miracles, &

tous deux sont plus beaux l'un que l'autre. Mais quelle vergongne de voir qu'on ne sçait pas parler de ces belles beautez,
& quelle fantasie de sçauoir leurs noms en Grec & en Latin, &
en François ne sçauoir ny les noms, ny les parties des fleurs, ny
parler de choses si delicates, & si ordinaires ! Quand les plus
huppez ont dit la Rose, le Lis, & l'Oeillet, le Bouton, & la
fueille, ce petit bouton renferme toute leur science, car ils sont au
bout de leur sçauoir, & rebattent les oreilles les greslant de re-
dites importunes & ignorantes. Ie vous veux deslier la langue,
afin que vous puißiez dire deux mots bien à propos.

La graine iettée dans le ventre de la terre, pourrie dessous
le fumier, battuë des cruautez de l'hyuer, sur les premieres douceurs du Printemps rallie ses petites pieces, & se resuscitant
pousse de petites racines inuestissant la tendre motte pour en suçer la moüelle, puis perçant la terre iette vn petit filet blanc &
vne pointe verdelette, cela se nourrit à veuë d'œil, & par laps
de temps s'engraisse, puis gaigne le haut & roidit sa tige toute
verte, à la faueur du Soleil cela boutonne, & à couuert digere
toutes ses couleurs, le bouton s'enfle peu à peu, esclatte doucement,
monstrant par la fente l'essay de son apprentissage, & vn rayon
de ses beautez, le temps meurit ces beautez renfermées, & en
son temps partageant le bouton fait esclorre tout doucement la
fleur, despliant delicatement les plis des fueilles, & arrengeant tout sur les pointes du bouton entr'ouuert, met en estat
la fleur, & luy donne la figure bien-seante à sa qualité, & qui
contente l'œil. La nature soigneuse de ces thresors odoriferans
les contregarde fort curieusement, armant les vnes de pointes
fort aiguës, herissant les autres de piquerons, couurant celles-
cy de fueilles rabboteuses, iettant les autres à l'abry des fueilles
larges & ombrageuses pour conseruer leur teint, mesmes elle fait

Hh

ioüer des secrets ressorts, afin que les desboutonnant pour humer les influences de l'Aurore, sur le soir elles se reboutonnent
d'elles-mesmes craignant les horreurs de la nuit.

Les unes sortent d'un bocal verdelet, les autres d'un
tuyau, d'un bouton, d'un estuy, d'un petit panier à mode de
hotte, d'un vase, d'un coffin fort ioly & bigarré, d'une guaine,
d'un espy, d'une campanne, d'un nœud, d'une oliue, de l'œil
du sion, de la gemme espanoüie, d'un vase rembourré de coton,
& cent mille & mille façons, qui se iettent au iour.

La tige est gresle, ou grasse, ou mince, droite, à cime penchante, lissee, aspre, crenelée, marquetée, renoüée, sans nœuds
& toute d'une venuë, veluë, despoüillée de fueilles, enueloppée,
simple, branchuë, polie, rabboteuse, torse, fueilluë, entortillée,
auec aspreté d'escorce, nuë, iettant des sions.

La fleur est en mille façons mince, charnuë, molle, cottonnée,
rude, replissee, applatie, releuée, voûtée, torse, renuersée, à mode
de thuile, recoquillée, pointuë, fenduë, en ouale, en rond, resserrée, à l'abandon, en cœur, en amande, decouppée, bordée, dentelée, unie, herissée de pointelettes, ayant des barbes entassées,
poussant des filets en amont, des martelets au bout, tournée
vers le Ciel, penchante à terre, touffuë, simple, trenchée de
veines, toute d'une couleur, marquetée & mouchetée de bigar-
rures, foüettée à veines rouges & sanglantes, pommée, gode-
ronnée, deschiquetée, recourbée, entortillée, crespée & ridée, à
rebordemens passementez.

L'odeur est aussi admirable qu'innombrable, douce, forte, pesante, brusque, aiguë, punaise, sombre, endormie, viue, delicate,
seche, malfaisante, chancie, bastarde, ayant une soüefue framboise, amortie, penetrante, fuyante, affadie, acre, mortifiée,
agreable, attrempée, fade, sucrine, parfumante, aromatizante,

qui fent le hafle, paffée, fubtile, l'efprit de la fleur, la chrefme, l'ame de la fenteur, l'effence, les vapeurs les plus pures, efmouffée, rabbatuë, efüentée, noyée dans la pluye, efüeillée, baftarde, fofiftiquée.

Les couleurs font infinies, & les noms auffi foient propres ou empruntez, on dit couleur viue, eftincelante, de feu, terne, deflauée, d'efcarlatte, pourpre, perfe, changeante, violette, haute, baffe, attrempée, de neige, lait, or, faphir, hyacinthe, de faffran, or paillé, celefte, verd de mer, Iris, plombée, noiraftre, verd mourant, verd naiffant, verd gay, verd doré, verd de terre, verd fombre, l'efclat vif, le rayon agreable, le teint naïf, blaffard, languiffant, mourant, haflé; prendre couleur, charger couleur, fe defcharger, couleur efteinte, effacée, iaunaftre, mourante, paffée, fleftrie, fanée, terreftre, pourriffante, efüanoüie, foible, paffagere, conftante.

Les parties font le germe, les racines, oignons, bulbes charnuës & poulpuës, le premier filet qui met le nez hors de terre, la tige, les nœuds, liaifons, emboitures, boites, enchaffeures, l'œil, le bouton, la gemme, le col de la fleur, la larme, les füeilles, les deffences d'efpines, les aiguillettes & filaments pour s'accrocher, l'efcorce, la moüelle, le ius, le cœur de la fleur d'où fe pouffent les filets de faffran, ou argentins, les ongles & extremitez des fleurs, les pointes, dentelettes, paffements du bout des fleurs, l'efprit & la manne tombée du Ciel, le fuc, le flair, les qualitez occultes, la couleur, la beauté, le bel ordre de fes füeilles; le plantis, les fions, les plaçons, les iettons & reiettons, les boutons grainez, le füeillage, les barbes, les houppes, les perles comme és couronnes imperiales & autres, la defcheance & decadence des fleurs qui tombent par pieces, & lafchent füeille à füeille fe defpoüillant de leur beauté, la defpoüille des iardins, les fleurs meurtries en les maniant, descousuës & deschirées.

La graine se treuue au bouton, au col de la fleur, à la pointe des filaments, au ventre de la fleur, dans la bourre & le coton du bouton, dans l'estuy, à la pointe des barbes, à l'onglée, en fin quasi chaque espece de fleur a sa façon de porter sa semence pour se multiplier ; les Lis se sement par leurs larmes, les Roses par leurs sions, les autres laissent tomber leur graine à leur pied pour se multiplier ; les autres n'ont autre graine que leur oignon, ou si elles en ont elles ne font ny si bien, ny si tost que les autres.

Mais vous verrez en detail, Lecteur mon amy, comme il faut parler de chaque fleur à part, & auec vn peu de sel de discretion fuyant toute sorte d'affectation & de icunesse, vous aurez moyen d'apprendre à parler de la beauté des fleurs, & en parer vostre eloquence, ainsi que les SS. Peres Orateurs parfaits de l'Eglise, & que les Princes de bien dire ont fait chacun en son temps, embaumant l'air de la douceur de leur eloquence fleurissante. Mais n'en faites point ny parade, ny largesse, rien ne put tant qu'vne fleur pourrissante, rien n'ennuye tant que fleur sur fleur, & douceur sur douceur qui d'ordinaire enteste, aussi rien n'est si desagreable qu'vne eloquence qui n'est qu'vne enfilure de fleurettes de Rethorique. Peu & bon c'est la deuise des esprits bien faits.

LES FLEVRS, LES
SENTEVRS, ET LA BEAVTE'
DES PARTERRES.

CHAPITRE XXX.

Le Lis.

LE Lis porte les fueilles longues, touſiours
vertes, liſſées, graſſes, la tige haute, rondé,
droite, vnie, graſſe, ferme, toute reueſtuë de
fueilles. Du ſommet de la tige naiſſent des
branchettes, d'où ſortent des teſtes longuettes de couleur d'herbe, qui blanchiſſent auec le temps, ſe façonnant comme en vn panier, à bords renuerſez, ou vne
clochette de ſatin ou d'argent. Du fond & du cœur
d'iceluy ſe iettent contremont de petits filamens d'or ou
de ſaffran, teſtus & à teſte verte, & de petits martelets
d'or, ſes fueilles d'vne exquiſe blancheur ſont canelées
& rayées par dehors, & ces caneleures ſe vont eſlargiſ-
ſant en allant (à mode de hotte) vers le bord. La graine eſt au bout des petits brins & filets d'or qui ſont au
mitan de la coupe. La tige afin de mieux porter ſa teſte
eſt renoüée par tout & raffermie, ſi eſt-ce que le Lis

est tousiours à col pendant , & languissant ne se pouuant soustenir. Il fleurit à la my-cuillette des Roses,
l'oignon ou le bulbe est escailleux , ces escailles vont
en appointant & sont fort fecondes. On en fait naistre
de rouges , purpurins , azurez , & des couleurs où on
trempe le bulbe , ou la tige seichée à la fumée. Le
Liseron (*Conuoluulus*) est vn Lis bastard , sans odeur,
sans filez , il semble que ce soit le coup d'essay , l'apprentissage , & les premiers traicts de nature quand elle
se mit à vouloir patronner , & façonner en chef-d'œuure les vrayes fleurs de Lis. Le Lis s'accoustre comme
la Rose , mais il a cela d'auantage qu'il peut venir des
gouttes & larmes qui distillent d'eux. Il y en a aussi
des iaunes qui ont le calice doré , & tousiours doré de
saffran. Les Poëtes ont enuie de nous amuser , disant
que Hercules ayant humé le lait de Iuno , & tout à
coup s'estant d'estaché , du lait qui coula au Ciel se feit
la voye de lait , & en terre de ce qui sortit de la bouche
d'Hercules se forma le Lis , qui se dit la fleur de Iuno.

Pommes d'Amour.

LA beauté à baptizé ces fleurs de ce nom , car elles
meritent estre aimées : elle a six fueilles ou rouges,
& iettant vn beau feu , ou iaunes ayant sur son or de
petits traicts riants d'argent. La Pomme est de forte
cuyson , & de dure digestion. La fueille est large, peu-
plée de veines , crenelées , & dentelées au bout. La
tige grasse , aspre , veluë ; la racine iaunastre , pour
donner esclat à la fleur , nature y a enchassé au mitan

vn petit bouton d'or, d'où sortent les fueilles comme
rayons musquez, ou du satin odoriferant. Les fruicts sont
comme concombres, la peau blanche purpurée, sans
ride & luysante, la chair dedans est blanche, forte à digerer, entestant, oppilant, enflant, & sont cause de la
mesellerie.

La Rose.

Voicy la Princesse des fleurs; la perle des Roses c'est
la Rose de Damas blanche, ou Rose Musquée.
La seconde, la rouge; la troisiéme, l'incarnate; la quatriéme la blanche; la cinquiéme la sauuage, qui vient és
esglantiers; sixiéme, la Rose dorée, belle, mais puante. La rouge est de plus haute couleur que l'incarnate,
& pourtant est de plus forte operation, comme tenant
plus du feu & en suitte de l'amertume; l'incarnate mise
en infusion est plus foible en vertu. Il y a des Roses
fueillües de cinq fueilles, de 6. 7. 10. 100. & plus. Les
fueilles sont differentes entr'elles, il y en a des aspres, des
vnies, des hautes en couleur, moins chargées, blaffardes,
odorantes, larges. La marque de l'excellente odeur est
quand l'escorce est fort aspre, l'escorce se dit ces cinq
fueillettes vertes & barbuës qui enuironnent le bouton
quand il se façonne. La Rose, & les rosiers aiment la terre
legere, curailles de maison, le platras, vieilles masures; le
lieu gras, argilleux, aquatic, la tuë, au moins esmousse
la pointe de sa senteur, & la rend plus pesante, & lasche.
La Rose croit d'vne espine grainée, laquelle s'enfle en
boutons pointus, (se iette en pointe & bocal verd, &
alabastres verds) & vers, ce bouton rit & se trenche

petit à petit, puis se déboutonne, deslie, & desploye
son thresor, le Soleil déueloppe & dénouë les plis &
les fueilles, la faisant espanoüir, & prendre iour, & donnant le dernier traict de beauté à son escarlatte, & ache-
uant de la parfumer, & y faire infusion d'eau rose, au
mitan il y a comme vne coupe de pointes dorées, &
de petits filets de Musc ou de saffran entez dans le cœur
de la Rose. Les Medecins la diuisent en six parties. Premierement. L'ongle de la Rose, c'est à dire, ce bout
blanc par lequel la fueille tient au bouton. 2. La fueille. 3. Les petits filamens d'or. 4. Les grains au bout
des filets, & de ses petits poils & cheueux d'or. 5. Le
haut du bouton. 6. Le reste qui est la queuë. Quand
la fleur est trespassée, quand le fruit du Rosier est bien
meur, il y a dans ce fruit la chair, la semence, & le
coton, qui toutes ont de grandes vertus. A Cartagene
d'Espagne il y a des Roses de hastiueau tout l'hyuer. La
graine des Roses est au bouton sous la fleur, & est
rembourrée d'vne bourre, de coton, & de duuet pour
la contregarder. La semence est fort tardiue, aussi vaut-il
mieux planter les sions & iettons de Rosier, que les
semer. Le temps est en Féurier quand le vent fueillu
(*Zephirus*) est en campagne, mais il faut que les plançons de Rosiers soient plantez large ; pour haster les
Roses il les faut arrouser aupres d'eau chaude quand le
bouton commence à monstrer le nez. Mais ces bonnes gens ne sonnent mot du feu de son incarnadin, de
la neige de son satin blanc, des cinq saphirs taillez en
languettes tour autour pour luy seruir d'atour, du Baume & Ambre-gris qui en respire, de ceste petite moisson

d'or

d'or qui eſt au mitan, de la rigueur des eſpines qui la
contregardent des petits voleurs qui la detrancheroient
à coups de becs, du iús & de la ſubſtance qui en eſtant
eſprainte embaume tout de ſa ſenteur, de mille vertus
cachées, pour fortifier le cœur, eſclarcir la glace des
yeux, & effacer les nuages & les mailles, raffreſchir nos
ardeurs, roidir nos gençiues, eſueiller nos appetits, &
reſuſciter les morts de faim à faute d'appetit qu'elle remet ſur la langue. C'eſt la maiſtreſſe fleur des chappeaux, & des bouquets. Les fueilles ſont crenelées, rudes, noiraſtres.

Le Muſc & les Senteurs.

L E Muſc iaunaſtre eſt le plus friand, le noiraſtre
apres, puis celuy de Sini. Tout Muſc ſe forme au
nombril d'vn animal tirant au Cheureul, ayant vne corne, lors qu'il eſt en rut, le nombril s'enfle de rage, le
ſang y accourt, la beſte creue l'apoſtume qui groſſit
trop ; de ceſte enflure ſort la bouë, & le ſang & la lie
de ceſte apoſtume, qui eſtant en terre à la faueur du Soleil prend ſa ſenteur. Ceux qui ſont le bon, ne broutent
que le Nard, & herbes odoriferantes. L'excellent eſt
celuy qui eſt pris dans l'apoſtume fort meure. Si le
Muſc n'eſt meur il a vne ſenteur peſante & faſcheuſe, les
chaſſeurs pendent les veſcies trop cruës, & les font
méurir en l'air, & cuire aux déſpens du Soleil. La Ciuette,
eſt vne ſueur de certains Chats ſemblables aux Foines,
mais ſueur qui vient au plus ſale lieu de la beſte. Meſme
l'Ambre ſe prend dans le ventre d'vn poiſſon ſelon l'o-

Ii

pinion de quelques Parfumeurs. Quelle honte à l'homme d'estre si curieux de choses si sales, & que Dieu à
dessein auoit cachées en lieux qui deuroient faire bondir le cœur. Voyez ie vous prie, où les choses que
l'homme estime tant se treuuent, le Musc en lieu infa-
me, les Fleurs dans le fumier puant, l'Escarlatte dans
le sang d'vne huistre baueuse, l'Or aux portes d'Enfer,
les Pierreries en la boüe de la mer, ou és terres maudites & bruslées du Soleil, la soye dans la morue des
vers qui la bauent, & ainsi de tout le reste, & voila les
grandeurs des mortels.

L'Oeillet.

IL debat la presceance auec la Rose, en beauté, souëf-
ueté, varieté. Il a les fueilles courtes, charnuës, grasses, courbées, finissant en pointe. Il a plusieurs tiges, &
sont rondes, minces, noüeuses, vnies, hautes, iettant
des petites branchettes, en la cime desquelles on void
vne petite coupette ronde, longuette, le bord decou-
pé en petites dents comme vne scie, d'où sort la fleur
qui sent le clou de girofle, & pourtant on la nomme
giroflée. Ces fleurs sont vermeilles, ou purpurées, obscures, blanches de couleur de chair, pesle-meslées de
diuerses couleurs à cause du meslange des graines. L'œillet d'Inde a la plante branchuë, les tiges hautes, canelées, droites, rougeastres, d'où sort quantité de fueilles
chiquetées, decoupées, ayant de petits filamens argentins yssans du cœur, & se recoquillant au bout. Quand
le petit tuyau verd se veut espanir il iette le nez dehors,

& vne petite pointe ou comme vn poinçon d'incarnat,
qui petit à petit s'enfle, & fend la presse de ses pointes
qui le tiennent en serre & prison estroite, l'ayant tranché il se iette dehors en rond, desfait les plis de ses
fueilles, prend l'air & le iour, & respire sa senteur tres-
soüefue, affinant ses couleurs, & cuisant son eau & son
musc, & agence fort ioliment ses fueilles en rond, &
faisant monstre de la dentelle de ses fueilles, soustenant
de bonne grace ces trois menus cheueux d'argent qui
sortent du fond de la fleur. Il y en a de petits riole-piolez
qui peuplent infiniement, mais se haslent & flestrissent
bien tost, n'ont pas tant de bonne odeur que belle paru-
re, portant vn gris blanc tout moucheté de gouttelettes
de sang & d'escarlatte qui semble estre enchassée, ou
plustost greslée dessus, & sient fort bien.

Passe-velours. Amaranthus.

L'Italien appelle *fior velluto*, fleur de velours, c'est vn
espy purpurin d'excellente beauté, mais sans odeur,
il ne flestrit point, & pourtant est-il nommé Amaranthe,
ses fueilles sont plus grandes que le Basilic, sa tige grosse, grasse, rougeastre; sa fleur espiée toute seiche qu'elle
est retient sa couleur naïfue en l'hyuer mesme, aussi est-
ce le bouquet de tout temps, car mesmes apres estre de-
fleury, trempé dans l'eau il reuerdit, se remet en couleur,
reprend son velours, & sa gayeté, ne perdant iamais sa
couleur purpurée; au reste il veut estre cueilly souuent,
car il en iette vn plus beau feu, & charge vn rouge plus
esclattant, & son velours espié est plus vif, & plus at-

trayant. Tous les Teinturiers du monde n'ont iamais
sçeu contrefaire en leurs teintures, l'esclat du passe-ve-
lours, comme ils ont fait de toutes les autres fleurs. On
le nomme aussi fleur d'amour, à cause de son cramoisy
constant, & immortel. Les herbiers ont vne Amarante
iaune nommée Helicryson, comme Soleil & or, car ces
fleurs tournent auec le Soleil, & sont comme vn or
fleury, ayant la cime ronde & reluisante, l'esmouchette
en rond, amassée comme Corymbes sennez.

Les Violettes.

ON diroit que l'Autheur de la nature a choisi la
Violette pour y coucher son Esmail, & y faire esclatter la delicatesse de son pinceau, & les couleurs du
monde les plus riches pour border le manteau du printemps. Il y en a de purpurées, mais de la plus fine pourpre violette, il y en a qui semblent de la neige façonnée
en fleurettes, du lait caillé en Musc blanc, des fueilles
d'argent embaumé, de petites estoilles odoriferantes.
Les autres sont d'or musqué, ou des violettes metamor-
phosées en vn tres-soüef or decouppé en fleurons. Il y
en a des composées de cent & cent fueilles ajencées
ioliment, & toutes entées en mesme tige, mais se iettant en rond, & se repliant les vnes sur les autres, & par
vn doux monopole s'accordant à composer vne fort
iolie violette aussi belle que douce, pesle-meslant d'vne
gentille confusion mille couleurs qui séent extrémement bien, & contentent entierement l'œil. Les autres
sont des arbres & dementant leur race se iettent en l'air,

pouſſant ſi haut qu'elles vont de pair auec les arbres,
au reſte portant la liurée & les couleurs des autres, à
ſçauoir la pourpre entrefilée de blanc. Voila les violettes de Careſme & de Mars. May & Iuin ont les leur à
part, elles ſont bigarrées, le haut & l'orle eſt purpurée, au milieu blanches, au bout d'embas dorée, quel
eſmail merueilleux voir l'argent, la pourpre, l'or, le
ſaphir des fueilles qui ombragent tout autour, tout
cela yſſant d'vn petit cheueul verd, d'vn petit brin de
ſaphir, d'vn petit filet qui ſert de tuyau à la nature, qui
par là diſtille le doux muſc qui en reſpire. Les tiges ſont
formées en triangles, vn peu cannelées, creuſez au dedans, comparties par eſgaux eſtages, partagez par des
nœuds qui renoüent & fortifient ce petit pilotis qui
ſouſtient ce chef-d'œuure muſqué, de ces nœuds naiſſent des petits rinceaux qui portent les fleurs. Les fueilles ſont au commencement rondes, & chiquetées, puis
s'eſtendent en longueur, & ſe mettent au large. Les
plus excellentes ſont celles de Careſme qui ſe iettent au
Soleil ſur les premieres pointes du Printemps, & qui
n'ont encor ſouffert les ardeurs du Soleil qui fait tarir
leur eau, les cuit trop aſprement, & les fait fleſtrir &
fener; ny auſſi peu ſont trop detrempées par les pluyes,
qui les deſlauent & affadiſſent, emouſſant la pointe de
leur vertu & bonne ſenteur. Leur grande vertu vient
d'vn petit feu bien attrempé, & d'vne douce chaleur
qui eſt la predominante qualité de leur complexion, &
les rend doucement ameres. Pour eſueiller leurs forces
on les met tremper dans du vinaigre, & n'eſt pas croyable la grande vertu de ces fleurettes; cela remollit les

endurciſſemens, r'appelle le ſomme eſgaré, refrigere les
ardeurs qui cuiſent les parties nobles auec excez, eſtai-
gnent les inflammations ; le ius mollifie le ventre, diſſipe & euacuë la cholere, addoucit l'aſpreté du pou-
mon, raffraiſchit le feu qui bruſle la poictrine, deſoppile
le foye, conſume la iauniſſe, & miſes en infuſion, ou
dans l'huyle font miracle dans l'eſtomac, ſe gliſſant
dans les veines où vont flottant mille mauuaiſes humeurs. Le plaiſir eſt quand aux premieres aduenuës du
Printemps, & au retour du Soleil quand pour payer ſa
bien-venuë, addouciſſant les rigueurs de l'air, & eſ-
chauffant la terre, pour premier preſent il nous deſerre
les violettes. On void ſortir d'vne motte toute couuerte de mille fueilles vne trouppe de petits brins verds,
qui ſont tous teſtus, ces teſtes ſe iettent en petites gouſ-
ſes, & en guaines, ou bourſettes, & vaiſſeaux ronds,
dans leſquelles ſe reſerre la nature, pour minuter à ſon
aiſe, & patronner les violettes. Elle façonne quatre ou
cinq fueilles, elle les peint de violet, ſauf qu'à l'ongle elle
les dore d'argent, mais d'argent entre couppé de petites
veines qui courent çà & là pour nourrir ces fleurons,
& leur donner la grace ; elle les mouchette de petites
taches ſurſemées, elle decouppe chaque fueille leur
donnant vne iuſte rondeur, les rauallant vn peu au plus
haut, & leur donnant comme la forme d'vn cœur fleury,
comme ſi la violette eſtoit le cœur de la nature, & la
perle des fleurs. Elle pouruoit d'vne rangée de petites
pointes graſſes, & roides, afin que quand la violette ſera à l'abandon elle ne panche auſſi toſt à terre, mais
qu'elle ſoit ſouſtenuë pour monſtrer ſa beauté au Ciel

dont elle porte les couleurs, & puisse mieux ioüir du rayon, qui met les derniers traicts de sa perfection. Finalement elle y coule bonne prouision de baume, & se reserue le petit canal de la tige creuse à cest effect, afin que si elle s'esuanoüit & desseiche, la nature puisse faire nouuelle infusion de musc, & haleter par ce petit canal, pour la remettre en ses senteurs premieres. Son escarlatte violette, ou Ianthine est inimitable à l'artifice qui iette tout le Printemps en la teinture des soyes. La racine est charnuë, on dit que les violiers iaunes emportent le bruit, & qu'en certains pays elles sont plus nobles que les purpurines. Pour les violettes de mer ce n'est pas grand cas. Mais les rouges sont en assez bonne reputation, & ont du credit parmy les autres violettes, on les nomme aussi violettes des femmes. Elles veulent estre en terres rudes, maigres, & bien veuës du Soleil. Selon le dire de ces Herboristes.

L'Iris, ou la Flambe.

CEste fleur porte la liurée de l'Arc en Ciel, car les fueilles sont composées de blanc, pasle, iaune, pers, bleu, & tout cela au bout de chaque tige. Sa racine est massiue, noüeuse, & d'odeur de violette de Mars. Elle incise les grosses humeurs, descharge le cerueau tirant des larmes, & appaise les trenchées de ventre, guerit des morsures de serpent prise auec vinaigre, incarne les vlceres, & fistules cauerneuses, remollit les duretez, efface les lentilles & nuées du visage, couure de charnure les os desnuez, & délasse fort. Sa tige est vnie, ronde,

noüeuse. La fueille, comme le glaieul, canelée, pointuë, teinte en fine escarlatte violette, auec quelque esclat de feu violet. La sauuage a neuf fueilles perses qui
ont au dessus certains traicts dorez: La Flambe aromatize,
& parfume le lieu où elle est (non pas comme la fleur
Hesperis qui sent mieux de nuit que de iour) mais en
tout temps, elle porte l'odeur en sa racine. Elle estant
maschée corrige la puanteur de l'haleine, & le boüquin
des aisselles. Il y en a de blanchastres, de roussastres, du
costé de la marine, mais elles ne sont de recepte, ny
en credit. En Sclauonie deuant que la cueillir ils vsent
de ceste ceremonie, ils font trois cernes auec la pointe
d'vn cousteau, & arrousent d'eau miellée, pour flatter
la terre, & reparer le tort qu'on luy fait de luy arracher
du sein ceste perle des fleurs ; estant arrachée ils la leuent contre le Ciel, en hommage qu'ils font que tout
ce bien leur vient de Dieu, & si faut la cueillir d'vne
main virginale, au moins bien chaste. La racine est cau-
stique & bruslante, suiette à vermolissure, mais cest
Ireos tout vermoulu qu'il est, n'en sent que mieux. La
fleur passe incontinent, & ayant les fueilles larges, grasses, pesantes, & la fleur ouuerte à l'abandon & discretion de tous les outrages de l'air, cela flestrit, & se fe-
ne incontinent ; mesme en ses beaux iours elle pend
nonchalamment, les fueilles ne se faisant bonne compagnie, mais se desbandent, démentent, & semble auoir
vne diuorce ; l'vne se tenant ferme & droicte, l'autre se
recoquillant, celle-là se repliant & se laissant pendre à
l'aduenture, & à demy percluse de ses membres.

Le

Le Narcisse.

LEs fueilles sont menuës ; la tige est creuse & des-
fueillée, la fleur blanche, au dedans iaune, ou bien
purpurée ; la racine blanche, ronde, bulbeuse, la graine
noire serrée dans vne petite bourse de peau. La racine,
soude bien les nerfs coupez, r'emplace & aide à r'em-
boiter les os, fortifie les déloueures des cheuilles ; arrache ce qui est fiché au corps, efface les nuées du visage
& les lentilles incarnées dans la peau, & sur le cuir de la
personne. En la cueillant la graine tombe & regerme,
ainsi qui en cueille vne fleur, en seme douze. Il y en a
de plusieurs sortes, de purpurées, de vertes, de blanches,
& de huit sortes. Son bouton est enflé & sans pointe ; commençant à s'ouurir il fait comme vne grenade creuée
par le haut, espanoüy il semble vne estoille d'argent,
ayant tout le sein d'or, couronné d'vn petit filer d'escarlatte, crenelé fort mignonnement, & fait comme vn
point couppé de nature. La tige ne porte pas bien sa
teste qui panche tousiours à terre, son teint est gay, sa
decoupeure proportionnée, les fueilles grassettes & roides, & qui aiment la compagnie, aussi ceste fleur ne
tombe pas par pieces, mais toute entiere. Le rouge est
sain, le verdastre qui a les fueilles blafardes desbauche
l'estomach, & desmonte le ceruesu l'appesantissant de
grosses vapeurs, & fumées grasses qu'elle iette dans la
teste (d'où il a son nom, car ναρκωσις est lourdise de teste.)
La racine qui sert aux dislocations, est bonne aussi aux
apostumes plates. Broyée & incorporée auec vne cer-

taine huyle, purifie les meurtriſſures, reſioüit les contu-
ſions, & les foulures, diſſoud le gel des parties mor-
fonduës & gelées. On confond le Lis auec le Narciſſe,
mais la tige de ceſtuy-cy n'eſt pas fueilluë. Il y en a qui
ont la fleur fauue, d'autres qui ont la fleur d'alentour
blanche, le vaſe ou la campane du mitan purpurine,
l'odeur n'eſt pas des plus agreables du monde, quelquefois elle eſt peſante, endormie, laſche, mais la beauté
contente l'œil, & le reſioüit de ſa dorure argentée auec
les petits eſclats d'eſcarlatte qui la fendent doucement,
& la paſſemente de bonne grace.

L'Anemone.

IL y a pour le moins cinq ſortes d'Anemones ordinaires, à fleur rouge, de lait, incarnate, de haute
couleur, & moins chargée de couleur. L'Anemone a
les fueilles decouppées fort menu, les tiges greſles, veluës, canelées ; les fleurs ſont de ſix fueilles à l'entour
comme le pauot, & ſont purpurées, au milieu il y a
de petites teſtes noires, ou perſes, accompagnées de
petits filamens noirs qui luy font la cour. La racine eſt
comme vne Oliue armée de nœuds, mais elle n'a pas
tant de cheuelure, & filamens que la ſauuage qui
porte vne fleur rouge. La ſeconde porte les fleurs lui-
ſantes, d'vne pourpre claire & moins chargée. La
troiſiéme eſt argentine, & n'a que cinq fueilles grandes
comme roſes, & deſſus y a comme vne fort legere couche & teinture de pourpre. La quatriéme a les fleurs purpurées, a force decoupures. La cinquiéme eſt dorée, ou

d'or musqué façonné en Anemone. Fusch. croit que
ce soit de mesme que la Pulsatille, qui iette sa fleur en
estoille, mais veluë, purpurée, obscure, portant au milieu des petits fleurons dorez comme la rose qui iette
vn petit floc purpuré de fine soye. Autour de la base
de la fleur la tige pousse vn floc velu de couleur cendrée, tendrelet & si delicat, qu'on croiroit estre vne
houppe de soye colée.

Le Castor, le Baume, & le Nard, & le Benioin,
Cinamome, Canelle.

PLine s'est mespris, & en a trainé apres soy d'autres,
& c'est erreur populaire, que le Castorée soit ce que
le Bieure porte, & ce qu'il arrache estant serré de trop
pres. Or cela est tres-faux, car de ses dents il n'est possible qu'il arriue à ces parties. Mais ce sont les trompeurs
qui emplissent des bourses de bon & mauuais Castorée,
& font accroire ces babioles. Au reste la verité est qu'aupres des aines le Bieure a deux fort petites boursettes
pleines d'vne humeur comme d'huyle fort puante, tandis qu'elles sont attachées à l'animal, mais si on les arrache, & les pend-on à la fumée, ceste liqueur s'espaissit
comme miel, puis apres s'endurcit comme cire. Ronde-
let anatomizant en a treuué autant à la femelle qu'au
masle, ce n'est pas donc, &c. Le vray Castor est en de
petites boursettes, & le frais comme miel, le plus vieil
comme cire iaune. Les Sophistiqueurs prennent les
grosses bourses, & broyant les rognons du Bieure auec
le bon *Castoreum*, l'abbastardissent. C'est vn souuerain

remede contre mille maux, la seule fumée ramene les
esprits des pasmez.

Le Nard vient d'Inde, ou de Syrie, il sort d'vne racine toute cheuelue, & porte à force gousses entrelassées,
petites, courtes, & de bonne senteur (il y en a d'autre
qui sent le Hirculus herbe fort puante, bouquin extrémement, il a les gousses plus grandes , blanches, ordes,
sans poil, mais on les espluye auec du vin de dattes
dont on les arrouse pour les reserrer , appesantir, &
parfumer, afin de tromper) si la racine a du limon attaché, il la faut escoüer & passer par le tamis, le vray a
tresbonne odeur. La racine est en forme d'espy, c'est
pourquoy on la nomme *spica Nardy* ; l'espy n'en vaut
rien, toute la vertu est enclose en la racine. Ains que
iamais Mathiole n'a sçeu treuuer aucun espy dans tout
Venise, ne treuuant iamais que des gousses.

La Canelle croit en Arabie, les verges ou sarments
sont de grosse escorce, les fueilles comme le Poyurier;
la bonne est rousse, de belle couleur tirant au Corail,
estroite, longue, creuse, piquante au goust, d'vne chaleur astringente, aromatique, sentant le vin. La meilleure, est grosse, rougeastre & noirastre, d'odeur de roses.
La bastarde est noire, & trop colée à la moüelle ; la
blanche aussi, qui est rabbotteuse , sentant le bouquin,
ayant la canne mince, & le dessus rude ne vaut rien.

Le Baume est vn arbre grand comme le Violier
blanc; aux plus grandes chaleurs on incise l'arbre auec
sarpettes de fer ; de ceste couppure, ou playe distille
goutte à goutte la liqueur nommée *Opobalsamum* ; estant
fraische, elle est d'odeur forte, piquante, penetrante,

qui ne tient point d'aigreur, aifé à diſſoudre, vny, aſtringent; le bon ietté ſur la laine ne tache nullement, ſi fait
bien le Sophiſtiqué, il laiſſe la tache; le bon ietté dans
le lait, le fait cailler. Le bois nommé *Xylobalſamum* ſe
prend des iettons, ou verges menuës, roux, d'odeur
comme la liqueur ſuſdite. On le meſle aux vngüens
precieux pour leur donner corps, & les eſpaiſſir. La
cueillette du Baume dure tout l'Eſté: Pline dit qu'il ne
faut entamer l'eſcorce qu'auec des os, ou verre, ou cou-
ſteaux de bois, mais il reſue; celuy qu'on nous porte de
Iudée, & d'ailleurs eſt tout ſophiſtiqué, en vn iour n'en
diſtille pas vne pleine coquille, mais il eſt tres-excellent.
Le fruict ou ſemence s'appelle Carpobalſame, qui ſe
falſifie auſſi bien que le bois, & le Baume par les af-
fronteurs. Le vray Baume eſt de couleur de lait; ce qu'on
apporte des Indes eſt pluſtoſt du Stacté, ou liqueur de
Styrax. On fait vn certain Baume artificiel qui n'eſt
pas mauuais, on y met du Beniouin, Canelle, Caſto-
rée, &c.

Le Muſc tres-excellent duquel i'ay deſia parlé, vient
vers la ville Choraſa au Leuant, il eſt iaunaſtre, les Barbares le nomment *Pat*; Le ſecond eſt noiraſtre qui
vient des Indes; Le troiſiéme vient de Sini, c'eſt le pire. C'eſt vn Cheureuil qui eſtant en rut, de rage qu'il a
ſon nombril s'enfle de gros ſang amaſſé, il ne mange
point, mais de rage ſe veautrant contre terre, il perce
l'apoſtume, qui creue, & iette de la bouë, & de la lie
qui eſchauffée du Soleil ſe change en Muſc. Si on prend
l'animal, arrachant la veſſie qui n'eſt encore meure, elle
put fort, mais on la pend en l'air toute cruë, là elle

meurit, & le Musc se cuit & se parfait. Le Musc conforte le cœur, & console le cerueau : on fait aussi vne paste de musc fort soüefue. La Ciuette est vne liqueur semblable au musc, mais si forte qu'elle blesse le cerueau ; la Ciuette naïst d'vne sueur des, &c. d'vne espece de Foine.

L'Ambre-gris dit-on croit au fond de la mer, comme champignons de mer, la tourmente l'arrache & le destache, & les flots le portent, & le iettent à la riue. D'autres croyent que le poisson Azel, est fort friand de l'Ambre, le pourchasse sans cesse, aussi tost qu'il l'a mangé il meurt, les pescheurs le cognoissent, & le voyant flotter tout mort, l'attirent, le fendent, & treuuent l'Ambre en son estomach ; celuy qui est fort pres de l'areste du dos est le meilleur. D'autres pensent que c'est comme vn Bitume qui s'engendre dans l'eau, & flotte à la mercy des oules, & vagues. Les autres l'appellent sueur des rayons du Soleil ; on pense que la Baleine iette ceste escume ; d'autres croyent que c'est vn suc d'arbres qui tombant en l'Ocean s'espaissit, & se laisse porter. Quoy que ce soit, c'est vne chose tres-odoriferante, & de grand pris, dequoy ie parleray tantost.

Le Benioin est vne gomme exquise, qui resemble à des amendes fenduës confites, & incorporées dans le miel ; il est tout semé de taches, & n'est pas la chresme & la fleur plus fine de la myrrhe, car les couleurs, odeurs, & saueurs sont bien differentes. Mais vne gomme à part qui distille de certains arbres qu'on ne sçait pas encor bien asseurément. Quelques-vns ont pensé que c'estoit la larme du Laserpitium, ou gomme gelée dudit

Laferpitium que les Grecs nomment Silphion ; la raifon
eft parce que le Benioin eft odorant , roux au dehors,
blanc au dedans, tranfparent , blanchiffant au detrem-
per, & tout reffemblant au Lafer, mais l'experience a mon-
ftré le contraire.

Stacte eft la graiffe de la myrrhe frefche , pilée auec
vn peu d'eau, & tirée au preffoir. Les Apotiquaires appellent le Stacte, Storax liquide. Car on abbreuue d'eau
la myrrhe , puis on la preffe , & en tire-on la chrefme,
auffi cela eft fort odorant.

Le Cinnamome eft extrémement doux ; car le pire
eft meilleur que la plus rare Cannelle ; fa couleur eft comme de lait meflé auec de l'ancre , & vn peu de bleu. Il
croit en verges d'vne racine fort foüefue , c'eft vn arbre differend de la Cannelle , quoy que aucuns ayent
penfé, que les iettons plus delicats de la Cannelle foient
le Cinnamome , qui eft le bois & non l'efcorce comme
on pourroit penfer.

La Myrrhe , comme auffi l'incens fe cueille ainfi,
les efcorces des troncs & branches font entamées,
auec grandes & moyennes entameures felon les endroits , la liqueur coule ou s'attache à l'arbre , ce qui
tombe, chet fur des clayes tiffuës de Palmiers ; ou bien
fur la terre qui eft tout autour bien battuë , applanie,
& fort nette, & comme pauée. La meilleure Myrrhe
eft tranfparente comme verre , mordante au gouft ; il y
en a de la graffe (dont on efpreint le Storax liquide) de
la feiche, de la noiraftre, de la pafteufe. La legere, fraif-
le , blancheaftre dedans, & des traits ou veines blanches
comme coups d'ongles.

La Tulipe.

L'Honneur de nos iardins, & la perle des fleurs c'est
auiourd'huy la Tulipe : soit pour la varieté incroyable, soit pour l'esclat de ces viues couleurs, soit parce que
c'est vn abbregé de toutes les belles beautez qui flattent
nos yeux dans nos parterres. Nature a bien fait ne leur
donnant nulle odeur, car si auec tant de beauté, elle y
eut infuses les douceurs des fleurs odoriferantes, les
hommes qui n'en sont fols qu'à demy, en eussent esté
fols tout à fait, & amoureux esperduëment. La verité
est qu'il semble bien que la nature se soit ioüée à façonner ces fleurettes. La figure est tout d'vne sorte, à
sçauoir comme vne couppe d'or, ou vn vase d'argent,
ou vn encensoir de nature, mais sans encens, ny odeur
quelconque; c'est vn Calice, ou vn parfumoir, qui tous
les matins s'ouure aux rayons Orientaux du Soleil, puis
se reserre & replie au Soleil couchant, craignant les outrages de la nuit. Les couleurs sont en nombre quasi
innombrables. On ne fait point d'estat des simples rouges, iaunes & semblables non plus que des Pauots qui
viennent à la campagne. L'excellence consiste en la bigarrure des couleurs entre-meslées. Les vnes ont le
fond comme de satin blanc où mille veines incarnates
courent çà & là pour les passementer; les autres sur vne
couche azurée ont mille petites estoilles qui les marquetent fort ioliment. En voicy qui ont les reborde-
ments tout comme du passement d'argent sur vne fleur
colombine; en voila où sur du satin verd rient mille filamens

Iamens purpurins qui les detrenchent auec vne gayeté
admirable. Celles-cy se nomment foüettées, à cause
que sur vne fleur de neige vous y voyez mille filets en-
sanglantez comme si on l'auoit foüettée iusqu'au sang.
Celles-là sont marquetées de petites tachettes de mille
& mille couleurs. Celle-cy est au dehors estincelante
d'vne escarlatte rayonnante, & le dedans est esmaillé de
trois couleurs toutes differentes. Comment est-il possible que vne fueille si mince, nourrie de mesme air,
yssuë de mesme oignon, soit d'or au fond, violette au
dehors, saffrané au dedans, rebordée de fin or, & le
piqueron de la pointe verd comme vn beau saphir, &
cent autres de cent autres façons, comme si à l'enuy on
les auoit parées pour mettre en peine l'œil, & ne sçauoir à quelle se voüer. Diriez-vous pas que celle-là est
vne flamme faite à mode de fleur : diriez-vous pas que
celle-cy n'est que neige façonnée en Tulipe ; celle-là
du satin incarnat, toute clinquante d'or ; celle-là vn drap
d'or sursemé de perles orientales, ou de petites estoilles ;
celle-cy vn esmail de mille couleurs ; celle-là du sang
figé, surdoré de taches iaunastres ; voicy vn Colombin
tres-agreable suresmaillé de gouttelettes d'or. Il faut
confesser que Dieu est grandement admirable en ses
ouurages, puisque d'vn peu de foin, & de terre il sçait
faire de si rares merueilles.

SVITE DES FLEVRS,
ET FRVICTS.

CHAPITRE XXXI.

1. ROse blanche, rouge, incarnate, musquée, de Damas : sa semence est dans la petite teste qui est sous la fleur, en Automne est comme du corail chargeant les rosiers.

2. Entée sur des choux elle deuient verte, mais sans odeur; aussi sur des pommiers, &c. La Rose sauuage vient és Esglantiers.

3. La Rose estoit dediée, à ce petit Lutin de Cupido, car elle a les filamens comme cheueux dorez, ses espines au lieu de fléches ; pour flambeau, son esclat; pour aisles ses fueilles, peu de gens la touchent sans se piquer.

4. Le Lis a la teste foible, & le tuyau ou la tige ne peut porter sa charge, sa fleur blanche. L'oignon du Lis sans tache, l'odeur forte, la figure d'vne hotte, ou d'vn panier, les fueilles sont cannelées par dehors, le bord se recourbe, au mitan il a des petits filets de saffran. On dit qu'il est né du lait de Iuno, il se dit la fleur Royale, Rose de Iuno.

5. Si on les plante plus & moins profondement en terre, on aura des Lis en tous temps, & aussi d'autres fleurs.

6. Violettes blanches, celeftes, pafles, de Damas, marquetées, iaunes, purpurées & de Mars ; Violettes de Marie, toutes fe fement en terre fumée, & rebinée, au moins de la hauteur d'vn pied. Violier, lieu où naiffent les Violettes. Les iaunes emportent le bruit.

7. Qui met toutes les femences en vn linge vfé, & les met en terre, vne feule plante aura toutes les couleurs.

8. Le Bafilic (c'eft à dire, Royal, car les Iardins des feuls Roys en auoient à caufe de fa fenteur) s'arroufe d'eau boüillante, ou vinaigre, aux iours caniculiers il paflit ; fes fleurs font pourprines, ou blanches, ou incarnates : femé auec maudiffons & iniures, il vient mieux dit Theophile & Pline ; auec du vin il eft contrepoifon, & guerit des piqueures de Scorpion.

9. Pafle-velours a la fueille rougeaftre, la fleur comme vn efpic, elle ne fent rien, fa couleur paffe l'efcarlatte ; trempé dans l'eau il vient à reuiure. Il fe dit *Amaranthus*, car il ne fleftrit point.

10. Souffi (*Calendula*, *quòd fingulis Calendis floreat*, *dicitur*) fe dit l'horloge de village, car il fuit toufiours le Soleil, la nuict fe ferre ; auffi fe dit l'efpoufe du Soleil.

11. Oeillet (qui a figure d'vn œil) fe dit giroflée, pource qu'il fent au clou de girofle, eft rouge, cramoifi, blanc, marqueté, fes fueilles doucement frangées, crenelées de dentelettes, au milieu vn compas, ou deux petits filets blancs. Oeillets de Prouence, de Rofette, d'Inde, Sauuages, de Turquie.

12. Premierement. Marjolaine ; 2. Penfée ; 3. la Flamme ou Iris qui a les couleurs de l'Arc au Ciel, tripe-Madame eft vne herbe.

13. Il y a iardin de mesnage , iardin de plaisance, iardin d'herbes potageres, iardin medicinal & de simples, iardin rustique à la naturelle , iardin à fleurs & à bouquets, iardin potager.

14. Des-chansons (c'est à dire, *Calatiana*) autrement dite Ancholies sont simples, & doubles.

Herbes.

Hiacynthe ou Yaciet. Passe-fleur. Coquelourdes.
Narcissus. Armoises. Muguet.
Menuës pensées.
La sarriette. Le Soussi a l'odeur pesante, & fascheuse: les
   fleurs sont mieux odorantes, & ont meilleur framboise
   le matin ; car la chaleur amortit leur senteur.
Pyment.
Le Thym.
Iosmin.
Toute-bonne , ou Oualle.
Pommes d'Amours.
Mandragore.
Pomme dorée.
Cabaret.
Angelique.
Chardon benedict.
Verge-dor.
Chausse-trape, ou chardon estoillé.
Chardon de nostre Dame, ou argentin, ou espine blanche.
Argentine.
Herbe au tigneux.
Pas-d'asne.

Mors-de diable. *Morsus diaboli.*

Oculus Christi.

Pain de pourceau.

Palme de Christ.

15. Fleurs à chappeaux de fleurs, & ghirlandes. Pommes de senteurs.

16. Bouquet de laine; comme ce que les brebis laissent au buisson en s'y frottant: bouton de laine.

17. Fleurs qui ont grande parade, flestrissent tout soudain. Effleurer, & choisir les plus fines fleurs. Fleuronner, ietter fleurettes, ou fleurons.

18. Fanir ou faner les fleurs, fenet, flestrir; se rider, seicher, languir à teste penchante. Flestrissure: fleur fenée, passée, hors de saison: passagere; artificielle & contrainte. Fleur espanie, ou espanoüie: esclose: desclose, entr'ouuerte: qui boutonne; qui iette sa pointe: qui se deserre: prime-fleur: couronne fleuronnée: surfleurir.

19. Flairer & rendre odeur. Flaireur & flairement; souëfuement respirer son baume, & son musc.

20. La rose espanit. Item s'espanit & s'espanoüit, s'esparpille, se desclost, espand sa fleur; espard & deslie ses fueilles: se desueloppe: se met au monde: prend iour: boutonne, & iette son bouton de soye incarnate, ou blanche: le bouton grené s'engrossit au mitan, puis se iette en pointe à mode d'vn petit bocal verd. Rose de hastiueau vient en tout temps. La Rose aime la terre petite, & legere, & là où il y a à force plattras, ou curailles de maison. Quand le bouton commence à monstrer le nez, il faut arrouser le plançon du rosier, d'eau chaude, pour les haster.

L'AMBRE GRIS

CHAPITRE XXXII.

Oftre beftife donne fouuent le prix, & le poids aux chofes de neant : mais ce que nous ignorons, nous l'adorons. Le flot nous pouffe quelquefois au riuage des lopins de terre grifaftre, & odoriferante, parce que nous ne fçauons que c'eft, nous en faifons vn miracle de nature. On le nomme don de Dieu, don de la mer, don de fortune, rencontre de fortune, fortune mufquée, & comme s'il n'y auoit rien de bon en nature que cela, les Gafcons qui font au lieu où on le treuue, le nomment la bonne chofe; on le nomme aufli efpaue precieufe, treuue d'auanture, le threfor des vagues, & en cent autres noms. Quand on demande que c'eft, les plus fçauans ne fçauent ce qu'ils doyuent refpondre. Les vns fouftiennent que l'Antiquité n'a iamais connu cefte merueille, & partant les autheurs n'en ont fonné mot. Les autres fe moquent, & maintiennent que iamais le monde ne fut monde, fans Ambre gris, mais que ce don de la mer n'a pas efté tant feulement caché fous l'Ocean, mais aufli fous quelque nom fauuage. Car, difent ils, les mefmes caufes de l'Ambre gris ont efté de tout temps, pourquoy donc eft ce que la bonté de nature ne nous auroit pas engendré cet-

ce rare merueille ? Serapion dit que c'eſt ie ne ſçay quoy
flottant en mer, que le poiſſon Azel pourſuit à outrance, il l'attrape, il le deuore, & en meurt, puis ſortant du
ventre de ce poiſſon, il eſt affiné, & rend vne odeur tres-
ſoüefue. Or deuinez que c'eſt que ce ie ne ſçay quoy,
eſt-ce pas ſe moquer du monde ? Les autres le font venir comme l'Ambre iaune, & diſent que certains arbres
diſtillent vne humeur gluante, qui tombant dans la mer
ſe fige & ſe durcit, puis par benefice du flot, il arriue à
nos rades : mais quels arbres, quel climat, en quelle part
du monde viennent ces arbres : quand les Philoſophes
ne ſçauent plus où ils en ſont, ils vont chercher les eſtoilles, diſant qu'elles ont des influences ſecrettes, qui ſont
cauſe des effects miraculeux que nous voyons en la baſſe nature. Et les autres forgent des iſles fortunées, d'où
ils font venir l'Ambre gris, les diamans en coque, les perles dans leurs boëttes, & tout ce qu'il leur plaiſt. Eſt-ce
pas abuſer de la creance de la Chreſtienté, de dire que
c'eſt l'ordure de la Baleine qui ſe metamorphoſe en cette douceur precieuſe ? Ceux qui hantent la coſte de
Bayonne, le cap-verd, & les autres marines peuplées de
Baleines, & qui en prennent tous les iours, nous iurent
qu'il n'y a rien de plus puant que cette vilenie que Paul
le Venetien dit eſtre l'Ambre gris. Auſſi ridicule eſt l'o-
pinion de ceux qui tiennent que c'eſt l'eſmeutiſſement
de certains grands oyſeaux qui viuent ſur la pointe des
precipices, & des rochers, cela ſe confit au Soleil, à l'air
ſalé de la mer, & à l'eſcume des flots : Mon Dieu, que
l'ignorance a de plaiſantes imaginations de nous faire
naiſtre l'Ambre gris en ſi beau lieu. Qui iamais vit ces

oyſeaux precieux , & qui vid onques ces rochers embau-
mez d'Ambre gris. Qui dit que c'eſt du canfre, qui vn
ſuc, & vne liqueur d'arbre comme le baume , l'encens,
qui des champignons naiſſant au fonds de la mer, & puis
comme le corail, durciſſant à fleur d'eau, qui vne terre
griſaſtre, & d'vne telle compoſition qu'elle eſt tres-odoriferante, en fin que c'eſt vn bitume charrié par des fontaines dans l'Ocean , où il s'endurcit en diuerſes pieces,
puis va au ſon de la mer, & au gré des vents. Quel mal
y a il de croire cecy , attendant qu'on treuue quelque
choſe de mieux ? void-on pas à l'œil des ſoulphrieres, où
le ſoulphre s'engendre, s'empierre, & eſt fort puant ? void-
on pas des herbes qui naiſſent dans la mer, & ſe petri-
fient & ont odeur ? void-on pas des bitumes, du canfre,
dix mille merueilles auſſi grandes que cette-cy , attendant donc quelqu'vn qui inuente quelque choſe de
mieux, ou à qui Dieu deſcouure ce beau preſent que
nature nous fait en cachette , vous prendrez cecy en payement s'il vous plaiſt, eſperant quelque choſe de mieux de
moy ſi ie puis , ou de quelqu'autre.

Le ſieur Pyrard au liure de ſes voyages, & des merueilles qu'il a veu de ſes deux yeux , nous aſſeure qu'és
Iſles Maldiues, aborde vne tres-grande quantité d'Ambre gris tres ſouëf , & tres-odoriferant. Ces Barbares
en ſont fort friands auſſi bien que de la fleur du Soleil
qui eſt la Princeſſe des fleurs de la nature. La curioſité
le porta à demander aux plus habiles de cette contrée
ce qu'ils croyoient de l'Ambre gris , & d'où ils pen-
ſoient que cette faueur de nature leur pouuoit arriuer.
Tous d'vn commun accord luy dirent que cela eſtoit

indu-

indubitable parmy eux que cela naiſſoit dans l'Ocean,
mais de ſçauoir en quelle contrée, ſi c'eſt au fond ou à
fleur d'eau, ſi aux Rochers, ou bien à quelques arbres,
que ny eux, ny leurs ayeulx iamais ne l'auoient ſçeu apprendre d'homme qui viue ſous le Ciel. Qu'il falloit
ioüir du benefice emané de la pure bonté de nature,
qu'au reſte de s'aller alambiquer la ceruelle pour ſçauoir
ce que Dieu n'a pas voulu qu'on ſçache, ce n'eſt qu'vne
vaine curioſité & vne folie fort inutile. A tant ces Barbares: qui auec leur ſçauante ignorance certes ne ſont
pas les plus mal aduiſez du monde. Mais ie vous prie ſi
ceux où cela naiſt ne ſçauent d'où il vient, ne comme il
ſe forme, ne que c'eſt, pourriez-vous bien vous imaginer de le deuiner? Pour moy ie n'attens que quelqu'vn
qui deſcouure vn iour quelque nouuelle contrée cachée
dans les mers qui nous oſtera hors de ces peines, tout
ainſi que ceux qui les premiers ont penetré dedans les
Indes, nous ont appris que c'eſtoit la pure verité, ce
qu'auparauant on croyoit eſtre de vrayes Fables, en
mille & mille choſes fort rares, qui maintenant ſont
communes, & connuës des petits enfans. Cela a ſauué
la reputation du pauure Pline, que tout le monde
croyoit eſtre menteur comme vn arracheur de dents,
cependant le temps & les nouueaux mondes, ont donné lieu & lumiere à la verité. Diſons ce que nous pou-
uons de l'Ambre gris, & ayant tout dit, aduoüons in-
genuëment & auec rondeur que nous n'auons rien dit,
& quand il plaira à Dieu nous dirons quelque choſe
qui ſera digne d'eſtre dite. Cette candeur ſera vn Ambre
gris de nos diſcours, & cette ignorance pleine d'inge-

Mm

nuité sera plus recommandable que les discours de ceux
qui se tuënt pour dire quelque chose, & à vray dire,
quand ils ont tout dit, ils ont plus baué que dit, car
ce tout là, n'est en effet rien qui vaille.

IARDINAGE.

CHAPITRE XXXIII.

ENter des petits sauuageaux à pied de Chié-
ure, entre le bois & l'escorce, au bout des
branches.

　　　2. Enter l'hyuer à greffes, l'esté en escusson, en couronne, en canon ou flusteau.

　3. Toutes especes d'arbres franches & sauuages ne se
doiuent affier, car les entes n'y font pas bonne fin, mais
sur les arbres de mesme espece, poirier sur poirier.

　4. Les greffes se prennent au bout des grosses branches, & doiuent auoir les oreilles pres à pres, autrement
elles ne sont propres.

　5. Torquer les entures de terre liante, de mousse,
d'escorce de saule, de petits oisiers, ayant le petit ciot,
& le cousteau pour fendre les greffes, quand il faut enter en fentes de greffes. Il y faut aussi vn petit coin de
bois, vne serpe, & vn sermeau.

　6. L'incision de la greffe se fait sous vn des vieux œillets de la greffe, & doit estre bien vuidée & quarrée,

afin qu'elle aille bien en platiſſant par meſure en aual,
& ſoit bien aſſiſe ſur le tronc du ſauuageau , & entre
eſgalement en ſa fente.

7. Il ne faut que la torqueure de l'ente, vire, mais ſoit
ferme.

8. Ne deſliez la torqueure iuſques à ce que voſtre eſcuſſon bourjonne, & que le ietton ſe fortifie.

9. Deſchauſſer les arbres pardeſſus la racine, puis les
rechauſſer, & y mettre auec la chauſſure du bon terrier,
& les reſioüir en l'hyuer.

10. En couppant les branches, il faut laiſſer des ci-
quots aſſez longs pour r'enter cyons nouueaux.

11. Il ne faut du tout eſtroiſſer les arbres qui ont quelque branche qui charge encor aſſez , mais ſeulement
coupper les meſchantes.

12. Il faut arracher en hyuer les cyons qui ſortent de
la racine , car ils font ſoucier les grands arbres , & en
tirent à ſoy la ſeue & ſubſtançe.

13. Arbres malades du fil, c'eſt à dire, de maladie qui
leur mange l'eſcorce.

14. Au temps que le cocu chante les arbres ſouuent
ſont malades, de vers, & autres vermines.

15. Si on fait vn trou auec vne tariere dans la maiſtreſſe racine, & on y iette quelque humeur laxatiue, le
fruit de l'arbre ſera touſiours laxatif.

16. Affier, pruniers, poiriers, &c. & faire des pepinie-
res (c'eſt à dire, ſemer des pepins, noyaux , & grains
d'arbres.) Item faire des baſtardieres de ſauuageaux , en
beau ſolage, & terre bien preparée ; leur laiſſant leurs
ſouchettes ſeulement , & coupant la maiſtreſſe racine.

Puis les faut reonner, c'est à dire, faire leurs raises comme il faut, puis les remplir de fumier.

17. Prouigner la vigne, ou les arbres, enseueliſſant les cions, ou branches plus obeïſſantes.

18. La chaleur ouure, eſueille, & pouſſe les arbres; le froid ſerre, endort, & retient la vigueur.

19. Il faut enter quand les arbres ſont en ſeue, & en amour.

20. Planter par bouteure, (c'eſt à dire, plantant les branches, ou herbes meſmes.) Planter des racines, c'eſt à dire, auec herbes qui ayent la racine.

21. Elaguer les branches qui s'entre-croiſent, car l'arbre trop peuplé, & entreueſché ſe rend mouſſeux.

Si l'arbre s'amuſe à faire bois, il le faut eſbrancher pour luy oſter le bois, & drageons ſuperflus, car il en boutonnera mieux; & s'il eſt à l'ombre des autres, il le faut eſtronçonner, afin qu'il gaigne le Soleil amont.

La beauté des iardins conſiſte à faire cabinets, des pauillons, berceaux, tonnelles, galeries, treilles de Ieſmin, compartiments, quarreaux, petites hayes de Roſmarin, bordures, Dædales, Labyrinthe, Armoiries, les entrelas des carreaux, parterre.

Les allées faites à la ligne.

Tendre les cordes, auec les fiches-fermes, pour y prendre les quarrez, les ronds, les ouales, & le reſte des compartiments.

Pour faire les ronds il faut ſe ſeruir de l'inſtrument dit le billeboquet.

Il faut eſſarter, & des-herber, eſpierrer, puis fumer, & marrer la terre (c'eſt à dire, *Sarrire*) deuant que ſemer, après la semaison sarcler.

Les semences ne doiuent estre ridées, maigres, lasches, auortées, mais pleines de suc, & non bastardes.

On dit semer sur terre deliée, ameublée, & cultiuée, semer sur couche de fiens, semer de graine, planter de bouteuses, de branches de sauges, ou autres. La grenaison semée.

Esquarrir les planches pour les choux, &c. Item les couches des herbes.

Tondre les herbes, serfoüir; ses instruments sont, ciuiere, hottes à charger le fien, fourches, houes à quasser les grosses mottes, le rouleau ou cylindre pour esmotter les sarclets, le serfoët, & matres pour arracher les herbes fortes & inutiles, herces & rasteau à dents de fer & de bois, faucille, le cousteau pendant à la ceinture, la bouteille à l'ombre, les cizeaux pour tondre, la besche.

Les fruicts.

Avant-pesche, ou Abricot, pesche de Troyes ou Carmaignole.

Cerise. Cerisée, c'est à dire, le reuenu des cerisiers: cerisaye; lieu où sont les cerisiers. Guisnes, c'est à dire, *cerasa aquitanica* : douces, grosses: noires: rondes: rouges : le guisnier.

Cerise aigre: bigarreau: de chair: merises: cerises de bois: Dates ou figues Royalles.

Grenade : la cote du grain, ou la peau où est enueloppé le grain de Grenade, & autres fruicts.

Figue tardiue, haftiue : feiche ou de Carefme : folle :
c'eft à dire, *Cycomorus.* Flétrie, ridée, enfarinée : prime-
figue : fleur de figue : figuier franc, c'eft à dire, bon : fauuage, & baftard.

Frefe : Orange : Citron ou Limon : nefle, meure :
framboife : la noix, coquille ou taye de la noix ; le noyau
de la noix & des autres. Aueline ou noyfette : Amande :
pomme de pin : oliue : pefche : piftaches : prunelles, ou
peloufes, & prunes d'afne : pruneaux : le menu fruict ; le
gros fruict : Cormiere ou Corme, *Sorba.* Truffles : Champignons ou potirons : Groffelets ou grouffelles confites :
raifins de cabats.

Prunes de Damas, noir, violet ; prunes d'or ou de cire.

Il y a des fruicts qui ne fentent rien finon qu'ils
foient froiffez, broyez, ou frottez : d'autres, s'ils ne font
plumez, & defpouillez de leur efcorce, & de leur peau,
ou ietrez au feu.

1. FRuicts qui ne font en coque dûre.

2. Fruicts de bonne garde.

3. Poires mufcadelles, canalieres, giacciuoles, fei-
gneuriales, Turquefques, de Grenoble, Bergamotes,
Garauelles, Bazaueresques, bon Chreftiens, Garzigno-
les, mufquées, citronnées, Colombines, Suerines, poires d'efpine, de cent autres noms, & efpeces.

4. Fruicts de noyaux.

5. Arbres en bon point, & qui chargent bien, &
fruicts, & fleurs, & fueilles.

6. Pommes de merueilles, d'Adam, de capendu, ou
courtpendu, d'amours, *mala infana,* de blondurel, aigre-
douces, mufquées, fauuages, d'hyuer ; paffageres, de

dureau, pommes-poires, renettes, dorées, de deux saueurs, de Paradis, d'enfer, pommiers naius à cause du maistre estoc qui est du coignier où l'on ente la pomme de Paradis.

Passe-pommes, c'est à dire, *mustea poma. Melimella.*

Pommes de bosquet, c'est à dire, de bois. Pomme sauuage.

Pommes de malingre, c'est à dire, *mala acria.*

Pommes de rouueau, c'est à dire, *rubea : sanguinea.*

Pommes de Richard. De francheteur, c'est à dire, *orbiculata.*

Pommes d'eau, c'est à dire, *aquæ plena.*

Pommes de rosée, c'est à dire, qui a encor la rosée.

Pommes à piler ; pomme de cousteau.

Pommes tardiues.

Pommes qui se gastent trop tost, & s'entichent, c'est à dire, s'entachent, se marquetent de petites testes de clou, & pourrissent.

Pommes couuertes de plastre, où de cire pour se guarantir du mal.

Pommes hastiues : forcées : de saison : franches & nettes : vereuses, c'est à dire, qui a des vers, vermineux.

Pommier hastif : tardif : sauuage : franc (c'est à dire, *generosa*) enté : de deux portées : c'est à dire, *bifera.*

Vne Pommeraye, c'est à dire, le lieu où sont plantez force pommiers.

Poires d'angoisse ; *acerba.*

D'eau rose : d'estranguillon : de fin or : d'esté ou de hastiueau, c'est à dire, *precocia* : de liure, c'est à dire, *libralia* : de serteau, où de campane, c'est à dire, *alaba-*

strina à deux testes; de Syrie: de Cornaline: à forme
de courge.

Iardin.

IE ne veux pas tout dire, car d'vn Iardin de fleurs ie
ferois vn labyrinthe de discours, & n'en sortirois iamais. Iettez vn coup d'œil à la haste, & à la desrobée
sur ces belles allées semées de sable doré, tirées à la ligne, historiées en mil façons; ces Arbalestriers (n'ayez
pas peur non) ce sont des Arbalestriers de Lauriers, des
Arquebusiers de Rosmarin, ils ne tirent que fleurs, &
ne dardent que Musc. Ces bestes mesme si horribles,
que vous regardez auec frayeur, ce n'est que ieu, toute
leur rage, n'est qu'vne parade, tout tant qu'ils sont, ce
sont mortes-payes du Printemps, qui pour solde n'ont
autre monnoye que force fleurs dont on les enrichit en
la primeuere. De fait tous ces hommes armez d'armes
vertes, & ces animaux habillez de peaux verdastres, ce
n'est que Peruenche herbe fort propre à vigneter, &
historier en verdure. Ie vous veux aussi prier de ne m'arrester à ces cabinets où vous oyez vn monde de petits
oisillons qui tous les soirs y chantent leur Complies en
vray bourdon, y entre-meslant de petits motets tous
chantez par nature, & par b mol; ie n'ay ny loisir, ny
volonté de les contempler non plus que ces galeries
fleurdelisées, & tapissées à la mode du bon temps, si
tres-touffuës qu'il est tousiours minuit à midy. Deux
choses me rauissent à soy, les fleurs & les fontaines.
Voyez ie vous prie ces rosiers esmaillez de Roses de tant
de sortes; celles-cy vierges, habillées d'innocence; cel-

le-là

le-là couuerte d'vne escarlatte esclatante, l'vne espanoüye
embaume l'air de son parfum, & fait parade de ses filamens dorez, & de tout son thresor, l'autre est encor
emmaillottée, & ne s'ose hazarder; celle-cy pousse son
bouton, & desia my-ouuerte rit & monstre vn eschantillon de sa pourpre par vne fente de son tuyau;
ces meschans voleurs d'oyseaux voleroient tout n'e-
stoit le corps de garde des espines qui seruent de gar-
de-corps à ces Reines des fleurs qui se tiennent asseu-
rées parmy ces Allebardes. En voila d'autres plus chargées de couleur sont Roses de conserue; icy ces opiniastres qui se mutinent, & ne se veulent desboutonner,
mais sont entortillées, & entassées, ce sont des Roses
Grecques. Leur graine est au bouton qui est sous la
fleur, & est rembourrée de coton, & cachée dans la
bourre. Ne vous semble-il pas que la nature estoit bien
en ses bonnes, & en ses ioyeuses pensées quand elle s'est
employée à faire ces fleurs de Lis; voyez-en là de dix
sortes; les vnes sont encor cachées dans leur calice verd,
les autres sont demy-nées, celles-là qui sont escloses,
ne sont elles pas belles, vous diriez que c'est du satin
blanc cannelé par dehors, brodé d'or par dedans, vous
ne sçauez bonnement si c'est lait caillé en fueillage, ou
bien neige figurée, ou argent fleurdelisé, ou vne estoille musquée. Ces iaunes là ne diriez-vous pas que c'est
vne clochette d'or, & ce rouge vn petit panier, ou
vne boitte de satin rouge; ces autres-là des vases d'esmeraude? Quoy vous ne voyez deçà ces violiers parsemez de mille violettes, vertes, iaunes, purpurines, bigarrées, my-parties, blancheastres, incarnadines, chan-

geantes. Et tourne toy tourne gentil girafole, & donne
vn peu de plaifir à la compagnie en fuiuant toufiours
le Soleil qui te regardant t'entraine quant & foy: pendant qu'il fe vire; prenez garde là ie vous prie à ces autres compartimens, voyez ces belles Tulipes, ces riches Amaranthes & Paffe-velours, l'or de ces Soucys,
les pierreries de la belle Iris, & l'efcarlatte violette des
Iantines, le gay Narcis, & les nobles paffe-fleurs, ces
iolies menuës-penfées, la fleur de Iupiter; O quel Paradis de fleurs, qu'eft-ce cy vn Ciel de terre, des eftoilles mufquées, vn parterre de Dieu; ou bien vne terre
celefte, eftoillée de fleurettes, emperlée de pierreries,
terre de promiffion pleine de lait & de miel? Mais vous
n'apperceuez pas vn horloge mufqué, des heures de
mariolaine, vn temps embaumé, cela eft vn quadran
parfumé, où le Soleil marque fa courfe auec des rofes,
& des violettes. De l'autre cofté font les armoiries de
la maifon, armoiries animées qui croiffent d'elles mefme. O, ô, nous voila pris, & bien moüillez, c'eft ce
mefchant petit Satyre qui fait femblant de iouer de fa
flufte, & cependant il darde fon eau, & puis fe met
à rire; voilela comme il efclatte, & fe moque de nous.
Bien plus modeftes font ces neuf Mufes qui toutes de-
coulent d'eau, & la faifant tomber à cadence dans la
cuue de Marbre blanc, font vn gentil concert à la ruftique. Mais encor ceft Hercules auec fa groffe maffuë
n'eft-il pas efpouuentable voulant affommer l'Hydre
qui de fept reftes lafche fept dards d'eau qu'elle pouffe
contre fon Hercule de bronze. Ah ie vous prie gai-
gnez au pied, car vous eftes en mauuais pays, ailleurs

l'air pleut fur la terre, mais icy la terre pleut contre
l'air, & commence à moüiller par les talons ; mefchant
artifice qui fait de terre nuée, pour grefler fur les pauures niaiz. Silence ie vous prie Meffieurs, qu'eft-ce que
i'entends ? O quelle iolie chanfon, ce font les orgues
que l'eau organifte merueilleux fait chanter, & ce coup
icy gaigne le deffus fur l'air, le faifant chanter felon la
cadence de l'eau. Ie vois bien que vous ne prenez pas
garde à ce coin là, où le Zany & le Pantalon ioüent vne
charlatanerie, pouffez, & animez par l'eau qui ioüe la
comedie. Cefte roüe de moulin moud l'eau qui la pouffe, & fait farine d'eau. Mais Seigneur Dieu, comme ces
cloches fe tüent de fonner dans ce petit clocher. A la
verité il n'y a point d'apparence que ce mefchant oyfeau
chante fi naifuement, & dife des iniures aux honneftes
gens, mais c'eft l'eau qui luy fait le bec, & en fin ce
n'eft que pour refioüir la compagnie, & non point autrement pour outrager les gens d'honneur.

LES ENTES.

CHAPITRE XXXIIII.

LEs Oyseaux sont les maistres Enteurs, & les inuenteurs d'Enter en graine, & à noyaux, car en portant çà & là & en laissant cheoir és fentes des arbres, on a veu germer des Cerises sur vn Laurier, &c. de là l'homme a tant resué qu'il a treuué la façon d'enter en escusson, fendant auec vn cousteau bien tranchant & pointu, & entr'ouurant l'escorce là où il y a vn bouton, & lors on met l'œillet de l'arbre dont on veut auoir le fruit (qu'on a taillé auec le mesme cousteau, & enleué fort nettement) droitement sur le piquon de l'œillet du sauuageon dont on a enleué l'escorce. Pour Enter en greffe (ce qui s'est sçeu par fortune ayant vn bon homme mis des Palis sur du Lierre, où ils viuoient de vie d'autruy aussi bien que s'ils eussent esté en terre à mode de plançons) il faut scier esgalement le sauuageon, & d'vn sarpillon nettoyer vniement la sciure, sans y laisser vn seul filet ou brin détaché ; & lors on peut enter la greffe l'enchassant ou entre l'escorce & le bois ; ou dans la fente mesme, voire perçant le cœur & la moüelle des sauuageaux. Dans le cœur on n'y en met qu'vne, en fente plusieurs, & pendant qu'on les pose on fait entrebailler le fauuageon y mettant vn coin de fer comme vn baillon, & on affied les greffes entre les léures du tronc, qu'il faut curer au prealable, & applanir des deux coftez comme en forme de languette, laiffant pourtant de tous coftez l'efcorce naturelle. Et parce que tous arbres n'ont pas la mefme feue, les vns l'ayant à la cime (dont auffi faut prendre le greffe, & les chappons pour replanter & enter comme du Figuier, &c.) les autres au cœur & au milieu comme l'Oliuier, &c. (auffi y prend-on les iettons dont on fe veut feruir pour enter & greffer) pour bien faire il faut que le greffe, & le fauuageon ayent mefme efcorce, mefme feue, & natures qui s'accordent volontiers. Si on fait la fente fur le nœud, la durté du nœud ne receura iamais de bon cœur le greffe, & ne luy faifant bonne chere, l'Enture ne fera pas bonne fin. Les bons greffes fe prennent és fourchures, & branches du mitan tournées vers le Leuant, & fur des ieunes iettons & arbres qui foient en leurs forces, faut auffi la greffe bien boutonnée, & non tarie, ou hauie & fechée du Soleil, ny cicatrizée ou gerçée & tranchée de creuaffes, & que la moüelle foit bien vnie & collée à la fente du bois & l'efcorce du Pere (c'eft à dire, du fauuageau) & non pas à fleur d'efcorce feulement. Au refte il ne faut pas mettre à iour la moüelle du greffe quand on l'appointe, mais il faut doucement le plumer, & applatir, vnir, & liffer, le façonnant à mode du coing, & l'enfoncer dedans le tronc iufques à ce qui a efté raclé, gardant bien que l'efcorce de l'vn & de l'autre ne fe fronçe, ou deftache du bois ; que l'encoche

du fauuageon ne foit trop eftroite, car il eftoufferoit fe
ietton, ny trop lafche auffi, car ils ne feroient bonne
alliance, ny prife qui peut durer. Si le Pere eft gros,
vaut mieux Enter entre l'efcorce fe feruant d'vn coin
d'os, afin qu'il ne fe rompe en alafchiffant l'efcorce.
C'eft affez que le greffe ait fix doigts fur la torqure (c'eft
à dire, le rembouſchement de la fente, & cefte boule
de terre, & mouffe) dont l'Ente eft enduite. Il faut
prendre la Lune & le vent ; les vns veulent eftre entez
de Lune alterée, c'eft à dire, feche, & addonnée au
beau ; les autres au contraire, & leurs œillets bouton-
nent aifément, & s'efforcent de s'efpannir, & à fueiller ;
ayant vne grande feue. Quand on ente en efcuffon, il
faut bien remboucher d'argille l'entamure, gardant
bien que le iour, ny l'air n'y entre, ou que la feue s'ef-
coule, il faut bien bander, & feffer ledit efcuffon enchaffé, laiffant pourtant le bouton à iour. Au refte vn
bouton enté en arbre qui foit à efcorce creuaçée, ou
fec & fans feue, ne fait pas belle fin. Sur tout faut
prendre garde que le Pere & la greffe foient des arbres
qui aiment compagnie, & qui facent liaifon, car il y
en a qui font fauuages, & ne s'allient volontiers, & où
iamais on ne fait bonne foudure. Le vray temps d'enter
n'eft pas l'Hyuer qui ferre, & endort la force, mais le
Printemps qui defferre, ouure, & efchauffe la vigueur des
arbres ; entant au decours de la Lune les entes feront
plus abondantes, & mieux encor fi la greffe eft prife
du cofté le plus orienté de l'arbre. On n'ente guere à
mode de petite couronne, & faut que ce foit quand
les arbres font le plus en amour, & en leur grande fe-

ue. On ente auſſi en tuyau, mais il faut ſçauoir bien
dextrement tordre la greffe ſans abbatre les yeux, ou
eſbranler les boutons, & puis l'enchaſſer bien proprement dans l'autre ſur qui on ente.

LE CITRON.

CHAPITRE XXXV.

LE Citronnier a la fueille d'Orangier touſiours
verte, les branches flexibles, reueſtuë d'eſcorce
verdaſtre & eſpineuſe ; ſes fleurs ſont purpurées, en forme de clochette embaumée, du milieu
pendillent de petits filets : il eſt touſiours meublé de
fruits, les vns naiſſent & ſe mettent au monde, les autres ſe pouſſent à la maturité ; les autres ſont de cueillette, & preſts à tomber pour faire place aux autres.
Les Citrons gros comme Melons ne ſont pas ſi bons
au gouſt que les petits, ils ſont plus requis des Apoticaires, à cauſe qu'ils ont plus de chair pour confire au
ſucre. La peau eſt d'or raboteux, ridé, inegal, & boſ-
ſeté ; ils ſont longuets, d'eſcorce charnuë & eſpaiſſe,
d'odeur fort ſoüefue ; la moüelle ſous la peau eſt aigre,
pleine de ius, au miran la graine (comme grains d'orge)
veſtuë d'vne eſcorce dure, amere au gouſt, mais bonne
contre le poiſon, & les morſures des ſerpens ne nui-
ſent aucunement quand on en a mangé (Athen. l. c.

en rapporte vne belle hiſtoire) elle trenche la melancholie & conforte le cœur comme auſſi le fruit mangé
cru , la ſemence toutefois n'eſt pas bonne à manger. Le
Limon eſt plus court , moins enflé , plus petit que le
Citron , ſa pelure eſt plus mince & dorée d'vn or plus
blaffard , comme d'vn or paillé & paſſé , plus aigre au
gouſt , plus riche en jus , longuets & en appointant ,
mais la pointe eſt vn peu tortuë. Pour de ſi gros fruits
il y a dequoy s'eſtonner voyant la petite quëue qui les
ſouſtient , quelle liaiſon & quelle colle les peut tenir ſi
ferme qu'il ne ſe laiſſe emporter par vn ſi grand pois?
la peau n'eſt pas liſſée , vnie , & vniforme , mais ſurſe-
mée de petites enfleures , la fueille plus large que celle
de Laurier , mais comme toile , toute pertuiſée , &
troüée à iour , dentelée tout autour , d'odeur fort agreable. L'Orange eſt vrayement de l'or enflé en pomme ,
car ſa peau eſt d'vn or naïf , cét or s'affine à meſure qu'elles ſe meuriſſent ; la fleur eſt blanche , d'odeur delicate de
loin , de pres trop aiguë & donnant en teſte ; ſon fruit
eſt vn petit grain verdelet ſortant du ſein & du cœur
de la fleur ; il s'enfle petit à petit de verjus , il ſe cuit à
la faueur du Soleil , il iaunit doucement , entre-meſlant
le ſaphir de ſa verdure auec l'or naiſſant , l'or gaigne
tout à la fin , & couure toute la chair & le jus. La fueille eſt comme du Laurier , mais liſſée , large , odorante ,
eſpaiſſe , trenchée de peu de filets & veines nourriſſan-
tes , finiſſant en pointe. La branche eſt veſtuë d'vne eſcorce verde , blancheaſtre , touſiours chargée de fueilles
& de fruit auſſi. L'eſcorce de l'Orange eſt graſſe , amere ,
acre , mais cependant pleine de la plus delicate ſubſtance

ftance que les bons alterez efpreignent fur le vin pour
donner pointe au vin, & efperon à la langue, & efueil-
ler l'appetit de boire. L'eau diftillée des Limons eft
trefbonne pour le fard de ces popines qui mettent toute leur ceruelle fur leur vifage enluminé & plaftré.
L'eau des fleurs d'Oranges eft excellente pour les parfumiers ; il y a des Oranges douces, des aigres, des vi-
neufes, les fecondes font excellentes pour purifier le
fang, & garder la pourriture, quel plaifir de voir ces
petites bouteilles pleines d'vn ius tant agreable, toutes
penduës à vn arbre, & fe meuriffant peu à peu, fe mef-
nageant à deffein pour en diuers temps ouurir l'appetit
des defgouftez, & nous conferuer en vie?

VN ESPY DE BLED.

CHAPITRE XXXVI.

Ous foulons tous les iours au pied des miracles, pendant que vainement nous pourmenons
nos efprits par le Ciel, pour y rencontrer la
diuine prouidence. On iette vn grain de blé dans vne
terre puante de fumier, & femble eftre perdu, cependant
la nature le reçoit en fon fein, l'efchauffe, & le meta-
morphofe. Car en peu de temps le voyla de vray tout
pourry, mais changé en vn grain d'amidon, ou vn peu
de laict caillé ; toft apres il fe r'aduife, fe r'allie, & ramaffe

ses pieces, puis pousse vn ietton qui sera la mere racine,
l'accompagnant de tout plein de petits filamens qui se
iettent tout autour de la motte pour en humer la substance, & seruir de fondement à l'espy. Ce petit grain
commence à viuoter, & en signe de sa vie il germe, &
iette comme vn petit poinçon d'argent, qui trenchant
la terre met le nez dehors, & change de couleur, semblant vn petit filet de Saphir. A la premiere pointe du
Printemps, tout luy estant fauorable, ce grain darde son
tuyau tousiours en pointe ; la nature se cache là dedans
pour y faire le reste ; or parce que iamais les bleds n'es-
pieront, que le chaume ne soit noüé & ferme, elle vous
le noüe en trois & quatre lieux, & l'affermit, y faisant
comme quatre estages ; elle nourrit grassement la paille,
& l'enfle pour le roidir d'auantage, car les bleds drus ne
peuuent porter leur charge, & se rabbatent aisément à
terre : quand le chalumeau est en bon poinct, & le chaume assez roide, c'est lors qu'on minute de faire le miracle
de la multiplication, non pas de cinq pains non, mais
d'vn petit grain, quelquefois en plus de cent cinquante.
Au reste quel soin a-elle de faire ce chef-d'œuure. Elle
vous fait comme de petites langes pour enuelopper la
delicatesse du grain, ou plustost elle iette en rond des
fueilles qui sont comme vne gaine & vn fourreau, puis
elle garnit tout le dedans d'vne bourre, & vn petit coton tendrelet & delié à merueille, sur lequel elle couche,
& arrenge ces petits grains benis de l'indulgence de la
nature, les enfilant doucement, & les enchassant les vns
auprés des autres, emmaillottant chacun d'eux en de petites pellicules de satin, & les armant contre les iniures

du temps, & la cruauté de l'air & des vents; là elle leur
donne le laict, & la substance, les engraissant, & les enflant petit à petit : quand la grappe & l'espy est desia gran-
delet, il se donne iour, & pour iouïr de la veuë du Soleil, my partissant les fueilles, il se iette à la mercy des élemens. Vous le voyez en peu de temps fleurir, tost apres
défleurir, & quasi en mesme instant deuient massif &
solide allant à la maturité, ce qu'il tesmoigne se dorant peu à peu, & changeant de couleur. Le mal est
qu'vn monde de petits voleurs, qui ne viuent que de brigandage, auroient bien tost tout destroussé, & volé, en
bequetant & contant les grains, & qui pis est, en esgre-
nant tout l'espy, & le despeuplant de son thresor, si la
nature n'auoit preueu ce desastre : car tout ainsi que craignant la nielle, maladie pestilentielle des bleds, elle l'arme de fourreaux, de petites cottes d'armes, de pellicules, & de petits corselets, afin que frappé de mauuais
vent, le blé ne vienne à auorter dans son espy, laissant tarir & mourir sa moëlle : aussi contre ces brigands d'oy-
sillons, elle pose comme vn corps de garde, & dresse quatre rangs d'arestes & piquantes & bien rudes, mettant
tous les grains à couuert, hors de prise, & du coup de
bec. Nous faisons quelquefois l'arbre de Iessé, couchant
le bon vieillard tout de son long, pour le faire seruir de
racine à vn arbre, qui au lieu de fruict est chargé de
Roys & de Princes, yssus de son estoc, & de ses entrailles, iusques au sommet où gist celuy qui est le blé des
Anges, & le pain de vie ; mais c'est en peinture, car autrement il seroit hors de la puissance de Iessé, de porter
sa race sur ses espaules. Et toutesfois ce petit Iessé de

nature, ce petit grain dont se fera vn iour le pain de vie,
plus miraculeusement que du sang de Iessé, ce petit
grain, dis-ie, porte sur soy toute sa race, la tige, les fueilles, les grains, leur maisonnette, & tout son petit Royaume peuplé de grains, qui peuuent chacun d'eux estre
changez au plus grand Roy du monde. Va donc va
Atlas escrasé sous ton monde que tu portes en imagination, ce petit grain peut porter réellement & de fait
celuy qui pese plus que dix mille mondes ensemble. Ie
ne m'estonne plus si Dieu a choisi ce grain pour en
faire le grand Amphitheatre de sa diuinité; car il le resemble sur toute autre creature; Dieu a fait le monde, &
le soustient de trois doigts, ce petit grain fait vn monde
de grains, & les porte & nourrit de sa substance, comme
le Sauueur du monde de soy-mesme nourrit ceux qui
par la foy viue s'appuyent sur luy. Ce grain en mourant
ressuscite, monte vers le Ciel, & donne la vie au monde,
& le diriez-vous quasi le petit Sauueur de la nature, donnant vie à nos vies: n'est-ce pas comme le Seigneur de
l'Vniuers en a fait, qui mesme s'appelle pour cest effect,
vn grain de fourment, se prisant beaucoup de ce tiltre.
Cestuy-ci se monstra Dieu en multipliant cinq pains, &
donnant à disner à tout plein de bonnes gens qui estoient
à sa suitte, celuy-là fait tous les ans ce que le Messie fit
vne fois en sa vie. Le Sauueur dit qu'il ne vouloit donner
la vie à ses seruiteurs, qu'en mourant sur l'arbre de la croix
tout moulu de coups, brisé de playes, reduit quasi en
cendre: ce pauure grain pour nourrir mesme ses ennemis,
ne le peut faire qu'il ne soit pilé de coups, moulu & escrasé, puluerisé, couuert d'eau & de feu, & reduit au

neant. O donc beau miracle du monde, & riche chef-
d'œuure de la nature Vierge!

LE VIN.

CHAPITRE XXXVII.

A veine des Poëtes, & la verüe qui leur met
l'enthousiasme à la teste pour faire des merueilles, c'est l'esprit du vin; car on dit d'ordinaire, qu'il n'y a esprit que d'vn friand; voyez
que de façons de vins pour luy lauer le gozier; vin-ai-
gre pour esueiller & ouurir l'appetit, vin dur & aspre
pour estancher son alteration, & piquer gracieusement
la langue en passant; vin rebelle ou reuesche, & qui
donne en teste, iettant de grosses fumées, & des nuées
au cerueau; vin de garde pour l'arriere-saison; vin qui
aussi tost fait, se veut boire, & tousiours est en sa boitte; vin qui se passe, & s'enfuit; Muscat qui est du mus-
que liquide, Hypocras, c'est à dire, vin sucré & canelé;
miellé, myrrhé, qui sent le fenoüil, le meurte, le Nectar fait de moust & de miel; doux, piquant, rude, qui
a sa seue, (car chaque vin a sa seue, & son goust à
part) blanc, clairet, paillé, rouge, chargé de couleur,
iaunastre & à goutte d'or, d'Arbois, de couleur d'eau,
vin fait sous le pied ou mere-goutte, c'est à dire, qui
coule de soy & se fait du pur degoust des raisins non

foulez, c'eſt la chreſme du vin. *Mera gutta* fait de marc
des premiers raiſins foulez, ſans fouler, qui eſt le vin
forcé ou enragé, vin bruſlé & ardant, vin boüilly,
non boüilly, cuit, móiſi, tourné, retourné, treſpaſſé,
reſuſcité en le iettant ſur la grappe ; vin de deſpence,
des clercs, des valets, vinot & demy vin, vin de preſſu-
ragé ; vin bourru (c'eſt à dire, louſche, & trouble, &
obſcur) le miſtionné, renouuellé, fleury, de collines,
qui eſt plein d'eſprit & de vigueur, de plaine, qui eſt
plus groſſier, vin de graue & de ſable, de pierres &
rochers, de treilles & d'arbres, choiſi à la main & fait
de raiſins d'eſlite & d'achoiſon, Maluoiſie de Grece,
douce, piquante, vin dit *Lacryma*, &c. vin bien raſſis,
& repoſé.

La Vigne.

TOus ceux qui entonnent le vin dans l'abyſme inſa-
tiable de leur eſtomach ne ſçauent pas la peine qu'il
y faut apporter, en la cueillette, foulure, coulure, preſ-
ſurage, & entonnage, & charroy des vins par mer &
par terre. Quelle peine à beſcher, biner les pauures
vignes, les prouigner & enſeuelir, les deſchauſſer, eſ-
chalaſſer & peupler de charniers où elles ſont garrot-
tées, & d'eſchalas, les eſbrancher & défueiller quand
elles ſont trop branchuës, arrenger les ſeps & les ſou-
ches, couper & laiſſer les maiſtres bourjons, retren-
cher le ieune bois & les ſuperfluitez, les planter en eſchiquier, ou à treilles, les lier en forme du ray d'vne
rouë, empeſcher qu'elle ne bourjonne trop, ou ſe charge trop de fueilles & de nouueau bois, prendre garde

aux bourjons ou boutons de la vigne , detrancher les drageons pampiers qui ne iettent que fueilles , & laisser les drageons ou bourjons fruitiers qui portent grappes, fortifier la iambe du sep , afin qu'elle porte bien son fueillage, c'est a dire, ses pampres, & son fruit, la cou- lure, & le pleurement des vignes quand la seue distille, soigner les reiettons qui croissent en la fourchure de la vigne, & de la vieille souche , hoüer , faire les berceaux és vignes, vigneter, & cent mille autres choses.

Le pressurage du Vin.

CE n'est encor rien fait , quand le coupeur a desta- ché les grappes du serment , il les faut faire cuuer, boüillir , fouler , ietter sur le pressoir , espraindre le ius des raisins que les pressuriers font sortir auec l'arbre, ou la roüe qui donne si tres-forte presse aux raisins esca- chez sous vn sommier qui s'aualle sur des aix qui es- craze tout, qu'ils rendent iusques à la derniere goutte, & ne demeure que le marc , tant est fort le pressurage; apres les Pressuriers taillent le marc à coup de doloire trenchant les bords qu'ils reiettent au milieu pour don- ner vne autre serre sur la mer du pressoir à ces rognu- res qui n'ont esté assez espraintes , on leur donne vn autre foulis, & fait-on couler le reste du jus, ou par vn lent degout , ou par vn filet de vin coulant, qui file à l'aise & passe par la couloire (c'est à dire , panier d'o- sier) penduë au tuyau & canele du pressoir , afin que les grains s'arrestent roulans auec le flus de vin , & ne chéent dans le drageoir, ou bagnoire qui reçoit le vin.

DV FAIT
DE L'IMPRIMERIE.

CHAPITRE XXXVIII.

ON ne sçauroit dire l'obligation que le monde a, tant à celuy qui a inuenté ceste façon d'Imprimer à la Chine, qu'à celuy qui de là nous l'a porté en Europe, ou bien l'a inuenté de sa teste. Les grosses Librairies autrefois n'estoient que pour les Roys, & les riches maisons, maintenant à la faueur de la Presse qui roule si aisément, tout le monde a moyen d'auoir vn monde de Liures, & iouïr des trauaux d'vne infinité de beaux esprits, trauaux qui autrement seroient enseuelis dans le cabinet où ils auoient prins leur naissance; Vn seul homme en vn iour fera plus de besongne, sans faire nulle faute, & quasi se iouant, en toutes sortes de Langues & de professions, ne faisant que tirer, pousser, & enyurer les lettres enchassées, & d'vn seul tour de bras, que cent hommes iadis n'eussent sçeu faire ensemble, en faisant mille fautes dont ils ont corrompus les manuscrits anciens. Ceste facilité incroyable a peuplé l'Vniuers de thrésors in-

compa-

comparables, que si quelques auortons de liures se sont
iettez à la foule, & par ce moyen ont eu cours &
vie, ce peu de mal ne peut pas bonnement contrebalan-
cer l'inestimable commodité qui reuient au monde de
l'impression des beaux Liures: Vn ignorant par ce moyen
escrira parfaitement bien en toutes sortes de Langues;
vn yurongne mesme ne sçauroit faillir d'vne seule lettre
quand il voudroit (ie parle du compagnon qui est à la
Presse) vne femme peut faire autant que le plus braue
Theologien du monde, en vn iour vn vallet peut imprimer quinze cens fueilles, chacune de quatre pages,
de façon que voila enuiron six mille pages qui sont la
tasche d'vn seul bras en peu d'heures & à fort bon
marché. On admire dix mille choses qui ne sont rien à
comparaison de ce miracle familier qui nous creue les
yeux, mais la facilité nous en a desrobé l'estonnement,
& parce que la chose est ordinaire, elle ne semble plus
admirable.

Pour parler donc de cest Estat qui est si commun,
& qui si souuent vient à propos, il faut pour en parler
sans broncher sçauoir les choses suiuantes, qui sont les
principales.

1. Toute l'Imprimerie est composée de trois choses;
de Fonderie, de Casse, & de Presse. En la Fonderie on
fait les lettres, en la Casse on les compose, en la Presse
on les imprime: Et pour dire quelque chose par le menu; Le Fondeur au lieu de Lettres de bois dont on vsoit
autrefois, prend la matiere de ses Lettres de l'Estain, du
Plomb, du Cuiure, de l'Antimoine, & autres ie ne
sçay quelles drogues qui font la composition venimeu-

Pp

fe, & ayant bien fait boüillir le tout dans vn fourneau fait à cefte fin, il le verfe dans vn baſſin pour plus facilement auec fa petite cuilier le refpandre dedans fes moules. Là ſuiuant la diuerfité des Matrices qui ſont dedans fortent comme dû ventre de leur mere vne infinité de diuerfes Lettres, de Romaines, d'Italiques, de gros & petit Cicero, de S. Auguſtin, de Nompareille, de gros & petit Canon, de petit Texte, & autres; or les Lettres ſont aux bouts des poinçons, mais contournées à rebours.

2. Chaque forte a fon particulier attirail, fon point, fon comma, chiffre, virgules, apoſtrophes, efpaces, quadrats, ligatures, diuiſions, &c. Là fe font les Capitales, là le corps de la Lettre, là les Lettres fleuries, là les fleurs & les fleurons. On y trouue aufſi les á aiguz & les à graues, les é accentuels & les fimples, les ſ longues, & les s rondes, les infra & les ſupra, bref les longues & les brefues. Le tout neantmoins eſt fans forme, mais il eſt bien toſt en fa perfection. On polit tant, on rongne tant, qui fur vne pierre, qui auec la lime; on pointe tant, on coupe tant, on approche tellement l'efquierre que tout fe voit propre à la Caffe. La frappe de Matrice, quand on frappe de petits billons de cuiure paffez par le feu pour en faire des poinçons de lettres.

3. On fepare donc chaque fonte de Lettre, & là reduit on en haut & bas de Caffe, ce qui réfpond aux groffes & menuës Lettres, defquelles chaque Fonte comme S. Auguſtin, Nompareille, &c. eſt compofée, chaque lettre en fon particulier eſtant mife dans fon caffetin, auec telle difference neantmoins, que la plus frequente a le

plus grand , & la moins frequente le plus petit , ainsi
A ou autre Lettre a vn plus grand cassetin que quelque
X. Voila tout prest de trauailler , il ne reste plus que
le Compositeur qui s'approchant prend le Composi-
toir en main , accommode sa coppie soustenuë par le
Visorium , insere son Mordant dans la page pour monstrer la ligne , & puis recueille les Lettres auec tant
de dexterité qu'en peu de temps il compose vn mot,
vne ligne , voire vne page , emplissant de lignes la Ga-
lée , pour faire des pages qui sont dedans , peu apres la
forme toute entiere.

    4. Reste maintenant la Presse , on y apporte donc
icelle Forme , on la pose dessus son Marbre , on regarde
que les pages soient bien applanies , & en leur lieu , de
peur de la transposition , puis on l'enferme dans son
coffre , & dans son chassis de fer. Elle estant ainsi attachée on la frotte proprement d'encre , & pour ce faire
est prés l'Encrier auec sa Molette pour remüer l'encre , &
les Balles pour en estre abreuuées. Le gouuerneur de
Presse , met le Chassis sur le Marbre de la Presse , & y
met l'encre. Les Balles sont couuertes de cuir , pleines,
au dedans de fine laine. Apres les auoir au prealable
vne fois trempées vn peu dans l'huyle on en touche
l'encre , & puis la Forme auec tant de discretion , qu'on
ne fait point de moines (c'est à dire des pages demy-
blanches , prenant trop peu d'encre , ou ne touchant pas
bien la forme) & que rien ne se poche mettant trop
d'encre qui est vne composition de noir d'Allemagne ,
de tormentine de Venise , de vernis & quelques autres
drogues.

5. Reste à faire ioüer la Presse, elle est outre la Forme
& ses garnitures, son chassis , & mesme, son Marbre,
bref outre le coffre de la Forme, outre mesme le Tympan où l'on attache la fueille blanche auec des vis &
des crochets, outre la Frisquette qu'on rabat dessus ; &
qu'on pose puis apres auec le Tympan sur la Forme.
Outre tout cela elle est dis-ie composée de deux mem-
breures droites aux costez. Au haut est l'Escrou où tient
le haut de la vis de fer, au milieu de laquelle tient encore le Barreau, & au bas la Platine de fer, au bas de la
Presse est le Moulinet qui sert à auancer ou retirer le
coffre de dessous la Presse ; & au mesme temps qu'on
y met la main pour l'auancer dessous la Presse, on met la
main au Barreau, qui incontinent applique tellement la
Platine sur le Tympan, & sur la Forme, que la fueille
en demeure imprimée. Et lors donnant vn autre bran-
le au Moulinet on remet en sa premiere place le coffre
& la Forme, glissant sur des bandes de fer bien graissées.
Ainsi on tire la fueille, ainsi on tire la premiere espreuue sinon qu'au lieu de Frisquette on se sert de quelques
drapeaux , car sur la premiere espreuue se forment les
pages, pour la distinction desquelles entre autre chose
sert ladite Frisquette, & lors on corrige l'espreuue.

6. On Imprime ordinairement douze cens de chaque fueille, & (pour vser du mot de l'Art) quelquefois
vingt-quatre cens. On n'a Imprimé iusqu'à present la
fueille que d'vn costé, elle s'imprime de mesme de l'autre, mais à la seconde retiration, ie veux dire à ceste
derniere fois on prend soigneusement garde que le registre soit bon, à sçauoir que chaque ligne nouuelle-

ment Imprimée ſoit directement oppoſée à chaque ligne deſia Imprimée. Quand la Forme ne peut plus
ſeruir on la leue, & laue auec de la lexiue, & puis auec
de l'eau fraiſche, puis on la remet ſur ſon Marbre, &
auec le décognoir on leue le Chaſſis & toutes les garnitures de bois d'entre les pages. On rafreſchit encore
chacune des pages de peur qu'elles ne ſe mettent en
paſté & ſe dépecent. En fin pour diſtribuer le tout, on
prend vne page ou demy page à ſa volonté pour remettre plus facilement chaque Lettre en ſon Caſſetin.

7. Les Characteres ſont ceux-cy, & les noms des Lettres.

1. *Nompareille, c'eſt à dire, fort petite.*
2. *La Mignonne, vn peu plus groſſe.*
3. *Petit Texte.*
4. *Petit Romain.*
5. *La Philoſophie.*
6. *Le Cicero.*
7. *S. Auguſtin.*
8. *Gros Romain.*
9. *La Parangonde.*
10. *Petit Canon.*
11. *Gros Canon.*

8. On dit coucher la fueille à moüiller le Tympan.
Faire rouler tout le train de la Preſſe ſur la fueille,
imprimant d'vn coſté la moitié du iour, & l'autre en
l'autre moitié; l'ordinaire ſont 1200. par iour.

Tirer des eſpreuues les renuoyant à la correction.

Il faut touſiours deux Compagnons, l'vn qui tire &

renge les fueilles sur la Forme, estant en la Presse, l'autre qui couche l'ancre auec ses Balles ; qui se changent & font à tour de roolle tantost l'vn des mestiers, tantost l'autre.

9. Les guidons ce sont ces marques qui nous r'enuoyent deçà & delà, de la marge au texte, du texte à la marge, nous guidant droit pour ne point faillir, comme Estoilles *, demy-sautoirs Λ, demies-mains ☞, lignes —— & autres telles marques.

10. Il y a les enrichissemens des frontispices, des passemens, des Lettres fleuries, des Roses, Fleurons & Festons, mille galanteries qui seruent d'enjoliuemens, & de remplages pour les pages qui ne sont pas pleines; des muffles, grotesques, & semblables fantasies.

PREFACE AV LECTEVR
DE LA PEINTVRE.

Vand le grand *Alexandre* visitant *Apelles*, le Grand voulut parler des couleurs & des Peintures, les apprentis esclatterent si fort de rire que le Maistre en eut peur (H) honte. Sire (dit il tout bas) ne parlez point de ce mestier, car ces garçons qui broyent les couleurs creuent de rire vous oyant ainsi begayer : vous estes bon pour conquerir des Mondes, & nous pour les coucher sur nos Tableaux, vostre espée & nos pinceaux ne s'accordent pas bien en vne mesme main, & pour bien faire chacun doit parler de son mestier, autrement on appreste à rire à toute la compagnie. *Alexandre* se teut, & se print à rire. Je desire, Lecteur mon grand amy, vous deliurer de ceste peine, & de la peur qu'on ne se gausse de vostre niaiserie, quand vous voudrez parler de la platte peinture l'vn des nobles artifices du monde. Le plus grand trompeur du monde c'est le meilleur Peintre de l'Vniuers, & le plus excellent ouurier, car à vray dire l'eminence de ce mestier ne consiste qu'en vne tromperie innocente, & toute pleine d'enthousiasme & de diuin esprit. Les Poëtes ont leurs inspirations dans la teste où est la verue poëtique, & les Peintres au fin bout des doigts, & à la pointe sçauante du pinceau. Mais il faue

302

tromper l'œil ou tout n'y vaut rien ; il faut qu'on croye que cela
est creux & enfoncé, cela enflé & boursoufflé, cecy hors d'œuure, & qui se iette entierement hors du Tableau, cecy esloigné
d'une bonne lieuë, cela d'une hautesse extréme, cela percé à iour,
cecy tout vif & plein de mouuement ; que ce cheual court & escume à force de souffler, que ce chien iappe voirement, que ce
sang coule de la playe, que les nuées toment en effet, & que les
nuages sont tous descousus à force d'esclairs qu'on void sortir
coup sur coup, que cét homme rend l'esprit & qu'on void l'ame
sur ses léures, que les oyseaux bequettent ces raisins & se cassent
le bec, qu'on crie haut qu'il faut oster le rideau afin de voir ce
qui est caché, cependant il n'y a rien de tout cela, car tout cela
est plat, pres, bas, mort & contrefait si artistement qu'il semble que la nature se soit couchée là dessus pour aider le peintre
à nous tromper finement, & se moquer de nostre bestise. De là
vient qu'un d'eux escrit en ses ouurages, Res ipsa, C'est la chose mesme, non pas la Peinture ; & l'autre, Fecit Apelles, ce
qu'il mit en trois pieces où il surmonta l'art, la nature, & soy-
mesme. Aux autres il mettoit Faciebat, c'est à dire, il faisoit, & à dessein n'a point voulu acheuer de peur de faire rougir la nature qui se fut confessée vaincuë par l'esprit & par
l'art. Ce n'est pas comme ces badaux qui estoient si niaiz que
pour peindre un Cheual ils faisoient un Asne ou un Bœuf, &
encor si mal fagotté qu'il falloit escrire en gros cadeaux, Messieurs, cecy est un Asne, cecy est un buffle, encor mentoit-il,
car ils estoient deux, luy le beau premier, & celuy qu'il auoit
peint l'autre, & ne sçay qui estoit le plus grossier.

Pour sçauoir donc parler de ce noble mestier, il faut certes
auoir esté à la boutique, disputé auec les maistres, veu le
train du pinceau. Ie vous ay bien voulu deliurer de ceste douce peine,

ce peine, me faiſant eſcholier pour vous rendre maiſtre ; Permis à vous d'y aller à voſtre tour, ſoit pour verifier ce que
i'ay couché par eſcrit, ſoit pour enfler ce petit *Eſſay*, ſoit en fin
pour eſtre plus aſſeuré quand vous parlerez, car pour auoir
vne langue aſſeurée il faut auoir vn bon œil, & curieux d'eſplucher toute choſe par le menu. Seruez-vous de ce petit trauail en attendant mieux, & gardez-vous en l'vſage de cecy de
la recherche trop curieuſe, & des petites choſettes qui ſont trop
minces & qui ne doiuent ſortir de la boutique.

Qq

LA
PLATTE PEINTVRE.

CHAPITRE XXXIX.

1. IL faut que la moulette soit de caillou, (c'est à dire la pierre à broyer) de gré, ou de queux afin de mieux broyer les couleurs & les mieux incorporer auec l'huyle. L'amaſſette eſt de corne, & amaſſe la couleur broyée, & eſparſe ſur la pierre.

2. Pour trauailler en deſtrampe, & ſans huyle, il faut broyer les couleurs auec de l'eau, ou de la colle. La gomme ſert pour illuminer, & donner l'eſclat & le rayon aux couleurs, qui s'eſueillent, & ſe rendent gayes à la faueur de la gomme ; comme auſſi le vernix donne vn beau iour aux ouurages en huyle, leur ſeruant de creſpe & de talc pour les guarantir de pouſſiere, & de criſtal pour donner luſtre, & tirer au iour ce qui ſemble morne, ſombre, & eclipſé.

3. La Palette du Peintre eſt la mere de toutes les couleurs, car du meſlange de trois ou quatre maiſtreſſes couleurs, ſon pinceau fait naiſtre & comme fleurir tou-

te sorte de couleurs. On dit preparer vne pallette de carnation (c'est à dire pour faire la charnure) de verd, de, &c. & c'est l'ouurage du garçon. Les Meres couleurs sont. Premierement le blanc de plomb (à cause qu'il se trouue és mines de plomb) 2. Le fin azur & l'outre-marin. 3. La Laque de Venise, qui a vn incarnat & vne escarlatte fort viue. 4. Le vermillon d'Espagne. 5. La cendrée. 6. Le noir de charbon. 7. Le Massicot qui est le fin iaune. 8. Le verd de terre. 9. Le sang de Dragon. 10. La rosette. Voila les couleurs gayes, les autres sont rudes.

4. Peindre en païsage, à fond plat, en architecture, en l'air & comme parmy les nuées. Peindre en petit volume. Les anciennes estoient à deux sortes, & puis à trois, à l'Ionique, à la Sycionienne, & à l'Attique. Faire les personnages; le fruitage, les fleurs, les fantasies, les riuieres; dresser des montagnes, sousleuer des tempestes, &c.

5. Faire la drapperie, & drapper l'Image, c'est l'habiller; or en drappant iamais on ne met vne seule couleur, mais il y faut du meslange. Il y a simple drapperie, il y a celle qui est damassée; historiée; à brodure. Les robbes retroussées, les replis, pinsures, rentremens, les feintes; les couuertes de crespe & qui percent le voile & la toile deliée; les autres qui sont meurtries auec les ombrages qui rabbattent le trop grand esclat.

6. Faire le pourtrait au naturel; laisser l'ouurage à la discretion du pinceau, & au hazard de la main. Rehausser les couleurs, & releuer l'ouurage, c'est donner le lustre & le iour aux couleurs; Item vernisser la peinture, & coucher du vernix pour faire esclatter.

7. Ombrer, ou ombrager les ouurages; faire des nuits,

des ombrages pour faire esclatter les autres ; reculer les
païsages bien loing , & en petit volume. L'ombragement & le iour s'entremeslent , afin que la diuersité des
couleurs face rehausser & arrondir l'vne & l'autre.

8. La pinceliere est vn vase où l'on nettoye les pinceaux auec l'huyle , & de ce meslange on fait vn gris
bigarré , & bon à certains ouurages , comme à faire
les premieres couches , ou imprimer la toile.

9. Pourtraire & enleuer au vif vne personne ; du
commencement on ne faisoit que pourfiler , puis apres
on couurit le pourfil d'vne seule couleur. Donner contenances aux Images , & bonne mine , ouurant la bouche , l'œil , le ris , &c. peindre l'esprit , les mœurs , les
passions , &c.

10. Outre le iour & l'ombragement , il y a encor le
faux iour , qui tient du iour & de l'ombre , & est vn
lustre composé des deux , ce qui separe les couleurs,
il s'appelle le deiettement , & en Grec Armogé.

11. La Ceruse se fait de plomb, & de vinaigre, elle
est bonne pour incarner playes, & choses semblables.
L'Iuoire bruslé fait vn noir excellent, dont se seruoit
Apelles. Car s'il est demeslé & desfait en vinaigre, & ards
au Soleil , il ne se peut effacer : il y a des ouurages de
hautes couleurs , d'autres blaffards, mais apres la premiere couche il faut donner la charge auec quelque
couleur vigoureuse.

12. Le pourfil, les gestes, les symmetries & proportions , mines & bonnes contenances sont celles qui donnent bruit au pinceau, & le point principal de tout cest
estat. Le dedans se fait aisément, mais le pourfil , les

derniers traits & l'arrondissement de la besongne est malaisée.

13. Les bons Peintres cachent tousiours quelque secrette intelligence dans leurs ouurages, qui vaut plus que le reste, mais les Maistres seuls les recognoissent, & en ont sentiment.

14. L'estaudy ou l'eschafaut du Peintre c'est là où il tient la toile estenduë sur le chassy pour estre imprimée, puis ouuragée.

15. Meurtrir la trop grande gayeté des couleurs auec vernix, qui semble du talc, ou du crespe, ou de l'air espars sur le tableau, inuention d'Apelles inimitable; peindre les conceptions d'esprit sur le tableau, l'ame, les affections, en fin peindre ce qui ne se peut peindre comme les tonnerres, esclairs, la voix, la respiration, &c. Asseoir les couleurs proprement : estre trop rude à la charge des couleurs.

16. Peindre des païsages, des Grotesques, Arabesques, la rustique, des fantasies & des chimeres, vignettements, touffes de bois, precipices, cheutes d'eaux, baricaues, la marine & les orages, & mille gentillesses & inuentions poëtiques; de la menusaille & de petits fatras.

17. La peinture se doit mettre à son iour ou estre à contre-iour. Sur quoy il faut sçauoir, que tout Peintre suppose d'ordinaire que le iour vienne du costé droit vers le gauche; le contre-iour c'est de la gauche à la droite, & lors tous les ombrages sont du costé opposé à celuy dont le iour vient, de façon que mettre vne peinture à son iour c'est la tourner vers le iour du costé

que le Peintre ſuppoſe deuoir eſtre le iour , & la tourner vers la feneſtre en façon que toutes les ombres ſoient comme cachées derriere la partie du corps qui eſt illuminée. Il aduient auſſi que le iour ſe donne d'en-haut , & à l'heure la teſte, le viſage , le nez ſont fort eſclairez ,& le reſte du col , du corps , & de la perſonne ne participent point du iour que par certains eſclairs , ou filets de iour qui eſclatte ſur les replis , & autres parties qui ſemblent s'enfler ; & ſe ietter hors l'ouurage. Il y en a au contraire qui prennent le iour par en bas , & ſe doiuent mettre bien hautes , & lors les pieds , genoux , & autres parties bien eminantes ſont fort eſclairées , le viſage & autres ſont à demy eclipſez. Il faut donc touſiours donner le iour du coſté que le Peintre le ſuppoſe , & iamais le contre-iour , c'eſt à dire ne tourner iamais les ombrages du coſté de la feneſtre.

18. Il y a au tableau le point du iour ; le tiers point ; les enfondrements , r'entrements de membre , la perſpectiue , les eſlognements , les approches , les feintes & tromperies , il y a meſme du mouuement des yeux par vn miracle du pinceau qui fait que l'œil regarde de toutes parts , ce que la nature ne fit onques , meſmes auec de la pouſſiere on fait remuër les yeux , il ne s'en faut rien que les Images ne parlent , & ne ſoient animées.

19. Blanc de plomb , vermillon , laque , la terre d'ombre pour faire les ombrages , meſler la carnation , c'eſt à dire , de diuerſes couleurs , l'ocre iaune , l'ocre dru , c'eſt à dire , plus brune : Maſſicot , verd d'oye , verd de mer.

20. Faire l'œuf , & crayonner la teſte , y faire trois

bignes pour la façonner apres.

21. Prendre le droit iour, ou le contre-iour, c'eſt à dire, au lieu de faire le iour du coſté que la feneſtre le donne au peintre. Le iour feint, qui ſe prend d'ailleurs, comme à la natiuité la clarté de l'Ange, vn iour de pleine face, c'eſt à dire, qui donne à tout le pourtrait, ou iour de front, & là il n'y a point d'ombre.

22. La couleur de la toile imprimée ſe dit couleur mate, c'eſt à dire, qui eſt comme moite, à cauſe de l'huyle graſſe. Et l'or ne ſe met ſinon ſur vne couleur mate, ce qu'on dit or couleur, qui ſe fait de diuerſes couleurs, & eſt bonne pour receuoir l'or és dorures des corniches.

23. Moreſques ſont des pinceaux & des cornets autour d'vn tableau, qui ſe font d'or ſur l'or couleur. Les Croteſques ont de plus des perſonnages. Arabeſques ſont fueillages.

24. Peindre à freſque ou à frais, contre vne muraille qui eſt à l'air, & enduite de frais de ſable, & qu'incontinent on y iette les couleurs qui ſe meſlangent, & tiennent bon contre tout temps. Peindre en l'air, c'eſt à dire, que les choſes ne poſent ſur vn rien que ſur l'air, & les nuées.

25. R'accourciſſement, r'entrement, r'enfondrement, pour faire paroiſtre la peinture loing il faut que la choſe ſoit peinte floüement, c'eſt à dire, doucement, car ſi elle eſtoit rude & non pas floüe, elle paroiſtroit de trop pres.

26. Les ombrages font deietter les couleurs : Ombrer & faire rude la beſongne, faux iour qui ſe fait où il ne

faut pas , clarté defrobée , c'eſt vne lampe , flambeau,
&c.

27. Drapper ; faire la drapperie ; & faire le drap.
Faire l'enrichiſſement , c'eſt à dire, feindre la broderie;
ou ſemer des corbettes , c'eſt à dire , des vaſes , ou
fleurs ſur les robbes , qui ſe font d'or , ou de cirage,
c'eſt à dire, comme de l'or feind ; & il y a pluſieurs ſortes de cirages ſelon que la couleur eſt plus claire ou
à l'ombre.

28. Faire vn atterraſſement de Cerf , ou autre beſte.
Pour faire vn païſage il faut commencer à peindre l'air,
c'eſt à dire , où il n'y a point de nuës , plus peind-on à
bas , plus fait-on l'ouurage rude , afin qu'il paroiſſe plus
pres , & les autres derriere. La terraſſe eſt fort rude , c'eſt
à dire , la terre qui ſouſtient tout l'ouurage.

29. Peindre , ou faire vne nuit eſpaiſſe , trenchée d'vn
petit filet de iour deſrobé. Arrondir la figure , c'eſt à
dire , faire qu'elle ſemble de relief , ce qui ſe fait par le
iour & l'ombrage. Deſrober vn iour , c'eſt faire en vn
coin , derriere vne montagne ou autre choſe vn Soleil
qui porte le iour , qui ſe leue , ou qui ſe couche.

30. Eſloignement des ouurages quand ils ſemblent
loing eſtant floües. Feindre , c'eſt le haut point de l'art,
trompant l'œil qui croid voir ce qu'il ne void pas. Peindre de blanc & noir , ou à deſtrampe, ou à huyle de noix
qui eſt l'ordinaire , & la meilleure ; ou à freſque.

31. Enluminer ; c'eſt trauailler ſur du velin , auec du
blanc d'œuf qui deſtrampe les couleurs , ou de la gomme ; puis on peind auec de l'or moulu (non pas en fueille) & azur d'acre , c'eſt à dire, le plus fin qui vient auec

l'or dans

l'or dans la carriere, c'eſt l'outre-marin : on le porte d'Eſpagne & des Indes.

32. Peindre de profil, ou pourfil, c'eſt la moitié ainſi,

Peindre de front, ou en face, ou en plein, c'eſt tout le viſage,

Peindre à dos, c'eſt tout au rebours quand on peind le derriere ſeulement, ainſi,

Peindre vne teste à clarté, ou gloire, ou rayons, ou diadéme, ou Soleil, c'est comme on fait les Sainćts.

33. Crayonner, charbonner, griffonner, porfiler, ietter la premiere ordonnance, figurer groffement, ietter les premiers traićts, faire le griffonnement auec crayon, croye, charbon, mine de plomb, vermeillon, ou figurer fur le papier auec l'ancre, ietter fes premieres penfées fur la toile, puis à loifir en rechercher la perfećtion, particularifant toutes les parties. Retirer la chofe pourtraićte; effacer les faux traićts du griffonnement; le maiftre traićt demeure toufiours pour guider la befongne efbauchée.

34. On appelle ordonnance, & deffein ces premiers traićts, & pourtraire; car peindre, c'est auec les couleurs qui furuiennent deffus le pourtraićt. Si on veut aggrandir, on peut reduire le tout au petit pied, le piquant & l'appliquant fur fon fonds, & le ponçer auec la ponçe, & ce deffein ainfi fait fe nomme le ponçis, mais c'est pour les apprentifs.

35. Le coloris est fort vif, les couleurs bien pofées

& bien mises ; les rehauts faits bien à propos ; la befongne bien addoucie ; les plis bien pliez, ou ferrez, ou
bien hardis, le déplis fait bien à propos, le drap bien
drappé ; le Peintre touche bien, c'eſt à dire, fait bien
la carnation du nud, c'eſt à dire, de la face, de la main,
du pied, car le reſte eſt habillé.

36. Vn bel Apreſt, c'eſt vne Peinture faite ſur le verre, cuite & recuite au feu auec des couleurs, qui puiſ-
ſent ſouffrir le feu, comme ſont les minerales.

37. Vn beau Tableau doit auoir l'inuention gaillarde,
les proportions bien gardées, le coloris plaiſant & naturel ; la carnation viue, la drapperie riche, les païſages
fort eſloignez, la Perſpectiue bien obſeruée, la feinte ſi
naturelle que l'œil ſoit aiſément content d'eſtre trompé.

38. Les rehauts ſe font à force de iour qu'on verſe
deſſus ; les enfondremens, les creux, les r'entremens ſe
font auec les ombres & les nuits eſpaiſſes, ceintes de
iour, & de lumiere. L'adouciſſement ſe fait par vne ſi
douce liaiſon des couleurs qu'elles ſe perdent quaſi
l'vne dans l'autre. Glacer, c'eſt mettre les derniers ad-
douciſſemens, & la couche derniere delicate qui donne l'eſclat auec le blanc glacé, ou pourpre glacé, &c.

39. Le profil de Michel-Ange, le coloris de Raphaël,
l'inuention & la hardieſſe du Parmeſan, & les nuits du
Baſſan font vn Peintre l'Idée des bons Peintres. Ce
ſont les quatre elements d'vn parfait Peintre.

La façon de parler des beaux Tableaux.

1. CEla n'eſt pas Peinture, mais nature, & ces perſonnages là regardent tous ceux qui les regardent, mais d'vne œillade ſi naïue, que vous iureriez qu'ils ſont en vie.

2. Voyez-vous ces poiſſons là, ſi vous verſez deſſus de l'eau ils nageront, car rien ne leur manque. Et ces oyſeaux s'ils n'eſtoient attachez ils prendroient l'air, & fendroient le Ciel tant ſont-ils bien faits.

3. Comme eſt-il poſſible que le pinceau ait couché tant de douceurs ſous des traicts ſi rudes, ſous des couleurs ſi dures, & que parmy tant de nonchalance, on ait caché tant d'attraits.

4. Quand la Peinture eſtoit encor au berceau, & à ſon premier lait, le pinceau eſtoit ſi niais, les ouurages ſi lourds, qu'il falloit eſcrire deſſus, c'eſt vn Bœuf, c'eſt vn Aſne, autrement vous euſſiez pris cela pour vn quartier de veau, maintenant il faut mettre deſſous, qu'vn tel peignoit, de peur qu'on ne creut que ce ſont des morts qu'on a collé ſur la toile, & des perſonnes viuantes ſans vie, tant le tout eſt bien fait.

5. Pour parler des riches Peintures il en faut parler comme ſi les choſes eſtoient vrayes, non pas peintes. Voyez ie vous prie comme ces Dauphins follaſtrent dans ces bouïllons d'eau qu'ils ſoufleuent: comme ces oyſeaux perchez ſur ces ramées gazoüillent, voiles-là qu'ils s'enuolent & ſe cachent dans les nuées.

6. Apelles peignoit ce qui ne ſe pouuoit peindre, on oyoit craquer les tonnerres, & le tintamarre des nuées

esclattantes & toutes trenchées d'esclairs.

7. Voyez comme ce drap est bien plissé, voyez ces mains de neige où les veines s'enflent, & semblent battre à la cadence du poux ; voyez ces muscles comme ils se poussent & s'enflent ; On peut conter les costes de ce corps ; tout le corps est aussi bien fait que si nature l'auoit façonné de ses mains. Mais encor est-ce Peinture ou nature, verité ou artifice.

8. Mon amy pourquoy auez-vous donné vne bride à ce cheual qui court de toute sa puissance, & iette son escume à gros boüillons, & est hors d'haleine ? ie l'ay fait à dessein, car en deux bonds, il se fut ietté hors de la carriere & hors la toile, il l'a fallu retenir par force ; voyez comme par despit il s'en cabre.

9. Mon Dieu que ce fonds est haché bien menu, & treillissé de bonne grace, vous iureriez que c'est vne chose creuse, & bien profonde.

10. Voyez comme ces fontaines sourdent des crouppes de ces montagnes, comme la main du Peintre meine ces ruisseaux aussi bien que sçauroit faire la nature, ils poussent hors par endroits tout plein de petits sourjons boüillonnans, commode à ces petits follastres de poissons qui nagent entre flot & flot ; voyez comme ces canards se coulent parmy ces herbes, & connillent, voyez-là comme ils se plongent boursoufflans contremont de petits brins, & filets d'eau, retirez-vous vn peu à l'escart de peur qu'ils ne vous aspergent, & moüillent, en fretillant ainsi des pattes & battant l'eau.

11. Philostrate en ses Tableaux est excellent en cecy, & vous fera riche en cette matiere.

Des couleurs.

1. LEs couleurs se concréent en la terre, & és minieres, ou bien se composent par mixtions & tem-
peratures, ou naissent en herbes ou autrement.

Le Sil qui s'approche de l'Ochre estant tiré des veines de Marbre, si on le brusle & esteind en vinaigre il
prend semblance de pourpre ou cramoisi violet : aucuns pensent que c'est azur d'outre-mer.

Les Rubriches ou pierres sanguines se tirent aussi de
la terre ; l'orpiment, le cinnabre, la croye verte ou verd
de terre vient de la terre de Smyrne & est la plus excellente. La Sandaraque qu'aucuns croyent estre le Massicot , vient du Pont , & croit en certains lieux toute
preparée par nature sans qu'il la faille moudre, cribler,
sasser, ny piler.

2. Le vermeillon (*minium*) vient és minieres d'argent,
comme vne arene rouge. Sa veine est comme de fer
vn peu rougissant , les mottes se nomment (*anthrax*)
des charbons, cela estant ietté dans la fournaise , la fumée qui en sort se tourne en vn million de gouttelettes
de vif-argent. On fait passer le vermeillon par cuisons,
& laueures , le broyant souuent en fin a sa naïue couleur qui estant metallique se conserue en vigueur long-
temps si les ouurages sont a couuert , autrement le Soleil
& la Lune massacrent sa beauté, & meurtrissent l'esclat
de sa viuacité. Le moyen de faire que le rayon de la
Lune ne lesche ny efface ce rayon de beauté , il faut
mettre vne couche de cire blanche bien polie sur la

paroy qu'on veut peindre, s'aidant du feu pour faire
surfondre la cire, & du polissoir.

On sofistique le vermeillon auec de la chaux, pour
l'esprouuer il le faut mettre sur vne lame au feu, s'il est
loyal & marchand estant refroidy il aura sa mesme couleur, mais s'il garde vne cotte noire, & deuient brun
& noirastre, c'est signe qu'il y a de la meschanceté.

3. Le noir se fait ou de la suye & fumée de poix resi-
ne; ou de sarments de Vigne & coipeaux de Pin redi-
gez en charbons, pilez, & meslez auec la colle, ou en
fin de lie de bon vin bruslée, seche, & meslée auec la
colle, cela deuient fort noir, & imite la couleur d'Inde qu'on nomme Morée.

4. Le Cerulée qu'on nomme bleu ou Turquin, se fait
broyant du sable auec la fleur de Nitre si delié qu'il
deuient comme farine, on prend de la limaille d'airain
de Cypre & en saupoudre-t'on cela, afin de s'incorporer, on moule des pelottes entre ses mains, on les met
dans vn vaisseau & dans vne fournaise, l'airain & le sable par la force du feu s'entredonnant leurs sueurs changent de nature, & se reduisent en couleur cerulée.

Le Bruslé se fait de mottes de Sil embrasées, estein-
tes en vinaigre, d'où se fait la couleur de pourpre.

5. La Ceruse ou blanc de plomb se fait mettant des
branches de sarment dans des tonneaux, les surfondant
auec du vinaigre, & par dessus asseant des lames de
plomb, estouppant les gueules, afin qu'il ne sorte ny
vent, ny haleine, au bout de quelque temps on treuue
la Ceruse attachée. Si on la cuit en vne fournaise elle
change de couleur & se conuertit en sandaraque ou

Maſſicot, & quand on aſſied des lames de cuiure ou d'airain, ils en font du verd de gris, *Eruca.*

6. La Pourpre ou Eſcarlatte qui eſt la plus viue & eſtincelante des couleurs ſe tire d'vn huitre (de là on le nomme *Oſtrum*) il y en a de viue, de brunette, de meurtrie en eſclat, comme ſang meurtry, de rouge-vermeil; mais il le faut ſurfondre de miel quand on l'eſpraind de la coquille de peur qu'elle ne ſe haſle : On contrefait pluſieurs couleurs auec le ius des fleurs.

LA

LA SCVLPTVRE,
IMAGERIE OV STATVAIRE.

CHAPITRE XL.

1. Lle a deux parties ; le relief ou bosse ; & le creux.

2. Il y a plein relief quand l'Image est arrondie de tout costé, sans tenir à rien.

3. Demy-bosse, ou basse taille, bas relief, selon que l'Image est releuée dessus le fonds, & se iette plus, hors du plan.

4. Le creux, & graueures selon qu'elles sont plus auant entaillées aussi s'appellent-elles, selon les enfondremens.

5. Estoffe, & matiere est le metail, les pierres, le bois, la cire mixtionnée, &c.

6. Le modelle se fait d'argille, terre cuite, &c. pour dessus y faire la vraye figure.

7. On peut desseigner, & portraire auec le charbon, le crayon noir ou de sanguine, & la plume qui est le plus laborieux, & hardy de tous, parce qu'il faut hacher dru & menu le dedans des figures qui est enclos dans

Sf.

le profil, appellé ππιφίλκα, par plusieurs lignes s'entre-coupantes à petits carreaux ou lozanges, en forme d'vne trelissure pour seruir d'ombrage selon le plus & le moins, laissant autant qu'il en faut pour seruir de iour.

8. De la Sculpture on acquiert la ruze & dexterité de bien representer en platte-peinture, les r'accourcisse-mens, r'enfondremens, & releuemens en vn plan.

9. La plus grande perfection, est faire paroistre ce qui est tout plat, comme s'il estoit de relief, & se ietter comme hors d'œuure. Comme la statuë d'Alexandre qui sembloit auoir la main, & la foudre hors du Tableau fait par Appeles pour 120. mil escus.

10. R'habiller vne statuë, c'est y adiouster ce qu'il y faut, soit qu'il se soit rompu, ou, &c.

11. Il y faut grand ruze & pratique pour cognoistre le fil du marbre, & de quel biais on le doit prendre. Les autres estoffes sont moins rebelles, & rebourses.

12. Imagier metallaire, & en fonte, c'est à dire, qui fait de bronze, &c.

13. Le garde-main c'est vn demy-gand de bufle, afin que la masse ou marteau n'engendre vne calle de chair dure.

14. Les instrumens sont la masse : secondement, les pointes trempées, & acerées, mais elles doiuent estre mousses & camuses vers la pointe, car si elle s'allongeoit en vne longueur deliée, elle ne soustiendroit le coup du marteau, mais esclatteroit.

15. En esbauchant il faut aller sagement en besongne, & en biaizant de costé & d'autre, sans donner tousiours en mesme endroit de droict fil, & à plomb, afin de ne

meurtrir le marbre, ou le maſſacrer; car autrement les taches ſe demonſtreroient au poliſſement, des coups deſchargez mal à propos.

16. Les cizeaux de pluſieurs ſortes; leſquels ſont brettez, les vns d'vne dent, les autres de deux, &c.

17. Rondelles.

Becq-d'aſnes.

Martellines qui ont vne pointe d'vn coſté, vne plane de l'autre.

Bouchardes, qui ſont en pointe de Diamant.

Rappés demy-rondes.

Les couldées qui ſont recourbées.

Les foreſts ou trappaus en forme d'arbaleſte, qui ſe tourne-virent auec vne courroye enueloppée du fuſt, & vne maniere d'archet; les vibrequins ont le fer en forme de dard, ou langue de ſerpent.

18. Les Compas, Eſquierres, limes.

19. Guillochis, fueillages, feſtons de fruicts; parerques bizarres, fantaſtiqueries d'ouurier, ſaillies, paſſages, hardieſſes, caprices, fleurs; roſaces, muffles, volutes, & mille ſortes d'enrichiſſemens.

Le Bloc, c'eſt la maſſe de marbre, point, ou groſſement eſbauchée.

La premiere peau ſe deſcouure peu à peu, auec la maſſe; la penultiéme peau auec le cizeau ſe va explanant comme ſi on vouloit faire vne figure à demy-relief: la derniere peau ſe fait auec rappes, trapans, foreſts, &c.

On luſtre & donne le poly auec du grez caſſé menu, & paſſé par vn ſas, & empaſté auec de l'eau, & ce auec

des broches ou bastons de saule aiguisez par le bout, entortillez d'vn linge blanc, ce qui addoucit & efface les
coups des brettures. La pierre-ponce addoucit aussi. On
luy donne aussi le polissement auec de la Pottée, qui
est faite de plomb & d'estain calcinez ensemble, &
destrempée auec l'eau. L'Esmery qui est noirastre, ter-
nist le marbre gentil.

Le Moyeu c'est le modelle sur lequel on iette la figure de metail, & puis par des trous on la rompt, &
fait-on sortir hors l'Image; c'est aussi le moule.

Le Noyau, c'est la cire ou autre chose déquoy on
remplit le vuide des statuës de plastre, & stucq.

Souspirail, & esuent de l'Image sont les trous par
lesquels on remplit ou vuide le creux; & par où le metail
entrant, prend l'air.

L'alliage, c'est meslange du cuiure qui s'allie & se
mesle auec l'estain, car le cuiure se fond trop difficile-
ment tout seul.

L'Estoffe.

1. LE Porphyre, est vne pierre rouge, obscure, mouchetée de taches blanches.

2. Le Serpentin a le champ verd tauellé de blanc, auec
noirceurs y entremeslées. C'est le plus opiniastre de tous,
sous les ferremens; qui n'y peuuent mordre : & ne se
peut assaillir bonnement sans que les outils quasi à chasque coup soient reacerez, & trempez, & les pointes
renouuellez. Il y en a du Cendré.

3. Le Marbre Numidien de couleur cannelée, tient

quelque peu du grisastre obscur. Le Marbre verd est gay & tresbeau.

4. La pierre de parangon, ou de touche, est aussi fort opiniastre.

5. Le Serpentin est le plus rebelle, & moins faiseux de tous, & se sie par le moyen de l'Esmery mis en poudre, & vne scie deliée, qui le mine & ronge peu à peu.

6. La Pierre Marmaride (enchassée au Poulpitre de sainte Marie Majeur) est fort belle, grise, mouchetée de taches blanches & noires, est tres-dure.

7. Le Marbre grené, a des gros grains de Cassidoines, Esmerils, Agathes de diuerses couleurs dont il est parsemé.

8. La Carriere ou Quarciere est le lieu où l'on taille les Marbres : on dit aussi la Marbriere.

9. Le Marbre gentil : c'est le blanc sans taches, ny veines, fort dur.

10. Le Parien est dur competemment, & reçoit le polissement, & n'est si rebelle, il a aussi certain lustre qui approche de la charneure ; on n'y treuue iamais ny tache, ny defaut : car il n'a point de bans, ny d'estages comme nos pierres de par deçà. Estage s'appelle le fonds qui d'ordinaire n'est semblable à ce qui est en haut.

11. Bresche, est de diuerses couleurs elle sert à faire des huisseries, fenestrages, entablatures, cheminées, &c.

12. Le Marbre meslé (*Mischio*) tout de mesme. On n'en fait gueres des statuës.

13. On ne se sert guere de l'Allebastre à cause de sa mollesse, & tendreur.

14. C'est vn coup de Maistre de sçauoir descharger les

premiers coups ric à ric de sa marque, comme Michel-Ange qui sembloit estre en furie.

15. Marbre diapré & marqueté fait en Pyramide qui va tousiours en appointant.

16. On scie le Marbre auec du sablon d'Æthiopie, ou des Indes., & auec le mesme on polit, & brunit les fueilles de Marbre pour en reuestir les murailles. On fait vne trace au Marbre qui se remplit de sablon, qui se presse en bas auec vne scie. Le sablon ordinaire fait la scieure grosse & cauerneuse, il faut par apres lisser, & polir les platines, ou placques, & fueilles de Marbre auec la poudre de Tuf (*Porus*) ou de Pierre ponce (*Pumex.*)

17. Les Polissoirs de Marbre se font auec des queux (*cotes, & lapides quibus acuuntur gladij.*)

18. Le Marbre dit d'Auguste est fait à ondes qui se madrent, & s'enueloppent à mode d'vn tourbillon de vent. Le Marbre dit Tyberius a ses veines esparpillées à mode de flocs de cheueux blancs. Celuy de Thebaïque est diapré de gouttes d'or ; d'autres sont marquetez de rouge, ou tirent sur couleurs de lacque. Celuy de Natolie est comme yuoire.

La façon de loüer les statuës.

1. LEs hommes rauis deuiennent comme pierres, & les pierres rauies par la force de l'Art semblent deuenir animées, & sortir hors de soy.

2. Le Bronze quoy qu'insensible de nature, a appris d'estre obeïssant à la hardiesse de l'Art, & du cizeau.

Calliſtrate au deuxiéme Cupidon de Praxiteles.

3. La pierre ſembloit ſe hazarder de faire à bon eſcient, & de s'accommoder au deſſein de l'ouurier. *Calliſtrate au Satyre* 114.

4. L'ame des Poëtes, & les mains des Ouuriers ſont rauies d'enthouſiaſme pour repreſenter les choſes diuines ; auſſi ceſte pierre s'eſt metamorphoſée en la Bacchante qu'elle deuoit repreſenter, & s'eſt ramollie à vne ſemblance de femme. *Calliſtrate en la Bacchante* 125.

5. La pierre ſembloit eſtre atteinte de ceſt accident (c'eſt à dire, d'yureſſe, car il parle d'vn Indien yure) ainſi que ſi elle ſe fuſt deuë eſbranler, pour monſtrer le vacilement que cauſe l'yureſſe. *Calliſtrate en l'Indien, p.* 136. 6.

6. L'ouurier n'a point voulu que le metal demeuraſt metal, ains que tout ce qui en eſtoit deuint Amour. De fait vous voyez bien comme le Bronze ſe facilite à vne certaine delicateſſe, & inſenſiblement ſe mignarde, & rend ſouple à vne potellée charneure, & vn rebondy en bon-point farfelu, accomply de tout ce qu'il y faut, ſe contentant de ſon eſtoffe. *Calliſtrate au Cupidon de Praxiteles* 139.

7. Vous voyez bien que le Bronze obeït aux affeⁱons de celuy qu'il repreſente, & rit fort naïfuement; la couleur obtempere aux ſentimens , & touchant le poil il ſemble qu'il ſe dreſſe, & vous chatoüille la main. *Ibid.* 140.

8. Le Metal s'eſt entierement ietté hors de ſa propre nature, & s'eſt tranſporté à vne veritable repreſentation. Car ce que la Nature ne luy a donné, l'Art luy a acquis. *Au 2. Cupidon de Praxit. Calliſtrate, p.* 157.

9. Ce pauure Marbre a esté rauy en ecstase, le voila
hors de soy, car vous voyez qu'il halete, & qu'il vit où
il estoit cy deuant sans mouuement. Il est poussé d'vn
diuin enthousiasme, & possedé d'vn esprit diuin qui
luy donne vie.

10. Le Marbre, estant Marbre ne laissoit pas de rougir, & se laschoit delicatement, à tout ce que l'Art y
vouloit figurer, &c. l'Art y combattoit auec la Nature;
ieune adolescent fleurissant d'vne gaye ieunesse, le poil
follet de sa prime-barbe qui luy cotonnoit le menton
abandonné au vent pour le frizer à son plaisir; le reste
de sa perruque à l'abandon, &c. *Callistrate, en l'Occasion,
p. 261.*

11. Ce Bacchus quoy que d'estoffe morte, & rebelle
de soy, maniés-le il fretille sous le toursement, & ra-
molly part l'Art en vne charnure douillette & souple-
semble se desrober sous le sentiment de la main. *Callist.
en Bacchus, p. 165. 6.*

12. Il faut adouüer que parfois la diuinité se fourre
dedans les corps humains sans s'y contaminer de ses
affections. Car icy l'Art n'a pas contrefait les affections,
ains ayant fait vn Dieu-Image, l'a entierement fait paffer en elle. *Callistrate en Esculape 169. 6.*

13. La matiere icy ne cede point à l'Art qu'elle mes-
prise, ains cognoissant que c'estoit vn Dieu qu'elle deuoit representer, elle s'y est de soy metamorphosée.
Voyez-vous pas les cheueux parsemez de graces se
coulant le long des espaules, s'espandre à la liberté; partie sur le visage, s'escarmouchans d'vne gayeté fort
gentille autour des sourcils, se viennent comme an-
neller

neller au droict des yeux ; & s'y amoncellent de gros flocs de cheueux frisez. *Ibid.*

14. Voyez ces Dauphins comme ils follastrent là a leur plaisir fendans les flots & la Sculpture. Et le vent est si vehement que le Stucq en est agité. *Callistrate en Medee.* 186. 6.

15. Si fait-il beau voir ce metal qui prend plaisir de frizer le menton d'vn petit crespe d'or à ce petit Dieu, &c.

16. Ne vous trompez pas, ce que vous voyez n'est pas bronze, c'est le mesme Iupiter en propre personne, qui a mis en sa place au Ciel le bronze, & icy s'est constitué en la place du bronze ; car autrement ne se peut faire ayant les cheueux voletans en l'air, la foudre qui bransle, les yeux esclattans, &c.

17. Ceste Déesse tasche de se monstrer belle à tous, & a l'œil brillant ; & tousiours au guet, elle est de la facture de l'Imageur Praxiteles qui iamais ne besongna mieux, ny tailla Marbre plus heureusement ; & semble que de quelque coste qu'on la sçache choisir elle s'essaye de se monstrer excellemment belle.

18. C'est bien icy vn de ces Marbres qui ne faudroit de bondir, & trepigner si Orphée laschoit vn seul fredon sur sa Harpe ; Car de soy vous voyez quasi qu'il sautelle, sans attendre ny Orphée, ny ses fredons.

DES
OVVRAGES DE
LA BRODERIE.

CHAPITRE XLI.

L'Inuention de la Broderie est donnée à ceux de Phrygie, de façon que les Latins mesmes, nomment les Brodeurs *Phrygiones*; à vray dire ces peuples-là ne l'ont point inuenté, mais ils en ont esté extrémement curieux; car on trouue quasi dés le commencement du monde, quelques especes de Broderies. Or ce qui estoit assez grossier du commencement, deuient remply de mille mignardises. Ils auoient les bonnes gens des robbes pommelées, des manteaux bordez de testes de cloux, entez dans l'escarlatte, des estoffes ondées, & sursemées d'vne belle pommelure, & surchargée de rouleaux, on les raya apres d'or à la façon d'Attalie; ceux de Babylone, broderent des liurées en diuerses couleurs; ainsi petit à petit, on a affiné ce mestier, le rendant tous les iours plus delicat. Les plus anciens y entrelassoient des fleurs naturelles, des herbes, & croyoient estre braues à merueille, faisant de cela vne grande piaffe.

On tient pour asseuré que ce mot de Brodeur, vient de Bordeur, car on n'enjoliuoit du commencement que le bord des robbes, & on les passementoit d'vne liziere faite à l'éguille, & en Broderie, de fait en Latin on nomme les Brodeurs, *Limbularios*, parce qu'ils ne se mesloient que d'enrichir le bord des robbes & des cottes des femmes, & choses semblables. Du bord on est sauté au beau mitan, & on a remply tout le plat-fonds de mille fantasies d'or, d'argent, & de soye, d'or nüé, & d'or clair, de mille agréemens, de poinct velu, & poinct de Tartarie, & tous les iours le mestier s'enrichit.

On dit aussi recamer, c'est à dire, broder, & ce mot vient de l'Hebrieu, car *Racam*, vaut autant à dire que Recamer, peindre à l'éguille & à la soye, de fait dés le commencement du monde on trouue de cét ouurage, qui depuis s'est tellement affiné, que vous prendriez la peinture pour nature, car les Tulipes & les fleurs, semblent estre nées dans ce satin, tant sont-elles viues; ces oyseaux semblent fendre le mestier, & voler à tire d'aisle, à ces personnages il ne manque que la parole, c'est or qui se lance aux bouts, & est nüé de soye, ce point refendu a si bien naïué les cheueux, que vous diriez que tout cela est plein de vie. Ce n'est pas peindre cela, mais engendrer, & donner vie aux creatures, que de les recamer si excellemment.

1. Le mestier, c'est ce chassiz, sur lequel on estend la besongne, bandant fortement le plat-fonds, & le satin sur lequel on veut faire la Broderie, & où il faut ponçer les ouurages, & porfiler la besongne.

2. Les broches seruent à conduire le chordon, la canetille, toute sorte de porfilures & liserures, & il est
impossible de rien faire sans cela, ny aux lisieres, ny à
l'enclosture, ny au fonds.

3. Lattes, c'est vn morceau de bois plat, pour estendre la besongne, la tirer, la relascher, & la mettre en
estat.

4. Les Tresteaux doiuent estre bien fermes & bien
propres, afin de bien porter le mestier, & que rien ne
bransle mal à propos, qu'on ne face quelque faute qui
pourroit gaster la delicatesse de la besongne.

5. Aiguilles à canon, aiguilles à passer de l'or à trauers le taffetas, satin, & l'argent, aiguilles à perles fort
deliées, grosses aiguilles à tendre le mestier, aiguilles à
laine qui sont vn peu plus plattes au bout, aiguilles de
Brodeur.

6. Roüet pour faire des cordons, dont on se sert souuent, & faut que le Brodeur les face luy-mesme, pour
bien faire sa broderie.

7. Cizeaux à razer, qui ont l'anneau grand, forcettes
à seruir sur le mestier, cizeaux à decoupper, les cizeaux
à razer, pour pouuoir entrer dans le poil de veloux, ont
la pointe platte & fine, cizeaux de Brodeurs propres à ce
mestier.

8. Pour decoupper il faut des fers de plusieurs sortes, comme pour faire les cœurs, d'autres pour les tref-
fles, pour les S, d'autres droits pour faire vne taillade,
vn mouschetoir pour mouscheter, ce qui se fait quasi
comme vne croix sainct Anthoine, des taillades à dents
de scie, & autres d'autres façons, car les taillades ont fort

bonne grace, quand elles sont bien assises, & bien couchées.

9. Pour bien goffrer, il faut des fers faits à cét effect,
pour imprimer à l'aide du feu, on goffre sur le satin &
sur toute autre estoffe, qui est bien susceptible de l'impression, qui doit estre bien nette.

10. Le pasté sert pour appliquer la canetille coupée,
& le canon; le pasté se fait de feutre, ou de veloux, on
le fait d'vn fonds de chapeau, d'vne piece de veloux, ou
autre estoffe, il a ce nom, parce qu'il est en forme d'vn
pasté plat, bas, & rond.

11. Pour faire porfileure de taillades de veloux, faut
auoir vn pinceau pour prendre doucement la besongne pour appliquer sur le fonds, & bien agencer cela
sans y rien mettre en desordre, ou bien hors de sa place : le pinceau enleue bien proprement & assied bien
où il faut ; sans que les doigts touchent la broderie.

12. Ponçettes blanches & noires, les blanches seruent pour poncer sur couleurs brunes, les noires sur les
couleurs claires : elles sont piquées à petits pertuis, ainsi
que font les Peintres & les Architectes pour poncer les
premiers traits.

13. Faire la portraicture propre à la broderie, portrait
de besongne de guerre, c'est à dire, pour la Cour, pour
les habits des femmes & d'hommes de la Cour, d'or,
d'argent, & la besongne d'Eglise, c'est la plus difficile
à cause des Images : c'est quasi la plus commune : l'autre de guerre ne l'est pas tant, si ce n'est à boutades,
ainsi que vont les humeurs des Courtisans, car tantost

ils aiment d'estre couuerts de broderies , tantost ils
vont tout simplement, a estoffe toute nuë , & balaf-
frée.

Les besongnes de fleurs sont fort plaisantes , & bien
agreables , à cause du meslange des soyes viues & de
tant de couleurs, cette riche bigarrure qui contrefait vn
printemps de soye est fort difficile , à cause qu'il faut
tellement naïuer les fleurs , qu'il faut qu'on croye que ce
sont les vrayes fleurs collées là dessus , & non pas des
figures mortes.

14. Besongne d'Eglise, se fait d'or nuë pour la plus
riche ; la bouture qui est la plus naturelle n'est que de
soye , mais si iolie à cause de la viuacité des couleurs
(qui ont vn esclat vif , & nullement meurtry) & si
pleine de varieté, que l'œil ne se sçauroit saouler de regarder cette douce varieté. Suit la hache-bachure qui
est ouurage plus leger, n'estant qu'à demy plein , là où
la bouture est toute pleine & l'ouurage en est bien plus
riche, & plus beau.

L'or clair , c'est l'or qui est couché , & est moindre
que hache-bacheure, qui a plus grande varieté d'ouurage, & plus agreable à l'œil que l'or clair.

La Taillure , c'est quand on se sert de diuerses pieces
couchées, de satin, velours, drap d'argent , d'or & autres
qui s'agencent fort mignonnement, & la main du Brodeur fait le reste.

Les Païsages , où il faut que le Brodeur vse plus de
fantasies qu'aux autres ouurages, ce n'est qu'esprit , &
hardiesse ; il enfle la mer & fait l'escume des flots ; il
pousse la cime des montaignes raboteuses iusqu'aux

nuées ; il fend les prairies auec des fontaines de cristal qu'on oit quafi couler ; il fait efclorre les fleurs dans vn parterre , il pouffe vne foreft de haute fuftaye ; il contrefait des chaffes & des atterraffemens de beftes , en fin ce font ouurages de fantafies.

15. Befongnes fauffes , font celles qui font d'or faux, & plus legeres, & le mefme d'argent faux, mais en peu de temps cette Broderie s'vfe, & monftre la piperie, fe defchargeant peu à peu, & monftrant ce qui eftoit caché fous l'apparence de l'or.

Profileure, befongne d'or ou de foye faite auec profit , fi le Brodeur ne fçait pourtraire, & bien pourfiler, iamais il ne fera chef d'œuure qui vaille , & faudra qu'il foit toufiours vallet d'vn peintre , & des caprices d'autruy.

Befongne de meubles où on applique toutes fortes de broderie , on la nomme ainfi , à caufe qu'on en meuble la maifon, ce font licts, pauillons, tapis, oreillers, toillettes , où on fait toute forte de broderie de guerre, d'Eglife , de tout , felon la fantafie de ceux qui commandent la befongne.

Broderie de rapport , qui fe fait de pieces rapportées de diuerfes couleurs, & qui s'enflent , & femblent de relief , s'enleuent & emboutiffent , appliquant or fur argent, foye fur or, fatin fur cela, en fin la Broderie fe foufleue , & fe fait à demy relief.

16. Le plat-fond d'argent, fur lequel on fait les pieces rapportées, foit de boüillon, clinquant, cannetille, frizures, & autres telles galanteries. On nomme le plat-fonds , ce qui eft bandé fur le meftier , & furquoy on

couche toute la broderie : mais pour bien faire il faut auoir deuant les yeux des patrons, des portraits faits au vif, voire les fleurs mesmes naturelles, & les fueilles separées pour les contrefaire, & les naïfuer parfaitement.

17. L'argent de Paris, & l'or de Milan, sont tresbons pour faire les plat-fonds. L'or de France monstre trop sa soye, il s'ouure en le retordant, celuy de Milan est plus couuert, & ne s'entrouure pas si aisément, monstrant la soye par la fente, car le dedans du fil d'or & d'argent, ce n'est que soye, or quand on la void, tout est gasté.

18. Encastiller des Diamans, & les enchasser dans la Broderie, enfiler les perles, & incorporer des pierreries dans les boüillons, ou estoilles pour leur donner esclat, & leur faire darder vn iour agreable.

19. Point de poil, c'est la fantasie qui conduit de poinct refendu les cheueux, & la barbe des personnages. Or ce poinct de poil est fort difficile, quand il faut frizer les cheueux, les anneler & goffrer les perruques, les faire flotter à l'abandon, & se ioüer sur le front, ou bien quand il la faut rendre venerable, arrengeant les poils si delicatement, que l'vn ne se iette point sur l'autre.

20. Point velu, qui fait ressentir le naturel, & iette son poil, comme si c'estoit vrayement de la mousse. Ainsi fait-on des arbres tous moussuz, & vous iureriez que c'est de la vraye mousse de soye vertement brune, des arbres couuerts de mousse, des chenilles qui sont cotonnées & veluës, des papillons à corps cotonné & velu, &

velu, & autres semblables creatures, qui chargent naturellement la mousse, & sont surfrisées, couuertes d'vne
bourre naturelle ou acquise.

21. Enclosture, c'est le bord qui est tout autour, &
est riche de frisons à la Milannoise, Cartizanes d'or
traict, chaisnes faites de boüillons, de mille beatilles &
ioliuetez, qui ceignent tout autour la besongne, & sement du passement à l'ouurage, d'Anges, de grotesques, de chappelets de fleurs, & de fantasies.

22. Agréement, c'est ouurage de paillettes, grains
faits de boüillons, ou petits poincts noüez: cela en-
ioliue fort la besongne, & donne grace à la broderie, faisant qu'elle soit fort agreable, & que l'œil soit
content & satisfait en voyant ces agréemens bien assis.

23. A la besongne d'or clair, le Brodeur doit rehausser sur la soye, les cottes des robbes, manteaux, &c.
d'or & d'argent, & sur les manteux d'or glacer de soye.
Ombrager donc c'est auec la soye, surombrager l'or &
l'argent, & y faire quelques sortes d'ouurages. Quand
donc la drapperie des personnages est de soye viue, on
rehausse cela d'or & d'argent par dessus, pour l'enrichir,
quand elle est d'or ou d'argent, on la glace & esmaille
de soye.

24. Nettoyer sa besongne & battre le mestier, c'est
quand on a fait la broderie, & qu'on y a mis la derniere
main, cela à si grande longueur a accueilly beaucoup
de poussiere, & d'ordures qui ternissent la broderie, &
la salissent, il faut donc bien battre le mestier, & bien
secoüer la cannetille & la Broderie, afin que cela soit

Vu

net, & en eftat d'eftre mis à fon iour, & prefenté à l'œil
en fa perfection.

25. Le chef-d'œuure d'vn Brodeur qui eft fils de maiftre, fe fait d'vne image feule d'or nüé ; il faut qu'il monftre fon portraict à tous les maiftres par le clerc du meftier ; de plus il faut que l'image foit d'vn demy-tiers de
haut. Mais le compagnon qui n'eft fils de maiftre, doit
faire vne hiftoire entiere, où il y ait plufieurs perfonnages, ce qui fe nomme vn quarré, tout d'or nüé. Ce qui
eft bien plus difficile, car plus il y a de perfonnages, plus
il y a de varieté, de broderie de toute forte, & partant
plus de hazard d'eftre renuoyé au meftier.

26. Or nüé, c'eft l'or qui fe lance aux bouts, & eft
nüé de foye, c'eft pourquoy il fe nomme nüé ; car faites
eftat que la beauté de la broderie, confifte en vn artifte
meflangé de couleurs ; l'or tout feul eft riche, mais n'eft
pas gay, partant on le nüe, on l'ombrage, on le diuerfi-
fie, y façonnant deffus auec la foye de diuerfes couleurs,
mille fortes de fantafies.

27. La foye platte c'eft pour nüer ; la torfe fert pour
lizerer ; faut auffi mener les cordons, rabattre le porfil,
cordons, & tout ce qui fe mene à la broche ; le nüe-
ment eft bien mieux fait auec la foye platte, qui dit
mieux deffus l'or, & a plus de grace que la torfe qui eft
trop deliée pour nüer, mais pour faire les lizieres elle
eft belle en perfection.

28. Point de Turquie, point d'Efpagne, point d'Angleterre, point de Brodeur, point refendu ; chafque païs
a quafi fa façon de broder, & fes points differends. Pour
contenter la bizarrerie de l'efprit humain, on en fait à la

mode de tous les païs, & quelquefois le pire eſt treuué
le meilleur, à cauſe qu'il vient de bien loin.

29. Broder à la lame, ce n'eſt pas vn poinct de Brodeur, mais de chapeliers, ceinturiers, & autres qui bro-
dent l'orles des chapeaux, les cordons, les ceintures, & ont
leur broderie à part, auec vne lame entrecouppée.

30. Faire l'arrondiſſement des fleurs; floüer les fleurs
ou manteau, ou cottes, &c. C'eſt comme ſi cela eſtoit
meu du vent, ou du moüuement du corps, vn rehauſ-
ſement de genoux, vn coude qui ſe pouſſe en dehors,
vne robbe qui ſe contourne & replie, comme ſi elle
eſtoit eſmeuë de quelqu'vn. Le floüement donc des
fleurs, c'eſt quand on les fait pencher quaſi nonchalamment, comme ſi elles commençoient à tomber & ſe
fleſtrir; ou ſi le vent les abbatoit, & les desfueilloit piece à piece. Or il faut bien du iugement pour bien contrefaire cela, & le faire de bonne grace, & que tout ſe
rapporte bien, ſans que rien ſe deſmente, car ſi d'vn
meſme coup de vent l'vne ſe renuerſoit d'vn coſté, &
l'autre au rebours, ce ſeroit vne vraye beſtiſe de l'aiguille, & de la main qui la conduit.

31. On fait icy auec l'aiguille, ce que le Peintre fait
auec ſon pinceau; comme des renfondremens auec la
ſoye brune, enuironnée d'argent ou de ſoye blanche;
des precipices, des torrens d'argent eſcumans à gros
boüillons, des flottes qui voguent ſur les ondes; des volées d'oyſeaux; des parterres ſureſmaillez de fleurs viues à
l'égal du naturel, voire plus riches, & au lieu d'odeur
qu'elles ne peuuent auoir, elles recompenſent ce defaut
auec la durée, car elles ne fleſtriſſent quaſi iamais; des

labyrinthes & entortillemens, des vases de fleurs d'vne
excellente beauté ; des Chasses de Cerfs que vous voyez
courir & fendre le vent d'vn pied aislé, & les chiens qui
se tuent de courir & iapper apres ; vn sanglier à gueule beante qui mord l'espieu & l'ensanglante tout ; vn
pescheur à la ligne qui iamais ne prend rien ; vn loup
poursuiuy à outrance, & à grandes huées d'vn monde
de villageois, qui crient à pleine teste, & estourdissent
le pauure loup qui gaigne la forest, & fait mille ruzes.
En fin ils mettent sur leur satin toutes sortes de caprices qu'ils font passer par la pointe de leur aiguille. Vn
renassement de Cerf, vne fontaine de cristal qui passe-
mente de son argent coulant, vne campaigne verdoyante, & la serpente de fort bonne grace : des nuées qui es-
clattent, & qui lancent des foudres d'or si bien faites,
qu'il semble que vous en oyez le bruit : des combats que
la viue escarlatte rend tous sanglans, en fin mille sortes
de tresbelles inuentions.

32. Pour ce qui est de la besongne d'or, & toute sorte de besongne, il la faut ordonner auant que de trauailler.

Apres faut prendre de l'or, qu'on appelle or de Milan,
ou de Paris, mais celuy de Milan plus leger & plus
beau, comme i'ay dit cy dessus, il le faut plus retordre
en deux ou trois, en deux, c'est pour faire la besongne
legere : en trois, c'est pour de la besongne riche. On le
tord auec vn rouet de fer d'Allemagne, apres on le
met en broches de bouys pour lizerer, c'est à dire, tirer
l'or, selon les traits patronnez ou ordonnez, autant à dire
que peints.

33. Fueillage enleué de fil ou fiffelle, felon la befongne. Apres que le fueillage eft enleué, on le quippe de
boüillons d'argent ou d'or, ou de cannetille ou frifons,
pour mettre dans les moulures qui fe font dans les deffeins.

Comme auffi on y met des paillettes d'or ou d'argent, ou autres petits aggréemens felon les places, cela s'enfile à l'aiguille.

Le boüillon d'argent fe fait par les Tireurs d'or, frifon, cannetille frifée, battre fans battre, celle qui n'eft
point luifante n'eft point battuë, & celle qui eft luifante eft battuë.

34. Pour la befongne de foye, il faut tendre le meftier & puis ordonner, il faut enleuer premierement la
guypure de foye.

Puis apres la guypure d'organein, c'eft à dire foye,
puis la lizerer d'vne petite cannetille frifée, apres mettre des chaifnes & frifons aux places où il en eft de befoin, puis les aggréer de petits poincts noüez és places
où il en eft befoin.

Le frifon n'eft battu, le boüillon l'eft.

La chaifne eft faite d'vne Torfade luifante de foye,
& la petite cannetille & le frifon, auffi de foye femblable.

35. La Torfade de foye eft faite d'vn luifant, & n'eft
torfe qu'vne fois, & recouuerte d'vne petite Torfade
pour la frifer : La petite cannetille eft recouuerte d'vne
petite Torfade, & ne font en rien differends de façon,
que de la groffeur, comme au frifon, qui eft toutesfois
plus gros que la petite cannetille.

Vu 3

Il y a aussi du cordon tords en deux , comme l'or , qui sert à faire des nœuds quelquefois au lieu de paillettes, pour rendre la besongne plus aggreable.

En donnant deux sols de l'once , on retire l'or & la soye , & fera l'ouurier , cannetille , frizon , &c.

36. Pour la besongne de canon, autrement paix.

Il faut tendre le mestier & l'ordonner, faire les desseins , elle ne s'enleue point , & se guype auec de la soye gris , noir , & s'aggrée de petits grains de retz noir, en faisant la guypure.

37. Pour la besongne de fleurs , elle se fait sur tous fonds ou estoffes , auec soye platte , suiuant la couleur des fleurs , on nomme soye platte, qui n'est point torse. Or il faut faire le portraict de la fleur auec les ombrages necessaires selon chasque fleur , il faut que les Brodeurs facent le portraict , parce que si les Peintres le font ils ne s'y accommoderoient pas bien , il faut aussi ombrer selon les couleurs , & selon que chasque fleur le requiert , pour estre viue & naïue.

38. Pour la besongne à deux enuers, il faut tendre le mestier, tendre le fonds de taffetas, de quelque couleur que ce soit, & prendre de l'or de Milan, enfilé par esguillées , qui soit doux ou propre pour passer, pour faire la broderie , selon le dessein que l'on veut , fleurs de soye , or passé , desquels on fait de toute sorte de bestiaux sur les desseins.

Celle de semence de perles a deux enuers.

Celle de clinquants.

Cette guypure qui est aussi belle dessus que dessous, on enfile la perle à l'aiguille , comme l'or & le clin-

quant, on le guype à la broche, la befongne de foye a
deux enuers, auffi guypée à l'aiguille.

Fleurs de bouture de toutes fortes, ce font poincts
que l'on prend les vns dans les autres, de mefme grandeur & de diuerfes couleurs felon les fleurs.

39. La porfilure c'eft la moindre, & faut qu'elle foit
la mieux faite.

Porfileure, eft prendre des bandes de tapifferie, &
les appliquer fur de la foye, ce fait, faut prendre fur
broche du porfil, que lon appelle quatorze ou quinze
fils felon la groffeur de la foye, puis de la foye fimple,
pour rabattre le porfil au long du bord de la Tapifferie,
qui s'appelle porfiler.

Taillure de velours, &c.

40. Il faut tendre le velours à vn meftier, & prendre
de la colle de Flandre deftrempée & boüillie, & en
frotter le velours par derriere, à l'enuers, & le faire fe-
cher au feu, en telle forte qu'il foit fec, & en couper
apres le fueillage, fuiuant les deffeins, & l'ayant coupé
par fueillage, l'appliquer fur telle forte d'eftoffe que lon
veut; Plus faut pour l'ordonner prendre vne aiguille au
bout d'vn bafton, & prendre auec icelle la fueille de
velours, ou autre eftoffe, & la coller fur le fonds du
deffein où on la veut employer, puis mettre du porfil
en broche de fept ou huit brins, felon la groffeur de la
foye, & enfiler de la foye fimple pour le porfiler à
l'entour.

Pour paruenir à la Tailleure, il faut fur l'eftoffe ponçer le deffein, & quand il eft marqué par la ponçe, y
appliquer la fueille.

41. Pour la befongne d'Eglife, fine, faut l'ordonner,
puis coucher l'or fur les Images, où il en eft de befoin,
apres glacer, & faire les enuers du manteau, de foye
platte, puis il faut des petits brins de foye torfe, vne
fois les lancer, c'eft à dire, faire vn grand poinct, puis
auec d'autres qui fe font d'vne foye deliée les rabattre.

42. En outre, pour la fauffe befongne dont i'ay parlé, on prend des morceaux de fatin, & les taille-on à
propos de l'Image qu'on veut faire, & les applique-on
fur le deffein de l'Image, & on les colle auec de l'em-
poix fait de farine, puis faut prendre des couleurs felon l'Image, & les lauer par l'enuers, & les rehauffer
felon les couleurs.

Puis lizerer les lifieres, d'vn gros or auec de la
foye.

43. Le bord des offrois, c'eft à dire, les bandes de
Chafubles ou Chappes, s'appelle, & eft fait à poinct
billetté, c'eft à dire de l'or mené à la broche, enleué
par lozanges.

Ces bords des offrois, en cheurons ou baftons rompus, & telle befongne s'enleue fur les traicts, & creux,
ou plat-fonds.

Pour faire l'œilleture, il faut prendre vne petite verge de fer, & la mettre dans la fueille que l'on veut faire, & prendre foye ou or, tel que l'on voudra, & faire
des poincts fur l'aiguille ou verge, de la grandeur de la
fueille, & emplir les fueilles de l'œilleture, du deffein
tel que l'on voudra.

44. Ce feroit vne chofe quafi infinie, de vouloir icy
coucher toutes les particularitez de ce noble artifice,

qui

qui inuente tous les iours mille gentilleſſes, pour encherir la broderie, & la rendre plus agreable à l'œil,
ſoit pour la varieté des couleurs heureuſement meſ-
langées, ſoit pour la richeſſe des ouurages, les Poëtes
combattent auec la pointe de leurs plumes, les Peintres auec le bout de leur pinceau, les Brodeurs auec la
pointe de l'aiguille, pour ſçauoir qui fera le plus bel
ouurage, & mieux reuenant au naturel. Claudian fait
vn quarré de broderie, par la main virginale de Pro-
ſerpine, & la peint fort delicatement. De ſa ſçauante
aiguille (ce dit-il) elle brodoit ſur du ſatin blanc la
creation du monde ; elle arrengeoit les elemens, &
voûtoit l'azur des Cieux, elle deſueloppoit le chaos
auec la pointe de ſon aiguille, deſpliant tout le monde, & le tirant de la confuſion, poſant chaſque choſe en ſa place, tout ce qui eſtoit leger montoit à
veuë d'œil au plus haut eſtage du monde ; les choſes lourdes & plus peſantes ſe precipitoient au centre ; le feu s'allumoit d'vn incarnat releué & fort eſtincelant ; le Soleil & les Eſtoilles d'vn or brillant &
fort rayonnant, vn filet d'argent faiſoit le croiſſant
de la Lune, la mer flottoit à gros bouillons, eſcu-
mant ſa rage au bord, & ſouſleuant de grandes montagnes d'eaux faites de ſoye pourprine, a eſcumes
d'argent, le globe de la terre ſe balançoit au centre,
ſe ſeruant de contrepoids pour s'affermir, & appaiſer le monde. Elle y entremeſla les Zones & les cli-
mats ; la torride eſtoit toute bruſlée, & d'vne ſoye ſi
rouge & ſi viue qu'elle ſembloit eſtre tout en feu, auec
des taillades de velours cramoiſi releuées d'or, vn Soleil

battant à plomb là deſſus auec des chaleurs inſupportables, de façon que le quarré ſe voyoit tout fleſtry
d'ardeur, & alteré d'vne ſechereſſe & d'vne ſoif fort lan-
goureuſe. Deçà & delà eſtoient les Zones temperées de
hache-bachure, d'agréemens, de Broderie à fleurs, meſmes de poinct velu, contrefaiſant les mottes enyurées
de Nectar, & vn pays tout couuert de delices, & peuplé à merueille; aux deux bouts de l'ouurage eſtoient
les deux Zones glacées, couuertes de neiges, de ſoye
platte, encaſtillé de pointes de criſtal, pour contrefaire
la glace & les horreurs d'vn hyuer-eternel, & l'ouurage
fait à taillure, ſi bien qu'il ſembloit que ces pauures
contrées fuſſent toutes mer-fondües, & tranſies de
froid. Le coloris des ſoyes eſtoit vif, & de pluſieurs
beautez entremeſlées fort mignardement. Dans vn azur
bruniſſant elle auoit enchaſſé des petits boutons de cannetille d'or fort luiſant, pour contrefaire les Eſtoilles al-
lumées dans la glace du Ciel; la terre eſtoit faite d'vn
or nüé de verd gay, verd doré, & verd brun. De ſoye
platte & enflée flottoit & eſcumoit la mer, contrefaiſant vn petit Occean; le bord & les rochers qui bor-
noient la marine c'eſtoit vne enfileure de perles Orientales, & de gros Diamans plantez comme des eſcueils, où
boüillonnoit autour la mer courroucée, & eſcumante à
boüillons de ſoye blanche, trenchée de filets d'argent.
Le floüement de l'algue, & des roſeaux marins eſtoit
bien ſi naïuement fait, qu'il ſembloit en effet que le vent
s'y ioüant les fit ondoyer, & choquer doucement contre les montagnes faites à poinct velu & couuertes de
mouſſe; Voyez ie vous prie, comme cette ſoye perſe

pouſſe flot deſſus flot, faiſant de la riuiere qui ſemble
couler à veuë d'œil : Voyez que la ſoye ſe bourſouffle,
& s'enfle d'elle-meſme par vn grand artifice, comme ſi
c'eſtoit vne fontaine de criſtal ſe precipitant dans la
mer. Oyez-vous pas le peſant bruit du flot qui ſe creu-
ue au bord, & ſur le ſable doré, qui ſemble murmurer
ſe voyant choqué rudement, & tout couuert d'eſcume. Cette tendre pucelle faiſoit de ſon aiguille tout ce
qu'elle vouloit. En faiſant cét ouurage d'vne main innocente, la pauurette fut malheureuſement enleuée, &
l'ouurage demeura imparfait, le plat-fonds n'eſtant fait
qu'à demy.

Xx 2

AV LECTEVR DES ARMOIRIES.

IL eschet mille fois qu'il faut parler des *Armes* des familles, & on ne sçait par quel bout commencer. *Aux Oraisons funebres des grands*, aux loüanges des grandes familles, aux *Receptions des Admiraux & Officiers de la Coronne*, & en mille autres occasions, il est du tout necessaire de parler des *Armes*, mais la faute est d'autant plus lourde qu'elle est faite à la vollée deuant vne si belle compagnie. Ie vous veux aider à ne faillir point ou peu quand il vous faudra parler de cette matiere. La diuersité des *Auteurs*, des temps, des alliances, des opinions & coniectures des hommes, sont cause qu'on trouue beaucoup de diuersitez en parlant des *Armoiries* d'vne mesme maison. Chacun allegue son *Auteur*, & croit que c'est le meilleur, & possible que les vns, & les autres se trompent. Car en cecy il y a mille coniectures, & mille fantasies. Mes amis m'ont allegué quelques choses, & leur en ay de l'obligation. I'ay fait profit de leurs liures, & sages aduis, du reste ce que ie n'ay pas changé, c'est que ie tien les *Auteurs* dont ie me suis seruy, pour gens de bien & dignes d'estre creus. Au reste chacun a son opinion, & à tout rompre ie ne vous donne qu'vn petit *Essay*, permis à vous de le perfectionner, & vous rendre sçauant, & parfait, c'est ce que ie vous desire.

POVR BLASONNER LES
ARMOIRIES DES ROYS, PRINCES,
PAYS, &c.

CHAPITRE XLII.

1. Oute Armoirie eſt compoſée de deux metaux, Or, & Argent ; & de cinq couleurs, qu'on nomme Gueulles, Rouge, Cinabre ou Vermillon, Azur, Sable, c'eſt à dire, Noir, Synople ou Synope, c'eſt à dire, verd ; Pourpre, c'eſt à dire, meſlé d'Azur & rouge : de façon que ſont ſept metaux, ou couleurs. Les modernes en adiouſtent deux, à ſçauoir Orangé ou Tanné ; & Sanguine ou Laque, & couleur de Roſe.

2. Il y a deux ſortes de Pennes, c'eſt à dire, fourrures d'Hermines, & de Vair, ou Vairé : l'Hermine eſt d'Argent & de Sable : le Vair d'Argent & d'Azur. En parlant on dit, le tel Seigneur porte d'Hermines ou de Vair, d'Or, Gueulle ou autre.

Hermines.

Vair, fourrure chargée de poil blanc & bleu, ancienne fourrure des Roys de France.

Xx 3

Les poincts ou places principales de l'Escu sont neuf.

A. B. C. Le premier, second, & troisiesme poinct du chef de l'Escu.

D. Poinct d'honneur.

E. Poinct de la face, ou fesse, ou milieu de l'Escu.

F. Le poinct ou place, dite le nombril, ou bas de la fesse.

G. Poinct de la dextre, de la pointe.

H. La seneftre.

I. Poinct, & bas de la pointe.

Neuf choses sont aux Armoiries. Croix, Chef, Pal,
Bande, Face ou fesse, Chéuron, Sauteur ou sautoir, vn
Gyron ou guyron.

On blasonne en cefte maniere, le tel Seigneur porte
d'or, à vne bande d'Azur de cinq ou six pieces, c'est à
dire, le fonds de l'Escu est d'or; l'Armoirie est vne bande auec cinq pieces.

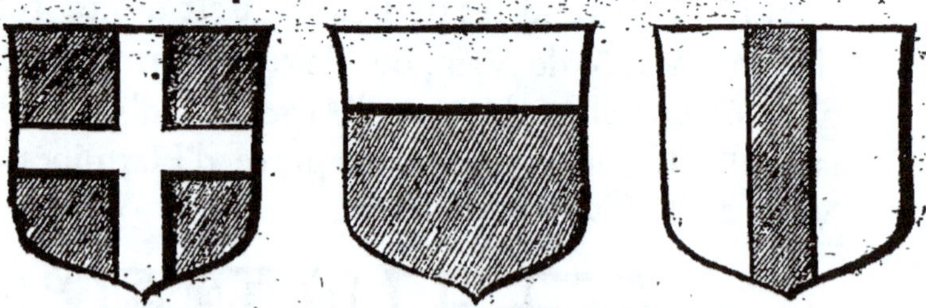

D'argent à vne Croix de gueül-les.	De gueulles à vn chef d'or.	D'argent à vn pal d'Azur.

 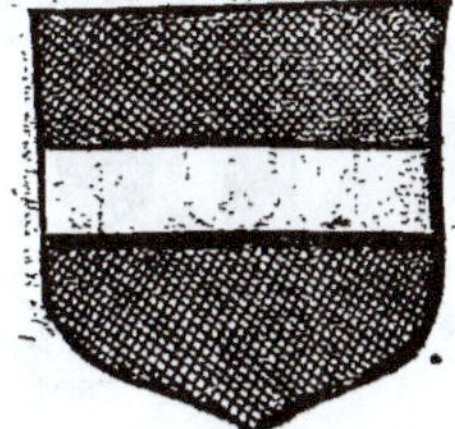 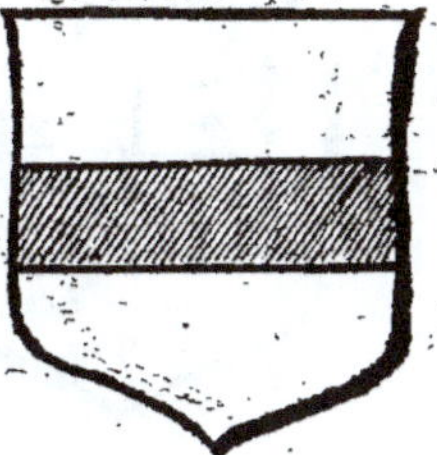

De pourpre , à vne bande d'argent.

D'or à vne face de sable, *vel contra.*

De Synople à vn chéuron d'argent.

De pourpre à vn sautoir.

D'or à vn gyron d'azur; ou guyron, quelquefois on adiouste à quatre pieces.

Pals contre pals d'argent, & Synople.

De gueulle au car- tier d'Herminès.	D'argent à vn orle de Synople.	De Synople flanqué d'argent, Torteaux de-fable, ou bien à deux flanques d'argent.

Quand dans ces neuf pieces on met quelque chose dedans, on dit Armoiries honorables, ordinaires, char- gées de, &c.

 D'or à vne Croix de Pourpre char- gée de cinq Leopards d'argent, armez de gueulles.

Ainsi de bande, de pal, &c. si on y peint quelque fi- gure, on dit de pal chargé de, &c. d'argent.

On dit Armes, Armoiries, Escusson, parce que les anciens Cheualiers leuoient des deuises de leur vie, óu Cheualeries, & pour estre recogneus en guerre les fai- soient grauer sur leurs Escus, Boucliers, & Armes ; de là on a pris le nom.

Si les figures sont non dans les Chefs, Croix, Bandes ou, &c. on dit, Cantonée de fleurs de Lys.

La

La Cotice eſt la petite bande qui ſe met aux Armoiries des Donnez, ou Puiſnez, &c. La Cotice eſt le tiers moindre que la Bande, & ſa largeur eſt des deux tiers de la troiſieſme partie de l'Eſcu.

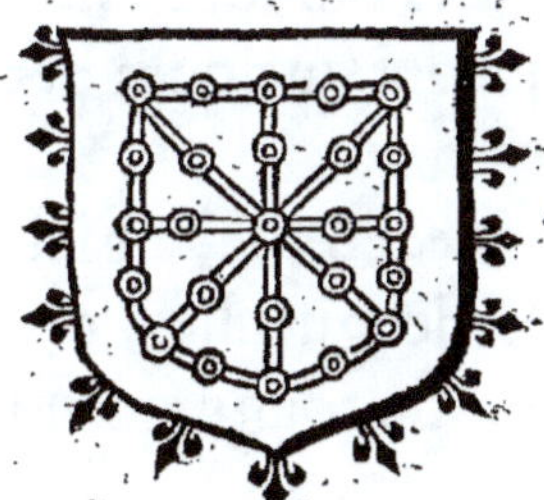

Armoirie de Nauarre.

D'azur à vne Eſcarboucle accollée d'argent, pommettée de gueulles.

Ou de gueulles, aux rais d'Eſcarboucle, pommetté d'or, flouré à la bordure de fleurs de Lys au pied nourry (c'eſt à dire, qui a le pied caché,) ou pied coupé.

Il y a plus de quarante ſortes de Croix és Armoiries. Pattée, potencée, croiſée, florencée, coupée ou racourſie, fleuronnée, frettée, compoſée ou componée, de macles, de vair contre vair, eſchiquetée, engrellée, endentée, pattée & fichée, de beſans, de quatre Hermines, carronnée, vndée, lozangée, de vair appointé: Vne Croix ancrée, d'aucuns nommée Nylle, ou nelle qui doit eſtre eſtroite comme vn fil.   Yy

On dit l'Efcu entier, party ou my-party, efcartelé,

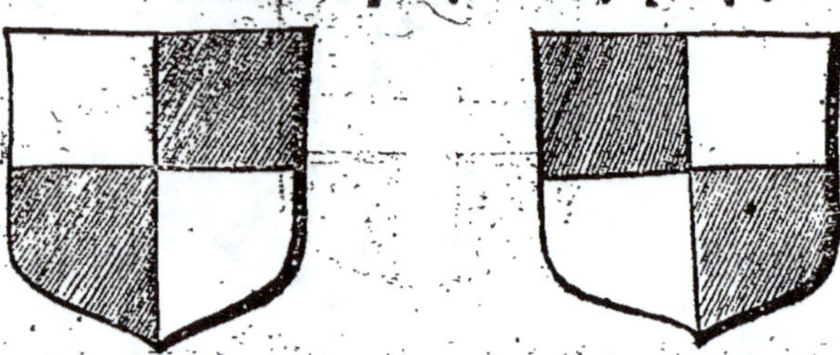

tiercé : & quand on veut blafonner les armes, toufiours on commence du quartier dextre, en haut où l'on met toufiours les principales armes.

Quelquefois il y a des armes qui font entées en chef, ou en pointe ; c'eft à dire, qui ont quelques petites armes par deffus les autres.

On dit aüffi vn hidre, par exemple, enrichie, ornée, ombrée de Synople, armée de gueulles, ou membrée de gueulles, c'eft à dire, faite de rouge quand à la tefte, & pieds.

Comte de Tolouse.

De gueulles, à vne Croix patée en pointes, & douze befans aux pointes d'icelles d'or, chargées d'vne autre Croix de gueulles : ou bien vne Croix vuidée, clef-chée, ou terminée, & pommettée d'or.

Celuy de France eft d'azur à trois fleurs de Lys d'or. Celuy du Dauphin fe blafonne en ces termes. Efcarte-lé, le premier & dernier d'azur à trois fleurs de Lys d'or, les deux autres d'or à vn Dauphin d'azur. Celuy de la Reine & de Florence se dit ainsi:

D'or à cinq Torteaux de gueulles, & vn d'azur chargé de trois fleurs de Lys d'or.

Heraut & Roy des Armes ou Armoiries, & Poursuiuant c'est tout vn. Il se dit ainsi, car il peut porter la cotte d'armes de son Prince, & c'est luy qui porte les accords de paix, qui denonce les armes, & pretensions de son Prince. *Olim fecialis.* Aucuns croyent que le Poursuiuant est different du Heraut.

Briseure est marque des puisnez ou moindre, car l'aisné porte les pleines Armoiries, les autres portent les mesmes, mais brisées de bordure, ou lambel, ou cotice.

Les pièces des Armoiries.

1. LA Cotice brochant le tout, c'est comme vn baston qui tranche à trauers.

2. Vne bande ou barre qui trauerse du haut à bas , si elle est chargée de quelque chose, on dit chargée de, &c. S'il n'y en a qu'vne, on dit brisée d'vne coquille, &c. on dit aussi brisé de quatre, &c.

3. La face eſt vne bande à trauers ; ſi elle eſt chargée, briſée, ou eſchique-tée. On a creu que ce mot de face viét de l'Allemand , & que cela ſe dit en Latin , *Trabs tranſuerſalis* , La burelle eſt vn tiers moins que la face.

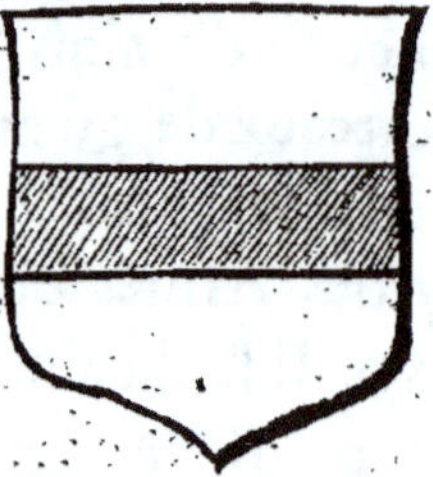

4. Le Pal ou les pals , c'eſt quand vne, ou pluſieurs bandes fendent l'Eſcuſſon au mitan du haut en bas : on dit il portoit pallé de, &c.

5. Les Chéurons ſont,

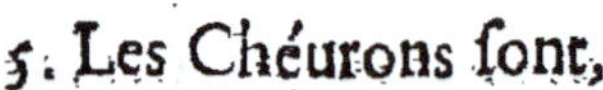

6. Le Sauteur, ou ſautoir c'eſt la Croix S. André. Il y a ſautoir floureté, pommeté, baſtonné, endenté, abbaiſſé, ou racourſi, lequel ne touche au bord de l'Eſcu.

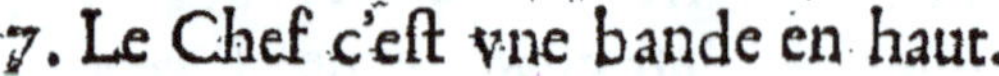

7. Le Chef c'eſt vne bande en haut.

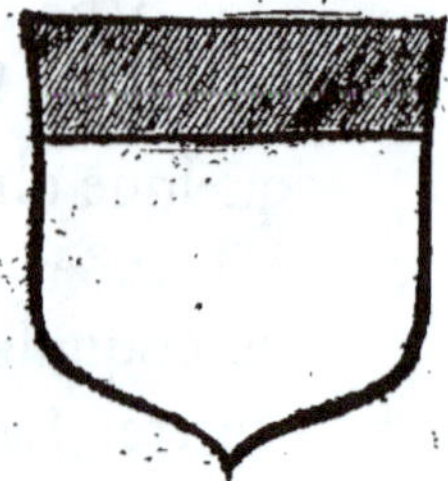

8. Fretté, c'est en l'ozange. Il portoit d'or fretté de sable. Les Ruſtres ſont comme les lozanges horſmis qu'elles ſont percées en rond, & les lozanges ſont percées en lozange.

9. Vne bande fizellée 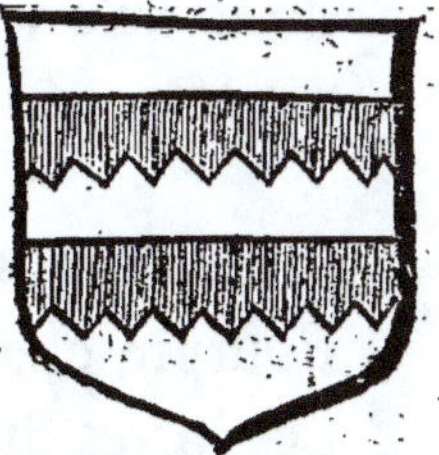 A ou barre, ou bien vne face A danchée en pointe appellée fueilles de ſyes.

10. Le Lambel ſimple, ou briſé, ou chargé de, &c. ou à trois pendans.

11. Il portoit de ſable tranché ſous argent ou, &c. au Lyon d'argent & de ſable de l'vn à l'autre, c'eſt à dire, Lyon argenté ſur le ſable, ſablé ſur l'argent.

12. Il portoit d'or, eſcartelé de, &c.

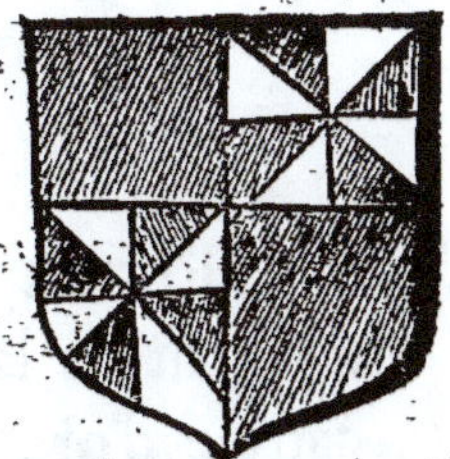

13. Quand ſur le grand Eſcu, on en met vn petit au mitan, on dit, & ſur le tout il portoit de Bretagne (c'eſt à dire, l'Hermine de ſable.)

14. On dit il portoit de, &c. au baston de gueulles pery en bande, ou à la cotice de, &c. perie en bande.

15. Il portoit de, &c. cantonné de France, ou de gueulles ou, &c. c'est à dire, quand en vn des coins il y a quelqu'autre chose. Mais d'ordinaire c'est au quartier droit qu'on cantonne, & on le nomme lé premier quartier.

16. Il portoit d'azur à cinq bastons d'or, au chef de Pourpre chargé de billettes d'argent: Les autres disent bandé de sept pieces, les Besans sont d'ordinaire de metal d'or ou argent, les Torteaux sont de couleur.

17. Il portoit de Synope à trois vols d'or reliez de gueulles, (vol, c'est à dire des aisles desployées.)

18. Portoit d'Orleans, A qui est de France au Lambel d'argent, à la Cotice de mesme perie en bande, B escartelé d'or, à l'Aigle de gueulles, C le quart burellé d'argent & d'azur au baston de gueulles brochant sur le quartier final.

Les Bordures.

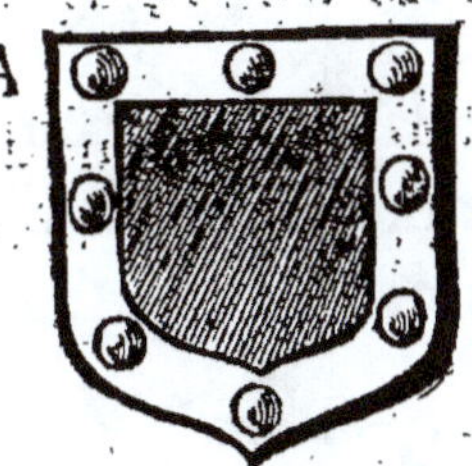

1. IL portoit d'or, &c. à bordure A besantée, B en-
greflée de fable, ou dentelée, cantonnée, & componnée d'argent & de gueulle, (c'eſt à dire, compoſée
tout autour) eſchiquetée à C trois traits, ou quatre.

2. Bordure ſemée de France (c'eſt à dire, de fleurs de
Lys) d'Hermines, ou de Bretagne, &c.

3. Bordure contrefacée de meſmes
que les Bandes, c'eſt à dire, où les bandes ſont d'or, la bordure eſt d'argent,
&c.

4. Il portoit, &c. à bordure de gueulle, ou de ſynope, ou vairée, ou componnée, ou flourée de fleurs de
Lys.

5. S'il y a deſſus quelque choſe, on dit ainſi. Noſtre Dame de Paris porte tout ſemé de France, chargées d'vne croſſe d'or. Item chargées de Mitre, de Croſſe, ou de Timbre de, &c.

6. Quand les pieces ſont dans & tout autour de l'Eſcuſſon on dit à l'Orle. Comme il portoit d'or de huict Marlettes de gueulles à l'Orle.

Les pieces qui meublent.

1. VN Lyon naiſſant (c'eſt à dire, qui ſemble ſortir dehors & n'eſt qu'à demy) paſſant, rampant, Leopardé (c'eſt à dire qui monſtre toute la teſte, quoy qu'il ſemble paſſer ou ramper) à la queuë noüée, & paſſée en ſauteur.

2. Vn Cerf ſommé d'or (c'eſt à dire, *cornua habens*) onglé, lampaſſé (c'eſt à dire ayant la langue dehors dorée ou, &c.) chargé ou briſé en l'eſpaule de, &c. Vn bœuf accorné d'or, onglé, accollé (c'eſt à dire, ayant vn collier) clariné, c'eſt à dire, ayant la ſonnette au col, &c.

3. L'Aigle membré (c'eſt à dire, les iambes) becqué, couronné, eſployé, c'eſt à dire, (aiſles eſployées) timbré d'or (c'eſt à dire, ayant vne couronne, &c.) facé d'or, c'eſt à dire, eſtant couuert de deux ou trois faces d'or au col, à trauers, au bas.

4. Il portoit d'or au ſauteur engreſlé (c'eſt à dire, vne Croix S. André dentelée, ou en pointes) enuironné de quatre beſans de ſable : au chef d'or chargé d'vn chéuron verſé.

Armoiries des Prouinces.

1. FRance, porte d'azur à trois fleurs de Lys d'or.

2. Berry, porte d'azur semé de France ; bordé & engreslé de gueulle.

3. Orleans, porte de France au Lambel d'argent , escartelé de Milan d'argent, à la guyure, c'est à dire , serpent d'azur , lyssant de gueulles , c'est à dire , l'homme qui sort de sa gueulle est tout rouge.

4. Mont-morancy, porte d'or à la Croix de gueulles, accompagnée de seize Allerions (c'est à dire , aiglettes) d'azur : Aucuns estiment que les Allerions different des aiglettes, en ce que les Allerions n'ont iamais en armes bec, iambes, ne pieds ; & les aiglettes en ont.

5. Foix, porte d'or à trois pals de gueulles, escartelé d'or , à deux vaches passans de gueulles accolées , clarinées, & accornées d'azur.

6. Angleterre, porte de gueulles à trois Leopards d'or; Normandie deux ; Guyenne vn.

7. Champagne, porte d'azur à la bande d'argent, à deux doubles Cotices potencées , & contre-potencées d'or de traize pieces ; pour traize Comtez dépendans de Champagne.

8. Bretagne, porte d'argent semé d'Hermines de sable.

9. Portugal, porte d'argent à cinq Escussons d'azur peris (c'est à dire , rengez) en Croix , chargez chacun de six besans d'argent : denotans cinq victoires des Roys contre les Mores ; & les trente deniers dont les Iuifs vendirent nostre Seigneur.

10. Le Dauphiné, porte d'or, au Dauphin d'azur.

11. L'Empereur, porte d'or à l'Aigle de sable esployé, armé, & lampesté de gueulles, tymbré d'or. Anciennement Bourgogne portoit d'or au Lyon de gueulles.

12. Bourgogne, porte bandé d'or & d'azur, à la bordure de gueulles, au quanton d'Hermines.

13. Lorraine, anciennement portoit d'argent au cerf de gueulles, sommé d'or sans nombre, c'est à dire, sans que le nombre des cornes fut determiné pour le cerf.

On dit, il portoit facé, fretté, pallé, vairé d'or ou de, &c. lozengié de, &c. c'est à dire, en forme de lozenges.

14. Il portoit de Bourbon, c'est à dire, d'azur, à trois fleurs de Lys d'or brochées d'vne Cotice de gueulles.

15. Flandre, d'or au Lyon de sable, rampant, armé, & lampassé de gueulles.

16. Castille, de gueulles, à cinq chasteaux d'or en sauteur. Autres disent de gueulles à vn chasteau ayant trois tours d'or.

17. Hierusalem, d'argent à vne grande Croix potencée d'or, accompagnée de quatre petites.

18. Arragon, facé d'argent, & de gueulles. Ou bien selon les autres, porte d'or palé de gueulles, de quatre pieces.

19. Charles d'Anjou, portoit de Hongrie qui est facé
d'argent & de gueulles à huict pieces;
party de Sicile qui est semé de France,
au lambel de gueulles, tiercé de Hierusalem qui est, &c. soustenu d'Anjou
qui est semé de France à la bordure de
gueulles; & de Barrois, qui est d'azur, à
deux bars (sont poissons) addorsez d'or, semé de croix
recroissettées au pied fiché, d'or ; sur le tout d'Arragon.

20. Auuergne, portoit anciennement d'or au Gryphon
de gueulles armé, couronné, onglé, lampassé de synope, (c'est à dire, verd) ou langué qui est le mesme.

Ils ont aussi, porté d'or au Dauphin pasmé d'azur.
Là où le Dauphiné porte d'or au Dauphin vif d'azur.

21. Anjou, porte tout semé de France à la bordure
de gueulles.

22. Escosse, porte d'or au Lyon de gueulles, rampant,
enuironné d'vn quarré de gueulles, flouré de fleurs de
Lys de mesme.

23. Berry, porte de France, à bordure de gueulles en-
greslée, comme il a esté dit.

24. Alençon, porte de France, à la bordure de gueulles besantée d'argent à huict besans. 3. 2. 2. 1.

25. Bauiere, porte d'argent, lozengié d'azur.

26. Niuernois, porte de France, à la bordure componée, & cantonnée d'argent & de gueulles.

27. Lorraine, porte facé de gueulles & d'argent,
de Hongrie, de Sicile (c'est à dire, semé de France
auec le lambel de gueulles, tiercé de Hierusalem, quar-
té de pals d'or & de gueulles) soustenu d'Anjou (c'est

à dire, tout femé de France, bordé de gueulles, & de
Barrois qui eſt d'azur à deux bars, &c. *vt ſupra*. Sur le
tout de Lorraine qui eſt d'or à vne bande de gueulles
chargée de trois Aiglettes d'argent (qui s'envolent,) ou
trois Colombes, ou trois Allerions, car les Auteurs ne
s'accordent pas.

28. Le Comté de Bourgongne porte d'azur au Lyon
couronné d'or, rampant, tout enuironné de billettes
d'argent.

29. Sauoye, porte de gueulles, & ſur les gueulles vne
Croix d'argent, ou bien d'or, à l'Aigle Impériale de ſable, becqué, lampaſſé, & armé de gueulles ; briſé au
mitan d'or facé de ſable, à vne bande de ſynope.

30. Mont-penſier, porte de France, à la Cotice de
gueulles, briſée au haut bout d'vn croiſſant d'argent,
montant.

31. Vendoſme, d'azur à ſix fleurs de Lys d'or. 3. 2. 1.

32. France, ſous Pharamond iuſques à Clouis porta de
gueulles, à trois Couronnes d'or. 2. 1.

33. Pour vous donner encor plus pleine cognoiſſance
ie vous adiouſteray encor quelque choſe qui vous fera
plus ſçauant.

1. Les pieces ordinaires ſont la Cotice, la bande qui
ſe met de droit à gauche, (car le filet ou trait des donnez ſe met à gauche, & ſouuent de ſable, quoy qu'il
trauerſe tout l'Eſcu) bande chargée de Croix, Sautoirs,
&c. Gemelle, ████████████████   Viures, ████████████████

Frette ou fretté, ou Cotice & recotice à l'oppoſite l'v-
ne de l'autre, Treillis carré, endenté, engreſlé, qui eſt

plus menu, Lozanges,  Macles,  Fusées,

Billettes, Ruſtres, 

Eſchiquier, Beſans, Torreaux. Il y a d'autres Armoiries qu'on nomme Rebattemens.

2. Il portoit d'argent à vn Cornet de Pourpre, lié d'azur (c'eſt à dire, ayant le lien & l'eſcharpe azurée) virolé & garny d'or, c'eſt à dire, ayant les bouts d'or, & les boucles où eſt attaché le lien.

D'argent, à vne Cloche d'argent bataillée, ou battelée d'azur, c'eſt à dire ayant le battant d'azur.

De Pourpre à vn Marteau d'or, le manche de Synople, embouté ou morné d'argent (c'eſt à dire ayant le bout d'argent, & l'anneau où eſt attachée la boucle) à la boucle de gueulles.

3. Pour parler des arbres on dit de fort beaux termes, vn Oliuier d'argent ſon fruit de Synople; vn Cheſne de gueulles englanté d'or; vn Cyprès de Synople accollé & entouré de Lierre d'or; vne Grenade d'or fueillée de Synople; vne quinte-fueille d'argent, percée de ſable, d'azur à trois Roſes d'or boutonnées, ou au cœur de gueulles. Vne fleur de Lys d'argent pointée ou boutonnée d'or, ſupportée de Pourpre, c'eſt à dire, ayant la tige de Pourpre.

4. Pour les beſtes il y a ſouuent des Dragons aillez, autres rampans, ou paſſans, tant Marins que terreſtres; les Marins n'ont point de pieds. Vne Baleine d'argent fier-

té de gueulles, c'est à dire, ayant les dents, & la gueulle de gueulles ; vn Dauphin pasmé ou d'argent ; vne truite d'argent picotée de sable ; vn turbot mis ou pery en pal, trois mis en face, l'vn sur l'autre.

5. Outre ce qui a esté dit des oyseaux ie vous diray, que les Allerions n'ont ny bec, ny ongles és Armoiries, mais ils ont les aisles estenduës, ce que la Merlette n'a iamais, ayant le bec & les pieds perdus & les aisles pliées. On dit quelquefois membré & illustré de gueulles, vne Sauterelle passant d'or ombrée ou ornée de Synople; de Pourpre à trois Papillons volans d'argent, miraillez d'azur, & ombrez de gueulles. Vn Espreuier grilletté d'or, c'est à dire, ayant les grillets d'or; aislé d'argent, chaperonné de Synople.

6. Aucuns estiment que le Lion est tousiours rampant ou rauissant, & ne monstre qu'vn œil & vne aureille; le Leopard est tousiours passant ou allant, & monstre deux yeux & deux aureilles, & on l'appelle Lion Leopard; l'autre se dit Leopard Lionné, c'est à dire Leopard rauissant comme le Lion. Or vous en croirez Lecteur mon amy, ce qu'il vous plaira, car les Auteurs estant contraires, il est malaisé de donner arrest diffinitif. Il y a aussi des Lionnets qui sont fort petits. Lions naissans qui ne monstrent que la moitié du corps & semblent sortir dehors, & se mettre au monde patte apres patte. Lions issans qui monstrent vne partie du deuant, & le haut de la queuë qui se monstre dans le chef, le reste de la beste estant comme caché; brochans sont ceux qui tiennent tout l'Escu, & sont veus entiers. Lions couchans. Les Lions ont quelquefois double queuë, ou nouée, fourchuë, ou passée en

Sautoir; ils sont aislez, assis, &c. Quand les testes sont
seules on dit arrachées, ou coupées. Lions sans vilenie,
sont ceux qui ne monstrent rien de vilain.

7. Pour le nombre, on met iusques à huit besans, Torteaux, Cotice, & Orle: des Burelles on en met dix, &
s'appelle Burellé; s'il y en a plus en blasonnant on ne les
nomme pas. Les Lozanges, Fusées, Eschiquier, on les
nombre iusqu'à vingtcinq ou vingtsix, & s'ils passent
on dit, sans nombre; les bestes, oyseaux, fleurs, poissons,
se nombrent iusqu'à seize: s'ils passent on dit semées
d'Aiglettes sans nombre, &c.

8. Plusieurs Armoiries sont fausses & tres-mal ar-
moyées, mettant couleur sur couleur, ou metal sur metal, & contreuenant aux regles des Armoiries principales, car pour les accessoires on n'y regarde pas tant. Il y
en a qui font des Rebus de Picardie, & des Enseignes
de Paris, plustost que des Armoiries, ne se souciant pas
beaucoup des regles des armes, & des enseignes & differends, guerriers, qu'on donnoit iadis pour marque de
la vertu, & vaillances, ne prenant pas tant garde aux
noms qu'aux vertus des personnes. En celles de Gode-
froy de Bouillon, par aduis des Seigneurs on y fit vne
chose extraordinaire, mettant metal sur metal, afin qu'on
eut occasion d'en demander la cause & sçauoir l'eminence de sa vertu.

9. Pour dire plusieurs termes d'Armoiries, il me plaist
de coucher icy quelques Armes de diuers personnages.
Iosué portoit d'argent à vn foudre de gueulles, aislée
& eslancée (c'est à dire, ayant les dars entremeslez) d'a-
zur, le tout chargé d'vn Soleil d'or à vingtquatre rayós.

Tomyris portoit de Synople, à vn Lion sans vilenie, d'argent, couronné de Laurier d'or, à vne bordure crenelée d'or & de gueulles, chargée de huit tierces fueilles à queuë d'argent.

Pharamond, premier Roy de France, de gueulles, à trois Diadémes d'or.

Charlemagne, parti le premier moitié de l'Empire, qui est d'or à vne demie Aigle esployée de sable, membrée, & Diadéme de gueulles; le second de France, qui est d'azur, semé de fleurs de Lys d'or.

L'Archeuesque & Duc de Reims, d'azur semé de fleurs de Lys d'or, à vne Croix de gueulles.

L'Euesque & Duc de Langres, d'azur semé de fleurs de Lys d'or, à vn Sautoir de gueulles.

L'Euesque & Duc de Laon, d'azur semé de fleurs de Lys d'or, à vne Crosse de gueulles mise en son pal.

L'Euesque & Comte de Beauuais, d'or à vne Croix & quatre clefs de gueulles.

L'Euesque & Comte de Noyon, d'azur semé de fleurs de Lys d'or, à deux Crosses opposées d'argent.

L'Euesque & Comte de Chaalons, d'azur à vne Croix d'argent, accompagnée de quatre fleurs de Lys d'or.

Notez que les Escus de metal seul, ou de couleur seul sont nommez tables d'attentes; les filles qui meurent deuant que d'estre mariées ont bien souuent vn Escu, ayant la moitié droite lozangé d'or ou d'argent, pour monstrer l'attente d'alliance.

Les Bastards souloient iadis porter vn Escu d'or ou d'argent (ce qu'on nommoit Escu faux) & sur le premier canton portoient les armes de leur pere. On tient d'ordinaire d'ordinaire pour Escus faux ceux où il y a metal sur metal, & couleur sur couleur ; si en treuue-on pourtant de tels qui portent argent sur or, ou or sur argent.

Quand il n'y a autre chose dans l'Escu que face, bande, chef, pal , cela doit tenir le tiers de l'Escu ; en blasonnant tousiours on nomme le metal le premier.

On dit Escu my-party, coupé, trenché, taillé, flanché, gironné de tant de pieces , emmanché de tant de pieces , à dextre, à senestre, enchaussé, party & flanqué, escartelé & trenché, lozengé, diapré, Papillonné, plumeté, a facé bretessée, fuzelée, lozengée, viurée, danchée, eschiquetée.

Il n'y a aucun animal rampant si ce ne sont ceux qui ont des griffes, & ongles ; les cheuaux sans bride, & esleuez sur leurs pieds derriere se nomment, effrayez ; les Taureaux se blasonnent furieux, ou en furie, quand ils se dressent, mais non pas rampans.

Aaa

LE PAPIER.

CHAPITRE XLIII.

ES Parthes brochent leurs lettres en drap, ou en
toile à mode de Broderie ; les Anciens escri-
uoient en fueilles de Palmiers, ou dans la tendre
escorce, ou és Tablettes, ou dans la Ciré. Le Papier a
esté trouué en Alexandrie, le Parchemin en Pergame.
Le Papier croit és marais du regorgement du Nil, sa
racine est tortuë, son fust est en triangle & va en appointant iusqu'au bout, où il iette vn bouquet qui ne
sert qu'à faire des chappelets fleuris, pour orner les testes.
Du fust on en fait des barquerolles, & de sa teille, de
la pelure, ou canepin on en fait des voiles, nattes, lin-
ges, &c. On ouure la teille auec la pointe d'vne éguille
& on prend les fueilles, les meilleures sont au cœur, &
au milieu du fust, on les couche sur vne table, on les
ioint ensemble, on les rogne, puis on les pressure pour
espraindre toute l'eau, on garde bien de les rider, puis
on les seche au Soleil. Les fueilles pres de l'escorce
seruent à faire le Papier marchand pour empaqueter. Le
gros refuse l'encre, le trop mince qui n'a assez de colle,
& a les veines trop alterées & seches, boit trop, & se
fond, la polissure du Papier lissé esclatte, mais n'est de
durée. Mais ie vous prie, quel miracle de Nature & de
l'Art est ce que le Papier ? Qu'Alexandrie a conçeu &

enfanté vn digne miracle, trauaillant en vn seul lieu
pour donner tout par tout l'immortalité à nostre pauure mortalité. Apres le débord du Nil vous voyez
naistre vne petite forest sans branche, vn touffu bois
taillis sans vne seule fueille, & diriez-vous que c'est
vne espaisse moisson d'vne plaine chargée d'espics, &
venuë sans labourage, la perruque flottante & dorée des
mates pourries, ces roseaux font plus tendres que les
reiettons, plus roides que les herbes, ils font tout
pleins de ie ne sçay quel riche rien, & vuides qu'ils
font, si font-ils tout fourrez de ie ne sçay quelle moüelle qui remplit tout, c'est vn bois espongeux d'vne
tendresse tousiours alterée & preste à boire, bois à mode de pomme, reuestu d'escorce bien ferme, de moüelles tendres, & de charnure, delicate au dedans, fust de
belle longueur & sans ride & sans poids, se roidissant
& portant bien sa teste à plomb sur sa racine, finalement c'est vn tresbeau fruit, d'vn tres-sale regorgement du Nil. Et en quel pays de grace naist vne autre
herbe, qui soit capable d'eternizer les Oracles des
beaux esprits. Deuant ce Papier, toute la prudence
des sages, toutes les meruelles des hommes estoient
mises au cercueil auec leurs Maistres. Et en vie mesme
quel martyre aux grands hommes de voir pendant que
le cœur boüillonnoit, & l'esprit estoit en beau vol de
ses discours, qu'il falloit auoir vne extréme patience
attendant que le Secretaire eut pesamment trenché l'escorce, & escrit leur commandement sur la rebellion
d'vn bois opiniastre, bon-gré mal-gré les ardeurs de
l'esprit estoient attiedies, & allenties par la longueur

des Secretaires. N'eſtoit-ce pas choſe indigne de coucher ſur du bois tant groſſier, des penſées ſi delicates,
& reſentant la nobleſſe d'vn eſprit de haute hierarchie,
& dans des vieilles eſcorces & toutes vermolués enchaſſer & grauer des conceptions dignes d'eſtre buri-
nées dans le Criſtal du Firmament? cela faiſoit tarir
toutes les ſources des beaux eſprits, & eclipſoit les
belles lumieres de la memoire, quand on ſe voyoit
deuant les yeux vne page ſi groſſiere, & ſi rabboteuſe
arreſtant le ſtile, emouſſant les pointes de l'eſprit, &
rebouſchant toute la viuacité des imaginations admirables. Mais ces rudes commencemeas ont eu heureux ſuccez. On a finalement inuenté le Papier qui de
ſa beauté ſemond, & contraint les belles plumes à
s'eſforer en ſi bel air, & voler en ſi belle campagne
de neige collée, ou d'argent cotonné, ou de coton
tiſſu; la plume y gliſſe, & l'eſprit y vole, rien n'arreſte le vol des belles penſées. Ce ſont de petits riens
enfilez & colez enſemble, mais ſi proprement qu'il n'y
a pas vn trou, ny vn pore ouuert, ce ſont les entrailles
innocentes & blanches des herbettes verdes, des ſur-
faces dediées, & voüées aux gens d'eſprit pour y eſ-
mailler leurs doctes fantaſies; qui ſe laiſſent rayer de
l'Ebene de l'encre, faiſant ſoubs-rire la neige de ſa
blancheur, & ſe parant de ces deux belles couleurs,
c'eſt le champ où l'eſprit ſeme la graine de ſon eſperance qui germe en cadeaux & en vne moiſſon de lettres pour donner vne cueillette d'immortalité. C'eſt le
ſequeſtre de tous les threſors des ſçauantes ames, c'eſt
l'hiſtoriographe de toute l'antiquité, c'eſt le tombeau

de l'oubliance , & le berceau du sçauoir, c'est la memoire de nostre memoire , la Librairie de nos esprits,
l'heritage de nos ayeuls ; nos memoires bronchent
aisément, le Papier iamais ne fait eclipse. C'est luy qui
est le depositaire de toutes les sciences des secrets de
Nature , & qui porte en son sein tout le monde par
tout le monde. C'est le miroüer de l'ame , car dans
iceluy nous lisons tout ce qui est caché dans le cabinet de nos entendemens ; c'est le truchement des
cœurs , l'ambassadeur fidelle des hommes , luy qui
nous fait parler & entendre les absens, oüir les discours
des morts qu'il fait encor parler les tirant du cercueil,
le silence qui dit tout. Comme est-il possible qu'vn
lopin de Papier barboüillé d'encre soit le lien du genre
humain , la douce liaison des amitiez, la base de nostre
gloire , & les Chroniques de nos vies. Qui croiroit
que des chiffons , des puants & pourriz haillons cueilliz dans la boüe , & parmy les fumiers , ayant vn peu
esté pilez , moulus , foulez aux Papeteries , & passez
par l'eau claire , & luy donnant deux secousses sur vn
crible, où vn moule de fil d'archal, le tout essuyé parmy
des feutres, lissé & seché au Soleil , peut faire tant de
miracles ? Le compagnon plonge à deux mains le moule
dans la cuue pleine, puis donnant deux petites secousses agence tout cela qui se fige en vn moment, & se
forme en vne fueille de Papier blanc comme lait
caillé , & descharge cela sur vn feutre , pour l'essuyer.

Aaa 3

LE VERRE.

CHAPITRE XLIIII.

E limon du Lac Cendeuià au pied du mont
Carmel, fut le premier qui seruit à faire du Verre. Car des Mariniers descendus à la Plage, ne
treuuant dequoy faire vn trippié à leur Marmite, prin-
drent du Nitre dont estoit chargée leur Nau, auec
du sable de la Plage, & en faisant feu sous la Marmite, virent couler à gros brandon vne noble liqueur
comme Cristal glissant, ou pierreries fonduës, ou argent liquefié, d'où ils apprindrent à faire le Verre, de
sable & Nitre meslez ensemble. Depuis outre le Nitre,
on mesla dans la Mine de Verre de l'Aimant, parce qu'il
attire à soy le Verre, comme le fer. Apres on commença (comme tout va croissant, & vn iour apprend
de l'autre) à cuire des pierres luisantes ; ains des escailles de poisson ; & ailleurs certains sablons de terre ; &
és Indes des pieces de Cristal. Or tout cela se cuit à
feu sec, c'est à dire, de bois bien sec & clair, autrement la fumée noircit, & rend sombre la noblesse de
cette glace faite & engendrée dans le feu ; (quel miracle que la flamme soit la mere des glaces !) il y faut
aussi mesler du Cuiure, du Nitre, & sur tout du Nitre
d'Ophir. On le cuit és fourneaux à bois ; la premiere fonte qui en sort est comme vn pain gras de verre tirant

ſur le noir: on le recuit, & lors on luy donne la couleur qu'on veut. Or en ces Verreries on fait maintenant
le Verre d'vne ſubſtance vitreuſe, d'vne herbe nommée
Soulde, ou Salicor qui croît en Prouence, mais ſi on
n'y meſloit du ſable pour fixer cela, cette cendre de
Salicor iroit en fumée auec vne forte ignition; il y a
des ſables qui portent quant & ſoy leur Verre, il y a
auſſi vn Verre de pierre. On fait de la verrerie à ſouffler,
au poliſſoir & au tour, au moule, le cizelant, pince-
tant, tranchant, ouurant, renoüant, colant piece à
piece, & le maniant comme on veut pendant qu'il eſt
tout en feu : meſmes on y fait des hiſtoires de platte
peinture, de relief, de toute couleur, comme ſi c'eſtoit
de la cire. On treuue du ſable blanc en beaucoup de
lieux qui eſt fort propre, car il eſt tendre, aiſé à pul-
uetiſer au Moulin, ou bien à la pile, on met ſur iceluy
les trois parties de Nitre, & eſtant cuit & recuit, tout
ſe fond en vne riche liqueur tres-claire. On en fait qui
ont vn beau iour, d'autre qui ne porte point de iour,
d'autre à iour ſanguin & rougeâtre, de couleur de Ciel,
& toutes les Pierreries ſe voyent imitées en la Verrerie,
qui eſt comme l'apprentiſſage de Nature, quand elle
minutoit de r'enfermer l'eſclat de ſa maieſté dans ces
ioyaux qui ſont les eſtoilles de la terre. Le Verre ſe peut
bien reſouder, mais non refondre, ſi toute la Fournai-
ſe n'eſt pleine de reſts de Verres caſſez. Vn certain qui-
dam inuenta vne ſorte de trempe qui rendoit le Verre
pliable ſans caſſer, l'Empereur Tybere abolit cét inuention, car elle oſtoit tout le credit à l'or, à l'argent,

& à la parade des buffets. L'aubin (c'est à dire, la glaire & le blanc) de l'œuf de Poule, incorporé en chaux
viue soude fort bien les verres. On l'affine si bien qu'on
le prendroit pour Cristal. Qui est allé cacher dans le
sein du sable, & du grauier cette liqueur si esclattante,
& ce beau thresor de glace qui fait que dans l'eau gelée on boit le vin qui rit se voyant enfermé dans le sein
miraculeux de son ennemie mortelle ; l'eau façonnée
en couppe , & en cent mille figures. Mouran de Venise a beau temps d'amuser ainsi la soif, & remplissant
l'Europe de mille & mille galanteries de Verre & de
Cristal faire boire les gens en despit qu'on en aye : &
qui s'en pourroit tenir, voyant que la glace mesme est
deuenuë allumette de vin. On boit vn Nauire de vin,
vne gondole , vn bouleüart tout entier. On auale vne
pyramide d'hypocras , vn clocher , vn tonneau ; On
boit vn Oyseau , vne Baleine, vn Lion, toute sorte de
bestes potables , & non potables ; Le vin se void tout
estonné prenant tant de figures, voire tant de couleurs,
car és Verres iaunes le vin clairet s'y fait tout d'or , &
le blanc se teint en escarlatte dans vn verre rouge, fait-
il pas beau voir boire vn grand traict d'escarlatte, d'or,
de lait, d'encre , de Ciel & d'azur. Pour les niais cela
leur vient bien qu'on face des verres doubles pleins de
vin , d'eau , & d'air, & qui ne sçait le secret , on fait
boire au niais l'air , à l'yurongne l'eau toute nette, & à
qui sçait, du meilleur vin tout pur. Car pour ces aua-
leurs de charrettes qui ayant beu le vin , mangent les
verres & vous les maschent à belles dents, c'est se moquer

quer de la besongne, & abuser tout à-fait de ce metail
fresle & delicat, fait pour les yeux, & pour la léure,
mais non pour l'estomach, ny pour le ventre. Ie ne
m'estonne pas si par despit souuent il lime les entrailles
de ces masche-verres, & les creue. On fait de la vaisselle pour orner les buffets, & couurir les tables, mille
sortes de vases, & mesme on a trouué l'inuention de
faire qu'il ne se casse point, mais se plie seulement &
se meurtrit.

TERMES PROPRES
DE LA TEINTVRE DE SOYE,
ET DE LAINE, ET SA FAÇON.

CHAPITRE XLV.

1. **C**Ommençons par la Pourpre & l'Eſçarlatte comme la plus noble. La fine laine teinte en pourpre, & auec du miel garde ſon luſtre, & ſa naïue couleur plus de 200. ans.

2. La pourpre eſt vne coquille groſſe comme vn œuf de Poule, heriſſée de petites pointes; les plus exquiſes ſe peſchent au fond des Mers de Phenice & Laconie. Ce petit Poiſſon porte en vne veine blanche cette liqueur precieuſe, le reſte eſt groſſier & inutile à la Teinture : ſi elle meurt, cette liqueur s'eſuanoüit ; il le faut aſſommer tout d'vn coup ſans le faire languir, autrement cette couleur ſe perd. Vn Chien qui par hazard en mangea vn & s'en teignit les babines d'vn parfait cramoiſi, fut cauſe de cette inuention de teindre en Eſcarlatte qui eſlança des eſtincelles de Pourpre, & vn feu humide flamboyant.

3. Ils piloient iadis toutes ces petites coquilles escaille & tout, & des grosses ne prenoient que la chair, lauoient bien cela en eau claire pour oster le limon, iettoient du sel là dedans, faisoient boüillir le tout dans des chaudieres de plomb à feu lent (qu'ils amenoient à cette fin par vn long canal, ou registre d'vn fourneau allumé de charbon) de peur de bruster la teinture : dans cette decoction estoient boüillies les laines, puis estant bien colorées & chargées (car les noircissantes sont plus prisées que les rouges,) on les recardoit, estendoit, recuisoit, & les faisoit-on tant decuire, iusques à ce que l'œil fut satisfait de la couleur.

4. Il y a du Pourpre noir obscur, du Liuide, de couleur de violette, la plus belle piece c'est le rouge & sa couleur la plus digerée & mieux cuite, aussi elle resemble le feu, le souphre d'or, & le pur sang, mais on a perdu la façon de teindre auec le sang de ces huitres. Et auons la graine κόκκος en Grec, & *Kermes* en Arabe, d'où vient nostre mot Cramoisi, & Escarlatte, mais l'Escarlatte va sur les laines, & Cramoisi sur la soye, depuis que la Cochenille est en vogue, le Cramoisi va aussi sur les laines.

5. Ce Coccus ou graine, c'est la graine d'vn arbrisseau : on a pensé que dans certaines graines naissoient de petits vers qui rendoient ce sang & cette Pourpre. D'autres que ce sont vessies, excroissances, ou petites pillules rouges croissant en certains arbres.

6. Les principales couleurs sont quatre reuenant aux quatre Elemens dont tout se bastit. 1. Le Noir, approprié à la terre, & des metaux au plomb ou Saturne. 2.

le blanc, à l'eau, & à l'argent vif, & estaim 3. le bleu, à l'air & l'argent, 4. le rouge au feu & à l'or : de la mixtion, desquels on fait vn million de couleurs moyriennes.

7. Car premierement, du blanc & noir meslez, naissent infinies sortes de cendrez & de gris, les vns couuerts, les autres deschargez 2. du blanc & turquin naist aigue-marine, pers, &c. 3. du noir & bleu le violet : 4. du noir, & du rouge, le pourpre, tané, canellé, &c. 5. du blanc & du rouge, le iaune, mais non pas és Teintures, car il y doit interuenir de soy-mesme : 6. du iaune & du bleu, le verd d'oye & gay. 7. de l'inde ou violet, & du iaune, le verd brun. Or selon la varieté de la dose & de la composition des couleurs naissent infinies autres; le fauue vient du iaune paillé & du brun, le brun du blanc & du noir; le bleu, du resplendissant clair, meslé auec le blanc mat surfondu d'vn petit de noirceur; le gris ou glauque, du bleu destrempé en du blanc; du fauue & du noir vient le verd; du blanc reluisant auec le rouge, le citrin.

8. Les pourpres & cramoisis de maintenant, se font auec la graine ou coccus, qui vient de Languedoc, Prouence, Ancone, d'vn petit arbrisseau, & de la cochenille des Indes. Ceste graine a l'escorce ou coque qu'on nomme graine d'escarlatte; & la moüelle, qui est le fin pastel d'escarlatte; l'escorce abonde plus en la Teinture: mais la couleur de la moüelle est plus riche, & fait la vraye Escarlatte. Les trompeurs font tout passer indifferemment.

9. Il faut donc pour teindre en Escarlatte rouge &

claire, faire parboüillir les draps en l'eau appellée seure faite d'eau de riuiere bien nette, de l'agaric & du son: puis on iette l'Arsenic auec alun dedans, pour alluminer le drap & le desgraisser, & l'ouurir afin qu'il boyue la Teinture, laquelle on leur donne apres auec le pur pastel d'Escarlatte. Puis on vuide de la chaudiere, ce premier breuuoy & boüillon, & on recharge auec de l'eau claire, & eaux seures auec ledit pastel ou graine accompagnée d'agaric. Si on y met de la gomme Arabique, la Teinture en sera plus rouge. La couperose & le bresil font vn faux cramoisi.

10. Les cramoisis rouges qui s'en vont sur laines, se font quasi de mesme, y mettant aussi de la Cochenille. Chose estrange que d'vn seul breuuoer, voyage, ou chauderonnée (qui est vne mesme chose) sans rien euacuer se font ces couleurs suyuantes, adioustant nouuelles eaux & estoffes. Premierement. Rouge-cramoisi de haute couleur : 2. sort le brun de mesme breuuoer: 3. le passe-veloux : 4. le pourpre : 5. fleur de peschier : 6. l'incarnat : 7. couleur de chair : 8. le gris lauandé ou cendré argentin : vray est qu'à aucunes de ces couleurs, faut donner la guesde ou pastel Albigeois ou de l'oraguez.

11. Le pastel ou guesde (*latinè glastum*) c'est vne herbe comme le plantain qu'on seche, puluerise, & en fait on des fromages, on enuoye cela par tout, pour pasteller les laines, afin que cela les desgraisse, les seche, & les face bien boire les couleurs, autrement la Teinture s'efface & se desteint aisément. Les trompeurs ne pastellent qu'vn bout de la piece, & c'est la derniere qu'ils vendent, le reste n'est pas teint en pastel, mais plus le

gerement. La Gaude fait iaune, ce iaune passé par le
Guesde deuient verd. Qui n'a veu ces meslanges, &
d'vne mesme chaudiere sortir tant de diuersitez ne le
croiroit iamais.

12. Il y a des eaux qui sont bien meilleures les vnes
que les autres ; les vnes sont parfaitement bonnes pour
l'Escarlatte comme celle des Gobelins de Paris ; les autres sont bonnes pour onder les Camelots, & y sursemer mille & mille sortes d'ondoyemens qui donne la
beauté aux Camelots ; il y en a qui enyure si bien les
laines qu'elles reçoiuent fort bien les teintures, & les
retiennent fort long temps sans se descharger ; les autres qui desgraissent bien la laine & la purifient fort
bien, & souuent à proportion des eaux, se font les
Teintures.

13. Il y a mille petits secrets qui s'apprennent à la
boutique, & parmy les boüillons de la grosse chaudiere, mais cela ne sert qu'aux compagnons du mestier,
& la trop curieuse recherche est inutile pour ce que ie
pretend.

14. Garance, c'est à dire, poudre (tirant à la couleur
de poudre de quarron,) sert à la premiere Teinture aux
draps ou soye pour faire monter, rendre plus viues,
fortes, obscures, & chargées les autres Teintures qu'on
leur veut donner apres.

Garancer vn drap, c'est à dire, luy donner la premiere Teinture. Luy donner le pied pour teindre en noir,
en bleu, violet, pourpre, colombin, &c.

Orseille sert pour le mesme que la Garance, & est
vne estoffe faite de Pastel, Chaux, Saude (c'est vne

pierre qui vient d'Espagne) & Vrine. De là on dit Or-
seiller, c'est à dire, donner le pied de telle estoffe, &
cela se fait principalement aux soyes.

Donner le Pastel, c'est à dire, teindre en Pastel, c'est
donner le pied pour la couleur noire, violette, & quelquefois pour le bleu obscur. Ceste teinture premiere se
donne à mesme fin que les autres.

Passer le drap, la soye, c'est à dire, luy donner la
derniere couleur.

Teinture chargée & haute, c'est à dire, bien viue,
ou vnie, belle, forte, & de durée, plus chere.

Cuue (pour les draps) de bois, vaisseau de cuiure
pour les soyes, de teinture, c'est à dire, où on garde les
teintures tiedes à teindre soye estant la couleur tiede.
Chaudiere, c'est à dire, là où l'on teint les draps les
couleurs estant chaudes & bouïllantes.

L'Alun est necessaire à toute teinture pour faire attacher la couleur: hormis au bleu & au celeste, & c'est
le premier pied & commencement de la Teinture.
Vn drap ou soye se doit ainsi teindre. Premierement,
Il doit estre bien nettoyé. 2. Doit auoir son Alun qui
est le premier pied. 3. Estre laué & nettoyé de la crasse
de l'Alun. 4. Garancé ou mis au Pastel, ou Orseillé si
c'est soye. 5. Teint en sa couleur.

Couleur de Mer, celeste, colombin, c'est à dire, entre violet & rouge.

Verdesin, verd, verd de poreau. Bleu obscur, bleu
azur qui est plus bas que l'obscur, bleu reseft plus bas
encor. Violet rouge, incarnad, incarnadin, ces trois dernieres ont leur pied de Bresil.

Le Cramoisi, soit drap ou soye, pour premier pied a l'Alun sans Garance ny Orseille, Bresil ou Pastel, apres on luy donne sa premiere Teinture. Il se fait auec des graines pilées de Cochenille qu'on apporte des Espagnes, de la grosseur & figure des pois chiches. Il est plus rouge que le Pastel : couste trois escus la liure, l'on y mesle du poison.

Il y a de cinq sortes de Cramoisi : sçauoir est, rouge, incarnad, incarnadin, violet, & pourpre ou auiné. Le violet & auiné cramoisi, se font apres qu'ils sont Teints en rouge les passant sur l'Orseille, & apres sus la Tine ou vaisseau du violet.

Apprester la chaudiere pour poser là vne Tine, c'est à dire, faire l'appareil qu'il faut pour vne Tine : & vne est la Teinture, pour le verd, verdest, bleu, violet, celeste, couleur de Mer, Azur.

Donner disner à la Tine, c'est à dire, y ietter des drogues bouïllies & meslées de mesme estoffe, & la renouueller deuant qu'on y trempe les draps ou soyes, afin que la couleur soit plus claire estant ainsi freschement renouuellée.

AV

AV LECTEVR
DEBONNAIRE

Aisant semblant de vous donner des receptes, ie vous dis icy les termes ordinaires de la Medecine. I'ay choisi à dessein les choses qui me forçoient de vous dire plusieurs mots naifs, vries, & tous propres de cette profession. Il n'y a rien qui serue plus souuent que ce qui appartient à la guerison du corps, l'appliquant aux passions & aux blessures & maladies de l'esprit. L'Essay que ie vous en donne vous fera venir l'appetit d'en aller chercher des autres, chez les Apotiquaires. On ne croiroit pas les richesses d'eloquence qui y sont cachées, & le profit qu'on y peut faire. Mais tout ainsi qu'vn qui pro quo est dangereux donnant la mort, ou bien des conuulsions & des trenchées estranges, aussi en parlant si vous prenez vn terme pour vn autre, vous blesserez cruellement les oreilles delicates de vos Auditeurs, & leur ferez pitié. Tous les grands personnages qui ont fait profession d'eloquence, ont enrichy leurs discours d'vn monde de beaux mots cueilliz dans les iardins de la Medecine, & ont bien prins la peine d'aller eux-mesmes disputer en la boutique pour faire parler les compagnons, & apprendre les mots du mestier. Il y a mille mots qui sont aussi beaux que mille Diamans quand ils sont bien enchassez dans le discours, & sont là comme Estoilles dans le Ciel, mais il faut sçauoir ce qu'ils veulent dire pour en vser iudicieusement. Sçauriez-vous que

Ccc

veut dire anodin ; essuyer & descharger le suif, prendre l'esprit des choses, humer l'odeur des metaux, mondifier & ressouder les playes, scarefier, tarir les eaux flottantes entre cuir & chair, effacer les nuës, escailler les ulceres, Vespierrer les reins, & mille autres façons de parler, si vous ne l'appreniez des Medecins ? & les sçachant, quelle grace donne cela à vos propos si vous sçauez en tirer des translations qui sont des lumieres d'Eloquence. L'experience vous monstrera que c'est icy une riche carriere toute pleine d'or & de Diamans, d'où vous pouuez puiser ce qui rendra vos propos tous confits au sucre de mille douceurs qui feront couler vos paroles au fond du cœur de vos Auditeurs. Quand vous en aurez fait la preuue vous m'en sçaurez gré, & possible me forcerez-vous à vous donner le reste, enflant cét Essay, & luy donnant sa perfection.

LES
DEVOIRS DE MEDECINE,
DE LA PHARMACIE, ET
CHIRVRGIE.

CHAPITRE XLVI.

1. A flambe incise & subtilie les grosses humeurs, auec poix de sept drachmes purge le
gros phlegme, guerit les tranchées du ventre, remollit la nature, relasche & ouure les
veines, incarne les fistules, couure les os desnüez de
chair, mondifie, appaise les douleurs, & efface les lentilles, & nuées, & basanage du Soleil au visage, elle
desoppile, & débouche, vuide par le bas, nettoye les
reins & les espierre de grauier chassant le sable.

2. Le Nard est bon aux déuoyemens, & corrosions
d'estomac, il reserre le ventre, arreste le sang, desen-
fle les tumeurs. L'Aspic ou Lauande qui est vn Nard
bastard, eschauffe en troisiéme degré, deux cueillerées
de l'eau distillée de ses fleurs font reuenir la parole, guerissent la cardiaque passion, sont bonnes contre les defaillances de cœur. L'huyle d'Aspic est de si forte sen-

teur qu'on le condamne à estre hors de la boutique, autrement il surprend & attire la senteur du Musc, de l'Ambre, de la Ciuette, des vnguens, & drogues aromatiques.

3. Le Cabaret est aperitif, laxatif, eschauffe au second degré, desseche au tiers, il resoud, & fond, & esmeut les humeurs espaisses; pris en infusion ou auec decoction il consume les gouttes sciatiques, & appaise les douleurs des iointures; il desoppile la ratele, & la defense des tumeurs rebelles à guerir. Quand l'accés assaut, si on frotte d'huyle de Cabaret l'espine du dos le frisson diminue.

4. La Valeriane pilée appaise les pointures du mal de teste, descharge les reins chargez, ouure & nettoye les oppilations du foye. Il y en a qui maschées auec du Mastic attirent le phlegme de la teste, & confortent le cerueau; euacuent les viscositez qui affoiblissent l'estomac, rempli la nature, la renforce, ouure, relasche, &c.

5. La Canelle decouppe & dissoud les superfluitez du corps, fortifie les membres, oste le dégoustement, conforte les parties nobles, contregarde de conuulsions, retiremens de nerfs, du haut mal, fait bonne haleine, est fort bonne à inciser. La Casse est vne drogue foible, lenitiue, deliure les reins de grauelle, estaint les inflammations qui sortent au dessus du cuir, & erysipeles, sa vertu ne passe point d'estomach & remollit le ventre, purifie le sang, est resolutiue; si elle est trop foible on la fortifie auec hyssop ou autre plus actif, mais d'elle iamais elle n'endommage.

6. L'Anomome cuit & resoud les inflammations, est

detresbonne odeur, sert contre les piqueures de serpent,
à la premiere rencontre son odeur forte blesse le nez, il
a grande vertu digestiue. Le Ionc odorant rompt, meurit, & ouure les bouches des veines, il a quelque subtilité d'essence, & ayant vne douce restriction on le
donne à qui crache le sang. La Canne odorante, a vn
peu d'acrimonie, & legere restriction, prouoque &
émeut les fleurs, & vuide l'arriere-faix des femmes qui
enfantent.

7. Le Baume meurit les cruditez, nettoye la pupille
des yeux, digere les grosses humeurs, aide ceux qui
n'ont l'haleine que mal à leur aise. De l'Aspalathe on siringue les vlceres corrosifs, sales, & ords; il est fort
desiccatif, acre, fort au goust, astringent, il mondifie
les pourritures. On fait du Santal (bois des Indes) des
epithemes auec de l'eau rose, pour esteindre sur l'estomac où on l'applique les ardeurs des fieures ardentes.

8. La decoction de la mousse est bonne pour delasser,
mais pour luy donner corps on le mesle auec de l'huyle,
arreste les vomissemens, serre le ventre, sert contre les
defaillances & bondissemens de cœur. Le Cancame de-
fensse les genciues, & desaigrit le mal des dents, puis
en breuuage, ou de trois oboles auec vinaigre miellé,
il desgraisse les gros garçons trop chargez de cuisine, &
amaigrit leur lard, les essuyant petit à petit & desse-
chant ou fondant leur suif, estant iceux trop replets.

9. Le saffran met les gens en bonne couleur, il est
maturatif, & partant tresbon aux substances emplasti-
ques & maturatiues, mais son odeur enteste, & trouble
l'esprit. L'Aunée (*Helenium*, nay des larmes d'Helene,

dit Pline l. 21. c. 10.) embellit la personne, entretient la peau du visage, & tout le cuir du corps, son ius est fort doux, & beu auec du vin comme le Nepenthé d'Homere, engendre la ioye au cœur, & bannit toute la melancholie; il est souuerain pour ceux qui sont poussifs, & ne peuuent auoir leur vent qu'à grand peine.

10. L'huyle d'oliue plus il est vieil, & gras, c'est à dire, visqueux & gluant, meilleur est-il pour clisterizer, & soulager les douleurs cruelles de l'Iliaque passion, desnoüe bien la personne qui est plus actiue & souple à se manier, il reserre les genciues, tarit les sueurs, ou les arreste & empesche.

11. L'huyle d'Amandes efface les taches, & aspretez du cuir du visage, guerit les bruits & sifflemens, & tintinnemens des oreilles, nettoye le son, & farine qui tombe de la teste mal-peignée, il ouure l'ouye dure. Mais si on pile les Amandes auec leur peau, l'huyle retient la qualité de la pelure dont on ne l'a voulu desnüer par paresse du garçon de boutique, perd sa vertu lenitiue, & rend aspres les lieux par où il passe, mesme s'il a esté rosty auec feu ardent, & non par chaleur lente, & douce. Celuy d'Amande douce guerit les asprerez du gosier, des poumons; l'autre amer fait sortir la pierre, ouure les oppilations, tuë les vers du corps. Celuy de Noix nettoye les pustules du visage, lentilles, & cicatrices noires. Il est bon aux froideurs de nerfs, conuulsions, il fait fondre les escroüelles, il est mondificatif & abstersif.

12. L'huyle de Sesame se fait la semence estant mon-

dée, concaſſée, eſchauffée, puis preſſée, il engraiſſe le
corps & fait bien la chair, il mollifie la dureté rebelle
des apoſtumes, clarifie la voix. Celuy de Ben ne ſent iamais le rance, auſſi les Parfumiers en vſent pour incorporer leurs mixtions quand ils parfument des gands de
muſc, d'ambre, &c. car iamais ces peaux ne deuiennent
rances, ny ſentent le remugle. L'huyle Laurin, c'eſt à dire,
de Laurier débouche les veines, fortifie les nerfs, remollit, eſuente la migraine froide, ſoulage la colique paſſi-
ble, efface l'offuſcation des yeux comme celuy de Lentiſque. Celuy de Maſtic eſt bon contre les duretez
eminentes de l'eſtomac, la celiaque (c'eſt à dire,
cholique) paſſion, & diſſenteries, met le viſage en
couleur.

13. Pour cognoiſtre le fin vnguent, il faut auoir re-
cours au nez, l'experience eſt plus aſſeurée, car on y mix-
tionne des drogues qui effacent l'odeur des autres, le
roſat remplit les vlceres profonds, addoucit les malins
& opiniaſtres à ſe conſolider, oſte les demangeſons &
chatoüillemens, deſtourne les defluxions qu'elles ne coulent ſur les parties malades. L'vnguent de ſaffran eſt ſup-
puratif, & mondifie bien les vlceres; celuy de lis remet
les cicatrices en leur couleur naturelle, & fait qu'on y
cognoit rien apres; celuy de mouſt eſt fort remollitif.

14. Pour faire vnguent, il faut piler les racines, ou
fueilles, ou fleurs, aromatizer, deſtremper, eſpraindre, eſcouler, paſſer par le tamis, remuer auec la ſpatule, mettre
en infuſion, exprimer auec les mains, abbreuuer de drogues aromatiques, aſperger, incorporer auec vin, eau
marine, que ſçay-ie moy, faire eſpaiſſir ietter dans le cou-

loir, puis dans la tinette, mettre au Soleil, faire boüillir, frâlatter & le changer de vaiſſeau, le ſaſſer & paſſer par l'eſtamine, rebroyer, repiler, mille maux.

15. La bonne myrrhe eſt mordante au gouſt, on en fait des paſtilles, tenuë ſur la langue & fonduë oſte l'aſpreté de l'artere du poulmon, & l'enroüeure de la voix, deſſeché la boüe & ordure qui ſort des oreilles. On s'en ſert és medecines arteriaques : c'eſt à dire, pour les arteres (eſtant fort moderément abſterſiue) & ce qui deſcend au poulmon, elle ne peut endurer la cuitte, c'eſt pourquoy on ne la meſle auec les medicamens que quand on les oſte du feu.

16. Le Bdellium qui eſt liqueur d'vn arbre deſtrempé auec la ſaliue à ieun, reſoud les goetres & abcés de nature, les hernies aqueuſes, il briſe la pierre, il ſert aux ruptions, ſpaſmes ventoſitez courantes çà & là, aux nœuds des nerfs.

17. L'encens diſſoud les offuſcations des yeux, cicatrize bien les vlceres & les remplit, ſoude les playes, oſte les verrues qui formient (c'eſt à dire, fourmillent) & l'aſpreté raboteuſe du cuir. Beu en ſanté il fait perdre le ſens, puis la vie. La vraye manne iette vne fumée égale, aëree, flottant en l'air de bonne grace & odeur, la contrefaite fume vilainement, & éuapore vne fumée noire, eſpaiſſe, entremeſlant de la puanteur à la bonne odeur, & énuenimant ſa douceur. La ſuye d'encens arreſte le cours des chancres. La ſuye c'eſt la vapeur groſſe qu'on fait arreſter à la voûte d'vn vaiſſeau d'airain couuert, & percé au milieu dans lequel on bruſle l'encens à petit feu, ainſi fait on de la ſuye de myrrhe, aloé, &c. La ſuye

de

de pin eſt bonne aux ongles (c'eſt à dire , inflammations) des yeux, aux yeux fondans en larmes , amortit les
humeurs corrompuës ; addoucit les corroſions de l'eſtomac ; & la pomme de pin concaſſée & cuitte , ſi on boit
de ſa decoction cinq onces , ſert aux phtiſies , &c.

18. Les pignons tirez hors des eſcailles des pommes
de pin , ſont de forte digeſtion , mais nourriſſent, agglu-
tinent,engraiſſent , piquent par leur acrimonie , ils ſont vn
aliment groſſier , mais on ne les meſeſtime pas pourtant ;
pour corriger leur rebellion, on les baille auec du ſucre ;
l'eau tiede les deſaigrit , ils chaſſent la pourriture des
corps ; ſes fueilles appaiſent les douleurs de cœur , & les
eroſions d'eſtomac ; l'eſcaille ou ſon parfum guerit la diſ-
ſenterie.

19. Le lentiſque arbre cognu eſt tout aſtringent , arreſte le cours de ventre. Cét arbre iette en Italie le maſtic
qui eſt treſbon, pour choſes qui requierent fort eſtre re-
ſoluës par tranſpiration (c'eſt à dire , ouuerture , *per hali-
tum*, dit-il) comme froncles , cloux , boutons opiniaſtres.
Le canfre (qui eſt gomme d'vn arbre des Indes) eſt bon
aux linimens pour empeſcher les inflammations des vl-
cerés ; és collyres contre les ardeurs des yeux , eſtaint les
ardeurs ſales , deſbourgeonne la face qui boutonne trop ,
& fleſtrit vn peu l'enlumineure du viſage des biberons.
La ſuye de reſine eſt propre aux eroſions des angles des
yeux ; guerit les fentes des léures gerçées , & du viſage.

20. La reſine priſe en forme de loch (c'eſt à dire , decoction) eſt bonne à ceux qui crachent la pourriture, qui
eſt entre les poulmons & la poictrine, aux phtiſies, elle a
bon ſuccez quand on en oingt des tonſilles (c'eſt à dire,

Ddd

les glands au bout de la langue) la luette, les esquinances,
auec des raisins *(vuà passa)* passerillez rompt les charbon-
cles, & escaille, c'est à dire, oste comme vne escaille qui
est dessus les vlceres pourris. La suye de la poix donne
bonne couleur, & est exquise aux linimens pour farder
ces esuentées qui veulent estre mignuetées, aux yeux
pleureux. La poix resoud les larges tumeurs des glandes
de la langue.

21. La Naphta qui est colature de Bitume, rauit le feu à
foy, est excellente aux cataractes, ou tayes, & grosses
cicatrices des yeux, aux mailles & perles d'iceux. Dis-
foud les toux inueterées, découure le haut mal; dissoud
le fang caillé. La Mumie au tournoyement de teste, &
à la bouche torfe, aux passions de cœur est excellentif-
fime, au haut mal, mais il la faut mefler auec la terre
feclée, elle guerit les vieilles douleurs de teste si rebelles
que rien ne les a guery, appliquée au nez elle les dif-
foud, eftanche le fang dehors, & dedans, fait grand
bien aux exulcerations interieures. On dit que les os de
morts puluerifez, & beus font foouerains à mille maladies, mais chacun s'appropriant à fon membre propre;
Matthiole a experimenté que le teft humain a feruy au
haut mal.

22. La fueille de Cypres broyée est bonne à plusieurs
maux, on en teind les cheueux, on cueult les pommes
trois fois l'an, elles guerissent les vitiligines (c'est à dire,
taches blanches) le Cypres a autant d'acrimonie, &
chaleur qu'il luy en faut pour conduire iufques au fond,
& faire penetrer fon afpreté, fans aucune mordication
il confume les humeurs cachées & moysies & pourries

des vlceres , & ne fait point d'attraction d'autres humeurs. La cendre de l'escorce de Geneurier , nettoye les lepres des meseaux , est bonne contre les piqueures de scorpions , viperes. La gomme du Geneurier est le vernis , il desseche les fistules.

22. La Cedrie, c'est à dire, poix de Cedre s'appelle la vie des morts & la mort des vifs, car le Cedre contregarde les corps morts , & corrompt les viuans ; si on s'en oingt les serpens ne s'approchent iamais: son bois n'est suiet à vermolissure. Le medicament auec Cedre est fort en operation , est putrefactif, & corrosif ; car il fait pourrir les chairs molles & delicates : en iettant dans les dents creuses non seulement elle appaise les poignantes piqueures , mais elle rompt les dents par sa vehemente chaleur , elle cuit és vlceres , & donne grande cuiseur aux playes.

23. Le Laurier comme le Cedre tuë les enfans dans le ventre de leur mere, & les iette dehors, elle soulage les hepaties & qui ont des brusleures de foye. Les fueilles puluerisées de souffre, en les frottant ensemble, font feu : plantez vne branche de Laurier en vn champ de blé, iamais la nielle ne l'offencera , mais tombera sur le Laurier. Le coton , laine, oú mousse qui est sur les fueilles du plane font grand mal aux yeux, & les raclures ou sciures du fresne font mourir comme poison , si malin est ce bois. Le Dictamne blanc , sert aux stomachics (c'est à dire, *stomachicis*) *& suspiriosis*, c'est à dire, & à qui l'haleine courte. La racine du roseau seule ou auec ses bulbes tire hors les espines, & fléches du corps ; le poil menu & le coton de la teste du roseau , assourdit, s'il entre és oreilles.

24. Le Tamaris tarit la ratelle, & amoindrit ses eaux,
on a fait à dessein des tasses pour y faire boire les malades de rate, & la faire fondre, & desenfler. L'Ebene poly subtilement sur vne queus deuient lissé comme vne
corne, ses raclures, & sciures seruent en collyrées pour
les yeux, & aux maladies seches, & aspretez : il nettoye
bien la prunelle des yeux maillez, aux pustules & vlceres d'iceux il est souuerain. La Zarze parille (racine des
Indes Occidentales) est souueraine contre les enflures
molles, laxes, sans douleur ; elle fait estrangement suer,
& guerit les maladies exterieures, & cette vilaine maladie de, &c. Le Iules de vin de Gaiac bon à la pituite.

25. Le ius de Rose soulage le battement de cœur, le
vuidant des humeurs qui le faschent ; ce medicament
est du nombre des benins, il purge courtoisement sans
tranchées, ny violence, c'est le fait des fiéures tierces
que le sirop rosat, &c.

26. L'Agnus Castus chasse toutes les bestes venimeu-
ses (les Herboristes l'ont ainsi nommé, parce que les
Dames d'Athenes faisoient leurs couches de ceste plante, qui est amie de chasteté.) La cendre de l'escorce du
Saule destrempée en vinaigre, guerit les callositez, durillons, & porreaux, r'auiue le cuir mort du corps ; on
recueult la liqueur qui chet apres la coupure, ou quand
il fleurit, ceste humeur congelée esclarcit la veuë. La
fueille du Saus soude bien les playes fresches, car il est
desiccatif sans mordication ; & tient peu d'astriction.

27. Les Cerises fresches font bon ventre, seches elles reserrent. Les pommes de coing aident bien ceux

qui crachent la fange, & la bouë pourrie de la poitrine;
pour les déuoyemens de l'eftomach, les crues s'appliquent en cataplafme. La myrrhe eft excellente pour les
cataractes, & fuffufions ou mailles des yeux, car elle
refout la fange des yeux, fans mordacité.

1. LE fracas des os eft la piece du monde la plus faf-
cheufe, & malaifée à guerir; ne pouuant r'allier
les efclats des os, & leur donner ferme foudure, & confo-
lider.

  2. Les vlceres humides font difficiles à cicatrizer, partant il les faut faupoudrer de poudres qui ayent quelque
peu d'aftriction, & ne donnent point de cuifeur, mais
r'allient doucement les léures de la playe, & la refou-
dent d'vne bonne incarnation.

  3. Le Baume aide à tirer les efcailles d'os hors de la
playe. Le fang de Dragon eftanche le fang des playes,
& eft fouuerain pour reünir, reioindre, r'allier, & recoler les os moulus, & rompus.

  4. Scarifier eft apres qu'on a ventofé, détrancher les
enfleures & foufleuemens de cuir, & en puifer le fang
pour defcharger la tefte par les efpaules.

  Trepaner c'eft ouurir le teft auec le Trepan qui eft
comme vne efpece de tariere, τρέπανον.

  Efuenter la veine, faigner, donner de l'air au fang,
entamer la veine de la lancette, tirer la pourriture du
fang.

  5. La raclure d'huyle eft bonne, & fait meurir les apo-
ftemes, guerit les efcorchures, & peaux defleurées, re-
coufant la peau de bonne grace fi que la coufture ne

Ddd 3

paroît pas. L'huyle de meurte rétreint fort & endurcit, & est fort bon és medicamens qui cicatrizent, aux brulures par feu, aux bubes, & bourgeons qui sortent par le corps, aux creuasses & rides dures, à tout ce qui a enuie de se reserrer, & fermer. L'huyle rosat ou l'vnguent remplit les vlceres profonds, & aide bien à les remettre en chair.

6. L'vnguent amaracin est souuerain aux blessures des nerfs, des muscles, appliqué auec de la laine charpie, fait tomber les escarres (c'est à dire, *crustas*) ouure les hemorroides, guerit les coupures. L'escorce de pin est excellente pour les vlceres superficiaires qui sont à fleur de peau, & n'entament guere la chair, mais s'amusent à la surpeau. Incorporée auec du Cerot myrtin, cicatrize entierement les vlceres des corps delicats, qui ne peuuent endurer choses fortes ; broyée auec vitriol, refrene, & arreste les vlceres, qui gaignent tousiours pays. La poix meurit les tumeurs crües ; fait bien la chair és playes, & a vertu abstersiue, escaille les playes pourries, & les soude bien.

7. Le Peuplier iette vne racine qui est souueraine aux emplastres remollitifs. La vermoulure des bois vieux si on en saupoudre les vlceres les cicatrize, mondifie, les amuse qu'ils ne rongent la chair à l'entour ; non seulement la vermolissure, mais les vers mesmes nais en la pourriture des arbres guerissent les playes.

8. Le Tamaris (arbre de marais) appliqué sur les tumeurs les repercute (c'est à dire, les repoussé au dedans) il diminuë la ratelle. La gomme Elemi est tres-singuliere és oignemens, & emplastres des blessures de la teste.

ʟa poudre de Sumac (arbre) appliquée en cataplaſme garde d'inflammation les fractures des os.

La Saignée.

ʟE ſaigneur doit eſtre ieune, bien voyant, & bien façonné à ouurir la veine; il doit eſtre garny de bonnes lancettes de diuerſes pointes; pour bien faire il faut frotter le lieu où ſe doit donner le coup, & au deſſus lier auec vn bandeau; puis ayant trouué la véine la faiſant enfler & groſſir l'ayant bien choiſie & aduiſée, il la faut toucher & flatter du doigt prochain du poulce, & tenant la lancette à deux ou trois doigts faut inciſer la veine, non pas rudement, de peur d'entamer & bleſſer l'artere: mais en eſleuant la pointe de la lancette; ʟ'Euacuation faite faut deſlier le membre, clorre la playe auec du coton, & s'il y eſchet flux de ſang auoir la poudre rouge toute preſte pour tarir le flux & reſouder la playe.

Quand le ſang eſt trop gros & de mauuaiſe yſſuë, le regime, le bain, la pourmenade, vn emplaſtre de leuain appliqué ſur le lieu des veines, vne ſoupe de vin craignant les defaillances, s'aliɛter, oſter toutes les pierres precieuſes qu'on a ſur ſa perſonne qui peuuent retenir le ſang, &c. font la ſaignée plus douce & plus aſſeurée: ʟ'ouuerture eſtant faite il faut manier vn baſton, demener les doigts, touſſer, & eſtre feru ſur les eſpaules.

Selon les forces du patient, & ſelon la groſſeur du ſang faut faire la playe large ou eſtroite, faut auſſi

tenir preste l'eau froide pour empescher les sincopes ou
rappeller les esprits qui s'esuanoüissent par la defaillan-
ce ; Il y a bien du debat pour sçauoir si le saigné doit
dormir ou non apres la saignée.

L'AR

L'ARCHITECTVRE.

CHAPITRE XLVII.

1. L'Architecture c'est la souueraine maistrise de bastir, qui donne l'adresse pour pouuoir disposer toutes les parties auec rapport, bien-seance, ornemens, assiettes, eslognemens, exaucemens, & toutes les proportions, dont elle rend raison pertinente pourquoy chaque chose est ainsi faite.

2. Les vns ne sont Architectes que de mains sans plus, car ils font leurs ouurages par routine, tirant des copies deçà & delà, mais ils ne sçauent ny donner raison de ce qu'ils font, ny rien inuenter qui vaille, & pour toute raison disent que c'est la coustume de faire ainsi. Les autres ne le sont que par Liures & par discours qu'ils ont leu, mais ils n'ont point de main, & ne sçachant que la Theorie, ils ne valent rien que pour faire la ville de Pluton qui sont des Idées basties entre deux airs. Le bon Architecte doit marier son esprit auec sa main, & le compas auec sa raison, mettant les mains à la besongne. Les premiers ne font que les corps sans ames, les seconds des ames sans corps, les troisiémes font le tout.

Eee

& font gens de nom & de reputation qui ont la vogue,
& font gens d'entreprifes.

3. Cefte noble fcience à vray dire, a efté inuentée partie par hazard, partie par caprices, partie auffi par raifon
& par nature. Ces colomnes façonnées en femmes, & en
hommes qui fouftiennent les baftimens, c'eft vn caprice
des Grecs, qui pour memoire de leur victoire les firent
comme efclaues porter le faix de leurs edifices, & pour
confacrer cela à l'eternité, ce ne fut que caprice; de mefmes ces patenoftres, ces gouttes pendantes, ces feftons,
ces laz entrenoüiez, ces fruitages, mille & mille ornemens qui fe mettent fur les frifez, cela vient de ce que
les vainqueurs attachoient toutes les defpoüilles des
ennemis, les attours des femmes, & telles beatilles pour
en conferuer la memoire, depuis que les Architectes les
voulurent imiter en leurs ouurages, & en ont façonné
tant & tant de diuerfitez & enrichiffemens.

4. Le parfait Architecte ne doit rien ignorer, autrement s'il fait bien, fera par nature, comme les beftes
qui font de fort beaux ouurages, & ne fçauent pourquoy. Il faut donc premierement qu'il foit Peintre, fçachant tirer du pinceau pour faire les plans, eleuations,
deffeins, pour copier les raretez qu'il rencontre pour
contenter fa fantafie, griffonnant mille caprices pour en
tirer quelque chofe de bon. 2. Geometre pour entendre le maniement du compas, l'vfage du cercle, de la
reigle, des niueaux, du plomb, des mefures. 3. Qu'il
fçache la Perfpectiue pour donner la lumiere dans la
maifon, defrober le iour en certains coings, contenter l'œil par les diuers afpects, s'il ne peut de droit

s'il introduire les rayons du Soleil, au moins refléchir la
clarté, & infinuer par reflexions & bricoles, allumant
le iour tout par tout, fans faire les chofes aueugles, &
faifant minuit à midy. 4. L'Arithmetique pour fçauoir
calculer les defpends, les eftoffes, les nombres de degrez,
& de mille autres chofes qu'il faut fçauoir fans y faillir
d'vn poinct. 5. L'hiftoire, car tous les enrichiffemens,
ftatuës, armes, & autres ornemens ne font que fables,
ou hiftoires, & s'il ne les fçait bien, il fera mille fautes:
car c'eft de là que viennent ces teftes de bœufs, iettant
par les yeux des fleurs & des lauriers, ces paniers pleins
de fruicts, ces cornets d'abondance, ces couppes, ces
carquans, & tous les ornemens des frifes & des niches. 6. La Philofophie pour fçauoir le naturel des
animaux, les courfes des eaux, la conduite des torrens,
la fource des fontaines, & les boüillons pouffez par des
efprits vitaux, la mer, les élemens, les fleurs, les fruicts,
tout ce qui eft en nature; & puis il ne fçauroit entendre
autrement les efcrits d'Archimede & des autres. 7. La
Medecine & l'Aftrologie pour faire les baftimens fains,
les orientant bien à propos, choififfant le meilleur Soleil, le bon vent, l'air le plus pur, les eaux bonnes, &
point endormies ou pourriffantes, le fol ferme, le climat gracieux, la lumiere bien mefnagée, rien de fombre, morne, & trifte, belle veuë & libre aux feneftres,
l'affiette pour faire horloges plats, en boffes, en belle affiette pour le plaifir, & pour l'vtilité. 8. Il doit fçauoir le droit & les couftumes du pays, pour les lumieres des maifons, les murs mitoyens, les limitrophes,
l'efgouft des eaux & la defcharge des maifons, percer

les puits, ietter hors d'œuure ce qu'il faut, autrement il
faudra refaire bien des choses, ou auoir des procez.
   5. Les ordonnances, dispositions, ou Idées sont trois;
plusieurs mots de cette science venuë à nous de Grece,
sont demeurez parmy nous comme s'ils estoient deue-
nus François. Premierement l'Ichnographie (c'est le
plan) c'est vn vsage de cercle, & de la reigle és plattes formes, ou fondemens de l'edifice. 2. L'orthographie,
(c'est à dire, l'eleuation de la face) c'est vne veuë directement en haut au deuant, ou frontispice, tirée par
mesure hors de l'Ichnographie, en vne figure de l'ouurage futur. 3. Scenographie vient au deuant, & au côsté
sur le centre auec ses lineamens.
   6. L'euritlmie, c'est le rapport bien mesuré de la largeur, longueur, hauteur, de façon que toutes les parties
s'accordent bien en belle proportion, & symmetrie.
Symmetrie c'est vne égale conformité de toutes les
pieces, & vne si viste proportion & rapport de tout
l'ouurage que chaque partie a sa iuste mesure, de cou-
dée, de pied, de paume, de doigt ; tout ainsi qu'au corps
humain, prenant la mesure de la teste on sçait combien
de testes il y a en vn corps, combien le bras, le doigt,
la iambe doit estre longue pour faire vn homme bien
proportionné, ainsi d'vn bastiment, car de la grosseur ou
longueur d'vne seule colonne, on sçaura tout le reste
de la proportion d'vn bastiment bien assorti. Le Temple de Salomon estoit à la proportion d'vn corps humain bien-fait, & sur tout de celuy de Iesus Christ, dont
il estoit la figure.
   7. La bien-seance (decorum) c'est vne des plus diffi-

ciles pieces de tous les meftiers, car comme la beauté
d'vn vifage confifte en ie ne fçay quoy qui ne fe peut
dire, mais l'œil le iuge incontinent, auffi és baftimens,
chaque chofe eft fi bien affife en fon lieu, a fes grandeurs fi iuftes, fes mefures fi bien prifes, le tout fi reuenant & agreant à l'œil, que rien plus. Ces grands
portes par où pourroit fortir toute la maifon fans rien
abbatre, ces feneftres mifes en efchiquier, ces cheminées pofées haut & bas, ces entrées par le coin d'vne
cour triangulaire, & cent mille autres telles fautes font
diametralement oppofées à la bien-feance.

8. La Structure doit vifer au deffein du Maiftre, car
il y a des baftimens de neceffité, de plaifir, de parade,
de fortification, de ville, des champs, de terre, de marine expofée à tous les vents, de là vient vne diuerfité
incroyable d'Idées.

9. Chaque pays a fa mode & fes fantafies, de façon
qu'il y a des principales façons qu'on appelle ordres,
ordonnances, & difpofitions qui font en vogue pour
le moins cinq. Tufcane, Dorique, Ionique, la Corinthienne, & la Compofée ou Italique. La Gotique n'entre pas en conte, car elle ne plaift pas aux gens du meftier.

10. La premiere ordonnance c'eft la Tufcane & la
Ruftique qui eft toute nuë & cruë & a fort peu d'ornemens; auffi eft la plus baffe & la plus aifée n'y ayant
point de façon fur façon comme és autres qui font
pleines de mignardifes & delicateffes. La Tufcane fe
diuife en fix parties. Mais toutes fes pieces font commençant d'embas.

1. Le *Plinthus*. Le Plinthe.

2. Le piedeſtal.

3. Le proiect de la baſe: c'eſt vn cercle qui marque la groſſeur.

4. Vn autre *Plinthus*. Plinthe.

5. *Thorus*. Le Thore.

6. *Cincta*. Ceinture.

7. Le corps, le tronc, & le vif de la colonne.

8. *Anulus*. Anneau.

9. *Aſtragalus*. Aſtragales, Armilles, ou rondeaux.

10. *Hipotrachelium*. Le Gorgerin.

11. *Anulus ſeu cincta*. Anneau.

12. *Echinus*. Echine.

13. *Abacus*. Abaque.

14. *Epiſtilium*. L'Architraue, qui eſt vn gros ſommier de pierre ou de charpenterie.

15. *Tenia*. Bandelette.

16. *Zophorus*. Friſe.

17. *Cimatium*. Cimaiſe.

18. *Corona*. Coronne.

19. *Cimatium*.

On nomme la Naſſelle, *ſcotia*, *Trochilos*, c'eſt à dire, poulie obſcure.

A. Volute.   *Voluta.*
B. Listeau de
   la volute.
C. L'œil de
   la volute.

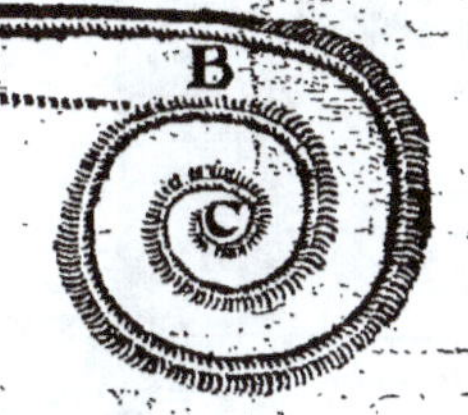

Iacula.

Dards es-
barbillez.

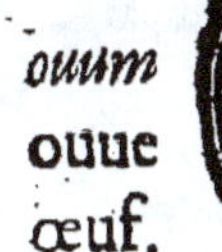

ouum
ouue
œuf.

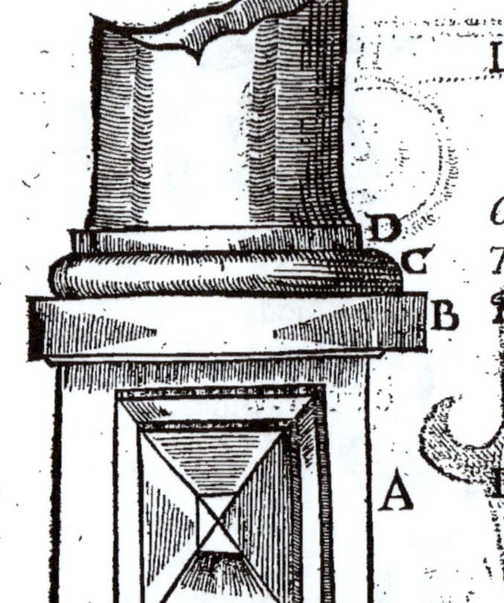
Le vif ou fuste.

Cincta. Ceinture.
Thorus. Thore.
Plinthus. Plinthe.

D
C
B

A

Piedestal.

Listeau, reigle ou ceinture.

Plinthe, Patin, Pied.

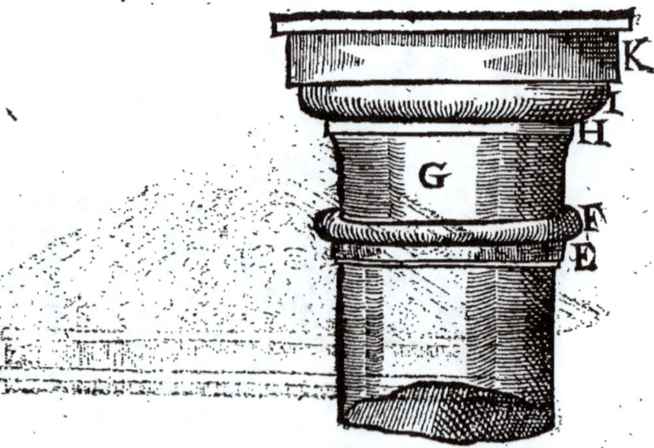
K
I
H

G

F
E

E. Anulus.

E. *Anulus.* Anneau ou rondeau.

F. *Astrogalus.* Astrogalle.

G. *Hypotrachelium.* Frise du chapiteau.

H. *Anulus seu cincta.* Ceinture.

I. *Echinus.* L'échine.

K. *Abacus.* L'Abaco, ou l'Abaque.

A. *Metopa.*   B   B

B. *Guttulæ.*

C. *Trigliphes.*

Fff

Cornice.

Frise.

Architraue.

Chapiteau.

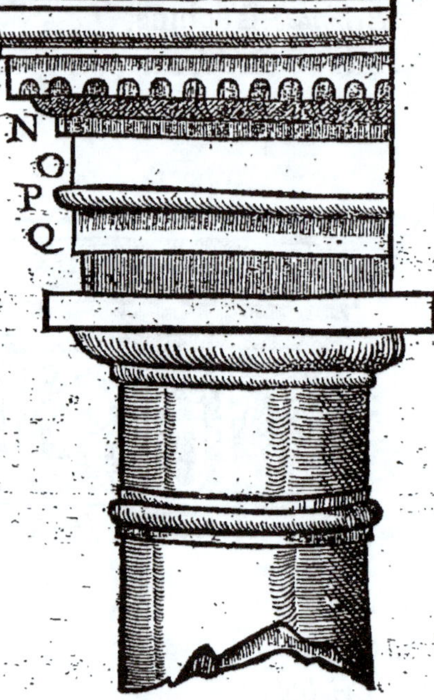

L. *Cimatium.* Gueule renuerſée.

M. *Corona.* Coronne.

N. *Cimatium.* Cimaiſe.

O. *Zophorus.* Friſe.

P. *Tenia.* Bandeau.

Q. *Epiſtilium ſiue Architrabs.*

Voicy l'ordre de la Toscane en descendant.

A. L'œuf.
B. Rondeau.
C. Listeau ou reiglet.
D. Coronne, ou Gouttiere.
E. Listeau.
F. Gueule renuersée.
G. Frise.
H. Liste de l'Architraue.
I. L'Architraue.
K. Listeau de l'Abaco.
L. L'Abaco.
M. L'œuf.
N. Listeau.
O. Frise du chapiteau.
P. Rondeau.
Q. Collier ou Gorgerin de la colonne.
R. Fuste, ou vif de la colonne, le tronc, le corps, la
   membrure.
S. Ceinture.
T. Tore superieur.
V. Base.
X. Tore inferieur.
Z. Plinthe.
1. Piedestal, stylobate, soubassement.
2. Listeau ou reiglet.
3. Le patin du piedestal, la pate.
11. La proportion est qu'on fait la colonne Tuscane
au dessus la quatriesme partie plus menuë qu'en bas,

tout le reste doit estre fait à mesure, & on doit rendre conte de tout iusqu'à vn atome, & au moindre filet ou saillie qui soit en l'ouurage, tout se faisant par compas, & rien sans raison & mesure. Pour estre Architecte il y faut bien d'autres ingrediens, mais pour sçauoir parler en voila assez, & cette figure fera voir à l'œil chaque piece de la Tuscane.

12. Le deuxiéme ordre c'est la dorique, tous ne sont pas d'accord de ses pieces, voicy à peu pres les parties ramassées.

A. *Plinthus.* Plinthe.

B. *Basis.* Base.

Apres est le corps carré du piedestal.

C. *Corona.* Coronne.

D. *Cimatium.* Cimaise.

E. *Plinthus.*

F. *Thorus inferior.* Thore.

G. *Supercilium.* Sourcil.

H. *Scotia.* Scotie ou creux.

I. *Thorus superior.*

K. *Spira.*

Suit apres le corps de la colonne ou toute vnie, ou cannelée auec vingt ou plus, canaux fort proportionnez. On la nomme en Latin *Striata.*

L. La Phrise.

M. *Cimatium.*

N. *Echinus.*

O. *Plinthus.*

P. *Cimatium.*

Là dessus est appuyé le reste.

Q. *Epistylium.*

R. *Guttulæ.* Les gouttes ou clochettes.

S. *Tænia.* Liste, bandeau.

T. Trigliphes, où entre deux sont les Metopes, où plats & testes de bœufs; car les Anciens se seruant és sacrifices de plats, & de bœufs, &c. ils les mettoient aux ornemens des Temples, plats, vases, testes de bœufs auec des rameaux & des fleurs, & rubens volans, ou s'entrelaçans & renoüans ensemble. Entre les Metopes sont des canalets & trigliphes à iuste proportion, & en certain nombre ainsi que les gouttes sont six ensemble d'ordinaire. Des cornes de bœufs pendent des dixains & patenostres.

V. *Capitellum.* Chapiteau.

X. *Corona.* Coronne.

Y. *Cimatium.* Cimaise.

Z. *Scima.* Scime.

Entre l'espace des gouttes on taille bien des rosaces, souuent des foudres, ou des pointes de iauelots, ou des œufs, souuent on laisse cela tout nud. Tout cela est fondé en histoire, car du commencement apres leurs victoires ils appendoient les armes sanglantes des ennemis vaincuz, des trofées, des sacrifices en action de grace, les Architectes choisissoient de tout cela ce qui pouuoit mieux contenter l'œil en leurs ouurages.

De vous dire que la Dorique contient quatorze modules, ou modelles pour estre à iuste proportion cela ne vous seruira de rien à vous qui ne voulez que sçauoir manier la langue, & non pas le compas.

13. La Colonne Ionique est faite à la forme d'vne fem-

me, car elle a le pied plus petit, la Dorique resemble
vn homme, & n'a pas le Diametre si gresle que l'Ionique. Elle a huit ou neuf parties selon le iugement du
Maistre. Outre les parties communes auec la Dorique on
remarque és modernes & anciennes colonnes Ioniques.

1. Les volutes & saillies.

2. Les Phrises semées de fleurs.
3. Les dentilles, ou dentelles sur la phrise.

4. Les faces sur faces.

Architraue.

L'Abacus qui est comme vn buffet tout plein de
plats mis en rang, y entre meslant d'autres choses, &
dessous des assiettes les vnes à demy sur les autres ainsi
qu'on voit à Rome, ou separées les vnes des autres.

A. La fcime.
B. Le timpan.
C. La coronne.

6. Il y a encor d'autres ornemens particuliers dont
ils enjoliuent leurs chapiteaux, & les volutes qui font
ouuragées de mille fantafies de rofes, de patenoftres,
de rubens entortillez, de chappelets enfilez de gros &
petits grains, de fleurettes. On marie quelquefois l'Ionique auec la Dorique auec fort bonne grace, & tous
les iours on adioufte mille diuerfitez, chacun felon fes
appetits.

14. Ainfi que la Dorique a prins fon nom de Dorus,
qui en fut l'auteur, baftiffant vn temple auec telle inuention, auffi la Corinthienne eft venuë par hazard d'v-
ne Vierge trefpaffée en Corinthe. Car on dit que fa
nourriffe ayant amaffé quelques tuilettes, pots caffez, &
le tout dans vn panier recouuert d'vne grande tuile, faifant vn petit tombeau à la mode du païs, aduint qu'il
fe trouua là deffous vne racine d'Acanthe, qui au Printemps pouffant fes grandes fueilles à trauers, s'entor-
tilla d'vne façon fi iolie, que Callimachus entra en fan-

tafie d'en faire ainfi des chapiteaux, & agrea fi fort que tout le monde l'imira.

Tantoft cette colonne eft pofée fur fon fonds, tantoft elle eft pofée fur vn'autre colonne. Or les fueilles du chapiteau croiffent les vnes fur les autres quafi prouenantes les vnes des autres, les premieres ne font que demies toutes ouuertes, les fecondes font entieres, & celles qui font à cofté pouffent leurs pointes en volutes & tigettes ; les dernieres fortent quafi comme de petits vafes, & iettent leurs pointes des deux coftez en toute liberté rempliffant bien les vuides. Ce font donc où doiuent eftre fueilles de patte d'Ours dite Achante, mais les ouuriers fouuent font des choux, & des artichaux, & ce qui vient au bout de leur cizeau.

Deffus ces fueilles on fait des volutes en belle proportion, & fur celles du milieu on met quelque grande roface, & du fruitage ; ou autre fantafie qui eft affife droitement au front du tailloir. Voicy les parties de ce qui eft appuyé fur la colonne.

L'Architraue qui eft diuifée en trois faces, auec deux Aftragales.

A. *Fafcia.* Face.

B. Aftragale furfemé de perles rondes, ou gouttelettes.

C. *Fafcia.*

D. Aftragale.   cecy fe nomme Pefons.

E. *Fafcia.* Et toutes ces fix pieces font l'Architraue.

F. *Cimatium.* Cimaife.

G. *Phrife.*

G. Phrise.

H. *Cimatium.*

I. *Denticuli.* Dentelles.

K. *Cimatium.*

L. *Echinus.* Echine qui est tout sursemé d'œufs, ou d'ouales, entremeslé de pointes, de iauelots, ou autre fantasie & aux bouts de fueillage.

M. *Corona.* Coronne.

N. *Cimatium.* Cimaise.

O. *Scima.* Scime.

15. La derniere est la composée, qui est vn meslange des ordres qui viennent au secours les vns des autres, & selon l'esprit de l'ouurier ainsi sont les desseins hardis, gays, heureux, & l'œil content. On l'appelle aussi Italique, car c'est de l'inuention des Romains comme les autres quatre des Grecs. Le Colisée est assorty de tous ces ordres les vns sur les autres. La composée comme la plus mignarde a la base plus deliée & gracieuse, on ne s'en seruoit quasi qu'és arcs triomphans.

Or les meslanges & compositions sont fort bizarres, mais belles & agreables. On en void qui ont au Plinthe & au pied de la colonne des testes de bœufs, & des festons attachez aux cornes, & entre deux vn plat de sacrifice, & des rubens volans ; là dessus des liens entortillez, puis le *Thorus* tout nud, l'Astragale apres tout emperlé de grosses perles, ou enfilé de grosses patenostres, l'autre *Thorus* à blanc ; puis dessus vn feston de fueilles de Lauriers lié de ruben entortillé tout autour de fort bonne grace, là dessus la colonne ou cannelée, ou entortillée comme celles du Temple de Salomon,

vignetées d'vne vigne qui va grimpant contre-mont &
couure de pampres, de grappes, d'aiguillettes. La frife,
la moitié à la Corinthienne de fueilles naiffantes, l'autre
à l'Ionique ou cannelée ; ou bien à chapiteau fueilleté,
voluté à volutes figurées, l'entre-deux emperlé, fur le
tout vn beau fueillage faillant deffus la fcime & s'efpa-
noüiffant en l'air. Tantoft on y met d'autres caprices
couurant partie de la bafe d'ondes, d'efcailles fur efcailles, de deuifes & laz entortillans des lettres, de volutes
façonnées en cornets, de rubens & liens agencez en
diuerfes façons, bref on ne fçauroit dire la diuerfité des
ouurages & inuentions de cette compofée.

16. Outre les colomnes il y a diuerfes pieces dont on
compofe le baftiment.

Les iambes ou iambages d'vn huis, ou porte. *Latera
oftiorum.*

Arcboutans, eftages, contreforts, font ceux qui
eftayent & fouftiennent par dehors les murailles. *Anterides.*

Le fond, l'aire, le parterre c'eft le fol où on veut af-
feoir le baftiment. *Area.*

Planches, bois de fente, membrures, membrures de
fciage, bois fcié ou fendu, c'eft l'eftoffe. *Afferes.*

Aftragale c'eft comme vn collier ou carquant qui
ceint la colomne, il eft fouuent chargé de fueillages, &
brins entrelacez.

Bafe, & foubaffement c'eft proprement le pied de la
colomne, c'eft vn cercle qui eft immediatement fous le
corps de la colomne & deffus le piedeftal.

Blocaille, moillon, remplage, rempliffage, ce font
les cailloux tout rudes qui feruent à remplir la muraille.
Cæmentum.

Chantiers ou chéurons dont on fait le toit *Centerij*;
la mortaise c'est le vuide où on enchaſſe les chéurons;
& le Tenon, *Cardo*, ce qui entre dans la mortaise.

Atlas , *Cariatides* , ſont figures de femmes qui portent les modillons.

La clef de la voûte, c'est la pierre du mitan qui ſemble ouurir & fermer la voûte, & eſtre le cachet.

Stylobate, c'est à dire, porte colonne, c'est ce petit
mur quarré qui ſouſtient le corps de la colonne , auec
la cornice vn peu foriectée.

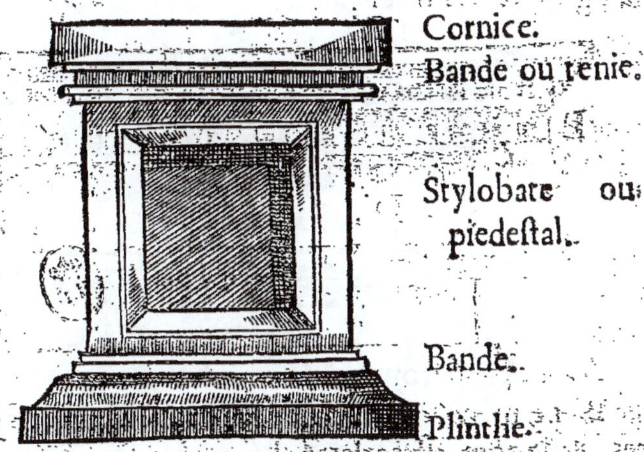

Le Tailloir & la colonne doit eſtre aſſiſe à niueau ſur la
baſe. Or la baſe ſuit le Stylobate, elle ſe diuiſe en deux,
le bas c'est pour le Plinthe ; puis ſuit le Bozel , puis le
Limbe ou l'Anneau auec l'Apophyge, ſuit la Colonne,
puis le Chapiteau.

Le Chapiteau contient trois parties, la plus baſſe ſe
nomme le Gorgerin, en Grec *Hypotrachelium*, ſuit l'Eſchine, puis l'Anneau, en fin le Plinthe.

Apres le Gorgerin suit la Colonne commençant par l'Astragale, puis l'Apophyge, auec le Limbe. Sur tout cela vient la trabeation appuyée sur la Colonne; voicy la figure & les noms.

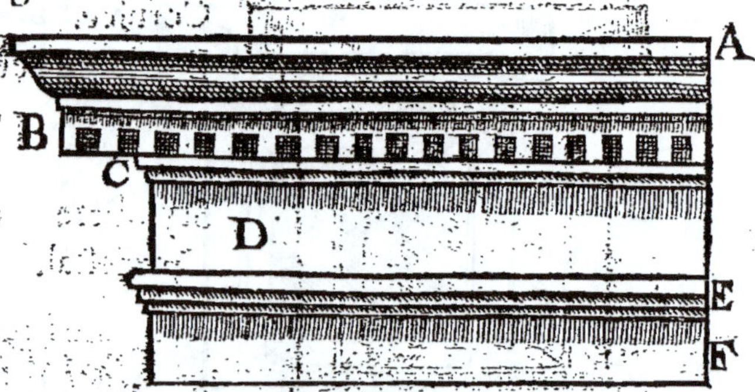

A. Coronne & Cimaise.

B. Le menton de la coronne, graué auec trois caneleures, & le tout est foriette.

C. Cimaise. Naiselle, ou gueule renuersée.

D. La Frise ou Zophore.

E. La bande ou tenie.

F. L'Architraue. La Coronne est partie de la cornice.

17. La Cornice Dorique est composée d'vne autre façon, elle a premierement la coronne.

2. La sime, & le filet ou reigle de la sime.

3. La Coronne au menton auec vne seule creneleure qui se nomme *Scotia* par Vitruue.

4. La Cimaise superieure, puis l'inferieure.

5. La Frise où sont les triglifes, c'est à dire, trois cuisses, deux caneleures entre elles, puis deux demies au bout, & six larmes pendantes sous ses cuisses, & ces caneleures. Or ce mot de triglifes vient de ces cane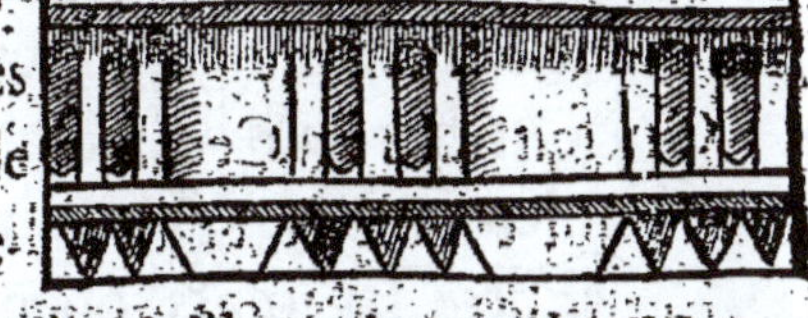leures creusées, on treuue és vieilles pieces des Hexaglyphes, c'est à dire, six caneleures, & autant de cuisses; on nomme aussi ces caneleures des rayons, graueures, &c.

Entre les Triglifes sont les Metopes quarrées, meublées de testes de bœufs, portant les restes liées de cheuelieres, auec des fleurs, fruits, fueilles, des perles, le tout relié auec des rubens & bandelettes : aux autres sont des plats. On les nomme Metopes, parce qu'elles sont entre-deux opes ou licts ou reposent les cheurons, ou les aix.

6. Suit la tenie qui se foriecte, & dessous icelle droit sous les triglifes sont les six larmes, ou gouttes à mode de toupies renuersées, ou petites clochettes.

18. En la Ionique la Frise se dit aussi trauaison; la coronne est dentelée, c'est vne bande coupée à mode de dents qui representent les testes des aix.

L'entablement ou le tailloir qu'on dit en Latin *Abacus,*
d'où sortent & se foriectent les vo-
lutes. Entre les volutes on engraue
dans l'échine des ouicules, ou œufs,
ou bien ouales & ouues, assises dans
de petits-creux ronds, iusques au
haut niuellement de l'œil.

On fait aussi vn Cercle qu'on nomme l'œil de la Colonne qui est diuisé en huit lignes au haut de la colonne.

Entre les œufs on graue des dards barbillonnez de
costé & d'autre. On enfile aussi des perles auec leurs
verticilles. On met des cordelettes, & autres tels ornemens. On dit aussi vne colonne coiffée de son chapiteau.

Au Chapiteau Corinthien les fueilles d'Achante (ou
Branque Vrsine) sont entieres, ou naissantes & demies,
les parties les plus espaisses se laissent tomber és angles
pour faire des volutes ou petits lierres, & faut qu'il en
ait huict, les plus molles se glissent derriere les autres;
il y a des tiges aussi d'où sortent des fleurs ; les grandes
fueilles sont au milieu de l'Abacus estenduës contre-
mont, & vn peu penchantes sur soy, & renuersées pour
faire de petites volutes.

Ces mots de trabeation ou trauaison, colomnaison,
& semblables sont assez clairs.

Modules, ou Modillons en François se nomment
Corbeaux. Les reuolutions des volutes, & arrondisse-
mens des doubles volutes. Les chapiteaux se posent
sur les gorges de la colonne non au niueau, mais par
emboistures.

19. Pour bastir solidement il faut treuuer le lit de la terre ferme; si le fond est mal vny ou marescageux il le faut tarir, ou ficher de bons pieux à grand coup de bellier qui est la machine ordinaire. Puis là dessus on leue le Stylobate le iustifiant à la reigle, & au niueau.

Les degrez doiuent estre non pairs, afin que commençant à monter du pied droit, on se treuue au dernier sur le pied droit en bonne desmarche. Le degré doit estre de dix pouces; le Reposoir, aire, ou Palliere doit auoir enuiron deux pieds de largeur, pour faire l'escalier bien aisé à l'entrée d'vn Temple.

La premiere couche ou filiere de pierres. A proportion de la hauteur & grosseur il faut aussi faire les saillies.

L'entrecouppeure de la denteleure dite des Grecs *Metoche*, qui est le vuide creusé entre les dents doit auoir sa iuste proportion; puis la doucine regnant dessus. Or toute saillie qui a autant de ressort ou foriect que de hauteur, en est plus belle.

Dessus tout cela on met le faiste triangulaire a, ou b arrondy & des doucines bien à propos.

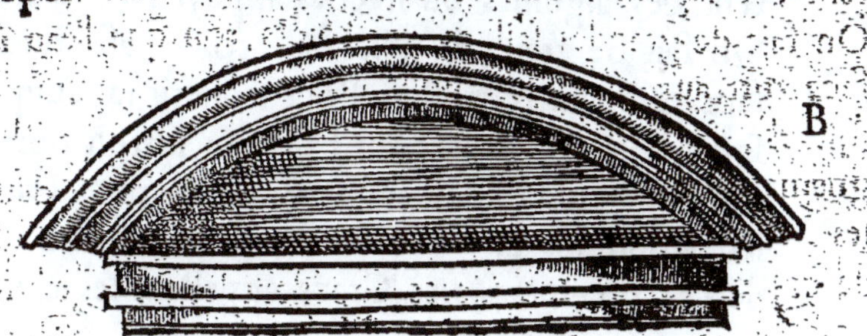

20. Dorus fut le premier qui fur la forme d'vn homme fit la Dorique fans beaucoup d'ornemens. Depuis
on fit la Ionique fur la forme des femmes d'où vient
qu'elle eft plus mignarde & ornée en la baze, doncils
fuppoferent vn bozel ou fpire en lieu de patin & fou-
lier, au chapiteau des volutes pour perruques & cheueux
annelez & entortillez; puis mirent au front des cimai-
fes, & doucines, les ornans de feftons, fueillages, &
autres tels affiquets des teftes de femmes; le corps tout
cannelé & pliffé pour reprefenter les robbes des Dames.
Les caneleures font plus & moins enfoncées, l'entre-
deux fe nomme Areftes. De la Corinthienne i'en ay parlé au nombre 14. i'adioufte que les Helices ou Vrilles
en façon de Cartoches fe doiuent r'encontrer au milieu
du Chapiteau, & eftre droictement mifes à plomb de
la Roface qui fort contre le front du tailloir.

21. On fait porter aux colomnes, iambages des portes, pilaftres, ou montans & contreforts de la muraille
de gros fommiers, poutres, poirrails, ou fablieres:
puis des foliues au plancher pour fouftenir les aix. On
met auffi pour faire les toicts des filieres qui regneront
fur les coupeaux du pignon ou comble. Ces filieres
font fouftenuës par des boifes en trauers lefquelles portent des aiguilles ou fléches appuyez de leurs tenons.
On fait de grandes faillies aux toicts, afin que l'eau ne
face tort aux murailles. Pour couurir la couppure des
foliues, & le foriect du bois qui fortoit hors de l'ali-
gnement on a treuué les triglifes, & pour l'entre-deux
les Modillons & Metopes; cette neceffité a efté caufe
de ces ornemens. Les Grecs appellent les couches des
foliues

foliues *Opes*, & l'entre-deux *Metopes*, nous les nom-
mons des creux & troux de Colombier. La dentelure,
& foriest d'aix crenelez, en l'ordre Ionique a esté inuentée à mesme dessein, & les modillons en la Dorique
qui sont comme testes & saillies de cheurons.

22. L'Epistyle ou l'Architraue auec sa platte-bande
sous laquelle posent les larmes procedantes de la trin-
gle à plomb des triglifes. Sur les milieux des Trigliphes on tire vne ligne à plomb nommée Areste, en
Latin *Femur*, en Grec *Miros*, auec ces Arestes on façonne les canaux ou coches des triglifes à la reigle.
Les Metopes se façonnent aux plats-fonds des Cornices, on les nomme Lacunaires.

23. On appelle ouurage Diastyle, Tetrastyle, & He-
xastyle dont l'entre-colonne emporte la grosseur de deux,
quatre ou six colonnes. Et le rencontre est de quatre
ou six colonnes.

24. Aux portes du temple faut obseruer les piedroits,
les membres ornez de demy taille, le claueau, la Cimaise regnant autour du front, & se ioignant aux on-
glets & extrémitez, les rouleaux, Cartoches ou Con-
folateurs, & Consoles, &c. Les fueillures, les deux
battans de l'huysserie auec leurs piuots enchassez dans le
sueil, les tympans ou panneaux assis entre les deux battans, le fronteau, les trauersans,

25. Quand les mortaises faites à queue d'Arondelle
ou autrement sont cheuillées & enclauées auec tenons
de fer à vis, il faut qu'il y ait de l'espace entre les cheuilleures & bandages, car si les fers se touchent & ne
peuuent receuoir la respiration ou raffreschissement du

vent ils s'eschauffent l'vn contre l'autre, & se roüillant
font pourrir le bois.

26. La voix n'estant qu'vn air fluant qui glisse par l'air
à ondées & cercles, on treuue des lieux, nommez cir-
consonans où la voix diuagant parmy l'air, elle esclatte sans aucune rencontre qui la r'allie & r'amene aux
oreilles, & en fin se rend confuse, & s'estend au mitan
ne laissant qu'vn son inarticulé, & embroüillé dans l'esprit de l'Auditeur.

Les resonans sont ceux où la voix rencontrant aucuns corps solides tressaut & exprime quelques barbot-
temens & faisant ses derniers accents doubles, & des
échos sourds & confus deçeuant l'Auditeur.

Les consonans c'est où la voûte, ou courbeure &
cambreure est si bien faite qu'elle aide la voix à monter, & se glisser dans l'oreille si distinctement qu'on n'en
perd pas vne sillabe.

27. Pour soustenir le faix des bastimens faut faire de
bonnes arches en la muraille, & mettre de bons panneaux de ioinct tous respondans au centre de la clef qui
les fermera, car ainsi la matiere soulagée de son fardeau
ne se cambrera point, ny les soliues ne se dementiront
point, ny le bastiment ne s'affaissera nullement. Mais
encor que les panneaux de ioinct venant à estre pressez
du fardeau foulassent leurs panneaux de couche, &
poussassent hors les clefs des voûtes, ou leur impostes
qu'on dit Assiettes; si faut il que les piles d'embas, &
les soustenemens sortent si massifs qu'ils portent aisément le faix.

Imposte ou assiette

28. Faut que
les fondemens
soient si solides,
si bien niuelez,
& si bien ma-
çonnez que l'es-
boulement des
terres ne les
puisse esbran-
ler ; ny mettre
hors de lieu les
closures des
bastimens. Il les

faut donc fortifier d'Anterides, Erismes, ou contreforts
qui commencent à monter depuis le Tuf ou lit de terre ferme, iusqu'au haut ; que dans œuure, & contre le
terrain cela soit fait à dents de scie, & les arestes des
coings bien façonnées, & les couches de la maçonnerie
bien faites.

29. La beauté des maisonnages gist en trois poincts,
en la subtilité de la manifacture, la magnificence riche,
& la iudicieuse disposition. C'est à dire, belle apparence,
commodité d'vsage, decoration de symmetrie.

30. Il y a cinq especes de basses courts, Tuscane, Corinthienne, Tetrastyle, ou garnie de quarre Colonnes,
Displuuiée & tellement descouuerte que la pluye de toutes parts peut tomber dedans, Testudinée ou voûtée à
Berceaux, ou retubes, & culs de four. La Tuscane est
quand les soliues trauersantes auront leurs saillies posan-

tes fur des foufpenduës, & pour receuoir les pluyes
certains cours de tuiles faiftieres ou canaux, defquels
par Efuyers couuerts de planches l'eau fe pourra couler
en la citterne practiquée au deffous du plan.

31. Pour bien pauer les chambres, entre les ouurages
de poliffure la ruderation, (repous c'eft le bloccage
de marbre qui chet quand les ouuriers taillent leurs
pierres) ou placquement de mortier qui rendent les aires
bien folides tient le premier lieu, il fe faut garder de
plancher d'aix qui fe reiettent, & gauchiffent aifément,
car cela eft caufe des fendaffes aux planchers; & faut
mettre entre-deux de la fougere feche pour contregarder la charpenterie des vapeurs du mortier, faut auoir de
bonne terraffe pour placquer à iufte mefure, & faire la
premiere couche bien folide, fur certe efcaille alliez à
niueau voftre paué de marqueterie ou Mufaique, ou
bien de grandes lozenges efquatries, plombées, & d'vn
beau coloris, ou bien d'ouurage à tuile ou à efpy.

Ouurage à tuile.   **Ouurage à efpy.**

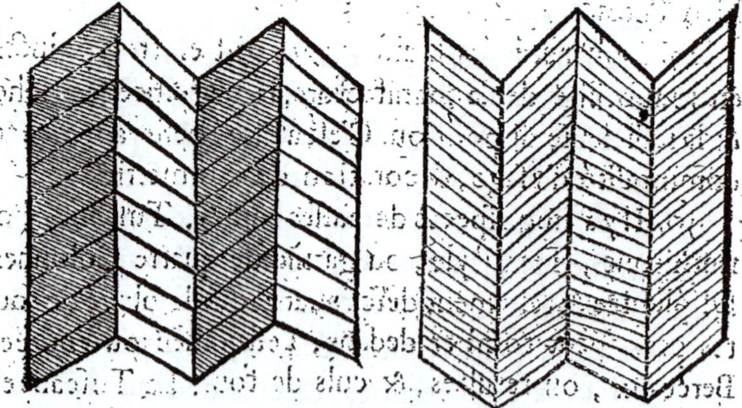

32. L'Architecte doit fçauoir comme il faut peindre

les edifices, & en donner les premieres Idées au Peintre; aux lieux bien grands il faut peindre des theatres, scenes, perspectiues pleines, de colonnes, portaux, ruës feintes. Es galeries on peind des iardinages, parterres, mappemondes, maisons de plaisances, Marine couuerte de Galeres & vaisseaux; combats, flottes, armées campées, païsages & forests, fables en grand volume, fantasies impossibles dont on charge l'incrustature, plustost que des remembrances des corporalitez qui sont en estre.

Quand les Peintres suiuent leur quinte, & la verue saisit leur pinceau, ils font des harpies dont les queuës abboutissent en floccars à costes reuestuës de fueilles crepelées, de volutes garnies de rosaces; des candelabres d'où sortant des rainseaux de fueillage delicats & fort esgayez, qui porteront de petits enfans assis bien en iouez & follastrant ensemble; des boüillons de fleurs sortant de fueillards, & de là certaines moitiez d'animaux incognus, demy hommes finissant en bestes brutes, mille Caprices qui sont mieux receus que les veritez mesmes, car il semble qu'on se delecte à estre trompé.

33. On dit asseoir les grosses pieces; faire la couche du bois, ou des pierres; la premiere main de placage contre la muraille de mortier plus espais pour faire crouste; puis on met la seconde couche de mortier delié & delicat qui s'applanit doucement, & met tout à l'égal & à niueau. On dit prendre vn faux allignement, ou prendre bien l'allignement.

34. Pour guinder les fardeaux on se sert de machines qui sont assemblages de bois qui par roulemens de choses circulaires ont vne merueilleuse force pour sous-

peſer les groſſes pieces de bois & de pierre, celle donc qui ſert à monter auec effort d'engins ſe nomme Acrouatique ; l'autre ſorte qui eſt machine ſpirituelle qu'on nomme Pneumatique, fait ſes effects à force de l'air & du vent, qui s'entonne & s'enfonce dedans auec violence, par le moyen d'attachons & expreſſions ou eſpraintes de vent qui anime toute la machine ; en la premiere il n'y a nul artifice, parce que tout ſe fait à force d'engins, aſſemblage de membrures, entretoiſes, tortillement de cordages, contreforts, arcboutans, eſtamperche, trauerſans, entez dans les mortaiſes ; mais la ſpirituelle qui ne iouë que par eſprit & vent fait mille beaux effects & fait organiquement, là où l'autre ne fait que mechaniquement mouuant les rouages aſſez lourdement, & auec des moulinets aſſez groſſiers.

Ces Machines ſe nomment de leurs figures, Gruë, Singe ou Ergate, Chéure, Truyette, Tournoir ou Sucula ; le Tympan, Treuil, Mouffles, barres, eſcharpes, pieux courbez ou à teſte de croſſe, bellier, hie ou maillet ferré, poulies ſont pieces dont on baſtit ces organes, & machines tractoires, ou leuantes en l'air, pouſſantes, roulantes, attirantes. Automates ſont engins qui ſe remuent d'eux-meſmes.

Dioptre, c'eſt vn inſtrument à niueller de l'eau. Entaſis c'eſt l'enflure & le renflement de colonnes.

Friſe, c'eſt vne platte bande entre l'Architraue & la Cornice, en laquelle on entaille mille fantaſies à demy-boſſe pour eſgayer la beſongne.

Mouffle ou bandage où ſont pluſieurs poulions pour guinder les fardeaux.

35. Le Piedeftal auec des ornemens, moulures, ad-
douciffemens, doit eftre le tiers de la colonne ; l'Architraue, Frife, & Cornice la quatriefme partie. On mefure
tout cela par modules. Si la Colonne a vingt & vn
module, le Piedeftal en aura fept. La Tufcane a en hauteur fa groffeur fept fois.

36. La Proiecture, faillie, ou larmiere des impoftes
(qui ne doiuent paffer la moitié des colonnes) font ces
membres qui appuyent les arcades qui fe font entre les
colonnes.

A. Impoſtes. Et ces membres quarrez qui ſouſtiennent les impoſtes, ou ſaillies, ſe nomment Pilaſtres, piliers quarrez.

37. On nomme ces canaux de la Colonne Ionique &
Dorique, des rayons, caneleures, & quant cela eſt plein
on nomme baſtons, & colonne embaſtónnée. Les creux
des Trigliphes ſe nomment auſſi rayons & canaux.

38. Les fleurs & fruicts peſle-meſlez en la Friſe d'vn
ſeul nom ſe nomment le Fruitage, *Encarpa.* Le feſte, ou
coupet d'vn edifice, ou frontiſpice, *faſtigium.* Arc, arche,
voûte, dome ſont tous differens ; le Dome eſt rond
comme vne Sphere ; la Voûte eſt trenchée de deux arcs
qui s'entrecroiſent à la clef ; l'Arche eſt vne voûte toute
d'vne cambrure ſans arcs entrecouppans ; L'Arc c'eſt
vne ſimple corbeure : l'arc, la chorde, la fléche. On
confond ſouuent ces termes. Vne voûte fort exaucée
& qui s'enuole en l'air à demy-rond, en plein rond, à
anſe de panier, en areſte, en berceau.

39. Paué à l'air, à couuert, lambriſſé, de marqueterie, à
la Moſaïque & de pieces rapportées, à ouurage d'eſpy,
à thuile, à briques plombées, à ſang de bœuf à la Ve-
nitienne, à figures, à entrelaſſemens de pierres colorées
emblema, à lozange de marbre.

40. L'entablement, ſaillie, ou larmier, c'eſt la coronne qui couure la muraille : & ſe pouſſant dehors fait
diſtiller la pluye goutte à goutte, & larme à larme
hors de la muraille, d'où elle a prins ce nom de larmier.

41. Les parties & membrures d'vne feneſtre ſont les
pieds droits & iambages ; la croiſée ou moyeu ; le linteau & haut de la feneſtre qu'on nomme la tablette ;

l'acl'accoudoir, ou pauſoir c'eſt le bas oppoſé au linteau.

Cheminée a ſon manteau, ſes conſoles, termes & ſtatuës, niches, cornices & volutes, le canon & tuyau, les iambages & les baſes, la plaque de fonte, les chenets de parade, les allumoirs qui ſont des boulettes d'airain pleines d'eau auec vn petit ſoupirail plantées ſur l'atre.

42. Si le baſtiment n'eſt bien conduit la voûte s'affaiſ-ſe, les murs pouſſent & font ventre, les bois ſe fendent & vermouliſſent, les pieces ſe laſchent, tout ſe deſment de tout coſté, le baſtiment prend coup & eſclatte, les creuaſſes s'entr'ouurent & menacent ruine, partant faut r'enforcer les angles & oſſemens des parois depuis le rez de la chauſſée iuſqu'au haut de pierres fortes, l'armer de bandes & clefs de fer.

Les parties principales d'une piece d'Architecture.

A. La grande Cornice.

B. Le quarré du tableau; ou milieu : champ : ſurface.

C. Piedeſtal.

D. Volutes ornées de fueilles en forme de conſoles.

E. La targue, ayant en teſte vne roſe, au bas vn Che-rubin, ou autre telle fantaſie.

F. Lauriers qui ſortent des rouleaux, ou cartoches de la targue; Cartoche ou papier roulé par les deux bouts l'vn au contraire de l'autre.

G. Les Trigliphes dans la Friſe.

H. Les Metopes: dans le quarré deſquelles on met des teſtes de beſtes.

I. C'eſt vn Marbre de baſſe-taille; ou de bas relief où

l'on pose quelque figure.

K. Piedestal du costé droit, qui souftient vn Ange de bosse ronde, ou autre statuë.

L. Le gauche.

M. Pierre d'attente.

N. Le premier costé & montant de tout l'ordre.

O. Le second.

P. Frise de la Cornice, & dessus du montant.

Q. Le retour de la Cornice.

R. Le terme qui est dessous le retour, c'est quelque Satyre, ou autre statuë.

S. Le dessous du montant ; où l'on met en petite taille quelque histoire. Abacus.

T. Le chef, la teste, le haut de l'œuure.

V. Les gouttes, ou les œufs.

X. Les clochettes.

Z. La dentelle.

T
T
M
L
I
K
M
H
G
P
P
R
R
B
C
S
S
E

*Suit vne liste des enrichissemens des ouurages
d'Architecture.*

1. Chappeaux de triomphe, liez de ruben de soye flottante.

2. Grotesques. Hommes habillez à manteaux volans.

3. Arabesques. Hommes s'acheuans en bestes, en fueillages, &c.

4. Testes de bœufs seches d'où saillent branches riches de fueillage.

5. Masques.

6. Cornets d'abondance.

7. Fueillage. Vases. Satyres. Monstres. Bestions. Rosaces.

8. Billettes enfilées (ils semblent chappelets.)

9. Entrelassures de branches, hommes, bestes.

10. Tout cela s'entaille dans la Frise.

11. Moulures, & ornemens de l'Architraue. Moulure à fueillage.

12. Lineamens.

13. Lizieres ornées de billettes, ou boulettes.

14. Chappeaux de verdure, dans le vuide de leur ronds, sont entaillez & ciselez à demy-bosse des demy figures qui se iettent hors de l'œuure. Guirlande.

15. Le bozel d'enhaut, & d'embas. Et le contre-bozel.

16. Les filets. Vne corde de billettes.

17. Fuzée. Oreilles de souris refenduës en maniere de fueillage.

18. Plat-fonds, ou concaue des ronds des chappeaux

de verdure, d'où sortent les figures.

19. Les saillies de la Frise.

20. Colonne canelée, & rudentée, c'est quand la moitié est faite de canaux, & le bas est de canaux comme remplis de bastons ronds. Rudenture, caneleure.

21. Les Chapiteaux couuerts de tailloirs, ou tailleaux eschancrez, & au milieu de l'eschancrure vne fleur de lys.

22. La voulture de l'arcade, où porte la courbure. Les costieres ou iambages de la porte. La clef, ou coing de la voulture, est au mitan, est quasi toute hors du massif: (c'est à dire, du corps du bastiment, & des grosses pierres.) Les ceintures des iambages.

23. Petits enfans volans à demy-bosse.

24. L'Architraue est sur les Chapiteaux, la Frise sur l'Architraue, la grande Cornice sur la Frise, ce qui est dessus diuisé en quarreaux ou niches s'appelle les saillies de la niche, les vnes estant à plomb sur le vif des Colonnes, les autres sur les arcades.

25. Frontispice, la pointe & la teste du frontispice, les Cymes ce sont lignes pendantes qui font le Frontispice, & le forment en triangle.

26. Figurettes qui se pratiquent en certains lieux à la desrobée, pour remplir le fond, & les vuides.

27. L'ouurage est si entier, & si sain qu'vn seul quarreau ne s'en est encor desmenty.

28. Festons ou faisseaux de fueillages, à teste de pauot, de fruits, &c. liez auec des rubens volans & faisant semblant de passer par des boucles.

29. Sur cent pilliers est assise la voûte ronde à cul-de four, ou retube, & sur ceste voûte de la tournelle, est

vne lanterne à huit feneſtres qui a en teſte vn globe d'or.

30. La ceinture de la maſſonnerie qui eſt dedans, en veut vne autre dehors.

31. Les Piliers & Pilaſtres ſont empietez ſur des moulures qui leur ſeruent de baſe, formées en trois degrez au niueau du paué de dedans, & ceignent tout le baſtiment en rond.

32. Des replis des Cartoches ſortent des branches, goſſes de febués demy-ouuertes, Carobes, &c.

33. Saillies, ou projectures à plomb ſur les colonnes.

34. Couuerture à eſcailles d'argent, entrecouppées de coſtes de melons dorées du haut à bas, ayant des baluſtres de bronze ſur ſoy, & vne lanterne de criſtal.

35. Vn coffre aſſis ſur deux pieds d'harpies appuyez ſur vn Plinthe, qui eſtoit ſur le plan de la haute Corniche qui regnoit ſur quatre pilliers, ayant au dedans vne vouture à quarreaux & roſaces, d'où ſailloit vn eſcriteau volant auec ſes lettres, Miroüer d'or de verité, & l'autre, Miroüer d'vn vray amour, qui eſtoit en face de la perſpectiue.

36. Les vaſes aſſis à plomb ſur les colonnes (continuées par arceaux qui ſouſtiennent l'Architraue, en rond) auoient la ventrure de trois pieds ornée d'vne ceinture, ou platte-bande, puis s'eſtreciſſant en amont venant vers le goulet, comme auſſi vers le pied, les anſes ſont deux Dauphins recourbez, & qui mordent les leures du vaſe.

37. Le toit monte en pointe, & fait vne pyramide qui n'a qu'vn œil, ou feneſtre en rond; au haut y poſe vn aigle volant, à l'entour ſur des feſtons pendans ſe branchent quatre Aigles à aiſles deſployées.

38. Table de marbre,
ou table d'attente.

　Niche, ou nid où font
pofées les ftatuës.

　39. Sur la pomme de
la lanterne il y a vn pi-
uot qui enfile, & larde vn
coq doré qui tourne à tout vent.

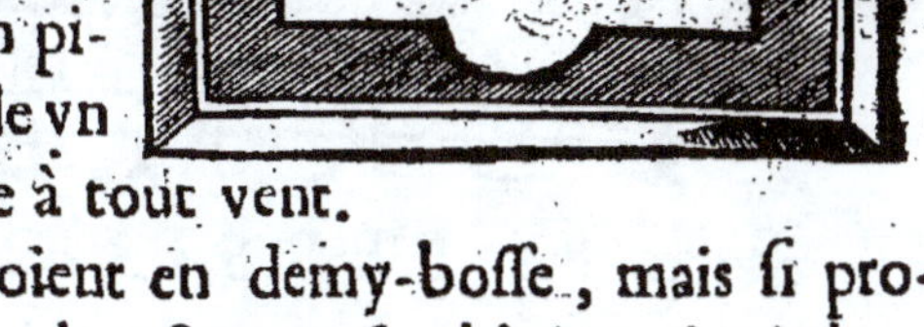

　Les Heros y eftoient en demy-boffe, mais fi proprement dénuez que les figures fembloient fortir hors
du fonds, & fe ietter hors l'ouurage.

　Les moulures à parquets ronds & quarrez eftoient
parfemées de rofes à demy-taille, rehauffées d'or, & le
fonds couché d'azur.

TERMES DE
PERSPECTIVE.
CHAPITRE XLVIII.

L'Art de Perspectiue, ou Optique sert infini-
ment à l'Architecture, elle consiste à la
consideration de diuers aspects de toutes
les choses qui se peuuent presenter à l'œil
sur terre, soit qu'on les regarde de front, de trauers,
d'enhaut, d'enbas, en toute façon. L'addresse que donne
cét Art consiste en sections de lignes, afin de donner
assiette, forme, grandeur, proportion, aux corps, surfaces, paisages, & tout ce qu'on veut faire.

2. La source de tout cét Art vient de la nature de nostre
veuë, à laquelle les choses se representent en diuerses
façons, & selon que l'œil les regarde de pres, de loin,
de haut, de trauers, ainsi semblent-elles rondes, quarrées, ouales, tortuës, en pyramide, en mille façons. Cét
Art consiste en trois especes. Premierement, Plates-for-
mes Geometrales. Secondement, Superfices & surfaces
Perspectiues. Tiercement, Corps solides & massifs.

3. Le nom des lignes necessaires en cét Art qui est fort
agreable sont celles-cy.

A. Le

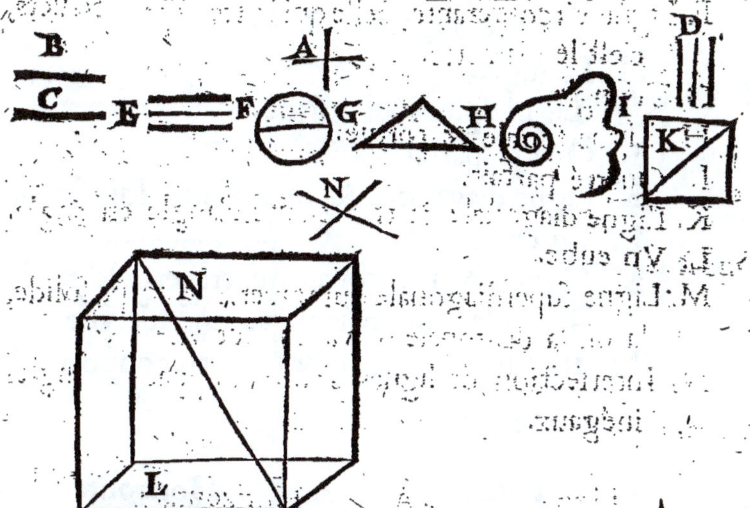

A. Le traict quarré, fait d'vne ligne perpendiculaire, & l'autre trauersante.

B. C. Sont les deux lignes principales en cest Art, dont l'vne se prend comme si elle sortoit de l'œil de celuy qui regarde & se nomme Horizontale ; l'autre trauersante se nomme Ligne terre, parce que c'est vne ligne qui est dessous les pieds de celuy qui regarde. Ainsi B. est tousiours releué aussi haut par dessus C. qu'est la grandeur du personnage qui regarde.

En la ligne Horizontale est le point de la veuë, ou la prunelle de l'œil, & le point principal. Et en icelle mesme sont les tiers points en égale distance du point principal.

D. Lignes perpendiculaires.

E. La ligne terre est commencement du plan perspectif, elle fait tousiours la separation, & est entre le Plan Perspectif & le Plan Geometral.

Kkk

F. Ligne circonferante, celle qui la trenche à trauers, c'est le diametre.

G. Triangle.

H. Ligne spirale & tortuë.

I. Quarré parfait.

K. Ligne diagonale & trauersante d'angle en angle.

L. Vn cube.

M. Ligne superdiagonale qui trauerse le corps solide, là où la diagonale ne va que sur vne face.

N. Intersection de lignes s'entrecouppant à angles inégaux.

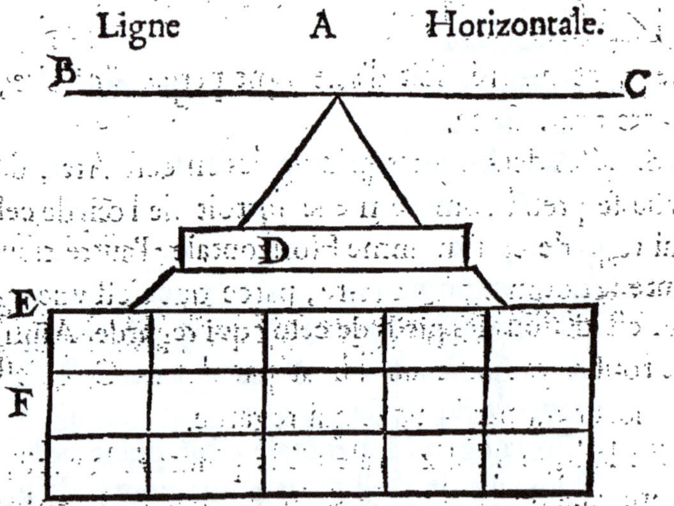

Ligne   A   Horizontale.

A. C'est le point principal.

B. C. Les tiers points.

D. Plan Perspectif.

E. Ligne terre.

F. Plan Geometral.

Voila le fondement de cét art, car en ces points, lignes,
sections, & aux points accidentaux qui suruien-
nent, gist la principale partie de la Perspectiue.

Les termes ordinaires sont,

1. Raccourcissement d'vne chose veuë par le front,
veuë par son angle directement ; par lignes radiales, ou
pyramidales, les diagonales tirées, les trauersantes, les
circonferantes, les ronds, les differentes assiettes de la
veuë, la veuë par les costez, & faut garder de passer les
termes de l'entreprise, & ne donner plus longue estenduë aux bastimens, ou païsages que ce que la veuë peut
porter naturellement, autrement il sera faux & hors de
l'entreprise de la veuë.

2. Toutes les choses veuës vont radier & se rendre
par droites lignes à l'œil du voyant & au point principal. Les lignes radiales, ou visuales auec leurs sections
font les raccourcissemens, profonditez, rehaussemens.
Et pour peu que la chose veuë soit eslongnée de l'œil,
tousiours elle diminuë & est raccourcie.

3. Les tiers points sont tousiours aussi loin du point
principal que le personnage est loin de l'œuure qu'il
veut feindre. Vne ligne qui baise & touche tout doucement l'autre. Ligne qui en croise vne autre ; qui perce
d'outre en outre vn corps solide ; les tiers points aident
à faire la conduite des raccourcissemens ; tirer des lignes
perspectiuement, diagonalement & d'angle en angle ;
coupper les lignes ; prendre l'espaisseur ou diametre d'vn
corps solide. Lignes qui trauersent mutuellement.

4. Plattes-formes mises à l'aduenture, & neantmoins

aiſées à remettre en Perſpectiue. Corps ſolide couché à plat, ou dreſſé à coſté , ou exagone & eſtoille à ſix pointes ; les faces differentes & diuers regards des corps ſolides.

5. Prendre ſon origine de quelque choſe perpendiculairement & à plomb, ou diagonalement, ou diametralement. Des cubes percez à iour veus de front ou par l'angle. Ronds eſleuez en corps ſolides veus en differentes aſſiettes & poſtures. Faire des ronds ou figures ſans aucune couppe de lignes & d'vn ſimple contour de compas.

6. Plattes-formes cornuës & hors de toute iuſte quarrure. Lignes naiſſantes & extraictes des autres, & r'enuoyées à mont , ou en bas. Arcs fondez ſur lignes diagonales. Colonnes erigées ſur Stylobates auec toutes les iuſtes proportions des mouleures , ſaillies ; colonne toute nuë , ou enrichie d'ornemens.

7. Quelquefois les plans perſpectifs d'où ſortent & s'eſleuent les corps ſolides, ſe conduiſent ſeulement par le point principal ; autrefois par les tiers points , voire par le point accidental. Le centre de la colonne, la quarrure du Taillouer du chapiteau , le nud & le corps de la colonne , le calibre du chapiteau , le montant de la colonne , les quatre angles faiſant le nud du Stylobate ; la grande ſaillie de la colonne, les membres du chapiteau, Architraue, &c.

8. Non ſeulement on peut reduire en l'Art de Perſpectiue & au plan perſpectif, les cinq ordres des colonnes les tirant de là auec tous leurs membres, mais auſſi les cinq corps reguliers de la Geometrie, & l'éleuation d'i-

ceux en corps solide, comme le Triangle à quatre faces nommé Tetraedrum A. 2. L'Octae-drum, c'est à dire, à huict faces qui tantost est desueloppé, tantost en-ueloppé B. 3. Le Cube dressé sur sa pointe. 4. Dodecaedrum composé de douze pentagones & faces à cinq angles.

5. L'Iscosaedrum qui contient vingt faces.

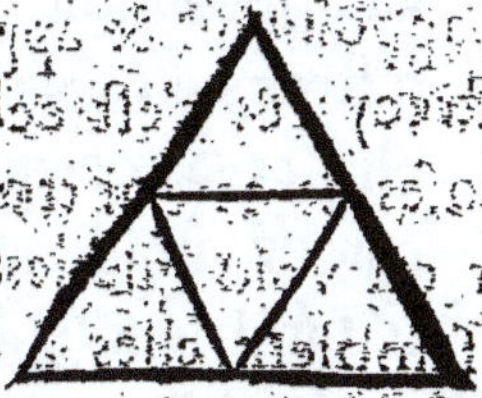

En fin on peut aussi reduire les ronds sphe-riques au plan perspe-ctif & l'arrondir de rond parfait & complet.

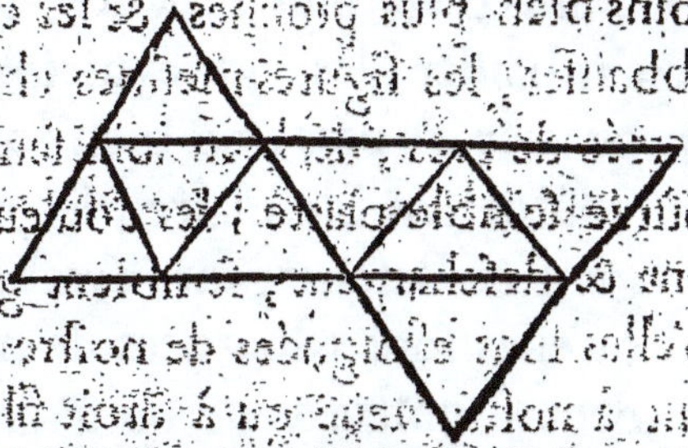

9. Quelque part que nous soyons nous faisons le centre de toutes choses qui nous enuironnent, en sorte que tout ce que nous voyons à l'entour de nous est circon-feramment racourcy.

10. Cét Art est necessaire en Peinture pour faire les r'entremens, eslognemens, postures differentes, les Perspectiues, les alliettes naturelles, pour allumer le iour à droit fil, faire les ombrages où il faut, & conduire droit le rayon du iour, le mesnageant bien en toute la Peinture, posant bien le point du iour, & mille secrets de l'Art qui ne se peuuent executer sans commettre de lourdes fautes.

11. Tout le secret de cét Art vient du naturel de la veuë, car il faut s'imaginer que la veuë se face comme en triangle duquel la base est assise sur les yeux, & l'angle sur l'obiect qui se presente à nostre veuë ; au reste

plus cér angle s'esloigne de nous & plus le triangle se
va appointant & appetissant, & plus l'angle est mince &
restrecy ; & c'est ce qui fait la differente apparence des
choses, & ce qui trompe nostre veuë alterant les obiects;
car on void que les longues allées quoy que paralelles,
si semblent elles à l'œil estre quasi vnies au bout, au
moins bien plus proches, & les choses hautes semblent
s'abbaisser, les figures mesmes changent, car vne chose
quarrée de pres, de bien loin semble quasi ronde ; vne
voûtée semble platte ; les couleurs de mesme se chargent & deschargent, semblent gayes ou mornes, selon
qu'elles sont esloignées de nostre œil, & qu'elles se dardent à nostre veuë ou à droit fil, ou refléchissant par
bricoles, à grand iour, ou à iour foible : & c'est en cela
que gist l'excellence de la Perspectiue, & des ouurages,
d'exprimer naïuement non pas les choses en leur naturel, mais ainsi qu'elles doiüent paroistre à l'œil, selon
leur assiette, & selon la portée de nostre veuë. La Colonne de Trajan est miraculeuse en cela, car estant toute chargée de personnages cizelez tous de differentes
grandeurs, si est-ce qu'ils sont si bien façonnez que
tous à l'œil paroissent de mesme corpulence, quoy que
ceux d'enhaut soient deux fois plus grands que ceux
qui sont au bas de la Colonne; mais ce sont des coups
de maistres : le vulgaire ne sçait ny faire, ny iuger de
ces ouurages.

DV FAIT DE LA MENVISERIE, QVI EST PARTIE DE L'ARCHITECTVRE.

CHAPITRE XLIX.

1. EStablier, sur lequel on fait la besongne.

2. Le Vallet, c'est vn espece de crochet de fer, qui fiché dans vn trou, tient ferme le bois qui est en œuure.

3. Le Varlop entier.

4. Guillaume: c'est vn demy-rabot.

5. Cizeau, de toute sorte. Cizeler.

6. Le Fermoir: c'est comme l'instrument à prendre la mesure des pieds.

7. Rabot. Le gros pour esbaucher la besongne. Le petit, pour applanir; qui rabotte en creusant, & sillonant; qui fait des bastons sortant d'vn creux: qui, &c. Rabot rond, qui fait le canal rond.

8. Le bec d'asne, pour dresser la mortaise.

9. Fueilleret pour dégauschir.

10. Reiglette à pied. Lesquierre. Le triangle pour tracer droit.

11. Quille-bouquet pour dresser les mortaises; c'est à dire, concauitez: Compas.

12. Eschantillon. Mouchettes, qui font les choses rondes.

13. Les Outils de moulures.

14. Guillaume debout, ou de costé.

15. Bouuet à reprofondir, & à esligir, c'est à dire, *post delineatum lignum rescindere.*

16. Fermoir à nez rond.

17. Outil de taille: taille est ouurage auec des testes & figures. Enrichissement c'est ouurage de fueillages, branchages, rosaces, &c. Outil d'enrichissement.

18. Sie à fendre, à debiter, à tenons, à tourner.

19. Arminette pour degrosser le bois. Hache.

20. Gouche. Outil de taille pour faire le rond.

21. Dauid, ou le sergent de fer qui tient les aix collez fraischement.

22. Virebrequin, ou Vibrequin.

23. Le crochet, qui arreste les aix.

24. Fer de rustique, c'est à dire, qui imprime des roses, & estoilles, &c. tout en vn coup.

25. Esmorcher le tenon, c'est à dire, entamer auec la tariere, pour y planter apres le clou.

26. Defiroir, vn fer long, quarré, pointu pour faire le trou aux cheuilles.

27. Vn defie cheuilles.

28. Le bois vif, loyal, marchand, c'est à dire, Le bon pour les ouurages. Le mauuais est, premierement pourry. 2. Gelif, c'est à dire, qui a esté gelé, car il se fend, s'entr'ouure en petits filets, & se creuassans esparpilleroit l'enrichissement, & les ouurages. 3. Le bois piqué, c'est à dire, vermolu, & picoté des petites bestioles naissantes... 4. Le bois eschauffé, car il pourrit bien tost, c'est quand les aix pressez s'eschauffent, ou que le bois est en lieu trop chaud, &c.

29. Mar-

29. Marquetage : c'est ouurage fait de diuerses pieces de bois de plusieurs couleurs.

30. Le maillet de bois.

31. Taille douce, c'est à dire, platte & qui ne releue. Relief, qui releue à demy ; & demeure l'autre moitié dans le fonds. En bosse, ou plein relief, qui se iette entierement hors de l'œuure, & quitte le fonds, & a toute sa rondeur en l'air. Taille d'espargne : c'est quand pour espargner le fonds, auec mil traicts, & lignes on hache dru & menu le fonds, laissant quelque petit point de iour entre deux, pour feindre vne concauité, sans endommager le fonds.

32. Sauterelle, c'est à dire, vn compas de bois qui sert à tout faire, & quarré, & aigu, & pointu ; c'est quasi le maistre instrument des compagnons de boutique.

33. Polir l'ouurage & l'enrichissement, c'est le frotter auec la peau de Chien Marin, ou d'escorce de noix verde, ou luy donner lustre auec vn filet de cire, estendu par dessus au tour, donnant du pied sur la marche, & branslant la perche, & la chorde, tenant sur le support vn baston plat au bout, qui dispense la cire à fleur de peau, & donne esclat à l'œuure. Le polissoir.

34. Le gré, ou affiloire, ou l'on donne pointe aux outils, & le fil.

35. Piece à degaucher le bois, & l'ongle qui empesche que les tenons ne ioignent bien. Cela se dit desongler, c'est à dire, couper l'extremité du bois, & l'ongle.

36. Riflard, c'est vne espece de Varlop ou Rabot, qui depesche la besongne en rond, & en peu de temps : & quasi rasle tout ce qu'il rencontre.

Lll.

37. Ciseau à lumiere, c'est le Pere des outils, car il leur fait leurs lumieres, c'est à dire, le trou pù l'on enchasse le fer pour ouurer.

38. Le Banchiar, ou le soc, où l'on dégrossit la besongne auec l'herminette : c'est le premier mestier de boutique, & l'apprentissage du compagnon.

MERVEILLES DES
MATHEMATIQVES.
CHAPITRE L.

1. L'Esprit de l'homme trenche du petit Dieu, & se mesle de faire des mondes de cristal, & contre-fait les miracles de l'Vniuers. Dieu a créé mille choses qui n'estonnent guere nos esprits, l'artifice fait profession de n'œuurer que des miracles. Les Mathematiciens forcent les natures, & changent les Elemens, & nous font voir ce qu'on ne peut voir, ny croire quand mesme on le void du bout des doigts. Ils vous font iaillir des eaux qui se lancent & dardent, & quasi contrefoudroyent l'air, & puis se precipitent à bas pour faire ce qu'on leur commandera, ils contrebalancent le vol du feu, & bon gré mal-gré le font aller à la cadence de leur contrepoids, & ressorts qui maistrisent le feu, qui ne peut eschapper sans congé; ils animent des orgues, & les font ioüer, chanter, & parler tout langage, & des chansons inoüyes, & non

apprifes, & font que des fouffles incognus, enflent les
tuyaux, & fredonnent là dedans auec eftonnement des
Orgues mefmes, qui eftant en Italie chantent à la Fran-
çoife, criaillent à l'Allemande, efclattent à l'Angloife,
font toutes les mignardifes de l'Italie. Les gros tuyaux
muglent comme taureaux, les menus font le roffignol,
les moyens font les fredons, & fous les paffages de
cent mille oifillons qui font les tuyaux des orgues de
nature, tous ces pauures haut-bois muets, deuiennent
muficiens par force, & des Orlandes là fus, puifque là
fus ils chantent diuinement. Mon Dieu quelles hardies
entreprifes, dans l'airain & l'argent des Indes, faire
trompetter les Gruës Italiennes; dans le metal d'Allemagne, faire fiffler les ferpens à l'Egyptienne, mille petits voleurs d'oyfeaux faits au moule, fretiller, fauteller,
gringotter, dégoifer, entre-difputer, iazer en cent airs,
& ces petits corcelets froids & morts, & infenfez comme bronze, ne laiffer pas pourtant d'animer ce metal,
luy ouurir mille bouches, luy enfeigner la game, le
faire donner mille aubades, & tous trefpaffez qu'ils font
s'efforcent de donner du plaifir à l'affiftance. Et que
peut-on dire de grand de cefte diuine fcience qui fçait
contrefaire les voûtes azurées du Ciel, & les allumer de
mille & mille Eftoilles. C'eft elle qui a fait mentir ceux
qui fe font hazardez de maintenir qu'il n'y pouuoit auoir
deux Soleils au monde; car fe feruant des mains & de
l'efprit d'Archimedes a enchaffé dans vn firmament de
criftal vn fecond Soleil, compagnon, ou petit cadet de
l'autre, courant par la glace, & le dotant de fes raiz à
mefme cadence que l'autre, faifant vn petit an de cri-

ſtal par ſes tours & retours, comme l'autre meſure la
grand année par ſes courſes courant par les voûtes de
Saphirs où eſt ſa carriere ordinaire; c'eſt elle qui par la
force de ſon eſprit actif, entreprenant, & qui frize la
toute puiſſance, a baſty vn eſcharpe de verre, l'a peuplé de douze Signes terreſtres, & comme d'vn Zodiaque
en a ceint ſon petit ciel de terre. Par les eſclairs, &
rayons de ceſt Art, la Lune icy allume ſon filet d'argent,
enflamme le repli de ſa glace, ſe remplit de iour, eſt
toute eſpanoüie, ſemble vn Soleil de nuit, & tout à
coup fleſtrit, & ternit ſon criſtallin, s'éclipſe, & meurt
piece à piece, & paroit toute d'airain, & reſuſcite tout
de meſme que la grande dans le Ciel fait ſes mois, &
ſes courſes. Choſe eſtrange que ceſte ſcience par des ſecrets rapports, ait ſi bien accordé ceſte Sphere aux cadences & aux branſles des Cieux, qu'vn petit hommelet fait tout ſeul en terre, tout ce que les intelligences
font au Ciel où elles tourneboulent ces grandes voûtes
de l'Vniuers. Par ainſi l'Art a enfanté vn petit bout de
machine, enceinte d'vn grand monde, vn Ciel & Paradis
portatif, vn grand vniuers dans vn rien de verre, le beau
miroüer où la nature ſe mire toute eſtonnée de voir
qu'à ce coup l'Art ait ſurmonté & quaſi enfanté la Nature, N'y a-il pas du plaiſir de voir poſtillonner ces petites Eſtoilles, vous iureriez qu'elles ne bougent non plus
que celles qui ſont enracinées au Ciel, & voila pourtant
qu'elles tirent pays, & à grandes erres s'en vont au Ponant, & faut que la raiſon demente l'œil; i'oſeroy dire
qu'en ces Eſtoilles on y a mis vn paſſage immobile, vne
courſe ſtable, vn vol fiché & immuable, qui eſt faire

des chofes qu'on ne peut comprendre mefmes en les comprenant.

2. Et qui peut expliquer l'heur de fes efprits en l'inuention des montres au Soleil, & des quadrans folaires? Ils vous plantent vn ftile, & vne verge de fer là où bon leur femble, & faut que le Soleil, & tout le Firmament luy rende conte de tous fes voyages, & luy face fçauoir de point en point toutes fes entreprinfes. La pointe de ce ftile eft le Kalendrier du iour, & l'indice des heures, & du mouuement du Soleil ; iamais il ne bouge, & fuit par tout le Soleil, qui vole fans ceffe d'vne viftelfe incomprehenfible ; vn petit bouton de fer vous fait fçauant de tout ce qui paffe là haut, il vous monftre l'heure du iour, le figne où eft le Soleil logé au Ciel, les faifons de l'année. Mon Dieu le grand miracle qu'vn petit filet d'ombre courant fur vne fueille de marbre incifé, vous face voir tout ce que le Soleil fçauroit faire en la grande eftenduë de fon Ciel. Non ie ne croy point que les Eftoilles ne mouruffent d'enuie, fi elles en eftoient capables, & que de honte de fe voir ainfi ou contre-faites, ou furmontées en fi peu de marbre, qu'elles ne changeaffent leur route, pour ne feruir de rifée à ces petits hommelets, qui veulent faire des petits faifeurs de monde. Car qui fe peut meshuy eftonner de voir les heures faites par la lumiere du Soleil, & les courfes des aftres flamboyans, fi vn petit bouton d'ombre, & vn petit rien fe pourmenant fur la blancheur d'vn marbre, marque affeurément toutes les heures du iour ? Et qui penfera que ce foit grand miracle de voir des grandes boules de glace azurée, enchaffée de feu

estoilé, estre bouleuersées sans cesse, d'vn branssle iamais
entre-couppé, si vn petit metal, & vn filet de fer mort
& immobile en fait pour le moins tout autant, ie ne
suis pas assez hardy pour dire d'auantage. Et qui pis est
l'art ne fait que se iouer, & ce n'est que pour s'esbattre,
& quand elle prend ses menus plaisirs qu'elle fait tout
cecy, cependant qu'auec tant d'apparat, & tant de maiesté la nature fait ses efforts là haut au Ciel, au maniement de ces machines dorées de ces tant belles me-
dailles. Mais n'est ce pas passer les termes d'entreprendre de partir les nuits mesmes, & pour n'auoir plus affaire du Ciel, & n'estre obligé aux Estoilles, aller forger des instrumens qui par des cheutes d'eau miracu-
leuses, font tout ce que le Ciel fait par ses cheutes de
l'Orient au Ponant, & au lieu des eaux glacées du Ciel,
& des feux gelez des Estoilles, auoir des eaux coulantes qui seruent d'horloges & mesures à nos vies com-
passées ? Quelle audace, de mesurer nos nuits par le
mouuement de ces eaux, & imiter iustement le roüe-
ment des Estoilles? Ne semble-il pas qu'il y a de la te-
merité en son fait & de l'arrogance, de contraindre
l'eau & les élemens de faire des mestiers qu'ils n'ont
onques appris, & se mesler de contrefaire les cieux, &
auoir des reglemens à leurs mouuemens, pareils aux diuins mouuemens des globes celestes: ie ne sçay qui me
tient que ie ne die que l'artifice deuroit auoir honte de
surmonter ainsi la nature. Ne fait-il pas beau voir Dæ-
dalus homme pesant, & animal lourd comme les autres, à qui nature à peine auoit leué le menton, & ouuert les yeux pour regarder l'air & le Ciel, & ce galand

pourtant s'affuble des aisles non données de Dieu, &
s'enuole piaffant sur les nuées, qu'il trenche du battement de ses aisles, & fait pasmer la nature d'estonnement de voir vn homme volant, & se balançant sur les
nuës? Voyez là ce Cupidon de fer pendu à rien, &
estranglé sans corde entre Ciel & terre, faisant amende honorable à la chaste Diane? qui tient tout ce diablotin de fer, où est le licol, où la main, où les chesnes
qui le garrottent? qu'on ait sçeu agencer de l'Aimant si
bien à propos, que le fer vole? que la terre monte? que
le poids ne pese plus? que l'air soit la terre, ou se paue
pour soustenir le fer? que le rien serue de gibet pour
pendre ce petit Dieu criminel. C'est trop, c'est trop,
comme si le Mathematicien estoit le compagnon de la
nature, ou son corriual, & qui luy voulut debattre la
presceance, faisant des miracles en se ioüant, donnant
la parole aux muets, faisant Musiciens des oyseaux d'argent, animant la mort, & donnant vie au trespas, & à
des choses insensées, en vn mot quand il luy plaist, ba-
stissant des mondes, & les desmolissant à sa fantasie.

AV LECTEVR DV STILE
DV PALAIS.

MOn cher amy, c'est vn labyrinthe, où *Minos* vous attend à gueule beante, que la chicane d'auiourd'huy; on feroit douze grands Tomes des termes, des suites, des finesses, des remises, des souplesses, des surprinses, des tours & des retours des procez. C'est la vraye pierre Philosophale, & la sublime Alquemie où à force de souffler, & causer, de l'ord on fait de l'or; & tout se metamorphose en argent, & n'y a mauuaise cause qui ne deuienne bonne tant on y met de fueille, & de dorure. La France seule en sçait plus que tout le reste de l'Uniuers, & faut aduoüer la verité, qu'il y a grand nombre d'aussi braues Aduocats qu'il y eut onques en France, ny ailleurs. Mais en vn si grand nombre, il ne se peut, qu'il n'y en ait plusieurs sans cause. Quand les nouueaux mondes furent trouuez, on presenta au Roy de Portugal vne requeste, le suppliant d'enuoyer dix mille Aduocats en ces pays de conqueste: dix mille dea, ce sit-il, & pourquoy si grand nombre? parce Sire, qu'il y en aura assez de reste, pour manger Portugal; & ceux-là feront plus du plat de leurs langues que vos soldats de la pointe de leur espée, pour conquerir les Indes. Neantmoins l'histoire d'Ethiopie porte que le Roy Emmanüel enuoya vn grand nombre de Docteurs és droicts au Prestre Iean: Cet Empereur voyant vn tas de gros Liures demanda à ces Messieurs quels Liures c'estoient là; ce sont Sire,

les

les Canons, les Loix imperiales, les Ordonnances, le Droict Ciuil, l'Infortiat, les Rubriques, le Digeste, le Code, la Practique; c'est Baldus, Iason, Bartholus, en fin ce sont les Loix pour administrer la Iustice au genre humain: Et vous Messieurs qui estes-vous & quelle profession est la vostre? Nous sommes Docteurs ce firent-ils tous à vostre seruice. Or sçachez que ie n'ay autre loy en mes Seigneuries, que celle de Iesus Christ, ny ne veux autres Docteurs que S. Augustin, S. Hierosme, & les autres; & vous m'auez la mine auec vos Canons, & bagatelles de vouloir nous r'enuerser la ceruelle auec vos Infortiats, si vous ne vous en allez bien viste ie feray brusler tous vos Liures, & vous feray ietter trestous dans la riuiere, harpyes que vous estes, & sur ma foy que mon frere le Roy de Portugal a bonne grace de me faire vn si beau present. Nous auons vescu heureusement ayant pour Code le sens commun, pour Digeste vn discours bien digeré & bien meur, pour Infortiat nos Coustumes r'enforcées par tant de siecles, pour glose nos actions conformes à la raison & à nos façons de faire, de façon que nous n'auons que faire de beaux causeurs qui par vn babil affecté nous facent tourner la teste, & auec tant de loix, nous facent perdre la loy de l'innocence & de la verité, si vous les chassa trestous, auec leurs Liures n'en retenant vn seul. Sans guere interesser la France on en pourroit bien armer dix mille & plus, pour faire la guerre à la Lune de l'Orient, aussi bien viuent-ils sans cause. Mais si faut-il aduoüer tout rondement que l'Eloquence auiourd'huy ne paroit que dans les Parlemens, & dans les chaires où les Predicateurs l'employent; d'abondant il faut confesser franchement que des termes du Palais comme d'vne riche carriere nostre Eloquence Françoise puise mille & mille Diamans, & traicts tres-riches de bien dire, qui ſont autant d'Eſtoilles enchaſſées dans le firmament d'vn noble diſcours. Tous nos grands hommes qui ont eſté eminens à bien dire, ont eſté fort curieux de s'inſtruire és termes du Palais pour s'en preualoir en leurs diſcours & dans leurs Liures. Sans ceſte diligence il eſt ineuitable qu'on ne ſe face moquer de ſoy en parlant, ou qu'on ne ſe priue d'vn riche threſor de belles paroles. Ie ne dis pas qu'il faille follement faire parade de mille petites particularitez qui ſont bonnes pour de petits Clercs de Notaires, & mille petits Soliciteurs crottez, il faut meſpriſer cela, & choiſir les plus nobles façons de dire, & les termes les plus exquis pour en vſer ſobrement & auec beaucoup de reſerue; Cét Eſſay que ie vous preſente, aidera à deſrouiller voſtre eſprit, & vous mettra ſur la langue quelques termes des plus choiſis, & des plus nobles; le reſte vous l'apprendrez aiſément, ou vous l'attendrez de moy quand i'auray remarqué que vous aurez bien vſé de ce que ie vous offre. Bien dire (ce dit Lactance) n'appartient qu'à bien peu de perſonnes, bien viure à tout le monde; Helas que le monde ſeroit heureux ſi tous ceux qui ont la parole dorée, auoient auſſi la vie dorée, & que la langue, le cœur & la main ioüaſſent à meſme reſſort. Mais ſouuent & trop ſouuent la langue eſt toute d'or, la main toute de fer & de hameçons, & le cœur vne roche. Lecteur mon cher amy Dieu vous face la grace de bien dire, & encor faire mieux, & vous bien ſeruir de ce petit preſent de paroles que ie vous donne d'auſſi bon cœur que ie ſuis à voſtre ſeruice.

LE STILE, ET LES
TERMES DV PALAIS.

CHAPITRE LI.

1. ESTRE receu en foy & hommage par le Seigneur feodal, luy payer les droits, & deuoirs en son temps, recognoistre le fief mouuant de luy, afin qu'il n'entre en la saisine des fruicts pendant la main-mise.

2. Le droit d'aisnesse estoit le principal manoir du pere, & vn iardin, où n'y ayant point de iardin le vol d'vn Chappon, tenu en fief au ioignant de ladite maison, & cela par preciput.

3. Le Seigneur feodal ayant fait saisir, & mettre en sa main le fief mouuant de luy, par faute de droits & deuoirs non faits pendant le temps de la main-mise, & saisine, n'est tenu de payer les charges, & hypoteques non infeodées de son vassal. Et n'y eschet point droit de relief à personne.

4. Apres la vente d'vn heritage faite à vn estranger, vn parent & lignager peut dedans l'an de la saisine, ou infeodation prinse requerir d'auoir ledit heritage par retraict lignager, en remboursant l'acheteur.

5. Le Seigneur foncier ou cenſier prenant des terres emblauées (c'eſt à dire , ſemées de bled , mais de bled qui eſt deſia en eſpy ; s'il n'y a que la graine en terre , on dit terre enſemencée) durant le bail , & la ferme , s'il veut auoir les gaignages d'icelles terres , il eſt tenu de reſtituer au fermier , les feurs & ſemences (c'eſt à dire , tous les fraits faits) autrement le fermier peut former ſa complainte en cas de ſaiſine , & de nouuelleté.

6. Qui ioüit franchement , & ſans inquietation dix ans d'vn heritage , acquiert preſcription : Le vaſſal ne peut acquerir preſcription du fief moüuant du Seigneur. Item des biens vendus , ſubhaſtez , criez , deliurez par decret au plus offrant & dernier encheriſſeur , & à l'encant.

7. Qui achete vne terre chargée de quelque rente reuë en la vente , il doit au beſoin ſommer ſon garant , ou celuy qui a promis garantir , & au defaut de garantie ; ſi on vſe de fuirtes & ſubterfuges , il faut vſer de conteſtation , mais auant de litiſconteſter , il peut intenter le cas & pourſuite de ſimple ſaiſine. Si ce n'eſt qu'il vueille demander communauté en tous biens , & conqueſts immeubles : & ne ſera pas tenu à payer les debtes mobiliaires (c'eſt à dire , des biens meubles.)

8. En toutes les Gaules le mort ſaiſit le vif , c'eſt à dire , (*Subſtituit ſibi , ſaginat , apprehendit , vt hæredem.*) Le doüaire couſtumier de la femme eſt la moitié des heritages de ſon mary. Le dot , eſt ce qu'elle apporte à ſon mary pour ſon mariage. Le doüaire prefix , eſt ce

qui eft accordé qu'on luy dourra, & lors elle ne peut
pretendre de doüaire couftumier qui eft plus grand.
Donner en auancement d'hoirie, c'eft à dire, quand le
Pere donne quelque heritage à fes enfans deuant fon
trefpas.

9. Proceder par voye d'arreft, où de brandon (c'eft
à dire, vn figne mis fur vn bafton) ou de gagerie,
c'eft à dire, faifant faifir des gages, & des meubles des
debteurs pour les faire venir à raifon, & contraindre
d'entrer en payement : & en faire ordonner comme de
raifon.

10. L'vfufruictier d'vn fief peut à fes perils & fortu-
nes, mettre en fa main les fruits : & le proprietaire du
fief ne peut bailler main leuée finon en payant les droits
audit vfufruitier. Quand on a payé au Seigneur feodal
les deuoirs, rien ne luy eft deu que la bouche, & les
mains, auec le ferment de fidelité ; excepté les fiefs du
Vexin. Au refte le Seigneur ne peut exploiter en pure
perte, ny faire faifir le fief du trefpaffé iufques à quarante iours apres le trefpas.

11. Euincer vn fief par retraict lignager (c'eft à dire,
*euincere, fuum facere propter ius confanguinitatis cum eo qui
alienauit*) & payant le quint au Seigneur feodal, faire
qu'il ne le puiffe retenir par puiffance de fief, ny l'vnir
& mettre à fa table (c'eft à dire, *fuum facere*) puifque
il a cheuy, & baillé fouffrance (c'eft à dire, fouffre, &
accorde vn delay à fon debteur.)

12. Le vaffal ne peut defmembrer le fief au preiudice
du Seigneur, bien fe peut-il ioüer, difpofer & faire
fon profit des heritages, pourueu qu'il retienne la foy

entiere, & quelque droit seigneurial & domanial sur
ce qu'il aliene, afin que luy qui n'est que Seigneur seruant, & vassal, ne face tort au Seigneur dominant, ou
feodal. S'il y a procez entre les Seigneurs feodaux, le
vassal doit estre receu par main souueraine (c'est à dire,
du Roy souuerain Seigneur de tous) à perceuoir les
fruits de ses terres.

13. Les choses de franc aleu se tiennent noblement,
& ne doiuent cens, rentes, charges, champart (c'est à
dire, *partem fructuum campi*) ny autres redeuances ou
droits seigneuriaux, & ne sont tenuës d'autre Seigneur
que de Dieu, & ne sont pas comme les choses tenuës
roturierement. On contraint l'acheteur de deguerpir
(c'est à dire, *derelinquere*) & quitter le mal acheté ; si
on vent les biens par decret (c'est à dire, *decreto iudicum*)
au plus offrant, &c. Soit-il fief, ou roture il doit vn
tant au Seigneur ; & qui tient des terres en censiue doit
payer les droits de cens au Seigneur censier, ou foncier, c'est à dire, (*Domino fundi*) & ce qui ne se peut
bonnement partir, se licite (c'est à dire, *adiudicatur alicui
ex hæredibus plus offerenti aliis cohæredibus*) & s'adiuge à vn
seul.

14. Saisir les gaignages des terres (c'est à dire, *pen-
dentes adhuc fructus, & lucra, cum n. ex vno grano tam
multa nascantur, lucrum est, inde alij omnes campi dicuntur
gaignages*) & vser de main-mise.

15. Cedules souz sing priué, obligations pour somme de deniers, & biens mobiliaires, vstancilles d'hostel
qui se peuuent transporter sans fraction, &c. sont censez biens meubles ; mais s'ils tiennent à fer, & à cloud,

ou sont seellez en plastre, & sans desassembler ne peuuent estre transportez sans deterioration; Bled & fruicts
qui sont encor sur le pied, & pendant par racine, &c.
sont reputez immeubles.

16. Qui s'est laissé dessaisir d'vn heritage, & ayant
laissé passer l'an n'est receuable à intenter complainte
en cas de nouuelleté, puisque cette complainte ne se
peut plus asseoir, il se face remedier par complainte de
simple saisine. Les proprietaires d'vn heritage obligé,
ou hypothequé à aucune rente ou charge reelle, sont
tenus hypothequairement icelles payer. Poursuiure contestation en cause, & faire que le demandeur soit defaillant & debouté de deffenses.

17. Vn respit (c'est à dire, delay de payer ses debtes,
octroy du Prince, & priuilege) n'a lieu contre le deu
adiugé par sentence definitiue & contradictoire. Il y a
des choses qui ne sont prescriptibles par quelques
laps de temps que ce soit, comme le rachat de legs
pitoyables, à la charge pourtant de faire remploy en
autres heritages. Infeodation & infeoder est quand le
Seigneur feodal admet en possession, & saisine le
vassal. Le lignager, qui a droict de retraict (c'est à
dire, *retrahendæ hæreditatis vendita à consanguineo*) doit
estre de la souche, estoc, & de la ligne dont est l'heritage vendu.

18. En cas de déconfiture (c'est à dire, quand on vend
les meubles d'vn qui n'a dequoy payer) les creanciers
viennent à contribution au sol la liure, & au pro rata
de leur debte. Quiconque a de sol, appellé, l'estage du
Rez de chaussée, ou la superfice, a droict de faire &

edifier dessus & dessous : comme aussi celuy qui a des terres iectisses (c'est à dire, qui a ietté de la terre sur son sol, & l'a releué & rehaussé par le iect de nouuelle terre) en peut faire ce que bon luy semble. Le Bourgeois de Paris & de Ban lieuë (c'est a dire, les lieux autour de Paris distans d'vne lieuë, ou aussi d'autres villes, qui iouïssent des mesmes bans, crys, & priuileges que les villes, *suburbana oppida*) ne peut estre adiourné ailleurs qu'à Paris.

19. Garde noble ou gardien est celuy qui a l'administration des biens nobles de ses enfans iusqu'à ce qu'ils soient en aage. Garde-Bourgeoise, c'est pour les roturiers fils de Bourgeois de Paris ou ailleurs. Les acquests sont ce qui s'acquiert deuant le mariage, les conquests ce qui s'acquiert par les conioints en mariage. Toute donation faite entre vifs, & conceuë par personnes gisans au lit de maladie dont elles decedent, est reputée faite à cause de mort, est testamentaire, & non point donation entre vifs. Les biens propres ou auitins sont les biens anciens patrimoniaux à la difference des acquests, & biens aduentifs, dont on peut disposer par testament & ordonnance de derniere volonté au profit de personne capable. Testament solennel doit estre signé par le testateur, fait, & leu par deuant Notaire, tesmoins masles aagez de vingtcinq ans, & non legataires.

20. La legitime est la moitié de la portion que les enfans eussent herité, si des parens n'en eussent disposé par donation entre vifs, ou derniere volonté. Si les enfans troublant l'ordre de nostre mortalité

gaignent

gaignent le deuant & meurent les premiers, les Peres
fuccedent, toutes les debtes deduites au prealable; &
n'eſt beſoin d'autre inſtitution d'heritiers. Au reſte nul
ne ſe porte heritier s'il ne veut, mais s'il fait acte d'heritier il payera les debtes. Il y a heritier ſimple, & heritier par benefice d'inuentaire.

21. Sur peine de nullité, il faut depoſſeder & deſaiſir
le proprietaire, afin que la main-miſe & ſaiſie (c'eſt le
meſme) ſoit réelle & valable. Il faut faire les criées
(c'eſt à dire, proclamations à haute voix) dans la Par-
roiſſe des biens, garder les ſolemnitez, mettre affiches
& panonceaux (c'eſt à dire, l'exploit du Sergent) à la
porte de l'Egliſe, & du debteur ſaiſi. Faire les quatre
quatorzaines (c'eſt à dire, chaque quatorze iours pu-
blier vne fois au proſne, ou apres la Meſſe, &c.) Le
chef cens eſt le premier qu'on paye en recognoiſſance
à celuy qui a baillé l'heritage à cens; le ſurcens c'eſt le
ſecond cens impoſé à l'heritage cenſuel. Les apparte-
nances d'vn heritage, dépendances, redeuances, charges, hypotheques, les tenans & aboutiſſans (c'eſt à
dire, *limites, ſeu vicinæ hæreditates, onera, &c.*)

22. Il y a droit eſcrit, droit commun, c'eſt à dire, la
Couſtume d'vn pays, droit haineux, c'eſt à dire, contraire au droit eſcrit, mais receu pourtant en cas de retraict & rachapt, droit à la choſe, droit en la choſe.
Pythagoras dit qu'en pas vn il ne faut paſſer la balance
(c'eſt à dire, prendre plus qu'il ne faut.) Nul ne peut
iouïr du *Committimus* (c'eſt à dire, d'eſtre renuoyé à
la Chambre des Requeſtes, qui eſt pour les priuilegiez)
s'il n'eſt couché ſur l'Eſtat, & Officier prenant gages;

les autres *ad honores* tant seulement, ont leurs causes pendantes par deuant les Iuges ordinaires, soit que les causes soient entieres, soit qu'elles soient desia contestées.

23. Le Sergent ou Huissier par le commandement de Messieurs les gens tenans les Requestes du Palais ou, &c. Assigner iour aux parties pour oüyr droit en definitiue. L'assignation & adiournement se fait par attache, ou à la personne. Si l'adiournement est grief (c'est à dire, contient iour, ou intimation) il faut que la partie, ou le Procureur garny de procuration comparoisse, &c. Faire veuë, & ostention à l'œil & au doigt d'vn lieu roturier, où hostel noble assis en tel endroit, monstrer les tenans à tel & tel, & les aboutissans de l'autre, & les confins, & en cas qu'on ne se treuue sur le lieu donner defaut contre l'absent adiourné. On peut aussi demander monstre d'vne maison contestée, & sçauoir où elle est size, & d'autres lieux contentieux, afin qu'on face monstre des tenans, &c.

24. Former complainte, applegement, ou reintegrande contre aucuns exploiteurs, & appeller garends. Deuant contestation de cause on peut sommer son garend, si la chose est suiette à garentie, & requerir delay. Pour ce faire il faut leuer du Greffe vne commission pour sommer ledit garend: & la sommation se fait *in scriptis*, c'est à dire, par exploit libellé d'vn Sergent contenant la demande en denontiation, & formelle requeste.

25. Les parties persistent respectiuement en leurs demandes & conclusions. La Cour parties receuës a mis

& met hors de cause Guillot ; a appointé & appointe
les parties en droit à escrire par aduertissement, & produire ce que bon leur semblera, les productions seront
communiquées pour contre icelles bailler contredits,
& saluations. Faire forclorre partie aduerse de produire, au cas qu'il n'ait produit ; estre debouté de defences à cause d'vne sentence de contumace, & du defaut,
quand on ne compare point à l'assignation. Le remede
est que les contumax obtiennent lettres Royaux pour
estre releuez des defauts & contumace, en refondant
les despens qui auroient esté faits. Auoir bonne cause
d'appel, mettre l'appel au neant ; le Roy en ses lettres
commande de faire bon, & brief droit. Le defendeur
propose & allegue ses defences pour faire porter iugement de cassation des defauts.

26. Requerir droit luy estre fait sur l'entherinement
d'vne lettres Royaux, & estre receu à proposer defences. Demander son renuoy pardeuant son Iuge ordinaire, quand on n'est pas du ressort de la Iurisdiction où
on est conuenu ; comme és causes layes pardeuant vn
Iuge lay, des spirituelles, &c. tendre par ses defences,
à fin de non proceder, & empescher la retention de sa
cause. Alleguer la fin, ou les fins, de non receuoir (c'est
à dire, *causas cur non debeat recepi talis petitio alterius*) & sommer le defendeur originaire, ou defendeur en garentie,
(c'est à dire, *qui pro alio spopondit*) s'il ne compare, il
sera contumacé & contesté contre luy. Si on a droit
de se ioindre en cause auec le principal qui est poursuiuy, on le peut faire, sinon il faut passer condamnation.

Nnn 2.

27. Obtenir lettres signées Guillot, & scellées de cire rouge des armes du Roy, pour faire faire prisée, & estimations des biens, ou lieux : sera ordonné qu'ils comparoistront demain dix heures du matin, leuée de la Cour, pour faire serment en tel cas requis, soit mettant la main sur le pis (c'est à dire, la poitrine s'ils sont Prestres) ou deuant la main. En matieres beneficiales les sentences de recreance , & maintenuë sont executées nonobstant l'appel. Si vn meurt sans hoirs procréez de sa chair , les biens litigieux seront sequestrez.

28. Former des incidens par raisons friuoles, tendantes à fin de non proceder par dilatoires, ou autres manieres.

29. On a retenu certains mots Latins qui sont si fort en vsage qu'ils sont comme François, & s'en faut seruir bon-gré , mal-gré. Comme , il a eu son *Visa* ; il a droit de *Committimus* , & va aux Requestes ; on luy donnera vn *Veniat* , vn *Pareatis*. L'appel interiecté doit estre *Illicò* , ou il est nul, si ce n'est qu'on obtienne des lettres de Relief d'Appel.

30. Il faut que les adiournemens soient libellez, & contiennent la demande de celuy qui les fait faire ; si par hazard l'exploit n'est libellé on peut bailler demandes par escrit ; libelle general ou incertain ne sont nullement receus en Iustice. Demande alternatiue ou libelle alternatif, c'est demande de la chose ou de la valeur. Deuant la contestation en cause on peut changer l'exploit libellé, mais apres, non.

31. Adiournemens valables faits selon les formes de

Iuſtice, à vn Procureur & ayant fait elſection de domi-
cile. Le mineur en fait de crime eſt tenu de reſpondre
par ſa bouche, autrement ſon tuteur pour eſtre adiourné en toutes actions, tant réelles que perſonnelles. Les
Chapitres s'adiournent à ſon de cloché, partie des capi-
tulans aſſemblez, ou bien par attache à la porte de l'E-
gliſe parlant à l'vn des habituez auec inionction de le
faire ſçauoir aux autres.

32. Le Iuge peut eſtre pris à partie quand on maintient par le relief en cas d'appel qu'il y a dol, fraude,
concuſſion, ou erreur euident en fait, & en droit, ou
deſny de Iuſtice. Il faut appeller *illico*, c'eſt à dire, incontinent que l'arreſt eſt donné, autrement l'appel eſt
nul ; il y a pourtant certaines clauſes pour valider les
reliefs d'appel & les autorizer.

33. Il y a des clauſes compulſoires, pour informer des
attentats, & autres cas, clauſe d'eſlargiſſement, d'exploiter ſans aucun *Pareatis* ; il y a amende pour le folap-
pel. Faut faire reſſortir les appellations par deuant leurs
Iuges.

34. Appellation interiectée, attentat par deſſus les
appellations, appellation en matiere de nouuelleté d'ap-
pleignemens, & contrepleignemens ; l'intimé peut faire executer la ſentence par le Iuge *à quo*, quand l'appellation ne ſera releuée dans le temps accouſtumé, on
peut faire adiourner l'appellant en deſertion. Appellations verbales appointées au Conſeil. Le principal grief
de l'appellant eſtant reparé, acquieſcer pour les autres.

35. Les appellations ne ſont miſes au neant, ny mo-
derées, ſinon par les Cours ſouueraines. Toutes les ap-

pellations criminelles refortiffent à la Cour. Appel d'in-
competance allegué, ou recufation, empefche le Iuge
de paffer outre. Appellans iugez non receuables, &
les fins de non receuoir doiuent eftre dites.

36. Lettre de conuerfion d'Appel en oppofition quand
le Sergent fait quelque infolence, & mange le pauure
bon homme qui eft contraint de prendre le bafton
blanc, fes enfans pendus à fon col, fa femme par la
main va de porte en porte chercher fa miferable vie.
Lettres Royaux d'Anticipation pour faire ioindre les
fuyards plaidans qui ne veulent ny plaider, ny payer.

37. Claufe d'abbréuiation, claufe de prouifion pour
eftre payé par deffus l'appel. Appeller vn en defertion
d'appel, parce que ayant appellé il n'a ny releué dans le
temps de l'ordonnance, ny renonce à fon appellation.
On peut neantmoins obtenir lettres pour eftre releué de
la defertion d'appel. Le Iuge *à quo* face mettre à execution la fentence dont l'appel eft demeuré defert. On
peut dans huitaine renoncer à toutes appellations, faifant fignifier l'acte de la renonciation à la partie.

38. Le Parlement de Paris eft la Cour des Pairs qui y
ont feance, & voix deliberatiue, & y ont leurs caufes
commifes en premiere inftance, & mefmes les appellations des Iuges de leur Pairie, & les amendes du fol
appel ne peuuent exceder vn efcu fol vn quart.

39. Le Domaine du Roy eft du tout inalienable par
la loy du Royaume, difpofition de droit Ciuil & Canon, & par le ferment du Sacre ; il y a droit de retour
aux appennages qu'on donne aux puifnez de France
mourans fans mafles. Eftant aliené hors d'appennage la

reception de foy & hommage appartient au Roy auec les profits de fief , & la foy ne se prescrit par quelque laps de temps que ce soit.

40. Le droit de Regale que le Roy a , fait que les fruits, prouision, & collation des benefices dépendent du Roy , tellement qu'vn Euesque ne peut estre Sacré auant que d'estre inuesty par le Roy. La Regale dure iusqu'à la prestation du serment de fidelité. Les Roys ont fait don des droits de Regale à la sainte Chapelle. Pour faire ouuerture de Regale , suffit qu'il n'y ait aucun possesseur naturel, & actuel du benefice pretendu vacant en Regale. Le Regaliste doit plaider saisi , ne peut y auoir sequestre.

41. Autrefois apres la presentation des parties, falloit continuer les erremens de Parlement en Parlement, autrement la cause & instance d'appel demeuroit perie. Maintenant il n'y a aucune peremption d'instance, ny de procez sinon par laps de trois ans ; ny pour l'appellant , ny pour l'intimé.

Il est fait deffence expresse aux Clercs de ne se presenter ou cotter pour leurs maistres Procureurs, à peine d'estre punis de crime de faux.

42. Presentation personnelle quand on comparoit en personne par adiournement personnel , & ce pour obeïr & ester à droit. Ceux qui ne comparoissent aux assignations se laissent mettre en defauts, & contumacer , mesprisent l'authorité du Iuge : il y a pourtant des empeschemens legitimes. Le Greffier des presentations apres le sauf (qui est selon la distance des lieux) escheu il deliure le defaut, congé defaut, ou congé

simple. Congez, ou defauts qui emportent gain de cause. Congé defaut qui n'emporte aucun profit que readiournement. L'anticipé requiert le profit & l'adiudication du defaut obtenu contre l'Anticipant, inthimé & defaillant. Adiourner le defaillant à ester & comparoir à iour competant pour, &c.

43. Appeller quelqu'vn à reprise de procez. Si le defendeur fournit de defences pertinentes, & que par icelles il empesche l'entherinement de la requeste du demandeur, le defaut ne pourra de rien seruir, & faudra prendre appointement en droit à escrire. On baille contredits, & saluations dedans le temps de l'ordonnance, & on prend iour à oüyr droit. Estre debouté de toutes ses deffences comme non receuables. Defauts & contumaces mal obtenuës & cassées.

44. Lettres Royaux pour mettre defauts, sentences, & contumaces au neant, & estre receu à proposer defences, en refondant les despens desdits defauts. Debouter le defendeur defaillant d'exceptions dilatoires, & declinatoires, & ordonner qu'il viendra defendre peremptoirement.

45. Edit peremptoire est ainsi dit, parce qu'il assoupit & esteint la querelle, ne souffrant plus que l'adiourné puisse tergiuerser. Adiournement personnel c'est quand on adiourne, & à faute de comparution, on passe outre & sera fait droit.

46. Il y a deux appellations, à sçauoir verbales, ou procez par escrit quand il y a appointement à produire & à oüyr droit.

Appel comme d'abus se plaide en publique audience en

ce en la Chambre Dorée, mais si d'appel est trouué
friuol par calomnie, & qu'il n'y ait point de malfaçon,
il y a condemnation de double amende. On appelle
comme d'abus quand on contreuient aux ordonnances
du Royaume, ou qu'on peche en la forme d'agir, &
souuent il eschet qu'vn grand Appel est fondé sur vne
chose de neant, tout ainsi que dans vne petite nuee
quelquefois il eschet qu'il se fait vn grand tonnerre.
Cét Appel est verbal, & se doit releuer directement en
la Cour de Parlement dans trois mois.

47. En cinq cas les Procureurs ne sont tenus de con-
clurre comme en procez par escrit. Premierement, si le
procez par escrit se peut vuider en pleine audience. 2.
S'il y a quelque prouision à requerir. 3. S'il y a desertion
d'appel. 4. S'il y a fin de non receuoir. 5. S'il y a guef
euident. Le premier n'est guere en vsage.

48. Requeste pour faire forclorre l'appellant de bailler griefs, moyens de nullitez, & faire production
nouuelle. Vn Chicaneur qui ne vit que de delays tirant
tousiours en arriere, monstre assez que sa cause ne vaut
guere. L'appellant fait souuent production nouuelle;
l'inthimé doit donner ses contredits; si on les laissoit
faire ce ne seroit iamais fait, & les procez seroient im-
mortels. Apres l'appellant baille des saluations contre
les contredits. Quand le procez est sur le bureau on ne
souffre plus de production nouuelle.

49. Il y a trois sortes de preuues. La premiere, Vocalle
par tesmoins. 2. Literale par tiltres & contracts. 3. Par raisons de droit deuëment alleguez & iustifiez par les Aduocats. Mais si on a obmis à articuler quelques faits nou-

ueaux qui giſent en preuue, & qui ſoient pertinens & deciſifs du procez, faut obtenir lettres Royaux, pour eſtre
receu à les articuler & verifier en bonne forme. Apres
par l'entherinement des lettres on contraint de fournir
reſponſe aux faits noueaux. On preſente requeſte de
forcluſion de fournir de reſponces auſdirs faits nouueaux. On fait clorre les faits noueaux pour faire l'enqueſte, & informer. Si les faits noueaux ſont calompieux
ou ne ſeruent à la deciſion du procez, ceux qui les auront articulez, ſeront deboutez & condamnez à l'amende du fol appel.

Quand l'appel n'eſt ſouſtenable, il faut que l'appellant acquieſce à ſon appel, & pour ce faire il faut qu'il
paſſe procuration ſpeciale à ſon Procureur, autrement
l'acquieſcement ſera ſuiet à deſadueu. Il y a vne autre
ſorte d'acquieſcement qui n'eſt ſuiet à deſadueu. Quelquefois il faut conſentir condamnation des deſpens de
la cauſe d'appel. Appointement d'acquieſcement paſſé
par expedient ſur l'appellation verbale. L'arreſt ou le
iugement eſtant prononcé, faut payer les eſpices, &
leuer l'arreſt en forme s'il giſt en execution, ſinon ſuffira
de le leuer par extrait.

Il y a des arreſts & iugemens interlocutoires, quand
il y a negatiue de quelques faits pertinens & deciſifs du
procez, où il faut au prealable faire enqueſtes, oüir teſ-
moins, les recoler ſur les lieux, &c. Appointement de
reception d'enqueſte ou de figure, & audition de teſ-
moins, les parties payent par moitié les eſpices des arreſts interlocutoires.

Adiourner quelqu'vn pour faire la repriſe de pro-

cez indecis, mais il faut bailler copie des derniers erremens & appointemens prins en la cause dont est question.
Adiourner pour voir declarer vn arrest executoire: si l'inthimé ne compare, le defaut emporte profit.

53. Les peremptions d'instances se font ainsi, le procez
& instance se perit par trois ans, à conter du iour de
la derniere procedure. Les peremptions n'ont point de
lieu, quand il ne tient pas aux parties que le procez ne
soit iugé: il est vray que si le procez est pendant par deuant
les Iuges inferieurs, s'ils ne font prompte iustice apres
requisition faite, on en peut appeller comme de deny
de iustice. Presenter requeste pour faire declarer vne instance perie apres les trois ans: si les instances sont pertinentes, faudra dresser appointement en droit, à escrire
par aduertissement, à fin de despens.

54. On peut constituer vn nouueau Procureur, quand
le premier est mort; on peut reuoquer l'ancien Procureur, à cause de sa negligence, ou mal-versation, & en
constituer vn nouueau, ou à cause de mille chiquaneries,
& tours de souplesse, qui sont bien souuent la plus fine
pratique qui coure auiourd'huy, tant se multiplient ces
Messieurs, qui se mangent l'vn l'autre, comme les brochets quand ils ont auallé les autres poissons, ils s'entre-
mangent l'vn l'autre.

55. Demander main-leuée pour auoir iouïssance,
possession, & saisine d'vn benefice, apres que la partie
est morte; adiourner les Commissaires establis au sequestre pour venir rendre compte & reliqua de leur commission. S'ils refusent, faut les faire condamner par
saisie de leurs biens, & emprisonnement de leurs person-

nes. Contraindre l'oyant de compte de fournir de debats dans huictaine, *alias* forclos. Si on fournit contredirs, faut faire commandement aux rendans compte de fournir de responces. En fin il faut faire clorre les faits, & faire faire leur enqueste.

56. La cause no peut estre dite contestée s'il n'y a appointement en droit à escrire & produire. Adiuger au demandeur ses fins & conclusions faites, si les pieces produites sont iustificatiues du fait. Obtenir lettres de subrogation au lieu & droit d'vn deffunct. Le subrogé en matiere beneficiale est tenu aux charges, arrerages, & despends du temps de son predecesseur, comme il a esté iugé par arrest.

57. Passer transaction, & s'accorder d'vn procez meu, ou à mouuoir; cela est valable, mais pour la stabilité, & asseurance perpetuelle faut faire emologuer cette transaction à la Cour, luy presentant requeste pour l'authoriser. La Cour defend d'obtenir lettres Royaux de rescision des transactions, & est enioint aux Iuges de n'y auoir nul egard, & debouter les impetrans, pourueu que de tout soit fait sans dol & fraude, ou force. Apres l'arrest prononcé, il n'y a plus de transaction, & s'il s'en fait c'est vne pure surprinse.

58. Arrest d'Iterato, quand friuolement & sans grief vn se porte pour appellant, afin qu'il soit passé outre nonobstant ledit appel, ne autres oppositions. Quand il y a defences fournies, il y en a qui fournissent de repliques, & dupliques, & prennent appointement à produire Arrest pour la taxe des despends. Par la Coustume de Normandie le demandeur est tenu bailler cau-

tion des despends, au cas qu'il succombe.

59 Donner commission pour taxer & liquider dommages & interests. Requeste pour auoir commissaire à la Barre pour ouïr & regler les parties sur la liquidation des dommages.

60. Faire criées, ventes, subhastations & adiudications par decret. Faut mettre les tenans & aboutissans d'vn heritage saisi. Faut mettre les pannonceaux & bastons royaux, & mettre vne affiche és lieux saisis. Adiourner celuy sur qui on crie, qui est le proprietaire, & le dernier encherisseur pour vuider ses mains des deniers de l'enchere. Opposition afin de distraire empesche l'adiudication par decret, qui ne se peut faire que l'opposition ne soit vuidée. Il y a aussi vne opposition à fin de payement, mais on se peut subroger à vnautre sans nouuelles criées, car criées sur criées ne valent rien, de peur qu'on ne mange les heritages en frais.

61. On est tousiours receu à encherir, iusques à ce que le decret soit scellé, & faut que le dernier encherisseur paye, & mette és mains du Greffier le prix de son enchere, ou qu'il apporte quittance des creanciers, autrement le drecret ne luy sera deliuré. Apres vn decret adiugé par la Cour, aucun n'est receu par lesion, ou vileté de prix à vouloir impugner l'adiudication par decret. Debattre les criées d'vn heritage de nullité. A chose vendue à l'enquant & subhastée, on n'est pas receu à mettre enchere, sinon en la presence des parties.

62. Toute requeste doit estre Ciuile, mais on appelle requeste Ciuile, quand on veut faire casser vn arrest de la Cour, non pas qu'il soit iniuste, mais parce qu'il a

esté donné par dol & surprise de la partie aduerse, fausse allegation fortune aduenuë, substraction d'vne piece decisiue, faux tesmoins ou tiltres.

63. L'autre moyen de faire casser les arrests, c'est par proposition d'erreur de fait, non pas de droit, car cestuy-cy n'est pas receuable. La proposition d'erreur n'a point de lieu en matiere possessoire, ny contre les arrests interlocutoires. Faut vne requeste pour estre receu à proposer erreur, puis lettres patentes aux Maistres des Requestes par lesquelles le Roy leur commande de voir les erreurs pour en donner aduis, s'ils donnent aduis que les erreurs sont receuables, & qu'il y a eu erreur euident au iugement du procez, on en fait rapport au Conseil Priué du Roy, & y aura arrest pour cela, & commission, les erreurs clos & séellez du contre séel de la Chancellerie seront presentez à la Cour. Faudra les erreurs estant ouuerts en donner copie au defendeur pour fournir défences, apres le Procureur donnera répliques, & le defendeur dupliques, & prendront les parties appointement à oüir droit.

64. S'il y a nullité, ou contrarieté d'arrests faudra presenter requeste à la Cour pour sçauoir quel des deux il faudra executer. Ceux qui mal à propos font la proposition d'erreur s'ils succombent ils sont condamnez à de bien grosses amendes comme de raison.

65. Tous crimes sont personnels, c'est à dire, que celuy qui fait le mal, en porte la peine, & par la disposition de droit n'y a nulle garantie. Si est ce qu'on diuise le crime en personnel, & réel ; le personnel concerne la personne outragée ; le réel c'est larrecin de

bleds, &c. Or toutes appellations en matiere criminel-
le ressortissent droit aux Cours Souueraines. Les appellations interiectées ne se releuent, ains faut incontinent
aprés l'appel deliurer le prisonnier au rabais pour le mener en la Conciergerie du Palais, auec son procez pour
estre iugé à la Cour. Mais il faut que celuy qui est adiourné personnellement se mette en estat, c'est à dire,
en prison, afin qu'on puisse vuider le procez.

66. La Cour cognoit en premiere instance des crimes
de leze-Maiesté diuine & humaine, & certains autres
crimes; des autres ce n'est qu'incidemment, quand il y
a des attentats faits au preiudice d'vn appel, main-mise de sequestre, Commissaires empeschez. De façon que
mesme quand vne instance est instruite & en estat de
iuger par recolement & confrontation de tesmoins,
conclusions prinses d'vne part & d'autre, la Cour n'en
retient pas la cognoissance, mais renuoye cela au Iuge
des lieux.

67. S'inscrire en faux contre quelque piece & soustenir qu'elle est fausse; faudra faire apporter au Greffe la
minute de l'acte maintenu faux, & la ioindre ausdits
moyens de faux. Ce crime de faux est capital, & en
danger de la vie, de l'honneur, & des biens. Mais aussi
ceux qui ont à tort formé l'inscription en faux, sont
condamnez à faire amende honorable, ou en autre peine, auec tous despens, dommages & interests enuers
ceux qui sont absous.

68. Si le procez pendant à la Cour la partie fait re-
bellions, efforts, iniurie, & outrage l'autre au mespris &
contemnement de la Cour, faut faire ordonner com-

miſſion pour informer, requerir l'adionction de Mon-
ſieur le Procureur General du Roy, ſe mettre en la ſauuegarde du Roy & de la Cour, auec deffences à la partie de n'attenter contre luy à peine d'eſtre puny comme
de ſauuegarde enfrainte.

69. Il y trois ſortes de decrets. Premierement. Si la
preuue n'eſt ſuffiſante, l'on ordonne que l'accuſé viendra
au premier iour, pour reſpondre ſur les excez qu'on pretend qu'il a faits. 2. S'il y a preuue ſuffiſante on decrette
adiournement perſonel. 3. Si les excez ſont grands, on
decrette prinſe de corps, & à faute de le pouuoir prendre au corps, l'adiourner à trois briefs iours à ſon de
trompe & cry public, en cas de ban, auec ſaiſie, & an-
notations de biens. Or il faut prendre garde, s'il y a ſur
l'arreſt & decret vn *Retentum*, afin de faire mettre en priſon celuy qu'il faut.

70. Exoiner & excuſer, c'eſt quand vn inthimé eſt
malade, & ne peut comparoiſtre ny aller à pied ny à
cheual, il enuoye homme exprés faire l'exoine, & excu-
ſe de ſon impuiſſance, les exoines ſe reçoiuent touſiours
à la Cour. Quand à ſon de trompe, ou cry public, on adiourne quelqu'vn à eſter & comparoir en perſonne, à
trois briefs iours, il faut qu'entre chaſque iour, il y ait
interualle de huit ou dix iours, que s'il ne comparoit, il
eſt banny, atteint & connaincu des cas à luy impoſez, &
l'Huiſſier met à la main du Roy tous & chacuns ſes
biens; apres ſi on le peut apprehender au corps on l'exe-
cute, ou bien en effigie & dans vn tableau, s'il ſe veut
iuſtifier, la premiere choſe il faut qu'il ſe mette en
eſtat, & dans la Conciergerie.

71. Si

71. Si l'accusé nie, on procede contre luy par recolement, & confrontation de tesmoins : au prealable on luy demande s'il a quelques reproches contre le tesmoin. S'il y a indice suffisant que l'accusé soit coulpable, on ordonne qu'il aura la question ; on reitere souuent les tortures, les interrogatoires, mais ceste reiteration de question ne se fait sans noueaux indices. Si le crime n'est grand, on consent l'eslargissement du prisonnier, en baillant caution, ou à leurs cautions iuratoires, ou bien à la garde d'vn Huissier & Sergent.

72. Si le Clerc ioüit de la clericature, il est renuoyé à l'ordinaire, ou bien en certain cas priuilegié, on commet quelqu'vn pour assister à l'Official pour luy parfaire son procez. Le Roy se reserue tousiours le coup de la grace ; les termes sont : auons quitté, remis, & pardonné, & de grace speciale, pleine puissance, & auctorité Royalle quittons, &c.

73. Remission se donne au cas qui requiert punition de mort : Pardon, au cas qui requiert punition corporelle, autre que mort ; il faut auoir lettres du Prince, & celuy qui les a obtenuës, les doit presenter luy-mesme à celuy à qui elles sont addressées, & se mettre en estat ; bien souuent on a pendu des gens auec leurs graces arachées à leur col.

74. Il y a plusieurs arrests d'abreuiation de procez, plus on en fait de defences, & plus s'allongent-ils, car tous les iours on inuente mille sortes de subtilitez, & de fuites, pour toutes defences ils disent qu'il faut que chacun viue de son mestier, & que c'est bien la raison.

AV LECTEVR DES
ENRICHISSEMENS.

Vray dire, Lecteur mon amy, les amis sont bien souuent importuns, & les plus grands amis, sont quelquefois les plus grands traistres de nostre reputation. Eußiez-vous creu en bonne foy qu'ils me voulußent forcer de vous donner vn petit Essay des Enrichissemens d'Eloquence Françoise, pour faire le bec aux ieunes Orateurs, & leur apprendre le moyen d'esmailler leur discours, & le rendre fleurißant? ils m'alleguent que l'artifice de tous les artifices c'est celuy de bien dire, ce que ie leur aduoüe tout rondement. Mais aussi ie leur allegue mon incapacité, & qu'il y a d'ailleurs mille Rhetoriques pleines de ces belles lumieres, d'où ils peuuent tirer ces beautez. Or les gens qui sont opiniastres, & ausquels l'amour a desrobé partie du iugement, ne sont iamais contens si vous ne leur accordez toutes leurs requestes, qu'ils estiment estre tousiours ciuiles ayant esté dictées par l'amour. Que ferions-nous la puisque vous ne faites rien qui vaille, si vous ne faites ce qu'ils commandent en demandant? De vray, c'est vn grand thresor que sçauoir bien enrichir vn discours, & le releuer par des façons de dire hautes, hardies, viues, courageuses, & toutes pleines d'esprit, & d'vn certain enthousiasme. Vne chose dite par vne personne froide, sera platte, basse, & morne tout ce qui se peut, & toute propre à endormir ses auditeurs; la mesme, animée par vn esprit vif & iudicieux, & qui ait la

verue de Ciceron, les foudres de Demosthene, & l'esmail d'Iso-
crate, semblera vn miracle. Tant il est vray que la façon
donne plus d'esclat que l'estoffe. Mais ie vous diray auec rondeur que ie ne me sens pas assez fort, pour vous façonner ceste
piece d'Eloquence qui à vray dire est le cœur & l'ame de l'Eloquence : aussi n'est-ce qu'vn essay pour les apprentifs, & non pas
vn present pour les habiles hommes comme vous, & pour les
beaux diseurs. Tous ces Essays n'estant qu'en leur bouton, meu-
riront peu à peu, & s'espanouissant croistront à vne parfaite
beauté. Cependant donnez cela à mes amis, aussi bien que moy,
& laissez viure cét auorton le mieux qu'il pourra. S'il vous
peut seruir, ie vous l'offre de bon cœur ; si vous n'en auez affaire, ie ne l'ay pas fait pour vous, n'y n'ay pas iuré de ne rien
faire que pour vous seul, afin que vous ne vous y amusiez pas.
Tant y a tel qu'il est ie le consacre au public, & le donne à ceux
qui s'en voudront seruir, à qui ie souhaitte toute sorte de bon-
heur, & Paradis au bout. Voila Lecteur ces deux mots que
i'auois à vous dire.

ESSAY
DES ENRICHISSEMENS
DE L'ELOQVENCE
CHAPITRE LII.

Profopopée.

1. L Es Enrichiſſemens , & les dorures de nos
diſcours ce ſont les figures les plus releuées,
& les plus eſclatrantes. La premiere, & l'vne
des plus nobles, c'eſt la Proſopopée; Pour la
faire il faut feindre des perſonnes , & faut faire parler
ce qui ne peut parler. Que fay-ie helas ! ne vaut-il pas
mieux ouyr les ſoupirs de la pauure France, & la douce
voix maternelle de noſtre patrie, qui diroit ſans doute,
ſi elle vouloit dire. Ah mes enfans , & mes cheres entrailles , las & que faites vous ! quels ſont vos conſeils,
& contre qui armez-vous vos courages ? quoy voulez-
vous foüiller au cœur de voſtre pauure mere, & la ſoüil-
ler du ſang de ſes propres enfans. Barbare, ah la barbare cruauté ! &c.

2. Donner la parole aux morts. Ouurez moy ces tombeaux, briſez moy ces lames de cuiure, qu'on reſuſcite

le mauuais riche, qu'il monte en chaire, qu'il presche tout paré de flammes comme il est, que peut-il dire autre chose sinon ces tristes complaintes. Malheureux que ie suis, falloit-il pour vn peu d'escarlatte, &c.

3. O que i'aime Platon qui donne voix & harmonie au Ciel, & Dauid qui dit que toutes les creatures ont vn langage muet que Dieu seul entend : ouurez nous Seigneur l'oreille & l'ame, çà que le monde parle, & que peut-il dire sinon vser de reproche, possible en ces termes. Homme ingrat penses-tu que la terre te porte pour tes beaux yeux, que l'air prenne plaisir de s'empester en tes poulmons, &c.

4. Le Sauueur dit vn iour que si les hommes ne le loüoient les pierres prendroient la parole. Si iamais il fut temps, c'est maintenant, Rochers qu'attendez-vous, cailloux & marbres que ne vous emparlez-vous, & que ne dites vous. Ciel & terre que n'escrasez-vous ces hommes ingrats, faudra-il que les pierres vous importunent, & vous presentent requestes afin de chastier, &c. quoy & qui peut plus supporter ces infames, ces, &c.

5. On peut faire parler les diables, ou les damnez, comme vn Pere se plaignant de l'ingratitude de son fils. Cruel, ah barbare & desloyal fils (escoutez ce damné qui presche) est-ce la recompense de mes trauaux miserable : quoy ? qu'il me soit reproché à iamais que ie me sois damné pour vn fils ingrat ? qui ne dourroit pas pour moy, ce qu'il donne à ses chiens, &c. Item faire parler Dieu, l'Ange Gardien, les Saincts, & sur tout grande force a de faire parler les Payens, vn So-

crates, Seneque, &c. damnez qui accusent les Chrestiens.
Faire parler la vertu, le vice : les Martyrs : les ieunes
Vierges, &c.

Proposer le fait deuant les yeux par vne hypotipose.

1. NE vous semble-il pas de voir, au moins à voir
vos visages blesmes & effrayez, il semble que
vous soyez enueloppez dans ce naufrage. La mer bon-
dissoit effroyablement, les montagnes escumantes de rage se choquoient & froissoient, tout l'air estoit allumé,
& fendu d'esclairs, &c.

2. Il faut que ie vous face voir ce monstre d'homme.
La teste pleine de vin, les yeux roüans en teste, & rouges de sang, la bouche baueuse, la parole chancellante,
tout le corps tremblant, vne personne armée de fureur,
la poitrine allumée de rage, &c. Ainsi d'vn cholere,
enuieux, & autres vices.

3. Au contraire, faut representer le bien comme la
Virginité, vn martyre S. Agnes. Ie ne sçay si ie me trompe, ou si mon esprit me porte à contempler ce miracle. Vne ieune Angelette, rayonnante de virginité plus
que de feu, au milieu des flammes comme dans vn
nouueau Empirée, les yeux colez au Ciel, la face doucement riante, la bouche pleine de saints soupirs, &c.

4. Representer vne bataille, vn banquet, vn Paradis,
vn Temple ; vn Printemps, vn homme qui meurt.
Voyez ce pauure cadaure, ces yeux ensepuelis deuant
que d'estre morts, le visage de cire, les ioües cousuës
sur la peau, les temples creuses, l'haleine puante, l'ame

fur le bord des léures, ces regards efgarez, &c.

5. Reprefenter quelque chofe auec douceur & compaffion, vne perfonne repentie, la larme à l'œil, plom-
bant fa poitrine, & la martyrifant de coups, &c. helas
& quoy n'y a-il point de pitié ? les forefts , & les rochers font touchez de quelque compaffion à vn fi cru
fpectacle , &c. Au contraire pour exciter à defdain.
Voyez là ce volleur hardy, iettant feu-flamme par les
yeux ,efcumant de rage, &c.

Suspenfion des efprits.

1. **L**AS ! i'ay honte de le dire , quoy & qu'attendez
vous là deffus que vous puiffe dire vne perfonne
pour bien emparlée qu'elle puiffe eftre ? que ç'a efté vn
fimple vol, ou vn larrecin ? poffible vn meurtre fait à la
chaude ? les plus rudes diront volontiers que parmy les
boüillons de la rage , & à la grande enflure & inflammation de fa cholere quelque affaffinat , quelque parricide , quelque eftrange facrilege ? Ah, N. vous direz
tout ce qui fe peut dire, & ne le direz pas pourtant. Le
fait furpaffe toutes nos paroles, que direz-vous fi ie dis
qu'on a donné iufques dans le Ciel, qu'on a attaqué
Dieu mefme ? i'ay horreur, & le cœur me tremble feulement en le voulant repaffer par ma bouche, &c.

2. Au rebours , d'vne grand chofe en faire vn rien.
Saints & Saintes de Paradis que la calomnie a grand
bouche , & le front extrémement petit !apres tant d'artifice de paroles, & ces gros mots dont il a voulu eftonner vos patiences, finallement qu'eft-ce , vne montagne

qui eſt en couche, & apres ſi grand enſlure, elle enfantera vn meſchant rat. Car que croyez-vous que ç'eſt? vn, &c. iamais il n'y penſa : vne rebellion? las il mourroit pluſtoſt cent mille fois : que ſera donc, &c. vn petit mot laſché, &c.

3. En doutant, & balançant ſon eſprit. Pour moy, Meſſieurs, ie ne ſçay où tourner mon pauure eſprit, car que diray-ie que; &c. Oſerois-ie nier que, &c. mais comme s'accorde cecy auec ceſt autre paſſage de, &c. ains comme s'accorde-il auec ſoy-meſme? &c. faudra-il eſtre deuin, & reſuſciter les Sybilles ou les Prophetes pour nous ouurir l'eſprit, &c.

4. En demandant aduis à l'auditeur, ou à ennemy. Or çà ie vous en faits iuge vous-meſme, tant me confié-ie en la iuſtice de ma cauſe : qu'euſſiez-vous fait là deſſus? oyant tels crimes, & de ſi prodigieux excez, quel arreſt, quel ſupplice, &c. qu'euſſiez-vous dit? qu'il falloit faire miſericorde; il ne la veut pas demander; qu'il s'amendera; il dit haut & clair qu'il fera encor pis, que, &c.

Les Interrogations pleines d'energie.

1. LAs! & à qui parlé-ie, & ſur qui eſt-ce que ie deſcharge mes ſoupirs? Ciel & terre & où en ſommes nous? quoy Ciel que vous ne laiſſiez pas de rouler ſur ces teſtes excommuniées? vous terre vous ne vous ouurez pas, &c.

2. Addreſſer aux treſpaſſez, ou damnez ſa parole. Ouurez moy ces tombeaux que i'arraiſonne ces cendres, & ſes os deſcharnez, Où ſont maintenant ces delices? où ces rob-

ces robbes brochées d'or, greslées de pierreries, hermi-
nées de martres, esclattantes de richesses? où ces espe-
rances, ces desseins, &c. Où sont ces seruiteurs, ces pi-
peurs qui promettoient les eternitez? ou, &c.

3. Pour esmouuoir à pitié. Las, helas Seigneur, &
contre qui roidissez vous vos bras tout-puissans? allu-
mez-vous vos foudres pour si peu de chose? quoy voudriez-vous bien armer tout le Ciel, & couurir de fer &
de feu toute la nature pour combattre vne si chetiue
creaturette, & l'abbattre à vos pieds! Hé que i'y porte
ma teste moy-mesme. Voudriez-vous bien refuser la
misericorde, &c.

4. Par despit, & en menaçant. Iusques à quand miserable, iusques à quand abuserez-vous de la patience de
Dieu, & mesuserez vous de sa toute bonté? Iusques à
quand irriterez-vous le Ciel contre l'outrecuidance de
vos sottes, & folles entreprises? ne croyez-vous pas
que Dieu lit en vostre cœur? qu'il a esuenté vos secret-
tes vilenies, & perçé iusques au fond de, &c.

5. En desesperé. Viure? & à quoy faire viure si ie
meurs cent fois l'heure? mourir? & pourquoy non, si
la vie est plus barbare, meurtriere que la mort? viure?
ouy dea pour gens faillis de cœur, & qui nagent dans
les delices, mais moy qui suis tousiours en agonie viure
pour mourir tousiours? Mourir, ah la seule pensée me
console, & quoy ie ne me ietterois entre les bras de la
mort, pour sortir du sein felon de la vie, qui me mar-
tyrise, & bourelle sans cesse?

6. Pour fléchir & mouuoir à pitié les Saints, les hommes, &c. Quoy nous refuserez vous cela? & qui treu-

uerez-vous qui vous honore? & qui fera celuy qui vous
dreffe des Autels & Eglifes fi vous nous abandonnez? &
à qui perfuaderez-vous que vous eftes fi equitables ; fi
la pauure iuftice abbatuë à vos pieds , la pauure innocence toute efplorée , ne treuue du fecours? &c.

7. Defdaignant quelque mal. Ah malheur, & à quoy
eft-ce , & à quel precipice ne pouffez-vous ceux qui
vous aiment, maudite auarice? en quel enfer gefnez-vous
leurs pauures cœurs efclaues? eft-ce ainfi que vous les
enchantez , & que fi puiffamment vous les tyrannifez?
&c.

Apoftrophes bien enchaffées font tout-puiffantes.

1. AVx chofes infenfées. Si les hommes fe rendent
fourds à mes paroles , & muets à leur deuoir.
Vous , vous facrez tombeaux , vous cendres & precieu-
fes reliques de nos anceftres efcoutez ma complainte:
ie vous appelle à tefmoin, i'implore voftre compaffion:
tombeaux dites moy, &c. ftatuës & colyfées qui foulez les depofts de ces grands hommes que font maintenant ces corps , ces chairs fi delicates, &c.

2. Aux outils & inftrumens des bourreaux qui marty-
rifoient. Quoy oferiez-vous bien cruelles efpées, roües
d'enfer , flammes maudites oferiez-vous bien entamer
ces corps innocens, ces chairs virginales ; efpandre ce
fang precieux confacré à Dieu , & voüé à fa gloire.
Que cherchez-vous en ces veines ? contre qui exercez-
vous voftre cruauté? penfez-vous efteindre l'amour qui
ard dans leurs entrailles par vos flammes, & par les

boüillons de vos huyles faire esboüillir la saincte charité de leurs cœurs ? &c.

3. O Loix sacrées ! ô Liures diuins ! ô saincts Conciles ! ô diuins Oracles ie m'addresse à vous ! où estes-vous maintenant ? & à quoy seruez-vous de risée au monde ? de blanc & de bute à la calomnie ? de iuges qui donnez l'arrest de nostre condamnation sans dire mot ? &c.

4. Aux absents. Hé Dieu & que n'estes-vous en vie, & en ma place diuin Apostre, où estes-vous maintenant S. Estienne qui fendiez les cœurs en preschant, où sont ces cœurs qui se fendent, où ces yeux qui se fondent en larmes, où ces langues foudroyantes ? que disiez-vous si puissamment, & de quel accent tonniez-vous en la chaire ! &c.

5. Aux SS. de Paradis, aux damnez, aux mortnez & sans Baptesme, à ceux du Purgatoire. Aux forests & Hermitages. Saintes Cauernes dites-nous la vie de vos Antoines, Hilarions, Macaires, &c. diuin silence des forests apprend nous les soupirs de Iean Baptiste, ses feruentes prieres, ses larmes : A quoy passoit-il le temps ce petit Ange habillé en Hermite ; quelles ecstases, quelles Apocalypses, &c.

6. Les damnez aux SS. Viuez, viuez heureux, âmes fortunées, soyez heureuses, soyez à iamais florissantes. Adieu chers patriotes, Adieu nos bons parens & amis, Adieu pour iamais. Las & n'aurez-vous point là haut de pitié de vostre sang ? des os de vos os ? de la chair de vostre chair ? de la moitié de vos entrailles qu'on va plonger pour iamais en enfer ? &c.

Etopæie, qui pare le corps, & l'ame de ses parures,
& façons de faire.

1. IL faut narrer l'estat de l'affaire, ou l'humeur, & le naturel de la personne, & comme auec vn pinceau le naïfuer, & tracer pour gaigner & mouuoir l'Auditeur. Le voulez-vous voir Messieurs ? ce petit enfant estoit affublé d'vne rude haire, & d'vne peau de Chameau, ceint d'vne ceinture qui meurtrissoit sa chair, plus nud que vestu, tout fin seulet, les yeux colez au Ciel, le visage descharné, & sentant tout le Ciel, sa bouche sucrine & innocente, &c.

2. Voile-là ce Caïn auec vn visage farouche, fronçant le sourcil, roüant felonnement ces yeux de bourreau qui ne regardent que pour massacrer, le visage blesme, morne, & tout sauuage, la parole chancellante & peu asseurée comme sortant d'vn cœur parricide & bouleuersé de mille frayeurs ; les cheueux & la barbe horriblement retroussée, & comme vn songe-creux file sa moustache, cache son coutelas meurtrier sous sa Cappe, & refrongnant ce front de suif & le trenchant de rides estonne ce pauure innocent Abel, &c.

3. Vn yurongne. Auez-vous iamais veu vn homme plein de vin, & qui ne l'a encor cuué, mais qui est au boüillon, & à ses grandes fumées. Sa teste pese tant que ses iambes luy chancellent sous le faix, le visage enluminé & tout en feu, la bouche baueuse & bauarde, les yeux esgarez & ternis, la parole folle & insensée, qui croit que tout tourne, que les murailles s'assemblent pour l'escraser, &c.

4. Vn martyre. Ah que ie meurs & que le cœur me
creue, quand mon esprit me ramentoit la contenance
Angelique de S. Agnes? elle cette diuine pucelle estoit
parée de blanc, & des couleurs de son espoux, ses cheueux d'or serrez sous vn voile de crespe, sa face Ar-
changelique riante, ses yeux liez & attachez à vn Cru-
cifix qu'elle tenoit, sa sainte bouche pleine de beaux
mots, & de prieres ardentes, son col de neige chargé
d'vn gros carquan de fer, ses petits bras dans des menottes qui luy estoient trop larges, &c. Le Tyran d'ailleurs auec vn visage barbare, vn port hautain & altier,
&c.

Feinte de silence.

1. CEcy est vn Soleil enchassé au Firmament, mais
il le faut faire auec grand iugement. Premierement, disant ce qu'on fait semblant de ne dire. Moy?
que ie die ces vilenies, souïllant ma bouche, & l'honneur de vos oreilles? que ie ramentoiue ces meurtres de
sa mere & sa sœur, ces sacrileges & voleries des Autels?
ces incestes, &c. ah ne m'y contraignez pas, il n'est en
ma puissance, de commander à ma langue de tenir ces
propos, &c.

2. Ayant dit tout ce qu'on sçait. Que fay-ie, & où
suis-ie? cela? que ie parle de cela? non non, vaut mieux
couler sous silence, & ensepuelir dans le tombeau d'vne
eternelle oubliance, choses qui enueniment l'air, & empeste nos esprits par vne contagion, &c.

3. Et quand aurions-nous acheué, si nous donnions
carriere à nos esprits dans la lice de ces vertus? qui peut

parler de la charité de ce Seraphin homme S. Paul?
qui de ses torrens de larmes, &c. Escoulons sous silence ses miracles, &c. Passons par dessus ses sermons en-
flambez d'amour de Dieu, &c. Disons seulement, &c.

4. Vaut mieux se ietter à couuert sous l'aisle du silence, que se ietter à l'essor, & entamer ces matieres. C'est
vn labyrinthe où tout esprit s'esgareroit; c'est vn Ocean
où tout Pilote rencontre des brisans, & fait debris aux
huits. Laissons, laissons hardiment ce que nous ne sçau-
rions exprimer: & comme seroit-il iamais possible, de
dire l'amour que Dieu, &c. le soin qu'il a de nous, &c.
les douceurs ou les abysmes de, &c. Non, ie ne le veux
pas dire, dispensez moy, s'il vous plaist.

5. Mon Dieu, & que n'ay-ie le temps, & la langue à
mon commandement, ah que dirois-ie, ou plustost que
ne dirois-ie pas! ie vous conteroy par le menu sa valeur,
sa, &c. (& ayant tout dit) mais puis que le temps ne
me le permet, ie me veux renger à la raison, & m'accommoder au temps qui me presse de plier les voiles,
& me ietter au haure, & à l'ancre.

6. Malheureux temps, ah la lie & la bouë de tous les
temps, quels monstres nous auez-vous enfanté! le cœur
me fend, & la douleur me le serre si tres-fort que ie
n'en sçaurois arracher vn soupir. Acheuons donc, & ne
disons plus mot de ces, &c. plongeons tout cecy en
l'abysme du silence, enterrons-le sous la lame eternelle
de l'oubly. Craignons que le Soleil ne s'éclipse, & ne
retire ses rayons nous condamnant à vne nuit eternelle
s'il nous oit parler de, &c.

Indulgence, & choix qu'on donne à l'Auditeur.

1. Efufcitez , refufcitez de l'enfer fi vous pouuez, deterrez du tombeau Caluin , & remettez-le en effence, ie fuis tant affeuré de la bonté de la caufe, que ie fuis content de le faire iuge du procez où il eft par-tie. Pourrez-vous bien fupporter les furies & les rages qui le contraindront à fe condamner, puis que vous ne fçauriez fupporter ce qu'il a efcrit en fa vie. Oyez-le luy mefme, &c.

2. Vous direz poffible , Ie vous accorde que N. fut vn voleur, fut vn impie ; fut le fcelerat du monde le plus cruel ; adioutez qu'il fut Athée, vray Epicurien, &c. fi eft-ce pourtant que vous n'oferiez nier qu'il nait efté fçauant. Vray Dieu quelle deffence! eft-ce là tout? pour auoir fçeu vn peu de Grec efcorché , trois petits mots de Latin frizé , &c.

3. Pofez le cas que ie vous paffe condamnation, que ie vous aduouë que l'Eglife Romaine eft pleine de mille abus; çà monftrez-nous ce que font vos Miniftres. Oftez le rideau, faites-nous fçauoir pourquoy ils ont ietté le froc aux vrties, comme en leurs monafteres ayant com-mis ou voulu commettre mille ordures, dont les Regi-ftres font chargez, en vn iour de nopces inceftueufes ils fe font faits fains, chaftes, modeftes, &c.

4. Si ainfi eft, çà donc portez moy l'encenfoir que i'en donne à Caluin, allumez les chandelles que i'honore ce Dieu Luther , fonnez les cloches , ioüez des Orgues, qu'on haut-loüe le grand Melanchton , Bucer , pour

auoir sçeu ruiner l'Allemagne , dissipé l'Eglise , &c. &
nous pleurons à chaudes larmes d'auoir esté opiniastres
à maintenir les Conciles , à conseruer la vraye Eglise, à
honorer Dieu à, &c.

5. Ie ne treuueray iamais mauuais , & sçauray gré à
qui m'aidera à estre homme de bien ; que les humbles
reprennent nos outrecuidances , les vierges , les incestes de
l'Eglise Romaine , les Hermites, les voleries , simonies,
&c. mais vous las , & encor vn coup , mais vous nous
reprenez , vous nous reformez, des Apostats se moquent
des Religieux ? des gourmands de ceux qui ieusnent ? des
Athées de, &c. Allez maintenant & dites que, &c.

6. Voyez comme i'apprehende peu vos artifices, voyez
comme nostre cause est bien asseurée, ie le veux dire
de toutes mes forces, & voudrez que ma voix peust
retentir iusqu'aux quatre coins de l'Europe, Ie fay Luther, ie fay Caluin iuge de nostre cause. Oyez-le, &c.

MOn Dieu qu'il fait bon ouïr ceste bouche de
diamant, qui découle d'vne eloquence dorée, il
triomphe icy, & se surmonte soy-mesme, & ayant esté
partout bouche d'or, icy il est bouche du Paradis, &c.

2. Que nous sommes heureux de pouuoir entendre vn
Seraphin en terre, car quand S. Paul parle, faites vostre
conte que ce soit vn des esprits des plus hautes hierar-
chies.

3. Voicy ce fol de Diogenes tout reuenu, qui planté
au mitan de la place, estant estranglé de la presse &
de la

de la foule, crie à pleine teste, vn homme, vn homme:
ainsi cestuy accablé de mille textes expres, crie mon-
strez-moy en l'escriture. Tien voicy S. Augustin qui te
le monstre, escoute cest Oracle du Ciel, &c.

4. Ne vous semble-il pas oüir vn de ces grands hommes du siecle d'or quand S. Hierosme parle? quels coups
de tonnerre deschargez sur l'heresie, quel foudre d'Eloquence, autant de mots, autant de quarreaux qui froissent les cornes de l'hydre de l'heresie.

5. Enuie me prend d'imposer silence à ma langue,
& vous faire icy tonner ce tonnerre de Bethlehem.
Vitia n. escoutez s'il vous plaist, c'est S. Hierosme qui
parle, soyez luy fauorables, &c.

Ironie, pour eluder viuement ce qu'on oppose.

1. AH le mauuais coup! ah le perilleux passage! las
& comme en eschapperons-nous? O le cruel &
enorme abus! ô les inouyes abominations? faire vœu de
virginité, ieusner le Quaresme comme les Saints, confesser ses pechez, honorer Dieu & les Saints, cela? que
cela soit Eglise: ah les abus, ah les idolatres? las & où
tourneray-ie mon esprit, & ma langue pour treuuer
raison de me defendre. I'auois pensé de dire, &c. comme le tenant bien asseuré; maintenant on me dit, que
c'est crime de croire en l'Eglise qui est de toute antiquité; de garder les Commandemens: ah Messieurs
quel conseil me donnez-vous, &c.

2. Ceste nouuelle pretenduë nous veut reformer; bon
gré? ouy dea que ie luy en sçay bon gré: mais ie vous

Rrr

prie enuisageons vn peu nos reformateurs. Que sont-ce ? Saints tombez du Ciel, Oracles enuoyez du Paradis, la sainteté, & pureté mesme. Oyez leur propos, voyez leur contenance, leur dessein est de retrancher l'erreur, &c. qui ? vn qui n'a sçeu garder vne celle en Allemagne en son Conuent, qui n'a sçeu porter le omus à Noyon, vn farel défroqué de ceruceau & de teste, sont-ce là ces, &c.

3. Pauure Augustin, miserable Hierosme, ô le malostru Gregoire le Grand, & les autres qui se sont gesnez pour entendre la Sainte Escriture, là où ces Messieurs, ces femmelettes, ces frippiers & mareschaux entendent tout parfaitement, voire mesme sans auoir estudié, possible sans sçauoir lire. Ah peines mal employez ah sueurs bien inutilement escoulées ! &c.

Execration.

1. DIeu vous abysme, & vous encoffre és enfers eternellement : tant estes-vous cruelle, volupté maudite, & detestable.

2. Saints & Saintes de Paradis puissiez-vous deliurer le monde de ces pestes, & malheurs ! ah puissiez-vous faire ouurir la terre, pour engloutir ces diableries de peché, de tromperies, d'Atheismes qui nous perdront, si vous ne les perdez.

3. Fi fi, ah que i'ay la bouche amere, seulement pour auoir passé par ma langue ce funeste attentat ! Dieu, & que ne me suis-ie aduisé, ayant entamé par mesgarde ce discours puant, de couper la parole par le milieu, &

faire mourir ce difcours au milieu de fa vie.

4. Enfers & à quoy feruez-vous ? diables & furies, &
contre qui enragez-vous , & où defchargez-vous vos
fureurs , fi vous n'eftranglez ces monftres , ces bourreaux qui outragent les chairs innocentes , de ces diuines pucelles du Paradis , &c.

Exclamation vigoureufe.

1 O Moy miferable tout outre ! ô trois & quatre, &
cent fois condition malheureufe & pitoyable !
las i'ay defia efcoulé tout mon cœur, & diftillé ma vie
par mes yeux, & la douleur pourtant eft enracinée en
ma poitrine, où elle me bourrelle, & me liure de cruelles
batailles , & me reproche fans ceffe ; malheureux, me
fait-elle, eft-ce là où il falloit employer fa vie, &c.

2. O temps lie des temps ! ô mœurs defbordées &
diffoluës ! & en quel païs fommes-nous ? l'Eglife le void,
la Nobleffe en eft allarmée, les fçauans ne crient d'autres chofes, & nonobftant tout s'en va de mal en pis !

3. Le cœur me fend, helas & quel fpectacle effroyable & plus que tres-horrible ! les hommes c'eft trop
peu , les beftes mefmes , que dis-ie , les Elemens , les
flammes , les glaiues , les tourmens mefmes ont honte
de ce mefchef. Vne vierge innocente mife fur la rouë ?
ô horreur , rouë mettez-vous en piece , & foyez plus
humaine que les hommes. Vn Saint ietté dans l'Ocean ?
ô barbarie ! Ocean pauez-vous , & ne vous profanez du
fang de ce Saint. Vn Ange-homme condamné aux
flammes ! ô parricide abominable ! flammes efteignez-
vous, ou pluftoft volez fur ces bourreaux, &c.

Excuse, ou repentance.

1. MOn Dieu qu'ay ie fait! Messieurs, mercy ie vous prie. Las & pourquoy ay-ie mis en peine S. Chrysostome, vne si grande personne, & qu'est-il question d'employer ces grands hommes, & emparler ces Oracles! ah c'est profaner leur Maiesté, & la chose ne le merite pas. N'est-ce pas assez, de faire rougir ces gens en leur faisant porter parole par Seneque, par Plutarque, par des Athées, & gens sans religion! oyez, oyez Lucian, &c.

2. Ie m'oubliois du plus beau, excusez ie vous prie la faute, mais ie n'ay rien dit si ie ne dis le nerf, & l'ame de cet affaire. Et où auois-ie laissé en arriere ce qui deuoit estre au frontispice, &c.

3. Aidez-moy Messieurs, & secourez-moy en ceste matiere, il ne m'est pas possible d'en sortir, ie m'enuelopperay en ce labyrinthe si vos faueurs, & assistance ne me donnent courage, & me soulagent par leur bienueillance, &c.

4. Maladuisé las ie le confesse, i'ay esté bien maladuisé de m'aller ainsi engager en ce labyrinthe, d'où il n'y a moyen de sortir; car quelle apparence y a-il que ie puisse prouuer ce que i'ay promis, & entrepris. Hazardons, puis que nous y sommes, Dieu nous aidera s'il luy plaist, & à tout rompre nous ferons naufrage en belle mer, où il est à desirer naufrage, ce sera finalement se perdre en Paradis, & s'esgarer en Dieu.

Souhait, & sainte Priere.

A La mienne volonté, que la douce misericorde de Dieu, eut, &c.

2. Par ce bras victorieux, & par ceste main du monde la plus foudroyante en guerre, & la plus liberalement royale en paix ie vous coniure. Par tous les deuoirs de pitié, de bonté, &c. par l'amour que vous portez à vous-mesmes, deschargez nos cœurs de ses frayeurs qui les gesnent, &c.

3. Pleut à Dieu MM. mais disons-le tous, & disons-le de cœur, & disons-le cent & cent fois le iour; Pleut il à Dieu que nous eussions le cœur fait comme nostre creance, la langue comme le cœur, la main & l'œuure, comme la langue, & la parole.

Transitions.

1. ET sortons au nom de Dieu sortons de ces mares pourries, & ces lieux infectez de peste, & craignons la contagion: ie crains seulement en parlant des enfers où est plongée l'ame voluptueuse, que ie ne vous face bondir le cœur; montons pluftost au Paradis des vertus & disons, &c.

2. Vous m'attendez (ie m'en apperçoy à vos visages) au discours que i'ay promis de, &c. Or allons puis que vous le commandez, vostre bonté nous seruira de pole & de guide.

3. Dispensez-moy ie vous prie de ce discours, ie n'en

sortiray iamais, si vous ne m'en arrachez, tant est-ce
chose douce de parler de Dieu, mais couppons court,
& entrons en matiere plus necessaire.

4. Cela? & c'est abusé de vos patiences de vous entretenir auec ses gens qui ne veulent ny rendre, ny entendre raison, ny croire a l'Euangile, ny defendre leurs
paroles, ostez moy ces opiniastres, &c.

LA MVSIQVE.

CHAPITRE LIII.

1. **L**A Mufique eft vn chant recueillant harmonieufement en foy des paroles bien dites, mefurées en quelque gracieufe cadence de rime, ou balancées en vne inegale égalité, doucement pefle-meflans les fons graues, & aiguz ; bas, & hauts, fendans & perçans, ou rabbatus, &c.

2. La Game eft vne efchelle affife fur les iointures de la main gauche, où font les clefs qui font l'ouuerture du chant.

3. Le fon eft vn frappement d'air, fi le coup eft lent, & tardif le fon eft bas ; fi le coup eft grand, & foudain, haut, aigu, fendant l'air, perçant l'oreille, tout cela va par cercles, & ondées d'air qui va battre l'oreille, & frapper l'ame d'vne douce atteinte.

4. Les extremitez de la voix font, eleuation montant de baffe en haute voix s'approchant du tonnerre; l'autre abbaiffement, qui eft vn mouuement du haut en bas, voix qui s'approche du filence.

5. Confonance eft vn heureux rencontre de deux fons, ou plus, qui font mefurables, & ont ie ne fçay quelle affinité & bonne intelligence, d'où fe fait vne alliance,

ou douce confusion, & vn heureux meslange d'où naist la consonance, & accord qui contente l'oreille ; mais s'ils ne s'accordent, & que chacun face son cas à part se voulant porter tout entier à l'oreille, sans s'allier à l'autre, à l'heure ils sont receuz aigrement de l'oreille, & font vn fascheux discord, & dissonance qui blesse l'oreille, & effarouche l'oüye.

6. Les termes sont. Premierement le ton, vt. 2. Demyton est vn ton non entier mais hasté. 3. Diton, c'est vne tierce parfaite, contenant deux tons, vt, mi. 4. Diatessaron c'est vne quarte, vt fa. 5. Diapente, vne quinte parfaite, re la. 6. Diapason est l'octaué double, & parfaite consonance, composée de diatessaron & diapente. 7. Diese est la moitié d'vn demy ton petit.

7. Il y a trois especes de Musique. Premierement, la Diatonique estenduë, où molle : La 2. Chromatique (c'est à dire, colorée) entonnée, ou molle, ou d'autant & demy qui sont ses trois especes. La 3. Enharmonique, c'est à dire, parfaite harmonie, qui est trop pleine d'artifice, & est seulement pour les doctes. Comme aussi la deuxiéme ; la premiere est en vsage.

8. Diasteme, c'est vn interualle, ou distance composée de deux interualles. Systeme vn amas de voix par interualles & diastemes.

9. Les modes de chanter selon les anciens sont la Dorienne, Phrygienne, Lydienne, Eolienne. La mode Dorienne est propre aux deuotions ; La Phrygienne, est guerriere ; La Lydienne plaintiue ; L'Iastienne variable & fredonnée ; L'Eolienne, simple. L'vne est pesante, & graue ; l'autre fretillante ; celle-cy aiguë, piquante,

passion-

paſſionnée, ardante ; celle-là eſpeſſie, ſombre, deſdai-
gneuſe.

10. On fait dire au Luth tout ce qu'on veut, & fait-
on des Auditeurs tout ce qu'on veut. Quand vn braue
ioüeur en prend vn, & pour taſter les chordes, & les
accords, ſe met ſur vn bout de table à rechercher vne
fantaſie ; il n'a ſi toſt donné trois pinçades, & entamé
l'air d'vn fredon, qu'il attire les yeux, & les oreilles de
tout le monde ; s'il veut faire mourir les chordes ſous
ſes doigts, il tranſporte tous ces gens, & les charme
d'vne gaye melancholie, ſi que l'vn laiſſant tomber ſon
menton ſur ſa poitrine, l'autre ſur ſa main ; qui laſche-
ment s'eſtend tout de ſon long comme tiré par l'oreille;
l'autre à yeux tous ouuerts, ou à bouche entr'ouuerte
comme s'il auoit cloüé ſon eſprit ſur les chordes, vous
diriez que tous ſont priuez de ſentiment, hormis l'oüye,
comme ſi l'ame ayant abandonné tous les ſens, ſe fut
retirée au bord des oreilles pour ioüir plus à ſon aiſe
de ſi puiſſante harmonie, mais ſi changeant ſon ieu il
reſuſcite ſes chordes auſſi toſt il remet en vie tous les
aſſiſtans, & leur remettant le cœur au ventre, & l'ame
és ſentimens, à qui elle auoit eſté volée, ramene tout le
monde auec eſtonnement, & fait ce qu'il veut des hommes.

11. La Muſique donne l'allarme comme à Alexandre,
vn autre prend les Poiſſons qui dans vn lac d'Alexandrie ſe laiſſent aiſément prendre par la douceur d'vne
chanſon ; elle guerit la Sciatique, en Leſbos, & Ion
iſles ; elle guerit de là piqueure de la Tarantole en Italie ; elle fait tout.

12. Il y a quinze voix, ou sons, qui en noms Grecs s'appellent:

1. Proslambanomene, c'est à dire, voix acquise.

2. Hypate hypaton, principale des principales.

3. Parhypate hypaton, prochaine de la principale des principales.

4. Lychanos hypaton, montre des principales.

5. Hypate meson, principale des moyennes.

6. Parhypate meson, prochaine de la principale des moyennes.

7. Lichanos meson, montre des moyennes.

8. Mese, c'est à dire, la moyenne.

9. Paramese, c'est à dire, prochaine de mese.

10. Trite diezeugmenon, c'est à dire, troisiéme des déjointes.

11. Paranete diazeugmenon, c'est à dire, prochaine de la plus haute des déjointes.

12. Nete diazeugmenon, c'est à dire, la plus haute des déjointes.

13. Trite hyperboleon, la tierce des excellentes.

14. Paranete hyperboleon, prochaine de la plus haute des plus hautes.

15. Nete hyperboleon, la plus haute des excellentes.

13. Le petit Rossignolet choriste de nature sçait tout cela par nature, esclattant d'vne voix qui gringotte en haute & basse Note tout ce qu'il veut, & d'vn sifletis trenchant, hachant, coupant, entrerompant ses chansons desgoise cent fredons, & en chantant il charme ses soucis, & addoucit ses aigreurs, & ses cuisans regrets, qui autrement le liment.

14. Plain chant se chante par Notes égales, la Musique figurée se chante par diuerses figures.

15. Les clefs sont nature, b mol, & b quarré, entre lesquelles il y a tousiours vne quinte de l'vne à l'autre; elles sont assises en façon que de leur assiette on iuge à qui elles seruent. Or ces clefs sont tousiours assises sur les regles, & iamais en espaces.

16. Muances sont les changemens de voix d'vne à vne autre, quand il faut monter plus haut que le la, ou descendre plus bas que l'vt.

17. Les signes du mineur imparfait ＿＿＿ monstrent, que tout ce qui suit, se doit chan-　＿＿＿ ter par mesure esgale, tant au toucher qu'au ＿＿＿ leuer. Et notez, que toute Musique se commence par toucher, & s'acheue par leuer.

18. Il y a huit Notes en la Musique de mineur imparfait. Premierement, la maxime ＿＿＿ vaut huit mesures ou semibreues, c'est à dire, il ＿＿＿ faut sur icelle toucher & leuer huit fois égallement.

Secondement, la longue ＿＿＿ en vaut la moitié.

Tiercement, la breue ＿＿＿ vaut deux.

En quatriéme lieu, la semibreue ＿＿＿ vaut vne mesure.

En cinquiéme lieu, la blanche ＿＿＿ vaut la moitié d'vne mesure.

En sixiéme lieu, la noyre  vaut la quatriéme partie d'vne mesure.

En septiéme lieu, la crochuë ✦ vaut la huictiéme partie.

Finalement, le Fredon, ✦ vaut la seiziéme partie d'vne mesure.

19. Il y a aussi les pauses & mesures du silence; le baston touchant trois lignes ⊟ vaut quatre pauses, c'est à dire, il faut garder silen- ce autant de temps qu'il en faudroit employer à chanter vne Note de quatre mesures.

En apres, le baston touchant à deux lignes, ⊟ en vaut deux.

Tiercement, s'il n'en touche qu'vne, ⊤ tendant en bas, vaut vne pause.

Quartement, s'il tend en haut, ⊥ la moitié d'vne mesure, & s'appelle soupir.

Quintement, s'il a vn crochet, ⊏ il se dit demy-soupir, & vaut vn quart de me- sure.

En fin, si le crochet est double, ⊏ il vaut la huitiéme partie d'vne mesure, & se dit quart de soupir.

20. Il y a deux sortes de poincts en la Musique figurée. Premierement le point d'augmentation, qui augmente de moitié, la valeur de la Note precedente; comme si elle vaut huict, auec le point elle vaudra douze.

L'autre point eſt de diuiſion, qui n'augmente pas la Note precedente, ny ne ſe chante, mais il diuiſe, & fait alterer les Notes, c'eſt à dire, qu'elle double ſa valeur, ou empeſche qu'elle ne s'altere & ſuiue le train des precedentes. Or ce point ne ſe met en Muſique de mineur imparfait, ny en Muſique noire, c'eſt à dire, de pures Notes noires.

21. La ligature des Notes peut accroiſtre ou diminuer la valeur des Notes, ſelon qu'elles montent ou deſcendent, & ſelon que la queuë va en bas, ou en haut & à gauche.

La maxime n'augmente, ne diminuë ſa valeur en ligature.

22. Le ſigne de repriſe, & repetition eſt tel  qui ſignifie qu'il faut repeter iuſques-là.

Le point d'orgue eſt tel  qui ſignifie qu'il faut tenir la Note (ſus ou ſous laquelle il eſt mis) en ſon ton, iuſques à ce que les autres parties conuiennent à ladite Note.

23. Le mineur imparfait s'appelle du nombre binaire, & le mineur parfait, ou de trois; & ces ſignes 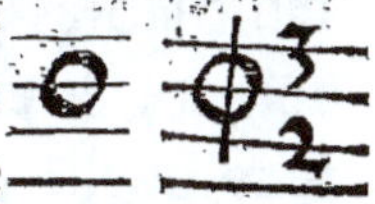 monſtrent que la Muſique ſuiuante ſe doit chanter par trois ſemibreues. On dit que le nombre de trois, eſt touſiours tout blanc, ou tout noir, non peſle-meſlé de blanc & noir.

24. En Muſique du mineur parfait, & imparfait ſe treuue ce ſigne  qui eſt appellé de ſeſquialtera, ou tripla, & ſignifie que la Muſique ſuiuante ſe conte par trois ſemibreues, ou trois blanches. La Muſique fai-

te en proportion d'hemiolia se conte par trois aussi, & se figure par Notes noires.

25. Les anciens Compositeurs ne faisoient que des carmes à certaine cadence de pieds, puis y adioustoient quelque air, & c'estoit tout, depuis on y adiousta des loix harmoniques, puis des modes Doriennes, Phry-giennes & Lydiennes, & auec des tourdions meslant cela de bonne grace.

26. La belle forme estoit iadis fort simple, car peu de chordes, la simplicité & grauité estoit l'excellence de la Musique, ils n'aimoient point ces chansons fretil-lardes, ces fredons sur fredons, ces voix forcées qui se guindent iusqu'au Ciel, & se precipitent iusqu'aux abysmes d'enfer deualant par mille crochets, desfigu-rant le visage au hazard de perdre l'haleine & la vie, & mille telles singeries qu'ils ne pouuoient souffrir, nom-mant ceste Musique effeminée, & affectée ; ainsi ils s'abstenoient des chants rompuz & diminuez, n'esti-mant rien que la bonne grace.

27. Aristote dit que l'harmonie est chose digne, gran-de, & diuine, dont le corps est composé de parties dis-semblables, neantmoins accordantes les vnes auec les autres, & entrant dans le corps par l'oreille auec ie ne sçay quelle diuinité rauissent l'ame. De fait les Anciens auoient des chansons propres pour sonner à l'arme, pour resueiller les courages, pour aller à la charge & choquer l'ennemy, pour marcher en ordonnance & à cadence, & pour la retraicte, voire pour façonner à la vertu, aigui-ser & allumer les courages, cuire & digerer la cholere, oster les frayeurs par la voix accordante auec le batte-

ment de quelque inftrument.

28. La fcience harmonique donne cognoiffance des
interualles, des compofez, des fons, des tons, des mu-
tations, des douces iffuës, des faillies heureufes, des
meflanges melodieux, de la bien-feance des accords,
accordant le fentiment exterieur & l'entendement inte-
rieur, & faifant bonne liaifon des modes, mariant la
nature & l'art, & les mettant en bonne intelligence.
On ne fe regle pas par le iugement & fentiment de
l'ouye, ains par l'harmonie proportionale qui eft chofe
plus delicate & plus deliée, fçachant feindre & amollir les tons, lafcher les tons & notes par ie ne fçay quels
interualles, remuant des tons, laiffant les autres immo-
biles, & prenant bien les confonances.

29. Pour defaigrir les amertumes de noftre pauure vie,
Dieu nous a donné les douceurs de la Mufique, qui eft
le refrain & l'écho des chanfons harmonieufes du Ciel,
& vn ingenieux amas de toutes les proportions, & plai-
firs que la nature a femez par l'eftenduë de cét Vniuers
qui ne vit qu'à la cadence, & au branfle des Cieux. Au
refte quand cefte diuine harmonie fort du iubé de Nature, comme fi c'eftoit la Princeffe de tous nos fenti-
mens, habillée de fes accords, & parée de fes fredons, elle manie, & mefnage nos penfées auec vne
puiffance fouueraine. Tout y treffaut de ioye, tout y
bondit, & rebondit, & danfe le branfle qu'elle commande, elle deflie nos langues, les emparlant puiffamment, elle efface tous les ennuis, & bannit auffi toft
ces efprits familiers des chagrins qui tyrannifent noftre
vie; elle defenfle les enflures de nos choleres qui nous

grossissent le cœur, addoucit nos cruautez, recaline les
orages, donne pointe à nos conceptions, esueille nos
courages, ouure nos appetits, desserre la viuacité endormie de nos beaux esprits, & les resioüit ; allume le
chaste amour de l'innocence, & par vne bien heureuse
& diuine pharmacie, par le miel des plaisirs, elle chasse
le fiel de nos passions qui pourrissoient en l'impureté de
nostre sang. Quelle estrange puissance de sçauoir si doucement enchanter nos esprits, que sans dire mot elle
persuade & nous entraine, distillant & coulant par l'o-
reille ses charmes & ses chansons qui desrobent l'ame à
l'ame mesme, & l'arrachent par les oreilles, sans quelle se mette en deuoir de se defendre, & riant de sa captiuité. Pendant qu'elle parle des doigts, qu'elle fait ha-
ranguer vne chorde d'vn Luth, & commande qu'vn
bois creusé desgoise mille chansons, cette Sirene se
rend maistresse de nos esprits qui se font ses esclaues.
Qui le croiroit que chaque son eut son partage, & sa
puissance, & domaine à part. Le Dorique coule dans
nos cœurs l'amour de chasteté, & allume les flammes
innocentes de la virginité. Le son Phrigien met le cœur
au ventre, l'espée au poing, & au vent, fait boüillon-
ner le cœur, ardre les esprits, roidir les bras, & iette tant de souphre dans nos veines, qu'on ne desire rien
plus esperdument que le choc, & le chamaillis de la
guerre. Là où l'harmonie Æolienne calme les orages
des esprits qui sont en tourmente, y glisse la bonace,
abbat les vents, & froisse la roideur de leur violence
dont ils renuersoient l'estat de nos ames, endort nos mal-
heurs par la douceur de ses enchantemens sacrez. Le
son

ſon Iaſtien eſueille les eſprits aſſopis & aſſomez, donne pointe à leurs penſées, & ſur l'aiſle de ſes harmonies
les emporte vers le Ciel, les enleuant de la bouë & de
la pouſſiere qu'ils conuoient, & d'vn beau vol les guinde à l'amour des choſes qui ne ſentent que le Ciel, &
la ſainte diuinité. La Muſique chantée à la Lydienne,
chaſſe les ennuis qui tenaillent le cœur, couppe ces limes, & rebouſche leurs dents dont elles rongent le fil
de noſtre pauure vie, iette dans la poitrine le iour &
la ioye qui trenche les nuages & les nuits des ennuis,
diſſoud les monopoles des chagrins qui minutoient noſtre ruine. Bon-gré, mal gré imprime le ris au viſage,
la ſerenité au front, la gayeté aux yeux, le chant ſur
la langue, les ſouſpirs donnent air au cœur, & quand
on auroit la mort entre les dents & l'ame fuyante ſur le
bord des léures, ſi faut-il rire d'aiſe. Chacun de ces
cinq a trois ſortes de chants, le haut, le bas, l'entre-
deux, de façon qu'on forme comme quinze manieres
de ſons & tous differends. Le Diapaſon accueillit tout
cela, & r'alliant toute la mignardiſe de ces varietez,
amaſſe vn concert de douceur que iettant dans l'ame il
iette l'ame en Paradis, & le Paradis dedans l'ame. Qui
s'eſtonnera doncques que le gentil Orphée ait eu tout
pouuoir ſur les beſtes ſauuages, les faiſant oublier
leur gibbier & leur chaſſe, pour ſe repaiſtre & engraiſ-
ſer de fredons, & manger par l'oreille ces diuines viandes. Quand il faiſoit parler ſa Harpe, fredonner ſes
doigts, mariant ſa voix Angelique aux miracles de ſes
chordes, les peuples de la mer ſe iettoient à la rade, les
Sirenes danſoient ſur l'herbe verte diaprée de fleurettes,

Ttt

les Ours repudioient les forefts tant cheries; les Lyons
à la foule fe iettoient en la preffe des autres auditeurs,
quittant leur cannayes, & leurs forts, & prenoient tous
grand plaifir d'eftre aux pieds de leur doux Tyran, fe
rendant efclaues volontaires de ce tant gracieux voleur.
Tous ces naturels farouches, & d'humeurs fi contraires, eftoient deffauuagez, & défarouchez par le charme
de la Mufique, & pendant que la chorde parloit, tous
fe iuroient fidelité, & rendoient enfemble l'hommage
deu au commandement de la Harpe tout-puiffante. Et
qui en doute que la ville de Thebes fe foit baftie au fon
des fredons & du Luth d'Amphion fe deftachant des
durs rochers ces porphires, & s'agençant à la cadence
de fes chanfons; fi ce n'eft qu'on die qu'eftant les maneuures tous eflangouris & engourdis cette douceur les
ayt remis en vigueur, & en appetit de bien faire. Ah
que ie fçay bon gré à celuy qui a mis Mufée en enfer
ayant fon efcharpe au col, & fa Harpe en l'air, & fes
mains embefognées à donner des aubades : appaifant la
barbare cruauté des enfers, & fucrant les aigreurs des
martires, eftonnant & endormant leurs fouffrances, &
quafi mettant le Paradis en enfer. Voila les artifices,
mais quoy la voix naturelle n'a-elle pas fes douces friandifes ; n'a-on pas treuué la douce liaifon des accords,
faifant des pieds bien entrelaffez, & des accens heu-
reufement accouplez des poëfies, chantant auffi mufi-
calement des pieds que de la langue? Tout l'effort mefme des Orateurs, & cefte toute-puiffance d'eloquence
de quelle clef fe fert-elle pour defferrer les cœurs, ouurir les efprits, & fendre les poitrines obftinées, fi ce

n'est des clefs dorées de la Musique, des harmonieuses
cadences de leurs periodes, & de la melodie de la voix
bien accordée au son des passions humaines? ô quel
charme quand chaque affection chante bien sa partie,
& d'vne voix proportionnée à son naturel, descharge
dans l'oreille de l'auditeur, toute sa pesanteur. Quand
l'esperance chante le superius, la crainte le tremblant,
l'humilité le bas ; la cholere la taille ; la iuste deffence
la contretaille ; l'artifice fredonne ; la nature va le plein
chant soustenant la Musique ; la modestie fait le tacet;
les douleurs font les soupirs ; l'ardeur se iette aux
brochets & aux fuites ; la prudence fait les feintes, &
les dieses ; qui d'vn son aigu, qui d'vn pesant, d'vn
perçant, d'vn fendant, de mille façons on assiege si
puissamment & doucement l'esprit de l'auditeur que finalement il se rend, & se laisse emporter. Et ce qui
estonne dauantage est de voir que toute variete qui
s'oit par 150 tuyaux d'orgues, on la fait passer par le
seul canal de la vie, & de la voix humaine, faisant de
la seule bouche tout le plein chœur des chantres de
nature ; de là est venuë la source des poësies, des carmes, ou plustost charmes des Poëtes, la graue pesanteur des Heroïques rehausse le courage ; les Iambes
doux-coulans, accoisent les borrasques des ames bouleuersées, les Odes vous plantent au cœur la liesse ; & les
autres font mille beaux effets s'esbattant dans nos poitrines, & combattant les noires humeurs de melancholie qui flotte dans nos veines. Ces efforts si puissans
donnent quelque espece de creance à ce qu'on chante
de ces chanteresses de Sirenes, qui ensorceloient tous

les paſſans, & par les appas rians de leurs voix charme-
reſſes amorçoient les Mariniers, les arrachant comme
par force au vent, & à la marine, & eux par l'oreille ſe
laiſſant attirer en vn doux ſeruage, & mélodieux eſcla-
uage. Oſtez nous ces fables, & iettez les yeux & oreilles ſur ceſte diuine Harpe tombée du Ciel en terre entre les mains de Dauid, qui faiſant parler ces chordes,
& chanter des diuins Pſeaumes, exorciza Saül, eſtran-
gla ce follet, luy donnant la chorde par les innocens
fredons de ſes doigts virginaux, pinçant ſaintement ces
tant ſçauantes chordes. L'harmonie chaſſa ceſt eſprit
noir, la Muſique deſſerra le cœur & le gozier de ce
pauure Roy qui ſe ſentoit mourir, cela ſouda les playes,
feit eſcouler les faſcheries, qui eſtouffoient le cœur
Royal de ce pauure poſſedé. Qui ſe peut imaginer comme dans vn petit filet bien bandé, ou ſur le bout d'v-
ne langue muſicienne, on peut r'enfermer toute la melodie du monde ? enfilant d'vne tirade le peſant, l'aigu,
l'enroüé, le fendant, l'argentin, le tonnerre, le ſifflet, le
chancelant, l'arreſté, le volage, les bricoles, les feintes,
les fuites, le courroucé, le flatteur, le tremblant, le
ſoupple, l'arrogant, le ton peſle-meſlé en cent mille façons. Car tout ainſi qu'on ſerre la perruque royalle d'vn
Diademe enfilé de mille pierreries, auſſi la nature flatte
l'eſprit de mille varietez de tons enchaſſez tous enſemble. C'eſt donc vn Eſſay & vn auant-gouſt du Paradis
que la Muſique ; puiſque dans le Ciel on ne fait autre
exercice que de chanter les grandeurs de Dieu à deux
chœurs, les Anges d'vn coſté & les hommes de l'autre.

Suite de la Musique.

LE monde eſt bien obligé à celuy qui fut le premier
inuenteur de la Muſique, qui eſt le doux charme
de tous les ennuis de noſtre pitoyable mortalité. Car
ceux-meſmes qui ſont plongez ſous vn abyſme de
mal-heurs, ſi eſt-ce qu'au moindre fredon d'vne douce
Muſique, ils ſurnagent comme les Dauphins (au dire
des Poëtes) ſous les pieds du Meneſtrier Arion, & treſ-
ſaillent de ioye. Quelle faſcherie ſe peut trouuer, qui
ne ſe laiſſe enleuer lors qu'vn gentil ſuperius s'enuole
iuſques au Ciel, & s'emporte ſoy-meſme, dardant les
mignardiſes de ſa voix à perte d'haleine & d'oüye ? ou
lors qu'vn baſſus apres auoir long-temps pourſuiuy le
ſuperius, & ne le pouuant atteindre, quaſi ſe deſpitant
contre ſoy-meſme, ſe precipite, & s'enfonce iuſques
au centre de la terre, faiſant du tintamarre de ſa voix,
trembler les vitres, & les murailles La taille & l'haute-
contre vont voltigeant par l'air, ondoyans par aſcen-
dens & deſcendens, tantoſt s'accordant volent ſi haut,
qu'ils attaquent de pres le plus braue ſuperius, & qui
eſt propre aux plus hautes entrepriſes : tantoſt ſe fondent ſur la baſſe-contre, & luy faiſant tourner le dos,
le pourſuiuent touſiours battant, iuſques à tant qu'il
s'abyſme. S'ils s'accordent tout quatre, ô Dieu quelle
douceur : ils peſle-meſlent leur voix, & conſpirans
enſemble d'vn accord heureuſement deſ-accordé, ils
meſlangent haut & bas, aigre & doux, art & nature,
& b. mol, & b. quarre, & ſi vous n'y prenez gar-

de, ils vous rauiront l'ame par les oreilles. Puis tout à
coup ils se mutinent, vn gaigne au pied, & trois vous
le tallonnent, aussi tost il tourne le visage, & ces trois à
gaigner pays, pendant qu'vn seul les galoppe, puis se
mipartissant deux contre deux, ils choquent si rudement, qu'il en y a pour rire. Le plaisir est quand ils chantent à l'enuy, à deux ou à trois chœurs. Tantost deux
petits rossignols s'enuoyent le cartel de deffi, pour se
battre en duel, l'vn presente la premiere estocade de sa
langue, l'autre la renuoye & redouble, coup sur coup,
fredon sur fredon, passage sur passage, l'vn se feint, l'autre soupire, qui crie, qui se taist, puis se dardent tout à
coup, puis se retirent, tantost ils se flattent par mignardises, tantost se menaçent rudement, souuent vous diriez que le cœur faut à l'vn, & que l'autre vueille rendre son ame: souuent vous cuidez qu'ils soient d'accord, aussi tost ils se faschent: mesmes qu'ils contrefont
l'echo, vn dit, l'autre redit sans y faillir d'vn seul poinct,
l'vn se plaint, l'autre pleure; l'vn rit & l'autre esclatte, ie
pense qu'ils mourroient en duel, n'estoit que par compassion quelque farouche basse-contre auec le tonnerre
de sa voix les espouuante, & les separe l'vn de l'autre,
ou plustost que chaque chœur espousant le parti de
son superius, ne se mit en bataille rangée, dix contre
dix, teste à teste, entrechoquant voix contre voix, haut
contre bas, taille contre taille, à son de trompettes & de
fifres, flustes, cornets, & tabourins, auec les coups de
canons des orgues, les mosquets des saquebutes, qui
bat, qui crie, qui sue, qui souspire, & rend l'ame, qui se
cache en embuscade, & ayant demeuré coy long

temps, en vn clin d'œil fend la preſſe au moindre ſigne
qu'on luy donne, & ſe iette dans la meſlée à corps perdu, en fin treſtous ſont ſi bien acharnez & enueloppez
ſi auant au chamaillis, qu'ils y lairroient tous, ou là vie,
ou aumoins la voix, n'eſtoit qu'on ſonne la retraicte,
auec vne douzaine d'Alleluia, & lors ſe r'allians & fai-
ſans paix, s'en vont boire vn coup de compagnie, &
ſont plus grands couſins que iamais, lors qu'eſſuyant
leurs viſages, arrouſant leurs fluſtes, ils racontent leurs
tirades, leur proüeſſe, & leurs ruſes miraculeuſement
harmonieuſes.

LA VOIX.

CHAPITRE LIIII.

PAix-là, Meſſieurs, il faut icy garder ſilence, &
donner audience à la voix, elle ſeule le merite,
comme l'Ambaſſadeur ordinaire de nos ames,
& le truchement de nos affections. Mais d'où vient-el-
le, ie vous prie, qui ſont ſes pere & mere, où le lieu de ſa
natiuité? eſt-il bien poſſible qu'vn petit ventelet ſortant de la cauerne des poulmons, meſnagé par la langue, briſé par les dents, eſcraſé au palais, face tant de
miracles? Ie ne veux pas parler des Muſiciens, car vous
les oyez tous les iours, tel y en a qui ſeul chantera les
quatre parties, & d'vne tirade deuidant cent cinquante

crochets, se desrobe aux aureilles, & vole iusques au Ciel, d'où se culbutant auec vne voix precipitée, par autre cent cinquante tons differens, descend iusqu'aux Enfers. L'on iureroit par tous les saincts de Paradis, qu'il n'est possible si les sourds mesmes ne l'oyoient chaque iour. L'accoustumance nous a fait perdre l'admiration. Sçauez vous ce qui m'estonne le plus, c'est de voir que d'vne mesme langue artistement maniée, on contrefait toutes sortes d'oyseaux : fermez les yeux, & ouurez les oreilles, ce Ciarlatan qui vient d'Italie fera le Rossignol, le Coq, & la Linotte, la Caille, la Perdrix, le Corbeau, la Colombe, & vous penseriez estre sous les volieres Royales de Fontainebleau. S'il vous veut faire rire, il vous fera bramer vn Asne, rere le Cerf, mugler le Taureau, rugir le Lyon, hannir le Cheual, abbayer tous les Chiens, vrler le Loup, & son gosier vous semblera l'Arche de Noé, où toutes les bestes chantoient, les oyseaux d'vn costé, les animaux qui vont à pied de l'autre. Ce n'est pas encor là où ie vous veux conduire, auez vous point veu de ceux qui font de leur bouche toute sorte d'instrumens ? haut-bois, clairons, flustes, cornets, & violons, fifres, tambours, & sistres, & comme si les dents estoient des chordes, le creux du nez, le ventre d'vne viole, la langue vn archet, le gosier fut le manche, il vous chante tous les airs que peut porter vne viole, de sorte que comme l'homme est vn petit abbregé de toutes les creatures, aussi sa voix est vn petit monde ramassé de tous les fredons & passages de nature, & de l'art. Il est bien vray, qu'il n'y a point d'apparence de vouloir brauer le Ciel & la terre, soit lors

que

que groffiffant fa voix, enflant les ioües, & ramaffant fon
gofier, il veut foudroyer & imiter l'effroy efclattant du
tonnerre; foit lors que fecoüant la tefte, enfonçant les
yeux, refrongnant le vifage, pouffant fa langue, & de-
batant fes léures fort rudement, il contrefait le bruit de
l'artillerie. C'eft trop, c'eft trop fe hazarder, cela eft plus
tolerable, lors que d'vne mefme voix, il exprime toutes les affections, & defueloppe toutes les playes de l'a-
me; il defgaine fa cholere auec vne voix ardante & foudroyante; il foulage fa douleur auec vn foufpir cordial,
& vn accent pitoyable; eft-il defefperé, fa voix le monftre affez, car elle eft entrecoupée de foupirs, & fe dardant iufques au Ciel, tout auffi-toft fe laiffe tomber par
terre. Veut-il menacer, il fe fert d'vne voix rude, d'vn
ton farouche, & perçant les oreilles de fa roideur, efton-
ne le pauure criminel qui l'efcoute. Chofe du tout
admirable. Les larmes ont leur voix à part, toute faite à
fanglots & d'vn fon aigre-doux, qui flefchiroit les pierres: s'il faut flatter, voicy vne voix du tout mignardé &
doüillette, qui ne fent que mufq & ambre-gris, & fe
coulant dans les cœurs les plus endurcis, fait fondre les
glaçons qui ont fait geler leurs ames. Eft-il temps de
rire, oyez-vous pas les efclats d'vne voix forte & hardie,
qui fort à bouche ouuerte. Ce Soldat, ce Thrafon qui
braue là, voyez auec quel accent, d'vne voix piaffante,
gonfle & hautaine il gronde; & ce pauure Diable qui
tranfit de peur deuant luy, voyez quelle voix il a tremblante, mal-affeurée & chancelante. Comment eft-il
poffible qu'vn morceau de chair dans vn trou auec des
offelets rengéz, qui eft le tuyau & haut-bois de la na-

Vuu.

ture, face fortir fi grande varieté de voix, & fi aifément,
que les petits enfans y font maiftres ? que dis-ie les enfans, les beftes mefmes fe feruent de la voix, comme du
Calepin de leurs imaginations, car la voix eft leur parole, auec laquelle il monftre à tous, tout ce que leur imagination leur graue dans la tefte. Il faut bien dire que
foit Dieu ou la nature, qui monftre ce qu'elle fçait faire, car fi elle veut ioüer des orgues, le nez luy fert de
tuyaux, les dents de foupafes, la langue de main, les
poulmons de foufflets, & d'vn rien fait tout ce qu'elle
veut, ie penfe que c'eft de ces vents icy que dit Dauid,
Qui educit ventos de thefauris fuis, c'eft à dire du cœur & des
poulmons, qui font les coffres des finances de la nature.
Ne vous eftonnez pas maintenant fi S. Iean Baptifte,
s'appelle la voix de l'Eglife, & de Iefus Chrift, car il ne
pouuoit dire chofe plus excellente.

DE L'HOMME

AV LECTEVR.

E chef-d'œuure de la main tout-puiſſante de Dieu eſt le miracle du monde, & la merueille des merueilles. Son corps eſt l'abbregé de toutes les eminentes perfeⱭions de l'Uniuers ; ſon eſprit vn epitome des grandeurs de Dieu & des Anges ; ſon entendement vn threſor des ſciences, ſa memoire vn vray prodige qui conſerue dix millions de choſes rares, ſa volonté vn vray Paradis des vertus : Il faudroit mille ans pour faire anatomie du corps, & eſplucher toutes les merueilles cachées en chaque partie d'iceluy. Ie vous donne icy vne Anatomie de ſon corps, vous deſpliant piece à piece toute l'œconomie de ce petit monde qui eſt à la verité du tout miraculeux. Il n'y a rien de plus mince en ſes commencemens ny de plus ſale, rien de plus imbecille en ſa tendre ieuneſſe. Cela eſtant verſé ſur terre ne ſçait faire autre choſe que criailler, plorer, & rompre la teſte à toute la maiſon ; il le faut lier pieds & poings comme vn petit eſclaue, & vous l'empriſonner dans la geole d'vn berceau comme vn petit criminel de nature. Il ne ſçait ny parler, ny marcher, ny meſme manger ou s'aider tant ſoit peu, n'y ayant ſi petite beſte qui ne ſçache ſe pouruoir d'elle meſme. Eſt-ce là ce Roy des animaux, cét Empereur du monde, cét hommelet qui tantoſt fera du petit tyran ? Si toſt qu'il deuient grand il deuient vne beſte farouche, la cholere en fait vn lion, la faim vn loup-garou, l'auarice vne harpye, l'ambition vn Paon, la fineſſe vn Renard, la malice vn démon.

Quand cela a vn peu couru ſur terre, tout à coup la mort ſuruient qui fait ſon coup, & de tout cela fait vne charogne, puis
vn peu de cendre, puis vn rien couuert d'vn epitaphe. Se peut-
il bien faire qu'vn petit ver de terre s'oublie bien tant que de
rouler dans ſon eſprit des penſées d'vn Dieu, ayant le corps ſi
miſerable, qu'il n'eſt qu'vne bute à tous maux? S. Baſile dit
que l'homme eſt comme ces demy-dieux fabuleux qui ſont demy-
dieux & demy-beſtes comme les Pans & les Satyres. Car ſi le
corps obeït à l'eſprit l'homme vit comme vn Ange, mais ſi
l'eſprit eſt tyrannizé par le corps, certes c'eſt vne vraye brutali-
té, & l'homme n'eſt qu'vn démon ſur la terre. L'homme à
l'homme eſt vn loup-garou, l'homme à l'homme eſt vn petit
Dieu, ſelon qu'il ſe comporte. Il n'y a piece ſur ſa perſonne qui
ne ſoit vn miracle ſi on prend la peine d'en ſçauoir les proprietez. Pour en ſçauoir parler en termes propres ie vous offre ce
petit Eſſay, qui vous aidera à deſplier vos conceptions, & releuer voſtre diſcours par la naïfueté des paroles. Cela ſeroit bien
honteux que l'homme ne ſçeut pas parler de l'homme, luy qui
fait profeſſion de parler de toutes choſes. Cecy vous doit ſuffire
que ie vous preſente d'auſſi bon cœur que ie ſuis à voſtre ſeruice.

L'HOMME CHEF
D'OEVVRE DE DIEV ET LE
MIRACLE DE NATVRE.

CHAPITRE LV.

LES parties simples & dont chaque partie retient le nom de son tour, sont neuf.

1. Les os qui sont les pierres, les colonnes, les parois, les pilotiz, la force du corps, seruant icy de base, là de rempars, ailleurs d'outils, là de forme du harnois ; de ressorts des mouuemens estans bien emboitez, & liez ensemble.

2. Les ligamens sont parties blanches, sans sang, sans sentiment, non vuides mais massiues, qui prouiennent des os, & font la liaison, & pourtant se plient, se bandent, se desbandent aisément, mais font si bonne liaison des os & des iointures qu'elles ne se desnoüent ny se desmettent, ou desboitent pas aisément.

3. Les cartilages sont d'vne substance plus molle que les os ; plus dures que les ligamens, mais souple pourtant afin que és mouuemens elles ne se froissent trop rudement, & s'vsent d'elles mesmes : elles seruent d'e-

Vuu 3

ftaye, quafi comme les ligamens, ioignant les os, ou
les membres enfemble, & les liant bien fort.

4. Les nerfs fortent du cerueau, ou de la moüelle de
l'efpine, font d'vne fubftance tendre, molle, blanche,
ont fentiment fort aigu, & donnent mouuement.

5. Les pannicules font des tayes faites des nerfs & ligamens qui lient & arment les membres, & donnent
à quelques vns le fentiment comme au cœur, à la rate,
&c.

6. Les filamens, font des chordes, & filets longs,
grefles, & blancs, folides, forts; ils feruent ou à tirer la
nourriture, ou à la retenir, ou à pouffer les fuperfluitez.

7. Les veines font canaux, & tuyaux où coule le fang
plus efpais, & fortent du cœur, ou du foye, où eft la
veine caue qui eft comme la mere, & la maiftreffe racine des menuës veines.

8. Les arteres font conduits qui fortent du cœur, où
eft la grande artere mere de toutes les autres; elles font
couuertes de tayes fermes, & efpaiffes, afin que les efprits vitaux qu'elles charrient, n'efuaporent. Elles &
les veines font iointes, afin qu'elles fuçent leur nourriture des veines, & que les veines tirent de la chaleur
des arteres, auffi y a il des Orifices & des bouches afin
qu'elles fe puiffent communiquer enfemble.

9. Le fang fe fait du chile plus efpais, gluant, bien
cuit. Les membres plus pefans, ou de plus grand trauail & effort, font armez d'os, de nerfs & autres chofes
plus fortables & proportionnées.

10. Il y a dans l'homme trois cens os, c'eft à dire cent

cinquante de chaque cofté : chacun d'eux a dix proprietez (les Anatomiftes les nomment *Scopos*) la douceur,
rudeffe, liaifon, enchaffure, figure, & autres toutes differentes des autres, de façon que multipliant cela, re-
fultent dix mille cinq cens proprietez d'vne cofte, &
autant de l'autre cofte de l'homme en fes os feulement,
fans les occultes. Voila donc partie du harnois de l'homme tout fait de gons & enchaffures, afin de pouuoir
ioüer de toutes fes pieces enclauées les vnes dans les
autres d'vne fi belle emboiture, qu'ils ne defenchaffent
pas aifément, à caufe des cordes & ligamens qui eftrei-
gnent les emboitures.

11. Pour la puiffance vegetatiue & nourriffante qui
repare ce que la chaleur radicale a confumé, il eft befoin de plufieurs officiers & cuifons. La premiere dige-
ftion fe fait en la bouche par la mouture des dents, les
premiers trenchent pource font aigus, les machelieres
font plattes & rabboteufes pour moudre & menuifer
la viande ; pour les viandes dures, il y a des crochets,
qui brifent plus fortement, & pource font encharnez
dans les genciues auec trois racines. La langue fert
comme de pefle en vn four pour tourner la viande &
la faire moudre de tous coftez.

12. Apres vient la gorge où eft l'entonnoir, le cou-
loir, & le tuyau du gozier qui entonne la viande dans
l'eftomac pour la cuire, & eft fermé d'vne petite langue de chair afin qu'il n'y entre rien de froid qui empefche la concoction. Tout auprès eft l'artere afpre
qui porte l'air aux poulmons, qui s'ouure à l'air qui
entre, & fe ferme à la viande quand on mange.

L'artere est annellée iusqu'au mitan afin d'estre toufiours
ouuerte ; de là en bas elle est molle afin que si on aualle
quelque gros morceau qui estrangle elle cede, & face
place afin que le morceau descende en l'estomach. Le
cœur & le foye de leur chaleur font boüillir la marmite de l'estomach ; voire de la petite vessie de la cholere
par vne secrette veine qui se va rendre entre les deux
tuniques de l'estomach, ce feu de cholere sert comme
de bois coulé sous le fonds de cette marmite. Mesmes
la vertu Regitiue (comme nomme les Medecins vne
certaine puissance qui regente nos corps) attire la chaleur de tous les membres pour cette cuison, de là on a
froid apres le repas.

13. De là sortant le chile est sucé par vn million de
petites veines estroites au commencement, afin de ne
rien sucer de grossier, de là s'eslargissant pour porter
tout cela en la veine Porte qui s'en va aboutir au bas
du foye & s'y descharger : Le foye receuant cela le recuit, pendant que le plus grossier aliment demeure pour
les intestins (qui ont de longueur soixante paulmes pour
le moins) qui ont tant de détours & de plis afin qu'ils ne
deuorent tout en vn coup ce qui sort de l'estomach,
car il eut fallu manger à tout moment, & faire quelque autre chose, & en outre le foye n'eut eu loisir de
rien attirer pour faire le sang. Les lies s'escoulent par
les conduits cachez, puis que pas vn membre ne s'en
peut noprrir. Au reste Dieu a enueloppé nos intestins
d'vne toillette & de graisse afin de les tenir plus chaudement & douxement.

14. Le foye recuisant cette liqueur blanche la rougit,
& partage

& partage les humeurs, enuoyant la melancholie à la ratelle, la cholere, à la bouteille de fiel attachée au foye,
laquelle renuerfant par accident cette humeur fait venir la iauniffe. Or la melancholie monte en l'eftomach,
& enduifant les tuniques excite l'appetit fans lequel on
ne voudroit manger ; & la cholere defcend & va piquer les inteftins pour les aider à fe defcharger. Chofe
eftrange que ce feu defcende, & que cette humeur terreftre de la melancholie monte à l'eftomach. Ce qu'on
boit fert à deftremper la viande pour la rendre liquide
& coulante ; le refte par vne veine emulgente eft attiré par les roignons creux ; de là ils fe defchargent par
les veines vreteres (qui vont des deux coftez & font
fort eftroites) dans la mare de la veffie ; qui a deux tuniques & deux trous, l'vn defquels fe ferme par vn petit
nerf, afin que l'humeur ne coule perpetuellement, mais
feulement s'ouure au commandement de l'homme, &
fe ferme auffi.

15. Comme l'eftomach eft le cuifinier, le foye eft
defpenfier du corps ; il partage le fang en deux, & par
la veine caue il enuoye la pitance aux membres, aux
os, & à chaque partie qui a des veines qui leur feruent
de bouche pour humer vn aliment propre à fa complexion ; des fuperfluitez on nourrit les cheueux, poils,
ongles, & autres valetailles, comme les laquaiz viuent
des reftes. L'autre fang va au cœur qui a deux coffrets,
ou ventres ; au premier le fang fe recuit & fe raffine, &
par le canal du poulmon il enuoye toutes les fumées
dehors. Puis ce fang veinal paffe à l'autre fein pour fe
rappurer & deuenir fang arterial & faire des efprits vi-

Xxx

taux. Car ils donnent vie, & chaleur, & mouuement
à nos membres qu'ils semblent animer & en estre les
esprits; le cœur les distribuë par les arteres qui sortent
de luy & s'espanchent par tout estant tousiours sous les
veines; afin que le sang ne gele dans les veines, & que
les veines les couure pour conseruer la chaleur de ses
esprits qui ne sont que feu, vif, & actif, & pource
l'artere est double & forte. Or vne branche descend
aux parties inferieures, l'autre monte à la teste pour
porter ces petits esprits par tout.

16. Le cœur est assis au milieu comme le Roy, sa
chaleur est tres-grande, & la petite paroy qui est entre
les deux coffrets est dure pour bien separer ces deux
sangs. Le poulmon luy sert d'esuentoir pour le rafraiſchir, & pource est spongieux & leger, se meuuant
aisément pour donner de l'air au cœur qui aussi le nourrit delicatement comme son bon seruiteur, du sang arterial le plus fin, pendant que les autres membres ne
viuent que du sang des veines comme du pain de mesnage. Il y a le Pericarde, c'est à dire, estuy, ou guaine,
ou coffret du cœur où nature a mis vn peu d'eau pour
le rafraischir sans cesse. Or pour former la voix la languette qui couure le canal du poulmon est fenduë comme la pipette d'vn haut-bois, ou doucine large &
estroit pour mesnager le vent & le son. L'air attiré par
les poulmons sert aussi à faire les esprits vitaux, & animaux.

17. Voila pour l'ame vegetatiue & nourriciere, pour
la sensitiue il y faut des esprits animaux qui se font au
cerueau pour distribuer aux cinq sens. L'estoffe dont ils

se font sont les esprits vitaux qui du cœur montent
au cerueau, qui estant tres-delicat & necessaire a esté
armé d'vne salade ou armet qui est le dur test couuert
d'vn bon cuir, & de cheueux. Il est encor enueloppé
de deux toilettes, l'vne grosse & forte appellée *Dura
mater* : l'autre subtile & deliée nommée *Pia mater*, qui
couurent les saillies du cerueau, & la substance, & les
sources des nerfs, qui est la moüelle de l'espine du dos
laquelle est comme vne queuë qui sort du dernier du
cerueau, & va donner iusqu'au grand os.

18. Il y a deux ventricules au cerueau où se font ces
esprits, mais de dire comment ils se font, c'est chose
qui ne se peut, les esprits pour le sentiment ont leurs
nerfs à part, & ceux pour le mouuement aussi, de là
vient que le paralitique ne peut mouuoir vn bras, & pourtant y sent la douleur, car les nerfs du mouuement sont
bouchez non pas les autres. De la paste du cerueau, & de
la moüelle de l'espine naissent douze couples de nerfs qui
sortent par des petits pertuis de l'espine du dos. Or ces esprits ne sont que feu, ou rayons espars par tout le corps,
& vne substance fort spirituelle, & comme l'esprit du
sang le plus pur : de fait donnant vn grand coup sur la teste, ou ayant vne extréme frayeur on reserre ces nerfs, &
on en espreind & fait sortir ces esprits par les yeux, de façon qu'il semble que vos yeux estincellent, ou que vous
voyez des estoilles & de petits feux volans, c'est ce qu'on
dit faire voir les estoilles en plein midy.

19. Le sens commun, c'est ce qui est en la premiere
partie du cerueau où aboutissent les nerfs des cinq sen-
timens exterieurs, & par là le cerueau leur distribue des

esprits pour faire leur office, & eux r'enuoyent par ces
mesmes nerfs des images, & des nouuelles de tout ce
qui se represente à eux. Cette partie est mollasse &
peut receuoir aisément ces images, mais non pas les
retenir, & pourtant vn peu plus auant est le siege de
l'imagination, où se conseruent les images des choses,
& de là elle a pris son nom. Plus auant encor est cette
puissance qu'és bestes se dit estimatiue, és hommes co-
gitatiue, qui spiritualize ces images, ainsi la Brebis
voyant le loup cognoit l'inimitié chose qui n'a point
de corps, finalement en la derniere partie du cerueau
est la memoire, partie du tout miraculeuse, & vn thresor infiny.

    20. L'œil est composé de trois humeurs, la cristalli-
ne, la rousse, & l'azurée, par ces vitres passent les tableaux & petits portraicts des creatures & montent au
cerueau. En l'oreille y a vne petite vessie pleine de
vent où frappant la voix, le son fait comme vn tabourin, ou sonnette, qui bruyant esueille l'ame, mais
si les nerfs se bouchent, ou cette vessie (dite Miringue)
creue & perd son vent l'homme deuient sourd, & pource Dieu a façonné l'oreille en limaçon, afin que le son
se casse en entrant, & ne donne droit, & de peur d'estre
surprise par des bestioles, il y a de la cire là dedans qui
sert de glu. L'odorat & le flairement se fait en deux
petites esponges de chair molle assise dans les narines
où descendent deux nerfs qui reçoiuent les parfums
portez par l'air & enuoyez au cerueau, ces mesmes narines seruent d'esgoust, & de larmier pour descharger
le flegme qui se ramasse au fond du cerueau dans vn

souey & vn entonnoir fait exprés pour cela qui se descharge par les narines. Le goust est en deux nerfs es-
parpillez par la langue qui est pleine de pores, afin que
les liqueurs penetrent iusqu'à ces nerfs iuges des liqueurs.
L'attouchement est espandu par tout le corps pour sentir le froid , le chaud , le sec, le moite, le mol , le rabboteux , le poly, &c. & a ses nerfs à part.

21. Tout le corps est enueloppé d'vne peau deliée qui
se destache souuent sans douleur ; puis d'vn cuir espais,
& puis la graisse qui couure la chair comme d'vn lo-
dier , si ce n'est és corps fort chargez de maigre. Le col
est vne colonne qui est comme assise sur des gonds
pour contourner la teste , & est l'estuy des deux tuyaux
de la vie : La poitrine & le dos fait en coffre ou cuirasse pour armer le cœur (comme le test sert de morion au cerueau) & là aux femmes Nature ouure deux
fontaines de lait , & le sang qui couroit deuant pour
nourrir l'enfant dans le ventre monte aussi tost aux
mammelles pour le nourrir par là, Les mains partagées,
mobiles , articulées.

22. L'ame a deux parties la superieure qui contient la
volonté, l'entendement, & la memoire : & l'inferieure
où sont les passions ; en la partie concupiscible il y en
a six , l'amour, haine, desir, fuite, ioye, tristesse. En l'i-
rascible cinq , espoir , desespoir, hardiesse , crainte , &
cholere.

L'Anatomie de toutes les parties exterieures du corps.

1. LA syme de la teste, c'est *vertex* ; le sommet ce
qui suit.

2. Le front siege de la pudeur.

3. Les sourcils, des yeux, les oreilles.

4. Le nez. Les iouës ou pomettes & leurs plis.

5. Le menton, & sa petite fossette au milieu, sous les léures, & la bouche.

6. Le col, gozier.

7. Le haut des espaules, ou omoplates, ou passerons.

8. Les os trauersiers, & les clauicules, & la fourchette.

9. La poitrine, puis les hypocondres déssous.

10. Les aisselles, sous le bras.

11. Les mammelles, les tetillons au milieu, & soubs-mammelles; le brechet ou sternon, c'est à dire, l'os de la poitrine.

12. La ceinture, le nombril.

13. Les Hanches au dessus de la cuisse; les flancs sont entre les côtes, & la cuisse, les aines.

14. Le haut de la cuisse.

15. Le ventre.

16. Il y a l'entre-mammielles, l'entressailles, l'entreboistes des cuisses.

17. La cuisse, le concaue de la cuisse.

18. Le surgenoüil en dedans, & en dehors, le my-genoüil, le soubgenoüil en dehors, & en dedans, le jarret qui est derriere le genoüil.

19. La greue de la iambe, le gras ou mollet de la iambe, le my-gras de la iambe.

20. Le col du pied, ou tarse; suit le metatarse ou dessus du pied, & dessous la plante.

21. Le bas de la cheuille en dedans, & en dehors.

21. Le talon, les orteils.

22. La plante du pied.

23. Le bras, le coude, la iointe du coude, le poignet, la main, la paume, le deſſus, les doigts, la iointe de la main.

24. Les muſcles de l'eſpaule, & d'autres parties, ſont ces moignons de chair qui aident au mouuement & encharnent le corps.

25. Le dos, l'eſpine du dos & ſes vertebres, la nuque du col.

26. Tout le ſcelete ſe diuiſe en trois, la teſte, le tronc, les iointures. La teſte comprend le crane, ou de teſt, & la face : le crane eſt compoſé de huit os : ſix propres, & deux communs : ceux là ſont le front, l'os occipital, deux parietaux, les deux temples : dans leſquels ſont contenuz trois oſſelets nommez eſtrieu, enclume, marteau : les communs ſont la ſphenoïde, & l'ethmoïde : les ſutures ou coutures qui les lient enſemble.

27. La face comprend les deux machoüeres, la ſuperieure eſt compoſée d'vnze os, l'inferieure de deux, en chacune ſont articulées ſeize dents par gomphoſe, deſquelles quatre ſont inciſoires, deux canines, & dix molaires.

28. Le tronc ſe diuiſe en l'eſpine, les coſtes, l'os ſans nom : L'eſpine a quatre parties, le col, le dos, les lumbes, l'os ſacrum. Le col a ſept vertebres : le dos douze, les lumbes cinq, l'os ſacrum quatre, l'extremité duquel ſe nomme coccyx, ou croupion : les coſtes ſont douze de chaque coſté, ſept vrayes & cinq fauſſes :

aufquelles l'os de la poitrine dit fternon eft attaché par
deuant les clauicules, par le haut, & les omoplates par
derriere. L'os fans nom a trois parties, l'ilion, l'ifchion,
le pubis.

29. Les iointures font deux, la main, & le pied: la
main fe diuife en bras, coude, & extréme-main. Le
bras eft d'vn os feul; le coude de deux, du coude &
du rayon, où eft la poulie où s'enchaffent les os, l'extréme-main a le metacarpe, ou paume de la main; le
carpe ou poignet; & les doigts; les os du poignet ou
carpe font huit, du metacarpe ou milieu de la main, quatre, des doigts, quinze, outre les fefanoides qui rendent
les articulations & emboitures des os plus ferrées.

30. Le pied fe diuife en cuiffe, iambe, & extréme-
pied: la cuiffe a vn os feul; la iambe deux, l'os de l'efperon dit petit foffile ou peroné; tibia, la grue; auec
la rotule ou palete du genoil, fur lequel on s'agenoüil-
le. L'extréme-pied a trois parties, le col du pied, milieu
du pied, pedion, metapedion, orteils: les os du pedion,
fept; du metapedion, cinq, des orteils, quatorze, auec
leurs fefanoides.

31. Il y a en outre l'offelet du cœur; les Medecins
nomment Symphife la naturelle vnion des os. En la
tefte il y a cinq futures, la coronale, fagitale, lambdoi-
de, les deux efcailleufes.

32. Entre les parties vitales, c'eft à dire, le cœur, le
poulmon, &c. & les naturelles, c'eft à dire, le ventricule, les boyaux, &c. Il y a le diaphragme qui eft comme vne haye, & feparation; cette peau fert à l'infpira-
tion en fe lafchant, & a l'expiration en fe bandant; de
fait és

fait les animaux morts il est tousiours bandé, or on
meurt par expiration. Il sert au mouuement du rire, &
ceux qui sont naurez au diaphragme meurent en riant.

33. Le thorax c'est le coffre des costes qui ceignent le
cœur & les parties nobles; le dedans se nomme la capacité.

34. Le cœur a deux ventres & vne peau entre deux,
deux oreillettes, & deux mouuemens, vn s'appelle
diastole ou dilatation quand par l'inspiration il s'enfle &
se dilate, l'autre systole quand il se resserre par l'expiration, ce mouuement est perpetuel & miraculeux.

35. L'aureille a plusieurs parties. Premierement. La
ruche, c'est ce trou où s'amasse la cire & la glu iaunastre.
2. La coquille, ce sont ces contours pour mesnager le son
& le faire resonner. 3. La partie en haut se nomme l'aisle.
4. La partie inferieure qui rougit en la honte, & se tire
pour faire ressouuenir se nomme, *lobos*. 5. Tout le tour
se dit helix ou entortillement.

Les yeux.

1. LEs yeux sont vn vray miracle de Nature, on les
nomme miroirs de Nature. Galen membre plein
de diuinité. 2. Portes du Soleil, fenestres de l'ame.
3. Les truchemens de l'ame, & son miroir. On lit en
luy l'amour, la haine, la fureur, la pitié, la vengeance.
L'audace luy esleue le sourcil, l'humilité l'abbaisse, ils
flattent en l'amour, ils s'effarouchent en la haine, ils
sousrient en la ioye, ils languissent en la tristesse, & se

fondent en larmes, ils s'enaigriſſent en la cholere, ils ſe
rolent opiniaſtrement, & s'attachent à terre parmy les
ſoucis & penſers ennuyeux, ils fleſtriſſent, & terniſſent
leur criſtal és maladies.

4. Ils ſont de nature aqueuſe, gliſſante, criſtalline,
pour plus aiſément receuoir les pourtraicts, & les images de toutes les creatures.

5. L'œil a ſix muſcles, qui ſont les reſſors qui ioüent
pour le mouuoir : la poulie qui le hauſſe par le moyen
d'vn petit ligament incognu à l'antiquité, & deſcouuert
par Fallopius. Les noms des muſcles droits ſont : Premierement, le hauſſeur ſuperbe : 2. l'abbaiſſeur humble:
3. l'ameneur biberon : 4. l'emmeneur deſdaigneux. Et les
2. obliques, roüeurs, circulaires.

6. L'œil eſtant de nature d'eau, afin qu'il ne coule a
beſoin de tuniques, ou tayes pour reſerrer les humeurs
aqueuſe, criſtalline, & vitrée. La premiere tunique eſt
dite conionctiue, le blanc de l'œil Iris, la ſonde, &c.
elle attache l'œil & le garde de ſortir. La 2. la cornée,
car elle eſt dure & claire, liſſe, & laiſſe que le iour la
perce, & donne iuſques au criſtallin, & embraſſe tout
l'œil, & le defend. La 3. eſt l'vuée, qui eſt comme vn
grain de raiſin : elle eſt percée au mitan d'vn petit trou,
c'eſt à dire, la prunelle de l'œil, & la feneſtre : elle eſt
de diuerſes couleurs, par ſon noir elle attrempe l'eſclat
de la lumiere, & rabbat & meurtrit ſa trop grande lueur.
4. C'eſt l'aranoide, ou araigniere, faite pour enuelopper
le criſtallin. 5. La reticulaire qui apporte, & meſnage
les eſprits viſoires dans le criſtallin, & dans l'œil, &
porte les images au cerueau comme au iuge. 6. La vi-

trée qui separe l'humeur aqueuse, de la vitrée, afin qu'elles ne se meslent & confondent.

7. Les humeurs sont trois. La premiere en excellence est la cristalline, qui est l'ame de l'œil, le miroüer, & le centre, c'est la princesse de l'œil à qui toutes les autres parties seruent. La seconde c'est l'aqueuse, qui est pourtant la premiere qui se void, & qui sert de rempart à l'œil, sa substance est comme l'eau ou aubin d'œuf, elle sert comme de lunette au cristallin pour luy addoucir les objets. La troisiéme est la vitrée, elle est comme du verre fondu; elle est derriere le cristallin, & comme son estuy qui le nourrit, le conserue, le repolit. Au reste la cornée sert de glace au cristallin pour addoucir la lumiere; l'vuée par ses couleurs la resioüit; la prunelle luy sert de fenestre, l'aragniere luy ramasse les esprits, & fait comme le plomb aux miroüers. L'humeur aqueuse est comme son bouleuart, la vitrée est sa nourrice, le nerf optique luy apporte les esprits visoires, & luy sert de messager pour porter les especes au cerueau; les muscles & les nerfs luy donnent mouuement; la paupiere de rideau, les cils & sourcils de corps-de-garde; le front de parasol.

8. Il y a les nerfs optiques qui ne semblent auoir aucune concauité, & portent par leur continuité les esprits visoires, & animaux: les autres nerfs sont pour le mouuement. Il y a aussi des veines & arteres pour porter des esprits vitaux; de la graisse pour le tenir chaud; de la chair molle aux coins des yeux, afin que les larmes, la chassie, & autres humeurs ne luy nuisent.

La parfaite beauté consiste en trentesix poincts.

1. LA peau de tout le corps comme Iaspe, ou Porphyre, entre-coupée de petites veines azurées trenchant de bonne grace c'est yuoire mouuant.

2. Cheueux blond-dorez & frisez par nature fort naïfs.

3. Le front mollement voûté, serein comme vn Ciel, poly comme Albastre.

4. Deux yeux à fleur de teste, estincelans, d'vne belle grandeur, & doucement rayonnans.

5. Les sourcis de brins d'Ebene fort menus, bien arrangez & ajencez en façon d'arc.

6. Les ioües comme de Lys & de Roses, entamées de deux fossettes.

7. La bouche incarnadine, & d'œillets ou de corail.

8. Des perles Orientales, ou Diamans enchassez dans l'escarlatte des genciues & toutes à l'esgal, & de mesme grandeur, non entr'ouuertes ny entre-baillantes, ny iaunissantes.

9. Vne haleine douce, & mieux fleurante que l'Ambre gris.

10. Le menton rond & fosselu, non pointu, ny applaty, ny fendu.

11. Tout le teint vny, & delié, sans estre detranché de rides, ny fendu de sillons.

12. Le col de neige, ou lait caillé d'vne belle rondeur & grandeur proportionnée.

13. Les temples bien remplies & non enfoncées & creuses.

14. Les ioües non point abbatuës, affamées, deschar-
gées, pendantes, ou fleſtries, mais doucement enflées
ſans eſtre pourtant trop bouffies, & bourſoufflées.

15. Le nez aquilin, à pourfil, & fendant à droicture le
viſage party eſgalément.

16. Les oreilles petites, vermeilles, fermes & nullement auachies ou languiſſantes & trop auallées.

17. La teſte bien arrondie, d'vne groſſeur auenante
au reſte du corps, non trop menuë, ny mince, ny trop
longue & pointuë.

18. La couleur viue, & animée ſans excez de rou-
geur, de paſſe-couleur, de ſaffran, ou pareille terniſſure
de viſage.

19. Le maintien graue-gay, ſans feintes & artifices,
plein de naïue douceur, accompagné d'vne parole argentine, ſobre, &c. Les autres ne ſont pas grand cas,
la beauté de l'ame conſiſte en vn ſeul poinct qui eſt de
n'auoir nul peché mortel, mais auec la charité la douce
infuſion de toutes les vertus qui la rendent ſi belle que
Ieſus Chriſt la nomme ſon Eſpouſe, là où la beauté du
corps n'eſt à vray dire que du fumier bien paré, & vne
carcaſſe embaumée.

La beauté corporelle.

L A vraye beauté eſt vn eſclat de la vertu, & le vray
portraict d'vne ame ornée de ſes perfections: la
beauté fardée, eſt vne droite idole qui repreſente vne
choſe qui n'eſt pas. Idole pourtant adorée d'honneur
plus haut que celuy de Latrie, puis qu'on perd Dieu

pour ne perdre la veuë de la beauté, les plus sages en
sont quelquefois si tres-fort charmez, qu'ils font fail-
lite à la sagesse, & portent la marotte, & le capuchon
verd. Cependant qu'est-ce tout cela qu'on appelle beauté. Deux lopins de verre cassé appellez des yeux enchassez dans deux trous couuerts d'vn petit cuir volant
bordé de petits filets, là dessus vne arcade d'Ebene &
des brins bien ioliment arrangez sans desordre, vne table d'Iuoire vn peu voûtée couuerte d'vn peu de satin
sans aucune ride, vn peu de neige sursemée d'escarlatte
qui fait les ioües ny trop enflées, ny trop auallées ou
pendantes, entre-deux descend vn canal du cerueau &
l'esgout de la teste qui my-partit le visage de bonne
grace, de la chair toute sanglante fenduë en deux pour
faire des léures, ie ne sçay combien d'osselets attachez
à du sang caillé, & enraciné dans les genciues, vn morceau de chair platte attachée là-dedans & mouuante
pour briser l'air & façonner quelque babil affecté, le
tout enuironné de crins & d'vne grande perruque, n'y
a-il pas bien dequoy faire tant de tintamarre ? Sans
flatter n'est-ce pas là vn assemblage ridicule? des os, du
cuir, du verre, du sang, du lard, du carton ou cartilages, de la chair, des cheueux, vne haleine puante qui
sort de la cloaque d'vn estomach pourry, ne sont-ce
pas là tous les ingrediens d'vne charogne, & d'vne carcasse masquée ? On dit que la beauté doit auoir trente
& tant de circonstances, où les vit-on iamais assem-
blées? Icy Nature a enchassé vn bel œil, vn grain d'E-
bene dans du Cristal couppé de tres-bonne grace, mais
le front est trop bossu ou escrasé, les temples sont

tant aualées que c'est vne pitié, les oreilles attachies &
si tres-fort ouuertes qu'il les faut cacher, le nez escrasé
& punais, ou bien les léures gerçées & crottées, les
dents gastées, & iaunastres, le menton trenché &
mal fendu, quelques sortes de ioües boursoufflées, ou
enluminées de boutons & de sang caillé, si nous auions
des yeux ou de la ceruelle nous iugerions assez que c'est
beaucoup plus ce qui defaut, que ce qui semble y
estre. Mais soit à la bonne heure, ie le véux que tout y
soit, il n'y a rien de plus superbe, & desdaigneux que
la beauté, il faut estre esclaue de ses bizarreries, aualer
mille dégousts & amertumes, n'auoir point d'yeux
pour voir cent & cent sottises, ny d'oreilles pour ouyr
cent & cent indignitez. Las & quel esclauage ! puis
c'est vne fleur flestrie deuant que d'estre espanouye, vn
once de serein, vne goûtte de catherre tombant à trauers, vn œil chaslieux & distillant la cire, vne piqueure de dents, vne meschante fiéure, deux liars de saffran
ou de iaunisse, les passe-couleurs, & à tout rompre vn
peu de temps passant par dessus, vous défigure cette face
qui fait tant d'Idolatres, trenche de rides le front, & fait
vn visage si hideux qu'il peut seruir de fantosme pour
estonner les petits enfans, & faire fuir les hommes : &
vn homme d'honneur ne meurt pas de honte, voyant
qu'estant si sage en tout autre affaire il se laisse fasciner
l'esprit par cette carcasse mouuante ? Menippus, treuuant sur la greue d'Enfer le test d'Helene tout descharné, & affreux, courut de toutes ses forces & auec roideur pour l'escraser sous ses pieds ; comment, fit-il,
vieille charogne, est-ce donc là cette beauté qui a mis

tout l'Orient sans dessus dessous? Petite punaise par vos attraits auez-vous bien donné la mort à tant de braues Capitaines, n'estant que si peu de chose? Il alloit froisser & moudre ceste teste desclauée sous la juste colere de son indignation, s'il n'eust esté arresté. Le pis est que ces traits sont autant de fléches qui percent le cœur, & massacrent l'ame de beaucoup de personnes, qui pour vne volupté d'vn moment, se condamnent aux peines eternelles. La plus hardie de celles qui font profession de beauté, n'oseroit auoir entrepris de lauer son visage en belle compagnie, non pas mesme pleurer, car cette eau effaceroit le fard, descouuriroit la vieille peau toute entre-couppée de rides, vn cuir iaunastre, vn teint bazané & hauy, & verroit-on bien que c'est vne Helene qui masque vne vieille Hecube laide comme vne fée. Sçait-on pas bien qu'il n'y a rien de plus puant que ce qui ne se peut sentir sans musc? Voila le pot au rose descouuert, & sans le demander, vous pouuez assez vous imaginer que voila pourquoy ces ieunes fardées ne sont iamais sans pommes de senteur. Cela est si puant, les haleines si fortes, les dents si gastées, les maladies ordinaires, les mignardises & faineantises corrompent tellement leurs constitutions, & desbauchent leur estomac, de façon que reste d'homme n'auroit le courage de s'en approcher, sans l'antidote, & le preseruatif de quelque bonne odeur. Et pour vn beau fumier, pour vn cadaure musqué, pour vne cloaque aspergée d'vn peu d'eau rose, pour vne harpie embaumée, pour vn sac de lard, de sang, d'os, & de chair peint au dehors, pour vn fantosme habillé de satin, pour vn

beau

beau rien aller engager son ame à des gesnes insuppor-
tables, & n'auoir pas assez de courage pour mespriser
puissamment chose de si petite estoffe ? Car qu'est-ce
autre chose cette beauté qu'vn malheur d'yuoire, qu'vn
charme diamantin, qu'vne neige qui fait transir la vertu, qu'vn feu qui fait des cendres du cœur des fols, vne
tyrannie cruellement douce, vne mort à petit feu, vne
noble barbarie, vne felonnie doucement meurtriere de
la sagesse, vne embuscade d'enfer, vn aspre purgatoire
des esceruelez, vn aigre-doux supplice des esprits, &
vn enfer doré & raccourcy qui fait bouïllir les ames
dans des ardeurs pires que les infernales ? Ce fol de Pe-
trarque s'est laissé eschapper qu'vne œillade le perdit, &
le feit le doyen de l'hospital des fols ; Holofernes fut
ietté par terre par le regard du parin de la chaste colombe Iudith ; Samson fut défait par deux gouttelettes
qui tomberent des yeux d'vne ieune affettée ; le Roy
Dauid, ce cœur sans peur, fut renuersé par vne volée
d'œil ; Ce vieux fol Salomon ietta là son sceptre & em-
poigna la marotte, & radotta si bien qu'il n'y eut rien
au monde de si desbauché que luy, quittant Dieu & le
Ciel, pour faire vie de garçou, & de folastre, parmy vn
grand haras de femmelettes. N'est-ce pas là estre Chre-
stienne à bon escient, de disputer toute la matinée auec
la glace d'vn miroir, & cent fois y coller ses yeux pour
idolatrer son propre visage tout couuert de mensonges,
le teindre en escarlatte, le saupoudrer de cendre, le des-
rider auec la paste & le fard, l'enuenimer d'arsenic &
de sublimé pour oster les nuées, & les taches, feindre
vn mal de dents pour porter l'emplastre, & faire par

Zzz

cest artifice esclatter la blancheur, ietter de petites mou-
ches pour couurir vn rien en effect, mais vn mal pretendu, & vne enfleure d'esprit plustost que de peau, limer
les dents, faire le sourcil, & se parer d'vn monde d'affiquets, & faire de son corps comme vn panier de ses petits colporteurs, qui chargent toute leur substance, &
leur domaine dans vn panier meublé de mille petites
besongnes. Vne belle question me monte icy en teste,
c'est à sçauoir qui est plus fol, & qui a l'esprit plus per-
clus, & la ceruelle renuersée, ou les hommes qui se laissent coiffer, & si aisément mener à la boucherie pour
acheter de la chair déguisée & toute boursoufflée, ou
les femmes qui prennent tant de peine pour emmufler
des veaux. Ie ne sçay s'il y a chose au monde qui ait
plus precipité de gens en enfer que la beauté. Beauté
qui est l'huis, ou l'huissier qui donne entrée à tous les
pechez dans l'ame, beauté qui est le canon d'enfer, le
plus puissant pour renuerser tous les rampars des vertus, & enfoncer tous les bouleuars de la sagesse humaine. Beauté qui sert de basilic à qui la mire, de vipere à
qui la touche, de Hyene à qui passe par son ombre, de
Panthere qui auec son odeur attire les bestes puis s'en
gorge à son aise, d'aimant qui tyrannise auec des se-
crettes violences, le fer mesme, de canicule qui fait enrager & mourir de chaud les cerueaux foibles, qui en
toute saison ardent des chaleurs caniculieres de la volupté.

L'œconomie de l'Homme.

1. L'Appetit en l'homme loge à la bouche de l'estomach, afin de restaurer ce qui euapore sans cesse
de la substance de l'homme, qui est tout perspirable, &
euaporable pour sa rareté, & ouuertures des pores qui
percent sa peau & son cuir à claires voyes, mais fort
deliées. Il y a en luy des parties solides, fluides, rapides ; les solides sont les os, tendons, membranes, nerfs,
veines, arteres, chair, graisse, & cuir. Les liquides sont
les humeurs, le sang, la pituite, la colere, la melancolie,
tous ces sucs & jus sont differents, & pourtant tous
ensemblément coulent dans les veines, & dans la masse
sanguinaire. Les rapides sont les esprits, naturels, vitaux,
animaux rapportez au foye, au cœur, & au cerueau ; Le
naturel est matiere du vital, le vital de l'animal, qui s'espure dans la boëtte, & creuset, ou alambic du cerueau.
Tout cela est en flus continuel, & partant naturellement appete le restablissement de ce qui s'escoule. Or
le ventricule a cette charge dont il s'acquitte par le
concours de plusieurs mouuemens ; 1. d'inanition des
parties ; 2. de l'attraction des veines, 3. la suction du
ventricule qui suçe & hume, or le ressentiment de cette
suction resueille le sens commun, & la faculté sensitiue
luy trace son chemin, & la guidant par les nerfs, luy
donne commandement sur la place, & à l'heure cette
partie instrumentale se met en deuoir, court à l'aliment
pour restaurer le dechet des parties euaporables : ce qui
se fait en digerant & cuisant la viande, puis la condui-

ſant par les canaux pour nourrir tout le corps. L'inape-
tence deſmolit l'appetit d'où s'enſuit vne atrophie qui
tarit la vie & ameine la mort. Les parties donc vuidées
par la chaleur attirent des veines ; les veines ſuçent de
l'eſtomach ; celuy cy attire auſſi & fait ouuerture du
pylore partie ſuperieure de l'eſtomach , & luy donne
mouuement de ſuction , d'où vient l'appetit qui repare
toutes les bréches faites au corps, autrement la chaleur
naturelle s'eſteint & l'humeur radicale tarit , fleſtrit, &
ſe conſume & apres la vie , qui conſiſte en ces deux
choſes bien vnies & entretenuës (quoy qu'elles ſe bar-
tent ſans ceſſe.) L'eſprit eſt vne ſubtile vapeur eſprainte du ſang, le naturel ſe fait au foye là où ſe fait la premiere cuiſon du ſang, d'iceluy ſe forme au cœur l'eſprit
vital, qui eſt vapeur plus deliée, & charrie par les conduits des arteres la chaleur qui viuifie les membres de
la perſonne ; le vital qui gaigne le cerueau ſe ſubtiliſe
dauantage & ſe rafreſchit & deuient eſprit animal , de
ce dongeon on diſtribuë par les nerfs tant motifs que
ſenſitifs ces eſprits qui rendent les membres capables
de mouuement, ſentiment, & de s'acquitter du deu de
leurs charges. Or il eſt fort ſubtil , delicat , actif , remuant, & qui aiſément s'éuapore , & a beſoin de fort
prompte reſtauration. C'eſt vn extraict du ſang, comme le ſang de l'aliment. Les facultez ſont trois. La premiere naturelle qui eſt aſſiſe au foye & meſnage la nourriture, accroiſſement , generation. La ſeconde vitale eſt
enclauée au cœur d'où elle donne les motions vitales,
maintient la vie, chaſſe la pourriture. La troiſiéme ani-
male eſt au cerueau & gere les affaires des puiſſances &

actions senſitiues, moriues, intellectiues, chacune fait
ſa charge par l'entremiſe des eſprits, la premiere du
naturel, la ſeconde du vital, la troiſiéme de l'animal, &
toutes ſans ceſſe trauaillent. Si ce n'eſt que par miracle
il y ait ſuſpenſion de la qualité conſumante de la chaleur, & vne maintenuë de l'humidité radicale en vn eſtat
ſans dechet, (comme en ce petit enfant de ſens qui a
deſia veſcu dixhuit mois ſain & gaillard ſans manger,
ny boire.) la ſubſtance s'éuapore, la peau ſe trenche en
rides, ſe colle & s'attache aux os, le cuir s'vlcere & ſe
perce à la pointe des os aigus, les membres flétriſſent
& ſe deſſechent, & ſont ſaiſis d'vn Maraſme mortel.

LE CHEVAL.

CHAPITRE LVI.

SI le Cheual tient plus de la terre il ſera
melancholique, terreſtre, peſant, de peu de
cœur. Si de l'eau, phlegmatique, tardif,
mol; s'il a plus de l'air, ſera ſanguin, ioyeux,
eſueillé, agile, attrempé en ſes mouuemens; ſi du feu,
cholerique, leger, ardent, beau ſauteur, & de bon
nerf, fougoux; ſi la proportion des elemens y eſt, il
eſt parfait.

2. De tous poils il y a d'excellens Cheuaux, pourtant
le bay obſcur, c'eſt à dire, couleur de chaſtaigne, le

grifon pommelé, le gris obſcur tirant ſur le noir, le
gris, nommé teſte de more, (c'eſt à dire, qui a la teſte
plus noire que le corps) l'alezan obſcur, c'eſt à dire,
tané iaunaſtre tirant au brun, ſont de plus gentille nature, & emportent le prix. Les autres couleurs ſont, incarnat, couleur d'or, poil de vache, gris cendré, poil
de Cerf, roüan, mouſcheté, noir, brun, deſteint, taſcheté, fauue, meſlé, taſcheté comme d'eſcume, poil
de loup couleur mal tenante, laué.

3. Le Cheual balfan (c'eſt à dire, à pied blanc) doit
auoir ſes balſanes (c'eſt à dire, taches blanches) qui
ne ſoient pareilles, ny ne montent à meſme hauteur,
& ſi ne doiuent eſtre trop hautes en la iambe ny trop
deſcendre aux iointes du paſturon. Le balſan de la main
de la bride (c'eſt à dire, pied gauche deuant) n'eſt en
credit; mais du pied droit, qui ſe nomme Arzel, ſera
ſuperbe, & ne fait bon eſtre deſſus, en vn affaire : le
balſan du pied de l'eſtrier (c'eſt à dire, pied gauche
derriere) eſt de bon cœur, & bon coureur. Le balſan
des deux mains eſt malencontreux, & pour auoir vn
pied blanc cela ne r'habille pas ſa mauuaiſe qualité, car
de raiſon vn bon Cheual doit auoir plus de blanc derriere que deuant. Le balſan des deux pieds eſt bien
marqué, & s'il a l'eſtoille au front, ou la liſte, & raye
blanche qui deſcend par la face ou chanfrain, qui n'arriue au muſeau, ny touche les ſourcils, il eſt excellent.
Le balſan des pieds, & des mains, eſt Cheual loyal, &
de bonne fantaſie, mais ils ne ſont forts. Le balſan de
la main de la bride & du pied de l'eſtrier (c'eſt à dire,
les deux pieds gauches l'vn deuant l'autre derriere) eſt

mauuais, & se nomme trauat ; le balsan de la main de
la lance , & du pied droit, se dit aussi trauat ; & ne
vaut rien. Balsan de la main de la bride & du pied droit,
se dit trastrauat, tombe aisément, & ses cheutes dan-
gereuses. Balsan de la main de la lance , & du pied de
l'estrier, se dit trastrauat, ne vaut guere. La cause est
que les pieds balsans sont ioints au ventre de la mere,
& retiennent ie ne sçay quoy que marchant ils se r'allient volontiers, de là vient qu'ils s'en frottent, frayent,
& entretaillent & choppent, & vous passent caualier.

4. Les balsanes mouchetées d'Hermines affinent le
Cheual ou en sa bonté, ou en sa mauuaistié. C'est mauuais signe d'auoir l'estoille au front sans liste, & vn autre sur le museau. Le Cheual rubican, c'est à dire , bay,
sursemé de poils gris, s'il est semé auant la main (c'est
à dire, ante) il ne vaut guere, si arriere la main, bon.

5. Tout Cheual de quelque poil qu'il soit mouscheté
par tout de blanc est bon ; mais si seulement par les
flancs, vers la croppe, & au col vers les espaules , fort
mal ; on le dit frelonné (& l'Italien *Atauanato* , car ta-
uano , & en Espagne *los Tauanos* sont les Mousches,
Frelons) parce qu'ils naissent és chaleurs & au temps
que regnent les Frelons , & les piquent, & n'ayant assez
de queuë ne se peuuent defendre, or là où ces tans les
piquent le poil blanchit, & fait ces taches.

6. Le blanc mouscheté de noir, ou de rouge, est de
bon sens, leger , adroit. Le gris mouscheté de rouge,
ou tanné, sur les machoüeres , & museau , est superbe
& s'esgare de bouche. Le bay sans tache est cholere, &
sanguin, tant plus qu'il tire sur le rouge ; & sur l'alezan.

Les poils blancs sont donnez de nature aux sanguins &
adustes qui sont bays ou, &c. pour rabbatre leur fe-
rocité & fierté. Les tous noirs sont adustes, mornes, &
melancholiques. Le phlegme produit ces taches blanches pour addoucir la cholere & desfaroucher la ma-
lignité de la chaleur & secheresse. C'est pourquoy
moins il y a de blanc (à cause de foiblesse) tant mieux.
Le gris pommelé pourtant est de grand courage &
hardy, parce que son blanc ne vient pas de l'humeur
molle, & corruptible du phlegme, mais d'vn phlegme
salse qui est humeur aigre qui est cause de ses roüelles,
& pommes dont il est couuert.

7. Le Cheual qui a l'espy (on le dit *spada Romani*) sur
le col pres des crins, s'il passe d'vn costé & d'autre, &
mieux s'il l'a sur le front, montre vn courage franc, pur,
guerrier, & heureux en bataille. Et s'il l'a aux hanches,
c'est à dire, *coxæ*, là où se fait la sciatique dertiere, vers
le tronc de la queuë, & où il ne peut voir, cela corrige
tous les malheurs des autres parties; s'il le peut voir
c'est vn mauuais signe, & que le Cheual sera de mauuaise volonté, & meschante creance.

8. La corne des ongles doit estre lice, douce, non
rabboteuse, noire, large, ronde, seche, caue, molle,
le talon ample. Le ieune Poulain ne s'ose affermir, ny
fier, ny reposer sur ses ongles qui sont tendres, il se va
espargnant, & s'aide des iambes, de l'eschine, & mesnage le mieux qu'il peut sa corne. Les coronnes soient
deliées & garnies de poil. Les pasturons (c'est à dire,
poplites, partie du jarret) courts, non trop couchez
ny aussi enleuez, car il ne brunchera, & sera fort par
bas.

bas. Les iointures groſſes , & ayant vn bon touppet &
houppe de poil derriere. Les iambes larges , & droites;
le bras nerueux auec les canons (c'eſt à dire, ce qui eſt
entre le genoüil & le paſturon) cours, eſgaux, iuſtes, bien
faits. Les genoux gros deſchargez , & vnis qui monſtrent les nerfs bons & vnis eſtant deſcharnez. Les eſpaules longues , larges, bien fournies de chair ; poitrine large, ronde ; le col ny trop court , ny long, gros vers
la poitrine (plein, qui emplit bien ſa barde, trauerſé,
c'eſt à dire, qui eſt large deuant , & derriere , & à trauers) & fait en arc au milieu vers la teſte , delié &
plus greſle ; les oreilles petites, hardies, aiguës comme
vn aſpic, & auenant à la taille de la beſte ; le front ample, ſec, deſchargé ; les yeux gros, noirs, non enſepue-
lis, ny ſortans hors de teſte , yeux verons, c'eſt à dire,
inégaux. Les ſalieres (c'eſt à dire, les trous , & concauitez ſur les ſourcils) pleines, & ſe iettant dehors ; les
machoüeres deliées & maigres ; les nazeaux ouuerts,
enflez, & qu'à trauers ſe voye le vermeil de dedans, ſigne qu'il reſpire aiſément ; & à longue haleine ; la bouche grande, bien fenduë ; toute la teſte priſe de rencontre, ſoit ſeche, longue, & comme celle d'vn Mouton ; mais le Genet & le Cheual à la legiere, a la teſte
plus petite ; les crins rares, longs , clair-ſemez ; les creſ-
pez monſtrent vigueur; les gros, force; les deliées, bon
ſens, & bonne volonté. A ſept ans le Cheual eſt raſé, &
ferré de toutes ſes dents , & pas vne ne loche , deuant
elles tombent, & reuiennent.

9. Le garrot (c'eſt à dire, l'os qui eſt à la fin du col,
& des crins, deuant le premier arſon) ſoit droit, non poin-

tu, & estendu, & là se voye le department des espaules ; le dos court, non voûté ny enleué, mais plat ; les
reins (c'est à dire, *lumbi*, & ce qui est entre la fin du
dos, & de la croppe) ronds, vnis, gros. L'eschine, ou
espine du dos, double & vuidée en canal ; les costes
larges, longues ; le ventre long, grand, proportionné,
& comme caché des costes par dessous. Les flancs
pleins, qui ont vn espy, & tant plus il monte vers les
os de la hanche, & regarde l'espy de l'autre costé, le
Cheual sera plus beau coureur. La croppe ronde, vnie,
penchante, vn canal au milieu : les cuisses longues, amples, les os bien faits, & force chair autour. Les jarrets
secs, larges, estenduz, & les vuidures (*Ital. falci.*)
courbes, amples comme vn Cerf, sera bon voyageur,
& bon chemineur. La queuë fournie de poils longs
iusqu'à terre, le tronc gros qui commence bien haut
vers la croppe ; bien assis entre les cuisses, les queuës
vuidées, & crespées sont bonnes. Le train derriere doit
estre plus haut que celuy de deuant ; vaut mieux que le
Cheual soit leger, & ait bon cœur, que d'estre fort
sans cœur, ou souplesse ; qui a tout, est le parfait.

 10. L'eschine foible, qui se laisse, & abandonne,
branlant, & faisant le trot à deux fois (*Ital. nauigar i
lombi*) n'est bonne, ny celle qui se raccropit, & amon-
celle tout courbant l'eschine pour vn temps, & puis se
relasche ; mais celle qui tient ferme sans hausser, ny
baisser, comme vn cheual de fer, l'excellente est celle
qui estant si dure, se raccropit & dure toufiours ainsi,
c'est à dire, la deuxiéme & la troisiéme s'assemblent en
vn.

11. Il faut donc qu'il soit tout à mesure, viste au pas, au trot, galop, à la carriere, au maniment, aux sauts, iuste de teste, de corps, à l'arrest, au parer, estant coy, allant, somme tout tel qu'est la volonté du Caualier qui le monte. En outre le pas esleué, le trot libre, galop vigoureux, carriere viste, maniment seur, & prompt, les bons fermes, l'arrest leger, la teste & col fermes, la bouche souple, & de bon appuy qui est le fondement de toute sa perfection.

12. Il faut bien endoctriner vn Cheual, la bride, les renettes d'icelle, le mors y seruent bien. Il faut que l'esperonnier sçache bien compasser les boucles, chainettes, & barres des freins : on en fait pour hausser la teste au Poulain, qui ont mal à la bouche, pour le Cheual qui a la bouche peu fenduë, qui est fort en bouche, pour faire baisser la teste, pour le faire ioüer de la langue, pour celuy qui becquette, pour desarmer vn cheual (c'est à dire, empescher qu'il ne ronge ses machoüeres) pour le faire prendre plaisir à mascher son mords, pour vn rouslin qui se renuerse, pour vn double courtaut qui a mauuaise bouche, pour vn roussin qui a la bouche d'vn diable (c'est à dire, *equo durissimi oris*) pour celuy qui ioüe des mandibules, qui ne veut point de fer (c'est à dire, *non curat frænum sed it semper suo modo*) pour vn qui tire la langue, pour tous les diables (c'est à dire, *equo durissimo*) pour arrester le Cheual qui pese trop à la main, & est fort de bouche, pour releuer, pour faire bonne bouche, pour faire qu'il ne s'embride trop, & charge trop la main du Caualier. On fait aussi vn Camorre (qui est comme vn cercle)

pour le Cheual qui renuerse.

13. Pour les domter il faut qu'ils ayent trois ans, il faut l'attacher à double cheueſtre afin qu'il ne ſe bleſſe aux cuiſſes, le mettre aupres d'vn Cheual domté, & le flatter luy paſſant doucement la main ſur le col, & là où il craint il ne le faut beaucoup preſſer de l'eſperon, mais le flatter, car à tous les mauuais pas craignant qu'on ne le voulut mal mener, & battre, il deuiendroit peureux & eſtonné.

14. Ils ont ces maladies aux yeux, il iette des larmes, ils les a troublez & cligne ſouuent, il a vne taye, ou peau qui couure l'œil c'eſt le reume qui deſcend, ou le mal de l'ongle, c'eſt vne cartilage qui couure partie de l'œil, ou la maille, c'eſt à dire, comme vne perle, & eſcaille. Les auiures ſont les glandes entre le col & la teſte qui ſerrent le goſier, & l'eſtranglent bien toſt, & fait que s'eſtouffant il ſe iette à terre. Ce mal ſe nomme, morbilles, ou auiures, ou viures. Le mal de l'eſtranguillon s'engendre en la gueule, c'eſt comme glande de chair qui ſerre les maſchoüeres, & ne laiſſe reſpirer. La morue, les galles & rongnes au col : la ſoritie, ou ſcime, ou lucorde eſt quand il ne peut tourner le col. Le mal de malferrure eſt mal de reins, cholique, ou tranchaiſons. Le cor ou corne eſt vn mal ſur le dos & cuir du Cheual qui rompt le cuir & deſcend iuſqu'aux os. Les courtes, ſont enfleures groſſes dans le Cheual. Le mal de polmon, ou polmoncelle mortifie la chair, fait pourriture, perce iuſqu'aux os, vient de la ſelle mal-faite. Le Cheual ſur lequel la lune a rayé eſt tout amorty. La bleſſure du garrot eſt fort dangereuſe,

c’eſt à dire, l’os entre les eſpaules : les puzioles ou eſ-
corcheures plus petites font peu de mal.

15. Ils doiuent auoir trois conditions ſi on n’y veut
perdre le temps. Sçauoir eſt bonne eſchine, bonne iambe, & bon pied. Qui doiuent eſtre de nature. Car la
bride ne le leur donne pas.

Emboucher bien vn Cheual, c’eſt à dire, l’embri-
der. Le bien mettre en bride. Bailler ou mettre l’emboucheure, ou le mors, ou la bride au Cheual.

Cheual effrené, c’eſt à dire, endurcy : qui ſe deſar-
me & abandonne de reſte, abandonné de teſte.

Bailler la main plaiſante & la contrainte douce à vn
Cheual.

Au Cheual fort fendu de bouche faut bailler bride
ou mors qui aye plus d’vne priſe, voire qui en aye trois
ou quatre ſelon qu’il aura la bouche deſmeſurément
fenduë. Quand on luy aura baillé les priſes propres ſelon la fente de ſa bouche, il ne tombera facilement en
vice s’il commence volontiers à maſcher ſon mors, ſa
bride.

Percer le mors, c’eſt quand vn Cheual peut facilement, franchement, & ſans peine paſſer la langue deſſous l’emboucheure, c’eſt à dire, deſſous la bride. La
genciue deſarmée de quelque dent.

Il ſera prompt à s’enarbrer, cabrer & leuer tout haut
au grand danger du Cheualier. L’encoleure & le col
ſerpentin du Cheual eſt brune. C’eſt vne bonne voûtu-
re, voûté & courbé en forme d’arc. Le col reñuerſé ou
reuers.

Le Cheual bien dreſſé ne doit rien faire ou obmet-

tre que de la volonté du Cheualier & la suiure de point
en point quelle qu'elle soit, & non d'vn certain maistre,
mais de toute sorte, & qu'il entende, la voix, la main,
la baguette & le la ho de son maistre.

Le bon Cheualier maniant le Cheual à passades &
repolons, c'est à dire, le faisant passader ne faut pas
qu'il luy laisse trop auancer le muffle en auant, ny aussi
trop s'égourmir ou rengorger, mais moyennement entre les deux & en port gaillard & honneste.

16. Dresser vn Cheual au galop raccourcy, c'est à dire,
l'enseigner à faire vn amoncelement ou accroissement
de bonne grace sautant & galopant. Il s'amoncele &
accroupit de bonne grace s'auançant tousiours sautant
& galopant.

Dresser & manier les Cheuaux aux sauts balancés,
c'est à dire, les enseigner à faire des sauts hauts, & me-
surez, ce qui se fait par ornement à la fin de la carriere,
du repolon & passade ou remise, & faut que le Cheualier se tienne bien ferme à ce maniement.

Dresser aux sauts de Mouton, Idem, fors qu'aux
sauts balancés le Cheual s'auance auec la teste. Mais aux
sauts de Mouton combien qu'il monte plus haut, toutefois il doit cheoir au mesme lieu dont il s'est souzleué
pour faire la passade, c'est à dire, ce saut se fait seulement à la fin de la passade, non de la carriere, ny de la
remise, ny de quelque autre maniment que ce soit.

Cheual qui est venu dur en bouche. Luy bailler le
cauesson ou cauessine, c'est à dire, petit licol qu'on
baille premierement au Poulain. Il sert pour faire leuer,
releuer, & bien porter la teste & le col tant allant droit
que faisant la volte.

Cauesson de fer est propre pour les Cheuaux frisons & Coursiers. Cauesson de corde & de cuir aux Genets d'Espagne & Turcs.

La Moulette de l'esperon doit estre mousse pour picquer le Poulain.

Cheual frizon, c'est à dire, d'Allemagne poltron & malin de nature ayant le cœur double : il est lasche de courage. Il se corrige par rude traictement ; empire par amiable doux & gracieux. Le Cheual François est proche de cestuy-cy tous propres à la charruë.

Le Poulache de Dannemarc approche aux meilleurs, il a le col descharné, les iambes bien fondées, la teste seche & est d'assez bon cœur.

Les Cheuaux Turcs, Barbes, & Mores sont gaillards, courageux & abhorrent le coupset, piqueures, comme tous cheuaux de gentil courage, comme sont Sardes, c'est à dire, de Sardeigne.

Les Cheuaux de Naples doiuent quelquefois estre refueillés & ragaillardis par l'esperon & par le secours & chastiment de la parole.

L'on doit dresser vn Cheual obseruant sa complexion melancholique, cholerique, phlegmatique, sanguine, en la saison propre pour le mettre en œuure.

Manier ou dresser vn Cheual à remises, ou à repolons, ou passades. Faire faire les sauts à la capreole, c'est à dire, sauter en Cheureils ou Cheureaux. Icy le Cheual va en auant & ne retombe pas en mesme lieu & ruë, en retombant au contraire des autres sauts où il ruë en montant & s'esleuant en l'air.

Cheual qui s'entre-taille par foiblesse ou mauuais fer.

Qui se balotte, c'est à dire, quant haussant trop le bras,
mesme en trottant il se les atteint. Qui se forge, c'est à
dire, se blesse les talons ou bien s'atteint les nerfs.

Fers auec le crampon. Fers desferrées, c'est à dire, de
deux pieces. Vnis, c'est à dire, sans crampon.

Bailler, donner les esperons au Cheual, c'est à dire,
l'instruire à entendre l'esperon. Cheual qui prend bien
l'ayde, le cours de l'esperon ou de la baguette, c'est à
dire, apprend par le moyen de l'esperon, &c. seur aux
esperons, c'est à dire, qui les entend fort bien.

Picquer auec les esperons pareils, c'est à dire, en
mesme temps & coups & endroits donner des deux
esperons. Donner vne tallonnade, c'est à dire, vn coup
d'esperon.

Quand il sera en haleine & qu'il aura reprins son
vent. Qui porte bien sa teste iuste & ferme.

Camarre. Instrument pour asseurer la teste du Cheual mal asseuré de teste. Bailler les voltes doubles : re-
doublées.

Cheual Balezan, c'est à dire, qui a des marques
blanches aux mains ou aux pieds. Le balezan de la main
de la lance sera adextre & bien maniant, mais malheureux coustumierement.

Le balezan de la main de la bride ne vaut gueres. Le
balezan du pied droit s'appelle arzel, superbe, vicieux,
& infortuné, & qui ne doit seruir en iournée de bataille.

Le balezan du pied de l'estrier est bon & bon coureur.

Les Espis ou remoulins du Cheual sont petits cercles de poil retors comme les Anties qui sont au milieu
du front.

du front au gozier, en l'eſtomach, au nombril , aux flancs.

Cheual tendre d'eſchine , foible de iambe , chargé de machoires fort en bride , gaillard de reins & de bras.

Le poil bay , chaſtain , le gris pomelé ou roüé , le roüan nommé teſte de More , alezan obſcur ſont les plus attrempés & les plus eſtimés. Apres ceux-cy le bay doré ou obſcur , le blanc moucheté de noir , le gris argenté qui a les extremitez noires , c'eſt à dire , la pointe des oreilles , des crins , quéüe , iambes , bras , &c. vaut mieux.

Vn bon Cheual ſe mene bien mieux par vn filet de ſoye que par des rudes camorres , & pluſtoſt à l'air de la gaule , qu'au coup de baguette , ou au fer de l'eſperon.

La deſcription du Cheual.

C'Eſt en tout ce qui ſort de ſa main , que Dieu ſe monſtre Dieu, mais en quelques choſes il ſemble qu'il ait pris ſon plus particulier plaiſir de monſtrer ſa puiſſance. Laiſſons les choſes cachées , amuſons nous à contempler ce que nous manions tous les iours , y a-il choſe plus admirable qu'vn beau Cheual de ſeruice , ac-comply de ſes perfections. Que ſçauroit choiſir l'œil de plus beau en ce parterre du Monde qu'vn beau Ge-net , ou autre ayant la corne liſſée & noiraſtre , haute, arrondie, bien creuſée, ſes paturons (c'eſt à dire, po-plites ce qui eſt derriere le genoüil, où il ſe plie, *ſuffrax*) courts, entre-droits & courbes ou lunez, ſes bras ſecs,

Bbbb

nerueux, ſes genoux deſcharnez & bien emboitez, la
iambe d'vn beau Cerf, ſa poitrine large, & bien ouuerte, l'eſchine graſſe & double & tremblante, la croupe large, le corſage long & haut, les flancs bien vnis,
le manteau bayardant, le col d'vne moyenne arcade,
mais non trop voûté, reueſtu d'vne grande perruque
flottante en l'air, & creſpeluë; la queuë iuſques à terre bien eſpeſſe, le front ayant la peau couſuë ſur les
yeux gros & eſtincelans; la bouche grande, eſcumeuſe,
les nazeaux ouuerts, & qui ronflent, l'eſtoille au front,
deux balzans aux iambes, ayant ſon courage en fleur,
& l'âge de ſept ans, mettez moy vn Eſcuyer qui le manie comme il faut, y a-il pareil plaiſir au monde? Il
n'eſt ſi toſt aſſis & quaſi couſu en ſelle, les rênes en
vne main, la baguette en l'autre, parlant auec les talons & l'eſperon, par le flanc au Cheual, que vous le
voyez bondir & faire merueille : tantoſt il ſe cabre, il
ruë, il ſaute; tantoſt il ſe lance & ſe darde, & quaſi
nage par l'air, il ſe recule, il va de coſté piaffant, &
tournant ſa teſte & ſon corps; s'il va le pas c'eſt en
grondant & hanniſſant; s'il eſt preſſé, il va de bond en
bond, il galope auec maieſté, & auec vne cadence
bien ſeante. Si lon laſche la bride, & preſſe de l'eſperon alors comme s'il auoit des aiſles il fend l'air, il de-
ſtrape auſſi toſt & quaſi eſchappant à ſoy-meſme il ſe
laiſſe derriere ſoy, il attrappe le vent, il luy gaigne le
deuant, il vole, il s'emporte à perte de veuë, & laiſſe
les oyſeaux bien loing, & deſbandans tous ſes nerfs
fait vne carriere à perte d'haleine, & quelquefois de
vie, mais de telle viſteſſe que l'œil quaſi ne le peut

ſuiure. Mais eſtant arreſté, & retournant à petit pas
alors il le fait beau voir, car ayant quelque ſentiment
de gloire, & luy ſemblant d'auoir gaigné le prix, vous
le voyez maſcher ſon mords orgueilleuſement, il ſeme
par la carriere vne eſcume, & couure tout de neige, il
a les yeux qui iettent le feu, il regarde de coſté & d'autre, vous diriez que c'eſt pour receuoir les applaudiſ-
ſemens, & ne pouuant remercier, il redouble ſes han-
niſſemens pleins de ioye, & s'arreſtant il vous bat la
terre du pied & la gratte pour ſe donner du plaiſir, ſpe-
cialement ſi le Caualier le flatte luy paſſant ſa main ſur
le col, & banniſſant l'eſperon du flanc luy preſente vn
bouquet d'herbes pour le rafraiſchir. Alors il ne ſe fait
gueres prier de faire ſes courbettes, tous les airs, quatre
caprioles en l'air, & autant de ſauts de Mouton les quatre
pieds en l'air, & ſi vous voulez la iambette. Le paſſe-
temps eſt quand il ſe ſent entre les dents vn mors d'argent, & les roſes dorées, la bride brodée d'or, la ſelle
royalle, & la houſſe de drap d'or, & les houppes pendantes, or c'eſt alors qu'il ſe quarre, qu'il eſbranle ſon
pennache, qu'il ſe ſent ſur la teſte, & comme faiſoit
Bucephalus qui ne receuoit ſur ſoy qu'Alexandre le
Grand, mais encor en habits imperiaux, car tout autre
eſtoit pluſtoſt ſecoüé, & rüé par terre qu'il n'auoit le
pied en l'eſtrier; il braue, il ronfle, il ne touche quaſi la
terre ſinon du bout de l'ongle, il fait du Roy, & piaffe
à merueille. Sur tout ſe void le naturel de ceſt animal
lors qu'on fait retentir vn clairon accompagné d'vn fifre, & d'vn tabourin battant & donnant vne allarme;
Car pour lors s'il ſe ſent la teſte armée d'vn chanfrain,

le poitral d'arme, & la selle de guerre, & armé au
combat auec son harnois, ô quelle peine y a-il à le manier, il pennade, il se tourmente, il baue derage, & redoublant ses hannissemens il cherche la meslée & le choc,
il rompt les caillous du pied, il trepigne sans cesse, &
les oreilles dressées, iettant feu-flamme par les yeux &
par les nazeaux, se darde tant qu'il peut, il ne se peut
tenir sur ses pieds, mais rongeant de despit son frein
escume sa rage par la bouche, & sans parler ne demande que la guerre.

Mais du Bartas a fort naïfuement descrit tout cecy,
feignant que Caïn fut le premier Caualerisse du monde,
& dit,

Caïn de cette peur, comme on dit transporté
Donne le premier frein au Cheual indomté:
Afin qu'allant aux champs, d'vne poudreuse fuite
Sur les iambes d'autruy son meurtrier il euite,
Car entre cent cheuaux brusquement furieux,
Dont les fortes beautez il mesure des yeux,
Il en prend vn pour soy, dont la corne est lißée,
Retirant sur le noir, haute, ronde, & creusee.
Ses pasturons sont courts, ny trop droits, ny lunez:
Ses bras secs & nerueux, ses genoux descharnez.
Il a iambe de Cerf, ouuerte la poitrine,
Large croupe, grand corps, flancs vnis, double eschine:
Col mollement voûté comme vn arc my-tendu,
Sur qui flotte vn long poil crespement espandu:
Queuë qui touche à terre & ferme, longue, espeße,
Enfonce son gros tronc dans vne grasse feße:
Oreille qui pointuë a si peu de repos

Que ſon pied gratte-champ, front qui n'a rien que l'os:
Yeux gros, prompts, releuez : bouche grãde eſcumeuſe:
Nazeau qui ronfle, ouuert, vne chaleur fumeuſe:
Poil Chaſtain, aſtre au front, aux iambes deux balzans.
Romaine eſpée au col : de l'âge de ſept ans.
Caïn d'vn bras flateur ce beau Genet careſſe:
Luy ſaute ſur le dos d'vne gaillarde adreſſe:
Se tient & iuſte & ferme, ayant touſiours tournez
Vers le front du deſtrier & ſes yeux & ſon nez.
Lors le Cheual faſché de ſe voir fait eſclaue,
Se cabre, ſaute, ruë, & fumeuſement braue,
Rend ſon piqueur ſemblable au ieune iouuenceau
Qui manie ſans ârt le timon d'vn vaiſſeau.
L'onde emporte la Nef, & la Nef le Pilote
Qui touché ià la mort, qui paſlit, qui tremblote,
Et d'vn craintif glaçon ſentant preßé ſon ſein,
Se repend mille fois d'vn tànt hardy deſſein.
    L'Eſcüyer repourprant vn peu ſa face bleſme,
R'aſſeure accortement & ſa beſte & ſoy-meſme:
La meine ores au pas, du pas au trot, du trot
Au galop furieux. Il luy donne tantôt
Vne longue carriere : il rit de ſon audace,
Et s'eſtonne qu'aßis tant de chemin il face.
    Son pas eſt libre & grand : ſon trot ſemble égaler,
Le Tigre en la campagne & l'Arondelle en l'ær:
Et ſon braue galop ne ſemble pas moins vîte
Que le dard Biſcaïn, ou le traiĉt Moſcouite.
Mais le fumeux canon de ſon goſier bruyant
Si roide ne vomit le boulet foudroyant,
Qui va d'vn rang entier eſclarcir vne armée,

Ou percer le rempart d'vne ville sommée,
Que ce fougoux Cheual sentant lascher son frein,
Et picquer ses deux flancs, part viste de la main,
Desbande tous ses nerfs, à soy-mesmes eschappe:
Le champ plat bat, abbat, destrape, grappe, attrappe,
Le vent qui va deuant couuert de tourbillons
Escroule sous les pieds les bluettans seillons,
Fait decroistre la plaine : & ne pouuant plus estre
Suiuy de l'œil, se perd dans la nuë champestre.
Adonques le Piqueur, qui ià docte ne veut
De son braue Cheual tirer tout ce qu'il peut,
Arreste sa ferueur : d'vne docte baguette.
Luy enseigne au parer vne triple courbette:
Le louë d'vn accent artistement humain:
Luy passe sur le col sa flattcresse main:
Le tient & iuste & coy : luy fait reprendre haleine,
Et par la mesme piste à lent pas le r'ameine:
Mais l'eschauffé destrier s'embride fierement,
Fait sauter les caillous ; d'vn clair hannissement
Demande le combat, pennade, ronfle, braue,
Blanchit tout le chemin de sa neigeuse baue;
Vse son frein luisant, superbement ioyeux
Touche des pieds au ventre, allume ses deux yeux;
Ne va que de costé, se quarre, se tourmente,
Herisse de son col la perruque tremblante:
Et tant de spectateurs qui sont aux deux costez,
L'vn sur l'austre tombant font largue à ses fiertez.
Lors Cain l'amadoüe, & cousu dans la selle,
Recerche ambitieux, quelque façon nouuelle
Pour se faire admirer. Or il le meine en rond,

Tantost à reculons, tantost de bond en bond;
Le fait balfer, nager, luy montre la iambette,
La gaye capriole, & la iufte courbette.
Il femble que tous deux n'ont qu'vn corps & qu'vn fens:
Tout fe fait auec ordre, auec grace, auec temps:
L'vn fe fait adorer pour fon rare artifice,
Et l'autre acquiert, bien-né, par vn long exercice
Legerté fur l'arreft, au pas agilité,
Gaillardife au galop, au maniement feurté,
Appuy doux à la bouche, au faut forces nouuelles,
Affeurance à la tefte, à la courfe des ailes.

VERS DE SOYE.

CHAPITRE LVII.

LEs Vers de foye naiffent & efcloent des fleurs qui tombent des Cyprés, Terbentins, Fref-nes. La pluye les abbat, la terre les nourrit auec fes vapeurs. Ce font petits papillonneaux tout fin nuds, puis fe font velus, & s'arment apres con-tre le froid d'vn bon cuir & d'vne robbe efpeffe. Ces beftioles ont les pieds afpres, & rabboteux, car c'eft auec eux qu'ils raclent tout le coton qu'ils peuuent agraffer, & gripper fur les arbres pour enfiler la foye. Ils font vn blot de tout, & foulent la foye auec les pieds, la cardent auec les ongles, puis la pendent

entre les branches, & la peignent pour la rendre coulante, subtile, viue, souple, propre à se pouuoir tistrer,
& mettre en besongne, ils s'ensepuelissent richement dans
ce peloton, s'entortillent dans ce duuet & se couchent
comme dans vn riche tombeau, ou nid pour se couuer
soy-mesme, & contraindre la mort d'enfanter la vie.
Au resueil & à leur renouueau ces precieux Vermisseaux
se r'habillent d'aisles, se reiettent au trauail, liment fort
gentiment les füeilles des Meuriers, & les digerent en
soye, ayant tout leur petit estomach comme vn riche-
magazin d'Orient garny de soye viue, teinte en la teinture de nature.

POVR

POVR PARLER DE
L'OECONOMIE DES CIEVX,
ET DE SES MERVEILLES.

CHAPITRE LVIII.

1. LE Ciel de son pourpris emmantele tout le monde, & par la douceur de ses influences l'alimente, & luy distille sa vie. C'est la maison de Dieu, le paué du Paradis, les parterres des Anges fleuris d'Estoilles & d'vn eternel Printemps, le temple de la Diuinité, la chappelle ardante du monde, la voûte azurée de l'vniuers.

2. Le nombre des Cieux n'a pas tousiours esté conté, tantost on a creu qu'il n'y en auoit qu'vn seul, dans lequel couloient doucement, & glissoient les Astres, comme dans vn cristal liquefié & fort tendre. Tantost on en a mis huit à cause des diuers mouuemens, & bransles fort differens, puis neuf, puis dix, douzé: & si d'auanture quelque nouueau Galilei nous forge quelques autres lunettes, nous courons fortune de trouuer encor de nouueaux Astres & de nouueaux Cieux, tant il est

Cccc.

vray que nos efprits font foibles , & nos inftrumens
trompeurs, & fuiets à l'erreur.

3. Cette machine ronde fait fes reuolutions circulaires par vne viftefle inenarrable. Mais c'eft vn conte de
Platon , de dire que les Eftoilles rendent quelque fon
ou tintement par leur mouuement , mais le doux cou-
lement du Ciel , ces accords fi difcordans des mouuemens contraires , ces douces liaifons & diuorces des
Eftoilles, c'eft ce qu'on appelle la douce harmonie des
Cieux.

4. On nous voudroit faire croire qu'il a efté nommé
Ciel, d'vn mot qui fignifie cizelé, & graué, à caufe que
le Zodiaque eft compofé en douze figures d'animaux
qui y font grauez, & toute la peau du Ciel eft furfe-
mée d'animaux empraints & façonnez pour embellir le
Ciel. Mais en effet , ce ne font que certains affembla-
ges d'Eftoilles , que la fantafie des hommes a façonnées en figures & conftellations qui fe rapportent à
quelque forte d'animaux , mais à la verité ils y rapportent fi peu , que ce qu'on appelle le Lion, pouuoit auffi
aifément eftre appellé vn finge ; la neceffité nous a forcez de prendre cela pour argent contant, & Dieu mefme chez Iob , fe fert de ces façons de parler, les nom-
mant Orion , Hiades, &c.

5. Les Eftoilles femées par le Ciel , font les parties les plus maffiues du Ciel , des boutons de glace qui feruent de liaifon & d'entretien au Ciel ; les canaux dorez par où la bonté de la nature diftille fes
influences fur nous, & fait couler infenfiblement fes
faueurs , les yeux de la nature qui fans cefle nous

fert de corps-de-garde ; les pierreries de la nature dont
elle se pare d'ordinaire. Tantost elles iettent leur feu
& leurs rayons, tantost elles éclipfent leur beauté & se
defpoüillent de leur clarté rayonnante.

6. La Lune eft la Planette la plus proche de la terre
& la plus familiere, c'eft le Soleil de la nuict, son cours
& decours ne faut iamais ; fa glace eft efclairée felon
qu'elle regarde le Soleil ; & tantost nous n'en voyons
qu'vn filet & croiffant d'argent, tantost elle s'enfle &
fait vn my-rond, puis elle s'arrondit & se fait toute
pleine. Son argent eft toufiours tacheté de quelques
mafques, & certaines noirceurs qui femblent façonner
vn vifage. Elle furuient aux defauts du Soleil, fouuent
elle luit auec luy & mefle fes rayons auec ceux du Soleil en plein iour. La niaiferie des Peintres se void en ce
que d'ordinaire la peignant en compagnie du Soleil ; ils
font que les cornes regardent le Soleil, & font tout au
rebours, car c'eft le dos qui mire le Soleil, & iamais les
cornes. Elles n'a de clarté finon ce qu'elle attire du Soleil, luy prefentant fon miroir & fa glace. Pline eft bien
badaut pour vn habile homme, de croire que la Lune
hume les vapeurs de la terre & s'en nourrit, & les Eftoilles auffi, & que fes taches ne font que l'indigeftion des
parties plus terreftres & plus groffieres des vapeurs de
la terre.

7. Quand la Lune eft diametralement fous le Soleil,
& interpofée entre luy & la terre, elle l'éclipfe & def-
robe à la terre les raiz du Soleil. Et par contr'efchange
l'ombre de la terre enneloppant la Lune l'éclipfe, & ne
la laiffe ioüir des rayons du Soleil. La pointe de l'ombre

de la terre ne montant point plus haut, n'éclipse pas les autres Eſtoilles.

8. La grande boule du Ciel roule ſur deux eſſieux ſi-chez, & vole d'vne viſteſſe aiſlée, l'Ange luy donne le branſle & le mouuement, & le fait tournoyer ronde-ment à la cadence de la diuine prouidence, coronant le monde de ſon arche bien voûtée & diaprée d'Eſtoilles. Le Soleil enchaſſé là dedans engendre les ſiecles & les ans, les iours & les ſaiſons, frayant vne orniere eternelle que touſiours il va retraçant & refrayant, courant par ſa meſme carriere.

9. On ſçait à poinct nommé le cours & les trauaux des Aſtres, les aſpects, les rencontres & les fuites; les mariages & les diuorces des Planettes, leurs defaillances & eclipſes, leur leuer, leur coucher, leurs aſcendans, les conionctions, leurs defauts, & tout le meſnage des Cieux: On ſçait la connexité, & le courbement des Cieux, l'eſpaiſſeur & la maſſiueté de chaſque Sphere. Les conionctions Orientales & matinieres des Eſtoilles auec le Soleil, ou bien les Occidentales & veſpertines: Les courſes directes & retrogrades; les abbaiſſemens vers la terre, les eleuations vers le Ciel par leurs epicycles; les Anges des Planettes, les Zones ou ceintures qui parta-gent & ceignent le Ciel, le Zodiaque qui va biaiſant entre les deux poles.

10. Pline eſt bien ſimple, quand il ſe vante d'auoir treuué la theorique des Planettes, rapportant toute la difference de leurs mouuemens à la violence des raiz du Soleil, & à ſa repercuſſion, les rendant ſtationnaires ou retrogrades. Il y a bien d'autres myſteres en ces mouué-

mens admirables, & faut bien que les Anges mettent la main à la besongne roüant ces corps celestes.

11. C'est chose saintement effroyable que la grandeur des Estoilles, la distance des Cieux, la vistesse explicable de sa course. Il y a telle Estoille qui ne semble pas plus grosse qu'vn escu, qui est cent & quinze fois plus grande que toute la terre. Bonté de Dieu, qui se pourroit imaginer cette beauté de voir vne telle boule de cristal tout en feu, & puis en voir le Ciel tout parsemé de pareilles, iettant icy bas mille benedictions sur la terre par le moyen de leurs rayons & la douceur de leurs influences.

12. Il y a autant de distance d'icy au Ciel de la Lune, qu'en feroit vn Caualier bien monté (faisant tous les iours soixante mille) en cinq années & plus.

D'icy à Mercure, en dix ans.

D'icy à Venus, en vingtsix ans.

Au Soleil, an 169. & trois mois.

A Mars, 184. & cinq mois.

A Iupiter 1291. & deux mois & plus.

A Saturne 2065. & onze mois.

Au huitiéme Ciel 2755. ans, & six mois.

Au neufiéme, 2982. ans pour le moins.

De façon que faisant tous les iours vingt mille, il faudroit pour descendre à terre du neufiéme Ciel seulement, des années pour le moins neuf mille. Partant si vn homme auoit commencé à descendre depuis le commencement du monde, faisant tous les iours vingt mille, il n'auroit fait que les deux tiers du chemin, & luy faudroit encor trois mille ans, deuant que de mettre

pied à terre, & n'en doutez nullement, car il n'y a nul
erreur au calcul de ces grands personnages, qui en ont
tiré le conte.

13. Pour la viſteſſe du mouuement, c'eſt choſe quaſi
incroyable, marquer vne Eſtoille au firmament, elle fera
en vn iour de milles d'Italie (dont trois font vne bonne, lieuë de France) elle fera dy-ie quatre cens dix millions, & cinq cens mille & plus ; & à chaſque heure elle
fera dixſept millions & plus ; & à chaſque minute d'heure nonante ſix mille, & deux cens mille d'Italie ; de façon que ny le vol de l'oyſeau, ny la violence d'vne ſa-
gette, ny la furieuſe volée du canon, ny meſme la deſ-
cente du quarreau du Ciel, ny choſe du monde peut approcher de cette viſteſſe inimaginable, mais pourtant
tres-veritable.

14. Chaſque Planette a vne couleur propre, Saturne
eſt blanc d'vn blanc plombé & vn peu bruniſſant ; Iupiter eſt clair, vif, drillant, mais enflambé & vn peu ſanguin en ſes rayons ardans ; Venus l'Orientale eſt embra-
ſée, l'Occidentale reluiſante, mais auec vn feu moins eſueillé, Mercure eſtincelant & fretillant, iettant pluſieurs
raiz qui eſbloüiſſent la veuë, la Lune a ſa glace argentine, douce, gracieuſe, le Soleil eſt tout feu rayonnant, &
eſparpillant nos veuës de ſa trop grande clarté.

15. On n'a point eu de honte de vouloir faire inuentaire des Eſtoilles, & les conter toutes par le menu. De
fait on iure qu'il n'y en a de celles qui paroiſſent que
1022. choſe qui ſemble ridicule aux niais, mais tres-
aſſeurée aux gens du meſtier, qui vous desfieront d'en
marquer vne ſeule, qu'ils n'ayent contée deuant nous,

& marquée fur leurs globes. Le chemin de fainct Iacques , ou voye de laict , n'eft autre chofe qu'vn million de petites Eftoilles dont les rayons n'arriuent pas
iufqu'à nous. Galilei auec fes lunettes les diftingue , en
treuue de nouuelles, & defcouure mille nouueautez dans
le Ciel.

16. Le chariot & la croifade ce font les Eftoilles les
plus proches des deux piuots, gonds, & poles du monde , fur lefquels roule tout ce grand vniuers, le chariot
eft le pole du Nord , & la croifade du Sud ; on la nomme
ainfi, à caufe des quatre Eftoilles rangées à mode de
croix, dont elle eft compofée. On void fouuent le Soleil , & la Lune coronnez de cercles ou fanglans , ou
luifans , ou blaffards & mourans, voire des arcs en Ciel,
on void des trois Soleils, des Lunes, & autres prodiges,
foit que cela fe face par hazard & la rencontre des vapeurs, ou que Dieu a deffein fe fert de cela pour nous
faire penfer à luy, & à nous.

17. Il n'y a nulle Eftoille qui n'ait fa vertu particuliere
quoy qu'incognuë, les nuées caufent la pluye infailli-
blement , les autres la gelée, qui flocque la neige , qui
diftille des rofées abondantes, qui feme la grefle , qui
ouure la bouche & les portes du vent, qui enueloppe
le monde de broüillaz , qui morfond de frimats , qui
contribuë à la generation des mineraux , & quand le
Soleil & la canicule s'allient, le monde brufle d'vne chaleur enragée , felon le cours & decours de la Lune , les
ouyftres & poiffons armez d'efcailles & fermez dans
leurs boüettes, croiffent & decroiffent en chair.

18. Le Soleil eft affis au milieu des Planettes comme

le Roy du Ciel, auquel toutes les Estoilles font la Cour.
Par fa grande puiffance, il regente le Ciel, la terre, fait
les faifons, & a efté nommé Dieu par la gentilité. Pline
a efté fi fol que de croire que c'eftoit le feul Dieu du
monde, l'œil de la nature ; le potentat de l'vniuers, le
maiftre & le gouuerneur des Aftres, l'entendement du
monde & l'ame & le mary de la nature. Luy qui partage les temps, qui forme les faifons, qui dore les elemens, qui efmaille la terre, qui perce iufqu'aux entrailles
de la terre pour y créer les metaux, & enfonce fes
rayons iufques aux abyfmes de l'Occean pour y polir
les pierreries ; c'eft luy qui embellit le vifage des Cieux
les couurant de ferenité & de maiefté, qui empourpre
les nuées, qui y trace l'arc en Ciel, qui hume les broüil-
lars, qui effuye les pluyes, qui lafche & qui arrefte les
vents & les tient en bride, qui enfle & defenfle la marine, qui couure les campagnes de toutes fortes de
fruits, qui donne la vie aux beftes, qui refioüit ce grand
Tout de fa belle lumiere, fans laquelle ce monde n'eft
qu'vn vray charnier & vn tombeau des creatures, qui
fe mangent les vnes les autres. Ce globe de criftal tout
plein de feu, & d'vne lumiere toute d'or, c'eft le threfor
du monde, & comme dit vn Ancien, c'eft quafi le
Dieu materiel des chofes corporélles, c'eft le miroir de
la maiefté de Dieu.

19. Le S. Efprit qui l'a creé prend plaifir à le loüer,
difant que c'eft vn vafe du tout admirable, chef-d'œuure de la main toute puiffante de Dieu, la gloire du firmament, la fource inepuifable de la lumiere, la fournai-
fe des ardeurs & des flammes qui cuifent les elemens,
                                                    & alimen-

& alimentent l'vniuers, le bel œil de la nature, le grand
canal d'or, par où le Ciel distille sur nous ses faueurs &
saintes Indulgences, & verse ses liberalitez & douces
influences, le Pere de toutes les beautez de la nature,
l'honneur & le thresor des Estoilles & de l'azur des
Cieux, Roy duquel la Maiesté esteint la gloire & eclipse la beauté des Astres & de toutes les choses belles.

20. La Lune sa sœur, est le Soleil des nuicts qui trenche l'espaisseur des tenebres auec ses rayons argentins,
moites, & doucement consolant les ennuys des nuicts
langoureusement sombres. Astre qui ne vid que d'em-
prunt & a visage tousiours changeant, c'est la maistresse de la mer, la Reine de la nuict, la mere des rosées, la
douce nourrissiere de la terre, la guide des mariniers, le
miroir du Soleil, la compagne de ses trauaux, la gar-
dienne de sa lumiere, & depositaire du iour & des thresors du Ciel, l'autre gloire du firmament, l'emperiere des
Estoilles, la Regente de ce bas monde, où elle a sa iurisdiction & son domaine, retrogradant par son propre
mouuement, fendant le Ciel à contrepoil & au rebours,
du branfle commun des Cieux, nous marque les mois,
les années, & les siecles. Elle par sa douceur attrempe
les chaleurs trop ardentes du Soleil son frere.

21. Quand le Soleil s'approche ou recule des Planettes, & se marie auec diuerses Estoilles, selon les aspects differens, il fait aussi des effets admirables, durant
qu'il est auec la canicule la mer boüillonne, l'air n'est
plus air, mais flammes respirables, les vins tournent, les
lacs s'esmeuuent, la terre est vne vraye Zone torride, &
tout le monde vn Purgatoire, tandis qu'il est en cette

conionction , & les chiens mefmes enragent durant
ces iours Caniculaires , les maladies redoublent & em-
pirent , que fi ces ardeurs Caniculaires font renforcées
par le vent de Midy , de vray elles femblent du tout
infupportables defmontant la tefte, defbauchant l'eftomach, allumant le fang dans nos veines, & c'eft à l'heure ce qu'on appelle vent de Requiem , & vent de fuc-
ceffion, car ces chaleurs eftouffent les malades.

22. Horofcope, Afcendant, & Natiuité , c'eft la rencontre des Eftoilles qui montent fur l'orizon & fur la
terre, à l'inftant que quelqu'vn vient au monde. Car ces
faifeurs de natiuité qui amufent les curieux, de la qualité des Eftoilles, des liaifons & afpects differens , felon
les diuerfes maifons où ils logent , ils nous tirent des
natiuitez , & predifent aux perfonnes le bon-heur, ou
malheur de leurs vies, ils en difent de tant de fortes que
quelquefois ils rencontrent par hazard, mais d'ordinaire
ils mentent ; & eft affeuré que les Eftoilles ne peuuent
forcer la liberté , mais ils en vfent de la forte pour fe
faire admirer & pour contenter les curieux, qui treune-
roient bien plus affeurément le vray bon-heur dans le
Ciel des vertus, que dans le Ciel des Eftoilles.

DES
RARETEZ DV
FEV ET DE L'AIR.

CHAPITRE LIX.

1. LEs Comettes s'allument là haut dans l'element du feu, auec vne grande varieté, selon que les vapeurs sont disposées. Il y en a qui ont la cheuelure sanguine & toute herissée; des barbuës & faites à mode de crins; des lances à feu qui volent comme des fléches; d'autres qui vont en appointant & faisant vne espece d'espée fort luisante, mais passe & languissante; des tonneaux yssans d'vne clarté enueloppée de fumée; des cornets, des cheuelures argentines, de bourruës & veluës, de serpentines & retortillées, à longue queuë, en nœud ramassé, en cimeterre, en haut-bois, en targue, en mille & mille figures, voire en bataillons rangez, en machines de guerre, en feu & en sang, & en mille frayeurs.

2. L'Air est le receptacle des vapeurs & exhalaisons que le Soleil attire par la force de ses rayons, là on void de nuict mille feux volages, des ardans & flam-

bars trompeurs qui seruent de guidons pour mener aux precipices, des clartez formées en Estoilles, des Astres tombans à terre comme si les Estoilles se mouchoient, des glissades de feu & comme des fusées tirées par nature, Castor & Pollux ou le feu S. Elme, qui voltige autour des mariniers, mille flammes folles & feux follets volletant çà & là, & cent cheureaux sautellant par les airs, & mille sortes d'impressions que la nature veut celer & resserrer au cabinet de ses priuez secrets.

3. Quand le ventre des nuées est gros d'exhalaisons chaudes, cela cause de grands esclairs qui trenchent les nuées, les descoud, & monstre par la fente le feu qui est resserré là dedans, ce feu voulant sortir choque de tous costez, brise les obstacles, froisse & rompt tout, & fait esclatter les nuées qui entreheurtant, & s'entrechoquant font ce cruel tintamarre qui fait trembler tout l'vniuers auec effroy. Le quarreau ensouphré qui en sort comme vn coup de canon renuerse tout ce qu'il rencontre, & de fureur abbat tout ce qu'il bat.

4. Les replis des montagnes, & les concauitez recourbées sont cause que les flots de l'air agité se froissant là dedans melodieusement s'articule, & se façonne en voix qui redit tout ce qui luy est dit, voire souuent redouble, & triple. Nature nous a voulu enseigner que le secret ne se doit iamais confier à personne, puisque les pierres mesmes le descouurent, & les deserts le redisant l'enflent souuent, le desguisent & le doublent. Vous estonnez-vous que les hommes gardent si peu le secret puisque les pierres parlent, & le silence des solitudes deuient si babillard qu'il ne fait que causer quand vous

contez aux rochers vos fecrettes penfées?

5. Le vent eft vne des pieces du threfor de Dieu, le
plus habile homme de la terre a bien de la peine de deuiner qui eft-ce qu'il le meut , & qui le pouffe fi fu-
rieufement, qu'il abbat les teftes des rochers , defracine
les arbres, renuerfe les maifons, & bouleuerfe tout l'O-
cean. Il y en a quatre principaux , l'Oriental qui fe nomme Eft, l'Occidental, Oueft ; vent d'aual, d'embas ; Po-
nent ; le Septentrional, Bize, Nord, Tramontane ; le Me-
ridional, vent de Midy, Sud, Marin, Autan.

Outre ces quatre cardinaux , il y en a quatre mitoyens,
entre Midy & Orient, Su-eft ; entre Orient & Septentrion, Nord-eft ; entre Occident & Septentrion, Nord-
oueft ; entre Occident & Midy, Sud-oueft.

On en a encor entrelardé quatre autres , première-
ment ; Nord-où eft, ou veftral ; 2. Eft-nord-eft ; 3. Eft-
fud eft ; 4. Sud-ou-eft. Et nos mariniers de ce temps en
ont adioufté pour le moins deux douzaines. Il y en a
de peu de portée qui ne foufflent guere loin , d'autres
qui courent d'vn bout du monde à l'autre. Vne des
merueilles de l'vniuers, c'eft ce vent qui a en diuers lieux
des proprietez quafi incroyables.

6. Rum , c'eft le lieu d'où vient le vent, c'eft auffi vn
traict & ligne droite d'vn vent à l'autre, ou d'vn demy-
vent, ou d'vne quarte de vent à autre, & de plus grande menuife de vents , comme il s'en fait tous les iours.
Arrumer vne carte , c'eft y tirer des lignes & Rums de
vents, demy-vents, & quartes au point oppofite, ce qui
fe fait aux cartes marines , à caufe que les routes de
mer font en l'air , & en haut , & dans le vent , & non

en bas, comme ceux de terre : cela mene droit sans faillir & sans desrouter. On en fait aussi de quartes terrestres, arrumées pour aller par tout, à trauers, à droit chemin, sans guide & sans faillir d'vn seul point. De façon que le vent à la faueur d'vne bussole & d'vne carte arrumée, nous fait aller d'vn bout du monde à l'autre sans nous fouruoyer, qui est vne chose du tout admirable.

7. Le tintamarre de la nuée s'appelle tonnerre, qui est quand la vapeur allumée veut sortir & ne peut fendre le ventre de la nuée espaisse ; s'il sort & rompt tout, c'est la foudre, ce qui tombe, c'est l'esclat de la foudre, quand on void vne grande queuë de feu, vn serpent, des grandes fentes qui trenchent la nuée en serpentant, ce sont les esclairs qui ne font que descoudre la nuée, car la foudre brise tout, & rompt, & froisse les nuées en esclats. Quelquefois la nature estouffe le bruit du tonnerre & fait vn muglement sourd ; si la vapeur ne fait que glisser & couler cela ne fait qu'esclairer, mais choquant rudement il donne le coup de canon effroyable, & fracasse tout. Selon que les impressions de l'air sont enuenimées & ensouphrées, aussi ce qui en est battu est plus, ou moins endommagé du coup. Quand vne vapeur fumeuse monte en l'air, & s'est roulée dans la nuée, si elle est foible, elle sort en esclair, si elle est forte, elle sort auec violence, & deuient foudre & esclat de tonnerre.

8. Il y a haut son, sifflement, craquetement, claquetement des nuées, agitation impetueuse, dissolution violente, froissement, repoussement, esbranlement im-

petueux. Au reſte, la foudre qui perce eſt fort deliée
& ſubtile, celle qui diſſipe eſt vne flamme meſlée auec
vn vent tourbillonneux; l'eſpanduë, briſe tout ce qu'elle touche. La legere, ne fait que griller & noircir ce
qu'elle frappe; la moyenne, bruſle; la forte, allume, liquefie, conſume, ce qu'elle atteint.

9. La folle gentilité qui croyoit que la foudre eſtoit
le dard de Iupiter, & qui penſoit que la foudre eſtoit
l'execution du deſtin d'vn chacun, diſoit qu'il y auoit
des foudres Monitoires, Poſtulatoires, Peſtiferes, falla-
cieuſes, menaçantes, meurtriſſantes, flatteuſes, accablées,
ſouterraines, Royalles, mortelles, baſſes, fauorables,
ioyeuſes, triſtes, meſlées, indifferentes, ineuitables, eſton-
nantes, de bon augure, de nul effet.

10. La foudre agit de pluſieurs ſortes, & fait des effets prodigieux, elle choque & briſe les choſes dures,
paſſe à trauers des molles innocemment, eſpargne ce qui
eſt pertuiſé & va de longue, fond l'argent dans vne
bourſe ſans eſtre entamée, tombant ſur vn arbre bruſle
ce qui eſt ſec, perce ce qui eſt dur, moud l'eſcorce,
fend le tronc, arrache les racines, pile & eſtreint les
fueilles, l'eſpée eſt calcinée & poudroyée, & le four-
reau eſt tout entier; le fer des iauelines coule au long
des hantes nullement atteintes; le vin ſe glace, & apres
ſe dégele, mais il eſt mortel, cependant le tonneau n'eſt
point entr'ouuert ny briſé, les arbres frappez de foudre
dreſſent leurs pointes du coſté d'où elle eſt partie & a
eſté lancée, les beſtes venimeuſes battuës du coup du
Ciel, perdent leur venin, & ſe rempliſſent de vermine
apres la mort, cependant mourant auec leur venin ia-

mais n'engendrent vn seul ver.

11. On peut dire que le vent c'est vn air coulant doucement, ou d'impetuosité ; vn flot ondoyant entre deux
airs, vn tourbillon & combat de plusieurs qui se battent & se piroüettent, d'où vient ce tournoyement de
finfreluches, & bourriers qui voltigent de biais ; vne
course de vapeurs agitées ; meslange d'exhalaisons qui
s'entrepoussent ; vent de droit fil, vent qui se plie & replie en tours & retours, & tourbillons. Vent r'enforcé
& qui se donne carriere, vent lasche qui soufflant s'esuanoüit, le rayon du Soleil quelquefois resueille & pique le vent, luy donnant toute la bride ; il y a vent de
toute saison, vent de Printemps, d'Esté, d'Automne,
d'Hyuer ; petit vent qui s'abbaisse, vent qui frise les
flocquons de neige, & gele les eaux de sa froideur, vent
court qui ne dure guere & ne s'aduance guere loin,
vent qui rebattu d'vn escueil retourne sur soy, rode autour d'vn mesme lieu, s'esbranlant à secousses, & se
roüant autour de soy-mesme en tourbillonnant, vent
qui espard l'air à ondées ; vents legers & bondissans à
petites bouffées & halenées entrecoupées, vent roide
& de longue haleine, bruyant & sortant auec effort ou
de quelque cauerne, ou des lieux souterrains, vent de
terre, vent de marine, vent de riuiere.

12. Le vent a esté donné pour purifier l'air & ne le
laisser croupir & pourrir, pour porter les nuées à guise
d'arroüsoirs, & distiller les pluyes sur la terre, pour donner bransle à l'Occean & pourmener le monde par tout
l'vniuers, pour brider l'orage & chasser les deluges &
les nuées qui abysment le monde, pour balayer le Ciel
& rendre

& rendre la serenité, pour attremper les ardeurs du Soleil, pour r'affreschir la nature, pour ouurir les fleurs &
les espanoüir, pour ouurir le commerce d'vn pole à
l'autre, pour varier les saisons, meurir les fruicts, pour
espurer l'air que nous respirons & enleuer les infections
enuenimées, pour nourrir les semences, attirer les rosées, affermir les arbres; il conuertit les riuieres en cristal, les pluyes en gresles, les rosées en grezil, la terre en
gelée & en caillou, tantost il dégele tout, & couure la
terre d'vn deluge en faisant comme vn Ocean. C'est
le vent qui fait la reueuë de la terre, charriant les nuées
comme des aqueducts & canaux pour verser de l'eau
& abbreuuer les biens de la terre. Tantost Borée ce
grand balay du monde, se leue impetueux pour nettoyer les airs, chasser les nuées, & r'amener au Ciel vne
serenité dorée.

13. Les nuées sont le rideau de la nature, dont elle
nous couure le Ciel, c'est vn pauillon & vn daiz, sous
lequel elle a mis à couuert les mortels, les contregar-
dant des ardeurs du Soleil, c'est vn parasol, & vn abig
agreable; quelquefois tout au rebours ce sont les cataractes qui versent vn deluge sur la terre, ou des rosées
fauorables. D'où peut venir vn nombre innombrable
de ces vapeurs ? qui donne le coloris si vif & si differend, nous en faisant dés tentes de tapisseries admirables ? Qui les enyure de vermillon, qui les dore d'vn si
bel or, qui les fait toutes de neige ou d'argent; qui renge ces batailles & ces armées qu'on void là dedans les
airs; qui mene ces trouppeaux & ces moutons couuerts de toisons blanches ? Qui y allume l'enfer & ces

flammes effroyables, qui les remplit de boulets de grefles, de carreaux & coups de canon, de feux volages, &
de mauuais augure ? Qui les fait choquer fi horriblement & s'entre-efcrafer, quand il pleut du fang, du lait,
des cailloux, du miel, de la Manne, du fouphre, de la
neige, qui eft l'ouurier qui façonne cela? qui coule cela
par le tamis & alambic des nuées, & apres auoir bien
rodé, en fin que deuient tout ce bagage, se fond-il en
pluye, s'éuapore il en vent, s'abyfme-il dans l'Ocean, fe
replonge-il fous la terre & dans le ventre des montagnes? O que Dieu eft admirable en tous ces ouurages:
& vray Dieu que l'homme eft befte qui ne peut comprendre la moindre des creatures emanées de fa toute-
puiffance, qui ne fait que fe iouer en faifant tout
cela.

LA ROSEE.

CHAPITRE LX.

L faut que ie confesse mon ignorance, car autrement ie me perdrois en considerant d'vn costé le cas que Dieu, & la nature font de la Rosée, & de l'autre la pauureté de ceste petite creaturette Rosée; la parole est plus pesante & plus riche que tout ce qui est dans la rosée mesme: vne meschante petite fumée, & bien souuent puante, enleuée de quelque mare pourrie, portée au second estage de l'air (qui est la matrice des fleaux de la nature, gresles, neiges, frimats, & foudres, & Enfers mouuans) si toutesfois elle y arriue, où estant elle se morfond aussi tost, & se ramassant dans soy-mesme, delà à peu s'espaissit, & se change en petites larmes qui tombant ne nous porte autre chose sinon serain empesté & catharres mortels, se fondant sur nos testes. Voila bien vne belle piece, & dont il faille faire tant de cas. Si faut-il bien que ce soit chose de quelque pris, puis que Dieu en parle si hautement. Voila que c'est que d'y penser maintenant, il me semble de voir la beauté de ceste ordinaire

influence: O combien de threfors vois-ie enfermez dans
fes petites gouttelettes, & ces petits grains benis, de
criftal liquefié. Quoy? que penfez-vous que ce foit de
l'eau, ie vous prie ne le penfez pas, car fi Pline dit vray,
comme ie penfe, & que la Rofée prenne la qualité de
la chofe fur laquelle elle tombe, ce qui vous femble
de l'eau, eft fucre dans les rofeaux de madere, hypocras dans la vigne, manne dans les fruicts, mufq dans
les fleurs medecines & Recipes dans les fimples, ambres
dans les peupliers, Nectar & Ambrofie fur les fruicts
de la terre, le laict des mammelles de la nature qui en
nourrit tout ce bas vniuers. Ie ne me veux donc plus
eftonner, de ce que Dieu laiffant toutes les autres tant
belles creatures, ne fe vante finon d'eftre le Pere des
rofées. Iob 38. *quis genuit ftillas roris, & qui eft Pater plu-
uiæ? &c.* Vous diriez qu'il aye enuie de dire, qu'il n'y a rien
qui reprefente mieux la diuine generation du fils, lequel
eft engendré du Pere par fon entendement, duquel,
comme d'vne nuée feconde fe diftille la diuine rofée du
verbe, *fluat vt ros; verbum meum;* voire mefme l'incarnation femble du tout femblable, car le Soleil de la diuinité, vny à la petite vapeur de noftre pauure mortalité, à
fait ce diuin parterre de Iefus Chrift, & le beau Paradis
de l'Eglife, née de la rofée qui fortit des cinq playes de
cefte nuée fufpenduë en l'air, & dans l'arbre de la croix,
auffi le Soleil comme Pere, marie le rayon fon fils auec
la petite vapeur virginale d'où fort la rofée, qui eft comme le petit Meffie de la nature, & rend le Purgatoire de
noftre monde, comme vn Paradis de delices. N'eft-ce
pas la rofée qui tombant dans nos iardins les emperle de

mille pierreries musquées ? Icy elle fait la rose , là les
fleurs de lis, là bas les tulipes, autrepart les violettes, &
cent mille autres fleurettes. C'est la rosée qui couure
d'escarlatte les roses, elle qui habille d'innocence les lis,
qui pare de pourpre les violettes , qui brode d'or les soucis, qui enrichit toutes les fleurs d'or , de perles, de soye:
elle se metamorphose icy en fleurs, là en fueilles , puis en
fruict de cent cinquante sortes, c'est elle qui est le diuin
Prothée , & le Chameleon des creatures, s'habillant à la
liurée de toutes les choses plus rares , icy escarlatte , là du
laict , esmeraude, escarboucle, or, argent, & le reste. Mais
encor sçauez-vous que c'est que la Rosée, il me semble
que tout ainsi que lors qu'vn homme est bien bas , &
qu'il n'est affamé que de rien, on prend & chappon &
poulet , & perdrix , & à force autres , puis en faisant vn
consumé, on en donne vne cueillerée au patient , qui aussi
tost se remet en vigueur ; aussi lors que la terre est mor-
fonduë en hyuer, & semble atteinte d'vn accez de maladie , la nature semble puiser la fine fleur de toutes les
plus rares creatures, & les mettant dans l'alambic d'vne
petite vapeur, en distille vn consumé, & vne petite rosée
qui se glissant par les veines de la terre, la fait raieunir , &
la remet en la fleur de son âge, & d'vn riche Printemps.
C'est pourquoy Dieu en fait si grand cas , car s'il veut faire vn festin parmy les hermitages à son peuple , ie n'y
estois pas, mais ie m'oserois bien asseurer , que ç'a esté
par le ministere de la rosée, qui s'est conuertie en manne, & la manne en toute viande. Faites que Dieu ait enuie de se faire vne chambre dorée, & vn cabinet pour sa
Maiesté , vous verrez qu'il choisira la maison de la rosée.

Eeee 3

Pfal. Qui ponit nubes latibulum fuum, *&c.* Voulez-vous
qu'il minute les articles de paix auec le genre humain, &
que nous faifions vn contract de bonne amitié, il n'a garde de monftrer fa volonté en autre lieu que dans vne petite pluye & rofée, où il graue fa volonté, & attache au
croc fon arc fans flefche, *Ponam arcum meum in nubibus,*
&c. Gen. C'eft auffi de luy qu'a apprins le Prophete, lors
qu'il le femond de fa promeffe, & le prie de fe faire homme, il fe fert du ftile de Dieu, & le coniure en ces termes, *Rorate cæli defuper*, *& nubes*, *&c.* Vous voyez bien le
bon Ifaac, la main leuée, qui veut benir Iacob, mais peut
eftre que vous ne fçauriez pas deuiner, ce qu'il veut dire;
tout beau, S. Patriarche, ie vous prie ne luy donnez pour
toute benediction, finon vne faincte rofée qui deuale du
Ciel, *Det tibi Deus de rore cæli*, *&c.* en luy donnant cela,
vous luy donnez tout ; de fait, Dieu fait autant d'eftime
d'vne fimple gouttelette de rofée, que de tout le refte du
monde ; *ante te*, dit Salomon, *orbis terrarum eft tanquam gutta*
roris antelucani. Vous vous eftonnez de peu de chofe, ie
me veux hazarder de dire vne chofe bien plus fublime,
c'eft que puifque le fils de Dieu dit d'vn petit grain de
mouftarde ; *fimile eft regnum cælorum grano finapis*, *&c.*
Auffi me femble de pouuoir dire, *fimile eft regnum cælorum,*
gutta roris, car le Sauueur du monde, qui eft ce grain de
mouftarde eft pareillement cefte riche gouttelette de rofée, comme i'ay appris d'Origene. *Alligamentum guttæ eft*
dilectus meus, *&c.* Car tout ainfi que le fils de Dieu en apparence exterieure n'eftoit pas grand cas, mais fi le Soleil de la diuinité l'efclairoit, il fe voyoit à veuë d'œil eftre
la beauté du Paradis, auffi vne gouttelette de Rofée qui

est tombée sur vne fleur de lys, comme dans le sein de la
Vierge, elle vous semble vn petit point d'eau arrondie,
& vn grain de cristal, mais si le Soleil y donne, ah! quel
miracle de beauté, d'vn costé elle vous semble vne perle d'Orient, tournez elle deuient vne Escarboucle esclattante, puis vn Saphir, apres vne Esmeraude, vn
Amethiste, vn tout enfermé dans vn rien, & vn petit
miroüer de toutes les grandes beautez du monde qui y
semblent grauées : autant de gouttelettes, autant de
perles orientales, autant de gouttes de manne dont le
Ciel nourrit la terre, & enrichit la nature, qui est le sim-
bole des graces dont Dieu arrouse & feconde nos
ames.

L'ARC EN CIEL.

CHAPITRE LXI.

L'Arc en Ciel, est ce beau miroüer où l'esprit
humain a veu en beau iour son ignorance, c'est
là où la pauure Philosophie a fait banqueroute,
car en tant d'années, elle n'a sçeu rien sçauoir de cest
Arc, sinon qu'elle ne sçait rien, & que c'est vn *Noli me
tangere*, puisque tout autant de cerueaux qui s'y sont
alambiquez n'en ont rapporté que rompement de teste
auec leur courte honte. Car d'vn costé y a-il rien de
plus mince en tout le pourpris de nature ? Vne mes-

chante demie escharpe, faite d'vn beau rien bigarré
teint en fausses couleurs, paré d'vne beauté mensonge-
re, sa matiere, est vn neant, sa durée vn moment; sa
beauté, tromperie; sa figure, vne arcade tremblante; vn
arc sans fléche, vn pont sans appuy, vn croissant qui ne
peut croistre, le fantosme des couleurs, vn rien qui veut
faire de quelque chose. Toutesfois ce riche rien, est le
miracle des plus belles choses de l'vniuers, qui compa-
rées à luy sont quasi comme vn rien. Que voudriez-
vous richesses? tout l'Arc n'est autre chose que le quar-
quan de la nature enfilé de toutes les pierreries de nature, autant de gouttelettes, autant de ioyaux de tres rare
beauté, les vnes sont perles, les autres ont l'esclat du
Diamant, les flammes de l'Escarboucle, le rayon doré
du Rubis, le bril du Saphir, i'auray plustost fait de dire
que c'est la carriere où la nature a cachées toutes les
plus rares pierreries, & la plus riche piece de tous ses
thresors, desquels elle separe quand bon luy semble, c'est
le colier de son ordre, l'escharpe de sa liurée, sa chesne de
perles, & le plus beau de tous ses affiquets, dont elle se
pare pour plaire au Ciel son espoux. Ce n'est rien dites
vous que l'Iris, i'en suis content pour l'amour de vous,
mais à condition que ce soit vn rien priuilegé, & vn
rien habillé de toute chose. Le Ciel est esmaillé d'Estoilles d'or toutes d'vne couleur, & cest arc est estoillé de
cent mil petites Estoilles esclattantes, & de petits Soleils
de toutes couleurs; il est aussi flamboyant que le feu, aussi
bigarré que l'air & les nuées, vous y voyez le cristal violet de l'Ocean, & les riches tapisseries de la terre, estant
parsemé & fleurdelisé de toutes fleurettes de la primeuere.

uere. Comment vous y voudriez au surplus des odeurs?
Or c'est trop, car la perfection des élemens ne veut point
d'odeur, toutesfois il y en a icy de toute sorte, c'est vn
Ambre gris, vert, & rouge, vn baume distilé, du musq liquefié, ce n'est qu'eau rose, & Nectar qui pleut, car Aristote nous asseure, que tout ce qui est arrosé par l'influence de cest arc en l'air, sent l'Aspalathe, le musq, & le
benioin. Bon Dieu quel braue rien, qui est toute chose!
voyez sa figure, ne diriez-vous pas que c'est non pas le
pont au change de Paris, mais le pont aux Anges de Paradis, tout esclattant d'orféurerie celeste? On disoit autrefois que le chemin S. Iacques, ou le grand chemin
de laict qui paroist au Ciel, c'estoit le chemin des Dieux,
lors qu'ils alloient au consistoire de Iupiter, mais cela
n'est que fable; bien veux-ie croire que s'il y auoit quelque chemin ordinaire, par lequel les Anges descendent
en terre, & les hommes montent au Ciel, on n'en treuue-
roit de plus beau que ce pont tapissé tousiours, & tousiours ennobly de tant de belles pierreries. Aussi Dieu le
prise autant que creature du monde corporel, car s'il se
met en son lict de Iustice, & au throsne de sa gloire, Ezechiel qu'il l'a veu dit, qu'il se pare de cest arc en Ciel, *&*
Iris erat in circuitu, &c. s'il veut haut-loüer la beauté de
l'humanité de son fils, il l'appelle vn Arc en Ciel. Psal.
Thronus eius sicut, &c. & testis in cælo fidelis, c'est à dire, Iris;
s'il veut piaffer, & faire monstre de ses plus rares threfors, il ne desploye autre piece que ceste-cy, *Magnificen-*
tia eius & virtus eius in nubibus. Psal. Sa couronne Imperiale, & sa mitre à triple couronne, c'est ce mesme arc,
Iris in capite eius, dit S. Iean. Tu as donc raison Salomon,

Ffff

lors que tu l'appelle le chef-d'œuure de Dieu (Eccles.
43.) le thresor de la nature, le riche baudrier de l'vniuers, la saincte cataracte des diuines influences, le chapeau de fleurs du gay Printemps, le diademe de ce bas
monde. Dieu y prend bien si grand plaisir, que lors qu'il
est au plus haut point de sa iuste cholere, s'il y iette vn
coup d'œil, aussi tost il s'appaise. Gen. *Videbo arcum*
meum, & recordabor, &c.

F I N.

P R I V I L E G E D V R O Y.

LOVIS par la grace de Dieu Roy de France & de Nauarre,
A nos amez & feaux Conseillers les gens tenans nos Cours
de Parlemens, Baillifs, Seneschaux, Preuosts, ou leurs Lieutenans, & autres nos Iusticiers & Officiers, & à chacun
d'eux ainsi qu'il appartiendra, Salut. Nos bien amez Romain de
Beauuais, & Iean Osmont, Marchands Libraires à Roüen, nous ont fait
remonstrer qu'ils ont recouuert vn liure intitulé, *Essay des Merueilles de*
Nature, & des plus nobles artifices, piece tres-necessaire à tous ceux qui sont profes-
sion d'Eloquence, par René François, Predicateur du Roy, Lequel ils desire-
roient mettre en lumiere s'ils auoient sur ce nos lettres à ce requises
& necessaires. A CES CAVSES desirant bien & fauorablement traicter lesdits exposans, & qu'ils ne soient frustrez des fruicts de leur la-
beur, leur auons permis & octroyé, permettons & octroyons de grace
specialle par ces presentes, imprimer ou faire imprimer, en tel marge &
caractere que bon leur semblera ledit liure, iceluy mettre & exposer en
vente, & distribuer durant le temps de dix ans, à commencer du iour

qu'il sera acheué d'imprimer. Deffendant à tous Imprimeurs, Libraires
estrangers, & autres personnes de quelque qualité qu'ils soient, d'imprimer ou faire imprimer ny mettre en vente durant ledit temps, ledit liure sous couleur de fausses marques, & autres desguisemens, sans
le consentement & permission desdits exposans, ou de celuy ayant
charge d'eux, sur peine de confiscation d'iceluy, d'amende arbitraire, &
de tous despens, dommages & interests enuers eux, à la charge d'en
mettre deux exemplaires en nostre Bibliothecque publique auant que
l'exposer en vente, suyuant nostre reglement, à peine d'estre descheuz
du present Priuilege. Si vous mandons que du contenu en ces presentes, vous faciez, souffriez, & laissiez ioüir lesdits Osmont, & de Beauuais, plainement & paisiblement, & à ce faire souffrir & obeïr tous ceux
qu'il appartiendra, en mettant au commencement ou à la fin dudit liure ces presentes, ou vn bref extraict d'icelles. Voulons qu'elles soient
tenuës pour deuëment signifiées, & qu'à la collation foy soit adioustée
comme au present original. Car tel est nostre plaisir. Donné à Paris,
le saiziéme iour de Ianuier, l'an de grace mil six cens vingt & vn. Et de
nostre regne le vnziéme.

Par le Roy en son Conseil.

RENOVARD.